리모노프
LIMONOV

리모노프
LIMONOV

EMMANUEL CARRÈRE

엠마뉘엘 카레르 장편소설 | 전미연 옮김

이 책은 실로 꿰매어 제본하는 정통적인 사철 방식으로 만들어졌습니다.
사철 방식으로 제본된 책은 오랫동안 보관해도 손상되지 않습니다.

공산주의를 복원하고 싶다면 머리가 없는 사람이다.
공산주의를 그리워하지 않는다면 심장이 없는 사람이다.

블라디미르 푸틴

프롤로그

모스크바, 2006년 10월, 2007년 9월

1

　2006년 10월 7일, 자신이 살던 아파트 계단에서 살해되기 전까지만 해도, 블라디미르 푸틴의 정책에 공공연히 반대해 왔던 안나 폴리코프스카야라는 용감한 여기자의 이름을 아는 사람은 체첸 전쟁을 관심 있게 지켜보던 소수에 불과했다. 이 사건이 터지기 무섭게 우수에 찬 그녀의 결연한 얼굴은 표현의 자유를 상징하는 아이콘으로 서방 세계에 각인되었다. 당시에 수시로 러시아를 드나들며 한 소도시에서 다큐멘터리 촬영을 마치고 막 귀국해 있던 나는, 사건 보도 직후 잡지사에서 원고 청탁을 받고 급히 다시 모스크바로 날아갔다. 폴리코프스카야의 피살 자체에 초점을 맞추기보다는 그녀를 아꼈던 지인들을 만나 얘기를 듣는 게 내게 주어진 역할이었다. 그렇게 해서 나는 그녀가 스타 리포터로 활약했던 「노바야 가제타Novaya Gazeta」 신문사 사무실과 인권 단체 사무실들, 그리고 체첸 전쟁에서 전사하거나 상이군인이 된 자식을 둔 어머니들이 만든 협회들을 돌며 일주일을 보냈다. 조명이 어둑한 옹색한 사무실에 구닥다리 컴퓨터들이 놓여

11

있었다. 나를 맞은 활동가들 역시 대부분 나이 지긋한 노인들에다 그나마도 몇 되지 않았다. 서로 훤히 알고 지내는 좁은 바닥이다 보니 나도 금세 모르는 사람이 없게 되었다. 실질적으로, 이 좁은 바닥이 러시아 내에 존재하는 야권 세력의 전부다.

모스크바에는 내 러시아 친구들 외에 친한 프랑스 친구들도 몇 있는데, 거개가 기자와 사업가인 소집단이다. 이 친구들과 저녁때 만나 낮에 만난 사람들 얘기를 들려주면 살짝 딱하다는 표정을 지으면서 난감하게 웃곤 했다. 자네가 만난 덕망 높은 민주주의자들, 인권 투사 양반들, 물론 훌륭한 사람들 맞아, 하지만 현실은 말이지, 아무도 콧방귀조차 안 뀐다는 거야, 부자가 될 기회만 주어지면 형식적 자유 따위는 안중에도 없는 나라에서 그 사람들은 애당초 승산 없는 싸움을 벌이고 있는 거지, 라고 이들은 말했다. FSB[1]의 암살 기획설, 다시 말해 폴리코프스카야의 암살 배후에 푸틴이 있다는, 프랑스 여론에 광범위하게 퍼졌던 음모설을 접하고는 실소를 터뜨리다 못해 짜증스러운 반응까지 보이는 친구들도 있었다.

「아, 그 시답잖은 소리들 좀 그만 집어치우라고 해. (사업가로 변신한 전직 대학교수 파벨이 말했다) 뭐라더라, 누벨 옵스[2]에서 읽었지, 아마? 폴리코프스카야가, 우연의 일치처럼, 푸틴의 생일날 피격된 게 아무래도 이상하다나 어떻다

---

1 러시아 연방 보안국. 구 소련의 비밀 경찰 KGB는 소련 붕괴 후 1995년, 옐친에 의해 국내 업무를 담당하는 FSB와 해외 정보국인 SVR로 분리되었다.
2 프랑스 주간지 『르 누벨 옵세르바퇴르 *Le Nouvel Observateur*』의 줄임말.

나. 〈우연의 일치처럼〉이라니, 나 원! 얼마나 꼴통이면 〈우연의 일치처럼〉이라고 천연덕스럽게 기사에 쓰냐고? 자네 머릿속엔 그림이 그려져? FSB 비상 회의야. 보스가 말하지. 자네들, 묘수 좀 내봐 봐. 얼마 있으면 블라디미르 블라디미로비치 영감 생신인데, 마음에 드실 만한 선물을 좀 꼭 하나 하자고. 누구 좋은 생각 없어? 다들 짱구를 굴리는가 싶더니, 누군가가 이렇게 말하지. 안나 폴리코프스카야, 영감님을 헐뜯기만 하는 그 골칫덩어리 여자의 머리를 갖다 바치면 어떻겠습니까? 수런수런 동조하는 소리가 들려. 기막힌 생각일세! 자, 제군들, 착수해, 전권을 주지. 미안하지만, 나는 도저히 이런 그림이 안 그려져. 〈총잡이 삼촌들 Les Tontons flingueurs〉[3]의 러시아판 리메이크라면 혹시 모를까. 현실에선, 말이 안 된다고. 자네 알아? 현실에선 말이야, 서방의 양심들이 들으면 기절초풍할 말을 푸틴이 했다니까. 크렘린 입장에선 안나 폴리코프스카야가 아무도 거들떠보지 않는 신문에 기사를 쓰며 살아 있는 게 낫지, 피살돼 시끄러워지는 게 훨씬 골치 아프다고.」

　나는 파벨과 그의 친구들이 어마어마한 임대료를 내고 사는 모스크바 도심의 고급 아파트들에서, 첫째, 이 정도면 최악은 아니다, 둘째, 러시아 사람들이 좋다는데 무슨 자격으로 감 놔라 배 놔라 하겠느냐며 정권을 옹호하는 얘기를 들었다. 하지만 또 낮에는 하루 종일 슬픔에 지친 여인들의 하소연을 들었다. 한밤중에 번호판이 없는 차들이 나타나 사람들을 납치해 간 이야기, 적군(敵軍)이 아닌 아군 상급자들

3 조르주 로트네르 감독, 리노 벤투라 주연의 1963년 개봉 영화.

에게 고문당한 병사들의 사연, 무엇보다 사법권 독립 훼손의
사례들을. 내용은 대동소이했다. 경찰과 군의 부패야 이들의
속성이라 치자. 사람 목숨을 한갓 파리 목숨으로 취급하는
건 러시아의 내력이라 치자. 그렇지만 위험을 무릅쓰고 책임
의 소재를 물으려는 평범한 시민들 앞에서 국가 권력의 대리
인이라는 자들이 보이는 오만과 잔인함, 면책에 대한 확신만
은 도저히 용납 못 하겠다고, 참전 장병들의 어머니들과 캅
카스 소재 베슬란 학교[4]에서 자식을 잃은 어머니들, 그리고
두브로프카 극장의 희생자 유가족들은 말했다.

2002년 10월, 그때를 기억하는지. 전 세계 텔레비전 방송
국이 3일 내내 그 장면만 송출했다. 체첸 테러리스트들이 두
브로프카 극장에서 뮤지컬 「노르오스트Nord-Ost」를 관람
중이던 관객 전원을 극장 안에 가두고 인질극을 벌였다. 특
수 부대는 협상 가능성을 일절 배제한 채 인질극을 벌인 범
인들뿐만 아니라 인질들에게까지 가스를 분사하면서 사태
를 진압했고, 푸틴 대통령은 이들의 과단성을 열렬히 치하했
다. 의견이 분분하지만 민간인 희생자는 대략 150명 선으로
추정되는데, 달리 사태를 해결할 수는 없었느냐고 의문을 제
기하거나, 자신들을, 자신들의 슬픔을 조금만 더 성의 있게
대해 달라고 목소리를 높이는 순간, 유가족들은 테러리스트

---

4 2004년 9월 1일, 러시아 북오세티야공화국의 베슬란에 위치한 한 초등
학교에 무장한 체첸군이 들이닥쳐 인질극을 벌이자 러시아군 특수 부대가 진
압을 하는 과정에서 수백 명의 사상자가 발생했는데, 그중 절반가량이 어린
이였다. 희생자 유족들은 지금까지도 사건의 진상 규명을 요구하고 있다.

들과 공범 취급을 받았다. 사건 이후 유가족들이 매년 개최하는 추모 행사를 경찰에서는 차마 원천적으로 금지는 못하고 불온 집회처럼 감시만 하고 있다. 추모식은 사실상 불온 집회가 되었다.

나는 추모식에 참석했다. 극장 앞 광장에 얼추 2~3백 명의 추모객이 모였고, 주변에는 투구와 방패, 묵직한 곤봉으로 무장한, 우리의 CRS[5]에 해당하는 오몬[6] 대원들의 모습이 보였다. 하늘이 비를 뿌리기 시작했다. 촛불들 위로 우산이 펼쳐졌고, 뜨거운 촛농이 손에 흘러내리지 않게 종이 받침을 만들어 끼운 초들을 보며 어릴 때 부활절에 어른들을 따라갔던 정교회 미사를 떠올렸다. 성상들 자리에 희생자들의 사진을 붙이고 이름을 적은 신위(神位)들이 있었다. 신위와 초를 들고 서 있는 사람들은 고아들, 홀아비들, 과부들과 자식을 잃은 부모(프랑스어에도 러시아어에도 이런 사람을 지칭하는 단어는 없다)들이었다. 정부를 대표하는 사람은 한 명도 오지 않았습니다. 추모식의 유일한 발언자인 유가족 대표의 짧은 몇 마디에 서늘한 분노가 서려 있었다. 추모사도, 표어도, 추모곡도 없는 행사였다. 주변을 봉쇄한 오몬들에게 둘러싸여 참석자들은 불 켜진 초를 손에 들고 말없이 서 있거나 삼삼오오 나지막이 얘기를 주고받을 뿐이었다. 주위를 둘러보니 친숙한 얼굴이 꽤 여럿 눈에 띄었다. 희생자 유가족들 외에도 내가 일주일 동안 찾아다니면서 만난 한 가족

---

5 한국의 전투 경찰과 비슷한 역할을 하는 프랑스 경찰.
6 OMON. 〈검은 베레〉, 〈마피아 킬러〉 등으로 알려진 러시아 내무부 산하 특수 부대.

같은 야권의 인사들이 모두 모였고, 나는 맞춤하게 비통한 표정을 지으며 몇몇과 고갯짓을 주고받았다.

계단 꼭대기, 닫힌 극장 문 앞에 막연히 구면이라는 느낌을 주는 실루엣이 하나 보였는데, 딱히 이름은 생각나지 않았다. 다른 사람들처럼 초를 들고 선 검정색 코트 차림의 남자는 주변을 둘러싼 사람들과 조용조용 얘기를 나누고 있었다. 좌중을 압도하며 한가운데 서서 은근히 이목을 끄는 품새가 저명인사인 듯한 그를 보면서, 우스꽝스럽게도 나는 밀착 경호를 받으며 부하의 장례식에 참석한 갱단 두목의 이미지를 떠올렸다. 뒤통수에 가려 아주 살짝만 드러난 옆얼굴과 올려 세운 외투 깃 밖으로 나온 염소수염이 내 눈에 보인 그의 전부였다. 내 옆에 있던 여자가 나처럼 그를 발견하고는 함께 서 있던 여자에게 말했다. 「에두아르드가 왔네, 잘됐어.」 멀리서도 이 말을 들은 듯, 그가 이쪽으로 고개를 돌렸다. 촛불 위로 그의 이목구비가 선명히 드러났다.

내가 아는 리모노프였다.

2

리모노프라는 사람을 얼마 동안 잊고 지냈던 걸까? 리모노프가 논란을 뿌린 그의 소설 『러시아 시인은 덩치 큰 깜둥이를 좋아해』의 성공과 함께 화려하게 파리에 입성한 80년대 초반, 나는 그를 처음 만났다. 그는 소련을 떠나 뉴욕에서 이민자로 살아가던 시절의 비참하면서도 멋진 삶을 그 책에 담았다. 온갖 잡일들, 불결한 모텔에서 때로는 길바닥에서 연명하던 나날들, 성별을 가리지 않는 마구잡이 섹스, 폭음, 절도, 싸움질. 폭력성과 뜨거운 분노 면에서는 영화 「택시 드라이버」에서 도시를 표류하는 로버트 드 니로를 연상하게 하고, 리모노프의 질긴 생명력과 초인적 평정심으로 발현된 〈엘랑 비탈〉[7]은 헨리 밀러의 소설들을 떠올리게 하는 책이었다. 사실, 책은 저자에 비하면 아무것도 아니었다. 그는 일단 만나 보면 절대 실망할 수 없는 사람이었다. 당시만 해도 소련 반체제 인사라고 하면 으레 책과 성상들로 빼곡한 비좁은 아파트에서 정교회만이 세상을 구원할 수 있다고 며칠 밤낮이고 열변을 토하는, 추레한 차림에 턱수염을 기른 심각한 표정의 인사부터 머리에 떠올랐다. 그런데 기항지에 내린 마도로스와 록 스타를 섞어 놓은 듯이 섹시하고 영민하고 위트 넘치는 그가 사람들 앞에 나타난 것이다. 펑크 음악의 인기가 절정에 달했던 그 시절에 리모노프는 그룹 섹스피스톨즈의 리더인 조니 로튼이 자신의 우상임을 공언하고, 솔제니친을 고리타분한 뒷방 늙은이로 취급하는 발언을 서슴지 않았다. 이런 식의 〈뉴웨이브적〉 반체제 행위가 참신하게 받아들여지면서 그는 입성과 동시에 좁은 파리 문학판을 사로잡았다. 반면에 나는 소리 없이 등단한 신인 작가였다. 그는 픽션 작가가 아닌 탓에 살아온 내력을 글감으로 삼을 수밖에 없었는데, 삶 자체가 워낙 흥미진진하거니와 러시아의 잭 런던이라 할 수 있을 만큼 정력적인 필체로 현란한 문학적 수

7 *élan vital.* 〈생의 비약(飛躍)〉으로 번역되는 프랑스 철학자 베르크손 (1859~1941) 철학의 근본 개념.

사를 동원하지 않고도 소박하고 생생한 문장만으로 자신의 삶을 녹여 내는 탁월한 능력을 가지고 있었다. 이민 생활 수기를 책으로 엮어 낸 후 그는 우크라이나의 하리코프 근교에서 보낸 유년 시절과 비행 청소년기, 그리고 브레즈네프 치하의 모스크바에서 아방가르드 시인으로 살던 시절의 체험을 차례로 펴냈다. 당시의 소련과 소련 체제를 얍삽한 〈훌리건들〉의 천국이라고 비아냥거린 그의 평가에는 아련한 향수가 배어 있었다. 저녁 식사 자리가 파할 즈음, 알딸딸하게 취한 동석자들 앞에서 타고난 주당인 그가 정신이 말똥말똥한 상태로 스탈린을 찬양해도 다들 도발적인 성격 탓으로 돌리며 흘려들었다. 당시에 팔라스[8]에 가면 적군(赤軍) 장교복 차림의 그를 만날 수 있었다. 그는 장에데른 알리에가 창간한, 논조의 모호함에도 불구하고 명석한 두뇌의 필진이 대거 참여하고 있던 「리디오 엥테르나쇼날L'Idiot International」[9]의 필자로 활동 중이었다. 그는 툭하면 사고를 쳤고, 여자들에게 인기가 대단했다. 그의 거침없는 행동과 파란만장한 과거는 우리 같은 젊은 부르주아들을 주눅 들게 만들었다. 리모노프는 우리 속에 내재하는 야만과 불량 그 자체였다. 우리는 그에게 열광했다.

공산주의 붕괴 이후 일이 야릇하게 꼬이기 시작했다. 대대

---

8 Le Palace. 파리 9구에 위치한 소규모 극장. 1970년대 후반부터 1980년대 초반까지 파리 언더그라운드 문화의 상징처럼 여겨지며 인기를 끌었다.

9 〈국제적인 바보〉라는 뜻으로, 정치 팸플릿 성격의 신문. 1969년에 창간돼 숱한 화제를 뿌리다 1994년에 폐간됐으나, 2014년 알리에의 아들 프레데릭 알리에가 재창간했다.

적인 환호의 분위기 속에서 리모노프만은 예외였고, 고르바
초프를 총살해야 한다는 그의 주장은 어느새 농담으로만 들
을 수 없게 됐다. 돌연 소식을 끊고 장기간 발칸 반도를 드나
들더니, 어느 순간 세르비아 군대(우리 눈에는 세르비아 군이
나 나치, 인종 학살을 자행한 후투족이 서로 하등의 차이가
없었다)에 자원해 참전 중이라는 끔찍한 소식이 들려왔다.
공인 전범인 보스니아 내 세르비아계 지도자 라도반 카라지
치가 흐뭇하게 지켜보는 앞에서 포위 상태의 사라예보를 향
해 기관총을 난사하는 그의 모습이 BBC에서 제작한 다큐멘
터리를 통해 방송을 탔다. 이렇게 이름을 드날린 후에는 귀
국해 민족볼셰비키당이라는 솔깃한 이름의 정당을 창당했
다. 위아래로 검정색 옷을 입고 머리를 박박 민 청년들이 반
(半)히틀러식(팔을 하늘로 뻗어 올린다), 반(半)공산주의식
(주먹을 쥔다) 거수경례와 함께 〈스탈린! 베리야! 굴라그!〉
(구호의 함의: 이들을 돌려 달라!) 하고 떠나가라 외치면서
모스크바 거리를 행진하는 장면이 이따금 티브이 르포에 등
장하곤 했다. 이들은 독일 제3 제국의 깃발을 모방해 꺾인 십
자가 대신 낫과 망치를 그려 넣은 당기를 높이 치켜 들고 흔
들어 댔다. 대열의 선두에서 메가폰을 잡고 격앙된 몸짓과
함께 웅변을 쏟아 내는 야구 모자 차림의 사람은 다름 아닌
리모노프, 몇 년 전만 해도 친구라는 사실을 모두가 자랑스
러워하던, 재치 넘치고 매력적이던 리모노프, 바로 그였다.
고등학교 동창 녀석이 악명 높은 조직폭력배의 일원이라는,
혹은 자살 폭탄 테러를 감행한 테러리스트라는 사실을 접할
때 바로 이런 심정이 아닐까. 기분이 참으로 묘했다. 지인들

은 추억을 더듬어 가며 그를 회상했고, 우리와 이토록 다른 삶을 살기까지 그가 겪었을 인생의 우여곡절과 내면의 소용돌이를 애써 짐작해 보았다. 2001년, 그가 무기 밀매 및 카자흐스탄 내 쿠데타 기도라는 모호한 죄목으로 체포돼 재판을 받고 구금되었다는 소식이 들려왔다. 파리에서는 그의 석방을 촉구하는 탄원의 움직임은커녕, 냉담한 반응을 보였다.

그의 출옥 사실도 몰랐지만 그런 자리에서 그를 다시 만났다는 사실이 나로서는 더 충격이었다. 리모노프는 예전의 록 스타 같은 인상은 많이 사라졌고 대신 지식인의 풍모를 강하게 풍겼는데, 변함없이 위압적이고 폭발적인 기운만은 백 미터 거리에서도 느껴졌다. 그의 참석에 감동한 기색이 역력한 추모객들이 하나둘 다가가 차례를 기다려 그에게 정중한 인사를 건네는 모습을 바라보면서 나도 줄을 설까 말까 망설였다. 그러다 문득 그와 시선이 마주친 순간, 그가 나를 알아보는 것 같지 않고, 딱히 할 말도 생각나지 않아 그냥 멀찌감치 서 있었다.

그렇게 리모노프를 보고 착잡한 심정으로 호텔로 돌아온 내게 또 한 가지 놀라운 사실이 기다리고 있었다. 안나 폴리코프스카야가 그간 쓴 기사들을 뒤적이다가 그녀가 2년 전에 〈푸틴, 물러가라!〉를 외치며 대통령 집무실이 소재한 건물에 난입해 난동을 부린 혐의로 체포, 기소된 민족볼셰비키당 소속 열혈 당원 서른아홉 명의 재판을 취재한 적이 있다는 사실을 발견한 것이다. 이런 용기 있고 순수한 젊은이들의 존재는 미래에도 러시아에 양심이 살아 있을 것이라는 증거라며, 그녀는 중형이 선고된 민족볼셰비키당 당원들을 목청 높여 두둔하고 있었다.

도저히 믿기 어려웠다. 내 머릿속에선 이미 재고의 여지 없이 깔끔히 정리된 사안이 아니던가. 스킨헤드 민병대의 우두머리인 몹쓸 파시스트 리모노프로. 그런데, 사망 이후 만인으로부터 성녀로 추앙받는 여자가 그를, 그들을, 러시아 민주화 투쟁의 영웅으로 치켜세우고 있었다. 인터넷을 뒤져 보니 옐레나 보네르도 똑같은 소리를 한다. 옐레나 보네르가 누구던가! 위대한 학자이자 위대한 반체제 인사, 위대한 도덕적 양심인 안드레이 사하로프의 미망인이 아닌가. 그녀 역시 그 〈나츠볼〉(민족볼셰비키당 당원들이 러시아에서 이런 이름으로 불린다는 걸 나는 그때 알았다) 친구들에게 매우 호의적이었다. 듣기에 거슬리는 사람들도 있을 테니 당명 개정을 고려하면 좋겠지만, 이밖에는 나무랄 데 없는 정말 놀라운 사람들이라고 그녀는 평가했다.

몇 달 뒤, 나는 〈드루가야 러시아(다른 러시아)〉라는 이름을 내걸고 게리 카스파로프와 미하일 카시야노프, 에두아르드 리모노프가 참여하는 정치 연합이 출범했다는 소식을 접했다. 세계 역사상 최고로 손꼽히는 체스 선수와 푸틴 정권의 전직 총리, 그리고 우리 상식으론 상종 못 할 작가, 묘한 조합이었다. 분명 뭔가 달라졌다. 리모노프라는 사람 자체가 변한 건 아닐지 몰라도 러시아 내에서 그의 위상이 변한 것은 분명했다. 이런 생각을 하던 차에 『르 피가로 *Le Figaro*』의 러시아 특파원을 지낼 때 만난 파트리크 드 생텍쥐페리가 르포 전문 잡지를 준비 중인데 창간호에 실을 마땅한 기삿거리가 없겠느냐고 물어 와, 나는 대뜸 대답했다. 리모노프. 파트리크는 눈이 휘둥그레지더니 나를 쳐다보았다. 「개망나니 잖아, 리모노프.」「글쎄, 눈으로 봐야 알지.」 내가 대답했다.

「좋아, 눈으로 보고 와.」

파트리크가 더 이상 묻지 않고 시원스러운 결정을 내렸다.

수소문 끝에 모스크바에서 편집자로 일하는 사샤 이바노프를 통해 리모노프의 휴대폰 번호를 입수하기까지 시간이 좀 걸렸다. 그리고 막상 전화번호를 알고 나서도 수화기를 들기까지 시간이 또 걸렸다. 그도 그지만, 나 스스로 어떤 입장을 취해야 할지 자꾸 망설여졌다. 오랜만에 만난 친구처럼, 아니면 수상한 낌새를 챈 형사처럼? 러시아어를 써야 하나, 프랑스어로 해야 하나? 말을 놔? 아니면 높여? 그렇게 망설이던 기억이 지금도 생생한데, 처음 통화를 시도했을 때, 그것도 벨이 두 번도 울리기 전에 그가 수화기를 들자 내가 무슨 말을 했는지는 신기하게도 기억에 없다. 나는 분명히 이름부터 댔을 것이고, 상대방은 잠시라도 우물쭈물하는 기색도 없이 대답했다. 「아, 엠마뉘엘. 어떻게 지내요?」 친한 사이도 아닌 데다 15년 동안이나 얼굴을 본 적이 없으니 당연히 내가 누구인지부터 밝히는 게 순서라고 생각하던 나는 당혹감을 느끼며 예, 뭐, 잘, 하고 웅얼거렸다. 그가 즉시 말을 받았다. 「작년에, 두브로프카 극장 집회에서 봤는데, 왔었죠?」

나는 할 말을 잃었다. 백여 미터 거리에서, 그것도 내 쪽에서 그를 뚫어져라 쳐다보았을 뿐이고, 그러다 순간적으로 시선이 마주치기는 했어도 상대편이 멈칫하거나 눈썹을 찡긋

올리며 나를 안다는 표시를 하지도 않았다. 시간이 지나고 놀란 가슴이 진정되고 나니 그의 친구인 사샤 이바노프가 나한테서 전화를 받았다고 리모노프한테 전했을지도 모른다는 생각이 들었다. 하지만 두브로프카 극장의 집회에 갔던 얘기는 이바노프한테 한 적이 없었기 때문에 내 의문은 영원히 풀리지 않을 것처럼 보였다. 그러나 나는 나중에 그 일이 미스터리가 아니라 리모노프가 비상한 기억력의 소유자이다, 자기 관리 능력 역시 비상한 사람이기 때문에 벌어진 일이라는 것을 알게 되었다. 내가 자신을 취재하고 장편 기사를 쓰고 싶다고 하자 그는 2주간의 동행 취재를 선뜻 수락한 뒤 한마디 덧붙였다. 「그 전에 다시 수감되면 불가능하겠지만.」

3

검은 청바지와 점퍼 차림에 군화를 신은 다부진 체격의 빡빡머리 두 명이 선팅이 된 볼가[10] 자동차에 나를 태우고 보스의 거처를 향해 차를 몰기 시작했다. 차가 모스크바를 가로질러 달리는 동안, 도착 즉시 눈을 가리겠지, 하고 상상의 나래를 펼치며 은근히 기대도 했는데, 웬걸, 두 수호천사는 건물 안뜰과 계단, 이어 아파트 앞 복도를 재빨리 살피고 나서 나를 안으로 데리고 들어갔다. 불법 점유지를 연상시키는 어수선하고 어둠침침한 작은 아파트 안에는 시간을 죽이며 담배를 피우고 있는 빡빡머리가 둘 더 있었다. 에두아르드는

10 러시아산 자동차.

모스크바 시내에 있는 서너 곳의 거처를 번갈아 가며 쓴다, 수시로 거처를 바꾼다, 일정한 스케줄을 피하고 경호원들(열성 당원들) 없이는 절대 움직이지 않는다고 흡연 중이던 한 명이 내게 일러 주었다.

지시에 따라 그를 기다리고 있자니 온갖 생각이 머리를 스쳤다. 시작이 좋아, 은신처에다 지하 활동, 극적인 요건을 완벽히 갖췄어. 단지 두 가지 중 어떤 버전으로 스토리를 끌고 나갈지가 고민이었다. 테러리스트냐 레지스탕스냐, 카를로스[11]냐 장 물랭[12]이냐. 과거형이 아닌 이상, 공식 역사로 기록되지 않은 이상, 이 둘에 큰 차이가 없는 게 사실이다. 나는 리모노프가 이 만남에서 무엇을 기대하는지 또한 궁금했다. 몇몇 서방 기자들이 쓴 기사에 데어, 나 또한 경계의 대상으로 바라보는지, 아니면 나와의 만남을 명예 회복의 계기로 삼을 생각인지. 그는 그렇다 치고, 나는 대체 무엇을 기대하고 그를 만나러 와 있는지 알 수가 없었다. 글을 쓰기 위해 취재 대상과의 약속을 잡아 놓고 이렇게 막막한 것도 나로선 극히 드문 일이었다.

드디어 방으로 들어갔다. 커튼을 친 휑한 사무실에 검정색 청바지와 스웨터 차림의 리모노프가 서 있었다. 웃음기 빠진 악수. 상호 탐색의 시간. 그가 파리에 있을 때는 서로 〈반말〉을 썼는데, 지난번 통화 때 그쪽에서 〈높임말〉을 쓰기 시작해 말투는 존대로 굳어졌다. 그동안 프랑스어를 사용할 기회가 없었을 그의 프랑스어 실력이 내 러시아어 실력보다 나

11 흔히 〈카를로스 자칼〉로 불리는 베네수엘라 출신의 테러리스트.
12 Jean Moulin(1899~1943). 프랑스 레지스탕스 지도자.

아 대화는 프랑스어로 오갔다. 예전에 리모노프는 하루에 한 시간씩 반드시 팔 굽혀 펴기와 아령 운동을 했는데, 예순 다섯이라는 나이가 무색하게 여전히 날렵한 몸매를 유지하는 걸 보면 그 습관은 여전한 모양이었다. 납작한 배와 매끈 매끈한 구릿빛 피부. 예전엔 없던 희끗희끗한 콧수염과 턱수염이 『20년 후*Vingt ans après*』[13]에 등장하는 노년의 다르타 냥을 살짝, 그리고 볼셰비키 인민 위원, 그중에서도 특히 생전의 트로츠키(내가 알기로 트로츠키는 보디빌딩을 하지 않았지만)를 많이 연상시켰다.

모스크바로 가는 비행기 안에서 나는 그의 걸작인 『인생 낙오자의 일기』를 다시 읽었다. 뒤표지에 책의 색깔이 분명히 드러났다. 〈찰스 맨슨[14]이나 리 하비[15]의 일기가 이렇지 않았을까.〉내가 공책에 옮겨 적은 것들 중에, 가령 이런 문장이 있다. 〈나는 유혈 봉기를 꿈꾼다. 나는 절대 나보코프는 되지 않으리라, 절대 털이 북슬북슬한 영어 사용자의 두 다리로 나비를 쫓아 스위스의 초원을 뛰어다니지는 않으리라. 내게 백만 달러를 달라, 그 돈으로 무기를 사서 아무 나라라도 가 봉기를 일으킬 것이다.〉서른 살에 무일푼으로 내던져지듯 뉴욕 거리에 선 이민자 리모노프가 꿈꾼 미래였다. 그로부터 30년이 흘러, 그 미래가 현실화되고 있었다. 그는 자신이 그토록 꿈꿔 왔던 역할을 맡고 있다. 직업 혁명가, 도시 게릴라전 용병술가, 장갑차에 올라 탄 레닌.

13 알렉상드르 뒤마의 소설 『삼총사』의 속편.
14 미국 사교(邪敎) 집단의 우두머리이자 연쇄 살인범.
15 케네디 대통령 저격범.

내 말에 그가 픽 차가운 코웃음을 흘렸다. 「맞소, 내 인생 계획대로 살았으니까.」 내 평가를 수긍하면서도 그는 지금은 무장 봉기를 꿈꿀 시대가 아니라고 진단했다. 더 이상 유혈 정변이 아니라 최근의 우크라이나와 같은 오렌지 혁명을 꿈꾼다고. 평화적이고 민주적인 혁명이야말로 크렘린이 가장 두려워하는 것이기 때문에 수단과 방법을 가리지 않고 짓밟을 것으로 전망한다고. 지금처럼 쫓기며 살고 있는 건 그 때문이라고. 몇 해 전에는 야구 방망이로 초주검이 되도록 맞았고, 얼마 전에도 테러를 아슬아슬하게 모면했다고. 그의 이름이 〈러시아의 적들〉 리스트, 다시 말해 친정부 조직들이 인민재판을 촉구하며 주소와 전화번호를 공개한 피살 대상 일 순위에 올라 있다고. 그와 함께 명단에 이름을 올린 사람들 중에는 산탄총으로 저격된 폴리코프스카야, 범죄 집단화한 조직을 고발한 후 폴로늄으로 독살당한 전직 FSB 장교 리트비넨코, 그리고 정치판에 기웃거리다가 시베리아에 유배 중인 억만장자 코도르코프스키가 있다고. 다음 차례는, 리모노프, 자신이라고.

그는 다음 날 카스파로프와 공동 기자 회견을 열었다. 기자 회견장에는 내가 폴리코프스카야의 암살 사건을 취재할 당시 만난 민족볼셰비키당의 열성 당원들 대부분이 자리했고, 기자들, 특히 외신 기자들이 꽤 여럿 눈에 띄었다. 개중에는 흥분한 기색이 역력한 사람들도 있어, 스웨덴 취재팀의 경우는 드루가야 러시아가 장차 중요한 정치 세력으로 부상하리라는 기대 속에 단신 기사가 아닌 3개월 촬영 예정으로 장편 다큐멘터리를 준비 중에 있다고 했다. 이들은 카스파로프와 리모노프가 집권에 성공하면 자신들이 제작한 다큐를 전 세계에 비싼 값에 팔겠다는 계산과 함께 확신에 차 있었다.

건장한 체격, 훈훈한 미소, 유대계 아르메니아인의 출중한 용모. 이 전직 체스 챔피언의 모습은 함께 연단에 오른, 턱수염에 안경을 낀 모습이 타고난 지도자를 측근에서 보좌하는 냉혈 전략가를 자처하는 듯한 리모노프를 압도하고도 남았다. 이듬해(2008년)에 치러질 대통령 선거가 역사적인 기회일 수밖에 없는 이유를 설명하면서 공격적인 연설로 과감하게 포문을 연 사람 역시 카스파로프였다. 두 번째 임기가 곧 끝나지만 헌법의 금지 조항 때문에 푸틴이 세 번 연임을 노릴 순 없다, 그런데 푸틴이 주변을 워낙 무력화시켜 놓아 집권 세력에서는 후보가 나오기 힘들 것 같다, 드디어 러시아 역사상 최초로 민주 야권 세력에게 기회가 왔다, 언론이 통제되는 현실에서 러시아 국민들이 얼마나 올리가르히[16]와 부패, FSB의 전횡에 염증을 느끼고 있는지는 파악할 길이 없지만, 나, 카스파로프는 알고 있다. 달변가인 그의 입에서 첼로 같은 저음으로 쏟아지는 말들을 듣다 보니 슬슬 스웨덴 취재진들의 판단이 옳을지도 모른다는 생각이 들기 시작했다. 내가 엄청난 무언가를, 〈솔리다르노시치〉[17]의 시작과 유사한 어떤 도저한 흐름을 목도하는 중이라고 믿고 싶어졌다. 그때, 옆자리의 영국 기자가 바짝 몸을 붙여 오며 비아냥거렸

16 신흥 재벌.
17 폴란드의 자유노조를 일컬음. 레흐 바웬사(1943~)가 주도한 폴란드의 자유노조 운동은 동유럽 사회주의 붕괴의 단초가 되었음.

다. 입김에 밴 진 냄새가 코를 찔렀다. 「개소리. 러시아 사람들은 푸틴이 좋아 죽겠는데, 엉터리 같은 헌법이 이런 훌륭한 대통령을 세 번 연속 뽑지 못하게 하니까 이해가 안 되는 거지. 그런데 말이오, 이건 명심하시오. 헌법에서 금지하는 건 〈연속〉 삼선이지, 허수아비를 내세워 멍석을 깔아 놨다가 재등장하는 약은 수를 부리지 못하게 하는 건 아니거든. 두고 봐요.」

그의 귀엣말 한마디에 조금 전의 흥분이 싹 가셨다. 일순간에 진실은 다시 현실론자들, 세상살이와 셈에 밝은 자들, 러시아에서 민주적인 야당을 하겠다는 건 체커 게임에서 캐슬링을[18] 하겠다는 거나 마찬가지다, 게임 규칙에 없을 뿐 아니라 여태껏 성공한 적도 앞으로 성공할 가능성도 없다고 믿는 실속파 친구 파벨의 편으로 돌아섰다. 방금 전만 해도 내 눈에 러시아의 바웬사로 보이던 카스파로프의 얼굴이 불현듯 프랑수아 바이루[19]와 겹쳐졌다. 그의 연설이 허세에 찬 공허한 장광설로 들리기 시작했다. 나와 옆자리의 기자 사이에는 교실 맨 뒷자리에 앉아 야한 그림을 그려 주고받으며 시시덕대는 열등생들끼리의 은밀한 친밀감이 싹텄다. 나는 그에게 얼마 전에 산 리모노프의 책을 내밀었다. 『영웅의 해부』라는 제목으로 유일하게 세르비아에서 번역 출간된 이 책에 나오는 누렇게 바랜 사진첩에는 세르비아의 민병대 지도자

18 체스에서 킹과 룩의 위치를 동시에 바꾸는 것.
19 François Bayrou(1951~). 프랑스의 중도 우파 정치인. 독자적인 우파 정치 세력을 형성하려고 애쓰면서 2002년부터 세 차례 대권에 도전했으나 번번이 고배를 마셨음.

아르칸, 장마리 르 펜,[20] 러시아의 포퓰리스트 정치인 지리노프스키, 봅 드나르,[21] 인권 활동가 몇 명의 사진과 함께 위장복 차림의 의기양양한 주인공 리모노프 〈자신의〉 사진도 들어 있었다. 「파시스트 새끼……」 영국 기자가 짧게 촌평했다.

우리 둘의 시선이 일제히 연단 위의 리모노프로 향했다. 그는 카스파로프 옆에서 조금 뒤쪽으로 물러나 앉아 정권이 자행하는 탄압 행위들을 규탄하는 카스파로프의 연설에 조용히 귀를 기울이고 있었다. 비슷한 자리에서 나타나는 정치인들의 흔한 반응, 즉 앞선 연사가 그만 입을 다물고 발언권을 넘겨주기만을 조바심치며 기다리는 기색은 찾을 수가 없었다. 그는 명상 중인 선승처럼 허리를 꼿꼿이 세우고 차분히 앉아 경청 중이었다. 카스파로프의 격정적인 목소리는 어느새 웅웅거리는 소음으로 바뀌어 들려왔다. 나의 관심은 오로지 해독 불가능한 리모노프의 얼굴에 집중되어 있었다. 아무리 눈을 부릅떠도 그 속을 알 도리가 없었다. 오렌지 혁명이라는 걸 정말로 믿긴 믿는 걸까? 미친개, 〈무법자〉 리모노프는, 자신이 평생 세상 물정 모르는 인간들이라고 욕하던 과거의 반체제 인사들, 인권 투사들 틈에서 덕망 높은 민주주의자 행세를 하는 게 재미있을까? 양 떼 속 늑대처럼 음흉하게 회심의 미소를 짓고 있지는 않을까?

공책에 옮겨 적은 『인생 낙오자의 일기』의 또 다른 구절이 눈에 들어온다. 〈나는 악의 편에, B급 신문들, 등사기로 찍어

---

20 Jean-Marie Le Pen(1928~). 극우 정당 〈국민 전선〉을 창당한 프랑스 극우 정치인.
21 Bob Denard(1929~2007). 프랑스 출신의 용병 지휘관.

돌린 유인물들, 전망 없는 정당들의 편에 섰다. 나는 극소수가 모이는 정치 회합들과 무능력한 음악가들의 불협화음을 사랑한다. 그리고 나는 심포니 오케스트라들을 증오한다. 언젠가 내가 권력을 잡으면 바이올리니스트들과 첼리스트들을 모두 처형할 것이다.〉영국 기자에게 이 구절을 번역해 들려줄 필요조차 없었다. 이심전심이었는지, 그가 내 곁으로 몸을 기울이며 한마디 던졌는데, 이번은 농담기가 싹 가신 진지한 어투였다. 「저자의 친구들 말이오, 조심해야 할 거요. 리모노프가 혹여 권력이라도 잡는 날엔 저 친구들을 깡그리 총살부터 시킬 테니까.」

  통계로서의 가치는 손톱만큼도 없는 얘기지만 한번 해보자. 르포 취재 기간에 나는 서른 명이 넘는 사람들에게 리모노프에 대한 생각을 물었다. 그중에는 돈을 받고 나를 태워준(모스크바에서는 차만 있으면 누구나 무허가 택시 영업을 한다) 생면부지의 운전자들도 있었고, 아주 조심스럽게 러시아의 보보족[22]으로 분류할 수 있는, 이케아 가구를 사서 집을 꾸미고 러시아판 『엘르*Elle*』지를 읽는 나의 러시아 친구들도 있었다. 열광하는 사람도 없었지만 그렇다고 단 한 명 악평을 하지도 않았다. 누구도 〈파시즘〉이라는 단어를 입에 올리지 않았고, 〈아무리 그래도 깃발이며 표어들이며 조금 너무……〉 하고 운을 뗄라치면 어깨를 으쓱하면서 나를 까탈스러운 사람으로 취급했다. 마치 내가 미셸 우엘벡과 루 리

---

  22 부르주아와 보헤미안을 합친 표현.

드, 콘벤디트[23] 세 사람을 동시에 취재하러 와 있기라도 한 듯, 〈리모노프와 2주를 같이 보낸다니, 당신 정말 행운아야!〉 하는 식의 반응을 보였다. 그렇다고 이 합리적인 사람들이 당장 리모노프에게 한 표를 던질 의향이 있다는 뜻은 아니다. 기회가 닿아 우엘벡이 선거에 나온다고 해도 막상 프랑스인들이 그를 찍지는 않을 것(이건 내 짐작이지만)과 같은 이치다. 그러나 어쨌든 사람들이 리모노프의 활화산 같은 성품을 좋아하고, 그의 재능과 대담함을 우러러본다는 것을 잘 알기 때문에 언론에서 끊임없이 그를 기사화하는 것이다. 한마디로 말해, 그는 스타다.

나는 그 시즌 최고의 사교계 행사의 하나로 손꼽히는, 〈에호 모스크비〉[24] 라디오가 주최한 파티에 참석했다. 으레 거구의 사내들을 대동하고 파티장에 나타난 리모노프의 곁에는 텔레비전 드라마 출연으로 유명해진 젊은 여배우이자 그의 새 연인인 예카테리나 볼코바가 보였다. 리모노프 커플은 파티장에 북적이는 정계와 언론계의 거물급 인사들과 두루 친분이 있는 듯했고, 어느 누구보다 인사도 많이 받고 카메라 세례도 집중적으로 받았다. 그가 함께 저녁을 먹으러 가자고 청하길 은근히 기대했지만 그런 제안은 없었다. 그날 저녁에 두 사람 사이에 8개월짜리 아기가 있다는 사실을 알고 나서 예카테리나가 아기와 함께 사는 아파트에 한번 가보

23 Daniel Cohn-Bendit(1945~). 독일 출신으로, 프랑스 68년 학생 운동의 주역이었던 정치인.
24 Ekho Moskvy. 〈모스크바의 메아리〉라는 뜻.

고 싶었으나 그런 초대 역시 없었다. 전사(戰士) 리모노프가 은신처로 이동하는 중간에 짧게 들러 휴식을 취하는 집이 어떤 곳일지 궁금했고, 어울리지 않는 가장 역할을 하는 리모노프의 모습을 자연스럽게 보고 싶었는데, 아쉬웠다. 무엇보다 나는 예카테리나라는 사람에 대해, 내가 그동안 미국 여배우들의 전매특허라고 믿어 왔던, 웃음이 떠나지 않는 얼굴로 상대가 무슨 말을 해도 호들갑스레 반응하다가 조금만 더 중요한 사람이 옆으로 지나가면 일순간에 안면을 싹 바꾸면서 상대를 투명 인간으로 취급하는, 무서운 친화력을 가진 매력적인 그녀에 대해 조금 더 알고 싶었다. 뷔페 테이블 앞에 서서 함께 5분가량 짧은 담소를 나누는 동안 그녀는 내게 순진무구한 직설 화법으로, 에두아르드를 만나기 전엔 솔직히 정치 따위에 관심도 없었지만 이제는 러시아가 독재 국가라는 것과 자유를 위해 투쟁해야 한다는 사실, 〈반대자들의 행진〉[25](그녀가 요가 수업에 임할 때의 진지함을 가지고 참여하는 듯 보이던)에 적극 참여해야 한다는 사실을 깨달았다고 목청을 드높였다. 다음 날, 나는 우연히 한 여성 잡지에 실린 그녀의 인터뷰 기사를 읽게 되었는데, 유명 야권 인사인 남편과 사랑스럽게 포옹을 하는 사진과 함께 그녀만의 미용 비법이 실려 있었다. 정치와 관련한 기자의 질문에 그녀가 노숙자 문제에 발 벗고 나선 프랑스 여배우가 사르코지 대통령을 공격할 법한 어조로 푸틴을 맹비난하면서 나한테 했던 말을 앵무새처럼 되풀이하는 것을 읽으며 놀랍다 못해 얼떨

25 러시아 야권에서 2006년부터 2007년까지 몇 차례에 걸쳐 개최한 대규모 정부 규탄 집회.

떨했다. 스탈린, 아니 브레즈네프 치하에서조차 이런 내용이 활자화됐으면(어차피 개연성이 없는 가정이지만) 어떤 일이 벌어졌을까, 하고 나는 상상의 나래를 펼쳤다. 푸틴 독재, 이 정도면 괜찮네, 최악은 아니야, 하는 소리가 절로 나왔다.

4

한때 알고 지냈던 삐딱한 깡패 작가, 쫓기는 게릴라 전사, 책임감 있는 정치인, 잡지의 〈연예란〉에 애정 생활 관련 기사가 실리는 유명인, 이 상반된 이미지들이 도무지 일관성 있게 하나로 합쳐지지 않았다. 보다 명확하게 입장을 정리하기 위해 그가 이끄는 당의 기간 당원들, 즉 나츠볼들을 만나 봐야겠다는 생각이 들었다. 매일 나를 검은색 볼가에 태워 보스의 거처로 데려다 주는 빡빡머리들, 처음에는 다소 거부감도 들던 순박한 청년들 말이다. 본래 그들이 말수가 적은 성격인지 아니면 내가 대화의 기술이 부족한 사람인지, 어쨌든 그들과 대화를 나눌 기회가 별로 없었다. 카스파로프의 기자 회견장을 나오는 길에 나는 순전히 외모에 혹해 한 아가씨에게 다가가 혹시 기자냐고 말을 붙였다. 그녀는 네, 그런 셈이죠, 하고 대답했다. 민족볼셰비키당의 홈페이지 관리자로 일한다는, 예쁘장하고 얌전한 용모에 매무새 깔끔한 그녀는 나츠볼이었다.

이 매력적인 여성의 소개로 나는 역시나 매력적인, 모스크바 지구당의 (지하)책임자인 한 남성 당원을 만날 수 있었다.

긴 머리를 뒤로 묶은, 다정하고 친근감 넘치는 그의 얼굴은 파쇼적인 느낌보다는 열혈 반세계화주의자 내지는 타르냑 그룹[26]류의 독자적인 현장 활동가 같은 인상을 풍겼다. 모스크바 교외에 위치한 그의 조그만 아파트에는 마누 차오의 음반들이 꽂혀 있었고, 벽에는 그의 아내가 그린 장미셸 바스키아풍의 그림들이 걸려 있었다.

「그럼 아내는, 당신의 정치 투쟁을 지지하나요?」 내가 물었다.

「예, 그럼요. 아내는 복역 중이기도 한걸요. 2005년에 폴리코프스카야가 취재했던, 화제의 재판의 주인공 서른아홉 명 중 한 명이에요.」

그가 뿌듯한 표정으로 함박 미소를 지었다. 그가, 아내와 함께 감옥에 못 간 것은, 자기 잘못이 아니라, 〈므니에 니에 파비에즐로〉, 즉 운이 없었다, 또 기회가 오지 않겠느냐, 아직 끝난 게 아니다, 고 말했다.

내가 그를 따라 타간스키 법원에 간 날에는 마침 나츠볼들의 선고 공판이 열렸다. 비좁은 법정 안의 피고석에는 수갑을 찬 피고인들이 출석해 있었고, 방청석의 긴 의자 세 개에는 그들의 당원 친구들이 나뉘어 앉아 있었다. 수염을 기른 회교도 대학생에서부터 운동복 차림의 〈노동 계급의 영웅〉까지 생김새가 천차만별인 청년 여섯에 이들보다 나이가 조금 더 든 여성 하나를 더해 수감 중인 나츠볼은 총 일곱이

<hr/>

26 2008년, TGV 철로에 철근을 설치해 사보타주를 노리고 테러 조직의 성격을 띠는 급진 좌파적 결사체를 조직한 혐의로 재판을 받은 프랑스 코레즈 지방 소재 타르냑에 거주하는 10명의 청년들을 가리킴.

었다. 창백한 낯빛, 엉망으로 헝클어진 새카만 머리칼이 눈에 띄는 미모의 여성 피고인을 보면서 나는 담배를 직접 말아 피울 것 같은 좌파 역사 교사의 이미지를 머릿속에 떠올렸다. 이들은 〈훌리거니즘〉, 다시 말해 푸틴을 지지하는 젊은 이들과 난투극을 벌인 혐의로 기소되었다. 싸움에 가담한 양측은 모두 경미한 부상을 입었다. 판사의 심문에 피고인들은 싸움을 건 놈들은 기소조차 안 됐다, 이번 소송은 순전히 정치적이다, 신념이 죄라면 죗값을 달게 받겠다고 진술했다. 피고측 변호인은 피의자들이 〈훌리건〉이 아니라 성실한 우등생들이고, 미결 구금 상태에서 이미 1년을 복역했으니 벌은 받을 만큼 받았다고 변론했지만, 판사를 설득하는 데는 실패했다. 피고 전원에게 징역 2년이 선고되었다. 헌병들에게 끌려 나가면서도 나츠볼들은 웃는 얼굴로 주먹을 불끈 쥐어 보이며 〈다 스미에르티〉, 즉 〈목숨이 다할 때까지〉라고 외쳤다. 방청석에 앉아서 그들을 쳐다보는 친구들의 얼굴에는 부러운 기색이 역력했다. 그들은 영웅이었다.

러시아인들의 종교가 되어 버린 냉소주의를 거부하고 리모노프를 우상화하는 이런 젊은이들은 수천, 아니 수만 명에 이를지 모른다. 자신들의 아버지뻘, 아주 어린 청년들한테는 할아버지뻘이 되는 남자, 스무 살에는 누구나 한 번씩 꿈꾸는 모험적인 삶을 살아온 리모노프, 그는 살아 있는 전설이다. 그리고 이 전설의 요체, 청년들 모두에게 리모노프처럼 살고 싶다는 욕망을 불러일으키는 것은, 바로 그가 수감 생활에서 보여 준 쿨한 영웅주의다. 러시아인들의 인식

체계에서는 알카트라즈[27]와 동의어로 받아들여지는 KGB의 철옹성 레포르토보 교도소에서 복역했고, 혹독한 수형 환경 속에서 강제 노동 수용소 생활을 했지만 결코 불평하지도, 타협하지도 않았다. 수감 중에도 일고여덟 권의 책을 집필했고, 한방을 쓰던 수형자들의 실생활에 도움을 주어 그들 사이에서 왕초로, 성인(聖人)이나 다름없는 존재로 추앙받기에 이르렀다. 그가 출소하던 날에는 죄수들과 교도관들이 서로 가방을 들어 주겠다고 싸워 한바탕 난리가 났다고 한다.

감옥이라는 데서 직접 살아 보니 어떻더냐고, 내가 본인에게 직접 물었을 때, 리모노프는 처음에는 러시아어로 〈오케이, 괜찮다, 특별한 거 없다〉를 뜻하는 〈노르말노〉라고만 짧게 대답했다. 그런데 나중에 내게 재밌는 얘기를 하나 들려주었다.

그가 레포르토보 교도소에서 볼가 강(江) 유역에 위치한 엥겔스 강제 수용소로 이감되고 나서의 일이다. 엥겔스 수용소는 건축미를 과감히 살려 설계한 최신식 수형 시설로, 러시아 내의 수형 환경이 괄목할 만하게 개선되었다는 사실을 외국인 방문객들에게 직접 확인시키려는 취지에서 보란 듯이 개방하고 있는 모범 행형 시설이다. 복역 중인 수형자들 사이에서 엥겔스 수용소는 〈유로굴라그〉로 통하는데, 디자인만 세련됐을 뿐 그 안에 사는 사람들의 입장에서는 철조망을 두른 옛날 막사보다 못하면 못했지 나을 게 없다고 리모

27 1960년대까지 흉악범들을 수감하는 교도소로 사용되었던 미국의 섬. 마피아 두목 알 카포네가 수감되었던 곳으로 유명하다.

노프는 단언했다. 그건 그렇다 치고, 주철 배관 위에 광택 스테인리스 세면기를 얹어 단순하면서도 깔끔하게 디자인한 수용소 세면대는 80년대 말에 그가 출판사 편집자의 초청을 받아 마지막으로 머물렀던, 필립 스탁이 실내 디자인을 맡았다는 뉴욕의 한 호텔에서 봤던 세면대와 똑같았다고 그는 회상했다.

세면대를 보며 그는 아련한 생각에 잠겼다. 동료 수감자들 중에 이런 비교를 할 수 있는 사람이 있을 리 만무했다. 고상한 뉴욕 호텔의 고상한 투숙객들 중에 이런 사람이 있을 리도 만무했다. 그, 에두아르드 리모노프처럼, 볼가 강변의 강제 노동 수용소에 수감된 일반범의 세계와 필립 스탁의 디자인 속에서 유영하는 멋쟁이 작가의 세계, 이토록 이질적인 세계들을 두루 경험한 사람이 과연 이 세상에 얼마나 많을까, 하고 그는 생각했다. 아니, 틀림없이 많지 않아, 라는 결론에 이르는 순간 그는 자긍심을 느꼈다. 그 심정, 나도 이해한다. 바로 그 때문에 내가 이 책을 쓰려는 것이다.

나는 신분 상승이 제한된, 쇠락으로 접어든 조용한 나라에 살고 있다. 16구의 부르주아 가정에서 태어나 보보족이 되어 지금은 10구에 산다. 고위 간부인 아버지와 유명 역사학자인 어머니 밑에서 자라 책을 쓰고 시나리오를 집필하는 직업을 갖게 됐고, 아내는 기자다. 부모님은 레 섬에 별장이 있고, 나는 나중에 가르 지방에 별장을 사고 싶다. 나는 이게 나쁘다거나 풍부한 인생 경험에 제약으로 작용한다고는 생각하지 않지만, 공간적으로나 사회문화적으로나 지금의 내

삶이 태생적 기반으로부터 아주 많이 멀어졌다고 말할 수 없는 건 분명하다. 대부분의 내 친구들도 나와 다르지 않다.

리모노프는 어떤가. 우크라이나 출신의 깡패로 출발해 소비에트 언더그라운드의 아이돌, 맨해튼의 거지, 억만장자의 집사를 거쳐 파리의 인기 작가로, 발칸 반도를 헤매던 사병으로, 그리고 이제는, 공산주의 붕괴 이후 혼란기에 청년 무법자들의 당을 이끄는 카리스마 넘치는 늙은 보스로 변신해 있다. 스스로는 영웅이라고 자부하지만, 남들 눈에는 인종지말로 비칠 수도 있다. 이 점에 대해 나는 판단을 유보하고 싶다. 다만, 세면대에 얽힌 일화를 별생각 없이 재밌게 듣고 나서 그의 파란만장하고 위험천만한 인생이 어떤 메시지를 던지고 있다는 생각이 들었다. 리모노프, 그 자신과 러시아에 대해서만이 아니라 2차 세계 대전 종전 이후 우리 모두의 역사에 대해서 말이다.

어떤 메시지가 있긴 있는데, 그게 과연 무엇일까? 그것을 찾고 싶어 나는 이 책을 시작한다.

제1장

우크라이나, 1943~1967년

1

    이야기는 1942년 봄, 혁명 이전에는 라스티아피노, 1929년 이후로는 제르진스크로 불리는 볼가 강 유역의 한 도시에서 시작된다. 제르진스크라는 새 이름은 볼셰비키 1세대이자, 시대 별로 체카, GPU(게페우로 발음), NKVD(발음과 관련해 특이 사항 없음), KGB(카게베), 오늘날에는 FSB(에프에스베)라는 명칭으로 불린 정치 경찰의 창설자인 펠릭스 제르진스키를 기릴 목적에서 붙인 것이다. 이 책에서는 앞으로 정치 경찰을 가리킬 때 이 무시무시한 약칭들 중에 뒤에 나온 세 개를 번갈아 사용할 텐데, 러시아인들은 시대에 따라 통용되는 명칭이 아무리 달라져도 〈오르가니〉, 즉 기관이라는 아주 음산한 이름을 계속 사용한다. 전쟁이 격화됨에 따라 중공업 시설은 해체되어 전선에서 후방으로 소개되었다. 제르진스크에 들어선 군수 공장을 가동하기 위해 전 주민이 동원되었고, 이들을 감시할 목적에서 NKVD 병력이 배치되었다. 엄혹한 시절이었다. 노동자들은 5분만 지각해도 군사 회의에 회부되었고, 체카 요원들은 이들을 체포, 재판, 경우에 따라서는 목덜미에 방아쇠를 당겨 처형하기도 했다. 볼가 강 하류의 상공을 날던 메서슈미트[1] 정찰 편대가 제르진스크 시(市)에 폭탄을 투하하던 날 밤, 공장에서 보초를 서던 병사는 뒤늦게 건물을 빠져나와 방공호를 향해 내달리던 한 여자 노동자의 앞을 손전등으로 비춰 주었다. 그녀가 비틀하며 그의 팔을 잡았다. 그녀의 손목 문신이 그의 시선을 사로잡았다. 어둠을 가르며 확 불길이 치솟았고, 남녀의 얼굴이 가까워졌다. 그들의 입술이 맞닿았다.

사병, 베니아민 사벤코, 나이 스물셋. 우크라이나 농민 가정에서 태어났다. 숙련 전기공인 그는 모든 분야에서 최고 분자를 선별하는 NKVD에 차출되는 바람에 대부분의 또래 청년들처럼 전방에 파견되지 않고 후방 군수 공장에 보초병으로 배치되었다. 그처럼 이렇게 집을 멀리 떠나와 있는 것은 소련에서는 예외적인 일이 아니라 관행이었다. 추방, 망명, 대규모 강제 이주 등의 다양한 형식으로 끊임없는 인구 이동이 일어나는 상황에서, 태어난 고향에서 살다 뼈를 묻을 가능성은 극히 희박했다.

라이야 지빈, 그녀는 오늘날 니즈니노브고로드로 불리는 고리키 출신이다. 그녀의 아버지는 식당의 소장을 지낸 바 있다. 소련에서는 식당 주인이나 사장 대신 소장이 있었다. 식당이 창업이나 인수의 대상이 될 수 없었기 때문에 소장 자리는 임명직이었고, 결코 나쁜 직책이 아니었다. 하지만

---

1 Messerschmitt. 독일의 항공기 제작 회사. 2차 세계 대전 당시 독일 공군에 항공기를 댔다.

불행히도 그녀의 아버지는 공금 횡령 혐의로 파면된 후 교화부대 소속으로 레닌그라드 전장에 파병됐다가, 얼마 전에 전사했다. 이 일로 그녀의 집안은 오명을 입었고, 그 시대, 그 나라에서는 이로 인해 한 사람의 인생이 망가질 수도 있었다. 우리는 연좌제 금지가 사법 제도의 근간이라고 생각하지만, 당시 소련의 현실에서는 명목상의 원칙도, 이론적인 근거조차도 되지 못했다. 트로츠키주의자들과 〈쿨락〉으로 불리던 부농들, 구체제 특권층의 자녀들은 피오네르단(團),[2] 대학, 적군, 공산당에서 배제되어 열외자의 삶을 살아야 했는데, 이런 열외의 처지에서 벗어나기 위해서는 일단 부모부터 부정한 뒤 열성을 보이는 길밖에 없었다. 그런데 열성을 보인다는 것은 이웃을 고발하는 것과 동의어였기 때문에 가족사에 흠이 있는 사람들이야말로 기관들의 입장에서는 최고의 조력자였다. 라이야의 아버지는 전장에서 최후를 맞아 그나마 가족의 짐을 덜어 준 측면이 있었다. 어쨌든 그녀의 집안이나 사벤코 집안이나 상대적으로 무탈하게 30년대의 대공포 시대[3]를 지나온 셈이었다. 분명 피라미들이었기 때문에 가능한 일이다. 이런 행운에도, 라이야에게 있어 부도덕한 아버지는 여전히 기술 고등학교 시절에 새긴 문신만큼이나 수치스러운 존재였다. 훗날 그녀는 짧은 소매 원피스를 당당히 입고 나가지 못하는 게 싫어서, 게다가 명색이 장교 부인인데 천박하게 보이는 게 싫어서 손목에 염산을 부어 문신

---

2 만 10세에서 15세까지를 대상으로 하는 공산주의 소년단.
3 스탈린이 집권한 1930년대 후반기로, 정적 제거를 위한 대규모 숙청이 단행됐던 시기다.

을 지워 보려고 애를 쓴다.

라이야의 임신은 스탈린그라드가 포위된 날짜와 거의 정확하게 일치한다. 1942년, 소련군이 참패를 거듭하던 참혹한 5월에 잉태된 에두아르드는, 독일 제6군의 항복으로 양쪽 군대의 운명이 뒤바뀌게 되는 날을 20일 앞둔 1943년 2월 2일에 태어났다. 너는 승리의 아이다, 스탈린의 이름을 딴 이 도시를 적에게 내주지 않으려고 목숨을 바친 남녀 인민들의 희생이 없었다면 너는 노예의 세상에 태어났을 것이다, 하고 어른들은 두고두고 에두아르드에게 말했다. 훗날에는 사람들이 스탈린을 욕하고, 독재자로 규정하고, 입에 거품을 물고 그가 자행한 공포 정치를 비난하기도 하지만, 에두아르드 세대의 사람들에게 그는 역사상 가장 비극적인 시기에 소련 인민을 이끈 최고의 통치자요, 나치를 무찌른 용장이자 플루타르코스의 『영웅전』에 들어가고도 남을 인물이었다. 영웅 스탈린의 성품을 단적으로 보여 주는 다음의 일화는 러시아인들 사이에 유명하다. 2차 대전 당시 독일군은 스탈린의 아들 야코프 주가시빌리 중위를 포로로 잡고 있었고, 러시아군은 스탈린 전투에서 독일군 고위 사령관인 파울루스 원수를 생포한 상태였다. 독일군 최고 사령부에서 포로 맞교환을 제의해 오자 스탈린은 육군 원수를 일개 중위와 바꿀 수는 없다고 코웃음을 치며 거절했다. 스탈린의 아들은 이후 갇혀 있던 포로 수용소의 전기 철조망에 몸을 던져 자살했다.

에두아르드의 유년기에 얽힌 일화가 두 개 있다. 에두아르드의 아버지가 즐겨 얘기하는, 들으면 애잔해지는 얘기 하나. 요람이 없어서 대신 포탄 상자 안에 눕혀 놓은 갓난아기 에두아르드가 고무 젖꼭지 대신 청어 꼬리를 씹으면서 천사 같은 미소를 지었다는 얘기다. 〈말라지에츠!(대견한 녀석) 이놈은 어디엘 갖다 놔도 잘살 거야!〉 아버지 베니아민이 행복에 겨워 소리 질렀다.

어머니 라이야가 들려준 또 다른 일화는 이만큼 정겹지는 않다. 그녀가 아기인 에두아르드를 등에 업고 시내에 나가 있을 때 마침 루프트바페[4]의 공습이 시작되었다. 그녀는 열 명가량의 사람들과 지하 대피소로 몸을 피했다. 공포에 질린 사람들도, 무덤덤한 사람들도 있었다. 바닥과 벽이 요란하게 흔들렸고, 폭탄이 투하된 지점에서 방공호까지의 거리와 피폭된 건물들을 가늠해 보기 위해 다들 귀를 바짝 세웠다. 이런 상황에서 에두아르드가 갑자기 울음을 터뜨리자 우는 소리에 신경이 거슬리다 못해 화가 난 한 남자가 독일군은 살아 있는 목표물을 포착할 수 있는 초현대식 기술을 보유하고 있기 때문에 극히 미미한 소리도 다 감지할 수 있다, 이렇게 계속 애가 앙앙거리게 놔두면 여기 있는 우리들까지 몽땅 죽을지 모른다며 색색거리는 목소리로 숨죽여 말했다. 그의 설명에 혹해 흥분한 사람들이 라이야를 대피소 밖으로 내쫓자, 그녀는 공습이 계속되는 동안 다른 대피소를 찾아야만 했다. 분에 못 이긴 그녀는 등에 업힌 아기에게, 사람들이 상부상조니 연대 의식이니 형제애니 하고 떠들어도 절대 귀담아 듣지 말라고 말했다. 〈진실을, 꼭 명심해야 한다, 우리 에

4 독일 공군.

45

디치카. 인간이란 본래 비겁하고 비열해. 언제든 네가 먼저
칠 준비가 안 돼 있으면 상대가 널 죽이려고 달려들 거야.〉

2

전쟁 직후, 도시를 도시가 아니라 〈인구 밀집지〉[5]로 부르
던 시절, 상부에서 임의대로 새 배속지를 결정할 때마다 젊
은 사벤코 부부는 어린 아들을 데리고 이사를 다녀야 했다.
오랫동안 볼가 강 유역에 위치한 여러 인구 밀집지의 병영과
막사를 전전하며 살던 사벤코 가족은 1947년 2월, 드디어
우크라이나의 하리코프에 정착할 수 있었다. 산업과 철도의
중심지인 하리코프는 독일과 러시아가 대규모 살상을 자행
하며 뺏고 빼앗기는 치열한 공방전을 벌였던 탓에 전쟁이 끝
난 후에는 잿더미로 변해 있었다. 폐허였던 적군 거리에 신축
된 구성주의 건축 양식의 콘크리트 아파트에 NKVD 장교들
과 가족들(〈피부양자〉라는 이름으로 지칭되는)이 입주했다.
아파트 건너편, 한때 웅장한 중앙 역사가 서 있던 자리에는
돌과 벽돌, 폐금속만 어지러이 나뒹굴었다. 독일군 병사들의
사체와 지뢰, 유탄이 건물 잔해 속에 섞여 있어 울타리를 치
고 출입을 통제하는 속에서도 어린 소년이 팔이 잘리는 사고
가 발생했다. 이런 전례에도 불구하고 에두아르드가 어울리
던 불량아 패거리는 수시로 기습 월담을 감행해 잔해 더미를
뒤져서 실탄을 찾아냈다. 화약 가루를 모아 전차 레일에 뿌

5 러시아어 〈칸첸트라치야 나셀례니야〉의 프랑스어 번역.

리면 타다닥하는 마찰음과 함께 화려한 불꽃이 일었다. 한 번은 열차 탈선 사고까지 일으켰다는 얘기가 무용담처럼 전해지고 있었다. 밤마을을 나온 패거리가 빙 둘러앉으면 제일 큰 형들이 소름끼치는 얘기를 들려주었다. 죽은 독일 병사들의 원혼이 폐허를 떠돌면서 사람들이 조심성 없이 울타리 안에 발을 들이기만을 기다리고 있다, 구내식당의 솥에서 애들 손가락이 나온다, 사람을 잡아먹는 사람들이 있다, 인육이 밀거래된다 등. 다들 배를 곯던 그 시절에는 빵과 감자, 특히 가난한 러시아인들은 매끼마다, 그리고 나 같은 부유한 파리지엥들은 우쭐하며 가끔 특별식으로 식탁에 올리는 메밀가루로 만든 죽, 〈카샤〉가 주식이었다. 소시지가 사치 식품이던 시절에, 에두아르드는 돼지고기 장수가 꿈일 만큼 소시지를 무척 좋아했다. 개와 고양이 같은 애완동물은 눈에 띄는 족족 잡아먹어 자취를 감춘 반면, 도처에 쥐떼가 들끓었다. 러시아인 2천만 명이 전쟁으로 목숨을 잃었고, 또 2천만 명은 집을 잃고 거리를 떠돌았다. 대부분의 아이들이 전쟁 중에 아버지를 잃었고, 겨우 목숨을 부지한 성인 남자들은 대부분 불구가 되어 있었다. 거리에 외팔이, 외다리, 앉은뱅이가 넘쳐 났다. 어딜 가나 부랑아들, 전쟁고아들, 인민의 적을 부모로 둔 아이들, 굶주린 아이들, 도둑질하는 아이들, 살인하는 아이들, 야만으로 되돌아간 아이들이 방치되어 떼로 몰려다녔고, 결국 형사 책임 연령, 즉 사형에 처할 수 있는 연령은 12세로 낮아졌다.

  꼬마는 아버지를 흠모했다. 토요일 저녁마다 아버지가 업

무용 총에 기름칠하는 모습을 쳐다보는 게 좋았고, 제복을 걸치는 모습을 보는 게 좋았으며, 허락을 받고 아버지의 군화에 광택을 내고 있을 때면 세상을 손에 넣은 듯했다. 소년은 어깨가 닿도록 한쪽 팔을 군화 속으로 쑥 밀어 넣은 자세에서 구두약을 정성껏 펴바른 다음 특수한 솔과 헝겊을 단계별로 바꿔 가며 군화를 닦았다. 파견 근무를 떠나는 아버지가 든 가방의 절반을 차지하던 이 군화 닦이 장비 일체를 아들은 싸고, 풀고, 닦고 매만지면서 똑같은 장비를 가질 영광의 날이 오기를 학수고대했다. 소년의 눈에 진짜 남자는 이 세상에 군인밖에 없었고, 사귈 만한 가치가 있는 아이들도 군인 자녀들밖에 없었다. 하기야 다른 아이들은 알 기회도 없었던 것이, 적군 거리의 NKVD 관사에 살던 장교와 하사관 가족들은 끼리끼리 어울리면서 민간인들을 깔보고 무시했다. 이들의 관념 속에 민간인은 인도 한복판에서 별안간 우뚝 걸음을 세워, 절도와 패기가 넘치는 일정한 보속(에두아르드는 평생 시속 6킬로미터의 보행 속도를 유지하게 된다)으로 걷는 군인의 진행을 방해하는, 징징대기 좋아하는 피조물로 분류돼 있었다.

적군 거리에서는 아이들을 재울 때, 우리는 제2차 세계 대전이라 부르지만 러시아인들은 대(大)조국 전쟁이라 지칭하는 전쟁과 관련된 얘기들을 자장가 삼아 들려주곤 했다. 무너지는 참호들, 죽은 말들, 포탄이 떨어질 때 바로 눈앞에서 머리통이 날아가는 전우들의 이미지가 밤마다 아이들의 꿈을 가득 채웠다. 이 얘기들은 어린 에두아르드의 가슴을 뛰게 만들었다. 그런데, 소년은 어머니의 입에서 이런 얘기들이 나올 때마다 아버지가 적잖이 당혹스러워 하는 인상을 받았다. 게다가 무훈의 주인공도 늘 아버지가 아닌 삼촌이었지만, 소년은 차마 〈아빠는, 아빠도 했어요? 전쟁했어요? 아빠도 싸웠어요?〉라고 물어보지 못했다.

아니, 아버지는 싸우지 않았다. 반면 아버지의 동년배 대부분은 죽음을 목도했다. 전쟁은, 소년이 훗날 글에서 썼듯, 진짜인지 가짜인지 긴가민가한 동전을 확인하듯 남자들을 꽉 물었고, 남자들은 굽지 않았으니 가짜 동전은 아니라는 사실을 스스로에게 증명해 보일 수 있었다. 그런데 소년의 아버지는 달랐다. 그는 죽음을 목도하지 않았다. 그는 후방에서 전쟁을 했고, 그의 아내는 틈만 나면 이 사실을 남편에게 상기시키곤 했다.

소년의 어머니는 특권 의식에 젖은, 대가 세고 몰인정한 사람이었다. 절대 어린 아들을 두둔하는 법이 없었다. 자식이 두들겨 맞고 들어오면 감싸주기는커녕 때린 상대를 칭찬했다. 그래야 계집애가 아니라 사내놈이 된다고. 다섯 살 때 심한 중이염을 앓았던 일이 에두아르드에게는 또 다른 유년기의 기억으로 남아 있다. 귀 밖으로 고름이 흘러나오고 몇 주째 소리를 전혀 듣지 못하던 그를 어머니가 보건소에 데려가던 길이었다. 막 철길을 건너려고 할 때, 소리는 들리지 않아도 달려오는 기차의 모습이 시야에 잡혔다. 내뿜는 연기, 속도, 시커먼 쇳덩이 괴물체를 육안으로 확인하는 순간, 그는 어머니가 기차를 향해 자신을 던져 버릴 것 같은 난데없는 공포에 사로잡혔다. 그는 소리를 질렀다. 〈엄마! 사랑하는 엄마! 바퀴 밑으로 던지지 마세요! 제발요, 바퀴 밑으로 던지지 마세요!〉 이렇게 공손하게 말한 덕분에 어머니가 음험한 계획을 포기하기라도 한 듯, 그는 이 일화를 들려주면서 〈제발요〉라는 표현을 유독 강조했다.

이로부터 30년이 흐른 뒤 내가 파리에서 만난 에두아르드는, 상대방이 오싹해하는 걸 알고 일부러 아버지가 체카 요원 출신이라는 사실을 떠벌리고 다녔다. 그는 상대의 반응을 한껏 재미있게 지켜보고 나서는 놀리듯 말했다. 「자네들 공포 영화 좀 그만 찍어, 우리 아버지는 헌병 정도였지, 그 이상은 아니었으니까.」

그 이상은 아니었다는데, 과연 사실일까?

러시아 혁명 직후 내전기에 적군의 사령관을 맡은 트로츠키는 제정 러시아 군대 출신의 분자들, 즉 직업 군인들을 울며 겨자 먹기로 기용해야 하는 입장에 처했다. 아무리 군 전문가라지만 〈부르주아 전문가〉이기 때문에 사람 자체가 신뢰가 가지 않았던 트로츠키는, 이들을 관리 감독하고, 이들이 서명하는 문서에 연서하고, 반발할 경우 처치하는 임무를 수행할 정치 지도원 조직을 만들었다. 이렇게 탄생한 〈이중 행정〉 원칙은 한 가지 임무를 수행하기 위해서는 적어도 두 사람, 즉 임무를 수행하는 당사자와 임무 수행이 철저히 마르크스·레닌주의 사상에 입각해 이루어지고 있는지를 감독할 사람이 필요하다는 생각에 기반하고 있었다. 군대에서 출발한 이 원칙은 사회 전반으로 확대되었고, 그 과정에서 두 번째 사람을 감시할 세 번째 사람, 또 세 번째 사람을 감시할

네 번째 사람, 또…… 이런 식으로 계속 사람이 필요하다는
사실이 드러났다.

베니아민 사벤코는 이 같은 편집증적 시스템을 돌리는 하
급 부속에 불과했다. 감시하고, 감독하고, 보고하는 게 그의
일이었다. 이것이 반드시 가혹한 탄압 행위를 수반하는 일은
아니라는 점에서 에두아르드가 한 말은 맞다. 앞서 보았듯
이, 전쟁 동안 NKVD의 일개 사병인 베니아민이 한 일은 공
장 앞에서 보초를 선 게 다였다. 평화기에는 승진하여 소박
한 소위 계급장을 달고 〈나치트클루바〉, 굳이 번역하자면
〈나이트클럽 매니저〉의 직책을 맡았다. 당시 그가 처한 상황
에서 이 자리는 군인들의 여가 활동과 문화생활을 책임지는,
가령 소련 연방군의 날에 군인들을 위한 댄스 파티를 기획하
는 것이 주 업무였다. 기타 치고 노래 부르기 좋아하고, 나름
대로 세련된 것에 대한 안목을 지녔던 그에게 적격인 일이었
다. 손톱에 무색 매니큐어까지 칠했던 진정한 댄디 사벤코
소위가 엄처시하에서 자기 주장을 펼칠 용기만 있었어도 훨
씬 재밌는 인생을 살았을 것이라고, 세월이 흐른 뒤 아버지
의 인생을 회고하면서 아들 에두아르드는 평가한다.

NKVD의 〈나이트클럽 장교〉로 그렁저렁하던 베니아민의
호시절은 불행히도 레비틴 대위라는 자의 난데없는 등장으
로 오래가지 못했다. 베니아민의 자리를 가로챈 레비틴은 부
지불식 중에 사벤코 일가의 철천지원수가 됐고, 에두아르드
의 정신세계에 핵심적인 인물로 자리 잡았다. 땀은 적게 흘
리고 훨씬 더 성공하는 모사꾼, 그런 놈의 운수 대통과 오만

방자함을 보면 모멸감이 느껴진다. 어디 상사들 앞에서만 그런가, 가족 앞에서 모멸감이 들면, 아주 돌아 버린다. 오죽하면 어린 자식이 혈육의 정리상 입으로는 레비틴을 경멸한다고 하고, 마음속으로는 이런 생각을 하는 자신이 정말 밉지만, 우리 아버지는 참 변변치 못한 처량한 인간이야, 어쨌든 레비틴의 아들은 행운아야, 하고 생각할까. 훗날 에두아르드는 누구의 인생에나 레비틴 대위가 한 명은 있게 마련이라는 이론을 만든다. 잠시 후 이 책에 에두아르드의 레비틴 대위로 등장할 사람은 다름 아닌 시인 이오시프 브로드스키다.

3

1953년 3월 5일, 스탈린 사망 당시 에두아르드는 열 살이었다. 그의 부모와 부모 세대는 평생을 스탈린의 그늘에서 살았다. 스탈린은 그들이 품는 의문들에 늘 간결하면서도 투박한, 의심의 여지없는 대답을 가지고 있는 사람이었다. 그들은 1941년 독일군 침공 후 공포와 통곡의 나날들을; 그리고 허탈감에 빠져 있던 스탈린이 전의를 가다듬고 라디오 연설을 하던 날을 생생히 기억하고 있었다. 남녀 인민들을 향해 그는 〈동지들〉이라고 하지 않았다, 〈동무들〉이라고 했다. 〈동무들〉. 이 소박하고도 친숙한 단어, 그동안 뜨거움을 잊고 지냈던 이 단어, 이 한 마디가 환란 속에서 그들의 영혼을 어루만져 주었고, 처칠과 드골의 연설이 우리에게 그랬듯 러시아인들의 가슴에 아로새겨졌다. 스탈린 대신 죽을 수 없다는 사실이 서러운 아이들은 학교에서 대성통곡했다.

그때 에두아르드는 아버지를 좋아하고 어머니를 무서워하는, 예민하고 병약하지만 부모의 마음에 쏙 드는 착한 아들이었다. 소비에트 피오네르단의 반 대표로 뽑힌 아이는 장교의 아들답게 매년 우등생 명단에 이름을 올렸다. 어린 에두아르드는 책을 좋아했다. 그 당시 소련에서 많은 인기를 누렸던 두 명의 작가, 알렉상드르 뒤마와 쥘 베른의 책을 유독 좋아했다. 나와 판이했던 그의 어린 시절이 이 점에서만은 비슷하다. 나도 에두아르드처럼 삼총사와 몬테크리스토 백작을 귀감으로 삼았었다. 나도 커서 모피 사냥꾼, 탐험가, 뱃사람이 되고 싶었다. 꼬집어 말하면, 영화 「해저 2만리」에서 커크 더글러스가 연기한 네드 랜드 같은 포경선의 작살꾼을 꿈꾸었다. 줄무늬 티셔츠 밖으로 튀어나올 듯 울뚝불뚝한 가슴 근육, 문신, 빈정빈정하는 걸쭉한 입담, 강건함. 그는 장대한 기골로 아로낙스 박사는 물론 신비에 휩싸인 과묵한 네모 선장마저 압도했다. 식자, 반항자, 민중의 편에 선 행동가로 등식화가 가능한 이 세 부류 중에서 내게 오롯이 선택권이 주어졌다면 당연히 행동가를 택했을 것이었다. 하지만 내가 선택한다고 끝이 아니었다. 일찍부터 우리 부모는 포경선 작살꾼은 아무래도 무리일 것 같으니 식자를 선택하라고(세 번째 가능성, 즉 반항자에 대한 얘기가 그때 오갔는지는 지금 기억이 나지 않는다) 나를 설득했는데, 내가 심한 근시라는 사실도 설득의 근거가 되었다. 안경을 쓰고 고래를 향해 작살을 던지는 게 말이 되냐고!

나는 여덟 살 때부터 안경을 써야 했다. 에두아르드도 마찬가지였지만 그가 겪은 심적 고통은 나보다 훨씬 컸다. 나야 허황한 직업을 포기하면 그만이었지만, 그는 자신에게 운명처럼 주어진 길을 포기해야 했다. 에두아르드를 검안한 안과 의사는 그의 부모에게 일말의 가능성도 남기지 않았다. 아드님 시력이 이렇게 나쁘니 병역을 면제받겠는데요, 하면서.

안과 의사의 진단은 그에게 청천벽력이었다. 장교 말고 다른 직업은 단 한 번도 생각해 본 적이 없는 사람에게 군대에 갈 수도 없다고 하는 것은 결국 그가 꼬마 적부터 경멸해 마지않던 민간인이 되라는 얘기였다.

NKVD 장교 관사가 헐리고 입주민들이 뿔뿔이 흩어지는 과정에서 사벤코 가족이 하리코프 외곽에 위치한 위성 신도시인 살토프로 이주하지 않았으면 에두아르드는 그런 인생을 살았을지도 모른다. 바둑판처럼 길만 닦아 놓았을 뿐 시간도 재원도 부족한 탓에 아직 도로에 아스팔트도 깔지 못한 도시 살토프. 터빈, 피스톤, 낫과 망치라는 이름의 세 공장에서 일하는 노동자들이 입주해 있는 성냥갑 같은 4층 콘크리트 아파트들은 신축 건물인데도 벌써 허름했다. 원칙적으로야 프롤레타리아가 천대받지 않는 나라 소련이지만, 주민들 대부분이 알코올 중독에 문맹이고, 자식들은 또 대부분 열다섯 살에 학교를 자퇴하고 공장에 취직하거나 길거리를 어슬렁거리다 술이나 먹고 싸움질을 벌이는 곳이 살토프였다. 아무리 무계급 사회라지만, 유배나 다름없는 이번 이주는 사벤코 가족이 계급 하락으로 받아들일 모든 조건을 갖추었던 것이다. 이사한 첫날부터 라이야는 적군 거리를, 특권층에 속한다는 자부심을 공유하던 장교 공동체를, 함께 돌려 가며 읽던 책들을, 단추를 푼 제복 상의 사이로 하얀 셔츠가 드러난 남편들이 독일에서 몰수한 폭스트롯이나 탱고 음반을 틀어 놓고 젊은 아내들의 춤 상대가 되어 주던 파티들을 떠올리며 분하고 속상한 마음을 감추지 못했다. 그녀는 베니아민이 힘겹게 겨우 소위에서 중위가 되는 사이 세 계급을 고속 승진한 약삭빠른 동료들을, 자신들은 책을 읽는 사람도 폭스트롯을 추는 사람도 없는, 고상한 여자의 말 상대가 되어 줄 사람 하나 없는, 비만 오면 도로가 시커먼 진흙탕으로 변하는 지옥 같은 위성 도시의 단칸방에서 사는데, 시내에 정말 아파트다운 아파트를 얻은 그들의 이름을 일일이 열거하며 남편을 원망하고 질책했다. 레비틴 대위 같은 사람을 만나 결혼할 걸 잘못했다는 말까지는 차마 입 밖으로 내지 않았지만, 내심 그렇게 후회하고 있었다. 아버지와 아버지의 군화, 제복, 권총을 흠모하던 철부지 에두아르드의 눈에도 슬슬 아버지는 정직하지만 다소 어리석은, 안쓰러운 존재로 비치기 시작했다. 에두아르드가 새로 어울리기 시작한 아이들은 장교가 아닌 프롤레타리아의 자식들이었고, 그가 좋아한 아이들은 그중에서도 대를 이어 프롤레타리아로 살기보다는 깡패가 되겠다는 아이들이었다. 군대와 똑같이 이세계에도 존재하는 독특한 행동 양식과 가치 체계, 도덕관에 에두아르드는 매료되었다. 이제 그는 아버지처럼 살 생각이 없었다. 정직하지만 어리석은 삶이 아니라 자유롭고 위험한 삶, 이것이 그가 살고 싶은 진정 남자다운 삶이었다.

유라라는 시베리아 출신의 덩치 큰 동급생과 싸우던 날, 그는 이런 삶을 향해 결정적인 한 발을 내디뎠다. 사실 유라〈와〉싸웠다는 말은 어불성설이고, 떡이 되도록 맞았다고 하는 게 정확한 표현이다. 멍투성이에 인사불성이 된 에두아르드는 부축을 받으며 집에 돌아왔다. 어머니가 평소 군대식 스토아주의자의 소신대로 안쓰러워하지도 위로해 주지도 않고 유라의 편을 들자 에두아르드는, 차라리 잘됐다, 내 인생은 오늘부로 변할 거니까, 하고 생각했다. 그는, 세상에는 때려눕힐 수 있는 사람과 그럴 수 없는 사람, 이렇게 두 부류가 존재하는데 어떤 사람이 상대보다 힘이 세고 훈련으로 단련된 몸이라서 때려눕힐 수 없는 게 아니라 〈살의〉를 지니고 있기 때문이라는, 결정적인 깨달음을 얻었다. 그래, 이게 바로 비밀이었어, 단 하나의 비밀. 이날, 착한 꼬마 에두아르드는 두 번째 그룹으로 소속을 옮기기로 결심했다. 살인을 저지를 수 있는 사람이라는 것을 알기 때문에 상대가 함부로 때리지 못하는, 그런 사람이 되겠노라고.

나치트클루바를 그만두고 난 뒤로 베니아민은 파견 근무차 수시로 몇 주씩 집을 비웠다. 파견 임무의 성격도 정확히 몰랐지만, 막 자기 생활이 생긴 에두아르드는 아버지가 하는 일에 특별히 관심도 없었다. 그러던 어느 날, 시베리아에 갔던 아버지가 돌아오니 같이 저녁을 먹자는 어머니의 말을 듣고 그는 불쑥 아버지를 마중 나갔다.

이때부터 몸에 밴 평생의 습관대로 그는 도착 예정 시간보다 일찍 역에 도착해 기차를 기다렸다. 블라디보스토크발

키예프행 기차가 역으로 들어왔다. 승객들이 열차에서 내려 출구 쪽으로 향하기 시작했다. 일부러 지나가는 사람을 놓칠 수 없는 위치에 서서 기다렸는데도 아버지의 모습은 끝내 보이지 않았다. 에두아르드는 사람들에게 물어 열차 시간을 다시 확인했다. 블라디보스토크과 레닌그라드는 11시간이나 시차가 있고, 모든 역에서는 열차의 출발 시각과 도착 시각을 모스크바 시간으로 표기(이런 관행은 지금도 여전해서 시차 계산은 오롯이 승객의 몫이다)하기 때문에 누구나 착각하기 쉬웠다. 김이 빠진 에두아르드는 역의 거대한 유리창들에 반사되어 왕왕거리는 시끄러운 소음 속에서 이 플랫폼 저 플랫폼을 기웃거렸다. 오이와 월귤 열매를 담은 함지를 앞에 놓고 기차에서 내린 승객들에게 악을 쓰며 팔고 있던 삼각 숄에 펠트 장화 차림의 노파들이 알짱거리는 에두아르드를 왁살스럽게 떼밀었다. 객차 유치장으로 쓰이는 선로들을 가로질러 지나가자 화물 하역장이 나타났다. 그곳, 역의 한쪽 외진 귀퉁이, 정차해 있는 두 화물 열차 사이에서 그는 놀라운 광경을 목도했다. 한 화물차에서 수갑을 찬 사복 차림의 남자들이 얼이 나간 표정으로 디딤판으로 내려서자 군용 외투를 입은 군인들이 총검으로 사정없이 그들을 밀어 창문이 없는 검정색 트럭에 태우고 있었다. 장교 한 명이 이 작업을 지휘하고 있었다. 한 손에는 서류 뭉치가 꽂힌 철제 클립보드를 들었고 다른 손은 허리에 찬 권총집에 가 있었다. 그가 성마른 목소리로 사람들을 호명하기 시작했다.

이 장교는, 그의 아버지였다.

에두아르드는 숨어서 마지막 죄수가 트럭에 오를 때까지

이 광경을 지켜보고 나서 혼란스럽고 수치스러운 마음으로 집에 돌아왔다. 대체 무엇이 수치스러웠던 것일까? 아버지가 비인간적인 폭압 장치의 조력자라는 사실 때문은 아니었다. 사실 그는 이게 무엇인지도 몰랐고 〈굴라그〉라는 단어를 들어 본 적도 없었다. 범죄자들을 잡아 가두는 감옥과 수용소가 있다는 사실은 알았지만 전혀 이의가 없었다. 자신의 가치 체계가 변화를 겪고 있다는 것을 에두아르드는 모르고 있었고, 그것 때문에 혼란스러웠던 것이다. 어렸을 때만 해도 그에게 세상은 군인과 민간인, 두 부류로 나뉘었고, 아버지는 포화를 목도하진 못했을지언정 군인이라는 사실만으로 그에게 존경의 대상이었다. 그런데, 그가 섞이기 시작한 살토프 소년들의 규범 속에는 깡패와 형사라는 두 부류가 존재했다. 막 깡패의 세계를 선택하기로 한 마당에 그는 아버지가 군인이 아니라 형사에 가까운 사람이라는 것을, 그것도 최하급에 속하는 간수, 빨깐 경비, 말단 치안 공무원이라는 사실을 발견하게 된 것이었다.

얘기는 밤으로 이어진다. 가족이 살던 단칸방에서 에두아르드의 침대는 부모의 침대 발치에 놓여 있었다. 하지만 한 번도 부모가 성교하는 소리를 들은 기억은 없었다. 그런데 그날 밤, 아들이 잠든 줄 알고 부부가 나지막이 주고받는 대화가 귀에 들어왔다. 베니아민이 침울한 목소리로 이번에는 평소처럼 죄수들을 우크라이나에서 시베리아로 호송하지 않고 반대 방향으로 데려왔다고, 사형수 전원을 여기까지 호송해 왔다고 아내에게 말했다. 수용소 간수들의 사기가 지나치게 저하될 것을 우려해 이렇게 번갈아 하는 방식이 도입됐다, 다시 말해 소련 전역의 사형수를 한 해는 이 감옥에, 다음 해는 다른 감옥에 모아 총살하기로 했다는 것이다. 이같은 비현실적인 관행을 다룬 기록을 찾아 굴라그 관련 서적들을 샅샅이 뒤졌지만 나는 결국 찾지 못했다. 설령 에두아르드가 잘못 들었다 해도 화물 열차에서 내리던 사람들, 베니아민이 한 명씩 호명해 트럭에 태운 다음 명단에 표시를 하던 그들을 기다리는 게 죽음이었던 것만은 분명하다. 베니아민이 그들 중에 특별히 인상적인 죄수가 한 명 있었다면서 라이야에게 얘기를 들려주었다. 그의 서류에는 〈특별 위험 인자〉를 뜻하는 분류 기호가 표시돼 있었다. 품위 있는 러시아어를 구사하며 항상 차분하고 예의 바른 이 젊은 친구는 감옥에서도, 화물 열차에 타서도 하루도 거르지 않고 운동을 하더라고 했다. 초연하고 기품 있는 이 사형수는 이날로 에두아르드의 영웅이 되었다. 에두아르드는, 훗날 그런 사람이 되리라, 그처럼 감옥에 가리라, 아버지 같은 박봉의 조무래기 형사들뿐만 아니라 여자들과 깡패들, 진정한 사나이들까지 압도하는 사람이 되리라는 꿈을 키우기 시작했다. 그리고, 어릴 적의 다른 꿈들처럼 이 꿈도 실행에 옮긴다.

4

어디를 가나 제일 어리고, 제일 작고, 유일하게 안경을 썼지만 에두아르드는 늘 접이식 칼을 호주머니에 꽂고 다녔다.

칼날이 손바닥 너비, 즉 사람의 가슴에서 심장까지의 거리보다 긴 칼을 소지하고 있다는 것은 마음만 먹으면 언제든지 사람을 죽일 수 있다는 뜻이었다. 게다가 그는 술도 마실 줄 알았다. 술은 아버지가 아니라 전쟁 포로였던 이웃집 아저씨한테서 배웠다. 아저씨의 말인즉슨, 술은 배워서 마시는 게 아니고 쇳덩이 같은 간을 타고나야 한다. 딱 에두아르드가 이런 신체 조건에 해당했다. 제아무리 날 때부터 주당 체질인 사람이라도 술을 마실 때는 몇 가지 요령이 필요한데, 과음에 앞서 일단 기름부터 한 잔 목으로 부어 관에 기름칠부터 하고(우리 어머니도 시베리아 출신의 늙은 사제한테 들었다며 똑같은 요령을 나한테 가르쳐 준 적이 있다), 안주는 절대 먹지 말라는(나는 이와 정반대 얘기를 들었기 때문에 조언하는 입장에서 무척 조심스럽다) 게 그의 가르침이었다. 우월한 신체 조건에 기술까지 겸비한 에두아르드는 15분에 250그램짜리 큰 잔으로 한 잔씩, 보드카를 1시간에 1리터까지 마실 수 있었다. 바쿠에서 살토프 시장까지 와서 오렌지를 파는 아제르바이잔 상인들까지 중요한 사교 능력인 에두아르드의 주량을 확인하고 혀를 내두를 정도였다. 에두아르드는 장사꾼들과 술 마시는 내기를 해서 딴 돈을 용돈으로 썼다. 에두아르드는 무서운 주량 덕에 러시아인들이 〈자포이〉라 부르는 마라톤식 폭음에도 끄떡없었다.

자포이는 흔히 이튿날 심한 숙취로 대가를 치러야 하는 하룻밤의 폭음이 아니라 진지한 의식이다. 자포이는 며칠 동안 술이 깨지 않은 상태로 정처 없이 떠돌고, 목적지도 모르는 채 기차에 오르고, 생면부지의 타인들에게 은밀히 간직해 오던 비밀을 털어놓고, 이 동안의 말과 행동을 깨끗이 잊어버리는, 일종의 여행이다. 어느 날 밤, 절친한 친구 코스챠와 병나발을 불던 중 연료가 떨어진 에두아르드는 식료품 가게를 털기로 한다. 고양이라는 별명이 붙은 코스챠는 열네 살에 벌써 무장 강도죄로 소년 교도소에 갔다 온 전력이 있는 녀석이었다. 이러한 권위를 바탕으로 코스챠는 제자 에두아르드에게 강도의 절대 수칙을 설파했다. 「대담하고 강단 있게 행동해. 이상적인 조건이 만들어질 때를 기다리지 말고. 이상적인 조건 같은 건 어차피 없으니까.」 둘은 재빨리 좌우를 살피며 지나가는 행인이 없는 것을 확인한 다음, 입고 있던 점퍼로 주먹을 둘둘 감았다. 강펀치를 한 방 날리자 지하 유리창이 박살났다. 현장 진입 성공. 일단 가지고 온 배낭들에 들어갈 만큼 보드카를 쓸어 담고 나서 금전 등록기를 깨서 열었다. 겨우 20루블, 눈물겨운 액수였다. 소장의 사무실에 금고가 하나 더 있었지만 칼로 따겠다고 덤빌 수는 없는 노릇이었다. 코스챠가 포기를 못 하고 용을 쓰는 사이 쌔빌 만한 물건을 찾기 위해 주변을 샅샅이 훑던 에두아르드의 눈에 문 뒤쪽 벽에 박힌 옷걸이에 걸어 놓은 외투가 들어왔다. 깃에 아스트라한 털이 달린 고급 외투였다. 좋아, 갖다 팔 만하겠어. 책상 서랍을 열자 구석에서 먹다 남은 아르메니아산 코냑이 한 병 나왔다. 이런 술을 프롤레타리아 손님들에게 팔 리 만무했으니 소장이 개인적인 용도로 비축해 둔 것이 틀림없었다. 에두아르드의 사회학적 분류 체계에 따르면 장사치들은 전부 도둑놈들인데, 물건을 보는 눈만큼은 이놈들을 따를 자가 없다는 것은 그도 인정하는 사실이었다. 별안간 지척에서 말소리에 이어 발자국 소리가 들렸다. 두려움이 엄습해 오자 장이 뒤틀렸다. 에두아르드는 팬티를 까내리고 바닥에 쪼그려 앉아 훔친 외투 자락을 손으로 잡고 멀건 물똥을 한 방 쌌다. 가짜 경보로 밝혀졌다.

잠시 후, 들어갔던 통로를 통해 다시 밖으로 나온 두 소년은 프롤레타리아 집단 주거지의 설계를 맡는 전문가들이 너나없이 좋아하는 을씨년스러운 놀이터에서 잠시 걸음을 멈췄다. 두 소년은 녹이 심하게 슬어 파상풍을 걱정하는 부모들이 아이들을 태우지도 않는 미끄럼틀 아래에 깔린 축축이 젖은 지저분한 모래에 철퍼덕 주저앉아 훔친 코냑을 병째 들이켜 비웠다. 수치심이 슬며시 고개를 들자 에두아르드는 괜히 소장의 사무실에 똥을 싸주고 나왔다고 큰소리를 쳤다. 「내 장담하는데, 그 개자식은 분명히 그동안 빼돌린 돈까지 도둑맞은 물건에 얹어서 신고할 거야.」 코스챠가 말했다. 그들의 술판은 코스챠의 집에 가서도 계속 이어졌다. 에두아르드를 데려와 방문을 닫고 술을 퍼마시는 아들에게 전쟁 미망인인 코스챠의 어머니가 신세타령을 섞어 싫은 소리를 해댔다. 「주둥이 닥쳐, 늙은 할망구야, 계속 지껄이면 내 친구 에두아르드가 확 나가서 똥구멍에 썹을 해버릴테니까.」 방문 너머에서 아들 코스챠가 고상하게 대답했다.

밤새 술을 퍼마신 두 소년은 남은 보드카를 들고 슬라바의 집으로 향했다. 부모가 경제 사범으로 강제 노동 수용소에 수용된 후로 할아버지와 같이 살고 있는 슬라바의 강가누옥에서 이날 오후에 벌어진 술판에는 가르쿤이라는 슬라바의 친구도 끼었다. 에두아르드보다 꽤 나이가 많은 가르쿤은 철 이빨과 팔 문신이 인상적인 과묵한 성격의 소유자였다. 슬라바는 삼십 평생의 절반을 콜리마에서 보냈다고 뻐기면서 가르쿤을 소개했다. 극동 시베리아에 위치한 콜리마 강제 노동 수용소는 엄혹하기로 유명해, 그곳에서 5년씩 세 번을 복역했다는 것은 어린 소년들의 눈에는 세 번 소련의 영웅 칭호를 받은 것과 다름없었다. 차렷, 경례! 맥이 풀린 손을 휘휘 내저어 7월의 모래강변 위를 웽웽거리는 모기떼를 쫓으면서 가르쿤이 시베리아 칼로 잘게 토막 낸 비계를 안주 삼아 보드카를 들이키고 실없는 소리를 주고받는 사이, 시간은 느리게 흘렀다. 술에 취한 네 사람은 만취 첫날의 전형적 증상인 상승과 하강의 반복을 거듭하다 침울하고 완고한 의식의 마비 상태, 즉 자포이의 순항 단계로 접어들었다. 어스름이 깔리자 시간을 죽이러 토요일 저녁마다 살토프의 젊은이들이 모여드는 크라스노자보드스크 공원으로 향했다.

역시나, 싸움판이 벌어졌다. 몸이 근질근질하던 에두아르드 패거리가 원하던 것이었다. 사건의 진원지는 노천 댄스장이었다. 가르쿤이 함께 춤을 추자며 한 여자한테 다가갔다. 그런데 꽃무늬 원피스 차림에 가슴이 풍만한 빨강머리 여자는 술 냄새가 진동하고 생긴 것도 꼭 〈제크〉, 즉 러시아어로 죄수처럼 생겼다며 거절했다. 가르쿤한테 점수를 딸 호기라고 판단한 에두아르드가 여자에게 다가가 호주머니에서 칼을 꺼내 풍만한 유방에 대고 살짝 누르면서 짐짓 굵은 목소리로 남자답게 말했다. 「내가 셋을 셀 때까지 내 친구랑 춤을 안 추면……」 잠시 후, 공원의 후미진 구석에서 빨강머리 여자의 친구들이 에두아르드 일행에게 달려들었다. 몸싸움이 난투극으로 바뀌어 결국 경찰이 출동했다. 코스차와 슬라바는 간신히 도망쳤지만 가르쿤과 에두아르드는 경찰들에게 잡히고 말았다. 경찰들은 둘을 바닥에 패대기친 다음 옆구리를 걷어차고 손을 자근자근 뭉갰다. 손을 밟는 것은 앞으로 다시는 흉기를 손에 못 쥐게 만들겠다는 의도다. 에두아르드가 미친 듯이 칼을 휘두르며 저항하는 와중에 경찰관 한 명이 바지가 찢어지고 장딴지에 가벼운 창상을 입자 동료들이 우르르 달려들어 약장수 북 두드리듯이 팼고, 에두아르드는 결국 실신했다.

에두아르드는 전 세계 모든 경찰서(그는 이후 곳곳의 경찰서를 다양하게 경험한다)에 공통적인 지독한 악취를 맡으며 유치장에서 의식을 회복했다. 심문을 맡은 경찰서장은 놀라울 정도로 정중한 사람이었는데, 경찰관에게 흉기를 휘두르는 행위는 성인이라면 사형까지 내려질 수 있고, 그가 미성년자인 점을 감안해도 최소 5년 이상의 실형이 선고될 수 있는 범죄라고 단도직입적으로 말했다. 교도소에서 청소년기를 보냈더라면 에두아르드는 좌절했을까, 새사람이 되었을까, 아니면 파란만장한 그의 인생에 또 하나의 에피소드로 남았을까? 어쨌든, 그는 감옥행은 면할 수 있었다. 에두아르드의 성이 사벤코라는 것을 본 경찰서장이 미간을 좁히며 NKVD 소속, 사벤코 중위의 아들이 맞는지 확인했다. 그리고 옛 동료의 아들이라는 점을 감안해 사건을 원만히 해결해주었고, 칼을 사용한 부분도 없었던 일로 해주었다. 덕분에 에두아르드는 징역 5년 대신 2주 동안 구류를 살고 풀려날 수 있었다. 원칙적으로는 구류 기간 동안 밖에 나가 쓰레기를 주워야 하지만 심한 타박상을 입어 운신이 불가능한 탓에 유치장에서 가르쿤과 함께 시간을 보냈다. 에두아르드의 열의에 감복해 믿음이 생긴 가르쿤은 말수가 많아졌고, 2주 동안 콜리마 수용소의 일화들로 에두아르드의 귀를 즐겁게 해주었다.

가르쿤은 당연히 잡범으로 콜리마 수용소에서 복역했다. 그렇지 않았다면 우리 문화와 달리 정치범을 조금도 대우하지 않는 에두아르드 패거리들 앞에서 떳떳하게 밝히지 않았을 것이다. 에두아르드와 그의 친구들은 만나 본 적도 없는 정치범을 그저 잘난 척하는 지식인, 혹은 영문도 모른 채 빵살이를 하는 머저리로 취급했다. 반대로 조직폭력배, 그중에서도 폭력 세계의 귀족인 보르이브 자코네[6]는 그들 사이에서 영웅으로 통했다. 조무래기 잡범들만 우글거리는 살토프에는 이런 마피아가 없었다. 자칭 보르이브 자코네는 아닌 가르쿤은 수용소 시절에 만난 갱들의 무용담을 틈만 나면 주변에 들려주었다. 그의 얘기들 속에서는 혈기와 야수적인 잔혹성에서 비롯된 행위들이 동급으로 간주되며 똑같이 찬탄의 대상이 되었다. 일단 마피아는 〈성실〉하기만 하면, 달리 말해 조직의 규율에 따라 죽이고 죽을 수만 있으면, 같은 조직의 일원의 목숨을 놓고 카드 게임을 하고 나서 돼지 멱 따

6 보르이브 자코네는 직역하면 〈법 테두리 안의 도둑〉이라는 의미로, 권력의 비호를 받는 마피아 같은 집단을 가리킨다.

듯 칼로 찔러 죽여도, 타이가 한가운데서 식량이 떨어질 때를 대비해 탈출을 시도하면서 식용으로 동료를 데리고 나와도, 가르쿤의 눈에는 모두 넘치는 기상과 강인한 정신력의 발현으로 보였다. 에두아르드는 경건한 자세로 그의 얘기를 경청했고, 그의 몸에 새겨진 문신들을 경이로운 눈으로 바라보았으며, 마피아 세계 문신의 비밀에 눈을 떴다. 러시아, 그중에서도 특히 시베리아 마피아들은 원하는 문양을 원하는 자리에 마음대로 새길 수 있는 게 아니라는 것을 에두아르드는 배웠다. 문신의 문양과 위치는 정확히 범죄 조직 내에서의 서열을 반영하고, 계급이 올라갈수록 더 넓은 부위에 문신을 할 수 있는 권리가 주어졌다. 이런 불문율을 무시하고 괜히 객기를 부리다가는 큰코다쳤다. 이런 놈은 잡아다 가죽을 벗겨 장갑을 만들어 꼈기 때문이다.

구류 기간이 끝나갈 즈음, 에두아르드는 야릇한 희열을 경험했다. 이때 느꼈던 모종의 충만감의 정체를 그는 평생 두고두고 생각하게 된다. 그는 가르쿤을 흠모하면서 언젠가 그처럼 되길 꿈꾸면서 유치장에 들어왔다. 그런데 유치장에서 나갈 때가 되자 가르쿤이 그렇게 흠모할 가치가 있는 대상이 아니라는 사실, 그리고 에두아르드 자신은 가르쿤을 뛰어넘으리라는 확신을 갖게 되었고, 이 생각으로 가슴이 뛰었다. 수용소에서 보낸 세월과 문신에 혹한 촌뜨기 청년들이 가르쿤에게 잠시 환상을 품을 수는 있어도, 조금 알고 나면 그가 자신 같은 잔챙이 폭력배와 다르지 않게 위대한 마피아들을 입에 담으며, 그들과 자신을 비교할 생각도, 단 한 순간이라도 그들처럼 될 수 있다는 상상조차 하지 않는다는 것을 발견하게 된다. 아둔하고 한심한 베니아민이 상급자들 얘기를 할 때와 얼추 비슷한 심리였다. 분수를 지키는 이런 태도는 당연히 겸양과 순수함에서 비롯되는데, 이 겸양과 순수함이란 것은 에두아르드와는 어울리지 않았다. 범죄자, 좋지, 이만한 게 또 어디 있겠나, 하지만 이왕이면 꿈은 크게 꾸어야 하지 않겠나, 똘마니가 아니라 범죄 세계의 황제 자리에 등극하겠다는 마음가짐으로 말이다.

5

에두아르드에게서 이러한 새로운 관점을 들은 코스챠는 의욕을 불태운 반면, 가르쿤은 유치장을 나온 이후 도미노 게임에만 열중했다. 에두아르드와 코스챠는 주변 환경을 경멸하는 데서 서로 우쭐한 짜릿함을 느꼈다. 살토프의 면면 하나하나가 그들에겐 조롱거리였다. 패배주의에 젖은 미련한 프롤레타리아들, 대를 이어 프롤레타리아가 될 운명인 불량아들, 개량된 프롤레타리아에 다름 아닌 엔지니어와 장교들, 그리고 장사치들은 아예 말을 말자. 마피아가 되는 것밖에는 다른 길이 없다, 분명하다.

그런데 어디서 어떻게 시작한다? 어딜 가서 갱단을 찾아 입단한단 말인가? 도시에는 당연히 있으리라 믿은 그들은 사기충천해 전차를 타고 도심으로 향했다. 흥분과 설렘으로 가득한 출발의 순간. 하리코프, 우리가 접수한다! 막상 도착하자 93구역[7]에 사는 가난뱅이가 생제르맹 대로에 서 있는 것처럼 어색하고 불편했다. 하지만, 에두아르드나 그의 어머니나 인생의 황금기로 추억하는 시절에 살았던 곳이 아닌가. 에두아르드는 적군 거리와 스베르들로프 대로, 자신이 유년기를 보낸 곳을 의식을 치르듯 코스챠에게 구경시켰다. 짧은 순례가 끝나고 마땅히 갈 곳도 만날 사람도 생각나지 않자, 두 소년은 길가 매대에서 맥주를 한 잔씩 사 마셨다. 그들은 자괴감에 휩싸여 억울한 마음으로 삶다운 삶과는 비극적으로 거리가 먼 삶이 펼쳐지는 자신들의 동네, 그들이 발 딛고 있는(이것이 바로 그들의 불행이었다) 곳으로 돌아왔다.

이후에 에두아르드는 그의 청소년기에 지대한 영향을 끼치는 또 다른 친구인 카직을 만나면서 큰 변화를 겪게 된다. 에두아르드보다 한 살 위로, 편모슬하에서 자란 카직은 살토프의 깡패 건달들과는 어울리지 않았다. 그가 친분을 쌓던 하리코프 시내의 사람들은 에두아르드가 오매불망 만나고 싶어 하던 갱들이 아니었다. 카직은 듀크 엘링턴의「카라반」을 연주하는 색소폰 연주자가 자기 친구라는 사실, 그 친구를 통해 일간지「콤소몰스카야 프라브다Komsomolskaya Pravda」에 〈스윙하는[8] 하리코프〉, 그런 비슷한 제하의 기사가 실리는 영광을 누린 일종의 〈비트닉〉 그룹인 〈청마(靑馬)〉

7 파리 북동쪽에 위치한 행정 구역으로, 센생드니를 가리킨다.
8 스윙swing은 재즈 연주의 반복적인 리듬감을 나타내는 말로, 소위 〈스윙 재즈〉는 1930년대 중반부터 1940년대 초반까지 미국 뉴욕을 중심으로 성행했다.

멤버들을 만나게 된 것을 최고의 자랑거리로 여겼다. 카직은 살토프 청년의 뻔한 인생 항로에서 벗어날 방법으로 예술가를 꿈꾸었지만 그렇다고 특별한 소명 의식이 있는 것도 아니어서, 그저 기타나 좀 뜯고, 음반 수집과 독서를 즐기고, 하리코프 시내와 모스크바, 심지어 미국의 최신 뉴스까지 열심히 섭렵하는 멋쟁이로 살고 있었다.

이 모든 것이 에두아르드에게는 신천지였다. 카직의 가치 체계와 규범들이 에두아르드의 그것들을 뿌리째 흔들었다. 카직의 영향으로 에두아르드는 자신만의 독특한 패션 스타일을 추구하게 되었다. 어릴 때 그의 어머니는 전리품이 유통되던 벼룩시장에서 옷을 사다 아들에게 입혔다. 그는 전형적인 독일 아이처럼 예쁜 정장을 입고, 1944년 베를린에서 죽은 이게파르벤[9]이나 크루프[10] 국장의 아들이 입던 옷일지도 모른다는 상상을 하며 불순한 쾌감을 느꼈다. 유년기 이후에는 카고 바지와 속에 인조 모피를 덧댄 두툼한 파카 같은 살토프의 패션 코드를 따랐다. 그의 실험적인 취향은 호모 패션으로도 나타났는데, 한번은 에두아르드가 무늬 있는 연보라색 벨벳 바지에 샛노란 후드 점퍼를 입고 아스팔트에 굽이 닿을 때마다 타닥타닥 불꽃이 이는 징 박힌 구두를 신고 나타나자 친구들은 입을 다물지 못했다. 이런 댄디즘의 진가를 아는 사람은 그들 둘밖에 없었지만, 에두아르드가 언제 칼을 빼들지 모르는 놈이라는 걸 아는 친구들은 차마 호모라고 손가락질은 못 하고 한바탕 웃어넘겼다.

9 세계적인 독일의 화학 기업.
10 독일의 철강 및 무기 제조 회사.

새 친구 카직이 숭배해 마지않는 재즈 음악가들의 매력이
또 바로 이런 댄디즘에 있었다. 사실 에두아르드는 그때나
그 이후나 음악 자체에는 그다지 관심이 없었다. 반면 그는
손에서 놓았던 책을 다시 잡았다. 쥘 베른과 알렉상드르 뒤
마에서 멈췄던 그의 독서 편력은 카직이 빌려 준 로맹 롤랑
의 『장 크리스토프』와 『매혹된 영혼』에서 다시 시작됐다. 프
랑스 청소년으로서는 아마도 내가 작품을 읽은 마지막 세대
였을, 이 방대하고 몽환적인 성장 소설들이 저자 로맹 롤랑
이 평화주의에 기반한 동반 작가라는 이유로 소련에서 끝물
인기를 누리던 때였다. 로맹 롤랑에 대한 관심은 잭 런던, 크
누트 함순처럼 다양한 직업을 두루 거치면서 경험한 것들을
작품 속에 녹여 내는 유랑 작가들로 옮아갔다. 산문으로는
외국 작가들의 작품을 즐겨 읽었던 에두아르드도 시는 단연
러시아 시가 최고라고 생각했는데, 독서는 지극히 자연스럽
게 창작으로, 나아가 자작시 낭송으로 이어졌다. 그때까지
한 번도 시인으로서의 소명을 생각해 본 적이 없던 에두아르
드는 어느새 시인이 되어 있었다.

러시아에 대한 많은 고정관념 중 하나가 러시아에서는 서
구의 대중 가수만큼 시인이 인기를 누린다는 것인데, 러시아
에 대한 많은 고정관념이 그렇듯 이것도 극히 사실이다. 아
니, 적어도 사실이었다. 에두아르드라는 감각적인 이름만 해
도 일개 우크라이나의 하급 장교였던 그의 아버지가 자신이
좋아하던 광부 출신의 시인 에두아르드 바그리츠키(1895~
1934)의 이름을 따서 지은 것이고, 내가 이 장(章)을 쓰면서

도움을 받은 『소년 사벤코』에는 살토프의 한낱 껄렁한 건달
들이 친구인 에두아르드의 시를 읽고 좋은 시라고 칭찬을 하
면서 한편으로는 블로크와 예세닌을 따라했다고 짓궂게 괴
롭히는, 믿기 힘든 장면이 나온다. 당시 우크라이나의 공단
도시에서 시인 지망생이 나오는 것은 오늘날 파리 근교의 서
민 주거지에서 래퍼 지망생이 나오는 것처럼 자연스러운 일
이었다. 래퍼가 되는 것처럼 시인이 되는 것이 공돌이나 전과
자가 되지 않을 수 있는 길이라고 여겼을 것이다. 초보 래퍼
처럼 초보 시인도 친구들의 격려와 그가 잘했을 때 친구들이
그에게 느끼는 긍지가 큰 힘이 되었을 것이다. 카직은 물론
이고 코스차와 깡패 친구 놈들이 자꾸 부추기는 바람에 에
두아르드는 1957년 11월 7일, 러시아 혁명 기념일에 개최된
시 경연 대회에 참가하게 되었다. 잠시 후 밝혀지지만, 에두
아르드에게 일생일대의 날이었다.

그날, 도시 전체가 제르진스키 광장에 모였다. 독일 전쟁
포로들이 이 광장을 포장했고, 규모에 있어 유럽 최대, 세계적
으로는 천안문 광장에 이어 두 번째라는 사실을 하리코프 주
민이면 모르는 사람이 없었다. 군사 행진, 경축 무도, 연설, 훈
장 수여식이 계속 이어졌다. 성장 차림으로 모인 프롤레타리
아 군중을 보자 우리 두 댄디의 냉소주의가 발동했다. 이제,
포비에다(승리) 극장에서 시 경연 대회가 개최될 시간이었
다. 에두아르드는 짐짓 자신만만한 표정을 지으면서 스베타
가 경연장에 나와 자신의 낭송을 들어주기를 간절히 바랐다.
　카직은 스베타가 분명히 올 거라고, 오지 않을 리 없다고

자신했다. 사실 변덕스럽고 감정 기복이 심한 스베타의 성격을 감안하면 카직이 그렇게 자신할 일은 아니었다. 이론적으로 에두아르드와 그녀는 〈사귀는〉 게 맞았고, 친구 놈들이 같이 잤느냐고 물으면 대답은 그렇다고 하지만 사실은 그렇지 않았다. 그는 여자와 자본 적이 없었다. 아직 딱지를 못 뗐기 때문에 남자라면 절대 해서는 안 된다고 스스로 생각하는 거짓말을 할 수밖에 없는 처지라는 사실이 괴로웠다. 자신은 스베타에 대해 어떤 권리도 없는데, 그녀는 자신보다 나이 많은 녀석들에게 호감을 느낀다는 것을 알기 때문에 괴로웠다. 실제로는 열다섯인데 열두 살로밖에 보이지 않는다는 사실이 괴로웠다. 그래서 자신의 시작(詩作) 노트에 모든 희망을 걸고 있었다. 그는 낭독할 시를 고르는 데 특별히 공을 들였는데, 갱과 무장 강도, 감옥 등을 소재로 쓴 많은 시들을 일부러 배제하고 영리하게 연애시를 선택했다.

카직과 같이 포비에다 극장에 들어서자 그들과 몰려다니는 살토프 패거리는 다 보이는데, 스베타의 얼굴만 보이지 않았다. 카직은 아직 시간이 이르다며 에두아르드를 안심시켰다. 각계각층의 공식 연사들이 차례로 연단에 올랐다. 참다못한 에두아르드가 비굴함을 무릅쓰고 혹시 스베타를 본 사람이 없느냐고 물었을 때, 불행히도, 그녀를 봤다고, 문화 공원에서 추릭과 같이 있는 걸 봤다는 사람이 있었다. 나이 열여덟, 콧수염을 푸슬푸슬하게 기른 한심한 추릭 녀석은 보나마나 신발 가게에서 평생 신발이나 팔다가 퇴직하겠지만 자신은 전 세계를 누비며 한 편의 드라마 같은 인생을 살 것이라고 큰소리를 뻥뻥 치는 에두아르드였으나, 당장은 그 녀석처럼 될 수만 있다면 무슨 짓이든 할 수 있을 것 같았다.

대회가 시작되었다. 경연에 참가한 첫 번째 작품은 농노제의 참상을 고발한 시였다. 농노제는 벌써 한 세기 전에 없어졌어, 감각 한번 아주 현대적이다, 자식아, 하고 카직이 비아냥거렸다. 권투를 소재로 쓴 다음 시는 객석에서 듣던 건달들까지 눈치챌 만큼 당시에 한창 떠오르던 젊은 시인 예브게니 옙투셴코를 모방한 작품이었다. 드디어 차례가 오자 에두아르드는 눈물을 꾹 참고 스베타를 위해 쓴 시를 낭송하기 시작했다. 에두아르드의 낭송이 끝나고 다른 참가자들의 순서가 계속 이어지는 동안 친구 패거리가 몰려와 축하를 건넸다. 그들은 에두아르드를 포옹하고 등을 두드려 주고 〈좆 먹어!〉(살토프식 인사법) 하면서, 수상은 따놓은 당상이라고 말했다. 예상대로 에두아르드는 수상자 명단에 올랐다. 그는 다시 한 번 연단에 올랐고, 스탈린 문화의 집 원장은 그를 치사하면서 상장과 함께 부상을 수여했다.

부상이, 뭘까?

도미노 상자.

빌어먹을, 씨발놈들, 도미노 상자가 뭐야? 에두아르드는 기가 막혔다.

애써 흡족한 표정을 지으며 친구들에게 둘러싸여 포비에다를 나오는 에두아르드에게 투직의 심부름으로 왔다면서 한 녀석이 다가왔다. 투직은 나이 스물, 징집을 피해 숨어 다니는 처지다 보니 무장 호위 부대 없이는 이동하는 법이 없는, 살토프에서는 꽤 유명한 깡패 녀석이었다. 그런 그가 시인을 만나자고 특사를 통해 청을 넣은 것이다. 에두아르드의 친구들은 불안한 눈으로 멀뚱멀뚱 서로를 쳐다보았다. 보통 일이 아니었다. 투직은 위험하기로 악명이 높은 녀석이지만, 녀석의 제의를 거절하는 건 더더욱 위험한 일이었다. 앞장선 특사 녀석을 따라 극장 근처의 막다른 골목으로 들어서자 흉악하게 생긴 놈 열댓이 어슬렁거리고 있었고, 이 추종자들 사이에 우람하다 못해 퉁퉁한 느낌을 주는, 아래위로 검정색 옷을 입은 투직이 서 있다가 시가 좋더라고 에두아르드에게 말을 걸어 왔다. 그는 허리를 감싸 안고 있던 짙은 화장의 금발 여자를 가리키며, 이 갈리야한테도 시인께서 그런 시를 한 수 써주면 좋겠다고 말했다. 에두아르드가 그러겠다고 약속하자 상대가 맹세의 뜻으로 마리화나를 한 대 건넸다. 난생처음 마리화나를 피워 보는 에두아르드는 욕지기가 치밀었지만 억지로 연기를 삼켰다. 그러자 이번에는 투직이 갈리야한테 키스를 해보라고 말했다. 상황이 여기에 이르러서는 투직의 진의를 파악할 필요가 있었다. 그의 입에서 나오는 말은 전부 이중적 의미를 내포하는 것처럼 들렸고, 그가 포옹을 하자는 것은 상대의 배에 칼을 꽂겠다는 의도를 표현하는 방법일 수도 있었기 때문이다. 스탈린이 바로 이런 삽삽함과 잔혹성을 동시에 지닌 인간형이었던 것 같다. 에두아르드가 상황을 모면하기 위해 멋쩍게 웃었지만 상대는 물러서지 않았다. 「내 여친한테 딥키스 안 해볼래? 내 여친이, 마음에 안 들어? 해봐, 혀를 쑥 집어넣어 보라고!」 낯익은, 불길한 징조, 하지만 불상사는 없었다. 한참을, 아주 한참을 마시고 피우면서 상소리를 지껄이던 투직이 시내에

나가 봐야겠다며 자리를 털고 일어났다. 투직 일당이 자신을 마스코트로 삼으려는 의도인지 장난감 삼아 괴롭히고 있는 건지 긴가민가하다 이때다 싶어 슬쩍 자리를 피하려는 에두아르드를 투직은 놔주지 않았다.

「사람 죽여 봤어, 시인?」

「아니요.」

에두아르드가 대답했다.

「해볼 생각 있어?」

「그게……」

어쨌든 투직과 친구가 되어 도시를 불바다, 피바다로 만들 태세인 거친 놈들을 스무 명씩 몰고 다니는 일은 짜릿했다. 축제가 파하고 사람들 대부분이 귀가한 늦은 시각, 고장 난 가로등이 서 있는 거리를 걷고 있던 행인들은 투직 일행이 다가오면 황급히 옆으로 비켜섰다. 그런데 제때 옆으로 비켜서지 못한 남자 하나와 여자 둘을 투직 패거리가 치근덕대며 괴롭히기 시작했다. 「너 혼자에 아가씨 둘이야? 하난 나한테 빌려 주지?」 투직이 끈적끈적 감기는 목소리로 남자에게 말했다. 야단났다 싶은 남자는 사색이 되어 농담으로 위기를 모면하려다가 투직에게 배를 한 방 얻어맞고 바닥에 고꾸라지고 말았다. 투직의 신호에 따라 패거리가 두 여자의 몸을 더듬기 시작했다. 강간 직전. 결국, 강간이 벌어졌다. 순식간에 알몸이 된 살결이 멀겋고 뚱뚱한 여자는 살토프 출신의 프롤레타리아 처녀가 분명했다. 사내놈들이 돌아가며 여자의 보지에 손가락을 집어넣었다. 덩달아 손가락을 넣은 에두아르드의 손끝으로 축축하고 차가운 느낌이 전해졌다. 피 묻은 손가락을 보는 순간 에두아르드는 정신이 번쩍 들면서 흥분이 싹 가셨다. 몇 미터 떨어진 곳에서는 열 놈가량이 둘러서서 다른 여자를 윤간하는 중이었다. 나머지 놈들은 남자를 오뉴월 개 패듯 두들겨 패고 있었다. 신음 소리가 갈수록 가늘어지던 남자의 몸이 더 이상 미동도 하지 않았다. 그의 한쪽 얼굴이 붉은 팥죽으로 변해 있었다.

에두아르드는 주변이 어수선해진 틈을 타 이번에는 도망치는 데 성공했다. 칼과 시작 노트는 호주머니에, 도미노 상자는 팔에 끼고 목적지도 없이 일단 총총걸음으로 현장을 빠져나왔다. 그는 결국 카직의 집도, 코스챠의 집도 아닌, 스베타의 집으로 향했다. 섹스를 못 하게 되면 죽여 버릴 생각이었다. 스베타 혼자 있으면 섹스를 하고, 추릭이 같이 있으면 둘을 한꺼번에 죽여 버린다. 몸을 사릴 하등의 이유가 없었다. 미성년자이니 총살은 면할 것이고, 딱 15년을 살고 나오면 친구 놈들 사이에선 영웅 취급을 받을 테니.
야심한 시각인데도 스베타의 어머니가 문을 열어 주었다. 창녀와 다름없다고 소문이 자자한 여자였다. 스베타는 아직 귀가 전이었다.
「들어와서 기다릴래?」
「아뇨, 다시 올게요.」
그는 다시 어둠 속으로 나가 흥분과 분노, 혐오감, 온갖 정체불명의 상념에 시달리며 무작정 걸었다. 다시 찾아왔을 때, 스베타는 집에 있었다. 혼자였다. 다음에 벌어진 일은 확실치 않은데, 둘 사이에 특별히 대화가 오가지는 않았고, 스베타와 침대에 앉아 있다 무작정 덮쳤다. 첫 경험이었다. 에두아르드가 그녀에게 말했다. 「추릭 새끼가 이렇게 좆을 갖다 대던?」 에두아르드가 지나치게 빨리, 오르가슴에 도달하자 그녀가 담배를 한 개비 꺼내 물더니 여자는 본래 남자보다 성숙하다, 그러니까 섹스 궁합이 맞으려면 남자 나이가 더 많아야 한다며 자신의 철학을 피력했다. 「나 너 정말 좋아, 에직, 그런데 넌 너무 어려. 자고 싶으면 자고 가.」

그럴 생각은 없었다. 분노로 치를 떨며 그녀의 집을 나서는 그의 머릿속에는, 죽여 마땅한 인간들이 있다, 커서 그런 인간들은 반드시 죽여 버리고 말겠다는 생각이 신념처럼 자리 잡았다.

이것이 숫총각 에두아르드가 딱지 떼던 날의 사연이다.

6

5년 후, 사벤코 가족이 살던 단칸방에서 벌어지는 사건이다. 시각은 자정, 아버지 없이 혼자 침대에서 자고 있는 어머니를 깨울까 봐 에두아르드가 조용히 옷을 벗고 있다. 아버지는 파견 근무차 집을 비운 상태인데, 어딜 갔는지 모르지만 알고 싶지도 않았다. 아버지를 우러러보던 시절이 아마득하게만 느껴졌다. 공장에서 여덟 시간을 일하고 퇴근한 터라 피로가 몰려왔지만 잠이 오지 않아 탁자 앞에 앉았다. 인조 가죽 장정을 입힌 세계 고전문학 전집 중 한 권인 『적과 흑』

이 탁자 위에 놓여 있었다. 어머니가 자기 교양의 증거물들을 먼지로부터 보호해 주는 작은 유리 책장에서 이 책을 꺼내, 쓸쓸한 저녁 식사 동안 벗 삼아 읽은 모양이었다. 예전에 에두아르드도 무척 좋아하던 책이었다. 무심코 책장을 넘기다 쥘리앵 소렐이 여름날 밤에 참나무 밑에서 작심하고 레날 부인의 손을 잡는 명장면에 이르렀다. 예전에는 가슴이 그토록 쿵쾅거리던 장면인데 느닷없이 울컥 뜨거운 슬픔이 복받쳐 올랐다. 몇 년 전만 해도 궁벽한 두메 출신에 가진 것이라곤 매력적인 외모와 길쭉한 치아밖에 없는 쥘리앵과 자신을 쉽게 동일시했고, 그처럼 미모의 귀족 여자를 유혹하는 장면도 쉽게 상상했다. 하지만, 지금 그가 마주한 냉혹한 현실은, 그런 미모의 귀족 여자를 만난 일도, 앞으로 만날 가능성도 전혀 없다는 사실이었다.

에두아르드에게도 원대한 꿈이 있었지만 2년 전부터 모든 게 어긋나기 시작했다. 코스챠를 포함한 친구 세 놈이 하리코프 지방 법원에서 사형을 선고받으면서부터였다. 한 녀석에게는 사형이 집행됐고 코스챠와 나머지 한 녀석은 간신히 12년형을 선고받고 강제 노동 수용소에서 복역 중이었다. 게다가 에두아르드 못지않게 원대한 꿈을 꾸며 재즈 음악가가 되겠다던 카직마저 낫과 망치 공장에서 일하기 시작했다. 에두아르드 역시 몇 달 후에 슬쩍 꼬리를 내리고 그의 전철을 밟았으니 카직을 비웃을 수도 없었다. 에두아르드의 신분은 현재 주조공. 지저분하고 소음에 시달리는 일이었지만 에두아르드는 일단 맡은 일은 잘 해내는 청년이었다. 운명이 마피아를 허락했으면 훌륭한 마피아가 되었을 것이다. 프롤레타리아인 이상 훌륭한 프롤레타리아로 살았다. 야무지게 모자를 눌러쓰고, 정오가 되면 어김없이 양은 도시락통을 꺼내놓고, 모범 노동자 명단에 주기적으로 이름을 올리고, 토요일 저녁에 공장 동료들과 갖는 술자리에서는 보드카 8백 그램을 한 번에 넘겼다. 시는 더 이상 쓰지 않았다. 그는 같은 신분의 프롤레타리아 여자들과 사귀었다. 그에게 일어날 수 있는 최악의 불상사는 이 애인들 중 하나가 애를 배서 결혼을 하지 않을 수 없는 처지가 되는 것이었는데, 〈머지않아〉 현실화될 가능성이 농후했다. 리디아라는 여공과 얼마 전 살림을 차리면서 이런 파국의 길로 먼저 접어든 카직의 경우처럼 말이다. 저보다 나이가 많아 쭈글쭈글하지, 그렇다고 미인도 아니지, 그런 데다 떡하니 배까지 불러 오는 여자랑 살게 됐는데도 그 처량한 녀석은 자기 최면이라도 걸듯, 이 여자면 됐다, 진정한 사랑을 찾았다, 이 여자를 위해 내 철없던 꿈들을 포기해도 미련 따윈 없다, 정말 손톱만큼도 미련 없다며 안쓰러운 논리를 완강히 설파했다.

불쌍한 카직. 불쌍한 에두아르드. 채 스무 살도 안 돼 시들어 버린 놈들. 좆같은 데서 쓰레기 같은 인생을 살 수밖에 없는 실패한 갱, 실패한 시인. 코스챠와 두 녀석이 술에 취해 사람을 죽이던 밤에 현장에 같이 있지 않았던 것이 억세게 운좋은 일이라는 소리를, 에두아르드는 사람들한테서 숱하게 들었다. 죽은 사람처럼 사느니 차라리 산 사람답게 죽는 편이 낫지 않을까? 30년이 지나 이날 밤을 회상하면서, 좀체 면도라고는 안 하던(아시아인처럼 털 없이 매끈매끈한, 고상한 미인들의 애무를 받아 마땅한 피부를 가졌어도 이제는 다

소용없었다) 자신이 세면대 선반에 놓인 아버지의 뿔 손잡이 면도칼을 집어든 것은 죽고 싶어서가 아니라 살아 있다는 사실을 느끼고 싶어서였다고, 에두아르드는 생각할 것이다.

그는 날카로운 면도날을 손목 안쪽에 대고 지그시 눌렀다. 어둠 속에서 인생의 절반 이상을 보낸 친숙하고도 볼썽사나운 방 안을 빙 둘러보았다. 이 방에 처음 왔을 때만 해도 그는 어린아이였다. 사근사근하고 진지한 어린 꼬마. 그 시절이 아득하다……. 그에게서 3미터 떨어진 곳, 벽을 향해 돌아누운 어머니가 코 고는 소리가 이불 밖으로 새어 나왔다. 어머니는 화병으로 죽을 것이다. 아니, 그가 학업을 포기하고 공장에 들어간 순간부터 어머니는 이미 화병으로 죽어 가기 시작했다. 그러니 차제에 매듭을 짓자. 절개의 시작은 쉬웠다, 살이 벌어졌고, 통증은 거의 없었다. 혈관에 도달하자 힘이 들었다. 고개를 옆으로 돌린 채 이를 악물고 칼날을 꾹 누르면서 단박에 긋자 피가 솟구쳤다. 나머지 손목을 그을 기운이 없었다, 한쪽으로 충분하겠지. 에두아르드는 피가 흐르는 손을 탁자에 올려놓고 거무스름한 점이 방수 테이블보 위로 번져 나가면서 『적과 흑』을 뒤덮는 모습을 바라보았다. 그는 미동도 하지 않았다. 몸이 식어 가는 것이 느껴졌다. 그가 쓰러지면서 의자가 넘어가자, 자고 있던 어머니가 소리에 놀라 깼다. 다음 날, 에두아르드는 정신병원에서 눈을 떴다.

정신병원은 감옥보다 더 나쁜 곳이다. 감옥은 최소한 형기라도 있으니 언제 나갈지 알 수라도 있지만, 여기서는 사람을 안경 너머로 관찰하고서는 기껏해야 〈두고 봅시다〉 하는 정도, 대부분의 경우는 아예 입도 뻥긋 하지 않는 의사들의 처분만 기다리는 처지였다. 자고, 담배를 피우고, 걸신들린 듯 카샤를 먹고, 따분해서 진저리를 치는 사이 시간은 흘렀다. 따분함을 견디지 못한 에두아르드가 월담을 도와 달라고 하자, 카직, 우리의 용감한 카직은 엄처 리디아에게는 비밀로 한 채 사다리를 타고 올라와 에두아르드가 입원한 병실의 창살을 뜯어냈다. 드디어 자유의 몸이 된 에두아르드, 멀리 떠나기 전에 마지막으로 집에 한 번 들르는 우를 범하는 바람에 결국 다음 날 아침 집에서 경찰에 체포당하는 신세가 되었다. 경찰에 신고한 사람이 어머니라는 사실을 알고 그는 분해서 펄펄 뛰며 이유를 따져 물었다. 어머니는, 다 그를 위해서라고, 다시 병원으로 돌아가 기다리면 조만간, 더군다나 합법적으로 내보내 줄 텐데, 쫓겨 도망 다니는 신세가 되면 그럴 수 없지 않겠느냐, 합법적인 신분이 못 되는 거 아니냐고 말했다. 말이야 좋고, 어머니는 물론 진심이었을 테지만, 조만간 내보내 주기는커녕 병원에서는 그를 경증 환자 병동에서 중증 환자 병동으로 옮겨 버렸다. 그는 자신의 침대, 중증 정신질환자 병동에서는 일인용 침대조차 제공되지 않아 아침부터 저녁까지 딸딸이를 치는 미친놈하고 함께 써야 했던, 엄밀히 말하자면 이인용 침대 난간에 젖은 수건으로 사지가 묶여 있었다. 당뇨가 없는데도 병원에서는 생명 유지와 진정제 용도로 하루에 한 번씩 그에게 인슐린을 주사했다. 진정제 효과는, 확실했다. 그는 느릿느릿, 투실투실, 물렁물렁하게 변해 갔고, 당이 떨어지면 뇌가 발광한다는 것을 알았지만 저항할 기력마저 없었다. 이대로 혼수상태에 빠지고 싶다, 다시 깨어나고 싶지 않다는 생각이 들기 시작했다. 그다음 생각은 말을 말자.

이런 상태로 입원 두 달을 넘겼을 때, 에두아르드는 운 좋게도 한 늙은 정신과 의사와 면담할 기회가 생겼다. 귓속에 털이 북슬북슬한 의사는 좀비로 변해 버린 그와의 짧은 대화를 통해 다음과 같은 결론을 내리는 현명한 사람이었다. 「자넨 정신병자가 아니야. 다른 사람들의 관심을 끌고 싶을 뿐이지. 손목을 긋는 게 능사가 아니라는 게 내가 해줄 수 있는 조언일세. 공장에는 다시 나가지 말게. 이 사람들을 찾아가서 내 소개로 왔다고 말하게.」

7

늙은 정신과 의사가 그에게 건넨 것은 하리코프 시내에 소재한 어느 서점의 주소였는데, 이곳에서 마침 매대에서 일할 점원을 구하는 중이었다. 에두아르드가 맡은 일은 극장 로비나 동물원 입구에 접이식 테이블을 펼쳐 놓고 오가다 들르는 사람들에게 헌책을 판매하는 것이었다. 책 판매대 앞에서 발길을 멈추는 사람은 극히 드물었고, 책은 거의 거저 주다시피했으며, 책이 한 권 팔릴 때마다 판매원에게 돌아오는 액수는 초라했다. 그가 매일 아침 책 상자들을 받아 오고 저녁에 다시 가서 하루의 수입을 정산하는 〈41서점〉이 당시 하리코프에서 소위 〈데카당〉으로 불리는 예술가와 시인들, 낮과 망치 공장과 리디아에게 목덜미가 잡힌 불쌍한 카직이 한때 기웃거렸던 바로 그 세계의 회합 장소라는 사실을 나중에 알게 되지 않았으면, 은퇴한 노인의 소일거리로나 적합한 이 일을 오래 하지는 않았을 것이다. 수줍음을 잘 타는 에두아르드가 공식 폐점 시간이 지나서도 서점에 늦게까지 남아 있는 일이 잦아졌다. 전차 막차를 놓치고 깜깜한 눈길을 두 시간씩 걸어 도시 외곽의 노동자 밀집 주거지로 귀가하는 일이 잦아졌다. 저녁 때 철제 셔터가 내려지고 나면 서점에서 술이 돌면서 시끌벅적한 난상 토론이 벌어졌고, 〈사미즈다트〉(직역하면 〈자가 출판〉이라는 뜻)로 불리는 금서의 불법 복사본들도 서로 교환해 읽을 수 있었다. 이런 자리에서 복사본을 수중에 넣은 사람이 몇 부를 더 복사해 주변에 또 돌리는 식으로 불가코프, 만델스탐, 아흐마토바, 츠베타예바, 필냐크, 플라토노프…… 등 당시 소비에트 문단에서 활동하던 현역 작가들 대부분의 작품이 유통되었다. 가령 젊은 시인 이오시프 브로드스키의 시 「행렬」이 활자가 희미하다 못해 판독이 거의 불가능한 상태로 레닌그라드에서 도착하는 날은 41서점에 있어 아주 특별한 날이었다. 20년이 흐른 뒤 에두아르드는 이 작품을 〈마리나 츠베타예바를 모방한, 예술적 가치는 의심스럽지만 당시 하리코프와 서점 회합자들의 사회문화적 발전 단계에는 정확히 부합했던 시〉라고 평했다.

에두아르드의 이런 무례한 평가를 어떻게 봐야 할지 모르겠다. 이제 때가 돼 고백하는데, 나는 시에는 전적으로 문외한이다. 박물관에서 그림을 감상할 때 작품 표제에 적힌 화가의 이름을 확인하고 나서야 감동할 만한 작품인지 아닌지를 아는 사람들처럼, 이 분야에 특별히 개인적인 견해가 없기 때문에 젊은 에두아르드의 신속하고도 오만한 견해에 크게 좌우될 수밖에 없다. 에두아르드는 〈호불호〉만 있는 게 아니라 한눈에 진짜와 짝퉁을 가려내는 안목이 있어, 가령 〈실험적인 신선함은 찾아볼 수 없고 이미 남들을 모방한 폴란드의 모더니스트들을 다시 모방하는 자들〉에게 속아 넘어가지 않았다. 앞서 이미 살토프의 건달들이 에두아르드의 초기 시작들에서 예세닌과 블로크의 흔적을 꼬집을 만큼 놀라운 식견을 가지고 있었다는 점을 얘기한 바 있다. 예세닌과 블로크, 좋다, 하지만 이들은 아폴리네르, 조금 심하게 말하면 프레베르와 비슷한, 시에 문외한인 사람들도 다 아는 시인들이다. 제대로 시를 아는 사람들은 가령 만델스탐, 아니 이보다는 1920년대의 위대한 아방가르드 시인 벨레미르 흘레브니코프를 단연 독보적으로 꼽는다는 사실을 에두아르드는 〈41〉에서 알게 되었다.

이 흘레브니코프는 역시 〈41〉에서 자타가 인정하는 천재인 모트리치가 가장 좋아하는 시인이었다. 서른 살의 모트리치는 이때까지, 그리고 이후로도 한 번도 시집을 출판한 적이 없는데, 검열이라는 것의 장점은, 명색이 작가일 뿐 출판한 적이 없는 사람이라도 누구 하나 이 사람의 재능을 의심하지 않게 한다는 점이었다. 도리어 그 반대였다. 가령 41 그룹의 주변부에 제르진스키 순양함에 승선한 대원들을 소재로 쓴 시집을 출간해 우크라이나 콤소몰[11]에서 주는 문학상

11 공산주의 청년 동맹.

을 수상한 젊은이가 한 명 있었다. 화려한 등단, 대량 인쇄, 아파라칙[12] 문인의 미래가 보장된 전도유망한 시인이었지만 다들 그를 모트리치보다 못하다고 평가했고, 본인 역시 모트리치보다 한 수 아래라고 자평했다. 이렇다 보니 호랑이굴로 뛰어드는 심정으로 41의 회합에 참석은 했지만 자신에게 상업 작가, 협잡꾼이라는 딱지를 붙인 성공에 대해서는 가급적 함구하고 싶어 했다. 한때 에두아르드가 영웅으로 추앙했던 인물들이 모두 그렇듯 모트리치 또한 조만간 땅바닥에 패대기쳐지겠지만, 당시에는 에두아르드의 영웅이었고, 살아 숨 쉬는 진정한 시인이었다. 훗날 에두아르드는 별 볼 일 없는 시인이지만 진정한 시인이었다고, 미묘한 선을 그으며 그를 평가했다. 에두아르드는 열심히 모트리치의 시를 읽고, 허세 가득한 그의 예언들을 경청하고, 그의 영향 아래 홀레브니코프의 작품을 열독하는 것으로 모자라 전집 세 권을 모두 필사했다. 그리고 이동 서점에서 책을 팔다 한가한 시간이 날 때마다 다시 글을 쓰기 시작했지만, 비밀에 부쳤다.

41서점의 책임 판매원 안나 모이세예브나 루빈스타인은 비장미 서린 미인형 얼굴에 위풍 넘치는 여장부 스타일로, 엉덩이는 비대하고 머리에는 이미 서리가 내리기 시작했다. 한때 엘리자베스 테일러를 연상시켰던 그녀는 나이 스물여덟에 벌써 중년 부인으로 오인되어 전차에 타면 청년들이 자리를 양보해 주곤 했다. 조울증 증세로 장애인 수당까지 받고 있는 그녀는 자신이 〈정신분열자〉라고 자랑스럽게 공언

12 고위 관료.

했으며, 자신이 존경하는 사람들은 모두 미치광이로 취급했다. 이런 취급을 받으면 누구나 칭찬으로 받아들이며 으쓱했다. 하리코프의 〈데카당〉 세계에서 천재라는 소리를 들으려면 무명이어야 하는 것은 기본이고 술고래에 정신 이상, 사회부적응자여야 했다. 정신병원 수용이 정치 탄압의 도구로 사용되던 시절이었기 때문에 정신병원 입원 경력은 〈반체제〉(지금 내가 얘기하고 있는 시기에 막 태동하던 단어다)라는 훈장을 달아 주었다. 중증 정신질환자 병동에 감금됐을 때는 이 단어의 존재조차 몰랐지만, 최신 뉴스에 밝은 에두아르드는 틈만 나면 구속복을 착용했던 경험과 온종일 침을 질질 흘리며 딸딸이를 치던 룸메이트 얘기를 해 좌중의 관심을 끌었다. 이 얘기를 하다 보니 나 역시 나이를 꽤 먹어서까지 낭만적인 광기 예찬자였던 것 같다는 생각이 든다. 천만다행히도 나는 이제 그런 때가 지났다. 경험을 통해 나는 그런 낭만주의가 어리석음의 소산이며, 광기야말로 세상에서 가장 슬프고 음울한 것임을 깨달았다. 내 생각에는 에두아르드도 이것을, 본능적으로, 늘 인식하면서 살았을 것이고, 스스로에게 가혹하다, 자기중심적이다, 냉혈한이다 등등의 수식어에는 기꺼이 동의했어도, 미쳤다는 자기 진단은, 절대 미쳤다는 자기 진단만은 내리지 않았을 것이다. 미친 것의 반대라면 또 모를까. 이런 게 있을지는 모르겠지만.

하지만, 안나는 진짜로 미쳤고, 그녀의 광기는 끝내 비극적 결말을 맞을 운명이었다. 그러나 당시만 해도 그녀의 광기는 호색녀 기질과 비슷한 차원에서 일종의 기벽 내지는 톡톡 튀는 개성으로 여겨졌다. 41서점을 드나드는 하리코프의 예술 창작인이라면 누구나 그녀를 거쳐 갔으며, 예술인 청년들의 총각 딱지를 떼주는 데는 그녀가 전문가라는 소문도 돌았다. 서점에서 저녁 회합을 가진 사람들은 종종 지척에 있는 그녀의 집으로 자리를 옮겨 뒤풀이를 갖곤 했다. 꼭 집어 초대를 받지 못할 때는 막연히 그 자리가 흐드러진 술판일 것이라고 에두아르드는 상상했다. 하지만 과감하게 사람들을 뒤따라가 확인한 실체는 상상과는 전혀 달랐다. 안나의 집에서 계속된 〈애프터〉에 모인 사람들은, 서점에서처럼 예술과 문학을 놓고 열띤 토론을 벌이고, 점점 혀 꼬부라지는 소리로 시를 낭독하고, 험담에 열을 올리고, 그로서는 도저히 이해할 수 없는 사적인 농담을 주고받았다. 에두아르드는 플러시천으로 된 소파 귀퉁이에 앉아 영문도 모른 채 사람들을 따라 웃었고, 소심함을 극복하기 위해 취하도록 술을 마셨다. 여주인 안나와 이따금 방문을 세게 두드리는 것으로 조용히 해달라는 요구를 대신하는 그녀의 노모를 제외하면 늦은 밤에 그녀의 집에 모인 사람은 전원 남자였는데, 그들이 익숙한 동작으로 안나의 목을 끌어안는가 하면 서슴없이 키스까지 하는 광경을 물끄러미 쳐다보면서 에두아르드는 자기만 그녀와 빠구리를 하지 않은 것 같아 불쾌해졌다. 정말 안나를 따먹고 싶었을까, 아니면 살토프에서 벗어나는 유일한 길이 이 그룹의 일원이 되는 것이라는 냉철한 판단 때문이었을까? 안나가 유방 하나는 끝내주는 게 사실이지만, 사실 에두아르드는 뚱뚱한 여자라면 질색이었다. 그녀를 떠올리면서 자위를 해봤지만 영 느낌이 오지 않았고, 괜히 발기라도 안 되거나 너무 빨리 사정해 버리면 어쩌나

하는 두려움도 생겼다. 그러던 어느 날 밤, 야심한 시각, 손님들이 슬슬 자리를 뜨기 시작했지만, 그는 아니었다. 쥘리앵이 레날 부인의 손을 잡고 말겠다고 별렀던 것처럼, 에두아르드는 어떻게든 끝까지 자리를 지키다 물렁한 사내가 아니라는 것만이라도 입증하리라고 별렀다. 마지막까지 남아 있던 사람들이 일어나 외투를 걸치면서 그에게 능글능글한 윙크를 보냈다. 그는 전문가인 양, 최대한 초연하고 차분하게 행동했다. 둘만 남자, 안나는 괜히 내숭을 떨거나 빼지 않았다. 염려했던 대로 처음에는 너무 빨리 오르가슴에 도달했지만, 에두아르드는 내처 다시 시작했다. 이런 게 바로 젊음의 특권이었다. 그녀는 만족스러운 듯 보였다. 중요한 것은 바로 그것 아니겠나.

안나와 자는 걸로 그치지 않고, 자유 예술인들의 성소라고 할 수 있는 안나의 집에 아예 눌러 살면서 현재의 별 볼 일 없는 프롤레타리아 빈대 신세에서 그녀의 정식 애인이자 집주인으로 신분을 상승시키는 것이 소비에트판 배리 린든[13]인 우리의 주인공 에두아르드의 계획이었다. 안나의 아파트는 당시로서는 대단한 호사인 방 두 칸짜리였기 때문에, 에두아르드가 딸의 방에서 자고 가도 모른 척하던 안나의 노모 셸리야 야코블레브나는 금방 에두아르드를 한 식구로 받아들였다. 노파들을 다루는 에두아르드의 뛰어난 요령도 당연히 이런 태도를 이끌어 내는 데 한몫했겠지만, 바람둥이 딸이 남자를 숱하게 집 안으로 끌어들인다고 아파트 주민들

13 1975년 스탠리 큐브릭 감독이 제작한 동명 영화의 주인공.

이 입방아 찧는 소리를 더 이상 듣지 않게 해준 에두아르드가 노모는 고마웠던 것이다.

다른 남자들 같으면, 사내들의 행렬을 상상하면서 뒤늦은 질투심에 시달렸겠지만 에두아르드는 도리어 자극제로 삼았다. 말이 나왔으니 말이지, 안나에게 별반 성적 감흥을 느끼지 못하던 에두아르드는 맨정신으로는 도저히 주름이 자글자글한 거구에 올라탈 마음이 생기기 않았다. 그런데 먼저 그녀를 거쳐 간 놈들을 떠올리다 보면 자연스럽게 흥분이 되었다. 그 옛 애인들 상당수는 같은 서클의 남자들이었다. 이들에게 에두아르드는 지금 시기의 대상일까, 조롱의 대상일까? 하나는 에두아르드가 가장 갈망하는 것, 다른 하나는 에두아르드가 가장 두려워하는 것이었다. 분명 두 가지가 뒤섞인 복합적인 감정일 텐데, 한 가지만은 확실했다. 불과 몇 달 전의 에두아르드, 낫과 망치 공장의 주조공이었던 그 에두아르드가, 살토프가 아니라 과거에는 감히 넘볼 수도 없었던 도심에서 살고 있는 지금의 에두아르드를, 노동자들과 건달들이 아니라 시인과 예술가들을 친구로 둔 에두아르드를, 집주인의 무사태평한 얼굴로 친구들에게 현관문을 열어 주는 에두아르드를, 불청객도 극진히 대접해 돌려보내는 에두아르드를 시기할 것만은 확실했다. 왁자지껄한 난상 토론 중에 예전처럼 목청을 높일 필요가 없고 그의 말에 좌중이 귀를 기울이게 된 것은 그가 집주인이라는 의미의 〈하지아인〉이었기 때문이다. 이 단어에 봉건적인 권위를 더하면 한 도시의 주인이라는 의미에서 하지아인이라고 하는 것도 가능하고, 스탈린은 소련의 하지아인이었다고도 표현할 수 있다.

안나가 조금 더 미인이고 에두아르드가 그녀를 조금 더 욕망했더라면 금상첨화였겠지만, 어쨌든 7년간 지속된 두 사람의 격정적이고 애정 어린 동반자 관계는 양쪽 모두에게 이득이었다. 그녀는 에두아르드 덕에 안정감을 느꼈고, 에두아르드는 그녀 덕에 촌티를 벗을 수 있었다.

에두아르드가 그동안 썼던 시들을 읽어 주자 안나는 좋다며 모트리치에게 보여 줬고, 모트리치 역시 뛰어난 시들이라며 극찬을 아끼지 않았다. 긍정적인 반응에 고무된 에두아르드는 41서점에서 낭송회를 열고 그동안 쓴 시들을 묶어 열 부가량을 직접 필사해 주변에 돌렸다. 아직 남들이 그의 시집을 필사하는 단계, 즉 반체제적 영예의 2단계(3단계에 가면 사미즈다트가 아니라 〈타미즈다트〉라 부르는데, 『닥터 지바고』처럼 〈밖에서〉, 다시 말해 서방에서 출판된 작품을 의미한다)에 도달하지 못했기 때문이다. 그의 얇은 시집은 겨우 41서점이라는 좁은 테두리 안에서 읽혔지만 그에게 시인이라는 지위를, 이 지위에 따르는 혜택을 오롯이 누리게 해주었다.

아무리 빈궁 속에서 허덕여도 빈궁한 삶에 따르는 치욕은 면할 수 있고, 더군다나 일단 이 자리에 오르면 상당수가 죽을 때까지 시 한 줄 안 써도 시인이라는 혜택을 누렸으니, 시인이라는 지위는 한번 가져 볼 만했다. 물론 게으름과 거리가 멀고 쉬 자족하는 성격이 아닌 에두아르드에게는 해당되지 않았다. 그는 조금씩이라도, 매일, 하루도 거르지 않으면 반드시 진전이 있다는 것을 깨달아 평생 철칙으로 삼고 지킨 사람이다. 또 하나, 누구나 파랗다고 아는 〈파란 하늘〉을 시의 소재로 삼을 필요가 없으며, 고심 끝에 나온 〈주홍빛 파랑〉 같은 것은 최악이라는 사실도 그는 깨달았다. 충격적인 글을 쓰는 것이 그의 목표였고, 이를 위해 그는 멋스러움보다는 평범함을 택했다. 어려운 어휘나 은유를 배제하고, 직설 어법을 구사하고, 알려진 인물은 이름과 주소를 공개하는 식이었다. 이런 방식으로 자신만의 문체를 만들어 나간 그는, 본인의 자평대로 위대한 시인은 아닐지라도 최소한 색깔이 분명한 시인은 될 수 있었다.

온전히 이런 시인의 삶을 살기 위해 그에게 필요했던 딱 한 가지, 우중충한 우크라이나 농사꾼의 성이 아닌 참신하고 그럴듯한 성이었다. 하룻저녁은, 안나의 집에 모인 패거리들이 재미삼아 각자 성을 하나씩 새로 만들기로 했다. 이렇게 해서 로냐 이바노프는 아제야로프가, 사샤 멜레호프는 부한킨이, 에두아르드 사벤코는 에드 리모노프(〈리몬〉은 레몬을, 〈리몬카〉는 수류탄을 뜻하는 만큼, 그의 뾰족하고 전투적인 성격을 고려한 작명이었다)로 재탄생했다. 다른 사람들은 한 번의 재미로 끝냈지만 에두아르드는 이때 만든 필명을 끝까지 고수했다. 그는 이름마저도 남의 힘을 빌리지 않아야 직성이 풀리는 사람이다.

8

이제 바지 얘기를 좀 해야겠다. 이 사건은 집에 온 손님이 그가 입은 청 나팔바지를 보더니, 시중에서 팔지 않는 바진

데 누가 만든 거냐고 물으면서 시작된다. 「내가.」 에두아르드가 으쓱해 실없는 소리를 했지만, 실은 댄디 시절에 카직이 옷을 맞춰 입던 맞춤집에서 만든 바지였다. 「원단을 들고 오면 똑같이 한 벌 만들어 줄 수 있어?」 「당연하지.」 에두아르드는 원단을 재단사한테 갖다 주고 자기는 중개료나 조금 챙길 생각이었다.

그런데 그만 사달이 나고 말았다. 재단사를 찾아갔으나 온데간데없었다. 주소 한 장 남기지 않고 증발하듯 사라져 버린 것이다. 이때 딱 한 번 했던 거짓말이 에두아르드에게는 오히려 전화위복의 계기가 되었다. 체면을 구길 순 없으니 해결책은 한 가지뿐이었다. 그는 견본으로 삼을 자신의 청바지와 실, 바늘, 가위를 가지고 방에 틀어박혀 나팔바지 비슷한 모양이 나올 때까지 밖으로 나오지 않았다. 바지를 재단하는 게 보통 어려운 일이 아니지만, 아버지를 닮아 온갖 수공에 능한 뛰어난 손재주를 가진 에두아르드는 48시간 동안 철교 설계도에 버금가는 복잡한 도안을 그려 가며 실패를 거듭한 끝에 마침내 손님의 마음에 드는 바지를 제작할 수 있었다. 수공으로 20루블을 주고 간 손님이 그를 주변에 소개하면서 주문이 몰려들기 시작했다.

이렇게 우연찮게 그는 향후 10년간, 그것도 공장 간부나 작업반장, 십장, 지배인 같은 형태의 권위와 전혀 대면할 필요 없이, 아주 흡족하게 생계를 해결할 방법을 찾았다. 밑천이라고는 오로지 손재주 하나인 가내 재단사이니 남의 눈치보지 않고 마음 내킬 때 일하면 그만이었다. 주문이 있으면 한나절에 두세 벌씩 만들어 놓고 일이 끝나면 시작(詩作)에

몰두했다. 안나가 퇴근해 들어오면 그는 원단과 쓰던 시들을 테이블 한쪽으로 밀어놓았고, 안나의 어머니는 먹음직스럽게 익은 새빨간 우크라이나산 토마토와 가지 캐비어,[14] 속을 채워 구운 잉어 요리[15]를 내왔다. 단란한 가족의 모습은 바로 이런 게 아닐까.

「네 서방 말이다, 딱 유대인이기만 하면 더 바랄 게 없겠는데. 할례라도 시켜야 안 되겠다.」 안나의 어머니가 농담처럼 말했다.

「유대인적인 직업을 가졌잖아요. 너무 많이 바라지 마세요.」 안나가 대답했다.

자칭 〈이스라엘 부족의 탕아〉라는 안나의 뿌리 역시 에두아르드는 마음에 들었다. 이 책의 집필 계획을 알리자 내 주변에서는 다양하게 반응했는데, 친구 피에르 볼켄슈타인과는 절교 직전까지도 갔다. 그가 보기에 내가 책을 쓰겠다는 러시아인, 그것도 정체불명의 정당을 이끄는 당수 리모노프는 반유대주의자일 수밖에 없다는 것이다. 하지만 이것은 사실과 다르다. 온갖 양식에 어긋나는 행동을 해도 리모노프는 반유대주의자가 아니다. 높은 도덕성과 역사의식을 갖춘 사람이어서가 아니라, 일종의 속물근성에서 비롯된 것이긴 하지만 말이다. 사실, 2천만 명의 희생자가 발생한 전쟁을 겪은 러시아인 대다수가 그렇듯, 리모노프도 쇼아[16] 따위는

14 가지를 익혀 속을 파낸 후 잘게 다진 야채 등과 섞어, 보통 사이드 디시로 먹는 요리.

15 중부 유럽과 동유럽 출신의 유대인들이 즐겨 먹는 잉어 요리.

안중에도 없는 사람이며, 이 문제가 2차 세계 대전의 〈지엽 말단〉에 불과하다고 보는 장마리 르 펜과 의견을 같이할 게 분명하다. 하지만, 러시아인, 그중에서도 특히 우크라이나의 기층민이 전통적으로 반유대주의자라는 사실은 리모노프에 게는 그렇게 되지 말아야 하는 첫 번째 이유였을 것이다. 유 대인들을 의심하는 건 속 좁고 굼뜨고 서투른 시골뜨기들, 가령 사벤코 가족이나 하는 짓이고, 사벤코 일가와 모든 면 에서 대척점에 있는 사람들이 바로 유대인이라는 게 에두아 르드의 견해였다. 이런 그에게 안나가 유대인이라는 사실은 특별한 의미로 다가왔고, 그녀의 이런 이국성은 긍정적인 요 인으로 작용했다. 아무리 〈홀리건〉, 정신병자, 정신박약이면 어떤가(이건 그의 표현이다). 그의 눈에 비친 그녀는 동방의 공주, 살토프에서 촌뜨기로 살 운명이었던 자신에게 샤갈의 그림만큼 화사하고 시적이며 기상천외한 공간에서 유영할 수 있도록 은혜를 베푼 공주였다.

하지만, 에두아르드는 방구석에서 시와 바지나 짓고 있을 사람이 아니었다. 그는 41서점의 〈데카당〉들 외에 젠카라는 플레이보이(이 단어가 외래어로 정착하던 시절이었다)를 사 귀기 시작했다. KGB 장교 출신인 젠카의 아버지는 불쌍한 베니아민보다 뛰어난 수완을 발휘해 전역 후 체카 고위급들 이 드나드는 고급 레스토랑에서 지배인으로 근무하고 있었 고, 시내에서는 꽤 영향력 있는 인사 축에 속했다. 젠카는 아 버지의 인맥을 활용하면 공산당에 입당해 서른 살에 지구당

16 2차 대전 시 유대인 대학살.

위원회의 서기장 자리에 오르고 〈다차〉를 소유하고 관용차를 굴리고 크림 반도의 편안한 해변 휴양지에서 휴가를 보내며 평생 한량으로 살 수도 있을 것이었다. 숙청과 공포의 시대가 저물었다는 것은 주지의 사실이었으므로 이런 인생행로는 보장된 것이나 다름없었다. 혁명이 제 새끼들을 잡아먹던 시절은 가고 권력은, 안나의 표현을 빌자면, 식물성으로 변해 있었다. 니키타 흐루쇼프 집권하에서는 치안과 생활 수준 향상, 아이들이 더 이상 부모의 고발자로 내몰리지 않는 행복한 사회주의적 가족의 확대 등의 합리적이고 선량한 목표를 표방하는 찬란한 미래가 펼쳐지는 듯했다. 스탈린 사후에 제크 수백만 명이 동시 사면되고, 일부는 복권까지 되는 묘한 분위기의 시절이 있었다. 이들을 굴라그로 보낸 관료들과 선동가들, 밀고자들은 이들이 다시는 돌아오지 않으리라는, 한 가지만은 확신하고 있었다. 그런데, 돌아왔다. 다시 안나의 말을 인용하자면, 〈고발한 러시아와 고발당한 러시아, 이 두 러시아가 맞대면했다〉. 피비린내가 진동할 수도 있었지만 참사는 벌어지지 않았다. 밀고자와 귀환자가 길에서 마주쳤지만, 감정을 단속할 줄 아는 사람들이었기 때문에 어색하게, 한때 〈함께〉 공모자로서 가담했던 떳떳치 못한 일을 더 이상 입에 담기 싫은 사람들처럼, 막연한 수치심을 느끼며 각자 갈 길을 재촉했다.

그런데, 과거를 입에 담는 이가 있었다. 흐루쇼프는 1956년 제20차 소련 공산당 전당대회에서 〈비밀 연설문〉(하지만 비밀은 오래 유지되지 않는다)을 통해 스탈린 집권하에서 이루어진 〈개인 우상화〉에 유감을 표하고, 과거 20년 동안 소련을 통치한 사람들이 살인마였음을 암묵적으로 인정했다. 그는 1962년에는 제크 출신 작가 솔제니친의 『이반 데니소비치의 하루』 출간을 직접 허가하기도 했다. 이 책의 출간은 말 그대로 전기 충격을 불러왔다. 한 평범한 수감자가 특별히 엄혹하지도 않은 한 강제 노동 수용소에서 보낸 평범한 하루를 꼼꼼하고 소박하게 기록한 이 작품이 『노비 미르 *Novyi Mir*』[17] 제11호에 실리자 러시아 전체가 잡지를 구하기 위해 난리 법석이었다. 사람들은 충격에 휩싸인 채 차마 믿을 순 없지만, 해빙이다, 삶이 회생했다, 라자로가 부활했다고[18] 말하기 시작했고, 한 사람이 용기 있게 진실을 내뱉는 순간, 아무도 진실을 봉할 수 없었다. 국내외적으로 이만한 파급 효과를 지닌 책은 그때껏 흔치 않았다. 10년 후 출간되는 『수용소 군도』 말고는 어떤 책도 이 정도로, 또한 〈실질적으로〉 역사의 흐름을 바꾼 적은 없었다.

정권은 수용소와 과거의 진실이 계속 사람들 입에 오르내릴 경우 스탈린뿐만 아니라 덤으로 레닌까지, 그리고 소련 체제 자체와 체제의 존립 기반인 거짓말들까지 모조리 쓸어버릴지도 모른다는 위기감에 휩싸였다. 이런 의미에서 『이반 데니소비치의 하루』는 탈스탈린화의 절정이자 끝이었다. 흐루쇼프 실각 후 숙청에서 살아남은 아파라칙 세대는 인자한 레오니드 브레즈네프의 영도하에 일종의 온건한 스탈린주의를 실천했다. 당의 비대화, 간부의 안정성, 정실 인사, 현 당원에 의한 신입 당원의 지명, 특혜, 정치 탄압 약화 등의 특

17 〈신세계〉라는 의미의 러시아 문예 월간지.
18 루벤스(1577~1640)의 미술 작품 「라자로의 부활」에 빗대어 표현함.

징으로 대표되는 이 노선은 체제의 혜택을 본 엘리트 집단의
명칭을 따서 〈노멘클라투라〉 공산주의라 부르는데, 이 엘리
트 집단의 범위가 근본적으로 상당히 광범해 룰만 따르면 이
집단의 일원이 되기는 그다지 어렵지 않았다. 폐쇄적이고 허
무주의적이지만 한편으로는 편안한 이런 안정성을 한번 맛
본 세대의 상당수는 오늘날 그 시절을 그리워하고 있다. 이
기적인 계산이 지배하는 차디찬 물속을 헤엄치며 수시로 허
우적거리다 보면 자연스럽게 그런 마음이 드는 것이다. 우리
의 〈더 많이 일하고, 더 많이 벌자〉[19]와 비슷하게 당시 소련
사회에 퍼졌던 유행어가 〈우리는 일하는 척하고, 저들은 우
리한테 급료를 주는 척한다〉였다. 신바람 나는 삶의 방식은
아니지만, 괜찮았다. 다들 요령껏 살았다. 정말 어리석은 짓
만 안 하면 크게 잘못될 일은 없었다. 사람들은 어떤 일에도
시큰둥했고, 정치 얘기는 그저 술자리의 안줏거리에 그쳤다.
무기력이 존립 근거인 이 체제가 앞으로도 몇 세기 동안은
건재하리라고, 솔제니친을 뺀 모두가 확신하던 시절이었다.

　바로 이런 체제였기 때문에 겐카 같은, 그의 얘기로 다시
돌아오자, 선한 한량이 선한 한량으로 살 수 있었고, 체카 요
원 출신인 그의 아버지도 굳이 이런 아들을 말리지 않았다.
같은 시기, 영광의 30년[20]을 누리던 프랑스에서 ENA[21]나 폴
리테크니크[22]에 입학한 부르주아 청년처럼 당연히 겐카도

　19 2007년 프랑스 대선 당시 니콜라 사르코지 후보가 전 사회당 정부에
서 입법한 주 35시간 노동을 비난하면서 내걸었던 표어.
　20 2차 세계 대전 종전 이후 제1차 석유 파동이 일어난 1974년 전까지 서
구 경제가 엄청난 성장을 이루었던 30년간을 가리킴.
　21 국립행정학교.

공산당에 입당했으면 더 좋았을 것이다. 하지만 그러지 않았다고 해서 크게 잘못될 일도 없었고, 굶어 죽거나 수용소에서 죽을 일도 없었으며, 놀고먹는 말단 관료 자리는 따놓은당상이니 기생충이나 반사회 분자라는 죄목으로 체포될 염려도 없었다. 이렇게 미래에 대한 불안감이 조금도 없었던젠카는 친구 에두아르드를 끌고 아버지의 동료들이 운영하는 술집들을 돌며 밤에는 공짜 술을 마시고, 낮에는, 일단 여름에는, 동물원 구내식당을 차지하고 앉아 자신이 사무총장으로 있는 벵골 호랑이 조련사 단체에서 임시 회의를 개최하는 중이라면서 공갈을 쳐 손님들을 내쫓은 다음, 졸개들한테밥을 사주고 귀를 즐겁게 해주었다.

젠카의 졸개들은 SS[23]와 시온주의자, 두 그룹으로 나뉘었다. 이 SS 중에 히틀러의 연설을 따라하는 재주를 가진 별종이 하나 있었는데, 녀석의 독일어는 형편없었지만 실력이 그만도 못한 좌중은 눈알을 부라리며 연설을 토하는 모습을멀거니 지켜보다 〈코무니스텐, 코미사렌, 파르티자넨, 유덴〉같이 귀에 익은 단어가 들리면 시온주의자 녀석들부터 배를잡고 웃었다. 말이 시온주의자지, 실제로 유대인은 한 명도없었다. 이들이 이스라엘이라는 나라에 열광하기 시작한 것은 6일 전쟁[24] 때부터였다. 국제 정세만 놓고 보면, 아무리 깡

22 국립공과대학. ENA와 더불어 프랑스 엘리트를 양성하는 유명 그랑제콜 중 하나.
23 슈츠슈타펠Schutzstaffel. 2차 세계 대전 당시 독일 나치 친위대.
24 1967년, 이스라엘의 전격적인 선제 공격으로 시작된 제3차 아랍-이스라엘 전쟁.

패 건달이라도 다 순진한 애국자인 이들이 조국에서 아랍 국가들을 지원하고 무장시키는 마당에 자신들의 입장을 고수하기가 결코 녹록치는 않았을 것이다. 하지만 모든 것을 떠나 군대라는 가치에 매료되었던 이들은 모셰 다얀[25]의 군대에 경외심을 느꼈다. 나치나 쪽발이도, 정말 피도 눈물도 없는, 진짜 군인다운 군인이기만 하면 나치나 쪽발이라도, 제아무리 과거나 현재의 적이라도 존경의 대상일 뿐이었다. 반면, 얼굴이 불그레하고 몸이 피둥피둥한 미국 놈들은, 히로시마에서 봤듯이 하늘 꼭대기에서 폭탄을 떨어뜨려 적을 궤멸시키는 것을 최고의 전술로 여기며 극도로 몸을 사리는 등신 같은 미국 놈들에게는 절대 그런 존경심을 느끼지 않았다.

베어마흐트[26]와 차할[27] 말고도 겐카 패거리는 SS와 시온주의자 구분 없이 알랭 들롱과 리노 벤투라 주연 영화 「대모험」에 열광했다. 그들은 몇 년째 하리코프의 극장에서 거의 상시 상영 중이던 이 영화를 열 번, 스무 번씩 단체로 관람했다. 외국 영화, 특히 프랑스 영화의 극장 상영은 흐루쇼프 집권기에 나타난 새로운 현상 중 하나였다. 당시에 루이 드 퓌네와 알랭 들롱을 모르는 사람이 없을 정도였고, 10년 뒤에는 피에르 리샤르가 두 사람의 인기를 물려받았다. 지금도 여전히 구소련의 벽촌들에서 살아 있는 신으로 숭앙받고 있는 고귀한 인품의 소유자 피에르 리샤르는 조지아와 카자흐

25 Moshe Dayan(1915~1981). 6일 전쟁을 지휘한 이스라엘의 군인이자 정치가.

26 2차 대전 시 독일 국방군.

27 이스라엘군.

스탄의 영화 제작자들이 〈특별 출연〉을 요청하면 한 번도 거절하는 법이 없다. 에두아르드와 겐카는 알랭 들롱이 경비행기를 몰고 개선문 밑을 지나가는 「대모험」의 첫 장면에 착안해 기억에 남을 대형 사고를 쳤다. 평소처럼 만취 상태에서 군 비행장에 계류 중인 구식 비행기를 훔쳐 하늘을 날아 보겠다고 만용을 부리다가 경비원들에게 붙잡히고 만 것이었다. 취중 객기로 저지른 짓이라고 판단한 경비원들이 사건을 크게 확대시키지 않았고, 우산 끝에 수건을 묶어 보따리인 양 매달고 가출을 감행하던 여섯 살, 세 살 두 아들을 바라보던 나와 똑같이 애처로운 마음으로 위로주까지 사주었다.

에두아르드의 일상은 그렇게 흘렀다. 바느질을 하고, 글을 쓰고, 손수 재단한 멋진 양복(자신이 만든 양복 중에서도 그는 금사로 바느질한 초콜릿색 양복에 특별히 자부심을 느꼈다)을 쭉 빼입고 겐카 패거리들과 어울렸다. 복부 근육 강화 운동과 팔 굽혀 펴기로 단련된 멋진 근육을 자랑하고 한여름에 그을린 가무잡잡한 피부가 겨울까지 구릿빛을 띠었지만, 몇 센티만 더 키를 늘리고, 안경을 벗어 던지고, 살짝 들린 코끝을 잡아 내릴 수만 있다면 무슨 짓이든 할 수 있을 것 같았다. 혼자 거울을 들여다보며 따라해 보곤 하는 알랭 들롱 같은 남자가 되는 게 그의 꿈이었다. 너무 오랫동안 소홀히 방치하면 안나가 참다못해 그를 잡으러 오기도 했다. 보통 동물원 구내식당에서 그를 발견하면 그녀는 다들 보는 앞에서 상소리를 하고 길길이 날뛰며 철부지 날건달이라고 욕을 했다. 〈말라도이 니예가자이〉. 에두아르드도 그 시절의 자신을 그렇게 기억했다. 소란의 당사자인 에두아르드가 모멸감을 느낄수록 친구 놈들은 신이 나 했다. 그들은 남들이 보면 애인의 어머니뻘에, 몸무게는 곱절인 안나의 비대한 궁둥이와 백발을 손가락질했다. 체면을 구길 수 없는 에두아르드는 은근히 자신이 안나를 착취해 놀고먹는다는 논리를 펼쳤다. 한번은 심지어 그녀가 매춘으로 서방을 먹여 살린다고까지 떠벌였다. 평범하고 착한 청년보다는 어설픈 기둥서방이 더 그럴듯하다는 게 그의 철학이었다.

9

리모노프도 지적하듯이, KGB를 빼고는 60년대 소련의 삶을 얘기할 수 없다. 서양 독자들이야 굴라그와 정신병원 감금을 떠올리면 등골부터 서늘해질 것이다. 리모노프의 경우, 상대적으로 남들보다 빈번해서 그렇지, 하리코프의 기관들과의 인연은 촌극 수준을 넘어서지 않았다. 예를 들면 이런 사건이 있었다.

에두아르드의 패거리 중에 바흐차냔, 줄여서 바흐라 불리던 화가가 있었는데, 그가 하리코프에 잠시 체류 중이던 프랑스인을 한 사람 알게 돼 청 점퍼 한 벌과 『파리 마치*Paris Match*』 과월호 몇 부를 선물로 받은 적이 있었다. 흐루쇼프 실각 후 브레즈네프-코시긴-그로미코 트로이카의 집권 직후인 당시에 이는 범죄, 그것도 중죄에 해당했다. 책과 음반, 심지어는 옷을 통해서도 위험한 서방의 바이러스를 퍼뜨릴 수 있고 반체제적 텍스트를 국외로 반출할 소지가 있다며 외국인과의 접촉을 일절 금지하던 시절이었다. 점퍼는 몸에 걸치고 『파리 마치』 몇 권은 비닐봉지에 넣어 손에 들고 프랑스인이 묵던 호텔을 나서는 순간부터 바흐는 미행당하고 있다는 낌새를 차렸다. 그는 무작정 안나와 에두아르드의 집을 찾아가 걱정을 털어놓았다. 황급히 점퍼와 잡지를 궤에 넣고 안나가 풍만한 둔부로 뚜껑을 지그시 누르고 앉기 무섭게 체카 요원이 현관문을 두드리는 소리가 들렸다.

에두아르드는 문을 열어 주면서 재빨리 상대를 아래위로 훑어보았다. 희끗희끗한 금발, 한때는 운동 마니아였으나 지금은 게으르게 방치한 몸, 동년배 아내와 못생기고 전망 없는 자식이 분명 두셋은 딸렸을 분위기, 한심한 베니아민의 동료이자 형제일 것 같은 중년의 사내. 집 안 가득한 책과 그림을 보면서 예술가의 집에 난입했다는 생각에 움찔 위축되는 것은 도리어 그쪽이었다. 맹렬한 열의에 차 있지는 않아도 직업이 직업이니만큼 내부를 둘러보며 수색을 마친 그가 빈손으로 돌아가려던 순간, 현관에 거의 다다라 그의 시선이 잠시 한곳에 머물렀다. 퍼뜩 떠오른 생각이 있었다. 수색 내내 요지부동으로 궤 위에 앉아 있던 안나가 수상했다. 힘겨루기. 게슈타포에게 체포돼 레지스탕스 조직원들의 명단을 불어야 하는 비운의 처지라도 된 듯, 격앙해서 완강히 거부하던 안나도 더는 버티지 못했다. 알리바바의 동굴은 끝내 발각되었고, 보물은 압수되었다.

안나와 에두아르드는 훈방에 그쳤지만 바흐는 피스톤 공장의 〈동무 집단〉[28]이 참여하는 재판에 회부됐다. 동무들은 즉석 미술 비평가가 되어 돼지 꼬리에 붓을 달아 놔도 그릴 수 있는 그림들이라는 평을 내놓았고, 구상적인 현실을 접하게 할 필요가 있으므로 한 달간 공사 현장에 보내 삽질을 시키라는 판결을 내렸다. 벌을 받고 돌아온 바흐는 더 이상 걱정 없이 본연의 조야하고 한물간 추상화풍을 추구했다. 이때 하리코프 당국에서 조금만 더 험악하게 대응했더라면 그저 운 좋게 적시적소에 있었다는 이유만으로 막 엄청난 행운을 거머쥔 평범한 시인 브로드스키처럼 평범한 화가 바흐차난도 세계적인 명성을 얻었을 것이라는 게 이 사건에 대한 에두아르드의 결론이었다.

여기서 에두아르드가 내린 이 결론에 대해, 그리고 이것을 통해 알 수 있는 우리의 주인공 에두아르드에 대해 잠시 얘기하고 넘어가자. 그러자면 그가 평생을 두고 문득문득 레비틴 대위와 동일시했던 인물, 60년대 초반에 안나 아흐마토바의 총아였던 레닌그라드 출신의 천재 젊은이 이오시프 브로드스키에 대한 소개가 필요할 것이다.

안나 아흐마토바는 모트리치와는 차원이 다르다. 그녀는 전문가들이 한목소리로 만델스탐과 츠베타예바 사후에 현존하는 소련 최고의 시인이라고 평하는 사람이다. 물론 파스테르나크를 빼놓을 수 없으나, 그는 부와 온갖 영예, 방자한 행복을 누린 사람이었고, 뒤늦게 정권과 대립각을 세웠지만 이마저 점잖은 수준에 그쳤다. 반면 1946년 이후 줄곧 출판이 금지된 상태에서 딱딱한 빵과 차로 연명하며 공동 아파트

28 러시아어 〈칼렉티프 타바리셰이〉의 프랑스어 번역.

를 전전하던 아흐마토바는 천재성에, 저항 정신과 순교자의 후광까지 더해져 사람들의 숭앙을 받았다. 〈나는 늘 우리 인민의 존재의 불행이 싹트는 곳에 있었다〉고 그녀는 말했다.

악의가 있는 에두아르드야 브로드스키를 후원자의 치마폭에서 나오지 않는 만년 우등생으로 취급해야 속이 시원했겠지만, 사실 역정의 세월로 치자면 청년 브로드스키도 결코 에두아르드에 못지않았다. 에두아르드처럼 하급 장교의 아들로 태어나 일찍 학교를 그만둔 브로드스키는 프레이즈반 직공으로, 영안실의 시체 해부 직원으로, 야쿠티아[29] 지질 탐사대의 조수로 다양하게 세상을 경험했다. 건달 친구와 사마르칸트를 여행하던 도중, 비행기를 공중 납치해 아프가니스탄으로 가려다 실패한 사건도 있었다. 정신병원에 감금되어서는 끔찍하게 고통스러운 유황 주사를 맞고, 환자를 시트로 싸서 냉탕에 집어넣고 몸이 마를 때까지 밖으로 나오지 못하게 하는, 〈우크루트카〉로 불리는 교감 신경 치료도 받았다. 스물셋에 〈사회 기생충〉 혐의로 체포되면서 그의 인생은 격랑에 휩쓸렸다. 그냥 묻힐 뻔했던 〈코듀로이 바지를 입은 한심한 유대인 작자, 횡설수설이 포르노그래피를 넘나드는 삼류 시인〉(검찰의 기소문을 그대로 인용한 것이다)의 재판은 방청석에 앉아 있던 여기자가 속기한 판결문을 사미즈다트로 돌리면서 세상에 알려졌고, 피고인 브로드스키가 판사와 주고받은 대화는 모두에게 충격을 던졌다. 〈피고는 누구의 허락을 받고 시인이 되었습니까?〉 하고 판사가 물었다. 생각에 잠긴 듯 있던 브로드스키가 대답했다. 〈나는 누구의 허락을 받고

29 러시아 극동부의 공화국.

인간이 되었습니까? 아마도 신의 허락이겠지요……〉〈우리 빨강머리 친구한테 저들이 자진해서 화려한 이력을 달아 준 꼴이야! 그가 저들을 배후 조종이라도 하는 줄 알겠어!〉아흐마토바의 촌평이다.

5년 강제 수용형을 선고받은 브로드스키는 북극의 아르한겔스크 인근에 위치한 시골 마을에서 삽으로 퇴비를 퍼 날랐다. 얼어붙은 땅, 혹한의 날씨, 광대한 공간, 순백이다 못해 추상화로 굳어 버린 풍경, 주민들의 투박한 우정. 경험에서 시상(詩想)을 얻은 그의 시들은 우회로를 거쳐 레닌그라드에 도착했고, 소련 내 반체제 성향의 서클들 사이에 숭배의 대상이 되었다. 41서점에서도 온통 브로드스키가 화제에 오르다 보니 경쟁심 강한 에두아르드는 속이 부글부글 끓을 지경이었다. 2년 전, 『이반 데니소비치의 하루』출간으로 나라 전체가 들썩인 아니꼬운 경험을 이미 한 번 겪은 바 있는 그였다. 좋다, 솔제니친이야 아버지뻘이니 괘념치 않는다지만, 브로드스키는 고작 세 살 위였다. 복싱을 해도 같은 체급에서 겨뤄야 마땅한데, 현실은 너무도 달랐다.

리모노프는 일찍이 반항아 시절부터 60년대에 태동한 반체제 움직임에 이죽거리면서 적대적인 반응을 보였고, 솔제니친과 브레즈네프, 브로드스키, 코시긴을 한통속으로 취급해 왔다. 거물들, 공직자들, 선서한 자들, 다 제 방면에서 거드름이나 피우는 자들이다. 변증법적 유물론을 다룬 당 제1서기의 전집이나 수염을 기르고 예언자입네 하는 자의 벽돌 같이 두꺼운 따분한 책이나 매한가지다. 소련이 전체주의 사회라고 떠들어 대는 게 지나친 과장임을 잘 아는 자신 같은 깡패 건달들, 세상 물정에 도가 트고 약삭빠른 자신 같은 평범한 룸펜들한테는 이놈도 저놈도 다 성에 차지 않는다고 그는 생각했다. 그의 눈에 소련은 그냥 난리 굿판이었고, 이런 시류에 암팡지게 편승하면 얼마든지 재밌게 살 수 있었다.

권위 있는 역사학자들(로버트 콘퀘스트, 알렉 노브와 우리 어머니[30])에 따르면 4년간의 전쟁 동안 독일군에 의해 사망한 러시아인의 수는 2천만 명이고, 스탈린의 25년 철권통치 동안 자국 정부에 의해 사망한 러시아인의 수도 2천만 명에 이른다. 둘 다 대략적인 통계치고, 약간 겹치는 부분도 분명히 있을 것이다. 하지만 내가 하고 싶은 얘기는, 유년기와 청소년기에 첫 번째 숫자를 자장가 삼아 듣고 자란 에두아르드에게 두 번째 숫자는 어떻게든 머릿속에서 지워 버려야 하는 대상이었다는 사실이다. 제아무리 반항아에, 시시한 부모의 인생을 경멸하는 에두아르드였지만 어쩔 수 없는 그들의 자식이었다. 거대한 격변의 소용돌이가 비켜 간 가정에서 자라 절대적 임의를 체험할 기회가 없었던 탓에, 사람을 이유 없이 잡아가지는 않는다고 생각하는 하급 체카 요원의 아들, 조국과 나치 놈들을 무찌른 조국의 역사를, 두 개 대륙에 걸쳐 열한 개의 표준 시간대를 아우르는 광대한 제국을, 서방의 겁쟁이들이 벌벌거리는 공포의 대상을 조국으로 갖고 있다는 사실을 자랑스럽게 여긴 어린이 피오네르단원이 바로 그였다. 다른 건 다 관심 밖이었지만 그는 이 생각에만은 집착했다. 굴라그가 화제에 오르면 그는, 과장이 지나치

30 엘렌 카레르 당코스(1929~). 프랑스의 저명한 역사학자.

다, 범인(凡人)들은 오히려 철학적으로 접근하는 문제를 지식인들만 유독 규탄을 하네 어쩌네 야단법석이라고, 진심으로 생각했다. 더군다나 반체제의 배는 이미 만석이었다. 벌써 스타급 인사들이 몇 명 배출된 마당에 뒤늦게 승선한다한들 2인자밖에 못 될 게 뻔하니, 이건 절대 사양이었다. 그는 떫은 마음에, 브로드스키 같은 자들은 가면을 썼다, 아르한겔스크의 강제 수용소 생활은 애들 장난이다, 5년에서 3년으로 감형을 받아 전원에서 휴양을 즐긴 셈이라고 빈정거리며 악담을 해댔다. 당시엔 몰랐지만 노벨상까지 대기 중이었으니. 나이스 샷, 레비틴 대위!

10

하리코프에서 보헤미안으로 산 지 어느덧 3년, 에두아르드는 이제 이 세계를 알 만큼 안다고 자부했다. 그를 주눅 들게 하던 사람들을 모두 추월했고, 한때 우상으로 삼았던 사람들에게 차례로 실격을 선고했다. 그의 서클에서 위대한 시인으로 추앙받는 모트리치는 나이 서른이 넘어서도 어머니가 집을 비우기만 기다렸다가 친구들을 불러들여, 행여 그릇이라도 깰까 봐 잔 하나에 술을 돌려 마시자고 하는 한심한 알코올 중독자로 판명이 났다. 〈플레이보이〉 겐카는 모험은커녕 평생 극장에서 「대모험」이나 보고 있을 인사였다. 살토프의 친구들은 아예 말을 말자. 코스챠는 감방에서, 불쌍한 카직은 공장에서 썩고 있었다. 점점 소원해지는 카직을 만나면 좌절감에 빠져 있는 그가 안쓰러웠다. 예술가가 되어 도심에 사는 꿈을 꾸었던 사람은 카직인데 에두아르드가 예술가가 되어 도심에 살고 있었다. 카직은 이런 에두아르드를 기생충 취급하면서, 금사로 바느질한 초콜릿색 양복을 입고 동물원 구내식당에서 뻐기는 것도 좋지만 모터에 너트를 죄는 사람도 있어야 하지 않겠느냐고 말했다.

「그런 사람, 있어야지, 하지만 난 아니야.」 잔인하게도 에두아르드는 카직을 통해 알았고, 같이 정말 좋아하던 작가를 인용하기까지 했다. 「크누트 함순이 한 말, 기억해? 노동자들, 기관총으로 깡그리 갈겨 버려야 한다고 했던.」

「파시스트였어, 〈네가 좋아하는〉 함순.」

카직이 웅얼웅얼했다.

에두아르드가 어깨를 으쓱 추어올렸다. 「그래서?」

깡패 건달이든 예술가든, 주조공 사벤코를 시인 리모노프로 만들어 준 사람들에게서 더 이상 배울 게 없다고 그는 스스로 판단했다. 이제 리모노프의 눈에 그들은 한낱 인생 낙오자에 불과했고, 그는 그런 생각을 서슴없이 말했다. 훗날 파리에서 젊은 시절을 소재로 쓴 책들 중 한 권에 그가 특유의 솔직한 문체로 친구와 나눴던 대화를 옮겨 적은 대목이 나온다. 그녀는 다정하지만 다소 서글픈 목소리로, 사람을 인생 낙오자와 그렇지 않은 사람으로 양분하는 그의 방식은 미성숙하다, 무엇보다 그렇게 하면 늘 불행할 수밖에 없다고 그에게 말한다. 〈에디, 성공이나 명성 없이도 충만한 삶을 살 수 있다고 생각할 순 없어? 성공의 기준이 가령, 사랑이라든가,

편안하고 단란한 가족이 될 수 있다는 생각은 못 하냐고?〉
아니, 에디는 그렇게 생각할 수 없었다. 그렇게 생각할 수 없
다는 것을 자랑으로 삼는 사람이었다. 그에게 어울리는 유일
한 삶은 영웅의 삶이며, 편안하고 단란한 가족이나 소박한
기쁨, 홀로 가꾸는 내면의 정원, 이런 것들은 다 인생 낙오자
의 자기 합리화요, 불쌍한 카직을 개집에 가두기 위해 리디아
가 내미는 김이 모락모락 나는 스프 같은 것이라고 그는 생
각했다. 〈불쌍한 에디〉, 친구가 탄식했다. 정말 불쌍한 건 당
신들이야, 에디는 생각했다. 그렇겠지, 당신들처럼 되면 나도
불쌍하지.

〈모스크바로! 모스크바로!〉 체호프의 세 자매는 촌구석에
서 한숨을 푹푹 내쉬었고,[31] 이로부터 한 세기가 흘러 리모노
프는 모스크바에 입성했다. 매력 넘치는 애인이 모스크바에
서 더 괜찮은 여자를 만나 자기를 버릴지도 모르는 게 두려우
면서도 안나 역시 모험에 끌리기는 매한가지였다. 하룻저녁
은, 41서점에서 하리코프 출신으로 오래전부터 모스크바에
정착해 활동 중인, 안나의 전남편의 친구를 초청했다. 유명
인사들과 교류가 많은 브루실로프스키라는 고상한 풍모의
화가는 유명한 지인들을 지칭할 때 성을 빼고 이름만, 심지어
는 애칭을 쓰기도 했다. 리모노프가 재미있게 묘사했듯, 지방
에 가서는 자신이 모스크바에서 유명한 사람이라고, 모스크
바에 가서는 자신이 지방에서 유명한 사람이라고 흰소리를

---

31 모스크바를 동경하며 지방 소도시에 살고 있는 안톤 체호프의 희곡
『세 자매』 속 주인공들을 가리킴.

치는 부류였다. 안나의 강권에 못 이긴 에두아르드가 잔뜩 기가 죽어 계면쩍은 얼굴로 손님 앞에서 자작시들을 낭송했다. 그가 감히 인자한 표정으로 리모노프의 시들에 후한 평가를 내렸다. 「대체 떠나고 싶은 이유가 뭔가?」 그가 물었다. 「살기 좋은 곳 아닌가, 하리코프. 수도의 피상적이고 작위적인 번잡함에서 벗어나 작품을 구상할 수 있는 곳이지. 외양에 현혹되면 불행해지네. 조용하고 느린, 진정한 삶, 그것이 예술가에게 딱 어울리는 삶이 아니겠나. 정말, 두 사람이 부럽네.」

실컷 지껄여라, 멍청아, 에두아르드는 생각했다. 하리코프가 그렇게 좋으면 왜 내뺐냐? 에두아르드는 속마음을 숨긴 채 철저히 얌전한 어린아이를 연기하며 상대의 말을 공손히 경청했고, 너무나도 진실한 지방 도시의 삶을 열렬히 찬미하던 모스크바 시민은 이내 스모그[32] 그룹 친구들 얘기로 화제를 돌렸다. 「아니 어떻게, 스모그 작가들을 모르나? 스모그를 모른단 말이야? 젊은 천재들의 그룹을? 구바노프를 모르나? 스무 살밖에 안 됐지만, 모스크바에서는 이 친구를 빼면 얘기가 안 된다네.」 어느새 브루실로프스키가 눈을 지그시 감고 젊은 천재의 시를 암송하기 시작했다. 「내가 크렘린의 눈 속에 잠긴 게 아니다, 크렘린이 내 눈 속에 잠겨 있다.」

스무 살 처먹은 구바노프 병신 새끼, 에두아르드는 부아가 치밀었다. 곧 스물다섯인데, 벌써 브로드스키에게 추월당했고, 세상 사람들은 나란 놈이 존재한다는 사실도 모른다. 이대로 계속 가서는 안 돼.

---

32 SMOG. 1960년대 중반에 사미즈다트 문학 활동을 했던 젊은 러시아 아방가르드 작가 그룹.

제2장

모스크바, 1967~1974년

1

이 시기에 어머니는 『마르크시즘과 아시아 *Le Marxisme et l'Asie*』라는 제목의 첫 책을 출간했다. 어머니가 책을 냈다는 사실이 너무나 신기해 책을 펼쳤다가 나는 첫 문장부터 막혔다. 〈누구나 알듯이 마르크시즘은⋯⋯.〉 이 〈도입부〉를 꼬투리 잡아 나와 누이들은 까불면서 농담을 했다. 「아니죠.」 우리는 똑같이 따라했다. 「〈누구나 모르듯이 마르크시즘〉이죠. 우린 모르는걸요. 우리 생각도 해주시지 그랬어요!」

이 책은 중앙아시아의 회교도들이 소련 정권과 이데올로기를 수용하는 방식을 다루고 있는데, 젊은 사학자였던 어머니가 매달렸던 이 문제는 당시로서는 미개척 연구 분야였다. 내가 여섯 살 때, 어머니가 양들의 전염병을 연구하는 학술 탐사팀을 따라 우즈베키스탄으로 연구차 떠나 장기간 머문 적이 있다. 어머니는 부하라, 타슈켄트, 사마르칸트에서 회교 사원과 돔 들, 새까만 눈에 머리에는 터번을 두른 오만하고 금욕적인 용모의 거지들을 사진에 담아 돌아왔다. 신비로운 구릿빛에 젖은 이 사진들은 어린 내게 호기심과 동시에

113

약간의 경외감마저 불러일으켰다. 어머니가 〈위르스〉[1]라 부르는 그 신비의 땅에 꼭 한번 가보고 싶었고, 어머니가 그곳에 갈 때마다 떨어져 지내는 게 싫었던 나는, 모스크바에서 개최되는 역사학 학술대회에 초청을 받은 어머니가, 이제 데리고 다녀도 될 만큼 컸으니 같이 가자고 했을 때 구름 위를 걷는 기분이었다.

그 꿈만 같던 여행을 나는 지금도 아주 세세히 기억한다. 어머니는 가는 곳마다 나를 데리고 다녔다. 나는 프랑스 대사관 문화 참사의 집에 점심 초대를 받은 어머니를 따라가, 어머니 옆자리에 얌전히 앉아 어른들의 대화에 귀를 기울였다. 40년도 넘게 지난 지금까지도 식사 자리에 있던 다른 손님들의 이름을 기억해 만트라처럼 줄줄 읊을 수 있을 만큼 그 자리는 내게 아주 행복한 기억으로 남아 있다. 그 자리에는 질베르 다그론이라는 이름의 교수와 영화감독 자크 바라티에(기 브도스 주연의 영화 「후추 사탕*Dragées au poivre*」을 만든 감독)의 부인인 네나(니나나 레나가 아니라 네나)라는 여성, 그리고 바짐 들로네라는 프랑스 이름을 가진 러시아인 형이 있었다. 무척 젊고, 무척 미남에, 무척 친절한, 이상적인 큰형 스타일인 그는 금방 내게 호감을 표했다. 내가 장난치며 노는 걸 좋아했으면 분명히 잘 놀아 줬을 텐데, 책을 좋아한다니까 책 얘기를 물어봐 주었다. 나처럼, 그 형 역시 알렉상드르 뒤마에 대해 할 말이 많은 사람이었다.

1968년, 바로 내가 열 살 때의 일이다. 에두아르드와 안나

1 소비에트 연방의 프랑스어 약어인 URSS을 붙여 발음한 것.

가 막 모스크바에 정착한 때였다. 마음대로 사는 도시를 바꾸는 것이 소련에서는 간단한 일이 아니었다. 혁명 이후 지금까지도 여전히 〈프로피스카〉라는 거주 허가증이 있어야 이사가 가능한데, 받기가 어렵다 보니 결국 받지 못해 두 사람은 언제 지하철에서 불심 검문을 당할지 몰라 마음을 졸이며 불법적인 신분으로 살 수밖에 없었다. 그들은 모스크바 교외에 작은 방을 한 칸 얻었지만, 그마저도 남의 이목을 피해 수시로 이사를 다니며 살았다. 살림살이라곤 옷 가방 하나에 시를 쓸 타자기 한 대, 바지를 만들 재봉틀 한 대가 전부였다. 그들은 바지 외에도 염가로 사라사 원단을 구입해 바흐가 가지고 있던『파리 마치』과월호 한 권에서 눈여겨봐 두었던 디자인을 본떠 손잡이가 두 개 달린 가방도 만들어 팔기 시작했다. 가방 원가는 1루블. 판매가는 3루블. 모스크바에서 처음 맞은 겨울은 10년 만의 혹한이었다. 가지고 온 옷을 다 꺼내 껴입어도 항상 몸이 덜덜 떨리고, 항상 허기가 졌다. 둘이 식사를 해결하던 구내식당에서 지저분한 접시들에 남아 있는 퓌레 몇 방울에 소시지 껍질까지 닦아 먹었다.

모스크바 정착 초기에 그들의 후원자이자 사교 생활의 중심은 모스크바에서 오랫동안 활동하고 있는 하리코프 출신의 화가 브루실로프스키였다. 긴 의자에 동물 가죽이 걸쳐져 있고, 갓 대신 지도를 씌운 스탠드가 켜 있고, 수입 양주가 진열된 그의 화실은 극빈자에 가까운 두 사람에게는 부와 따스함이 깃든 안온한 휴식처로 비쳤는데, 이런 식의 성공을 찬미하는 사람에게 브루실로프스키는 나쁜 모델이 아니었다. 아르세니 타르코프스키가 진행하는 시 세미나를 모스크바 공략의 발판으로 삼으라고(동시대에 프랑스판 브루실로프스키는 야심만만한 시골 청년에게 뱅센느[2]에 가서 질 들뢰즈의 강의를 들으라는 조언을 했을 것이다) 에두아르드에게 조언한 사람은 바로 그였다. 「그런데, 한 가지, (그가 미리 경고했다) 아주 인산인해야. 제자가 아니면 함부로 못 들어가네. 가서 리타를 찾게.」

어느 월요일 저녁, 에두아르드는 얄팍한 외투(러시아어로 〈물고기 털 외투〉[3]라고 하는) 안주머니에 시작 노트를 넣고 지하철에 올라 『전쟁과 평화』속 로스토프 백작 일가가 사는 저택의 실제 모델이자 한때 정말 백작이 살았던, 소련 작가 동맹 본부 건물로 향했다. 예정 시간보다 한 시간 먼저 도착했는데, 더 일찍 와 영하 20도의 혹한 속에 발을 구르며 기다리고 서 있는 사람이 한둘이 아니었다. 에두아르드가 리타를 찾아 왔다고 하자, 아직 안 왔다고 했다. 곧 올 것이라던 그녀는 끝내 나타나지 않았다. 검정색 볼가 한 대가 스르르 눈 덮인 인도에 와 섰고, 차에서 대가(大家)가 내렸다. 반듯하게 뒤로 빗어 넘긴 백발에 우아한 모피 코트 차림의 그는 향이 나는 시가를 영국제 파이프에 꽂아 피우고 있었다. 다리를 잘록이며 걷는 모습에서조차 기품이 느껴졌다. 딸인 듯 보이는 도도한 미모의 여성이 그와 동행하고 있었다. 출입문이 그들 앞에서 열렸다가 다시 그들 뒤에서 닫혔고, 선택받은

2 미셸 푸코, 질 들뢰즈, 장프랑수아 리오타르가 설립을 주도한, 파리 8대학의 전신인 뱅센느 실험대학을 가리킴.
3 인조 모피를 가리킴.

소수만이 그들을 따라 입장했다. 6주 연속 월요일마다 하류 인생들과 밖에 서 있었다고 에두아르드는 얘기하는데, 과장이 좀 심한 듯하지만 내가 아는 그는 부풀려 말하는 성격은 아니기 때문에 일단 믿기로 했다. 일곱 번째 월요일, 리타가 나타났고, 에두아르드는 지성소에 입장했다.

당시 막 국제 영화계에 천재 신인 감독으로 명성을 날리기 시작한 아들 안드레이 타르코프스키에 비해 아버지 아르세니 타르코프스키는 오늘날 많이 알려져 있지 않다. 나중에 니키타 미할코프 감독에 대한 에두아르드의 평을 소개할 텐데, 내가 아는 한 에두아르드가 아르세니 타르코프스키의 영화감독 아들에 대해 한 번도 언급하지 않았다는 사실이 참으로 놀랍다. 안드레이 타르코프스키의 수많은 흠모자 중 한 명으로서 나는 심보 고약한 에두아르드의 입에서 이 문화계의 거장에 대해, 일절 유머를 허용하지 않는 그의 엄숙주의, 경직된 구도자적 세계관, 어김없이 바흐의 칸타타가 흐르는 관조적인 컷에 대해 어떤 고약한 평가가 나올지 뻔히 알기 때문이다. 당시에 시인으로 대단한 명성을 떨친 안드레이 타르코프스키 감독의 아버지 아르세니 타르코프스키, 한때 마리나 츠베타예바의 연인이기도 했던 그는 첫인상부터 에두아르드의 마음에 들지 않았다. 시시한 사람이라는 인상을 받았기 때문이 아니었다. 도리어 그 반대였다. 그런 사람 옆에서는 충복 같은 제자 노릇밖에 할 수 없을 게 뻔했기 때문이다. 아무리 젊어도 에두아르드는 그것만은 사양하고 싶었다.

세미나마다 참가자 한 명이 자작시를 낭독했다. 이번 주는, 에두아르드의 묘사를 그대로 옮긴다. 색깔이 개떡 같은 헐렁헐렁한 옷을 입고, 작가동맹 문화의 집에 드나드는 여류 시인들이 으레 그렇듯 우수와 열정이 얼굴 가득히 서린 마첸카라는 여성의 차례였다. 시(詩)도 주인의 생김새를 빼박아, 파스테르나크를 베낀, 전개가 빤하고 가벼운 서정시였다. 에두아르드 같았으면 달려오는 지하철에나 뛰어들라고 악평을 했을 텐데, 대가께서는 자애로운 표정으로 지나치게 완벽한 운율을 지양하라는 충고만 한마디 건네고 나서 작고한 친구 오시프 에밀리예비치의 일화를 들려주었다. 오시프 에밀리예비치는 만델스탐을 가리키는데, 그와 마리나 이바노브나(츠베타예바)의 일화는 매주 세미나에 양념처럼 사용되었다. 에두아르드는 실망과 분노로 부글부글 끓었다. 그는, 자기 시를, 자신이 쓴 시를 읽고 사람들이 놀라 자빠지게 만들고 싶었다. 그런데 다음 월요일도, 마찬가지였다. 그다음 월요일 역시, 마찬가지였다. 하염없이 순서를 기다리다 맥이 빠진 사람이 자신만이 아니라는 걸 감지한 리모노프는, 당시 생활비에서 42코페이카를 내고 맥주 두 잔을 마시면 당장 이튿날 끼니를 굶어야 하는 줄 알면서도 동료들과 술집으로 향했다. 갑자기 〈이봐, 친구들, 이게 무슨 짓이냔 말이야? 우리한테 썩은 고기를 줬잖아!〉를 외치는, 그의 우상인 영화 「전함 포촘킨」의 수병처럼 반란을 꾀할 심산이었다. 쇳소리로 열변을 토하는 들창코 촌놈의 말을 듣는 둥 마는 둥 하던 술자리의 시인들이 그가 호주머니에서 노트를 꺼내 읽기 시작하는 순간 태도가 돌변하더니, 이내 쥐 죽은 듯 조용해졌다. 이와 똑같이, 고답파 시인들은 아르덴 출신의 거만하고 본데없는, 불그스름하니 투박한 손을 가진 아르튀르 랭보라는 이름의 청년에게 귀를 기울였다는 얘기가 전설처럼 전해지고 있다. 이 장면을 목격한 사람 중에는 바짐 들로네도 있었다.

2

나는 리모노프가 인생을 살면서 만났던 사람들, 그중에서도 유명을 달리했다는 공통점이 있는 유명이거나 혹은 무명인 사람들의 이야기를 모아 책으로 엮은 『현대 영웅들의 죽음』에서 바짐 들로네의 이름을 발견했다. 리모노프의 묘사는 내가 기억하는 그의 모습과 일치한다. 스물 남짓한 아주 젊고, 아주 잘생긴, 아주 따뜻한 청년. 누구나 그를 좋아했다고 에두아르드는 적고 있다. 바짐 들로네는 1789년 바스티유 궁의 호위 책임자였던 드 로네 후작의 후손이다. 그의 가족은 혁명을 피해 러시아로 이주했는데, 브레즈네프 치하에서 예외적으로 외국 외교관 관저에 드나들 수 있었던 것은 분명히 이런 뿌리와 상관이 있었을 것이다. 들로네는 시를 썼다. 그는 하리코프에서 브루실로프스키가 에두아르드와 안나의 귀에 못이 박히도록 얘기했던 아방가르드 유파인 스모그 그룹의 막내였다. 날짜를 대조해 보니 바짐 들로네가 문화 참사의 집에서 프랑스인 꼬마를 데리고 점심 내내 『삼총사』 얘기를 하고 나서 같은 날, 아르세니 타르코프스키의 세미나에 참석해 시인 리모노프의 모스크바 〈언더그라운드〉

데뷔를 지켜보았으리라는 추측이 가능하다.

공식 문학이 존재했다. 일전에 스탈린이 영혼의 엔지니어라고 부른 바로 그 작가들, 사회주의 리얼리즘의 계보를 말한다. 숄로호프, 파데예프, 시모노프 등이 속한 이 부류는 아파트와 다차를 소유하고, 해외여행을 다니고, 당 고위층이 출입하는 상점에 드나들고, 고급 장정으로 제작돼 수백만 부씩 인쇄된 전집으로 레닌상을 수상했다. 하지만 이들 특권 계급은 두 마리 토끼를 다 잡지는 못했다. 안락한 생활과 신변의 안전을 보장받는 대신 그들은 자존감을 잃었다. 사회주의를 건설하던 영웅의 시대에만 해도 자신들의 글에 대한 믿음이 있었고 자신들의 인격에 대한 자부심이 있었지만, 브레즈네프 치하와 온건한 스탈린주의와 노멘클라투라의 시대에는 이런 환상을 품을 수 없었다. 이들은 스스로 부패한 정권에 봉사하고 있다는 사실, 자신들이 영혼을 팔았다는 사실, 그리고 남들이 이것을 알고 있다는 사실을 의식했다. 순교자가 아니고는 정직할 수 없다는 사실이 소비에트 체제가 지닌 최대의 해악이라고 정곡을 찌른 솔제니친의 존재가 이들 모두의 가슴에 납덩이처럼 얹혀 있었다. 자긍심을 갖고 살 수 없었다. 바보 천치나 냉소주의자가 아닌 이상, 공식 문학 작가들은 자신들의 행동을, 자신들의 정체성을 수치스럽게 여겼다. 이들은 1957년에는 파스테르나크를, 1964년에는 브로드스키를, 1966년에는 시냐프스키와 다니엘을,[4] 1969년

4 각각 비평가와 번역가인 이들은 자신들의 원고를 가명으로 국외에 반출한 혐의로 체포되었다.

에는 솔제니친을 비방하는 격문을 「프라브다」에 기고하면서 수치심에 몸부림쳤다. 남몰래 그들을 시샘했다. 그들이야말로 시대의 진정한 영웅들이며, 러시아 민중이 예전에 톨스토이를 찾아가 물었듯이, 〈선이란 무엇입니까? 악이란 무엇입니까? 우리는 어떻게 살아야 합니까?〉 하고 지혜를 구할 사람들이라는 것을 모르지 않았다. 개중 마음이 여린 인사들은, 내 한 몸이라면 나도 그런 열정적인 본보기를 따르겠지만, 딸린 식솔이 있고 시간이 오래 걸리는 학업을 시작한 자식들이 있다는 둥 반체제 대열에 동참하지 않고 체제에 협조할 수밖에 없는 온갖 그럴듯한 이유를 늘어놓았다. 이들 중 상당수는 알코올 중독자가 됐고, 파데예프는 자살을 선택했다. 하지만 영악한 처세술로 양다리를 걸치는 젊은 세대도 있었다. 정권의 입장에서는 해외에 수출할 수 있는 온건한 유사 반체제 인사들이 필요했고, 프랑스에는 이런 인사들을 두 팔 벌려 환영하는, 아라공 같은 사람이 있었기에 가능한 일이었다. 뒤에 등장할 예브게니 옙투셴코는 이 방면으로 달통한 사람이었다.

이들과 다르게 독자적인 색깔로 그 시대를 살아간, 영웅도 부패한 기득권도 아니며 영악하지도 못한, 변두리 인생들이 있었다. 〈언더그라운드〉에 속한 이 예술가들은 출간된 책, 전시된 그림, 무대에 올려진 희곡은 필연적으로 타협의 산물인 한심한 작품들이며, 진정한 예술가는 필연적으로 낙오자일 수밖에 없다는 두 가지 신념으로 무장한 사람들이었다. 낙오자일 수밖에 없는 것은 자신들의 실수가 아니라 낙오자가 숭고할 수밖에 없는 시대의 잘못이라고 믿었다. 화가는 야간 경비원으로 생계를 꾸렸다. 시인은, 목에 칼이 들어와도 절대 투고하지 않을 출판사 앞마당에서 눈을 치우며 끼니를 이었다. 마당에서 한창 삽질 중인 시인과 눈이라도 마주치면, 괜스레 주눅이 드는 쪽은 시인이 아니라 볼가 자동차에서 내리던 출판사 국장 쪽이었다. 이들은 개떡 같은 인생을 살아도 신념을 배반하지는 않았기 때문이다. 이들은 동료의 집 주방에 모여 밤새 열띤 토론을 벌이고, 사미즈다트를 돌려 읽고, 약국에서 산 알코올과 설탕을 욕조에 부어 만든 밀주 보드카인 〈사마곤카〉를 마시며 서로의 삶을 위로했다.

자신들의 이런 얘기를 글로 쓴 사람이 있다. 베니치카 예로페예프. 에두아르드보다 다섯 살 위, 에두아르드와 똑같이 시골 출신, 그 시대를 살았던 예민한 영혼들은 예외 없이 거쳤던 인생 역정(격정의 청소년기, 이후 술독에 빠진 세월, 방랑과 땜질식 삶). 니콜라이 고골이 『죽은 혼』을 시라고 불렀듯, 스스로 〈시〉라고 규정한 산문 원고를 들고 그는 1969년에 모스크바로 상경했다. 그의 분류가 맞다. 『모스크바발 페투슈키행 열차』는 레오니드 브레즈네프 치하의 소련의 삶을 꼭 닮은 자포이, 이 러시아식 만취를 다룬 위대한 시다. 모스크바의 쿠르스크역을 떠나 먼 도시 외곽의 페투슈키로 향하는 술고래 베니치카의 불결하고 파란 많은 여행 서사시, 도둑 승차한 열차에서 싸구려 독주를 들이키며 이틀 동안 120킬로미터를 여행한 기록이다. 보드카, 맥주, 포도주, 특히 화자가 일일이 주조법을 공개하는 칵테일(가령 〈콤소몰의 눈물〉이라는 이름이 붙은 칵테일은 맥주와 화이트 스피릿, 레모네

이드, 발 냄새 탈취제를 혼합한 것이다)이 그를 지탱하는 유일한 힘이다. 술에 취한 주인공, 술에 취한 기차, 술에 취한 승객들. 술에 취한 작중 인물들은 모두 〈러시아에서 쓸 만한 사람들은 다 고주망태〉라는 믿음이 확고했다. 절망에 싸여, 거짓의 세계에서는 오로지 취기만이 거짓을 말하지 않으므로. 예로페예프는 일부러 익살스럽고 과장적인 문체를 통해 소련식 허언을 패러디하고, 레닌과 마야코프스키, 사회주의 리얼리즘 대가들의 말을 왜곡했다. 언더그라운드의 예술가들, 자칭 〈언더〉들은 누구나 이 허무주의와 알코올 혼수상태의 선언문에 자신을 투영했다. 에두아르드의 서클 사람들은 『모스크바발 페투슈키행 열차』를 열심히 필사하고, 읽고, 낭독했다. 서양에서까지 번역(프랑스에서는 〈보드카에 취한 모스크바*Moscou-sur-Vodka*〉라는 제목으로)되어 이 책은 일종의 고전이 되었고, 베니치카는 형이상학적인 낙오자, 숭고한 술꾼, 그 시대의 지독히 부정적인 면면들을 위대하게 체현한 전설의 작가로 남았다. 페투슈키역은 그 이후 지금까지도 순례 장소가 되었고, 몇 년 전에는 그를 기리기 위한 동상까지 건립되었다.

선구적 펑크족 베니치카는 인간으로 화현(化現)한 조롱, 인간으로 화현한 패배주의였다. 이런 점에서 그는 악착같이 미래와 진실의 힘을 믿었던 반체제 인사들과는 대척점에 서 있었다. 하지만 멀리서, 40년이라는 시간차를 두고 바라보면 그렇게 분명히 선을 긋기는 어렵다. 언더들도 당연히 반체제 주의자들의 저술을 읽고 유통도 시켰지만, 극소수를 제외하면 반체제주의자들처럼 위험을 감수하지도 않았고, 무엇보다 동일한 신념을 공유하지 않았다. 그들의 눈에 솔제니친은 운명의 사자[5]로 비쳤다. 다행히 이들은 두메산골 랴잔에서 밤낮으로 일이나 하고, 〈제크〉 출신들과 어울리면서 은밀히 수집한 증언들을 모아 훗날 『수용소 군도』라는 책을 출간하는 솔제니친과는 마주칠 일이 없었다. 솔제니친은 끼리끼리 살가운 정을 나누던 이 냉소주의자 집단의 존재를 몰랐고, 알았다면 경멸해 마지않았을 것이다. 자기 자신에게 요구하는 것을 타인에게도 똑같이 요구한다는 점에서 솔제니친의 의지와 용기는 비인간적인 측면이 있다. 솔제니친은 수용소 외의 소재로 글을 쓰는 것은 비겁하다, 이것은 결국 수용소에 대한 〈침묵〉에 다름 아니라고 믿었다.

1968년 8월, 내가 프랑스 문화 참사의 관저에서 점심을 먹은 지 몇 달 뒤, 소련이 체코슬로바키아를 침공해 〈프라하의 봄〉을 유혈 진압하자 일군의 반체제주의자들은 무모하리만치 대담하게 붉은 광장에 모여 소련의 침공을 규탄하는 집회를 열었다. 이 여덟 명의 이름을 차례로 적고 싶다. 라리사 보고라스, 파벨 리트비노프, 블라지미르 드레믈류가, 타티아나 바예바, 빅토르 파옌베르그, 콘스탄틴 바비츠키, 나탈리야 가르바네프스카야(이 아기 엄마는 아기를 유모차에 태우고 왔다), 그리고 바짐 들로네. 바짐 들로네는 〈우리의 자유와 당신들의 자유를 위하여〉라고 적힌 팻말을 들고 있었다.

5 몰리에르의 희곡 「동 쥐앙」의 마지막 장면에 나오는 기사의 석상. 죄를 벌하는 상징적 의미를 지님.

시위자들은 즉각 체포되어 형량은 다르지만 모두 실형을 선고받았다. 2년 6개월간 징역을 살고 나온 후에도 몇 차례 더 KGB와 얽혔던 바짐 들로네는 결국 이민을 떠났다. 같이 즐겁게 아토스, 포르토스, 아라미스 얘기를 했던 그 청년이 파리에 와서 사는 줄 알았으면 찾아가 만났을지도 모르겠다. 바짐 들로네는 1983년, 서른다섯의 나이로 세상을 떠났다.

3

모두 에두아르드와 친분이 있던 사람들이다. 대부분 술 때문에 요절한 이들은 리모노프의 『현대 영웅들의 죽음』의 상당 부분을 차지하고 있다. 에두아르드는 바짐 들로네에게는 상당한 호감을 느꼈지만 예로페예프에게는 달랐다. 그즈음 사후 숭배 열기가 달아오르던 미하일 불가코프의 『거장과 마르가리타』가 에두아르드의 눈에는 과대평가된 작품으로 보였듯, 예로페예프의 소위 최고 걸작도 그에겐 역시 과대평가된 작품일 뿐이었다. 에두아르드가 이런 반응을 보인 것은 다른 작가들이 추앙받는 게 싫어서가 아니라, 마땅히 자신이 받아야 할 존경을 그들이 가로챘다고 생각했기 때문이다.

이런 관점으로 볼 때 최악의 예는 브로드스키였다. 그는 북극의 강제 수용소에서 레닌그라드로 돌아와 가끔 모스크바에 들르는 길에 가물에 콩 나듯 언더들의 주방에 얼굴을 비췄다. 문자 그대로 그는 숭앙의 대상이었다. 사람들은 그의 시와 재판정에서의 멋진 항변, 쇼스타코비치에서 사르트르, T. S. 엘리엇에 이르기까지 그를 지지했던 인사들의 명단을 줄줄 꿰고 있었다. 볼품없는 바지, 구멍이 숭숭한 낡은 스웨터, 이미 듬성듬성한 헝클어진 긴 머리. 브로드스키는 느지막이 파티 장소에 나타나 자신의 조심스럽고 소탈한 처신이 사람들의 주목을 끌 때까지만 머물다 이내 자리를 떴다. 일부러 구석진 자리를 찾아 앉아도 항상 주변에 바글바글 사람들이 모였다. 브로드스키가 등장하기 전만 해도 오만함과 무늬 있는 벨벳 재킷으로 방 안의 스타로 군림하던 젊은 시인 리모노프가 이를 달갑게 여길 리 없었다. 이런 오라 *aura*는 자연스러운 게 아니다, 브로드스키가 자신의 이미지를 〈만들었다〉는 논리를 펴며 에두아르드는 마음의 위안을 얻으려고 애를 썼다. 브로드스키를 조금 아는 내 친구 피에르 파셰는 에두아르드의 이런 평가에 어느 정도 사실인 부분도 있다고 생각한다. 하지만, 자신의 이미지를 만들지 않는 사람이 어디 있겠는가? 진짜라고 말할 수 있는 소탈함이란 어떤 소탈함을 말하는 것인가? 어쨌든 브로드스키는 길들일 수 없는 반항아의 이미지를, 딱히 반체제주의자라고 할 수 없는, 반(反)소비에트적이라기보다는 비(非)소비에트적인 인물로서 자신의 위상을 굳혔다. 옙투셴코처럼 유들유들한 처세술을 지닌 동료 작가들이 〈자네 마음먹기에 달렸어, 우리 편이 돼주게〉라는 함의를 담아 미끼처럼 던지는 출판 제의를 거절하면서도 전혀 마음의 동요가 없었던 사람이다. 이런 식의 영원한 양심적 병역 거부가 끝내 KGB의 심기를 건드린 탓에 그는 1972년, 강제 출국 명령을 받았다. 에두아르드는 분명 속이 후련했을 것이다.

자존심이 센 리모노프의 입장에서 좁은 언더그라운드 바닥에 보병이 널렸다는 사실은 참으로 다행스러운 일이었다. 안나와 리모노프는 이들 중에서 여럿을 골라 사귀었다. 이 언더 친구들 중에 제일 쓸 만하고 뚝심도 좋은, 이고르 바라실로프라는 화가가 있었다. 감상적인 낭만주의자인 이 술고래 친구는 생선 대가리가 주재료로 들어가는 인기 서민 요리 〈라바르단〉을 기가 막히게 잘 만들었다. 그는 에두아르드 커플과 동고동락하는 사이였다. 무일푼의 처지도, 술도, 여름철에 주인들이 휴가를 떠나면서 봐달라고 열쇠를 맡기는 아파트다운 아파트, 이런 귀한 횡재까지 그들은 공유했다. 에두아르드가 이고르를 좋아할 수 있었던 것은 그에게는 질투심을 느끼지 않아서인데, 다음의 일화를 보면 분명히 알 수 있다. 하루는, 밤중에 이고르한테서 도움을 요청하는 다급한 전화가 걸려 온다. 자살하겠다고. 자살을 만류하기 위해 에두아르드가 모스크바를 가로질러 현장에 도착해 보니 이고르는 역시나 만취 상태였다. 두 사람은 얘기를 나누었다. 이고르는, 이제 환상이 다 깨졌다, 스스로 이류 화가라고 느낀다, 아니 그렇다는 걸 알고 있다며 에두아르드를 붙잡고 눈물을 펑펑 쏟았다. 에두아르드는 그의 말을 아주 심각하게 받아들였다. 자살은 하지 않더라도(결국 이고르는 자살은 하지 않는다) 스스로 이류 예술가다, 어쩌면 이류 인생일지도 모른다는 자각을 하는 것은 처참한 일이었다. 그도, 그런 순간이 닥치는 게 가장 두려운 사람이었다. 그런데 정말 끔찍한 사실은, 이고르의 이런 평가가 틀리지 않았다는 것이었다고 에두아르드는 덧붙인다. 훗날, 시장이 확인해 줄 것이었다. 인간적으로는 분명히 좋은 친구지만 화가로서 그는 이류, 아니 삼류였다.

내가 끔찍하게 생각하는 것은, 이 말을 내뱉는 에두아르드의 잔인하리만치 태연한 태도다. 훗날 그는 뉴욕 언더그라운드의 유명 인사들, 가령 앤디 워홀과 〈팩토리〉 소속 예술가들, 앨런 긴즈버그와 로런스 퍼링게티 등의 비트닉을 직접 만나게 된다. 에두아르드는, 자신은 이들이 대단하다는 인상을 못 받았지만, 역사에 길이 이름을 남길 사람들이라는 것은 인정한다고 밝힌다. 지인이라고 자랑할 만한 가치가 있는 예술가들이라는 것이다. 반대로 리더인 로냐 구바노프를 위시한 스모그 그룹의 예술가들, 이고르 바라실로프, 바짐 들로네, 홀린, 삽기르 등등 일일이 다 소개는 못 해도 내가 메모를 하고 또 했던 이 예술가들은, 흔적도 없이 사라졌다고 에두아르드는 평가한다. 한물간 아방가르드, 작은 어항 속에 고인 물, 에두아르드의 격동적이던 인생에서 짧은 한 장(章)을 장식한 단역 배우들. 에두아르드와 달리 그들은 그 어항 속에서, 평생을 살았다. 슬픈 일이다.

이렇게 질투심이 강하고 안하무인인 주인공이 독자들 눈에 곱게 비칠 리 없다는 것을 나도 안다. 사실, 이 시절에 에두아르드와 친분이 있었던 모스크바의 내 지인 몇 명도 그를 짜증 나는 청년으로 기억한다. 하지만 이들도 그가 솜씨 좋은 재단사, 재능 있는 시인, 그 나름으로 정직한 사람이었다는 사실은 인정한다. 거만하지만 최악의 상황에서도 끝까지 의리를 지키는 사람. 관대하진 않아도 사려 깊고, 호기심 많고, 남을 기꺼이 돕기도 하는 사람. 어찌 됐든, 그는 친구인 이고르의 인생 낙오자라는 자평에 일리가 있다고 생각하면 서도 밤새 곁을 지키며 사기를 북돋우기 위해 애썼다. 에두 아르드를 좋아하지 않는 사람들조차 그를 의지할 수 있는 사람, 사람을 버리지 않는 사람, 욕을 실컷 하다가도 정작 상 대가 아프거나 힘들면 옆에서 챙겨 주는 사람이라고 평가했 다. 인류의 친구를 자처하면서 입으로는 선의와 연민을 부르 짖는 다수의 사람들이 실제로는 평생 악인의 이미지를 만들 며 살아온 리모노프보다 더 이기적이고 무심하다고 나는 생 각한다. 이 대목에서 덧붙이는 사족 하나. 그는 조국을 떠나 기 전에 〈다른 시인들〉의 시들을 모아 자기 손으로 장정까지 해서 서른 권의 시집을 만들었다. 그가 한번 지나가는 말로 던졌듯이, 〈타인에 대한 관심이 내 인생 계획의 일부〉이기 때 문이었다.

4

모스크바의 생활은 자리를 잡아 갔다. 바지 주문이 쇄도 했고, 안나와 에두아르드는 제법 흡족한 보헤미안의 삶을 살고 있었다. 그러나 하리코프를 떠날 때 느꼈던 안나의 두 려움이 현실화되기 시작했다. 부부간의 정조도 스스로 정한 도덕규범의 일부였으므로 날건달 에두아르드는 바람을 피 우지는 않았다. 하지만 건강미와 활력이 넘치는 매력적인 남 편과 달리 오랫동안 잠복해 있던 광기가 고개를 든 안나는 망가지고 한물간 뚱뚱한 아줌마였다. 에두아르드 앞에서 볼썽사나운 장면을 연출하는 것이야 어제오늘의 일은 아니었는데, 순간 기억상실과 정신쇠약 증세를 보일 정도로 그녀의 상태가 심각해졌다. 길을 걷다가 졸도하는 일도 생겼다. 하루는 그녀가 그의 눈을 똑바로 쳐다보면서 말했다. 「당신은 날 죽일 거야. 당신이 날 죽이려는 거 다 알아.」

그녀는 몇 주간 정신병원에 감금되었다. 에두아르드가 면회를 가면 보통은 독한 진통제 주사를 맞고 퀭하니 얼이 빠진 상태였지만, 다른 수감자들(환자보다는 수감자라는 단어가 떠오르는 감옥 같은 분위기의 병원이었다)과 쌈박질을 해서 침대에 묶여 있을 때도 있었다.

퇴원 후 안나는 라트비아 해안가의 아담한 집에서 살고 있는, 친구의 친구의 집으로 요양을 떠났다. 에두아르드는 같이 가서 안나의 정착을 도와주고, 그녀 몰래 집주인 다그마르와 약을 먹일 방법을 상의했다. 험상궂은 인상에 턱수염을 기른 다그마르의 늙은 화가 아버지는, 회복 중인 안나에게 수채화를 가르쳐 심리적 안정을 되찾게 도와주는 게 어떻겠느냐고 에두아르드에게 제안했다. 좋은 생각이라고, 에두아르드는 동의했다. 그는 혼자 모스크바로 돌아와 1971년 6월 6일, 친구 삽기르의 생일 파티에 참석했다.

브루실로프스키처럼 삽기르 역시 드물게 잘나가던 그의 친구 중 한 명이었다. 러시아 어린이라면 누구나 읽는, 곰과 루살카[6]가 주인공으로 등장하는 동화들을 쓰는 작가인 그는 멋진 아파트에 다차를 소유하고, 언더그라운드와 공식 문학계에 두루 인맥을 형성하고 있었다. 그의 집에 가면 가령 니키타 미할코프, 안드레이 미할코프 형제를 만날 수 있었다. 해외에서 더 유명한 이 재능 있는 영화감독 형제는 줄타기하듯 체제에 순종했다 배짱을 부렸다를 반복했는데, 이런 능란함은 장구한 이력을 통해 스탈린과 푸틴 모두에게 찬양시를 헌사하는 재주를 보인 유명 시인 아버지에게서 물려받은 것이었다. 후계자라면 무조건 싫어했던 에두아르드는 당연히 이들도 싫어했다. 그날 온 삽기르의 친구 중에는 이들 형제와 같은 부류에 속하는, 빅토르라는 이름의 문화계 고위 아파라칙이 한 명 더 있었다. 그날 벤츠를 타고 등장한 기품 있는 이 50대 대머리는 엘레나라는 여자를 새 약혼녀라며 파티 손님들에게 소개했다.

엘레나는 스무 살이었다. 갈색 머리에 늘씬한 몸매, 가죽 미니스커트에 스타킹과 하이힐을 신은 여자. 그때까지 친구들끼리 외투에 숨겨 돌려 읽던 『엘르』나 『하퍼스 바자*Harper's Bazaar*』 같은 외국 잡지의 표지에서나 봤지, 〈실제로는〉 한 번도 본 적이 없는 여자였다. 에두아르드는 감전됐다. 그녀에게 다가가는 것조차 두려웠다. 그녀가 쳐다보면 그는 접시에 코를 박았다. 소심한 그를 장난스럽게 지켜보던 그녀 쪽에서 먼저 다가왔다. 몇 주 뒤, 그녀는 덤덤한 부자들 틈에서 흰 청바지에 빨간 셔츠의 단추를 시원스럽게 풀어 젖혀 구릿

6 러시아의 강과 샘에 사는 물의 정령의 일종. 소녀가 익사하면 루살카가 된다고 전해지는데, 창백한 모습에 머리카락이 길고 아름다운 이 정령은 물가를 걷는 남자를 유혹해 물속으로 끌어들인다고 한다.

빛 가슴을 드러낸 그로부터 유일하게 살아 있다는 느낌을 받았노라고 그에게 고백하게 된다. 에두아르드가 샴페인 병을 따다가 베네치아산 유리잔들을 깨트리자 그녀는 깔깔거렸다. 그가 시인이라는 것 자체는 그녀에게 놀라운 사실이 아니었다. 흔한 게 시인이었으니까. 그런데 시인 에두아르드가 강권에 못 이겨 자작시를 한 편 낭송하는 순간, 그녀는 눈이 휘둥그레졌다. 빅토르가 하도 부추겨서 써봤다는 그녀의 시들은 형편없었지만, 에두아르드는 아무 말도 하지 않았다. 그녀가 기른다는 자그마한 애완견이 기괴해 보였지만, 그 말도 하지 않았다. 엘레나와 에두아르드가 같이 얘기하고, 웃고, 애완견에게 캐비어를 포식시키는 사이, 빅토르와 그의 동년배 거물들은 서로의 특권을 비교하면서 요란한 자족적 수다에 빠져 있었다. 자리를 파할 때가 되자 빅토르가 엘레나에게 재밌게 놀았느냐고, 어린이집에 딸을 찾으러 온 아버지 같은 어조로 물었다. 줄곧 관심 있게 둘을 곁눈질로 주시하던 샵기르가 에두아르드를 따로 불러 말했다. 「괜한 짓 하지 마. 자네한테 가당한 여자가 아니잖아.」

초여름, 빅토르는 사회주의 예술의 고귀한 사명과 각국 인민들 간의 우정을 주제로 순회강연을 하러 폴란드로 떠났다. 마침 에두아르드는 횡재를 만났다. 친구들이 다차로 휴가를 떠나면서 도심 한가운데 있는 방 세 개짜리 아파트의 관리를 맡긴 것이었다.

엘레나는 호기심에 에두아르드와 잤는데(에두아르드가 엘레나와 잤다는 표현보다는 이게 낫다), 처음치고 썩 나쁘지 않다고 느꼈다. 추후에 만회는 하지만, 사실 스물일곱을 먹을 때까지 에두아르드의 성생활은 별 볼 일 없었다. 숱하게 떡을 치면서도 딱히 성적 감흥을 못 느끼던 살토프 시절에 이어, 애인이라기보다는 생존 파트너에 가까운 여자와 6년간의 일부일처제식 성생활을 계속해 온 그에게 엘레나는 외계인이었다. 자그맣고 고급스러운 몸, 어느 한 군데 우둘투둘한 데 없이 비현실적으로 매끄러운, 반점 하나, 주름 하나 없는 피부. 존재에 대한 확신도 없이 평생 그가 꿈꿔 온 몸이었다. 한 번 품은 이상 그녀를 자신의 소유로, 이제부터는 다른 어떤 놈도 아닌 오로지 자신의 소유로 만들어야 했다. 그런데, 그녀가 관계를 보는 관점은 자신과 다르다는 사실을 그는 금방 감지했다. 그녀는 빅토르의 부재를 틈타 소심하지만 거만한, 정력 넘치는 근육질의 사내와 잔 것뿐이고, 그녀의 세계에서는 누구와 같이 잤다는 사실이 그것 이상의 특별한 의미를 지니지도 않았다. 다들 돌아가며 한 번씩 자는 사이였고, 마음에 드는 남자가 비단 젊은 시인만도 아니라는 것을 그녀가 굳이 감출 이유도 없었다. 그녀는 한창 주목받던 남자 배우에게 마음이 끌리고 있었다. 샴페인을 마시고 벤츠를 굴리는 전형적인 특권층 서클에 속하는 사내였다.

이후로 며칠 엘레나에게서 연락이 없자 에두아르드는 조바심을 치다 못해 하룻저녁, 그녀를 찾아갔다. 그는 떨리는 가슴으로 초인종을 눌렀다. 아무도 없었다. 그는 층계에서 기다릴 작정이었다. 때는 여름, 노멘클라투라들이 사는 이 건물은 텅텅 비어, 밖에 나와 그에게 뭐하는 사람이냐고 의

심스러운 눈초리로 물어보는 사람 한 명 없었다. 새벽 한 시,
두 시, 밤이 홀딱 지났다. 그는 무릎에 머리를 대고 쭈그려
앉은 채로 선잠이 들었다. 동틀 무렵, 세 층 아래 로비에서
엘레나의 웃음소리가 계단을 타고 올라오더니 이내 한 사내
의 웃음소리가 화답처럼 뒤따라 올라왔다.

  그는 한 층 위로 올라가 층계참에 몸을 숨기고 엘리베이터
가 올라와 서는 것을 지켜보았다. 여전히 깔깔거리며 엘레나
가 먼저 엘리베이터에서 내렸고, 유명 남배우가 그녀의 입에
진한 키스를 하며 따라 내리더니 아파트 안으로 함께 들어
갔다. 에두아르드는 괴로웠다. 평생 이렇게 괴롭기는 처음인
것 같았다. 살토프 출신 사내가 이런 괴로움을 없앨 수 있는
방법은 단 한 가지, 10년 전에 스베타와 그녀의 애인이던 추
릭이라는 병신자식한테 못 했던 것, 두 연놈을 죽여 버리는
것이었다. 그에게는 여전히 몸에 지니고 다니는 칼이 있었다.
그는 칼을 꺼내 들고 한 층을 내려가 다시 초인종을 눌렀다.
응답이 없었다. 아무려면, 아직 둘이 붙어먹을 시간까지는
없었을 것이다. 그는 야밤에 사람을 잡으러 온 체카 요원들
이 하듯 부서져라 초인종을 누르고 나서 위협적으로 문을 쾅
쾅 두드렸다. 아무리 식물성의 시대라지만 엘레나는 공포에
질렸다. 그녀가 아파트 안쪽에서 걸어 나오는 소리가 에두아
르드의 귀에 들렸다. 그녀가 떨리는 목소리로 누구냐고 물었
다. 「에디?」 그제야 마음이 놓인 그녀가 웃었다. 「몇 신 줄 알
아? 미쳤어!」 그녀는 안으로 들일 수 없으니 돌아가라고, 처
음에는 친절하게, 그러다 점차 친절함이 가시면서, 제발 돌
아가라고 애원했다. 그러거나 말거나! 에두아르드는 문밖에

서서 손목을 그었다. 처치를 위해서는 문을 여는 수밖에 없었다. 그를 주방으로 옮겨 놓자 엘레나의 애완견이 그의 손목에서 흐르는 피를 기분 좋게 스릅스릅 핥아 주었다.

다른 여자들 같았으면 당장에 절교를 선언했겠지만 엘레나는 달랐다. 그녀는 자해 장면을 목격하고 공포에 질리기보다 자신을 향한 젊은 시인의 사랑에 감동했다. 그녀 세계의 사람들은 이렇게 저돌적이고 비타협적으로 사랑할 줄 모르는 사람들이었다. 그는 매사에 지나치게 진지한 사람인 반면, 그녀가 아는 사람들은 그와 비교하면 다 뜨뜻미지근한 사람들이었다. 더군다나 처음 감동을 선사한 후로 에두아르드는 완벽한 애인임을 증명해 보였다. 둘은 모든 방향에서, 모든 구멍으로 여름 내내 성교를 했고, 엘레나는 곧 에두아르드 못지않게 조바심을 내며 다음 만남을 기다리게 되었다. 빅토르가 폴란드 순회강연에서 돌아온 후로 두 사람은 에두아르드가 화분에 물을 주러 가는 아파트에서 만나 시간을 보냈다. 여름의 모스크바는, 찜통이다. 그들은 오후 내내 알몸으로 시간을 보내면서 함께 샤워를 하고, 거울 너머로 그의 그을린 몸과 그녀의 백옥 같은 몸을 서로 들여다보면서 흥분을 느꼈다. 8월 말, 다차에서 돌아온 집주인들에게 집을 비워 줘야 할 때 그에게 또 한 번 행운이 찾아왔다. 에두아르드의 친구 하나가 살던 방을 서브리스할 사람을 찾고 있던 것이다. 이사를 가서 엘레나를 놓치는 위험을 감수하지 않아도 된다는 사실만으로도 9제곱미터짜리 방은 그에겐 호사였다. 게다가 이 방은 노보제비치 수도원 반대편에 있는 엘레나와 빅토르의 집에서 불과 5분 거리였다. 에두아르드는 운명의 징표로 받아들였다. 이번에는 안나가 라트비아에서 돌아왔고, 그는 자신이 평소에 아주 혐오하는, 거짓말을했다. 여름 전에 둘이 살던 방에 다른 사람이 들어왔다, 새로방을 구하는 동안 자신은 임시로 친구 집 소파에서 신세를지고 있는데 그녀까지 데려갈 수는 없는 형편이다, 그녀는일단 다른 친구 집 소파에서 지낼 수 있게 조처해 두었다고.

그녀에게 말을 꺼낼 수도 있었으리라. 다른 여자를 사랑하게 됐다고 고백할 수도 있었으리라. 그래야 마땅했고, 거짓말을 하자니 마음이 무거웠다. 하지만 그녀가 보일 반응이, 그녀의 광기가, 그녀가 잘못될까 봐 입이 떨어지지 않았다. 하지만 그의 속도 모르는 안나는 혈색이 좋고 편안해 보였다. 발트 해에서 여름을 보낸 게 좋았던 모양이었다. 그런데, 그의 눈에 비친 그녀는 달라져 있었고, 단순히 건강이 호전되어서인 것만은 아닌 듯했다. 그의 직감은 두 사람의 잠자리에서 사실로 확인되었다. 그녀의 몸놀림이 예전 같지 않았다. 아무리 다른 여자를 사랑하는 에두아르드지만, 혼란스러웠다. 다음 날 아침, 에두아르드는 그녀가 깨지 않은 틈을 타 그녀의 여행 가방을 뒤져 일기장으로 쓰는 노트를 한권 찾아냈다. 일기에서 그녀는 자연과 바다, 꽃, 화가로서의새로운 소명을 언급하는 중간중간, 험상궂은 인상에 턱수염을 기른 다그마르의 늙은 화가 아버지를 향한 억누를 길 없는 욕정을 고백했다. 에두아르드는 질투심에 불타 안절부절못했다. 잠에서 깬 안나가 방 안을 이리저리 오갔다. 이 거짓말쟁이, 부정한 여자, 어떻게 저리도 천연덕스러울 수 있단 말인가! 어떻게 저리도 차분하게 행동한단 말인가!

그는 아무 말도 하지 않고 함께 살기에 적당한 방을 구할 때까지 하리코프에 잠시 가 있는 편이 좋겠다고 그녀를 설득했다. 그는 다음 날 그녀를 역까지 바래다주면서 화가의 우글쭈글한 늙은 몸뚱이가 파고 들어가는 그녀의 뭉그러진 뚱뚱한 몸뚱이를 자꾸만 머릿속에 떠올렸다. 자신에게는 돈 많은 여자의 야리야리하고 고급스러운 몸이 있지 않더냐고 자위해 보았지만 소용이 없었다. 더구나 그 몸은 자신의 소유가 아니라는 사실을, 엘레나는 그 몸을 그와 상관없이 자신의 의지대로 쓴다는 사실을 그는 아주 잘 알고 있었다. 그는 여행에 필요한 물건을 사주고 안나를 편안하게 자리에 앉혀 주었다. 명목상으로는 일시적인 이별이지만, 사실은 끝이라는 걸 그는 알고 있었다. 안나는 다시는 모스크바로 돌아오지 않는다.

에두아르드는 가을 내내 엘레나를 향한 사랑의 정념에 사로잡혀 지냈다. 두 사람은 체호프를 위시해 19세기의 수염 달린 작가들을 좋아하는 사람들이 문학 순례의 명소로 꼽는 노보제비치 공동묘지를 오랫동안 거닐곤 했다. 좋아하는 시인의 무덤 앞에서 엘레나가 당연한 일인 듯 묵념을 올리고 있으면, 에두아르드가 다가가 그녀의 엉덩이를 슬쩍 만지며 달콤한 놀라움을 선물했다. 수염을 기르지 않은, 팔팔하게 살아 있는 젊은 작가 에두아르드는, 문학 순례도 19세기의 수염쟁이들도 다 싫었다. 그의 피를 핥아먹었던 애완견은 뒤를 졸졸 따라다니다가, 에두아르드의 비좁은 코뮤날카[7] 방

싱글 침대에서 둘이 몸을 섞을 때면 가늘게 신음 소리를 냈다. 엘레나는 강아지와 달랐다. 그녀는 크게 소리를 내질렀다. 옆방에 살던 바부슈카[8]는 커플과 마주치면 음란한 윙크를 날렸다. 「척 보면 알아, (그녀가 에두아르드에게 말했다) 이 처자는 자네하곤 사는 세상이 달라. 그런데 말일세, 자네 잠자리 기술이 보통이 아닌 것도 척 보면 알겠어. 돈깨나 있는 처자의 다른 애인들은 까맣게 모르는 기술을 자네가 쓰는 모양이지.」 에두아르드는 이렇게 말하는 바부슈카가 좋았다. 공주님이 환장하도록 쾌락을 선사하고, 그녀를 쫓아다니는 화려한 세계의 구애남들이 질투심에 눈이 뒤집히게 만드는, 좆 큰 프롤레타리아의 역할이 에두아르드는 아주 흡족했다. 놈들 모두 그녀를 사랑해도 그녀가 사랑하는 사람은 바로 그였다. 결국 그에게 오기 위해 그녀는 그해 겨울 빅토르를 떠나기로 결심했다. 그녀와 교회에서 예식을 올린 사람은 바로 그였다. 게딱지 같은 방에서, 더러는 남의 아파트에서 가난해도 함께 살아 보겠다고 그녀가 선택한 사람도 다름 아닌 그였다.

그가 쟁취했다. 다들 그를 부러워했다. 이렇게 아름답고 세련된 여자를 여태껏 본 적이 없는 손바닥만 한 언더그라운드 세계도, 흰 청바지를 즐겨 입는 시건방진 시인에게 공주를 강탈당한 부자들도. 계절이 몇 번 바뀌는 동안 엘레나와 그는 모스크바 보헤미안 세계의 스타였다. 1970년경, 브레

7 공동 주거 아파트.
8 러시아어로 〈할머니〉라는 뜻.

138

즈네프 통치하에서 무채색 삶이 잿빛 절정을 이루던 소련에 화려한 삶이라는 것이 존재했다면, 이 커플이 아마도 그 삶의 결정판이었을 것이다. 장발의 에두아르드가 손수 형형색색의 천 조각 백열네 장을 꿰매 붙여 만든 〈국민 영웅의 재킷〉을 입고 우쭐한 표정으로 서 있는 당시의 사진이 한 장 있다. 발치에는 야릿야릿하고 매혹적인 엘레나가 에두아르드가 죽고 못 사는 자그맣고 가분가분 탱글탱글한 젖가슴을 드러내고 알몸으로 앉아 있다. 에두아르드는 이 사진만은 어디든 챙겨 다니며 평생 성상처럼 벽에 붙여 놓았다. 그녀는 그에게 부적 같은 존재였다. 무슨 일이 닥쳐도, 끝 모를 추락을 해도, 내가 한때 이런 사람이었다는 것을 말해 주는 여자다. 이런 여자가 그의 소유가 된 것이었다.

5

대조적인 두 유명 인사의 삶. 알렉산드르 솔제니친과 에두아르드 리모노프 모두 1974년 봄에 고국을 떠났지만, 세상은 솔제니친의 출국 소식에 더 떠들썩하게 반응했다. 흐루쇼프 실각 이후 정권과 랴잔의 예언자 사이의 갈등은 더욱 노골적으로 드러났다. 시대 최고의 작가라는 인정을 받으면서도 사실상 출판을 금지당했던 솔제니친의 예는 전형적인 소련식 모순을 보여 준다. 고독하고 투박한 중세적 인물, 암과 수용소에서 살아남은 생존자, 거짓을 말하는 자들은 두려움에 떨겠지만 두려울 게 없는 자신은 생전에 반드시 진실이 승리하는 것을 볼 수 있으리라 확신했던 그의 삶처럼 감동적인 얘기도 흔치 않을 것이다. 〈그의 작품에서는 작가적 동지애 같은 주제를 찾아볼 수 없다〉는 둥 갖가지 이유를 들어 동료들이 자신의 작가동맹 제명 여부를 표결에 붙이고 있을 때, 그는 그들을 향해 태연히 이렇게 말한 사람이다. 〈기득권화된 문학, 출판된 잡지와 소설들, 나는 이런 것들이 재고의 여지도 없는 무가치한 것들이라 여긴다. 이런 토양에서는 재능이 싹을 틔우지 못해서가 아니라(이런 데서 싹트는 재능도 있다), 필연적으로 재능이 썩을 수밖에 없기 때문이다. 문학의 힘을 빌지 않아도 분명히 드러나는 진실, 이 절대적 진실의 《함구》에 동의한 이상 좋은 토양이 아니기 때문이다.〉 이 절대적 진실은 물론 굴라그를 말한다. 굴라그가 스탈린 이전에도 이후에도 존재했으며, 굴라그는 소련 체제가 앓고 있는 병이 아니라 그 체제의 본질, 더 나아가 궁극적 지향이기도 하다는 것을 말한다. 솔제니친은 10년에 걸쳐 제크 227명의 증언을 깨알 같은 글씨로 받아 적은 기록을 땅에 파묻었다가 마이크로필름에 담아 서방으로 보냈고, 결국 『수용소 군도』라는 대작을 완성했다. 이 작품은 1974년 초, 프랑스와 미국에서 출간되었고 〈자유 라디오 방송〉에서도 낭독되기 시작했다.

이 시기에 막 KGB의 수장이 된 유리 안드로포프는, 소련 체제의 입장에서는 이 폭탄이 미국의 핵군사력 전부를 능가하는 파괴력을 가졌다고 판단하고, 폴리트뷰로[9] 긴급회의를 소집했다. 1992년에 보리스 옐친이 비밀문서 해제 결정을 내

9 Politburo. 소련 공산당 중앙위원회의 정치국.

림으로써 일반에 공개된 이 비상 회의의 회의록은 무대에서 상연해도 될 만한 한 편의 희곡을 연상시킨다. 이미 기세가 한풀 꺾여 있던 브레즈네프는 위험한 사안이 아니라는 견해를 내놓았다. 〈우리의 가장 신성한 것들〉에 대한 그런 식의 공격은 규탄해 마땅한 부르주아적 선동이라는 생각에는 물론 동의하지만, 자연스럽게 시간이 해결하게 하자고, 체코슬로바키아 침공 반대 시위가 그랬듯 수그러들 것이라고 말했다. 포드고르니 최고회의 간부회 의장은 이 같은 체념론에 동의할 수 없다고 말했다. 그는 체제가 너무 물렁해진 탓에 상식적인 해결책마저 고려할 수 없게 된 현실을 통탄했다. 목덜미에 대고 한 방 당겨 버리면 끝 아니냐. 칠레에서는 거침없이 하지 않더냐고. 좋다, 스탈린 시절에 우리가 조금 심했을 수 있다는 것에 동의한다, 하지만 지금은 그 반대로 너무 심한 거 아니냐며 입에 거품을 물었다. 코시긴은 북극권 밖으로 유형을 보내자며, 보다 외교적인 자세를 취했다. 왁자지껄 장광설이 오가는 사이 한숨을 푹푹 쉬며 하늘만 쳐다보았을 안드로포프의 모습이 눈에 선하다. 가만히 듣기만 하던 그가 입을 열었다. 〈이보게들, 다 좋은 얘긴데, 이미 너무 늦었어. 목덜미에 한 방, 십 년 전에 진작 했어야지. 지금은 전 세계가 우릴 주시하고 있어. 솔제니친의 털끝 하나 못 건드려. 그건 안 돼. 우리에게 남은 유일한 카드는, 추방일세.〉

솔제니친의 인생행로는 시종일관 장대했다. 그는 이 회의가 소집된 지 이틀 뒤 강제로 프랑크푸르트행 비행기에 태워졌고, 도착해서는 빌리 브란트 총리로부터 국가 원수급 영접을 받았다. 하지만 솔제니친의 추방이 입증한 것, 격분한 포드고르니가 그토록 마음이 상할 만도 했던 것은, 소련 체제가 공포를 조성할 의지도 위세도 사라졌다는 사실, 이제 확신 없이 그저 이빨만 드러내고 있다는 사실, 고분고분하지 않은 인사들을 탄압하기보다 다른 곳으로 쫓아 버리는 방법을 선호하게 되었다는 사실 때문이었다. 이 다른 곳이란 이스라엘을 의미해, 그 당시 몇 년 동안은 이스라엘행 여권이 후하게 발급되었다. 원칙적으로는 유대인이라는 자격 요건을 갖추어야 하지만, 정부에서 이 부분을 엄격하게 심사하지 않았고 공인된 골칫덩어리는 유대인의 변종으로 취급하는 경향이 있었던 탓에 리모노프도 지원 자격을 인정받을 수 있었다.

내가 출국 경위를 물어보자 리모노프는 모스크바에 소재한 KGB 본부에 소환됐던 일화를 들려주었다. 외관부터가 음산한 이 건물은, 한 번 들어가면 다시 밖으로 나올 수 있을지 알 수 없는, 이름만 들어도 누구든 허옇게 질리는 곳이지만, 자신은 예외였다고, 주머니에 손을 찌르고 휘파람이라도 불 듯한 기분으로 걸어 들어갔다고 말했다. 아버지가 그 계통에서 일하는 사람이다 보니, 반체제주의자들이 자신들의 이해관계에 따라 만들어 놓은 이미지처럼 체카 요원들이 악독하지는 않다는 것을, 무기력하고 착해 빠져 재치 있는 농담 한 마디에 금세 부드러워지는 사람들이라는 것을 알고 있었다고. 또한, 대학 시절에 그 대단한 안드로포프의 따님과 연애를 하던 친구가 있어서 그녀를 사석에서 한번 만났는데, 꽤 미인이었고, 저녁 내내 수작을 걸어 가면서 그녀를 즐겁게 해주었다는 일화도 들려주었다. 그때 리모노프는 그녀에게 사랑하는 아빠가 시인 사벤코—리모노프의 신상 기록을 한번 들여다보게 만들 자신이 있느냐고 물으면서 내기를 제안했다. 당차게 내기에 응한 그녀가 며칠 뒤에(정말인지, 그녀가 리모노프한테 장난을 쳤는지는 알 길이 없다) 그의 신상 기록을 요약하면 다음과 같다고 알려 주었다. 〈반사회 분자, 골수 반소비에트주의자.〉

한 가지 분명한 것은, 조국과 모국어를 떠나지 않을 수 있다면 한쪽 팔이라도 내놓겠다고 했을, 그래서 강제 추방할 수밖에 없었던 브로드스키와 솔제니친 같은 반사회 분자와 반소비에트주의자들과 달리 에두아르드와 엘레나는 이민을 〈희망했다는〉 사실이다. (이제 독자들도 슬슬 익숙해지는 도식에 따르면) 7년 만에 하리코프의 데카당들을 알 만큼 알았다고 자부했듯 에두아르드는 모스크바의 언더그라운드도 7년이면 알 만큼 안다고 확신했고, 머릿속이 온통 외국 잡지와 스타들, 유명 모델들 생각으로 가득 찼던 엘레나는 〈나라고 못 하란 법 없지〉 하며 기대에 차 있었다.

엘레나는 친구의 이모할머니인 릴리 브릭이라는 노파의 집에 갈 때 가끔 에두아르드를 끌고 갔다. 소싯적에 마야코프스키의 뮤즈였다는 노파를 살아 있는 전설이라 칭하는 엘레나의 말에서 존경심이 배어 나왔다. 노파의 여동생 또한 프랑스에서 엘자 트리올레라는 이름으로 알려진, 아라공의 뮤즈였다고 했다. 어쩌다 그런 급의 남자들이 이런 땅딸막한 추녀들이 쳐놓은 그물에 걸려들었는지, 에두아르드로서는 수수께끼였다.

노파를 만날 때마다 에두아르드는 지루해서 몸을 뒤틀었다. 그의 관심을 끄는 단 하나의 살아 있는 전설은 바로 그 자신뿐이기도 했거니와, 책과 그림들, 사모바르, 카펫, 먼지가 소복한 약들이 빼곡히 놓인 나이트 테이블, 이 지나치게 전형적인 러시아 인텔리겐차 노파의 아파트나 그녀의 과거나, 에두아르드는 다 마뜩치 않았다. 그는 의자 하나, 매트리스 하나면 족했다. 아니, 이것조차 카푸아의 환락[10]이며, 벌판에서는 두툼한 외투 한 벌이면 충분했다. 하지만 팔순의 릴리한테서 듣는 낯 뜨거운 칭찬이 싫지 않았고, 유명인이라면 무조건 좋아했던 엘레나는 싫다는 에두아르드를 자꾸 데려갔다. 엘레나가 나타나면, 서방이 그녀의 앞에 머리를 조아릴 것이라며, 릴리는 엘레나의 미모에 찬사를 아끼지 않았다. 파리에 가면 반드시 아라공을 찾아가고, 뉴욕에 가면 한때 역시 마야코프스키의 연인이었지만 지금은 맨해튼의 사교계를 주름잡는 오랜 친구 타티아나를 찾아가라고 두 연인에게 일렀다. 갈 때마다 릴리는 엘레나에게 마야코프스키의 선물이라며 손목에 찬 묵직하고 아름다운 은팔찌를 자랑했다. 메마르고 쭈글쭈글한 손목에서 팔찌를 빙글빙글 돌리며 엘레나를 향해 빙긋이 웃었다. 「우리 아가씨, 내가 죽으면 이 팔찌는 네가 차거라. 떠나기 전날 주마.」

자유롭게 오가고 비행기를 타는 우리로서는, 소련 국민들

10 칸 전투에서 승리한 한니발이 겨울 동안 카푸아에서 숙영하면서 환락에 빠졌던 일을 가리킴.

이 〈이민하다〉라는 단어를 돌아올 기약 없이 떠나는 것으로 받아들인다는 사실을 이해하기 어렵다. 우리로서는 단순 명쾌한 〈영원히〉라는 말을 이해하기 어렵다. 나는 해외 순회공연을 틈타 정치적 망명을 신청한 누레예프나 바리시니코프 같은 전향자들, 서양에서는 〈자유를 선택했다〉고 하고 「프라브다」에서는 〈조국을 배신했다〉고 하는 사람들의 얘기를 하려는 게 아니다. 합법적으로 이민길에 오른 사람들 얘기를 하려는 것이다. 70년대에 들어와 어렵긴 해도 이민이 가능해지면서, 이민을 신청하는 사람들은 신청이 받아들여지면 다시는 돌아올 수 없다는 것을 알고 있었다. 방문이나 단기 여행으로도, 어머니의 임종을 지키러 올 수조차 없다는 사실을 알기에 사람들은 고민했고, 떠나고 싶어 하는 사람들은 극소수에 그쳤다. 정권에서는 분명히 이 점을 계산에 넣고 안전판을 열어 주었을 것이다.

출발이 다가오자 가슴이 메었다. 친구와 깔깔거리고, 참나무 둥치에 기대앉고, 좌우로 토치램프가 정렬해 있는 크로포트킨스카야 지하철역의 에스컬레이터를 타고 지상으로 올라와 모스크바의 봄 내음을 맡으며 노점 꽃가게가 즐비한 길을 걷는다. 그동안 수도 없이 무심하게 반복했던 이 모든 것들이, 이번이 마지막이라고 깨닫는 순간, 몸이 소스라쳤다. 이 친숙한 세계의 조각조각이 조만간, 영원히 손닿지 않는 곳으로 멀어질 것이었다. 추억으로, 다시 넘겨 읽을 수 없는 한 페이지로, 치유 불가능한 향수의 시원으로 남을 것이다. 내내 살아온 이 익숙한 삶을 버리고 미지에 가까운 삶으로 떠나는 것은 아무리 기대에 차도, 일종의 죽음이었다. 그리고 남는 자들은 떠나는 자들을 저주하기보다 더 좋은 세상으로 떠나는 가족을 배웅하는 신자(信者)의 심정으로 애써 기쁜 척했다. 거기서는 여기보다 행복할지 모르는 그들을 위해 춤이라도 춰야 할까? 아니면, 다시는 못 볼 테니 목 놓아 울어야 할까? 의구심 속에 그저 술잔을 기울일 뿐이었다. 이어지는 송별회들이 더러 광란의 자포이로 변질되는 바람에 떠나려던 사람들은 비행기가 떠나고 나서야 멍한 상태로 술이 깼다. 더 이상 비행기는 없을 것이었고, 문은 다시 닫혔고, 다시는 열리지 않을 것이었고, 다시 술잔을 기울이는 수밖에 없었다. 이제는 대책도 없어진 절망감을 떨쳐 버리려는 것인지, 〈여기가 낫지 않아? 같이 있잖아. 집에서〉하면서 계속 어깨를 두드리는 친구 놈들의 말처럼 하마터면 경을 칠 뻔했다는 안도의 마음에서인지는, 알 길이 없었다.

절대로 감상적인 사람도 아니고 엘레나와 그의 앞에 펼쳐질 미국에서의 찬란한 미래에 대한 확신이 넘치던 에두아르드도 별리의 아픔은 피해 갈 수 없었다. 나는 그가 엘레나와 그녀의 가족(같은 군인 가족이지만 그의 가족보다 계급이 훨씬 높은)을 찾아가 작별 인사를 했으리라고 추측한다. 어쨌든 그가 엘레나를 데리고 기차로 하리코프에 가서 아들의 배짱에 까무러치게 놀라고 아들을 잃는다는 생각에 혼이 나간 베니아민과 라이야를 만났고, 이웃으로부터 옛 애인의 전격적인 귀향 소식을 전해 듣고 그의 집에 나타나 도스토예프스키적 히스테리 장면을 연출한 안나까지 만났다는 것은, 내가 아는 사실이다. 안나는 날건달 서방을 가로챈 매혹적인 젊은 여성 앞에 털썩 주저앉아 그녀의 손을 붙잡고 통곡하며, 당신은 아름답다, 착하다, 고결하다, 당신은 신과 천사들이 사랑하는 것의 총체인데, 나, 안나 야코블레브나, 이 가련하고 뚱뚱하고 타락한 유대인 추녀는, 존재 가치도 없다, 당신의 치맛단도 만질 자격이 없는 사람이라고 뇌까렸다. 안나에게 지고 있을 수 없던, 『백치』의 나타샤 필리포브나를 머리에 떠올렸을지도 모르는 엘레나는, 불쌍한 안나를 일으켜 세워 격정적으로 안아 주었고, 극적인 몸짓으로 팔에 차고 있던 가족 대대로 내려오는 아름다운 팔찌를 홱 벗겨 내더니, 자신을 기억하며 간직해 달라고 간청했다. 그러고는 감정이 북받쳐 소리쳤다. 〈날 위해 기도해 줘요, 사랑하는, 사랑하는 이여! 날 위해 기도하겠다고 약속해 줘요.〉

돌아오는 기차 안, 다시는 외아들을 볼 수 없다는 안타까움에 플랫폼에서 하염없이 손수건을 흔들어 대는, 벌써 등이 꾸부정한 부모의 애잔한 실루엣이 점점 작아지는 모습을 보다가 문득 에두아르드는, 엘레나가 예쁜 보석을 떡하니 미친 안나에게 준 것은 그보다 훨씬 예쁜 다른 보석을 기대해서일지도 모른다는 생각이 들었다. 떠나기 전날, 작별 인사차 릴리 브릭의 집에 들렀을 때 할망구는 물론 약속대로 두 사람의 손에 추천서(이 멋진 두 친구를 부탁한다, 하고 그녀는 한때 연적이었던 타티아나에게 썼다)를 쥐여 주었는데, 그동안 늘 차고 있던 소중한 팔찌는 그날 생전 처음 차지 않았고, 두 사람이 머무는 동안 단 한 번도 팔찌를 화제에 올리지 않았다.

제3장

뉴욕, 1975~1980년

1

프랑스인은 뉴욕에 처음 와서 놀라지 않는다. 놀라도 영화에서 봤던 모습과 꼭 같아서 놀란다. 그러나 냉전 시대에 미국 영화의 상영이 금지된 나라에서 자란 두 사람에게는 모든 것이 새롭기만 했다. 배기구에서 뿜어 올라오는 수증기, 거무죽죽한 벽돌 건물들의 옆구리에 거미줄처럼 매달린 철제 계단들, 브로드웨이를 따라 첩첩이 등장하는 전광판들, 센트럴 파크의 잔디에서 올려다 보이는 스카이라인, 쉴 새 없는 활기, 경찰차 사이렌 소리, 노란 택시들, 흑인 구두닦이들, 계속 혼잣말을 하며 걸어가는데도 제지당하지 않는 사람들. 모스크바에서 온 그들은 흑백 영화에서 나와 컬러 영화 속으로 걸어 들어간 느낌이었다.

처음 며칠 동안 그들은 손을 잡고, 서로 허리에 팔을 감고, 옆을, 위를, 빨아들일 듯 쳐다보다가는 얼굴을 마주 보면서 까르륵 웃고, 빨아들일 듯이 포옹을 하면서 맨해튼을 휘젓고 다녔다. 서점이 보이자 그들은 난생처음 서점을 구경하는 사람들처럼 안으로 들어가 지도를 샀다. 신기하게도 책들이 계산대 뒤에, 잠금장치가 돼 있는 진열장 안에 들어 있지 않고 수예점에서 파는 단추처럼 손으로 마음대로 집을 수 있는 곳에 놓여 있었다. 꼭 사지 않아도, 뒤적거리다 내려놓아도 그만이었고, 다 읽어도 아무 문제가 없었다. 지도는, 신빙성에 놀라 자빠질 지경이었다. 오른쪽 두 번째 길이 세인트마크스 플레이스라고 표기돼 있으면 어김없이 세인트마크스 플레이스가 나왔다. 소련에서였다면, 어렵게 지도를 구해도 지난 전쟁 때 제작된 것이거나, 대규모 도로 공사를 예측해 15년 후의 이상적인 도시 모습을 가상으로 그린 것이거나, 아니면 관광객은 십중팔구 스파이라는 가정에서 출발해 순전히 골탕을 먹이겠다는 의도로 제작된 것이어서 영락없이 틀린 길로 안내할 테니, 상상조차 할 수 없는 일이었을 터였다. 엘레나와 에두아르드는 길을 걷다 비싸도 한참 비싼 옷가게들과 다이너,[1] 패스트푸드점, 더러 포르노 영화도 상영하는 작은 동시 상영관에 들어갔다. 옆자리에서 영화를 보다 음부가 축축이 젖은 그녀가 귀엣말을 하면 그는 그녀의 자위를 도와주었다. 극장에 다시 불이 들어오면 분명히 영화보다 엘레나의 신음 소리에 더 흥분했을 독신 관객들의 얼굴이 보였고, 에두아르드는 이런 미인을 소유하고 있다는 사실, 처량한 인간들의 부러움을 한 몸에 받고 있다는 사실, 자신은 이들처럼 허기진 성욕을 채우기 위해서가 아니라 진정한 리베르탱[2]으로서 색다르고 이국적인 경험을 하고 싶어 극장을 찾았다는 사실에 한껏 우쭐했다.

1 간단하고 저렴한 음식을 파는 식당.
2 자유 사상가.

모스크바를 떠날 때 엘레나는 그나마 영어를 조금이라도 했지만, 키릴 자모만 해독이 가능했던 에두아르드는 벙어리에 가까웠다. 하지만 이스라엘행 대열에 끼지 않으려고 부단히 잔꾀를 부리며 비엔나의 이민 준비 센터에 머무르던 두 달 동안 기초를 뗀 덕에 둘 다 떠듬적떠듬적 〈브로큰 잉글리시〉는 구사할 수 있는 수준이 되었다. 사실, 뉴욕에 거주하는 상당수 외국인들도 이들과 수준이 많이 다르지 않다. 영어도 구사할 줄 아는 이 파릇파릇 젊은 선남선녀, 잉꼬 커플을 사람들은 흐뭇하게 바라보았고, 호의적으로 대했다. 둘이 부둥켜안고 눈 덮인 그리니치빌리지를 걸을 때면 「블로윙 인 더 윈드Blowing in the Wind」가 수록된 음반 재킷에 찍힌 밥 딜런과 그의 애인이라도 된 듯한 기분이었다. 밥 딜런의 이 음반은 하리코프에서 카직이 소장한 음반들 중 최고의 명품이었다. 그토록 애지중지했던 음반이니 카직은 지금도 분명히 가지고 있을 것이고, 피스톤 공장에서 퇴근해 집에 돌아오면 이따금 마누라인 리디야 몰래 듣고 있을 것이다. 카직은 바다를 건너간 배짱 두둑한 친구 에디를 생각하고 있을까? 물론 생각하고 있을 것이다. 경탄과 씁쓸함을 느끼며 평생 그를 생각할 것이다. 불쌍한 카직, 에두아르드는 생각했다. 카직과 살토프, 하리코프, 모스크바에 남겨 두고 온 사람들을 생각하면 할수록 지금의 모습으로 있게 해준 하늘에 감사했다.

그가 손에 쥔 주소는 두 개였다. 하나는 한때 릴리 브릭의 연적이었던 타티아나 리버맨의 주소였고, 또 하나는 야망을 품고 파리로 상경하는 브르타뉴나 오베르뉴 출신의 가난한 농촌 청년한테 파리에서 출세했다는 사촌의 주소를 적어 주듯, 좁은 언더그라운드 바닥에서 뉴욕으로 떠나는 이민자들 모두에게 여비 대신 손에 쥐여 주는 브로드스키의 주소였다. 3년 먼저 추방된 브로드스키는 옥타비오 파스부터 수전 손태그에 이르기까지 서구 최고의 지식인 노멘클라투라의 총아가 되어 있었다. 브로드스키는 새 친구들(이들 대부분은 여전히 각자가 지지하는 공산당의 길동무를 자처했다)이 소련 체제의 현실에 눈뜰 수 있게 각고의 노력을 기울였다. 대대적인 환영을 받으며 등장한 솔제니친도 그의 입지를 약화시키지 못한 것은, 따분한 성품의 솔제니친과 달리 냉뷔스 교수[3] 같은 분위기의 브로드스키는 시적 담소와 이 분야의 대가들과의 교류에 남다른 재능이 있는 사람이었기 때문이다. 호르헤 루이스 보르헤스가 그렇듯, 그와의 대담도 하나의 온전한 문학 장르가 되었다. 맨해튼 52번가에 위치한 전설적인 식당 〈러시안 사모바르〉는 지금도 여전히 브로드스키가 단골이었다는 사실을 자랑으로 내세운다. 뉴욕의 러시아 이민자들은 그를 〈나찰니크〉, 즉 보스(체카 요원들이 스탈린을 슬쩍슬쩍 그렇게 불렀던 것처럼)라고 부르며 존경심을 표했다.

브로드스키는, 전화상으로는 누군지(〈영어도 못 하는 러시아 사람들을 좀 많이 보내야지⋯⋯〉) 잘 기억이 안 나지만, 일단 이스트 빌리지에 있는 찻집에서 만나자고 에두아르드

---

3 앙드레 대André Daix가 그린 만화의 주인공. 동그란 안경을 쓰고 대머리에 딱 한 올 있는 머리카락이 물음표 모양으로 구부러져 있는 인물.

에게 말했다. 미텔유로파[4]식 인테리어에 조명이 은은하고 아늑한 이 찻집은 브로드스키의 취미인 도스토예프스키와 톨스토이 중에 누가 더 좋은가, 아흐마토바와 츠베타예바 중에 누가 더 좋은가 하는 식의 장시간 문학 토론에 어울리는 장소로 보였다. 늙은 모스크바 인텔리겐차들의 아파트만큼이나 이런 장소를 질색하는 리모노프인데, 술을 팔지 않는다니 더 기가 찰 노릇이었다. 엘레나가 함께 와서 그나마 다행이었다. 미녀를 좋아하는 브로드스키에게 그녀가 추파를 던졌다(나중에 인정은 하면서도 의식적인 행동은 아니었다고 엘레나는 주장했다). 덕분에 두 남자는 조금 더 편안하게 얘기를 나누기 시작했다. 에두아르드는 구경꾼처럼 시인을 관찰했다. 헝클어진 빨간 머리는 벌써 희끗희끗했고, 담배도 많이 태우고 기침도 많이 했다. 약골에, 지병인 심장병을 앓고 있다고 사람들에게 들은 바 있었다. 채 마흔이 안 된다는 것이 믿기 어려울 만큼 실제 나이보다 열댓 살은 더 들어 보였다. 나이가 조금 아래일 뿐인데도 에두아르드는 왠지 나이 지긋한, 게다가 심술궂은 현자 앞에 있는 천방지축 어린아이가 된 기분이었다. 모스크바에서보다 격이 없고 다정한 듯 보이지만, 밖으로 드러나는 순한 성품 뒤에는, 아무리 밀물이 들어와도 나는 끄떡없다, 너희 신입들이 내가 탄 일등석 자리를 빼앗으려면 지금 올라타고 있는 구명보트에서 아주 한참을, 노를 저어야 할 것이다, 하고 생각하는 출세한 자의 거만한 호의가 숨어 있었다.

　「아메리카란 곳은 말이지, 정글이거든.」 브로드스키가 그

4 중부 유럽.

제야 전형적인 절대 맞수인 에두아르드 쪽으로 몸을 틀었다. 「여기서 살아남으려면, 철면피여야 하거든. 난 철면피야. 자넨, 글쎄, 모르겠어.」 빌어먹을 늙다리 자식, 에두아르드는 속마음을 숨긴 채 연신 착한 미소를 지었다. 그는 다음 얘기를 기다렸다. 정보나 연락처 같은. 먼저 물어보지도 않았는데 그가 얘기를 꺼냈다. 밥벌이가 필요할 텐데, 글 쓰는 사람이니까 이민자 독자들을 대상으로 하는 러시아어 일간지 「루스코예 젤로Russkoie Dielo」의 편집장 마이시에이 바라다티흐를 찾아가 보라고 브로드스키가 말했다. 「워터게이트류의 특종을 터뜨리는 데는 아니지만 영어를 익히는 동안 용돈벌이 정도는 할 수 있을 걸세.」 이 말 끝에 그는 기회가 되면 친구인 리버맨 부부의 집에 데려가겠다고, 사람들을 만날 수 있는 자리가 되지 않겠느냐고…… 말했다.

초대치고는 막연하기 그지없었다. 이미 리버맨 부부와 연락이 닿았고, 다음 주에 그 집에서 열리는 〈파티〉에 갈 예정이라고 즉각 응수하면서 에두아르드는 통쾌함을 느꼈다. 침묵. 「그럼, 거기서 보면 되겠네.」 브로드스키가 경쾌하게 대화를 끝맺었다.

리버맨 부부 집에서 열린 파티. 완벽한 묘사를 위해서는 『마담 보바리』 속 보비에사르 성관의 무도회처럼 작은 스푼 하나, 조명 하나 빠트리지 말아야 하는데, 나한테 과연 그런 재주가 있는지, 글쎄, 모르겠다. 어퍼이스트사이드의 으리으리한 펜트하우스를 무대로 돈과 권력, 미모, 명예, 재능을 이상적인 비율로 배합한, 한마디로 『보그Vogue』의 피플난을 보는 듯한 착각을 불러일으키는 손님들이 참석했다고만 하자. 집사장의 안내를 받고 집 안으로 들어서는 순간, 엘레나는 앞으로 자신은 이 세계의 일원이 되는 게 목표라고, 그리고 에두아르드는, 이 세계를 잿더미로 만드는 게 목표라고 생각했다. 잿더미로 만들 때는 만들더라도 일단 이 세계를 가까이서 들여다보는 것은 흥미로웠고, 살토프 촌놈이 여기까지 왔다고 생각하니 짜릿했다. 살토프에 이런 인테리어를 구경한 적이 있거나 앞으로 구경할 일이 있는 사람이 있을리 만무했다. 리버맨의 손님들 중에 살토프가 대체 어디에 붙은 곳인지 아는 사람이 있을 리도 만무했다. 그만이 두 세계를 다 알고 있었다. 이것이 그의 힘이었다.

　오만함도 잠시, 방 한가운데서, 관심의 한가운데서, 모든 것의 한가운데서, 이놈은 어딜 가나 한가운데지, 바로 루돌프 누레예프를 발견하자 에두아르드는 정신이 번쩍 들었다. 난 참 운도 없지. 무표정하고 거무스름하고 잔인한, 〈나〉라는 존재만으로도 곧 이 고상하게 문명화된 인간들의 무미건조함이 까발려지겠구나, 하며 몽골의 정복자를 자처하는 순간, 살토프와는 비교도 안 되는 궁벽한 두메산골 바시키르, 그 질척질척한 오지에서 태어나 이토록 높이까지 올라온 상대, 사람의 탈을 쓴 야만의 유혹으로 광채를 발하는 악마 같은 누레예프와 맞닥뜨리고 만 것이다. 벌써 사람들은 어떻게든 다가가 눈이라도 맞추려고 안달이었고 보아하니 엘레나도 그 대열에 합류할 태세였지만, 에두아르드는 달랐다. 그는 불쾌한 표정으로 자리를 떠 다른 방을 찾아 들어갔고, 도망치듯 들어간 화장실 벽에서 달리가 타티아나 리버맨에게 헌정한 그림들과 마주쳤다.

이 김에 두 젊은이를 환대해 주고 있는, 살짝 과한 슬라브적 매력의 소유자인 타티아나에 대한 설명을 좀 해보자. 젊다고는 할 수 없지만 릴리 브릭과 비교하면 젊었고, 그녀와는 비교도 안 될 만큼 곱게 늙었다. 적기에 이민을 떠나 1920년대에 프랑스에서 이름을 날렸던 미녀. 특이하게 물부리에 담배를 꽂아 피우고, 재즈와 스콧 피츠제럴드의 시대에 유행한 루이즈 브룩스의 머리 스타일을 한 여자. 프랑스 귀족과 결혼했으나 전쟁 미망인이 되었고, 우크라이나 출신의 사업가 알렉스 리버맨과 재혼한 후 남편을 따라 뉴욕으로 이주했다. 뉴욕에 온 그녀의 남편은 『보그』와 『배너티 페어Vanity Fair』 같은 굵직굵직한 잡지들을 거느린 출판 군단 콘데나스트 그룹의 예술 국장직을 맡았다. 이런 지휘관의 자리에서 지난 30년간 리버맨은 아내와 함께 사진 기자들과 모델들, 원칙적으로는 패션계와 무관한 예술가들까지 쥐락펴락했다. 브로드스키도 자신들의 손을 거쳤다고, 타티아나가 리모노프 커플에게 슬쩍 귀띔했다. 그 불쌍한 인사가 소련을 떠나면서 이스라엘행을 마다한 건 잘했는데, 누구의 한심한 조언을 듣고 혹했는지 앤아버로 오라는 미시건 대학교의 초청을 수락하더라, 하마터면 손뜨개 카디건을 입고 파이프를 빠는 러시아 문학 전공 교수들 사이에서 평생 썩을 뻔한 걸 자신들이 뉴욕으로 빼내 와 친구들에게 소개시킨 덕분에 참담한 인생을 면할 수 있었다고. 「저기 봐, 지금은 어떤지…….」 그녀가 그를 가리켰다. 언제나 그렇듯 부스스한 머리로 낡은 재킷에 후줄근한 양복바지를 받쳐 입었고, 언제나 그렇듯 꼴찌로 도착해서는, 대놓고 딴생각을 하면서도 상대 여자의 말을 열심히 받아 주고 있었다. 어마어마한 장신에 절도 있고 귀터 나는 저 미모의 여자가 모델 베루시카라고, 얼이 빠진 얼굴로 엘레나가 남편에게 귓속말을 했다. 안주인과 시선이 마주치자 브로드스키는 그녀를 위한 엘레지라도 바치듯, 은은한 축원의 미소를 던졌다. 미소가 살짝 비굴해, 하고 매정한 에두아르드는 생각했다. 브로드스키는 두 러시아 젊은이를 발견하고 그들을 향해 잔을 치켜들었다. 〈행운을 빌어 어린 친구들, 일단 링에 올랐으니, 자네들 하기에 달렸어〉라는 뜻으로.

그들은, 둘 다, 리버맨 부부의 보살핌 속에 브로드스키처럼 제트족의 세계에 입성했다는 느낌을 갖고 있었다. 부자들의 호화 저택들을 제집처럼 드나들 가능성이 엿보이자 애초에 불을 싸지르겠다던 에두아르드의 날선 반응은 무뎌졌다. 엘레나는 모델 계약을 따내고 난 베스트셀러를 쓰는 거지, 우릴 애 취급하는 레비틴 대위, 바짝 긴장 좀 해야 할 거다.

어쨌든, 초기에는 일이 술술 풀리는 것 같았다. 젊음과 오만, 러시아적인 것이라면 무조건 좋아하는 리버맨 부부는 그들에게 푹 빠져 있었다. 부부는 당장 첫 시즌부터 리모노프 커플을 자신들의 파티 못지않게 성대한 다른 〈파티들〉에 불렀다. 다양한 정치색을 띤 온갖 국회 의원들은 물론 앤디 워홀, 수전 손태그, 트루먼 커포티 등이 손님으로 온 자리들이었다. 하루는, 타티아나가 유명 사진 작가 리처드 애버던에게 엘레나를 소개하자 그가 명함을 건네면서 나중에 연락하겠다고 말했고, 다른 사람이 또 살바도르 달리에게 그녀를 소개하자 그는 거의 엘레나와 맞먹는 수준의 원시적인 영어로 그녀의 〈매혹적인 작은 뼈대〉(그녀는 사실, 깡마를 정도로 날씬했다)에 반했다면서, 그녀의 초상화를 그리고 싶다고, 그것도 기회가 되면 그레이스 존스와 같이 그리고 싶다고 말했다. 주말에 리버맨 부부가 둘을 자식처럼 차 뒷자리에 태우고 코네티컷 주에 있는 자신들의 별장으로 데려간 적도 있었다. 우울증을 앓는 타티아나의 속물 딸이 창작에 매진하고 있다는 작업실을 구경하면서 에두아르드는 이렇게 조용하고, 이렇게 편안한, 그가 보기에는 죽어 있는 환경에서 과연 어떤 책이 나올 수 있을지 궁금했다. 흥미로운 얘기를 쓰려면 흥미로운 체험을 해야 한다. 역경과 가난, 전쟁도 경험해야 한다는 자신의 소신을 차마 입 밖으로 내지는 못하고, 대신 에두아르드는 주변 경치와 실내 인테리어, 아침 식탁에 오른 잼을 두고 영리한 찬사만 쏟아 냈다. 엘레나와 그는 아직 귀여운 애완동물, 어여쁜 러시아 젊은이들일 뿐이며, 이 역할을 그만두기는 아직 너무 이르다고 판단했던 것이다. 현실 감각이 없는 식자의 이미지 뒤에 명예욕을 숨기고 있는 사람이라고 겁 없이 타티아나 앞에서 브로드스키에 대한 평을 했다가 아차, 했던 적이 있었기 때문이었다. 타티아나가 눈썹을 꿈쩍하면서 말을 막았었다. 그 정도만으로도 이미 선을 넘었다는 뜻으로.

별장에서 돌아오는 길에 리버맨 부부가 그들을 차로 집까지 데려다 주었다. 알렉스 리버맨은 리모노프 부부가 자신들처럼 렉싱턴 애브뉴에 산다는 사실을 알고 재밌어 했다. 「우린 이웃사촌인 셈이네.」 하지만 리버맨 부부는 피프스 애브 뉴에 버금가는 동네에, 리모노프 부부는 〈다운타운〉 제일 아래쪽 233번지에 살아, 이 차이는 파리를 예로 들면 포슈 대로와 구트도르 거리의 간극에 해당한다. 굳이 가난한 젊은 커플의 집을 구경하고 싶다고 안으로 들어온 부자 노부부는 컴컴한 안뜰을 마주한 게딱지만 한 방과 바퀴벌레가 득실거리는 욕실 겸 주방을 둘러보면서 아기자기하다고 말했다. 그런데 예민한 에두아르드가 노부부의 감상을 모욕이 아니라 되레 격려로 받아들였던 것은 그들이, 최소한 알렉스 리버맨은, 자수성가한 사람이었고 리버맨이 무기력한 의붓딸을 떠올리며 내뱉는 듯한 〈좋아, 좋아, 시작은 이래야지. 젊을 때는 죽도록 고생도 하고 배도 고파 봐야지. 그렇지 않으면 아무것도 못 돼〉 하는 말에 진심이 깃든 것 같았기 때문이다.

며칠 뒤, 리버맨 부부는 영어를 빨리 익히라고 그들 앞으로 텔레비전을 한 대 배달시켰다. 텔레비전을 연결해 틀자 한 토크쇼의 특집 방송에 단독 초대 손님으로 출연한 솔제니친이 화면에 나타났다. 서양의 타락을 꾸짖으며 일장 훈계를 하는 선지자를 보며, 너는 짖어라, 하는 기분으로 엘레나와 항문 섹스를 했던 일은 에두아르드 인생 최고의 추억 중 하나로 남아 있다.

양식이나 활자체 면에서 착각을 일으킬 정도로 「프라브
다」와 유사한 「루스코예 젤로」는 「프라브다」에 조금 앞서
1912년에 창간되었다. 신문사는 브로드웨이에서 그닥 멀지
않은 낡은 건물의 한 층을 빌려 쓰고 있었는데, 눈으로 직접
보기 전까지 에두아르드의 가슴을 설레게 했던 브로드웨이
라는 이름과는 영 딴판으로 우크라이나의 소도시에 있는 조
용한 동네를 연상시켰다. 기자라는 직업 역시 헤밍웨이, 헨
리 밀러, 잭 런던도 초년에 기자 생활을 했다는 사실을 떠올
린 에두아르드의 가슴을 설레게 했는데, 브로드스키의 경고
대로 「루스코예 젤로」 기자의 활동은 역동성과는 상당히 거
리가 있었다. 그는 발행일로부터 3일 후에 신문을 받아 보기
때문에 뉴스의 신속성에는 그다지 깐깐하지 않은 러시아 구
독자들을 위해 뉴욕 일대의 언론에 난 기사들을 간추려 번역
하는 일을 맡았다. 이런 유사 뉴스 외에 신문은 〈타마라 공
주의 성(城)〉이라는 제목을 달고 무한 연재되는 소설과 다
비슷비슷한 카샤의 변형 요리법들, 그리고 무엇보다 반공주
의자 남서증 환자들이 투고한 편지와 기사들(이 둘의 경계가
분명하지 않았다)을 실었다. 편집자들은 50년 가까이 뉴욕
에 살았어도 영어조차 변변히 못 하는 멜빵을 맨 늙은 유대
인들로, 대부분 러시아 혁명 직후에 이민을 떠난 사람들이었
는데, 최고령자는 트로츠키가 신문사를 방문했던 일, 심지어
는 그 이전의 일까지도 기억하고 있었다. 이 늙은 편집자는
상대가 관심만 보이면 레프 다비도비치가 한때 브롱크스에

살았으며, 텅 빈 청중석을 향해 세계 혁명을 주제로 강연해 번 수입으로 근근이 살았다는 얘기를 신이 나서 들려주었다. 트로츠키가 드나들던 허름한 식당들의 종업원들은, 그들의 존엄성에 대한 모독이라 여겨 팁을 남기지 않은 트로츠키를 증오했다고. 1917년, 그가 2백 달러어치의 가구를 할부로 구입해 놓고 주소도 남기지 않은 채 사라져 채권 회사에서 행방을 추적해 보니, 세계 최강대국의 군대를 지휘하고 있더라는 일화도 들려주었다.

트로츠키는 인류의 적이라는 소리를 어릴 때부터 귀에 못이 박히도록 들었던 에두아르드지만 한 편의 대서사시 같은 그의 운명을 동경했다. 트로츠키보다 훨씬 젊은 우크라이나 출신의 포르피르가 들려주는 일화들도 흥미진진했다. 포르피르는 적군으로 참전해 블라소프가 지휘한 부대, 즉 독일군 편에서 싸운 러시아 백인 부대로 진영을 바꿨고, 전쟁이 끝날 때는 포메라니아의 한 수용소에서 간수로 근무하고 있었다. 대량 학살용 강제 수용소가 아니라 그냥 평범한 소규모 수용소였다고 그는 굳이 부언했다. 하지만, 사람은 죽여 봤다는 그의 말이 괜한 허세인 것 같지는 않았다. 하루는 에두아르드가 솔직히 자기는 그럴 자신이 없다고 고백했다. 「물론 할 수 있어, (포르피르가 그를 격려했다) 궁지에 몰리면 누구나 하게 돼. 걱정 말게.」

「루스코예 젤로」는 아늑하고 답답한, 전형적인 러시아적 분위기였다. 아침에는 커피, 한 시간마다 설탕을 듬뿍 넣은 차, 그리고 격일로 어떤 기념일을 핑계 삼아서라도 절인 오이와 보드카, 나폴레옹 코냑을 꺼내 놓고 속물적 발상에서 자칭 라이노타이프 식자공이라 말하는 사람들끼리 둘러앉아 잔을 기울였다. 서로를 〈우리 사랑하는 누구누구〉, 그리고 그는 〈에두아르드 베니아미노비치〉라고 숨넘어갈 듯 길게 불렀다. 영어가 불편한 새내기 이민자들이야 위안을 얻을 수 있는 인정스러운 곳이었지만, 새로운 삶의 희망에 부풀어 아메리카에 도착했으나 이 나른한 안온함, 자잘한 다툼들, 향수, 부질없는 귀환의 희망에 발목이 잡혀 버린 이들에게는 희망이 좌초한 호스피스나 다름없는 곳이었다. 이들의 혐오 대상 영순위에 볼셰비키를 제치고 나보코프가 올랐다. 『롤리타』로 인한 충격(조금 충격을 받은 것은 사실이지만) 때문이 아니라 나보코프가 더 이상 이민자들을 위한, 이민자들의 소설을 쓰지 않고 군내 나는 자신들의 세계에 등을 돌린 탓이었다. 계급적 증오심도 일었고 문학인을 위한 문학을 경멸했기 때문에 이들 못지않게 나보코프가 싫었지만, 에두아르드는 이들과 똑같은 이유에서 그를 증오할 생각도, 무덤 냄새와 고양이 오줌 냄새가 밴 이 신문사에 눌러앉을 생각도 없었다.

작가로서 세상에 이름을 알리기 위해 할 수 있는 선택은 이야기를 지어내거나, 사실을 이야기하거나, 세상사에 의견을 개진하거나, 대략 이 세 가지 중 하나다. 에두아르드는 상상력이 전혀 없는 사람이고, 하리코프의 건달들과 모스크바 언더그라운드가 주인공인 실화를 써봤자 아무도 관심을 갖지 않을 테고, 시는 아예 말을 말자. 결국 남는 선택은 논쟁가의 길밖에 없었다. 사하로프의 노벨상 수상은 리모노프가 논쟁가로 데뷔할 기회를 제공했다.

소련 수소 폭탄의 아버지로 불리는 이 위대한 물리학자는 몇 년 전부터 반체제 대열에 합류해 헬싱키 조약의 준수, 다시 말해 소련 내 인권 증진을 위해 공개적인 투쟁을 펼치고 있었다. 안드레이 사하로프를 만나 본 사람이면 누구나 학문적 엄격성과 성인에 견주어도 될 만큼 올곧은 성품을 지닌 사람이라고 입을 모은다. 이런 평가를 굳이 안 믿을 이유가 없는데, 알 만큼 알고 나니 이 찬연한 신화를 대하는 우리의 주인공 에두아르드가 배알이 꼴렸다는 것도 새삼스럽지는 않다. 심기가 상한 에두아르드는 결국 이틀을 방에 틀어박혀, 반체제주의자들은 민중과 단절된 채 자신들의 목소리를 대변하는 자들이며, 사하로프의 경우는 자기 계급, 즉 과학계의 고위 노멘클라투라의 이해를 대변하는 인간이라며 공격적이고 익살맞은 필치로 써내려 갔다. 우연이라도 그들 혹은 그들의 이념에 동조하는 정치가들이 권력을 잡을 경우 현재의 관료주의보다 못한 사상 최악의 참극이 벌어질 것이라고 주장했다. 소련의 삶이 우중충하고 따분한 것은 사실이나 수용소는 저들의 묘사와는 다르다. 서양이라고 전혀 낫지 않다, 이 무책임한 인사들 때문에 조국을 등진 이민자들은 이들에게 농락당한 것이다, 이렇게 떠나온 이민자들이 아메리카에는 필요하지 않다는 것이 슬픈 현실이다, 라고 그는 끝을 맺었다.

바로 그 자신의 얘기였다. 6개월을 「루스코예 젤로」에서 고인 물처럼 썩으면서 제트족의 주변부에서 조연 배우 생활

을 하고 나니 슬슬 두려움이 생겼다. 도착 당시의 자신만만
함은 사라졌고, 원고 제목 역시 〈환멸〉이었다. 그의 원고는
「뉴욕 타임스The New york Times」를 비롯한 여러 유수 일
간지에서 거절당했다(사실은, 「뉴욕 타임스」를 비롯한 여러
유수 일간지에서 원고를 접수했다는 통보조차 못 받았다).
이 원고는 결국 이목을 끌 절호의 기회였던 사하로프의 노벨
상 수상 이후 두 달도 더 지나 한 정체불명의 잡지에 게재됐
다. 그가 애초에 노렸던 독자들, 즉 스타 논설인들과 뉴욕의
여론 주도층의 주목을 받지 못한 것이었다. 반면, 러시아 이
민 사회가 요동쳤다. 매시근하게 착 가라앉았던 「루스코예
젤로」가 술렁였다. 그의 분석에 일정 정도 일리가 있다고 인
정하는 사람들조차 나발을 부는 것은 부적절한 처사라고 지
적했다. 그건 공산주의자들이나 하는 짓 아니야?

어느 날 아침, 마이시에이 바라다티흐 편집장이 에두아르
드를 불러 부들부들 떨리는 손으로 자신의 책상 위에 펼쳐진
신문을 가리켰다. 에두아르드의 눈에 신문 반면을 채운 그의
사진이 들어왔다. 오래전에 모스크바에서 찍은 사진인데, 신
문에 실린 그는 뉴욕의 초고층 빌딩을 배경으로 서 있었다.
소련에서 발행되는 이 신문의 이름은 「콤소몰스카야 프라브
다」, 합성한 사진 밑에는 〈시인 리모노프가 반체제주의자들
과 이민의 실상을 낱낱이 폭로하다〉라고 찍혀 있었다. 에두
아르드는 기사를 대충 훑어본 뒤 웃어넘길 심산으로 엎질러
진 물이라는 의미를 담은 멋쩍은 미소를 지어 보였다. 마이
시에이 바라다티흐는 웃어넘길 생각이 없었다. 잠시 침묵이
흐른 뒤 그의 입에서 선고가 떨어졌다. 「자네가 KGB 요원이

라고들 얘기하네.」 에두아르드가 어깨를 으쓱 추어올렸다. 「저한테 지금 물어보시는 거예요?」 그는 쫓겨나기 전에 제 발로 사무실을 걸어 나왔다.

　이들 부부에게 동고동락이라는 표현은 갈수록 무색해졌다. 엘레나가 그를 벗어나고 있었다. 릴리 브릭의 장담만 믿고 유명 모델이 될 날만 꿈꿔 왔는데, 말 한 마디면 그녀에게 『보그』의 문을 열어 줄 수 있는 알렉스 리버맨은 변태의 경계를 아슬아슬하게 넘나들며 작업을 걸고 그녀의 미모를 칭찬할 뿐, 그 한 마디를 해주지 않았다. 연락하겠다던 애버던과 달리의 조수들에게서는 전화가 오지 않았다. 그녀는 상류 프롤레타리아라는 수치스러운 처지의 자신을 발견했다. 모델 에이전시를 찾아가려면 〈포트폴리오〉가 필요했고, 포트폴리오가 필요한 무명의 젊고 예쁜 여성이 사진 작가를 사칭하는 모든 바람둥이들의 먹이가 되는 것은 필연이었다. 에두아르드가 저녁에 집에 들어오면 그녀가 없는 날이 점점 많아졌다. 그녀는 사진 촬영이 아직 끝나지 않았으니 먼저 저녁을 먹으라고 전화를 걸어왔다. 전화선 너머의 방에 흐르는 음악 소리가 그에게 들렸고, 그는 금방 들어오는지 물었다. 〈응, 응, 금방.〉 금방, 이 금방이 새벽 두세 시 전인 날은 극히 드물었고, 녹초가 된 그녀는 마치 〈난, 일하고 왔잖아〉 하는 듯한 짜증스러운 목소리로, 샴페인을 너무 마시고 코카인을 너무 빨아들였다며 투덜댔다. 겨울이다 보니 집은 추웠고, 그녀는 옷을 입은 채로 침대에 올라와 잠들 때까지 안고 있어 달라고 하면서도 섹스를 할 힘은 없다고 했다. 코감기를 달고 사

는 그녀가 코를 골기 시작했다. 잠든 그녀의 얼굴이 화가 난
듯 찡긋찡긋 움직였다. 그러나 그는, 새벽녘까지 잠을 설치
며 자신은 이런 아름다운 여자를 소유할 능력이 없는 놈이
다, 시장에 그보다 훨씬 나은 놈이 있을 테니 그가 안나를 버
렸던 것처럼 그녀도 그를 버릴 것이라는 생각으로 몸을 뒤척
였다. 그건 숙명이자, 법칙이었다. 그가 엘레나의 입장이라
도 그럴 것이었다.

그가 캐물으면 그녀는 말끝을 흐렸다. 그가 얘기를 하자고
하면 그녀는 한숨을 내쉬었다. 「대체 무슨 얘기를 하자는 거
야?」 그가 불안감을 털어놓자 그녀가 어깨를 으쓱하면서 그
는 매사에 너무 진지한 게 문제라고 대답했다. 「너무 진지하
다니, 그게 무슨 말이야? 당신을 너무 사랑해서?」 아니, 재미
를 모른다고. 그녀는 그가 인생을 즐길 줄 모른다고 했다. 이
말을 내뱉는 그녀의 입술에 앙칼진 주름이 잡히는 걸 보고
그가 우악스럽게 그녀를 떠밀어 화장실 거울 앞에 세웠다.
「들여다봐. 당신은 인생을, 인생을 즐기는 꼴로 보여? 재미를
아는 꼴로 보이냐고?」 「당신이란 사람이랑 어떻게 재미를 느
끼라는 거야? 허구한 날 시비만 거는 사람이랑. KGB처럼 취
조만 해대는 사람이랑 어떻게 말이야.」

시비를 걸고 취조하는 날이 계속되자 그녀는 결국 실토했
다. 비슷한 경우에 여자들이 십중팔구 그렇듯, 처음에는 〈누
군 게 뭐가 중요해?〉 하며 정보를 축소하려다 그가 끈질기게
물고 늘어지자 상대의 이름이 장피에르라고 고백했다. 맞아,
프랑스 사람이야. 사진작가. 마흔다섯. 미남이야? 별로, 대

머리에 수염을 길렀어. 스프링 스트리트의 로프트 아파트. 엄청 부자는 아니야, 엄청 잘나가는 사진 작가도 아닌데, 그 남잔 나름 만족해. 한마디로 어른이다, 자신의 실패를 세상 탓으로 돌리면서 늘상 징징거리기나 하는 한심한 우크라이나 출신의 가난뱅이와는 다르다는 얘기였다.

그녀의 눈에 그는 이제 그런 사람으로 보였다. 그리고 그는 울었다. 찔러도 피 한 방울 나오지 않을 것 같은 에두아르드가, 울었다. 자크 브렐의 노랫말처럼, 그녀가 떠나지만 않는다면 에두아르드는 기꺼이 그녀의 손의 그림자가, 그녀의 개의 그림자가 될 수 있었다.[5] 「당신을 떠날 생각은 없어.」 괴로워하는 그를 보고 마음이 약해진 그녀가 말했다. 그는 냉정을 되찾았다. 그렇다면, 괜찮아. 같이 있기만 하면 괜찮아. 그녀에게 애인이 생기면 어때, 괜찮다. 그녀가 창녀면 어때. 그럼 그는 포주가 될 것이다. 흥미진진하겠지, 영원한 동반자인 두 리베르탱의 파란만장한 인생에 흥미진진한 에피소드가 하나 더 추가되는 셈일 테니. 이 계약을 상상하며 짜릿한 쾌감을 느낀 리모노프가 샴페인으로 축배를 들자고 제안했다. 엘레나가 그제야 안심했는지 희미하게 웃으면서 얼버무리듯이 〈좋지, 좋아〉 하고 대답했다.

그날 밤, 그들은 성교 후 정신없이 곯아떨어졌고, 사무실에 출근할 필요가 없게 된 에두아르드의 머릿속에는 오로지 한 생각뿐이었다. 그녀와 집에 틀어박혀, 침대 밖으로 나오

---

5 자크 브렐(1929~1978)이 부른 「날 떠나지 마 Ne me quitte pas」라는 제목의 노래.

지 않고, 계속 섹스만 하는 것. 그는 그녀 안에서만 안전하다고 느꼈고, 그것이 그에게는 유일한 육지였다. 주변은 온통 흘러내리는 모래였다. 무한 반복되는 오르가슴을 바라는 엘레나를 위해, 그래서 두 사람 다 만족하는 섹스를 위해 종종 자지 대용으로 사용하곤 했던 딜도를 꺼낼 필요가 없을 정도로 그는 서너 시간씩 발기 상태를 유지했다. 그는 그녀의 얼굴을 잡고, 똑바로 쳐다보면서, 눈을 크게 뜨라고 했다. 크게 뜬 그녀의 눈에서 그는 사랑만큼 큰 공포를 읽었다. 얼마 후, 그녀는 온몸이 뻐근하고 멍한 상태로 모로 돌아누웠다. 그는 그녀를 다시 안고 싶었다. 그녀는 밑구멍이 아파서 더는 못 하겠다고, 졸린 목소리로 그를 뿌리쳤다. 그는 다시 깊은 우물 속에 버려진 느낌이었다. 그는 침대에서 일어나 비좁은 주방 겸 욕실 및 변소로 걸어갔다. 그는 노란 전구 불빛 아래서 빨래 바구니를 뒤져 그녀의 팬티 한 장을 찾아내 킁킁거렸다. 다른 사내가 흘린 정액의 흔적을 찾아 팬티를 손톱 끝으로 박박 긁었다. 팬티에 대고, 한참을, 용두질해 대고 나서도 쾌감을 느끼지 못하고 침대로 돌아왔다. 시트에 배인 땀과 불안감, 병째 마시다 쏟은 싸구려 포도주 냄새가 시큼하게 뒤섞여 코를 찔렀다. 그는 한쪽 팔을 괴고 사랑하는 여자의 잔뜩 웅크린 희고 앙상한 몸, 그녀의 작고 조빼빗 유방, 개구리 넓적다리처럼 긴 허벅지 아래에 신겨진 두툼한 양말을 바라보았다. 혈액 순환이 잘 안 된다며 투덜거리는 그녀의 발은 항상 차가웠다. 그런 그녀의 두 발을 손으로 감싸 살살 문지르면서 덥혀 주고 있으면 정말 행복했다. 너무나 행복했다. 내가 얼마나 사랑했는데! 내게 얼마나 예쁜 여자였는데! 거기서, 심보 고약한 릴리 브릭 할망구가 서방에서는 모두 그녀 앞에 머리를 조아릴 거라고 허풍을 떨면서 잔인하게 엘레나를 갖고 논 게 아닐까? 알렉스 리버맨이 그녀를 위해 전혀 손을 쓰지 않는 걸 보면, 모델 에이전시들에서 연락이 없는 걸 보면 분명 이유가 있을 텐데, 그녀의 〈포트폴리오〉를 넘기다 보니 이유가 확실히 눈에 들어왔다. 미인, 맞다. 하지만 어수룩하고 촌티가 흐르는 미모였다. 모스크바에서는 착각을 했었다. 그 모스크바라는 데가, 촌구석 아닌가. 이 사실을 깨닫고 나자 그녀의 팜므 파탈식 교태와 껄떡거리는 삼류 사진가 놈들한테 따먹히기나 할 뿐 절대 모델이 될 수 없는 영원한 모델 〈지망생〉이라는 실제 현실 사이의 간극이 눈물겹게 안쓰러웠다. 명백해진 이상 당장에 그녀를 들깨워 알려 주고 싶었다. 표현이 잔인할수록 정신이 번쩍 들리라는 상상 속에 극도로 잔인한 표현을 저울질하며 고통스러운 쾌감에 젖은 순간, 갑자기 뜨거운 연민이 솟구치며 자신 앞에 있는 겁에 질린 작고 불쌍한 여자가 보였고, 그녀를 보호해 주고 싶었고, 애당초 떠나지 말았어야 하는 집으로 다시 데려가고 싶었다. 그의 두 눈은 무교 러시아인들도 집에 하나씩은 다 가지고 있는, 이국땅에 섬처럼 떠 있는 이 암울한 방의 한쪽 구석에 걸린 성상을 향했다. 가분수인 아기 예수를 가슴에 안은 성모가 그들을 측은하게 내려다보는 것 같았다. 그녀의 두 뺨을 타고 눈물이 흘러내리는 것 같았다. 그는 우리 둘을 구해 달라고, 속절없이 빌었다.

그녀가 잠에서 깨자 다시 지옥이 시작되었다. 밖으로 나가겠다는 그녀를 그가 막자, 언쟁이 벌어지고, 술이 들어가고, 무력이 동원되었다. 술만 마시면 고약하게 돌변하는 그녀가, 그가 다 말하라니까, 굳이 하나도 감추지 말고 다 말하라니까, 좋다, 하나도 감추지 않고, 다 말했다. 그의 폐부를 찌르는 말들을 쏟아 냈다. 가령, 장피에르가 사도마조히즘을 가르쳐 주었다고, 서로 상대방의 몸을 묶었다고, 그가 개 목줄처럼 생긴 징 박힌 목걸이와 모양은 집에 있는 것과 비슷한데 훨씬 큰 딜도를 사줘서 자기가 그의 항문에 넣어 줬다고. 그녀가 장피에르의 항문에 딜도를 밀어 넣었다, 이 대목에 이르러 그는 이성을 잃었다. 그는 그녀를 침대로 자빠트리고 목을 조르기 시작했다. 부르르 떨리는 그의 우악스러운 손에 그녀의 연약한 척추뼈가 잡혔다. 처음에는 웃으면서 대항하던 그녀의 얼굴이 시뻘겋게 변해 갔고, 저돌적이던 표정은 어이없다는 표정으로, 끝내 순전한 공포로 바뀌었다. 그녀가 사지를 버둥거리며 몸부림치기 시작했지만 그는 힘껏 내리눌렀고, 그녀의 눈빛은 사태 파악이 끝났음을 말하고 있었다. 손아귀에 힘이 들어갈수록 그녀의 목을 감고 있는 그의 손가락 관절들이 하얗게 도드라졌고, 그녀는 발버둥을 쳤으며, 숨을 헐떡거리며 살고 싶어 했다. 그녀의 공포와 움찍움찍하는 몸뚱이를 보며 흥분한 나머지 그는 사정했고, 몇 번의 요동 끝에 성기가 텅 비자 손아귀의 힘을 풀어 그녀의 목을 놓은 다음 팔을 축 늘어뜨리며 그녀의 위로 쓰러졌다.

시간이 한참 흐른 뒤에 둘이 이때 얘기를 다시 할 기회가 있었다. 성적 흥분을 느꼈던 건 사실이지만 한 번만 더 그런 일이 있으면 그가 끝장을 보려 들 것 같았다고, 그래서 그를 떠났다고 그녀는 회고했다. 「제대로 봤어, (그는 인정했다) 한 번만 더 그런 일이 있었으면 끝장을 봤을 거야.」

어느 날, 장을 보고 들어오니 벽장이 텅텅 비어 있었지만 에두아르드는 놀라지 않았다. 그는 서랍과 침대 밑, 쓰레기통을 샅샅이 뒤져 그녀의 흔적(올 풀린 스타킹, 탐폰, 잘 안 나와서 찢어 버린 사진들)을 찾아 성상 아래에 진열했다. 카메라가 있으면 이 추모비(성녀 헬레나[6]의 추모비군, 하고 그는 이죽거렸다)를 사진으로 남기고 싶은 심정이었다. 러시아인들이 여행에 앞서 짧은 기도를 올리듯 에두아르드도 잠시 성상 앞에 꿇어앉아 있었다.

그리고 나서 밖으로 나왔다.

3

무엇이든 다 기억하는 그가 이후의 일주일은 전혀 기억하지 못한다. 거리를 헤맸고, 장피에르의 집 앞에 가서 동태를 살폈고, 장피에르 혹은 다른 사람과 주먹질을 했고(이 장면을 목격한 놈팡이가 몇 명 있다), 무엇보다 정신을 잃도록 술을 마신 것은 틀림없다. 완벽한 자포이, 가미카제식 자포이, 외계식 자포이. 엘레나가 떠난 날이 1976년 2월 22일인데, 로냐 코소고르가 머리맡을 지키는 윈슬로 호텔의 객실에서 잠이 깬 날은 2월 28일이었다.

6 엘레나에 빗댄 것.

처음 며칠은 방 밖으로, 침대 밖으로조차 나오지 못했다. 몸은 죽사발이 되고 기력은 쇠진한데 마땅히 갈 곳이 없었다. 아내도, 직장도, 부모도, 친구도 없었다. 가로세로 각각 네 발짝, 세 발짝 테두리 안, 낡은 라이노타이프 한 대, 2주에 한 번씩 갈아 주는 침대 시트, 지린내와 토사물 냄새를 덮어버리는 자벨수 냄새, 이것들로 제한된 삶, 딱 나 같은 놈한테 제격이지. 그는 여태까지 스스로 행운아라는 확신 속에 파란만장한 삶이 자신을 어디로든 이끌 것이다, 이 영화는 해피엔드로 끝날 것이라고 자신했다. 해피엔드, 다시 말해 어떤식으로든 유명인이 되고, 세상 사람들이 에두아르드 리모노프가 누군지, 최악의 경우, 누구였는지 알게 되는 결말이었다. 엘레나를 잃고 나자 이런 믿음은 사라지고 말았다. 이 누추한 방이 무수한 무대 중 하나가 아니라 지금까지 거쳐 왔던 무대들의 종착역인 것 같았다. 종착역, 그저 맥없이 침잠할 뿐이었다. 착한 로냐 코소고르가 갖다 주는 치킨 수프를 떠먹을 뿐이었다. 깨어나지 않기를 바라면서 잠들 뿐이었다.

걸어가는 뒷모습만 봐도 온몸으로 전해지는 허탈감과 불행의 느낌으로 누군지 알 수 있는, 에두아르드처럼 70년대에 조국을 떠난 〈이민 3세대〉 러시아인들, 그중에서도 특히 유대계 이민자들의 피난처가 바로 윈슬로 호텔이었다. 해고의 발단이 됐던 기사를 쓰면서 그는 이들을 떠올렸다. 모스크바와 레닌그라드에서는 시인, 화가, 음악가였던 이들, 주방에 둘러앉아 따뜻한 위로를 건네며 서로를 격려했던 뱃심 좋은 〈언더들〉이 뉴욕에서는 잠수부, 건물 도장공, 이삿짐 인부로 살아가고 있었다. 금방 지나갈 것이다, 결국에는 자신들의 진정한 재능을 세상이 알아줄 날이 올 것이라는 애초의 믿음을 버리지 않으려고 발버둥을 쳤지만 모두 허상이었다는 자각에 도달할 뿐이었다. 그러니 늘 끼리끼리, 늘 러시아어로, 취하도록 술을 마시고, 신세를 한탄하고, 고국을 얘기하고, 돌아갈 날을 꿈꾸었지만, 그런 날은 오지 않을 것이었다. 기만당해 함정에서 버둥거리다 죽을 것이었다.

윈슬로 호텔에 딱 이런 놈이 하나 있었다. 에두아르드가 술이나 한잔 얻어먹거나 몇 푼 꿔볼 심산으로 방에 들어가보면 항상 개 냄새가 나고, 방구석에는 뜯다 만 뼈다귀도 굴러다니고, 라이노타이프 위에 개똥까지 보이길래 개를 키운다고 확신했는데, 아니었다. 개가 없는, 〈개마저도〉 없이 혼자 뒈질 운명인 이 친구는 어머니한테서 온 편지 몇 장을 몇 날 며칠 닳도록 읽었다. 어디에도 글 한 줄 실린 적이 없으면서 종일 타자기만 두드리던 다른 놈은, 이웃들이 제 방에 눈독을 들인다면서 공포에 떨었다. 옹색한 방 한 칸이 귀한 재산인 나라, 그러니 몇 달씩 해괴한 짓을 꾸며 이웃을 바보로 만들어 놓고 세 평짜리 방 한 칸을 네 명이 차지하고 들어앉는 소련에서 따라온 망상이라고 아무리 설명을 해도 소용이 없었다. 그가 매달린 이 망상은 차마 말은 못 해도 떠나온 것을 절절히 후회하는 구저분한 코뮤날카와 그를 이어주는 마지막 끈이었기 때문에, 아메리카는 그런 데가 아니라고 아무리 설명을 해도 소용이 없었다. 그리고 빼놓을 수 없는 또 한 사람, 로냐 코소고르. 콜리마 수용소에서 10년간 복역한 그는 『수용소 군도』에 이름이 박혀 있다는 사실에 긍지를 느끼

는 사람이었다. 그는 이민 사회에서 〈솔제니친이 말한 사람〉
으로 통했는데, 10년이면 솔제니친과는 비교도 안 되는 긴
세월을 썩었으니 굴라그 얘기를 책으로 써서 돈도 벌고 명예
도 얻고 싶은 욕심을 분명히 가졌을 법한데, 물론 그는 실행
에 옮기지 않았다. 거의 의식을 잃고 반(半)동사 상태로 인도
에 쓰러져 있던 에두아르드를 거둔 것은 그 나름의 선행의
실천이었다. 어쩌면 마주칠 때마다 불행이 옮기라도 할까 봐
자신을 슬며시 피해 지나가던 이 건방진 젊은이의 좌절을 지
켜보며 느끼는 남모르는 통쾌함도 작용했을지 모른다. 직접
에두아르드를 극빈자 구호 기관인 〈웰페어〉의 사무실로 데
려가 〈루저〉 클럽에 가입시킨 다음, 한 달에 278달러를 받을
수 있게 해주면서 은근히 기분이 좋았을지도 모를 일이다.

  윈슬로와 막상막하인 다른 호텔에서 그가 구한 가장 싼
방이 한 달에 2백 달러짜리였다. 방값을 내고 나면 수중에
달랑 78달러가 남았지만, 에두아르드는 일자리를 찾을 생각
이 없었다. 2리터들이 됫병에 든 싸구려 캘리포니아산 포도
주를 취하도록 마시고, 식당 쓰레기통을 뒤지고, 동포들한테
서 급전을 꾸고, 여차하면 핸드백 날치기까지 하면서 그럭저
럭 살았다. 쓰레기 같은 인생이었고, 그렇게 계속 살아갈 것
이었다. 스스로가 가난하고 위험한 존재이니 두려울 게 없었
던 그는 유독 가난하고 위험한 동네만을 골라 하루 종일 쏘
다녔다. 빙 둘러친 담장에 퍼렇게 이끼가 끼고 덧문에는 못
을 쳐놓은 폐가들로 숨어들기도 했다. 안에 들어가면 영락없
이 군데군데 오줌이 흥건한 바닥에 퍼질러 앉아 있는 거지들

을 만날 수 있었고 이들과, 아주 드물게 같은 언어로, 얘기를 나누는 게 즐거웠다. 교회도 그가 좋아하는 장소였다. 어느 날은, 예배 중에 들어가 몸에 지니고 다니던 칼을 기도대에 꽂아 기도대가 드르르 흔들리는 모습을 장난스럽게 구경했다. 신도들은 불안한 눈빛으로 그를 곁눈질할 뿐이었다. 가끔 저녁에는 포르노 영화를 보면서 기분을 내기도 했다. 미인 아내와 함께 왔던 때를, 그녀를 쾌감에 젖게 하던 때를, 이제 자신의 자화상이 되어 버린 하류 인생들의 질투를 한 몸에 받던 그때를 떠올리며, 쾌락을 위해서가 아니라 소리 죽여 울기 위해서였다.

엘레나는 지금 어디 있을까? 그는 전혀 몰랐고, 알아 내겠다는 생각도 버렸다. 그녀가 떠나고 거하게 자포이를 한 뒤로는 그녀가 살고 있을지도 모르는 로프트 아파트 근처에는 다시 가지 않았다. 호텔에 돌아오면 그녀를 떠올리며 용두질을 했다. 자신과의 섹스보다 그녀가 다른 놈과 붙어먹는 장면을 상상할 때가 훨씬 자극적이었다. 장피에르의 삽입 장면, 혹은 함께 삼각 섹스를 즐겼다며 엘레나가 상세하게 묘사해 질투심을 자극했던, 장피에르의 레즈비언 애인이 굵직한 딜도를 사용해 그녀에게 수음을 해주는 장면 말이다. 남편인 나를 배신하고 항문 섹스를 하는 엘레나의 느낌은 어떨까? 직접 느껴 보려고 양초를 똥구멍에 밀어 넣고 가랑이를 쳐들어 벌린 다음 헐떡거리는 신음 소리를 내며 그녀가 자신에게 했던, 이제는 다른 사내들에게 할 〈음, 좋아, 크네, 느껴져〉 따위의 말을 주절거렸다. 쾌감에 젖어 누워 있는 그의 배가 정액으로 끈적끈적하게 덮였다. 어차피 더러운 시트는 수건으로 닦지 않아도 됐다. 그는 손끝에 정액을 살짝 찍어 핥은 다음 싸구려 적포도주 한 모금을 목으로 넘겨 구역질을 일으켰다. 그리고 다시 시작했다. 시인 예세닌은 피로 시를 썼다는 전설이 내려오는데, 시인 리모노프는 정액에 취해 나가떨어졌다는 전설이 후대에 전해질까? 아니다, 슬프지만, 전설 따위는 없을 것이다. 시인 리모노프가 누구였는지, 맨해튼을 떠도는 이 처량한 러시아 놈이 누구였는지, 지금까지 살아온 대로 아무도 모르게 죽을 로냐 코소고르, 에직 브루트, 알료샤 슈네르손과 동고했던 그가 누구였는지 아무도 모를 것이다.

그는 자기 연민에 휩싸여 아무도 원하지 않는 매끈하고 젊고 탄탄한 자신의 몸을 내려다보았다. 알몸으로 침대에 누운 그를 보면 여자들은 물론이고 남자들도 당연히 애무의 욕망을 느낄 것이었다. 엘레나에게 배신당한 후로 그는 자지보다 보지가 달린 게 낫다, 사냥꾼보다 차라리 사냥감이 낫다, 자신을 여자처럼 아껴 주는 사람이 있으면 좋겠다는 생각을 종종 했다. 호모가 되는 게 최선일 것이었다. 나이 서른셋에 아직 고등학생의 앳된 얼굴을 간직한 그를 남자들이 좋아한다는 것을, 예전부터 늘 그랬다는 것을 그는 모르지 않았다. 살토프 시절의 행동 규범을 따르느라 여태까지는 그들의 욕망을 우스운 것으로 치부해 왔지만, 이제는 그따위 살토프의 행동 규범, 개나 물어 가라는 심정이었다. 자신을 보호해 주고 아껴 주는 놈이 한심해 보이겠지만, 그래도 누군가의 보호와 애정이 절실히 필요했다. 그는 엘레나 대신 엘레나가 되어야 했다.

에두아르드가 이런 고민을 러시아 출신의 한 호모에게 털어놓자 그가 미국 호모를 한 명 소개해 주었다. 이 호모의 이름은 레이먼드, 머리에 염색을 한 60대의 세련된 호남인 그는 다정다감한 성격이었다. 둘이 첫 만남을 가진 고급 레스토랑에서 레이먼드는 앞에 놓인 새우와 아보카도 칵테일을 게걸스럽게 해치우는 에두아르드를 가난한 소년에게 따뜻한 밥 한 끼 사주는 자선 사업가의 표정으로 측은하게 바라보며 웃었다. 〈너무 급하게 먹지 마〉 하면서 그가 에두아르드의 손을 어루만졌다. 종업원들이 무슨 생각을 할지 뻔했지만, 창녀가 되기로 작심한 이상 에두아르드는 그 사실이 되레 뿌듯했다. 반면에 그는, 앞에 앉은 불쌍한 레이먼드 역시 사랑을 갈구하고 있다는, 다시 말해 일방적으로 사랑을 주는 게 아니라 사랑을 받고 싶어 하는 눈치를 보여 걱정스러웠다. 에두아르드는, 사랑에는 주는 사람이 있고 받는 사람이 있는데, 자신은 줄만큼 컸다는 생각이었다.

　점심 식사를 마치고 둘이 같이 레이먼드의 집으로 가서 소파에 나란히 앉았다. 레이먼드가 청바지 밖에서 그의 자지를 만지작거리기 시작했다.

　〈여기〉 하는 소리와 함께 레이먼드가 에두아르드의 손을 잡아 방 안의 침대로 이끌었다. 레이먼드가 베니아민과 NKVD의 유산인 에두아르드의 묵직한 군용 혁대에 달린 버클과 씨름하는 사이, 에두아르드는 눈을 지그시 감고 엘레나가 했던 대로 머리를 좌우로 살랑살랑 흔들었다. 똑같이 한다고 했는데 발기는 되지 않았다. 쪼그라든 그의 자지를 청바지 밖으로 겨우 힘들게 꺼내 놓고 레이먼드가 손과 입, 무한한 선의와 부드러움을 동원해 애를 썼지만 헛수고였다. 적이 당혹스러워진 그들은 옷매무새를 고치고 다시 거실로 나와 술을 마셨다. 헤어지면서 나중에 또 연락하자고 약속은 했지만, 그나 에두아르드나 기대는 하지 않았다.

좋은 계절이 오자 에두아르드는 수시로 한뎃잠을 잤다. 길거리에서, 벤치에서. 어느 날, 그는 공원의 어린이 놀이터에 있었다. 모래 놀이터, 시소, 미끄럼틀. 모든 게 구저분한 나라이다 보니 여기보다 조금 더 구저분할 뿐이지 모양은 이곳과 똑같은 소련의 놀이터에서 코스챠, 일명 고양이와 함께 보냈던 밤을 떠올렸다. 살인죄로 수용소에서 12년을 썩은 코스챠는 지금 어디 있을까? 살았을까, 죽었을까? 두 손으로 모래를 흘리며 장난을 치다가 그는 어둠 속, 미끄럼틀 아래서 자신을 주시하는 번뜩이는 두 눈을 발견했다. 두렵지는 않았다. 두려움 따위, 잊어버린 지 오래였다. 에두아르드는 가까이 다가갔다. 칙칙한 옷차림에 잔뜩 몸을 웅크리고 앉아 있는 흑인 청년은 환각 상태가 분명했다.

「안녕, (에두아르드가 말했다) 내 이름은 에딘데, 뭐 필 것 좀 있어?」

「개소리 말고 꺼져.」

퉁명스러운 대답이 돌아왔다. 에두아르드는 개의치 않고 다가가 옆에 쪼그리고 앉았다. 흑인이 느닷없이 달려들어 그를 패기 시작했다. 그들은 서로 뒤엉겨 모래 놀이터를 뒹굴었다. 에두아르드가 겨우 한 손을 빼내 장화 안쪽을 더듬어 칼을 찾았다. 처음 덤빌 때처럼 상대가 예고도 없이 공격을 멈추지만 않았어도 칼로 찔렀을 것이었다. 둘은 축축한 모래 위에 나란히 앉아 호흡을 가다듬었다.

「널 갖고 싶어, (에두아르드가 말했다) 우리 섹스할래?」

그들은 키스를 하고 서로를 애무했다. 흑인 청년의 살결은 보드라웠고, 악취를 풍기는 옷 밑에는 에두아르드와 흡사하게 딴딴한 근육질의 몸이 숨어 있었다. 그 역시 눈을 지그시 감고 머리를 가볍게 흔들면서 속삭였다. 「베이비, 베이비……」 깜둥이들의 자지에 대한 통념이 사실인지 확인하고 싶었던 그는 몸을 숙여 조바심을 치며 그의 혁대를 끌렀다. 사실이었다. 자지가 그의 것보다 훨씬 컸다. 에두아르드는 그의 자지를 입에 물고 누워, 그 역시 딱딱하게 발기한 상태로, 오래도록, 시간이 영원하기라도 하듯, 여유롭게, 천천히 빨았다. 해치우는 기분이 아니라, 평화롭고, 내밀하고, 숭고한 시간이었다. 난 행복해, 에두아르드는 생각했다, 내게 연인이 생겼어. 상대는 무방비 상태로 편안하게 몸을 내맡겼다. 그는 에두아르드의 머리를 쓰다듬으며 할딱대다 오르가슴에 도달했다. 자신의 정액을 이미 맛본 적이 있는 에두아르드는 상대의 정액을 아주 맛있다고 생각하고 몽땅 목구멍으로 삼켰다. 그리고 흑인의 텅 빈 음경에 머리를 대고 흐느끼기 시작했다.

그는 오랫동안 흐느꼈다. 엘레나가 떠난 후 쌓였던 고통이 한꺼번에 터져 나오는 느낌이었다. 흑인 청년이 그를 끌어당겨 안아 주었다. 「베이비, 마이 베이비, 유 아 마이 베이비……」 그가 주문처럼 되뇌었다. 「난 에디야.」 에두아르드가 말했다. 「내 인생엔 아무도 없어, 날 사랑해 줄래?」 「예스,

베이비, 예스.」 상대가 읊조리듯 답했다. 「이름이 뭐야?」 「크리스.」 마음이 편안해진 에두아르드는 그와 함께하는 막장 인생을 상상했다. 마약 딜러가 되어 무단 점유 건물을 전전하면서 살아도 절대 헤어지지는 않을 것이었다. 잠시 후, 그는 바지와 팬티를 차례로 내리고 엘레나가 했던 것처럼 항문을 내밀면서 크리스에게 말했다. 「퍽 미.」 크리스가 자지에 침을 퉤 뱉더니 에두아르드의 항문에 밀어 넣었다. 물건이 양초보다 훨씬 큰데도 많이 아프지 않은 것은 연습 덕이었다. 크리스가 오르가슴에 도달하자 두 사람은 동시에 긴장이 풀리며 쓰러져 잠이 들었다. 동이 틀 무렵에 잠이 깬 에두아르드는 웅절웅절 잠꼬대를 하는 흑인의 품에서 몸을 뺐고, 주변을 더듬어 안경을 찾아 쓴 다음 자리를 떠났다. 그는 행복과 긍지를 느끼며 막 잠에서 깨어나는 도시를 걸었다. 무섭지 않았어, 그는 생각했다. 항문 섹스를 했어. 〈말라지에츠(대견한 녀석)〉, 아버지가 했던 말이 그의 입에서 나왔다.

4

때는 여름, 그는 윈슬로 호텔의 꼭대기 층인 16층의 손바닥만 한 발코니에서 양배추 수프를 솥째 퍼먹으며 일광욕을 즐겼다. 2달러를 들여 한 솥을 끓이면 3일을 가고, 식어도 뜨거울 때만큼 맛이 좋고, 냉장고에 넣지 않아도 상하지 않는 게 양배추 수프의 장점이었다. 발코니 정면으로 창문에 선팅을 한 사무실 빌딩들이 보였는데, 창문 뒤에서는 양복 차림의 간부들과 시 외곽에서 출퇴근하는 비서들이 달랑 얄찍한 팬티 한 장, 더러는 물건을 꺼내 놓고 발코니에서 햇볕을 쬐는, 구릿빛 근육질 사내의 정체를 궁금해할 게 틀림없었다. 경애하는 미국 납세자들아, 너희들 돈을 한 달에 278달러씩 축내면서도 너희들을 진심으로 경멸하는 이 러시아 시인은, 에디치카라는 놈이다. 에두아르드는 한 주에 한 번씩 웰페어 사무실에 들러 다른 쓰레기 인생들과 함께 앉아 순서를 기다렸다 수표를 받아 왔다. 두 달에 한 번씩은 웰페어 직원과 면담을 하고 앞으로의 계획을 묻는 말에 답해야 했다. 「일 찾아요, 많이 찾아요 *I look for job, I look very much for job.*」 어설픈 영어를 한층 과장해 가며 열심히 찾아보고는 있는데 성과가 없다고 설명은 했지만, 실은 일*job*을 전혀 찾지*look* 않고 있었다. 이따금 러시아계 유대인들의 이사를 전문으로 하는 러시아계 유대인 이사 업체 사장 밑에서 인부로 일하는 로냐 코소고르를 불법으로 도와주고 가욋돈을 챙기는 게 전부였다. 에두아르드가 나른 러시아계 유대인 랍비와 지식인들의 이삿짐 상자들 속에는 풀칠한 부분에 아직도 연하게 생선 냄새가 남아 있는, 소련식 진녹색 장정의 체호프와 톨스토이 전집이 가득 차 있었다.

웰페어에서는 에두아르드의 현지 적응을 돕는 차원에서 영어 강습비까지 지원해 주었다. 수강생들은 그를 제외하면 전원 흑인, 그리고 아시아계와 남미계 여성들이었다. 그녀들은 가난한 집 애들이 으레 그렇듯, 정장 차림으로 카메라 앞에 선 자식들의 사진을 보여 주었고, 이따금 토속 음식을 고구마, 플랜틴 바나나와 함께 알루미늄 포일에 싸서 먹으라고 가져오기도 했다. 그녀들은 그녀들의 고국 얘기를, 그는 그의 고국 얘기를 서로 들려주었는데, 교육과 의료가 무상인 곳이라는 그의 말에 그녀들은 눈이 휘둥그레졌다. 그런 좋은 나라를 왜 떠났어요?

왜 떠났을까, 그도 궁금했다.

그는 매일 아침 센트럴 파크까지 걸어가 공책을 넣어 다니는 비닐봉지를 쿠션 삼아 깔고 잔디에 드러누웠다. 하늘을, 피프스 애브뉴의 갑부들이 거주하는 하늘 아래 건물들의 테라스를 몇 시간씩 올려다보았다. 이제 완전히 왕래가 끊긴 리버맨 부부 같은 사람들이 사는 그 고상한 세계는 그에게 희미한 옛 추억으로 남아 있을 뿐이었다. 일 년 전만 해도 전도유망한 젊은 작가이자 장차 유명 모델이 될 미인의 남편 자격으로 그런 아파트들을 들락거렸던 그는 이제 거지였다. 그는 주변 사람들을 관찰하고 그들이 주고받는 대화를 유심히 엿들으면서 사람별로 현재의 처지에서 벗어날 가능성을 점쳐 보았다. 거지들이야, 애당초 가망 없는 인간들이었다. 벤치에 앉아 점심으로 샌드위치를 먹고 있는 회사원들과 비서들은, 어느 정도의 신분 상승은 가능하겠지만 높이 올라가지는 못할, 어차피 높이 올라가겠다는 꿈조차 꾸지 않는 인간들이었다. 지식인의 풍모를 풍기며 사뭇 진지한 표정으로 시나리오가 틀림없는 타이핑한 종이들 위에 빼곡 메모를 해가며 토론 중인 두 젊은이는, 이 친구들은 자신들이 쓴 한심한 대사들에, 주인공들에 확신이 있는 모양이었다. 아니, 자신 있게 그런 확신을 가져도 될 만한 입장이었는지도 모른다, 아니, 종국에는 성공을 거머쥘지도 모른다. 할리우드를, 수영장과 신인 여배우들, 그리고 오스카 시상식의 세계를 맛볼지도 모를 일이었다. 하지만, 이삿짐이라도 부리듯 잔디에 담요와 트랜지스터라디오와 갓난쟁이들, 보온병을…… 늘어놓은 푸에르토리코인 떼거리는, 가망이 전혀 없어 보였다. 그러나…… 사람 일을 누가 알겠는가? 묵직한 똥 기저귀를 차고 빽빽거리는 저 아기가 부모의 뒷바라지로 대단한 학업을 마치고 훗날 노벨 의학상 수상자나 유엔 사무총장이 될지. 그럼 그는, 에두아르드 자신은, 흰 청바지를 입고 암울한 생각에 빠져 있는 그는 어떻게 될까? 그는 지금 뉴욕의 거지로 소설 같은 삶의 한 장(章)을 살고 있는 것일까, 아니면 이것이 마지막 장이자 책의 결말일까? 그는 비닐봉지에서 공책을 꺼내 잔디에 펼쳐 놓고, 팔을 괴고 비스듬히 누워 친구로 지내는 새끼 마약 딜러한테서 산 마리화나를 피우며 내가 지금까지 한 얘기들, 즉 웰페어, 윈슬로 호텔, 비참한 처지의 러시아 이민자들, 엘레나 이야기, 그리고 여태까지의 역정을 적어 내려갔다. 문학성을 의식하지 않고 떠오르는 대로 써 내려가다 보니 금세 두 권, 세 권이 되었다. 이렇게 책이 한 권 탄생하고 있다는 사실을, 지금의 처지에서 벗어날 수 있는 길은 이 책밖에 없다는 것을 그는 알고 있었다.

에두아르드는 스스로 동성애자라고 생각했지만 이것은 자기 규정일 뿐, 실생활은 전혀 달랐다. 모스크바에서는 추상화 화가였으나 뉴욕에 와서는 건물 페인트공으로 살아가는, 징징거리기 좋아하는 러시아인 친구와 벤치에 앉아 꼭지가 돌게 술을 마시던 어느 날 오후, 반거렁뱅이 차림의 흑인 청년이 어슬렁거리며 다가와 담배를 구걸하자 에두아르드는 보란 듯이 그를 유혹했다. 〈널 갖고 싶어〉 하면서 에두아르드가 어깨를 끌어당겨 기습 키스를 하자 그는 재미있다는 듯 가만히 서 있었다. 에두아르드와 흑인은 섹스를 하기 위해 한 건물의 엘리베이터 안으로 사라졌다. 얼떨떨한 표정으로 벤치에 혼자 남겨진 화가는 주변에 소문을 퍼뜨렸다. 〈리모노프 그 새끼가 호모라는 게, 사실이더라고! 깜둥이랑 붙어먹더라니까!〉 그가 KGB의 끄나풀이다, 엘레나한테 버림받고 자살했다 등등의 소문이 이미 파다했지만 그는 괘념하지 않고 도리어 즐겼다. 이러쿵저러쿵해도 그는 여자가 더 좋았다. 그런데, 어딜 가서 여자를 찾는단 말인가.

그는 글을 쓰면서 소일하던 공원에서 전단을 나눠 주는 노동자당 소속 여성에게 접근했다. 좌파든 여호와의 증인이든 상관없이 이렇게 전단을 돌리는 사람들은 푸대접에 익숙해, 상대가 조금이라도 호의를 보이며 말을 붙이면 무척 반기는 것이 특징이다. 그녀의 이름은 캐럴, 깡마른 데다 예쁜 얼굴도 아니었지만 에두아르는 찬 밥 더운 밥 가릴 처지가 아니었다. 노동자당은 세계 혁명을 주창하는 미국 트로츠키주의자들이 모여서 만든 당이라고 캐럴이 설명했다. 세계 혁명, 에두아르드는 지지한다고 말했다. 그는 원칙적으로 극좌파, 흑인, 아랍인, 호모, 부랑자, 마약 중독자, 푸에르토리코인, 더 이상 잃을 게 없기 때문에 세계 혁명을 지지하는, 그리고 앞으로 지지하게 될 모든 사람들의 편이었다. 트로츠키

역시, 지지한다고 말했다(그렇다고 스탈린을 반대하는 것도 아니지만 캐럴에게는 함구하는 편이 낫다고 판단했다). 에두아르드의 젊은 혈기에 강한 인상을 받은 그녀가 팔레스타인 민족을 지지하는 회합에 그를 부르면서 위험한 상황이 벌어질지도 모른다고 겁을 주었다. 좋았어, 잔뜩 기대감에 부풀었던 에두아르드는 막상 이튿날 회합에 참석해서는 엄청난 실망감을 느꼈다. 참석자들의 연설에 매가리가 없는 탓도 있었지만, 일정이 끝나자 다음 달로 회합 날짜를 잡고는 다들 뿔뿔이 흩어져 귀가하거나 삼삼오오 커피숍에 모여 얘기를 이어갔기 때문이다.

「도무지 모르겠네요.」 캐럴이 당혹스러워하며 말했다. 「대체 뭘 기대했죠?」

「그러니까, 다 함께 뭉쳐서 말이야, 무기를 구하거나 관공서를 타격하자는 얘기지. 아니면 비행기를 납치한다든가, 테러를 일으킨다든가. 뭔지는 모르지만, 뭐라도 하자는 거지.」

막연히 한번 자보겠다는 속셈으로 따라다녔던 그녀에게는 그녀 못지않게 입으로는 요란하지만 실천에는 조심스러운 애인이 있었고, 그는 결국 다시 혼자 호텔로 돌아왔다. 모름지기 혁명가들이라면 무단 점유지나 불법 공간에서 집단으로 기거할 줄 알았지, 소형 아파트에 각자 따로 살면서 기껏해야 동료들을 불러 커피 대접이나 하리라고는 상상도 못했다. 하지만 에두아르드는 캐럴과 그의 친구들을 여전히 만났다. 어쨌거나 그룹에, 가족이었고, 종과 탬버린을 치면서 시답잖은 헛소리를 읊조리며 공원에 모여 서 있는 하레 크리슈나 교도들을 보면서 자신도 모르게 같이 어울려도 나쁘지 않겠다는 생각이 들 때마다 깜짝깜짝 놀랄 만큼 그에게는 처절하게 가족이 필요했다. 에두아르드는 여전히 노동자당의 회합에도 참석했고 전단지 배포도 마다하지 않았다. 캐럴이 빌려준 트로츠키의 저작들을 읽으면서 에두아르드는 그에게 확실히 끌리기 시작했다. 트로츠키가 에두르지 않고 〈내전 만세!〉를 외치는 것이 마음에 들었다. 그가 인간 생명의 숭고한 가치를 들먹이는 샌님들과 사제들의 견해를 무시하는 것도 마음에 들었다. 그가 근본적으로 승자는 옳고 패자는 그르다, 패자들은 역사의 쓰레기통에 처박아 버려야 한다고 말하는 것도 마음에 들었다. 이런 것들이야말로 진정 사나이다운 언설이 아닐까. 더군다나 「루스코예 젤로」의 늙은 영감한테 듣기로는, 이 말들의 주인공은 끼니도 잇지 못하던 뉴욕의 이민자에서 장갑차를 타고 전선을 이동하는 적군의 전시 총사령관으로 몇 달 사이에 변모했다. 바로 에두아르드가 꿈꾸는 삶이었다. 박해받는 소수자와 정치범의 권리를 옹호할 때는 게거품을 물다가도 정작 거리의 삶, 도시 외곽 빈민 주거지, 진짜 가난뱅이들 앞에서는 벌벌 떠는 물러 터진 미국 트로츠키주의자들과 함께 있다가는 안타깝게도 이런 삶을 살 기회가 오지 않을 게 자명했다.

아무리 소속감이 그리운 에두아르드지만 트로츠키주의자들에게는 정나미가 떨어졌다. 게다가 러시아 이민자들 또한 지긋지긋해져, 그들의 사령부 격인 윈슬로 호텔에서 그가 보기에는 상대적으로 훨씬 기품이 느껴지는 흑인과 마약 중독자들, 남녀 매춘부들의 소굴인, 비현실적이리만치 형편없는 엠버시 호텔로 짐을 옮겼다. 이 호텔 투숙객 중 유일하게 백인이지만, 캐럴이 분명히 칭찬은 아닌, 지나가는 말로 지적했듯이, 흑인 스타일로 옷을 입는 에두아르드는 전혀 튀지 않았다. 이사하는 랍비들의 짐을 날라 주고 수중에 돈 몇 푼이 들어오면 그는 즉시 입성에 투자했다. 중고지만 요란한, 가령 분홍색과 흰색 양복들, 가슴에 레이스 장식이 달린 셔츠, 무늬 있는 연보라색 벨벳 재킷, 굽 있는 바이컬러 부츠는 이웃들로부터 감각을 인정받았다. 마지막 남은 친구 로냐 코소고르는 에두아르드가 좋아하는 걸 알고 이민 사회에 떠도는 풍문을 전했다. 그를 두고 호모다, 체카 요원이다, 자살했다, 하는 말들이 돌더니 요즘은 흑인 창녀 둘을 거느리고 포주 행세를 하며 산다는 것이었다.

　엠버시 호텔에서 에두아르드가 방 창문으로 내려다보면 게나지 슈마코프가 자신 같은 동성애자 무용수 둘과 사는 콜럼버스 애브뉴 선상의 아담한 주택의 지붕이 보였다. 브로드스키가 몇 권의 대담집에서 친근하게 언급할 정도로 그는 레닌그라드 시절 브로드스키의 절친한 친구였다. 정 많고, 박식하고, 험담 좋아하고, 다섯 개 언어에 능통한 그는 발레 작품 오십 개를 암기할 만큼 전형적인 춤과 오페라의 열성 애호가였는데, 그가 우랄 산맥의 벽촌 출신이기 때문에 더 대단하다는 데는 사사건건 견해를 달리하는 브로드스키와 에두아르드도 의견이 일치했다. 촌놈이 아니면 진정한 댄디가 될 수 없다는 게 브로드스키의 지론이었다.
　저명인사인 친구 브로드스키와 인기 무용수 미하일 바리

시니코프에 비해 상대적으로 찾는 사람이 없었던 그는 뉴욕에서 늘 그들의 그늘 아래 살았고, 그들의 인맥 덕을 봤고, 그들 소개로 유명 러시아 안무가들을 다룬 책을 번역하고 관련 기사를 써서 생계를 유지했다. 주연급 배우를 간절히 열망하면서도 조연급 배우에 머물러야 했던 에두아르드, 너무 잘난 세상에 덴 그에게 스타들의 위성인 슈마코프와 두 룸메이트는 위협적인 존재가 아니었고, 혼자라는 사실이 도저히 견디기 힘들 때 길 하나만 건너 그들의 집을 찾아가면 언제나 러시아적인 넉넉한 환대를 받을 수 있었다. 정성껏 요리를 해 내오고(슈마코프는 요리 솜씨가 대단했다), 그를 감싸 주고, 위로해 주고, 귀엽고 매력적이라고 칭찬해 주는 이들에게서 에두아르드는 동성애 관계에서 기대할 수 있는 따뜻함을 그대로 맛보면서도 전혀 꺼름칙하지 않았다. 〈골디락스와 곰 세 마리가 따로 없어〉 하고 슈마코프가 쿨리비악[7]을 자르면서 농담을 했다.

슈마코프에 대한 신뢰가 쌓이자 에두아르드는 센트럴 파크 잔디밭에서 여름 내내 쓴 〈나, 에디치카〉의 원고를 제일 먼저 읽혔다. 슈마코프는 호들갑스럽게 반응했다. 다시 말해, 감동했다. 에디치카가 끔찍하게 못된, 그것도 『죄와 벌』의 라스콜니코프 스타일의 못된 놈이라면서, 라스콜니코프처럼 그는 로디온으로, 그의 책은 〈나, 로디온카〉라고 불렀다. 감각적인 탐미주의자 슈마코프는 러시아 이민계의 문제를 통틀어 망나니 에두아르드야말로 유일하게 현대적 감수성을 지닌 작가라는 평도 했다. 나보코프는, 위대한 예

7 브리오슈 반죽에 생선 또는 고기와 야채를 넣어 구운 파이의 일종.

술가임은 분명하지만, 대학교수에 지랄 같은 위선을 감추고 있는 고답파라고. 「이오시프도 말이야.」 브로드스키에 절대적으로 의탁하는 입장에서, 브로드스키 없이는 뉴욕에서 아무것도 아닌 슈마코프가 자신도 모르게 불경한 언사가 튀어나오자 화들짝 놀라며 말했다. 「이오시프, 천재인 건 맞아. 하지만 T. S. 엘리엇이나 그의 친구인 위스턴 오든 같은 부류의 천재지. 고전학파의 천재라는 말이야.」 브로드스키의 시를 읽으면 프로코피예프나 브리튼 같은 고전 음악을 감상하는 느낌인데, 에디치카라는 고약한 놈의 글을 읽으면 루 리드의 「워크 온 더 와일드 사이드Walk on the Wild Side」를 떠올리게 된다는 것이었다. 「내 말은 그러니까,」 슈마코프가 살짝 어조를 달리했다. 「루 리드가 꼭 브리튼이나 프로코피예프보다 낮다는 뜻이 아니라, 난 개인적으로 브리튼이나 프로코피예프가 더 좋거든, 〈팩토리〉에서 하는 루 리드의 공연이 메트로폴리탄 오페라에서 하는 〈로미오와 줄리엣〉보다 훨씬 현대적이라는 뜻이지. 그 반대가 아닌 건 확실해.」

기분은 좋았지만 이미 자신의 책이 걸작이라고 자신하고 있던 에두아르드에게 새삼스러운 칭찬은 아니었다. 그는 슈마코프가 사미즈다트 형식으로 원고를 주변에 돌리겠다고, 일단 그의 두 영웅인 브로드스키와 바리시니코프부터 읽히자고 제안했을 때 순순히 응낙했다.

브로드스키는, 혹시나 했는데 역시나였다. 이 잘난 인사는 원고를 받고 감감무소식이더니, 눈치를 보니 끝까지 읽지도 않았고, 시간을 질질 끌다 내놓는 평도 악평이었다. 브로드스키 역시 도스토예프스키를 떠올렸다고 촌평했는데, 슈마

코프와 달리 도스토예프스키의 필체가 아니라, 아니 하다못
해 라스콜리니코프의 필체도 아니고, 『죄와 벌』에 등장하는
가장 변태적이고 부정적이며 비정상적인 인물인 스비드리가
일로프의 문체를 닮았다고 하니, 달라도 너무 다른 평이었
다. 반면 바리시니코프는 그의 글에 심취했다. 발레 리허설
도중에 짬이 날 때마다 조용히 앉아 그의 원고를 탐독했다고
전해 왔다. 하지만, 워낙 브로드스키에게 좌지우지되는 사람
이다 보니 차마 반대 의견을 피력하지는 못할 분위기였다.

두 사람을 다 장악하는 데 실패하자 불똥은 결국 유순하
고 너그러운 슈마코프에게로 튀었다. 분한 에두아르드는 길
길이 날뛰면서 그를 아첨꾼, 기생충, 유명한 부자 친구들한
테 배알도 없는 것처럼 군다고 욕을 했다. 「당신 하는 꼴을
보니, 기회주의자의 황제들, 이민 사회에서 대부 행세나 하는
놈들, 고국에 남았으면 틀림없이 작가, 작곡가, 무용가 동맹
의 사무총장 자리를 꿰찼을 놈들, 여기서와 다를 바 없이 혁
명적인 진짜 예술가들의 싹을 자르는 일이라면 무슨 짓이든
서슴지 않았을 그 꼴사나운 트로이카의 세 번째 멤버 로스
트로포비치한테도 충분히 내 책을 건네줬겠어!」

슈마코프는 비통한 표정으로 고개를 푹 숙였다.

5

어느 겨울 저녁, 슈마코프가 기분 전환도 할 겸 퀸즈 칼리
지에서 열리는 소련 여류 시인의 강연에 같이 가자고 에두아

르드를 졸랐다. 에두아르드는 조금도 내키지 않았다. 미국 대학교수들과 러시아 지식인들이 유유상종하면서 낯 뜨거운 칭찬이나 주고받는 자리는 브로드스키한테나 어울리지 자신한테는 어울리지 않는다고 생각했지만, 거지 굴 같은 방구석에서 뒹구는 것에 진력이 난 터라 따라나섰다. 청중이 꽉 들어찬 강연장에서 그는 바리시니코프와 멀지 않은 곳에 슈마코프와 같이 자리를 잡았는데, 바리시니코프는 에두아르드를 모르는 척했다. 아니, 〈실제로〉 에두아르드를 못 알아봤을 수도 있다. 그의 염려가 현실로 나타나 모멸감에 치를 떨며 화를 삭여야 했던 저녁이었다. 에두아르드의 기분은 강연이 시작되고 나서도 좀처럼 나아지지 않았다.

엡투셴코와 같은 60년대 세대인 여류 시인 벨라 아흐마둘리나는, 에두아르드의 말을 인용하자면, 〈시인의 삶이 파리 여행과 작가 협회에서의 폭음, 호주머니 속에 깊숙이 숨겨 다니는 저항시 몇 편으로 조형된다고 믿는 사람. 이미 죽어서 땅에 묻힌 스탈린에게 큰소리 땅땅 치며 대드는 데 전문가인 사람들, 해외 순방이 취소라도 되거나 책이 백만 부가 아니고 십만 부가 인쇄되기라도 하면 서양 지식인들이 득달같이 나서서 탄원서를 돌려 주는 사람들, 그리고 삼위일체의 세 사람, 즉 궁벽한 두메에서 목을 맨 츠베타예바, 뜯어 먹을 만한 뼈다귀를 뒤지던 수용소 쓰레기장에서 공포에 사로잡혀 죽은 만델스탐, 그리고 특히 파스테르나크. 이 사근사근한 서정 문학의 대가이자 사면초가의 비굴한 인생을 살았던 인물, 깨끗한 공기와 물질적 안락과 고서를 사랑했던 사람, 온갖 언어로 스탈린 찬양 시집을 완역했으면서도 정작 러시아 인텔리겐차의 비겁함에 바치는 찬가인 자신의 작품 『닥터 지바고』 앞에서는 간이 쫄아 벌벌거린…… 그 파스테르나크를 필연적으로 우상화한 사람들 중 하나였다〉.

인용 끝.

강연 뒤에 파티가 열렸다. 초대받은 사람과 그렇지 않은 사람의 구분이 명확치 않았지만 에두아르드는 일단 슈마코프를 따라 자동차 한 대에 냉큼 올라탔다. 그를 태운 자동차는 고급 주택가로 진입해 3층짜리 단독 주택 앞에 섰다. 이스트 리버가 바라보이는 정원, 연회장처럼 넓은 주방, 잡지에 나오는 집처럼 인테리어를 꾸민 이 집은 리버맨 부부의 집보다 훨씬 멋졌다. 집에 걸맞은 성찬, 샴페인, 목으로 술술 넘어가는 차가운 냉장 보드카. 러시아인과 미국인을 합쳐 서른 명가량의 손님 중에 그가 아는 사람은 딱 바리시니코프 한 명이었는데, 에두아르드는 일부러 그를 피해 다녔다. 동글동글한 얼굴에 상냥한 성격의 제니라는 젊은 여성이 모든 손님을 맞았다. 에두아르드는 그녀가 안주인인지 궁금했다. 아니, 나이로 봐서는 안주인의 딸일 듯한 여자였다. 몇몇이 그녀와 포옹하는 모습을 물끄러미 바라보면서 에두아르드는 집에 들어설 때 과감하게 그녀와 포옹하지 않은 것을 내심 후회했다.

보드카 덕에 긴장이 풀리자 에두아르드는 주방에서 늘 가지고 다니는 자메이카산 대마 잎을 꺼내 말기 시작했다. 그의 주위로 몇 사람이 모여들었다. 방방을 돌며 분주하게 손님들을 챙기던 제니도 오가는 길에 한 모금씩 마리화나를 빨았고, 그녀가 한 번씩 오갈 때마다 에두아르드는 마치 오랜 지인처럼 그녀와 친숙한 대화를 나누었다. 딱히 예쁘다고 할 수는 없지만 개방적이고 친근한, 고급스러운 이 집과는 대조적으로 어쩐지 시골스러운 느낌의 그녀는 전체적으로 분위기를 편안하게 만들어 주는 역할을 했다. 취기가 오를수록 에두아르드는 더 살갑게 굴었다. 사람들의 어깨를 잡고는, 원래는 올 생각이 없었는데 잘못 생각했다, 이렇게 즐거운 저녁 시간을 보내는 게 얼마나 오랜만인지 모르겠다는 말을 반복했다. 그는 다들 자신을 좋아한다는 인상을 받았다. 얼마 후, 여류 시인 부부가 2층에 마련된 침실로 올라가고 마지막까지 남아 있던 술꾼들도 자리를 떴지만, 그는 일꾼들을 도와 뒷정리를 했다. 그러고 나자 일꾼들도 돌아갔다. 주방에는 그와 제니만 남았다. 그들은 손님들을 다 보내고 나서 뒷얘기를 나누는 부부처럼 파티에 대한 감상을 주고받았다. 그는 마지막 남은 마리화나를 한 대 말아 건네고 나서 그녀에게 키스했다. 그녀는 그의 취향에 맞지 않는 왁살스러운 웃음소리를 내며 키스를 받아 주더니, 그가 조금 더 진도를 나가려 하자 슬쩍 몸을 뒤로 뺐다. 그가 집요하게 나갔지만 그녀의 태도는 완강했다. 그는 교육지책으로 〈손만 잡고〉 자자고 제안했다. 그녀가 고개를 설레설레 흔들었다. 노 노 노, 빤한 술수 모를까 봐요, 이제 그만 집으로 가세요.

집이라고! 그의 집이 어떤 덴지 알면 차마 그런 소리는 못할 텐데! 차디찬 2월의 빗속을 한참 걸어 집으로 돌아오는 길은 잔인했고, 그의 방은 열 시간쯤 전에 나설 때보다 수천

배 불결해 보였다. 하지만 그녀의 전화번호가 있지 않은가. 그녀도 전화를 걸라고 했다. 다음 날 득달같이 전화를 걸었더니 그녀가 노, 오늘은 불가능하다, 손님이 계시다고 말했다. 차마 말은 못 하고 에두아르드는, 그럼 내가, 다른 손님이 있을 때 부르면 안 되는 사람이란 얘긴가? 하고 생각했다. 이틀 뒤에도 스티븐의 여동생이 한 주 내내 있기 때문에 안 된다는 대답이 돌아왔다. 그는 스티븐이 누군지, 그의 여동생이 누군지 몰랐고 짧은 영어 실력 때문에 전화상으로는 그녀가 말하는 내용의 절반도 이해하지 못했지만, 쌀쌀맞은 태도에 절망감을 느꼈다. 그는 일주일 내내 일어나지도 않고 침대에 누워 지냈다. 쉬지 않고 비가 내렸다. 그는 사람들이 안에서 무람없이 오줌을 싸대는 엘리베이터의 레일이 끼익 끼익 하는 소리를 벽 너머로 들으면서, 부유한 상속녀를 유혹하면 자신의 삶이 어떻게 달라질지 상상하고 있었다.

드디어 어느 일요일 아침, 그녀가 집으로 찾아와도 좋다고 했다. 그녀는 혼자 있었다. 비가 그친 뒤여서 둘은 강이 바라다보이는 아담한 정원에 나가 커피를 마셨다. 부유한 상속녀치고는 발목이 심하게 굵어 보였지만, 에두아르드는 아일랜드 출신이 틀림없는 그녀의 신체적 특성이라고 미루어 짐작했다. 그녀에게 강한 인상을 주기 위해 자신의 애정 편력과 관련된 몇 가지 에피소드를 들려주었다. 미치광이였던 첫 번째 여자, 돈이 없다고 그를 버린 두 번째 여자, 그를 정신병원에 감금시킨 어머니까지. 역시나 먹혀들었다. 그녀는 감동했고, 두 사람은 동침했다.

꼭대기 층에 있는 그녀의 방은 생각보다 훨씬 작았다. 그녀의 투박한 음부는 보들보들한 엘레나의 그것에는 미치지 못했다. 그녀는 덤덤하고 툽상스럽게 섹스에 임했고, 지난 2주 동안 몸을 허락하지 않았던 것은 그가 싫어서가 아니라 방광염 때문이었다고 스스럼없이 말할 때는 스스로 좀체 충격을 받지 않는다고 믿는 에두아르드에게도 굉장한 충격이었다. 하지만, 아침이 되자 그녀는 갓 즙을 낸 오렌지 주스와 메이플 시럽을 뿌린 핫케이크, 베이컨과 달걀로 근사한 아침상을 차려 주었다. 여하튼 비발디의 곡이 잔잔히 흐르는 가운데 주방에서 올라오는 빵 굽는 냄새를 맡으면서 팽팽히 다려진 시트가 깔린 다습한 침대에서 자신을 사랑하는 여자와 매일 눈을 뜨는 것은 기막힌 일이라고 그는 마음속으로 생각했다.

6

에두아르드가 이 일화를 소개하는 『하인 시절의 이야기』에는 주인공이 자신의 착각을 깨닫는 극적인 장면이 나오지 않는데, 이 책을 다시 한 번 읽어 봐도 에두아르드 같은 날카로운 관찰력의 소유자가, 부유한 상속녀로 오해했던 여자가 결국은 그 집의 집사였다는 사실을 깨닫는 데 한 달 가까이 걸렸다는 사실이 여전히 놀랍기만 하다. 절대 그녀가 일부러 숨긴 건 아니었다. 그녀는 오해가 생길 수 있다는 생각조차 하지 않았을 것이고, 오해가 밝혀지고 나서 그가 느낀 크나

큰 실망감을 짐작도 못 했을 것이다. 그는 잠시 잠깐 행복한 사람들의 세계에 입성했다고 믿었다. 그렇다, 입성이 맞다. 하지만 하녀의 애인 자격이었다.

에두아르드를 〈보이 프렌드〉로 여긴 제니는 주인에게 그를 소개해도 되겠다고 판단했다. 주인의 이름은 스티븐 그레이였다. 나이 마흔, 미남에, 인생을 즐길 줄 아는 호쾌한 성격의 억만장자. 백만장자가 아니라, 억만장자였다. 영어로 〈빌리어네어〉. 리모노프는 책에서 그를 개츠비라는 별명으로 부르는데, 사실 자수성가형이 아니라 상속형 개츠비고, 건전한 정신에 현실 감각을 갖춘 그는 한마디로 개츠비와 정반대의 인물이었다는 점에서 에두아르드의 얘기는 맞지 않다. 코네티컷 주에 있는 그의 호화 저택에는 아내와 세 아이가 살고 있었고, 스위스에 스키를 타러 가거나 인도양에 스쿠버다이빙을 하러 가지 않을 때면 가끔씩 뉴욕 서튼 플레이스에 있는 피에타테르[8]에 와서 지내곤 했는데, 야무진 제니 양이 이 집의 관리를 맡고 있었다. 풀타임으로 집에 상주하는 사람은 제니 혼자지만 우편물을 처리하는 여비서 한 명과 아이티 출신의 가정부 한 명이 매일 집으로 출근해 그녀를 도왔다. 이 단출한(코네티컷의 저택에서 일하는 사람은 열 명을 훌쩍 넘겼다) 팀은 주인님의 급작스러운 출현을 늘 걱정하며 상시 대기 상태로 지냈는데, 다행히도 주인이 오는 일은 아주 드물었고, 와도 한 번에 일주일 이상 머무는 일은 아주 드물었

8 *pied-à-terre.* 부자들이 보통 단기 체류 용도로 런던이나 뉴욕 같은 대도시에 구입해 사용하는 집.

다(아예 안 오면 더 좋겠다고 에두아르드는 생각했다).

그는 군림하는 스타일은 아니었다. 성격이 급해 항상 서두르고 불쑥불쑥 화를 내긴 해도 반드시 사과했고, 스스로 개방적인 주인(미국이 아니면 좌파 주인이라고 불러도 무방한)으로 비치고 싶은 욕심을 가진 사람이었다. 영어에는 2인칭 높임말이 따로 없고, 주인이 제니를 제니라 부르니 제니도 그를 스티븐이라고 불렀고, 에두아르드한테도 그렇게 부르라고 했다. 스티븐은 절대 벨을 누르거나 다른 사람에게 아침 식사 쟁반을 들고 오라고 시키는 법이 없었다. 물론 기상 시간에 맞춰 언제든 아침 식사는 당장 먹을 수 있게 준비돼 있어야 하고, 차는 정확한 농도로 우려져 있어야 하고, 토스트는 적당히 구워져 있어야 했지만, 그가 직접 주방으로 내려와 아침 식사 쟁반을 들고 올라갔다. 에두아르드가 주방에서 「뉴욕 타임스」를 읽고 있으면, 이런 일이 갈수록 잦아졌는데, 신문을 가져가서 읽어도 되겠느냐고 물을 정도로 점잖게 행동했다. 〈아뇨, 안 되겠는데요〉 하고 한번 상대를 떠보고 싶은 마음이 굴뚝같았지만, 물론 에두아르드는 〈그럼요, 스티븐, 당연하죠〉 하고 대답했다.

이렇듯 에두아르드는 어느새 그 집에 익숙한 존재가 되어 있었다. 예술가 친구들과 사귀고, 아방가르드 영화 제작에 손을 댔다 백만 달러를 날렸다고 자랑삼아 말하며, 러시아적인 것이라면 무조건 좋아하는 스티븐이 첫눈에 에두아르드를 마음에 들어 한 것은 자연스러운 일이었다. 스티븐의 할머니는 러시아 출신, 당연히 백인이었고, 혁명 발발 이후 이민을 떠났지만 어린 스티븐한테는 늘 러시아어로 말했다고 했다. 이제는 겨우 단어 몇 개 정도만 기억하는 수준이지만, 그에게도 나처럼 구체제의 러시아어 억양이 남아 있었다. 이런 인연으로 스티븐은 뉴욕을 찾는 러시아인들에게 숙박을 제공했고, 이런 인연으로 소련식 삶의 모짊과 진정성을 공유할 수 있는 진짜 러시아 시인이 아예 집에 정주하다시피 한다는 사실이 반가웠던 것이다. 에두아르드는 그에게 정신병원에 입원했던 일화와 KGB와의 악연을 들려주었다. 얘기를 다소 부풀리고, 모두가 좋아하는 정치범 수용소 생활은 상세한 부연 설명을 곁들였다. 어느 대목을 상대가 좋아할지 본능적으로 파악해 접대하는 심정으로 지극정성 얘기를 들려주었다.

에두아르드는 빙그레 미소를 짓고, 찻잔들을 식기 세척기에 넣고, 다정하게 고개를 끄덕이고 있었지만, 흐뭇한 담소를 끝낸 다음 제일 싼 앙트레 한 접시 값이 푸에르토리코인 가족의 한 달 식비와 맞먹는 식당으로 점심을 먹으러 가기 위해 1만 달러짜리 양복을 걸치러 2층으로 올라가는 스티븐을 보면서 속으로는, 지금처럼 돈더미를 상속받지 않고 달랑 불알 두 쪽에 단도 한 자루만 쥐고 혼자 밀림에 떨어져 맨몸뚱이로 고군분투해야 하는 그의 모습을 한 번이라도 봤으면 소원이 없겠다고 생각했다. 이렇게 사회적 신분이 높은 사람을 이토록 가까이서 지켜보는 것이 난생처음인 에두아르드도 그가 소비에트식 통념 속에서 회화된 자본가의 이미지, 즉 가난한 자들의 피를 빨아먹는 배불뚝이 냉혈한과는 거리가 먼, 도리어 인간적이고 교양 있는 인종이라는 사실은 인정하지 않을 수 없었다. 그건 맞지만, 여전히 의문은 남는다. 왜 난 아니고, 하필 그인가?

이 의문에 대한 답은 한 가지뿐이다. 혁명. 캐럴의 친구들이 좋아하는 번지르르한 말잔치도 아니고 사민주의자들이 대대로 설파하는 모호한 개혁도 아닌 진짜 혁명. 그래, 폭력, 창끝으로 머리를 찍어 버리는. 미국에서는 시작부터가 잘못됐다고 에두아르드는 판단했다. 그렇다면 팔레스타인 민족이나 카다피(그는 침대 머리에 찰스 맨슨의 사진, 알몸의 엘레나가 〈국민 영웅〉 복장을 한 자신의 발치에 앉아 있는 사진과 함께 카다피의 사진을 스카치테이프로 붙여 놓고 있었다)를 찾아가야 할 것이었다. 두렵지 않았다. 죽음조차 그는 두렵지 않았다. 무명으로 죽는 게 괴로울 뿐이었다. 〈나, 에디치카〉가 책으로 출간되어 응당한 성공을 거두면, 그땐 죽어도 좋을 것이었다. 〈문제적 작가 리모노프가 베이루트에서 우지 기관 단총으로 피격돼 사망〉, 이런 기사가 「뉴욕 타임스」의 1면을 장식한다. 스티븐과 그의 족속들이 메이플 시럽이 뿌려진 핫케이크 너머로 기사를 읽으며 꿈꾸듯 중얼거리겠지. 〈이 인사, 정말로 사는 것처럼 살았나 보군.〉 그래, 좋다, 이건 마다하지 않겠다. 하지만 무명 용사로 죽는 건, 받아들일 수 없었다.

스티븐이 그의 계획을 물었다. 책을 썼다고 하던데? 일부라도 번역을 시켜 보는 게 어떻겠느냐고? 문학 전문 에이전트한테 한번 보이는 게 어떻겠느냐고? 아는 에이전트가 한명 있는데, 소개해 줄 수 있다고. 에두아르드는 그의 조언에 따라 빠듯한 예산을 쪼개 크리스와의 모래 놀이터 성교 장면이 있는 장을 포함한 첫 네 장을 번역시켰다. 에이전트는 이 원고를 맥밀란 출판사에 넘겼다. 회신이 늦어졌지만, 이런 일은 속성이 그러려니 했다. 어느 날 아침, 에두아르드는 자신의 운명이 결정되고 있는 건물을 구경하러 집을 나섰다. 흑인 우체부 두 명이 두툼한 봉투가 산더미처럼 실린 밀차를 밀고 출입문으로 들어가고 있었다. 눈대중으로 족히 이삼 세제곱미터는 되는 원고 더미를 보자 그는 기가 막혔다. 더 기가 막힌 것은, 저 위, 높은 층들에서, 생면부지의 사내가 봉투를 뜯어 〈바로 내가, 에디다It's Me, Eddie〉라는 영어 제목을 슥 읽고 나서 원고를 훑어 내려가기 시작한다는 사실이었다. 물론, 그가 흥분해서, 네 번째 장의 끝에 이르러 예고도 없이 사장실 문을 똑똑 두드리고 들어가, 한심한 원고 더미 속에서 또 한 명의 헨리 밀러를 발견했다고 선언할지도 모를 일이었다. 하지만 사내가 어깨를 으쓱하면서 재고도 없이 멋대로 그의 원고를 낙선 원고 더미에 올려놓을 수도 있었다. 그의 개인적인 취향과 기분, 변덕에 따라 에두아르드 리모노프가 그저 그런 인생 패배자의 무리에서 벗어나느냐 마느냐가 결정될 테니, 최소한 그자의 얼굴은 한번 봐두고 싶었다. 혹시 익숙하게 총총걸음으로 로비로 걸어 들어가는 저 젊은 남자 아닐까? 양복에 넥타이, 얇은 무테 안경, 병신 새끼…… 환장할 노릇이었다.

제니는 아침에 벽난로 앞 티테이블에 놓인 술잔의 개수를 세어 보고서 아침 식사를 몇 인분 준비해야 하는지 판단했다. 스티븐이 종종 누군가와 함께 귀가한다는 사실은 에두아르드에게 열렬하면서도 고통스러운 호기심을 불러일으켰다. 전하기 조금 부끄러운 얘기지만, 에두아르드는 여자에게 점수를 매기는 습관이 있다. 학교 성적처럼 A, B, C, D, E급로 매겨지는 에두아르드식 등급은 성적(性的)인 기준 못지않게 세속적인 기준까지 고려한 것이었다. 그가 늘 A급의 정수라고 생각은 하면서도 다소 과대평가했을지도 모른다는 의구심을 가지고 있었던 엘레나라는 독보적인 경우를 제외하면 그의 인생에는 D급이 많았고, 심지어 E급, 즉 따먹고 나서도 떠벌리며 자랑하기가 뭣한 여자들도 있었다. 제니는? C급이라고 해두자. 스티븐의 침실에서 나오는 여자들은 리버맨 부부의 파티에서 만난 여자들처럼 모두 A급이었다. 가령 뛰어난 미인은 아니지만 세련미가 넘치는 영국 출신의 백작 부인은, 영국에 있는 그녀의 성에 하인을 3백 명이나 거느리고 있다고 제니가 의기양양하게 말했다.

「3백 명이라니!」 마치 자신이 부리는 하인들이라도 되는 양 제니가 뿌듯하게 한 번 더 말했다. 에두아르드를 정말 어리둥절하게 만든 것은, 제니가 백작 부인의 일을 마치 제 일인 양 진심으로 기뻐하고 그런 백작 부인을 모시는 것을 행운으로 여긴다는 사실이었다. 그는, 스티븐이 백작 부인에게 〈우리 제니 양의 보이 프렌드〉라며 살갑게 그를 소개할 때는 쥐구멍에라도 숨고 싶은 심정이었다. 무인도였다면 백작 부인이 분명히 자신에게 넘어오리라고 그는 자신할 수 있었다. 그런데, 발목 굵은 집사의 남자 친구로 소개되고 나자 그의 성적 매력은 완전히 사라지고 말았다. 이렇게 투명하게 노출되고 나자 에두아르드는 제니가 죽도록 원망스러웠다. 그녀의 유쾌함, 언제나 현실에 만족하는 태도, 두꺼운 허벅지를 쩍 벌려 앉는 자세, 주변을 의식하지 않고 아무 데서나 코에 있는 블랙헤드를 짜대는 품새가 볼썽사나워 견딜 수가 없었다. 스티븐만 집에 없으면 득달같이 달려와 차크라가 어떻네 마크로바이오틱[9]이 어떻네 하며 수다를 떨고 마리화나를 피우는 그녀의 친한 친구 두 명도 도저히 봐낼 재간이 없었다. 한 명은 비서, 또 한 명은 치과 간호조무사인 이 친구들은 엄밀히 말해 찰스 맨슨의 가족처럼 히피도 아니었다. 이것저것 따져 봐도 제니의 부모가 여전히 제일 괜찮은 사람들이었다. 중서부 출신의 진정한 레드넥[10]인 이들이 일주일 동안 뉴욕에 다니러 왔을 때 제니가 하도 졸라 만난 적이 있었다. FBI 출신인 제니의 아버지는 놀라울 정도로 그의 아버지와 비슷했다. 에두아르드가 이런 느낌을 전하며 자신의 아버지 역시 KGB 출신이라고 말하자 제니의 아버지가 고개를 끄덕이며 좋은 사람들은 어디에나 있게 마련이라고 장중히 선포하듯 말했다. 「미국인이나 러시아인이나 좋은 사람은 많네. 지도자들이 일을 그르치는 것이지. 유대인도 그렇고.」 그는 에드거 후버[11]가 자식들이 태어날 때마다 선물을 보내왔다고 자

---

9 20세기 초 일본에서 만들어져 미국과 유럽 등으로 퍼진 식생활 방식이다. 곡물을 위주로 하고 채소를 곁들이며 육류 섭취는 최소화한다.

10 *Redneck*. 본래 미국 남부에 사는 가난하고 교육 수준이 낮은 백인 농부를 지칭하는 표현으로 쓰였으나 현재는 보다 광범위하게 교육 수준이 낮고 보수적인 시골 사람을 비하하는 표현으로 사용됨.

11 John Edgar Hoover(1895~1972). 무소불위의 권력을 휘둘렀던 전직 FBI 국장.

랑스럽게 말했다. 그리고 에두아르드가 작가라는 것을 알고는 꼭 『죠스』의 작가 피터 벤츨리처럼 성공하라는 덕담을 건넸다. 맥주, 체크무늬 남방, 소탈하고 잔머리 쓰지 않는 사람. 아버지가 딸보다 낫다고 에두아르드는 생각했다.

이만한 행운이 없다고 믿는 제니처럼 에두아르드도 충분히 편안하게 생각할 수도 있었다. 그녀는 상상 가능한 온갖 호사를 누리며 궁궐 같은 저택에서 지냈고, 스티븐이 와서 지내는 한 달에 며칠 동안은 물론 동분서주해야 했지만 이외에는 왕후장상이 부럽지 않은 평온을 누렸다. 마음대로 사람을 집으로 불러들였고, 돈 한 푼 내지 않았으며, 약간의 서비스와 인내심의 대가로 걱정 없이(부자들은 걱정에 짓눌려 산다고 생각하는 제니는 절대 부자는 사양하겠다고 했다) 부의 모든 달콤한 혜택을 누렸다.

그렇다, 그렇게 볼 수도 있었다. 이 집의 일원이 되어 눌러 살다시피하는 것을 에두아르드 인생 최고의 행운으로 여길 수도 있었다. 「하지만, 제기랄, 제니, 당신은 하녀야! 난 하녀의 애인이고!」 하루는 그가 작정하고 제니의 면전에서 악담을 퍼부었다. 그녀가 길길이 날뛰는 꼴을 보고 싶었는데, 그녀는 길길이 날뛰지 않았다. 그녀는 정신병자라도 대하듯, 괴로워하기는커녕 놀란 얼굴로 그를 빤히 쳐다보더니, 정색을 하고 차분히 대답했다. 「여기 아무도 당신 붙잡는 사람 없어, 에드.」 간명하면서도 정곡을 찌르는 답이었다. 맞았다, 아무도 그를 붙잡지 않았다. 문제는 그였다. 나이 서른다섯을 먹도록 한번 사는 것처럼 살아 보지도 못하다가 호사를 맛보고 나니 엠버시 호텔로, 센트럴 파크 잔디밭에서 하릴없이 뒹굴던 날들로, 막장 인생들과의 난교로 돌아갈 마음이 눈곱만큼도 없었다. 스티븐이 호모면 오죽 좋아, 하고 에두아르드는 생각했다.

7

발이 넓은 슈마코프가 그에게 엘레나의 안부를 전해 주었다. 그녀가 자신은 넘볼 수도 없는 세계(로프트 아파트, 샴페인, 코카인, 세계적인 예술가들과 모델들)에서 보란 듯이 살줄 알았는데, 현실은 그렇게 호락호락하지 않은 모양이었다. 그녀는 장피에르와 헤어지고 만난 남자들로부터 학대에 가까운 대접을 받았고, 마지막 남자한테는 버림까지 받았다고 했다.

두 사람은 다시 만났다. 그녀의 아파트는 예전에 그와 살던 렉싱턴 애브뉴의 누추한 집과 별반 다르지 않았다. 그녀는 빨갛게 충혈된 눈을 하고 연신 코를 훌쩍거렸고, 냉장고는 텅 비어 있었다. 동거를 통한 종살이를 하는 처지를 군이 밝히고 싶지 않았던 그는 그녀가 자신의 근황을 묻는 둥 마는 둥 하는 것을 차라리 다행으로 여겼다. 함께 밖으로 나와 걸어다니다가 에두아르드는 쇼핑을 좀 하는 것이 자신에게나 그녀에게나 기분 전환에는 특효약이라고 생각해 블루밍데일스 백화점으로 옷을 사러 가자고 제안했다. 〈마음에 드는 걸로 골라〉, 그가 말했다. 그녀가 걱정 반 의심 반으로 그를 빤히 쳐다보았다. 돈은 있어? 걱정 마, 얼마 전에 웰페어에서 받은 수표 있어. 좋아. 엘레나가 과연 무엇을 골랐을까? 팬티였다. 그는 이제 벌릴 권리도 들어갈 권리도 없는 보지를 감쌀 앙증맞은 팬티. 그녀가 입어 보겠다며 탈의실로 들어가더니 젖가슴을 드러낸 채 하이힐에 스타킹, 그 위에 팬티를 걸치고 나왔는데, 두 겹인데도 너무 얇아 팬티 밖으로 음모가 훤히 비쳤다.

직업상 이런 차림이 습관이 되다 보니 전혀 주변의 시선을 의식하지 않게 된 것인지, 일부러 그를 흥분시켜 속상하게 만들 생각인지, 에두아르드는 궁금했다. 갈보, 실패한 모델, 비극적 종말을 맞을 타락한 년이라고 애써 경멸했지만, 경멸의 밑바닥으로부터 뜨거운 사랑과 연민의 감정이 솟구치며 그를 집어삼켰다. 그의 러시아 공주가 이렇게 처량하고, 상스럽고, 공포에 질린 나머지 못된 여자로 변해 버렸다 생각하니 별안간 더없이 소중한 존재로 느껴졌다. 이젠 욕정을 느끼기보다 그녀를 살며시 품에 안아 어르고 달래 가며 위로해 주고 싶었다. 그녀에게 말하고 싶었다. 〈바보 같은 짓 그만 집어치우고 아직 가능할 때 떠나자. 새 출발 하자고. 이 세상에 중요한 단 한 가지는 바로 사랑이야. 누군가를 믿는 거지. 당신은 날 믿으면 돼. 난 충직하고, 착하고, 선한 사람이니까. 한 번 한 약속은 절대 저버리지 않으니까. 우리 나라로 돌아갈 수는 없지만 우릴 비천하게 만드는 이 대도시를 떠나 얼마든지 평화로운 곳으로 갈 수 있어. 난 평범한 사내들이 하는 일을 할 거야, 로냐 코소고르처럼 이삿짐을 나르는 인부가 되는 거지. 그러다 트럭을 한 대, 두 대 사서 이사업체 사장이 되는 거야. 우린 함께 가정을 꾸리는 거야. 저녁에 당신이 수프를 끓여 내오면, 난 하루 동안 밖에서 있었던 일을 당신한테 들려줄 거야. 밤에는 꼭 껴안고 누워서, 사랑해, 당신을 영원히 사랑해, 하고 말하겠지. 당신의 임종을 내가 지킬 거야. 아니면 당신이 내 임종을 지키겠지.〉

팬티 두 장에 백 달러를 내고 나서 그는 엘레나에게 한잔하러 가자고 제안했다. 그녀가 근처에 아는 데가 있다며 데려간 곳은 역시나 끔찍하게 비싼 곳이었다. 그녀는 전화를 걸 사람이 있다며 그를 테이블에 남겨 두고 잠시 자리를 비웠다. 그녀가 없는 사이, 그는 그녀에게 할 말을 머릿속으로 되뇌며 전율에 떨었다. 그녀가 전화 부스에서 올라오더니 친구가 한 명 동석해도 되겠느냐고 물었고, 5분 후에 문제의 친구가 나타났다. 이 50대 사내는 위스키를 한 잔 주문하더니 무심한 주인처럼 그녀를 함부로 대했다. 둘이 앞에 붙어 앉아 에두아르드는 모르는 사람들 얘기를 하면서 키득거리더니, 엘레나가 그만 가봐야겠다면서 의자에서 일어났다. 그녀는 몸을 숙여 전남편의 입술에 가벼운 키스를 하면서 고맙다, 정말 고마웠다, 만나서 반가웠다고 말하고는 사내와 함께 자리를 떴다. 음료 세 잔 값은 몽땅 그의 몫이었다.

그는 매디슨 애브뉴를 걸어 집으로 오는 길에 행인들, 특히 남자들을 눈여겨보며 자신과 비교해 보았다. 나보다 나은지? 나보다 못한지? 대부분 그보다 옷은 잘 입었다. 부자 동네니까. 상당수가, 그보다 키는 컸다. 몇몇은, 그보다 미남이었다. 하지만 살인을 저지를 수 있는 강단과 결기가 느껴지는 사람은 오직 그뿐이었다. 그리고 다들 그와 눈이 마주치면 겁에 질려 시선을 돌렸다.

그는 서튼 플레이스에 도착해 침대에 누웠고, 병이 났다. 보름 동안 제니가 그를 어린애 보살피듯 간호했다. 제니는 그게 좋았다. 그가 조금 회복되자 그녀가 아쉬운 듯이 말했다. 「당신이 얼마나 인간적으로 보이던지.」

다시 여름, 그가 센트럴 파크 잔디밭에 누워 책을 쓴 지 1년이 지났다. 제니가 같이 서해안으로 휴가를 떠나지 않겠느냐고 물었을 때, 그는 호기심도 호기심이지만 비겁한 속셈으로 그녀의 제안을 승낙했다. 제니가 없는 서튼 플레이스에 머물 수는 없었고, 8월을 엠버시 호텔에서 보낸다는 것은 상상만으로도 끔찍했다. 그러나 비행기에서 내려 제니의 오빠와 그녀의 절친한 친구 두 명, 그러니까 그가 볼썽사납게 생각하는 두 여자와 함께 렌터카에 오르는 순간, 악몽이 시작되고 있다는 생각이 들었다. 캘리포니아가 싫어서가 아니라, 이런 곳에선 나스타샤 킨스키의 팔에 안겨 있어야 제격이지, 히피 흉내를 내면서 당근 주스나 홀짝거리고, 초라한 커피숍에 앉아 종이 냅킨 귀퉁이에 계산을 해서 돈을 나눠 내는, 그들이 애용하는 표현대로 〈좋은 시간〉을 보내는 티를 내려고 요란스럽게 깔깔거리며 웃음소리를 끄는 프티 부르주아 무리와 어울릴 곳이 아니라는 생각 때문이었다. 3일간 툴툴거리면서 신세를 지다 보니 도저히 더는 못 하겠다는 생각이 들어 뉴욕으로 돌아오기로 마음먹었다. 제니는 붙잡지 않았다. 남한테 피해만 주지 않으면 하고 싶은 대로 해도 된다는 게 그녀의 신조였다.

뉴욕은 찜통이었고, 서해안에 그냥 있을 걸 괜히 왔다는 뒤늦은 후회가 밀려왔다. 노숙자 신세라면 8월에는 맨해튼보다는 베네치아가 낫다. 그는 다시 글을 쓰기 시작했다. 이번에는 시도, 이야기도 아니었다. 대부분이 한 쪽을 넘지 않는 짧은 산문 형식을 빌려 머릿속 생각들을 펼쳐 놓았다. 이 생각들이라는 것이 비록 소름 끼치기는 하지만, 한 가지는 인정해야 한다. 통분, 욕망, 계급적 증오심, 사디스트적 환상, 이 모든 것을 그는 솔직하게, 어떤 위선이나 어떤 수치심, 어떤 변명도 없이 적나라하게 드러냈다. 나중에 〈인생 낙오자의 일기〉라는 제목으로 묶여 출간되는 이 책이 나는 그의 걸작 중 하나라고 생각한다. 다음은 이 책의 일부다.

〈그들이 모두 올 것이다. 깡패들(싸움 하나는 정말 잘하는 놈들이다)과 겁쟁이들. 마약 딜러들과 홍등가에서 광고지를 돌리는 자들. 수음하는 자들, 포르노 잡지와 영화를 즐기는 자들. 쓸쓸히 박물관 전시실을 어슬렁거리거나 기독교 도서관이나 무료 도서관에서 책을 열람하는 자들. 외롭게 창밖을 내다보며 맥도널드에 앉아 커피를 홀짝이며 두 시간을 보내는 자들. 사랑과 돈, 일에 실패한 자들, 운 없게 가난한 부모 밑에서 태어난 자들. 슈퍼마켓에서 다섯 품목 이하의 소량 구매자를 위한 전용 계산대 앞에 줄을 서는 은퇴자들. 상류 사회의 백인 여자와 섹스를 하는 게 꿈이지만 실현 불가능하기 때문에 여자를 강간하는 흑인 깡패들. 꼭대기 층에 사는 부자들의 건방진 딸내미를 감금해 고문하고 싶은 은발의 《도어

맨》들. 이름을 드높이고 영광을 쟁취하기 위해 각지에서 모여든 용감하고 강한 자들. 쌍쌍이 끌어안은 동성애자들. 서로 사랑하는 청소년들. 아무도 작품을 사주지 않는 화가들, 음악가들, 작가들. 위대하고 담대한 낙오자들, 영어로 《루저》, 러시아어로 《녜우다츠니키》 무리. 그들이 모두 와서, 무기를 들고, 도시를 차례로 점령하고, 은행들, 공장들, 사무실들, 출판사들을 부술 것이고, 나, 에두아르드 리모노프는 선두 대열에서 행진할 것이다. 모두가 나를 알아보고, 좋아할 것이다.〉

　바캉스에서 돌아온 제니가 할 말이 있다며 심각한 표정을 지었다. 딱히 조짐이 있었던 것도 아니고, 에두아르드가 일정을 앞당겨 돌아오기 전날에 일행을 집으로 불러 바베큐를 한 체크무늬 남방에 콧수염을 기른 촌놈과의 사이에 수상한 낌새가 있었던 것도 아닌데, 제니는 캘리포니아로 가서 그놈과 살림을 차리고, 그놈과 결혼을 하고, 그놈의 자식을 낳겠다고, 더구나 이미 임신 중이라는 통보를 해왔다. 〈우리 사인 엄밀히 말해 사랑은 아니었어〉 하고 제니가 다정히 말했다. 동서로 멀리 떨어져 살아도 아름다운 우정에 금이 가서는 안 되지 않겠느냐고. 착한 여자답게 제니는 그가 이 일로 상처를 받지 않았으면 좋겠다고 말했고, 리모노프는, 다 이해하는, 그녀의 행복을 빌어 주는, 헤어지는 게 두 사람을 위해 더 나은 선택이라고 믿는 남자를 연기했지만, 사실은 상처를 받았고, 뜻밖에도 마음을 가누지 못했다. 그는 그녀를 사랑하지 않아도 그녀는 그를 사랑한다는 확신이 있었고, 이런 확신을 위안으로 삼았었다. 그를 기다려 주는 누군가가, 안식처가 있었는데, 이제는 없었다. 또다시 마주한 적대적인 세계, 바깥의 칼바람.

그에게 서튼 플레이스는 여전히 가볍게 들러 커피 한 잔 마시고 갈 수 있는 곳이었지만, 그 이상은 아니었다. 더러 마주치면 스티븐은 애인에게 차인(이 리모노프께서 화냥년한테 차이다니!) 리모노프를 위로라도 하듯 짓궂게 어깨를 토닥였다. 스티븐이 그에게 앞으로의 계획을 물었다. 책은 여전히 검토 중이라니, 나쁜 징조였다. 에두아르드가 손재주가 많다는 걸 알고 있던 스티븐이 친구 하나가 시골 별장에 와서 정식 근로 계약 없이 일할 사람을 찾고 있다고 말했다. 스티븐의 소개로 결국 에두아르드는 롱아일랜드에 가서 두 달 동안 시급 4달러를 받고 삽과 흙손을 손에 잡았다. 이 우아한 해안 마을에 별장을 소유한 뉴욕의 부자들은 가을에, 그것도 주말에만 잠시 들렀다 갔다. 주중에는 아무도 없었다. 집은 난방도 되지 않고 가구도 없었다. 에두아르드는 방수포를 깔아 땅에서 올라오는 습기를 대충 차단한 뒤 스펀지 매트리스를 펴놓고 생활했고, 버너 불에 일회용 분말 수프를 풀어 휘휘 저어 마셨고, 스웨터를 몇 겹이나 껴입고도 오들오들 떨었다. 가끔 날씨가 맑은 날에는 해변으로 나가 갈매기들을 우우 몰아 쫓았고, 제일 가까운 마을에 있는 유일한 바를 찾아가 텅 빈 실내에서 맥주를 한 잔 마셨고, 돌아오는 길에는 어김없이 비에 쫄딱 젖었다. 그러면, 몸을 덜덜 떨면서 침낭 속을 파고들어가 제니와 콧수염을 기른 촌놈이 섹스하는 장면을 상상했다. 커플이었을 때는 지금처럼 그녀를 떠올리며 자위할 날이 오게 될 줄은 상상도 못 했다.

몇 주가 흐르는 동안 그가 대화를 나눈 사람은 바 주인과 물건을 사러 드나든 슈퍼마켓의 주인이 전부였다. 여전히 친한 사이라고 믿는 인간들(슈마코프, 로냐 코소고르, 제니)한테 전화번호를 알리고 왔지만 벨은 울리지 않았다. 그를 생각하는 사람도, 그가 존재한다는 사실을 기억하는 사람도 없었다. 단 한 명, 에이전트가 전화를 걸어 맥밀란 출판사에서 그의 원고를 거절했다고 알려 주긴 했다. 내용이 지나치게 부정적이란다. 하긴, 〈다 꺼져!〉 하는 문장으로 끝을 맺는 책이니……. 에이전트는 아직 포기한 건 아니라고, 다른 출판사들을 더 알아보는 중이라고 맹숭맹숭하게 말했다. 그는 불편한 대화를 서둘러 끝내고 전화를 끊고 싶은 눈치였다. 그가 전화를 끊었다. 에두아르드는 시멘트 포대 위에 한참을 앉아 있었다. 텅 빈 거실에 홀로, 이 세상에 홀로. 비바람이 드세 비행기에 타고 있을 때처럼 빗물이 옆에서 들이쳤다. 이걸로 끝이라고 그는 생각했다. 시도했으나, 결국 실패했다고. 콘크리트에 구멍이나 뚫고 비수기에 부자들의 별장에 페인트칠이나 하면서 포르노 잡지나 뒤적이는 프롤레타리아 인생으로 끝날 것이다. 내가 존재했다는 사실을 아무도 모르는 채 죽겠지.

　내가 이미 앞에서 비슷한 장면을 한 번 쓴 것 같다. 픽션을 쓸 때는 선택이 필요하다. 주인공이 한 번은 바닥으로 추락할 수 있다. 권장 사항이기까지 하다. 하지만 두 번은 과하다. 반복의 위험이 있다. 현실에서, 나는 리모노프가 여러 번 바닥으로 추락했다고 생각한다. 여러 번 넘어지고, 의지가지

없이 절망스러운 상황에서도, 그토록 망가지고, 처절하게 외롭고 곤궁해도, 역정의 삶을 선택한 사람이 필연적으로 치러야 하는 대가일 뿐이라고 생각하며 언제나 힘을 얻고, 언제나 털고 일어서고, 언제나 다시 전진한 것은 내가 리모노프를 존경스럽게 생각하는 점이다. 엘레나에게 버림받고 그가 택한 생존 전략은 빈곤과 거리의 삶, 난교, 자포자기였다. 이번에는, 다른 선택을 염두에 두었다. 제니의 결정을 못내 서운해하던 스티븐은 그녀가 머잖아 약혼자가 있는 캘리포니아로 떠날 예정인데도 여전히 후임자를 구하지 못하고 있었다. 그런데 에두아르드가 누군가. 지난 몇 달 동안 의자 다리를 고치고, 원예용 연장들을 손질하고, 보르시치[12]를 끓여 내 손님들의 극찬을 받으면서 사실상 가정부 보조로서의 역할을 톡톡히 해냈을뿐더러 집이 돌아가는 사정까지 완벽히 파악하게 되지 않았나. 무엇보다 속물인 스티븐이 러시아 시인을 집사로 부린다는 생각에 솔깃해 반색할 게 분명했다.

8

예상대로 스티븐은 반색했고, 러시아 출신 시인은 실제로도 모범적인 집사임이 입증되었다. 아이티 출신의 가정부는 엄히 대했고, 까다로운 여비서와도 원만한 관계를 유지했다. 초인종 소리가 들리면 경계부터 하다가도 낯선 사람이 낯선

12 일반적으로 쇠고기 육수에 야채를 큼직하게 썰어 넣고 끓이는 러시아의 대표적인 스프.

사람이 아닌 것으로 판명 나는 순간, 태연하게 신중함에서 정중함으로 태도를 바꿀 줄 알았다. 식재료 공급업자들을 다루는 솜씨 또한 뛰어나 뉴욕의 최고급 정육점인 오토마넬리에서는 항상 특등육을 대주었다. 전문가 못지않은 솜씨를 발휘해 보르시치와 비프 스트로가노프[13]를 끓여 식탁에 올렸고, 비타민이 풍부하다고 부자들이 좋아하지만 감자와 양배추가 주식이던 그는 이 집에 오기 전만 해도 존재조차 몰랐던 페넬과 브로콜리, 루콜라 같은 채소도 근사하게 요리해 냈다. 은행에 가서 1만 달러를 현금으로 찾아오라는 심부름을 시켜도 될 만큼 믿을 만한 집사. 주인의 기호와 습관을 일일이 기억하고 세심하게 챙기는 집사. 딱 알맞은 온도의 위스키를 주인에게 따라 주는 집사. 주인의 욕실에서 나오는 알몸의 여자와 마주치면 거만하지 않게 슬쩍 고개를 돌릴 줄 아는 집사. 직분을 다하다가도 하인 제복 밑에 받쳐 입은 체게바라의 얼굴이 찍힌 티셔츠를 보란 듯이 드러내도 될 것 같은 손님들을 발견하면 요령 있게 대화에도 끼는 집사. 한마디로 보석 같은 존재. 스티븐의 친구들은 이런 집사를 둔 스티븐을 부러워했고, 그의 이름은 온 맨해튼에 회자됐다.

이렇게 1년이 지난 후, 프랑스의 한 출판사로부터 소설을 출간하자는 제의를 받은 에두아르드는 전 주인의 진심 어린 축하를 받으며 파리로 날아갔다. 그의 책들은 곧 애초에 출판을 거절했던 출판사들에 의해 미국에서도 번역 출간되었

13 쇠고기와 각종 야채, 소스를 넣고 걸쭉하게 끓이는 러시아의 대표적인 요리.

다. 1983년에 더블데이 출판사에서 낸『하인 시절의 이야기』
를 읽었을 스티븐의 모습을 상상해 본다.

　스티븐은 책을 통해 어떤 사실을 발견했을까? 우선, 그가
사라지기 무섭게 모범적인 집사 에두아르드가 지붕 밑에 있
는 그의 방에서 내려와 2층에 있는 〈마스터 베드룸〉을 차지
했다는 사실. 주인의 실크 시트 위에서 뒹굴고, 주인의 욕조
에서 마리화나를 피우고, 주인의 옷을 걸쳐 보고, 주인의 폭
신폭신한 카펫 위를 맨발로 걸어다녔다. 주인의 서랍을 뒤지
고, 주인의 샤토 마르고 와인을 꺼내 마시고, 당연히, 여자들
도 불러들였다. 거리에서 낚은 여자들, 그것도 더러는 두 명
을 한꺼번에 데려와 섹스를 하면서 킹 사이즈 침대 위에 적
당한 각도로 걸려 있는 베네치아산 대형 거울에 비치는 모습
을 올려다보았고, 여자들 앞에서 집주인은 아니라도 집주인
의 친구 정도는 되는, 동급의 사람인 양 행세했다. 물론, 내
예상이 빗나갈 수도 있지만, 나는 하인의 일탈을 알게 된 스
티븐이 크게 당혹스러워 했으리라고는 생각하지 않는다. 그
이유는, 물론 이 점에 있어서도 내 예상이 빗나갈 수 있지만,
하인이라면 누구나 대략 이런 식의 일탈을, 주인의 침대에서
하는 섹스를 꿈꾼다는 것을, 개중에는 정말 실행에 옮기는
사람도 있다는 것을 하인을 부리는 사람이면 바보가 아닌
이상 알고도 눈감아 준다고 생각하기 때문이다. 시트를 세
탁기에 넣어 돌리고 뒷정리만 깔끔하게 하면 감쪽같은데, 이
점에 있어서 에두아르드는 빈틈이 없는 사람이었다.

　스티븐이 정말로 당혹스러웠던 것은 이게 아니었을 것이
다. 그가 없을 때 하인이 했던 행동 때문이 아니라 그가 있을

때 하인이 했던 생각들을 알고 당혹스러웠을 것이다.

스티븐은 러시아 시인이 자신을 좋아한다는 착각을 할 만큼 순진한 사람이 아니었다. 에두아르드가 자신을 〈괜찮은 사람〉으로 여긴다는 생각은 했을지도 모르겠다. 그리고 에두아르드가 그를 아둔하지도 추악하지도 않은, 괜찮은 사람이라고 생각했던 것은 사실이다. 에두아르드는 그에게 전혀 〈개인적인〉 억하심정 같은 건 없었다. 하지만, 스티븐의 앞에 서 있던 에두아르드는 영주를 시봉하며 때가 오기만을 기다리다가, 때가 오면 미술품으로 가득한 아름다운 저택의 대문으로 당당히 걸어 들어가 미술품을 약탈하고, 영주의 아내를 강간하고, 영주를 바닥에 내동댕이치고 발길질을 가하며 환호성을 지르는 무직[14]과 다름없었다. 심성 고운 충복인 줄 알았던 바냐[15]들이, 자신의 아이들이 태어나는 모습을 곁에서 지켜봤고 이 아이들을 너무나 살뜰히 보살펴 줬던 바냐들이 눈이 뒤집혀 날뛰는 모습을 목격하고 경악했던 일을 할머니한테서 들은 바 있는 스티븐이, 옛 하인의 책을 읽으면서 똑같은 경악을 느꼈으리라 짐작한다. 2년 가까이 거리낌 없이 대했던 차분하고 다정하고 친절한 사내, 그 사내가 마음 밑바닥에서는 자신을 적으로 간주하고 있었던 것이다.

책을 읽으면서 세탁을 맡긴 바지가 제때 돌아오지 않았다고 하인에게 화를 냈던 날 — 그는 까맣게 잊어버리고 있었다 — 을 떠올렸을 스티븐의 모습을 상상한다. 하인은 창백

14 혁명 이전의 러시아 농민.
15 〈이반〉이라는 러시아 이름의 애칭.

하게 질려, 무표정하고 덤덤한 몽골인의 표정으로 그의 역정을 받아 냈었다. 한 시간 뒤에 스티븐의 사과로 일은 일단락되었고, 함께, 아니, 스티븐만, 허허 웃었다. 언쟁이 몇 초만더 계속됐어도 하인이 주방 서랍에 들어 있는 식칼을 꺼내들고 돼지 새끼를 잡듯, 어쨌든 에두아르드는 이렇게 기술하고 있다, 자신의 얼굴을 좌우로 그었으리라는 것을 스티븐은그때는 꿈에도 몰랐을 것이다.

유엔 고위 공직자의 집에서 열렸던 파티 일화 역시 이에못지않다! 담을 마주한 이웃집에서 파티를 하자 스티븐도얼굴을 비쳤다. 스티븐은 허리케인 램프들로 불을 밝힌 정원에서 샴페인을 마시고, 외교관 부부들, 국회의원들, 몇몇 아프리카 국가 원수와 담소를 나누었다. 그가 꿈에도 생각지못했던 것은, 어떻게 상상이나 할 수 있었겠는가? 저 높이서,천창을 통해 하인이 자신들을 관찰하고 있었다는 사실, 이유력자들의 파티에 초대받지 못한 데 앙심을 품은 하인이 지하실에서 주인의 엽총을 찾아 들고 올라와 총집에서 꺼내 장전한 후 손님들을 차례로 겨누면서 조준 장치를 움직이고 있었다는 사실이다. 일전에 티브이에서 본 적이 있는 낯익은얼굴이 에두아르드의 눈에 띄었다. 당시 유엔 사무총장이었던 쿠르트 발트하임(20년 후 나치에 협력했던 과거 행적이밝혀졌다)이었다. 스티븐은 그날 저녁 그와 몇 마디를 나누었다. 스티븐이 그에게 말을 하는 사이 하인은 그와 상대방을 겨누고 있었다. 두 사람이 멀어지고 나서도 조준 장치의조그만 십자 구멍을 통해 발트하임의 동선을 계속 따라갔다. 방아쇠에 걸린 그의 손가락에 팽팽히 힘이 들어갔다. 심

장이 터질 듯한 유혹이었다. 방아쇠를 당기는 다음 날로 그
는 유명해질 것이었다. 그의 모든 원고가 출판될 것이었다.
『인생 낙오자의 일기』는 지구 상의 모든 〈루저들〉에게 교과
서이자 경전이 될 것이었다. 이런 상상을 만끽하며 오르가슴
을 억제하듯 가까스로 치명적인 제스처를 유보하던 하인은
발트하임이 집 안으로 들어가 버리는 순간 처절한 실망감에
사로잡혔다. 〈차라리 잘됐어. 아직 내가 그 정도는 아니야.〉

　이 하인이 쓴 것 중 최악은 백혈병을 앓는 어린 소년에 대
한 것이다. 소년은 이웃에 사는 사랑스러운 부부의 아들이었
다. 다섯 살 먹은 이 소년을 이웃 누구나 좋아했고, 누구나
애끓는 심정으로 소년의 투병을 지켜보았다. 화학 치료, 희
망, 재발. 스티븐은 소년의 집에 드나들 정도로 소년의 부모
와 친분이 있었다. 소년의 집에 문병을 다녀올 때마다 스티
븐은 넋이 나간 표정이었다. 물론 자식들의 얼굴을 떠올렸을
것이다. 하루는, 소년의 아버지로부터 가망이 없다, 며칠을
더 살지 모르겠다, 아니 몇 시간이 될지도 모른다는 얘기를
듣고 돌아왔다. 스티븐이 아래층으로 내려와 소식을 전하자
제니는 오열했고, 평소처럼 주방에 있던 에두아르드는 울지
는 않았지만 나름의 냉철한 군대식 스타일로 아파하는 듯
보였다. 셋이 우두커니 침묵을 지키던 순간, 그 순간을 스티
븐은 놀라우리만치 선명하게 기억하고 있었다. 계층의 장벽
이 사라지고 그들은 단지 한 어린 소년의 죽음을 기다리며
함께 테이블에 마주 앉은 두 남자와 한 여자일 뿐이었다. 그
들 사이에는 슬픔과 연민, 그리고 어쩌면 사랑일지도 모르는

연약한 어떤 것만이 존재할 뿐이었다.

하지만 에두아르드의 책에 나온 내용은 이랬다.

〈뭐, 암으로 죽으라 그래, 그 꼬맹이, 엿 먹어! 그래, 잘생겼어, 그래, 불쌍해. 그래도 난 마찬가지야, 엿 먹어! 차라리 잘됐어. 죽어라, 부자 애비를 둔 녀석아, 난 덩실덩실 춤을 출 거다. 진지하고 개성적인 내 인생이 하나같이 버려지만도 못한 놈들한테 짓밟히는 이 마당에, 내가 왜 연민과 동정을 가장해야 하냐고? 죽어라, 어차피 죽을 꼬마 녀석! 코발트[16]도 달러도 속수무책일 거다. 암은 돈 앞에서 머리를 조아리지 않아. 몇 십억을 갖다 바쳐 봐라, 꿈쩍을 하는지. 다행이지. 최소한 그 한 가지 앞에서는 만인이 평등하니까.〉

(《이런 나쁜 자식!》 하고 스티븐은 생각했을 것이고, 나 역시 같은 생각이며, 독자 여러분도 분명 다르지 않을 것이다. 그럼에도, 어린 소년을 구하기 위해 할 수 있는 일이 있었다면, 특히 그것이 아주 힘들고 위험한 일이었다면, 제일 먼저 뛰어들어 혼신의 노력을 다했을 사람 또한 에두아르드라고 나는 생각한다.)

9

하루는, 스티븐이 하인 에두아르드에게 저명한 동포 시인 예브게니 옙투셴코가 와서 묵고 갈 방을 하나 잘 꾸며 놓으

16 암 치료에 이용되는 방사선 코발트를 가리킴.

라고 시켰다. 위선덩어리에다 다차를 비롯한 온갖 특권을 과
분하게 누리고, 역겨우리만큼 두 마리 토끼를 한꺼번에 잡은
반쪽짜리 반체제 인사에게 일말의 존경심도 느끼지 않았지
만 에두아르드는 물론 입도 뻥긋하지 않았다. 집에 도착한
옙투셴코는 키가 훤칠한 미남에 자신감이 넘치는 사람이었
는데, 보라색 청 재킷을 걸치고 큼지막한 줌 카메라를 어깨
에 비스듬히 둘러메고 손에는 고국에서 구할 수 없는 온갖
자질구레한 물건을 잔뜩 사서 넣은 백화점 쇼핑 봉투를 줄
줄이 들고 있는 품이, 브로드스키의 묘사를 빌자면, 영락없
이 갓 상경한 시베리아 촌뜨기였다. 20년 뒤에 직접 옙투셴
코를 만날 기회가 있었던 나 역시 이 묘사에 동의한다. 전형
적인 러시아인을 손님으로 맞아 신이 난 스티븐이 손님을 위
해 칵테일 파티를 열었다. 에두아르드는 하인 제복 차림으로
파티 시중을 들었다. 그는 혹시라도 이 잘난 인사에게 스티
븐이 자신을 소개하기라도 할까 봐 마음을 졸였는데, 기우
가 아니었다. 그런데 상대의 반응이 의외였다. 리모노프? 그
의 책 얘기를 어디서 들은 적이 있다고 했다. 「에디치카, 이거
맞죠?」 대단한 책이라고 들었다고, 한번 읽어 보고 싶다고
그는 말했다.

　일행은 메트로폴리탄 오페라에 가서 누레예프의 공연을
보고 52가에 있는 〈러시안 사모바르〉에서 저녁 식사를 하기
위해 밖으로 나갔다. 에두아르드는, 테이블을 치우고 뒷정리
를 끝낸 뒤에 일찍 잠자리에 들었다. 스티븐이 맨해튼에 머
물 때는 일찍 자는 게 상책이었다. 그런데 새벽 네 시, 그의
방에 있는 인터폰이 울렸다. 주방으로 내려와 같이 한잔하

자는 옙투셴코의 목소리였다. 그와 스티븐이 보드카 병을 앞에 놓고 식탁에 앉아 있었다. 거나하게 취해 나비넥타이를 풀고 앉은 두 사람이 에두아르드에게 술을 권했다. 옙투셴코는 〈러시안 사모바르〉에서 돌아와 에두아르드가 고분고분 눈에 띄는 자리에 두고 나간 원고의 첫 쪽을 펼쳤다. 변기에 앉아서 두 번째 쪽, 내처 오십 쪽 가량을 읽고 나니 잠이 싹 달아나더라고, 그래서 스티븐을 주방으로 끌고 내려와서 한잔 더 하자고, 이런 발견을 축하하자고 했던 것이라고, 혀는 꼬였지만 극도의 흥분 상태에서 같은 말을 반복했다. 「좋은 책 정도가 아니야, 친구, 대단한 책이야! 존나 대단한 책이야!」 더 국제적이고 자유분방한 인상을 주고 싶었는지 옙투셴코는 〈퍼킹 *fucking*〉을 한 번도 아니고 두 번씩 써가면서 책이 꼭 출간되도록 백방으로 힘쓰겠다고 약속했다. 술기운이 올라 감상에 젖은 스티븐이 「시티 라이트」에 등장하는 높은 중절모 차림의 부자처럼 젊은 천재를 다정하게 안아 주었다. 그들은 걸작의 탄생을 축하하며 건배를 거듭했고, 당연히 다시 희망에 부푼 우리의 에두아르드는 희희낙락한 분위기에 장단을 맞추면서도 음험한 내심으로는, 미국의 억만장자나 소비에트의 공식 시인이나 다 똑같은 계급, 지배층에 속하는 사람들이다, 이들보다 천 배는 더 재능 있고 정력 넘치는 나는 절대 이들과 같은 계급에 속할 수 없다, 천재인 나를 위해 잔을 기울이고 있지만, 이들이 잠을 자러 위층으로 올라가면 지저분한 뒷정리를 하는 건 결국 나다, 혁명의 그 날 저녁이 오면 너희들을 꼭 기억해 주마, 하고 되뇌었다.

맨정신에는 전날 밤만큼 살갑지는 않아도 어쨌든 스티븐과 옙투셴코는 에두아르드를 한 번씩 안아 주고 콜로라도로 스키 여행을 떠났다. 몇 주가 흘러도 소식이 감감했다. 괜한 의심이 아니었다고 생각하던 차에 어느 날 로런스 퍼링게티라는 이름의 남자가 에두아르드에게 전화를 걸어왔다. 어쩐지 귀에 익은 이름이라고 느꼈는데, 알고 보니 그는 시인이자 비트닉들의 책을 간행하는 샌프란시스코의 전설적인 편집인이었다. 친구인 예브게니가 에두아르드가 쓴 〈대단한 책〉 얘기를 하면서 전후에 러시아어로 쓰인 최고의 걸작 중 하나(옙투셴코, 마음에 들어)라고 평하길래 한번 읽어 보고 싶어서 연락했다고 말했다. 뉴욕에 다니러 와 친구인 앨런 긴즈버그(이자는 어떻게 죄다 유명인 친구밖에 없어) 집에 머물고 있다고 했다. 마침 스티븐이 집에 없어 에두아르드는 〈집에서〉 점심을 먹자고 그를 초대했다.

퍼링게티는 대머리에 턱수염을 기른, 나이 지긋하고 풍채 좋은 신사였다. 그의 아내 역시 외모가 썩 괜찮은 편이었다. 아무리 화려한 저택들을 많이 봐온 그들이지만 서튼 플레이스에서는 입이 다물어지지 않는 모양이었다. 옙투셴코가 그의 생업에 관해서는 전혀 귀띔해 주지 않고 책 내용 중에서 제일 〈쓰레기 같은trash〉 것만 실컷 골라 얘기해 준 모양이었다. 부부는 할렘에서 흑인들과 성교를 하고 거지와 다를 바 없다고 전해 들은 에두아르드가 무슨 수로 이런 으리으리한 저택에 사는지 차마 대놓고 묻지는 못하고 궁금해 죽겠는 눈치였다. 혹시 억만장자 애인이라도 있는 걸까? 아니면 〈진짜〉 억만장잔데, 칼리프 하룬 알 라시드가 거렁뱅이로 변장을 하고 바그다드의 밑바닥을 드나들었듯, 그도 뉴욕의 밑바닥 인생을 체험 중인 게 아닐까? 귀티가 흐르는 부부의 얼굴은 두 개의 물음표였다. 이들의 반응을 재밌게 지켜보다 하는 수 없이 오해를 풀어 주었을 때 그들이 보인 반응은 훨씬 더 재미있었다. 퍼링게티와 그의 아내는 실망하거나 에두아르드를 깔보기는커녕 포복절도하면서 어쩜 그렇게 감쪽같이 속일 수 있느냐고 호들갑을 떨더니, 정말 할 말을 잃게 하는 사람이라면서 그를 치켜세웠다. 이런 호걸을 봤나! 이런 곡예사 같은 인생이 있나! 분위기에 휩쓸리다 보니 에두아르드도 스스로 종놈이 아니라, 마도로스, 금맥을 찾아나선 채집꾼, 소매치기 등등 오만 가지 흥미진진한 생업을 두루 거친 잭 런던처럼, 종놈 노릇을 직업 삼아 글을 쓰는 작가라는 생각이 들었다. 난생처음으로 전문가 관객들 앞에서 그의 장기인, 여유만만하고 냉소적으로 인생을 파도타기 하는 서퍼의 모습을 제대로 보여 줄 수 있으리라. 대성공이었다. 그들은 파란만장했던 그의 인생 역정을 들려 달라고 청했고, 그는 새로운 관객들이 반체제주의자 버전보다는 깡패 버전을 선호하리라는 것을 본능적으로 감지했다. 「그런데 말이죠.」 그의 말을 스펀지처럼 흡수하던 퍼링게티의 아내가 물었다. 「당신 호모예요?」

〈이것저것 다〉 하고 그가 건성으로 대답했다.

「이것저것 다! 멋지네요!」

거나하게 취해 기분 좋게 헤어질 때는 마치 출판이 형식적인 절차만을 남겨 둔 것 같았다. 그러나 한 달 뒤에 출판 여부에 대한 분명한 언급도 없이 단지 결말을 바꾸는 게 어떻겠느냐, 가령 「택시 드라이버」의 드 니로처럼 에디치카도 정치적 암살을 자행함으로써 비극적인 최후를 맞게 하는 게 어떻겠느냐는 퍼링게티의 편지와 함께 원고가 샌프란시스코에서 돌아왔을 때, 에두아르드는 뒤통수를 세게 얻어맞은 느낌이었다.

그는 말문이 막혀 머리를 절레절레 흔들었다. 퍼링게티는 전혀 이해를 못 했다. 왜 그 생각을 안 했겠나. 엽총의 조준 장치에 발트하임이 포착됐을 때 살인 직전까지 갔었다. 그런데도 실행에 옮기지 않았던 것은 다른 식의 해결이 가능하다는 믿음을 여전히 갖고 있었기 때문이다. 허섭스레기 같은 돈벌이들, 출판사들의 거절, 고독, E급 여자들, 이 모든 것을 다 감내하는 이유는, 언젠가 앞문을 벌컥 열어젖히고 부자들의 거실로 걸어 들어가 그들의 숫처녀 딸들에 올라탈 것이기 때문에, 그때 도리어 저쪽에서 그에게 고맙다고 절을 할 것이라는 믿음이 있기 때문이었다. 궁지에 몰려 총을 난사하는 루저의 심정이야 백분 이해하지만, 글을 쓰는 능력이 있는 그는 그런 루저가 아니었고, 종이에 인쇄된 그의 분신도 그렇게 돼서는 안 되는 것이었다.

퍼링게티는 편지 말미에 추신을 덧붙였다. 〈심히 고되지 않은 일을 하는 대가로 호화로운 집에 살면서 어떤 측면에서는 부르주아 사회의 과실(果實)을 맛보는 셈인데, 그렇다면 자네 책의 주인공이 그 사회에 대해 조금 더 너그러워져야 하지 않겠나? 조금 더 편안한 시선으로 그 사회를 바라봐야 하지 않을까?〉

개자식, 빌어먹을, 개자식.

  헛된 기대, 확인 사살, 또 한 번 나락으로 떨어지는 듯했으
나 또다시 시작이었다. 파리에서 누군가 장자크 포베르한테
그의 책을 소개한 모양이었다. 결코 퍼링게티에 뒤지지 않는
활화산 같은 개성의 이 전설적인 편집자를 에두아르드는 그
때만 해도 누군지 몰랐다. 초현실주의자들과 사드의 책들,
그리고 『O 이야기』를 출간한 포베르는 미풍양속을 해치고
국가 원수의 명예를 훼손한 혐의로 수없이 유죄 판결을 받았
으나 번번이 유쾌하게 재기에 성공한 사람이었다. 번역된 몇
장(章)을 읽고 에두아르드의 책에 반한 그는 즉시 출간을 결
정했다. 그의 출판사가 또 한 번 파산하는 바람에 독자 출판
이 불가능해져 사정이 복잡하게 꼬이긴 했지만, 어쨌든 에두
아르드의 책은 출간되었다. 〈나, 에디치카〉는 포베르가 정한
『러시아 시인은 덩치 큰 깜둥이를 좋아해』라는 선정적인 제
목을 달고 1980년 가을에 출판되었다.

제4장

파리, 1980~1989년

1

　리모노프가 파리에 도착했을 때는 내가 인도네시아에서 2년을 보내고 귀국한 직후였다. 인도네시아에 가기 전, 나는 그다지 역동적인 삶을 살았다고 할 수 없다. 나는 얌전한 어린아이에서 지나치게 교양 있는 청소년으로 자랐다. 동생 나탈리가 〈우리 가족 소개하기〉라는 주제로 쓴 작문에서 나에 대해, 〈우리 오빠는 진짜 진지하고, 장난을 절대 안 치고, 하루 종일 유명한 사람들 책만 읽는다〉고 썼을 정도다. 열여섯 살 때 나는 나처럼 고전 음악에 심취한 친구들과 어울렸다. 우리는 프랑스 뮈지크[1]의 전설적 프로그램인 〈음반 비평대〉를 모방해 모차르트의 오중주나 바그너의 오페라를 연주한 여러 음반을 비교하며 시간을 보냈다. 프로그램 출연자들의 박식함과, 이박자 리듬에 빠진 야만의 세상 속에서 냉소적이고 불통한 문명의 섬을 만들어 간다는 그들의 자신만만한 자부심에 우리는 매료돼 있었다. 자크 부르주아와 앙투안

　1 France Musique. 고전 음악과 재즈를 주로 다루는 프랑스 공영 라디오 방송의 음악 채널.

골레아의 불꽃 튀는 논쟁을 기억하는 사람은 날 이해할 것이다. 장송드사이 고등학교[2]에 이어 시앙스 포[3]에 진학한 나는 로큰롤을 경멸하고, 춤은 사양하고, 의연한 척하기 위해 술을 퍼마시고, 위대한 작가를 꿈꾸며 70년대의 대부분을 보냈다. 작가 지망생으로 영화 비평계에서 일종의 〈분더킨트〉[4]로 대접받던 나는 『포지티프 *Positif*』에 판타스틱 영화나 타르코프스키 감독을 소개하는 장문의 기사들과, 졸작이라 판단하는 영화들에 대해서는 지금도 얼굴이 화끈거릴 정도로 모진 악평들을 실었다. 정치적으로는, 확연히 우로 기울어 있었다. 그때 나한테 이유를 물어 오는 사람이 있었으면, 댄디 흉내를 내며 마이너리티가 좋다고, 부화뇌동은 질색이라고 대답했을 것 같다. 마르셀 에메를 즐겨 읽고, 아직은 〈정치적 올바름〉이라는 이름으로 불리기 전이던 일련의 경향을 맹비난하던 내게, 우리 가족의 견해를 재생산함으로써 결국 피에르 부르디외의 학설[5]을 몸으로 입증하는 셈이라고 지적해 주는 사람이 있었으면 아마도 깜짝 놀랐을 것이다.

청소년 시절과 파릇파릇한 젊은 시절의 나에 대해 너무 박한 평가를 내리는 것 같아 불편하다. 마음 같아선 그 시절의 나를 사랑하고 나 자신과 화해하고 싶지만 잘 안 된다. 나는 공포에 질렸던 것 같다. 삶이, 타인들이, 내 자신이 두려웠던 것 같다. 그 공포에 투항하지 않으려면 냉소적으로, 무덤덤

---

2 상류층과 부유층 자녀들이 주로 다니는 파리 16구의 고등학교.
3 파리 정치대학. 명문 그랑제콜 중 하나.
4 신동.
5 하비투스 *Habitus* 이론을 가리킴. 우리말로는 흔히 〈습속〉으로 번역됨.

하게 내면으로 침잠하고, 방에 틀어박혀 마치 세계 일주라도 끝내고 온 사람 시늉을 하면서, 순진함과는 거리가 먼 경멸에 찬 시선으로 어떤 식의 열광이나 참여도 삐딱하게 바라보는 수밖에 없었다.

그렇던 나도 결국 집을 떠나 길 위에 올랐고, 요행히 동행도 있었다. 시앙스 포 재학 시절에 만난 뮈리엘은 『플레이보이*Playboy*』의 표지 모델처럼 늘씬한 미인에 옷차림도 시선을 확 끄는 여자였다. 남녀 공히 교복처럼 로덴 코트를 입고, 여학생은 에르메스 스카프, 남학생은 와이셔츠에 금색 넥타이핀을 꽂은 넥타이를 매고 다니던 생기욤 거리[6]에서 그녀는 단연 별종이었다. 변명 같지만 나는 구저분한 클락스[7]에 낡은 가죽 재킷을 입고 놈팡이처럼 의욕 없이 이죽거리기나 하던 학생이었다. 고등학교에서는 통했지만 이미 다들 프랑스의 지도자라도 된 줄 착각하던 시앙스 포에서는 찾아볼 수 없던 허무주의적 가치들에 여전히 빠져 있었다. SF 단편과 영화 시나리오를 쓴 덕에 나는 영화 시사회에 초대를 받아 여자애들을 데리고 갈 수 있었다. 우리 학번에서 가장 섹시하지만 차마 여자 친구라고 소개하기는 남부끄러운 여학생을 소심한 내가 차지할 수 있었던 것은 아마도 나의 이런 두루뭉술하게 예술가적이고 보헤미안적인 성향과 양심적 병역 거부자적인 기질 때문이 아니었나 싶다.

6 시앙스 포가 위치한 거리.
7 주로 가죽이나 스웨이드를 소재로 굽 낮은 단화를 만드는 영국의 신발 브랜드.

시앙스 포 학생들이나 내 고전 음악 애호가 친구들의 눈에 뮈리엘은 상스러운 구석이 있는 여자였다. 말소리도 웃음소리도 컸고, 말끝마다 〈그니까〉와 〈있잖아〉를 연발했으며, 조그마한 금속 장치로 마리화나를 말아 피웠다. 그녀가 바닥에 펠트펜으로 〈잊지 마〉라고 써서 준 그 기계를 나는 여태 가지고 있다. 그걸 열어 볼 때마다 나는 고마운 마음으로 그녀를 떠올리고, 우리가 더 오래 사귀었으면 내 인생이 어떻게 달라졌을지 상상해 본다. 진정한 바바[8]였던 그녀는 나 역시 진정한 바바로 만들어 주었다. 베이루트 국제 영화제에 갈 날을 고대하며 양차 대전 사이에 활약한 우파 작가들의 책에 파묻혀 청소년기를 보낸 나는 그녀를 만나 드롬[9]의 외딴 농가에 틀어박혀 대마를 피우고, 노작지근한 음악을 듣고, 올이 풀린 양탄자들 위에 동전을 세 개 던져 주역을 보고, 무엇보다 아침부터 저녁까지 발가벗고 있는 유쾌하고 악의 없는 여자와 섹스를 했다. 초현실에 가까운 그녀의 눈부신 몸을 나는 눈과 몸으로 즐겼다. 내 나이 스무 살, 그때까지 살아온 내력에 비추어 그것은 분명 내 인생 최고의 행운이었다.

당시에는 의무병 제도였기 때문에 졸병도 예비군 장교도 싫은 나 같은 부르주아 청년이 할 수 있는 선택은 두 가지였

8 무위를 즐기며 폭력을 거부하고 생태주의에도 관심이 많은 비주류 젊은이들을 지칭하는 용어. 유목민적 삶을 추구하는 경향이 있고 공동체를 이루어 살기도 함.
9 알프스 산맥 인근의 프랑스 남동부 지방.

다. 병역을 면제받거나 대체 복무를 지원하거나. 나는 시앙 스 포 졸업 후에 대체 복무를 신청해 수라바야의 프랑스 문화원에 강사로 임명됐다. 자바 섬의 동단에 위치한 공업항 수라바야는 조지프 콘래드의 소설『승리Victory』의 배경이 됐고, 브레히트와 쿠르트 바일은 이국적인 음색의 지명에서 영감을 얻어「수라바야 조니Surabaya Johnny」라는 노래를 만들었다. 문화원이 위치한 아름다운 네덜란드풍 건물은 우리로 치면 나치 점령기의 로리스통 거리[10]에 해당하는, 가혹 행위가 자행되던 곳이었다. 일 년에 두 번씩 무당이 와서 살풀이 굿을 하고 경비원 채용에 심한 어려움을 겪고 있었지만 정원만은 한 폭의 그림이었다. 나는 거기서 자식을 다 키우고 다소 무료함을 느끼던 차에 브리지와 비슷한 긍정적인 소일거리라 생각하고 수업에 나오던 명문가 화교 여성들에게 프랑스어를 가르쳤다. 우리는『보그』에 실린 카트린 드뇌브와 이브 생로랑에 관한 기사들을 번역했다. 그녀들에게 나는 인기가 좋았던 것 같다. 뮈리엘이 금방 뒤따라왔다. 우리는 함께 오토바이 여행을 하면서 아시아의 복작거림과 냄새에 취했다. 그녀와 같이 환각 버섯을 경험한 후에 나는 수라바야에서 생애 첫 소설을 쓰기 시작했다. 그 당시에 대체 복무자들의 처녀 소설은 일종의 소(小)문학 장르를 형성하고 있었다. 신간이 쏟아지는 가을에 그런 책들이 꼭 서너 권씩 출간되었다. 문학에 대한 막연한 동경을 품은 부유층 젊은이가 가족이나 친구들과 멀리 떨어져 브라질이나 말레이시아, 자이르 같은 나라에서 2년을 지내다 보면 스스로 모험가라는

10 2차 대전 당시 프랑스 게슈타포 건물이 있었던 곳.

생각이 들어 자신의 모험에 약간, 혹은 상당한 소설적 색깔을 입혀(내 경우에는, 상당한) 책으로 내고 싶은 욕심이 생겼다.

며칠 휴가만 생기면 나는 무조건 뮈리엘과 함께 발리로 향했다. 우리를 매료시킨 것은 발리 원주민들의 생활 양식(마을 축제, 전통 음악, 조상들의 의식)이 아니라 쿠타 해변과 레기안의 오두막에 거처하는 서양인들의 생활 양식이었다. 서핑, 매직 머쉬룸,[11] 횃불 축제. 쾌락을 추구하는 이 쿨한 사회에는 다양한 계급이 존재했다. 천민 계급인 단기 관광객들, 카메라를 목에 걸고 다니는 이 사람들은 우리의 관심 밖이었다. 바가지 쓰지 말고 모두 〈제값〉 주고 사야 한다는 강박관념에 사로잡힌 가난뱅이 배낭여행객들. 하드 록을 틀어놓고 맥주를 마시던, 흔히 미녀들을 대동하고 있던 단순한 성격의 호주 서퍼들. 그리고 제일 위에 뮈리엘과 내가 쿨한 바바들이라 지칭하며 부러워하던 귀족 계급. 이들은 휴가철 동안 해변에 예쁜 통나무집을 빌려 지냈다. 이들은 고아[12]에서 와서 포르멘테라 섬[13]을 향해 떠났다. 이들이 입는 아마와 실크 옷은 관광객들이 마을 가게에서 사 우스꽝스럽게 걸치고 다니는 옷들보다 훨씬 고급스러웠다. 이들이 피는 마리화나는 훨씬 맛있었고 이들이 누리는 자유는 훨씬 자연스러웠다. 이들은 요가를 하고 절대 시간에 쫓기지 않는 듯 보이는 일에 종사했다. 이상적으로 느긋한 이런 삶을 보장하는 수입원은 이들이 극도로 말을 아끼는, 밀거래였다. 배짱이 두

11 *magic mushroom*. 환각 성분이 들어 있다.
12 인도 남서 해안에 위치한 옛 포르투갈의 영토.
13 스페인령인 지중해 발레아레스 제도에 있는 섬.

독한 이들은 마약을(인도네시아에서는 적발되면 끔찍한 환
경에서 무기 징역을 살거나 교수형에까지 처해지기 때문에
정말로 배짱이 두둑해야 한다), 피라미들은 보석과 가구, 원
단을 밀거래했다. 뮈리엘은 미모와 상냥한 성격 덕에 금방
이 귀족 사회의 일원으로 받아들여졌는데, 나 혼자서는 절대
가능하지 않았으리라는 것을 나는 모르지 않았다. 나는 그
녀를 질투했고 속으로는 부러우면서도 경멸을 가장했다. 우
리 둘의 관계는 여기서 어긋나기 시작했다. 발리에 머무르면
서 멋진 바바들과 어울릴수록 대체 복무가 끝나고 파리에
돌아가 학업을 계속하거나 직장을 찾고 싶은 마음이 줄어들
었다. 화창한 날에는 해변의 대나무집 테라스에 앉아 글을
쓰는 내 모습을 상상했다. 웃통을 벗고 허리에 사롱을 두른
내가, 해변으로 수영을 하러 내려가는 뮈리엘이 건네는 하시
시 담배를 받아 한 모금 빤다. 금발에 구릿빛, 매혹적인 그녀
가 해변을 향해 멀어질 때 나는 그녀의 일렁이는 엉덩이를
물끄러미 바라본다. 이것이었다. 우리에게 어울리는 삶은 바
로 이런 삶이었다. 이런 삶을 살 방도를 찾던 끝에 일단 신중
하게 첫걸음을 떼기로 결정했다. 쿠타의 가게들을 돌다 우리
는 품질은 좋지 않아도 금사를 써서 예쁘게 바느질이 된 비
키니 수영복을 찾아냈다. 여러 제조업체에 문의한 결과 한
벌당 1달러에 구매가 가능하다는 계산에 도달했고, 뮈리엘
은 파리에 가져가서 팔면 구입 원가의 열 배를 받을 수 있다
고 자신했다. 우리는 수중의 돈을 탈탈 털고 대체 복무자가
제대 시에 받는 수당까지 보태 5천 벌을 주문했다. 이 수영
복들이 외무부의 비용으로 프랑스까지 운반되어 파리와 발

235

리를 오가며 살, 아니 주로 발리에서 살 우리의 화려한 삶의 밑천이 되는 일만 남은 듯 보였다.

중략. 제조업체에서 보낸 수영복 상자들이 도착했을 때는 뮈리엘이 나를 버리고 나보다 나이가 많고 자신감 넘치는 쿨한 바바를 선택한 지 한 달이 지난 뒤였다. 번민에 사로잡혀 볼썽사납게 변해 가던 청년은 그녀가 선택한 바바와는 분명 비교도 안 되는 사람이었다. 모험에 찬 삶을 꿈꾸다 결국 끈 떨어진 연처럼 홀로, 쓸쓸히 파리로 돌아온 나를, 황홀한 사랑을 얘기하는 첫 소설의 원고와 참패한 사랑, 그리고 당시에는 참패한 인생의 증거로 느껴지던 금사로 바느질한 수영복 5천 벌이 뒤따라왔다. 귀국하고 나서 참담한 겨울을 보냈던 걸로 나는 기억한다. 평생 한 번도 살이 찐 적은 없지만, 그때 나는 열대의 무더위 속에서 체중이 십 킬로그램이나 빠져 돌아왔다. 그곳에서는 아시아적이고 날렵한 몸매로 여겨졌을 것이 우중충한 파리에 돌아오니 귀신이나 중환자의 수척한 몸을 연상시켰다. 내가 설 자리가 줄어들었고, 행인들은 거리에서 날 밀치고 지나갔고, 나는 사람들이 나를 밟아 뭉개고 지나갈지도 모른다는 공포에 시달렸다. 내가 살던 아파트에는 맨바닥에 매트리스 하나, 의자 몇 개와 함께 테이블 대신 수영복이 든 트렁크가 두 개 놓여 있었다. 여자 손님이 올 때마다 나는 수영복을 다섯 장이든 열장이든 원하는 만큼 가져가라고 권했다. 별 인기가 없었던 그 수영복들을 언제, 어떻게 처리했는지조차 지금은 기억이 나지 않는다. 나는 혐오감만 불러일으키는 글이지만 그래도 몇 군데의 출판사에 원고를 보냈고, 그해 겨울은 출판사들이 보내온 거절 편지들로 점철되었다. 작가로 성공해 모험가와 애인으로서 맛본 실패를 보기 좋게 만회하고 싶었지만 결국 그 세 가지 모두 실패한 것으로 판명이 났다.

2

어머니는, 두 해 전부터 유명 인사가 되어 있었다. 동료 교수들 사이에서 인정받던 어머니가 한 영리한 편집자의 제안을 받고 학자 초년 시절부터 쌓아 온 연구 성과를 종합해 펴낸 책이 베스트셀러가 된 것이었다. 『분열된 제국 *L'Empire éclaté*』의 이론은 당시로서는 신선하고 파격적이었다. 어머니는 소련을 러시아와 동일시하는 것은 잘못이라고 주장했다. 다민족 모자이크 사회인 소련이 그럭저럭 결속을 유지해 가고는 있으나 인종과 언어, 종교적으로 소수인 민족들, 이들 중에서도 특히 회교도 소수 민족들의 불만이 증폭되고 있다, 게다가 인구수까지 급속한 증가세를 보이는 상황에서 결국 이 회교도들이 다수가 되어 러시아의 헤게모니를 위협할 것이라고 예측했다. 어머니는 이런 추론을 바탕으로 다음의 결론에 도달했다. 1978년 현재 대부분의 사람들이 앞으로 몇 세기 동안은 소련 제국이 건재하리라 믿고 있지만, 이 역시 심각한 착각이다. 소련 제국은 흰개미 떼 같은 다민족들한테 야금야금 갉아 먹히다 끝내 붕괴될지도 모른다.

어머니가 예측한 방식 그대로 소련의 붕괴가 진행되지는

않았지만 이후 10년은 어머니의 직관이 옳았음을 입증했고, 한 번 획득한 신탁의 지위를 잃지 않기 위해 어머니는 이때부터 성급한 예측은 자제했다. 『분열된 제국』이 커다란 반향을 불러일으키자 「프라브다」의 1면에 관련 기사가 실리기도 했다. 〈불행한 유명 인사〉 엘렌 카레르 당코스는 이 기사에서 새로운 형태의 극도로 해로운 반공산주의를 퍼뜨리는 교사자라는 낙인이 찍혔다. 어머니는 이런 반응에 개의치 않고 이듬해 모스크바를 방문했다 그 기사를 작성한 장본인인 역사학자를 만났다. 그는 눈을 반짝이며 어머니에게 물었다. 「선생님이 쓰신 책은 가지고 오셨어요? 아니에요? 정말 아쉽습니다. 꼭 읽어 보고 싶었어요. 역작인 것 같던데.」 황혼기에 접어든 브레즈네프 시대가 식물성이 됐다는 것을 여실히 보여 주는 사례였다.

어머니가 명실상부한 소련 전문가로 인정받기 시작하자 사람들은 소련과 조금이라도 연관성이 있는 것이면 무조건 어머니 앞으로 보냈다. 잔인했던 그해 겨울의 어느 일요일, 나는 부모님 댁에 점심을 먹으러 갔다가 최근에 도착한 우편물 더미에서 우연히 『러시아 시인은 덩치 큰 깜둥이를 좋아해』라는 유인성(誘引性) 제목을 단 책을 한 권 발견했다. 라틴어 알파벳에 익숙지 않아 속표지에 삐뚤삐뚤 적은 헌사가 눈에 들어왔다. 〈카레르 당코스 여사께, 문단의 조니 라튼 드림.〉 저자가 편집자의 강권에 책을 보내긴 했지만, 우리 어머니가 조니 라튼을 모르는 만큼 〈카레르 당코스〉를 전혀 모른다고 생각하니 늘 기분이 처져 있던 나도 저절로 웃음이 나왔다. 나는 어머니에게 책을 읽어 봤는지 물었다. 어머니가 어깨를 으쓱하며 대답했다. 「대강 훑어보기만 했어. 지루하고 외설적이야.」 우리 가족 사이에서 이 두 단어는 동의어로 쓰이고 있었다. 나는 책을 집으로 들고 왔다.

나한테는 지루하기는커녕 재미만 있었지만 이미 그로기 상태이던 내게 그 책은 고통을 안겨 주었다. 위대한 작가를 이상으로 삼고 있지만, 나와는 몇 광년쯤 떨어져 있다고 느끼던 내게 타인의 재능은 큰 상처가 되었다. 고전 작가들, 타계한 대문호들이야 어쩔 수 없다 치더라도 나보다 겨우 몇 살 더 먹은 사람들은……. 리모노프의 경우 내가 감동한 것은 그의 작가적 재능이 아니었다. 젊은 시절에 나보코프를 우상으로 숭배했던 나의 눈에는 그의 글쓰기에 엄정함이 결여돼 보였고, 그렇다 보니 시인 리모노프의 솔직하고 직설적인 산문을 좋아하기까지 다소 시간이 걸렸다. 나에게는 이야기의 내용, 즉 그의 인생 자체가 그 인생을 이야기하는 방식보다 더 큰 감동을 주었다. 이 얼마나 대단한 인생인가! 이얼마나 대단한 에너지인가! 불행하게도 이 에너지는 내게 자극제가 되지 못하고 책장을 넘길수록 나를 점점 더 깊은 우울과 자기혐오에 빠트렸다. 책을 읽어 나갈수록 나는 스스로 밋밋하고 평범한 옷을 입고 이 세상에서 조연이나 맡을 운명, 그냥 조연도 아니고 분하고 억울해하며 질투심에 불타는 조연, 주연을 꿈꾸지만 주연을 맡을 카리스마, 관대함, 용기, 그 어느 것도 없는, 오로지 인생 낙오자로서의 참담한 각성만 있는 사람이라고 느꼈다. 내가 느끼는 것을 한때 리모노프도 느꼈다. 그때의 나처럼 그도 인류를 강자와 약자, 승

자와 패자, VIP와 별 볼 일 없는 인생으로 나누었고, 그 역시
나처럼 두 번째 부류에 속한다는 공포에 시달리며 살았다.
그런 공포를 처절하게 글로 승화시킨 것이 바로 그의 책이
지닌 힘이라고 믿으며 위안을 삼을 수도 있었으리라. 하지만
나는 이 점은 보지 못했다. 내가 본 것은, 그는 모험가이자
책을 낸 작가지만 나는 이도 저도 아니며 앞으로도 달라지
지 않을 것이라는 사실, 내 인생에 딱 한 번이었던 시시한 모
험은 아무도 눈길조차 주지 않는 한 편의 원고와 우스꽝스
러운 수영복이 가득 든 트렁크 두 개를 남기고 끝났다는 사
실뿐이었다.

　인도네시아에서 돌아와 나는 영화 비평가로 일하고 있었
다. 내가 발표한 글들을 눈여겨보던 한 출판사에서 현대 영
화감독들에 대한 단행본 시리즈를 기획하면서 마음에 드는
작가를 골라 한 권 집필해 보지 않겠느냐고 제의해 왔고, 나
는 베르너 헤어조크를 선택했다. 나는 그 당시에 최고의 호
평을 누리던 그의 작품들도 그렇지만 무엇보다 헤어조크라
는 인물 자체를 숭배하고 있었다. 그는 재난 생존자들, 소외
층, 신기루가 등장하는 환각성 다큐멘터리 제작에 투자자를
찾느라 시간을 허비하지 않고 자비로 영화를 찍기 위해 공장
에서 일했다. 「아귀레, 신의 분노」를 찍을 때는 아마존 밀림
과 주연 배우 클라우스 킨스키의 광기를 제압했다. 독일 영
화의 전설이던 황혼의 로테 아이스너를 찾아오는 저승사자
를 막기 위해 그는 한겨울의 유럽을 직선으로 걸어서 횡단했
다. 강하고 육체적이고 강렬했던 그, 80년대 초반을 살아가

던 우리 파리지엥들의 경박한 이류 정신세계에는 극히 생경했던 그, 그는 극한의 조건에서 자연에 도전하고, 필요에 따라 자연스러움을 가학하고, 뒤에서 끙끙거리며 자신을 따라오는 자들처럼 발목을 잡는 신중함이나 가책 때문에 머뭇거리지 않았다. 그의 존재로 인해 영화는 IDHEC[14] 출신들이 찍는 카페식 대화와는 전혀 다른 차원으로 거듭났다. 요약하자면, 나는 헤어조크를 초인처럼 숭배하고 있었고, 앞선 몇 페이지를 통해 도식으로 드러났듯이 나 자신이 그와 같은 초인이 아니라는 사실에 절망하고 있었다.

이 열패감으로 말하자면, 내 책의 출간 직후 잡지 『텔레라마*Télérama*』에서 칸 영화제에 가서 신작 「피츠카랄도」를 발표하는 헤어조크 감독을 인터뷰해 오라고 했을 때 극에 달했다. 친구들은 칸에 간다며 나를 부러워했지만, 당사자인 내게 그곳은 끔찍한 경험, 끝없는 수모의 현장이었다. 인맥 없는 초짜 자유 기고가인 나는 천상에서 유영하는 스타들을 꼭짓점으로 하고, 행여 스타들의 얼굴이라도 볼까, 운이 따르면 함께 사진이라도 찍을 수 있을까 하는 기대감 속에 바리케이드 뒤에서 복작거리는 일반인들이 밑변을 형성하는 피라미드의 아주 아래쪽에 위치해 있었다. 일반인들 바로 위에 속했지만, 그들처럼 순진하게 처지에 만족하지도 못했던 나는 불편하기 짝이 없는 상영회장에 입장이 허용되는 배지는 달았을망정 하층 중의 하층이었다. 「피츠카랄도」가 경쟁작으로 상영되던 날, 출판사에서는 영화 상영 후에 현장에서 사인회를 겸해 책을 판매하자고 제안했다. 나는 조그만 테이

14 프랑스 국립 영화학교.

블에 내 책을 잔뜩 쌓아 놓고 앉아 (훗날 서점이나 도서 박
람회장에서 비슷한 경험을 숱하게 하게 된다) 손님을 기다
렸다. 충분히 괴로울 수 있는 상황에서 그때 나는 신고식치
고도 아주 혹독한 신고식을 치렀다. 칸에서 종일 홍수처럼
쏟아지는 온갖 처치 곤란한 홍보물과 포트폴리오, 이력서에
치여 상영장을 빠져나오는 관객들이 어떤 형태의 인쇄물이
든 〈산다〉는 생각을 할 리가 만무했다. 내가 앉은 테이블 앞
을 지나가던 사람들 대부분은 나를 거들떠보지도 않았고,
몇몇은 쟁반이 지나갈 때 오로지 공짜라는 이유로 샴페인 잔
을 집어 드는 뷔페의 기생충처럼 기계적이고 권태로운 몸짓
으로 내 책을 채들고, 마음이 약해서 혹은 예의상 마음에도
없는 선거 홍보물을 받아든 사람들처럼 주변을 두리번거리
며 휴지통부터 찾으면서 내게서 멀어졌는데, 나는 이들을 뒤
쫓아 가서 미안해하는 어투로, 사실은 〈파는〉 책이라고 설명
해 줘야 했다.

하지만 이쯤의 시련은 헤어조크와의 인터뷰에 비하면 새
발의 피였다. 인터뷰가 예정된 전날, 나는 그의 홍보 담당자
를 통해 내 책을 그에게 전달했다. 그가 프랑스어를 읽지 못
한다는 사실을 알았기 때문에 애초 대단한 감상을 기대하지
는 않았지만, 자신의 영화에 대한 책을 집필하느라 꼬박 1년
을 보낸 젊은이를 최소한 그가 1인당 45분씩 시간을 쪼개 온
종일 인터뷰에 응하던 무덤덤한 기자 행렬과는 다르게 조금
은 환대해 주리라 기대했다. 작업복 바지에 후줄근한 티셔츠
를 받쳐 입고 묵직한 운동화를 신은 헤어조크는 영락없이 악
천후 속 에베레스트 산 베이스캠프의 텐트 속에 있다 나온

모습이었고, 당연히 웃지 않았다. 절도가 있었다. 반면 나는, 너무 헤프게 웃었다. 혹시 홍보 담당자한테서 연락을 못 받았나, 다른 기자들과 나를 구분을 못 하나, 속으로 조바심치던 나는 자리를 잡고 앉아서 티테이블에 놓인 내 책을 보고서야 영어로 〈아, 받으셨네요, 못 읽으시는 줄은 알지만……〉 어쩌고 하며 몇 마디 웅얼거렸다.

상대방이 말을 받아 주길 기대하며 나는 여기서 말을 끊었다. 그는, 마틴 하이데거나 에크하르트[15]를 연상시키는 엄격한 현자의 표정으로 한동안 말없이 나를 쳐다보고 나서 아주 낮으면서 동시에 아주 부드러운, 지극히 멋진 음성으로 말문을 열었는데, 그 내용이 지금도 또렷이 기억난다. 〈그 얘기는 그만합시다. 쓸데없는 소린 줄 아니까. 일합시다.〉

〈일합시다〉, 다시 말해 인터뷰나 하자. 당연히 해야지, 아마존의 모기떼처럼 성가시지만 피할 수 없는 일이니까. 나는 경악을 금치 못한 채 잔뜩 주눅이 들어서는, 차마, 차마, 뭐? 벌떡 일어나서 자리를 박차고 나오기라도 해? 한 대 치기라도 해? 어떤 반응이 옳았을까? 이러지도 저러지도 못하고 얌전히 녹음기를 켠 다음, 준비해 간 첫 질문부터 던졌다. 그는 그 질문, 그리고 뒤이은 질문들에 아주 프로답게 대답했다.

리모노프 얘기로 돌아가기 전에 한 가지 에피소드만 더 얘기하자. 때는 1973년 9월, 주인공은 사하로프와 그의 아내 옐레나 보네르. 두 사람은 흑해에 머무는 중이었다. 해변을 거닐던 두 사람에게 한 남자가 다가왔다. 아카데미 회원인

15 중세 독일의 신학자이자 철학자.

그는 사하로프에게 학자로서뿐만 아니라 시민으로서 정말 존경한다, 우리 조국의 영광이라며 찬사를 늘어놓았고, 사하로프는 그에게 고맙다고 인사했다. 이틀 후, 「프라브다」에 사하로프를 비난하는 아카데미 회원 40인의 서명 기사가 대문짝만 하게 실렸다(이 사건을 계기로 사하로프는 15년간 고리키로 추방된다). 그런데 서명자 명단에 해변에서 그렇게 열렬히 부부를 칭송했던 남자의 이름이 보였다. 옐레나 보네르는 후안무치한 저질이라고 길길이 뛰며 욕을 했다. 부부의 반응을 목격하고 이 얘기를 전해 준 사람에 따르면 사하로프는 놀랍게도 분개하거나 흥분하지 않고 그 일을 〈숙고하는〉 모습이었다고 한다. 과학자인 그의 눈에는 아카데미 회원의 행동이 불쾌한 것이 아니라 이해할 수 없는 것이었고, 따라서 그는 이 문제를 연구했던 것이다.

사하로프가 해답을 찾았는지는 모르겠다. 아니면, 알렉산드르 지노비예프[16]식으로 말하자면, 소련 사회 전체가 해답인지도 모르겠다. 나 역시 헤어조크의 행동에 대한 해답을 찾고 있다. 자신에게 존경을 표하며 다가온 젊은이에게 공연히, 태연하게 고통을 주면서 그는 어떤 만족을 느꼈을까? 그는 책을 읽지 않았고, 설령 책이 변변치 않았다고 해도 문제는 달라지지 않는다. 어찌 됐든 내가 여전히 존경해 마지않는 사람에게 부담이 되는 일화를 소개하고 나니 마음이 무겁고, 최근 작품들을 보면 그런 일은 다시 일어날 것 같지 않을뿐더러 그런 일이 있었다는 사실을 알면 본인도 분명히 무척

---

16 〈사미즈다트 문학〉의 거장 중 한 사람으로, 1970년대 말 강제 망명했던 소련의 작가이자 철학가.

놀랄 것이다. 그럼에도 이 일화는 그뿐만 아니라 나에게도 적용되는 어떠한 함의를 담고 있다.

불쾌했던 내 경험을 전해 들은 친구가 웃으며 내게 말했다. 「파시스트들도 존경하게 되겠네.」 즉자적이면서도 내가 보기에 적확한 지적이었다. 농아 원주민이나 정신 분열 상태의 유랑자한테는 절절한 연민을 느끼는 헤어조크의 눈에 안경 긴 영화광 젊은이는 밟아서 기를 죽여도 되는 잡초로 비쳤고, 나는 그렇게 막 대하기에 딱 좋은, 만만한 사람이었던 것이다. 이 지점에서 우리는 파시즘의 알맹이에 해당하는 어떤 것을 건드리고 있는지도 모른다.

이 알맹이를 까보면, 뭐가 나올까? 과격하게 말하면 〈위버멘쉬〉[17]와 〈운터멘쉬〉,[18] 아리아족과 유대인으로 이분하는 아주 추악한 세계관이 그 속에 숨어 있다. 하지만 나는 이 얘기를 하려는 것도, 신나치주의자들이나 소위 열등 인간의 절멸에 대해 얘기하려는 것도, 헤어조크가 보여 준 야멸차고 노골적인 경멸에 대해 얘기하려는 것도 아니다. 나는, 삶은 불공평하고 인간은 불평등하므로 잘생기고 못생긴 사람, 똑똑하고 모자란 사람, 경쟁력이 있고 없는 사람이 존재한다는 명백한 사실을 우리 각자가 수용하는 방식에 대해 얘기하려는 것이다. 니체와 리모노프, 그리고 내가 파시스트라고 지칭하는 우리 내면의 심급(審級)은 한목소리로 주장한다. 〈현실이 그렇다, 세상이 원래 그렇다〉고. 달리 또 어떻게 말할

17 니체의 개념으로, 신을 대신하는 이상적 인간. 초인.
18 초인과 반대되는 열등 인간.

수 있을까? 이 명백한 사실의 반대는 무엇일까?

「그게 뭔지는 우리가 잘 알지. (파시스트는 대답한다) 선의의 거짓말, 좌파 순결주의, 정치적 올바름이 바로 그거야. 광범위하게 퍼져서 통찰을 가로막고 있거든.」

나는, 그것이 가령 기독교가 될 수도 있다고 생각한다. 하느님의 왕국(여기서 왕국이라 함은 물론 천국이 아니라 현실 중의 현실을 의미한다)에서는 가장 작은 사람이 가장 큰 사람이라는 생각 말이다. 아니면, 내가 친구인 에르베 클레르를 통해 접한 불교 경전의 사상, 예를 들어 〈남과 비교해 스스로 우월하다거나, 열등하다거나, 심지어 동등하다고 판단하는 인간조차 현실을 모르는 것이다〉 같은 것 말이다.

이러한 생각은 〈자아〉를 허상으로 간주하는 교리에서만 의미가 있을 수도 있으며, 이런 생각을 받아들이지 않는다면 수없는 반대 사례를 근거로 반론을 펼칠 수 있을 것이다. 더군다나 우리의 전반적인 사고 체계는 미덕에 의한 등급화, 가령 마하트마 간디는 살인범인 소아 성애자 마크 뒤트루보다 훨씬 고귀한 인간상이라는 판단에 기반하고 있다. 물론 이것은 내가 의도적으로 이론의 여지가 없는 사례를 든 것일 뿐, 사실 많은 경우에는 논란의 여지가 있고, 적용되는 기준들 또한 다양하다. 불교에서조차 삶의 행동 양식을 두고 순결한 사람과 타락한 사람을 구분해야 할 필요성을 강조하고 있다. 나는 매 순간 그런 등급화를 적용하는 인간이지만, 주변 사람을 만날 때마다 리모노프처럼 어김없이 내가 상대방보다 나은지 혹은 못한지 의식적으로 혹은 거의 무의식적으로 자문한 뒤 그 결과에 따라 안도하거나 상처받는 사람이지만, 그럼에도 이러한 생각, 다시 반복하지만 〈남과 비교해 스스로 우월하다거나, 열등하다거나, 심지어 동등하다고 판단하는 인간조차 현실을 모르는 것이다〉라는 생각은 지고지상의 지혜이며, 이 생각을 수용하고 소화하고 체화함으로써 이 생각이 단순한 생각에 그치지 않고 여하한 상황에서도 우리의 시선과 행동을 결정하는 좌표로 작용하게 만들기에 한 평생이라는 시간은 충분하지 않다고 믿는다.

3

　『텔레라마』의 필진으로 활동하는 것 외에 한 자유 라디오 방송에서 주간 프로그램을 맡아 진행하고 있었던 나는『인생 낙오자의 일기』가 출간되고 나서 우리 프로그램에 리모노프를 초대 손님으로 불렀다. 나는 오토바이를 타고 집으로 그를 데리러 갔다. 그가 사는 마레 지구의 좁은 스튜디오는 가구가 없이 휑했고, 마룻바닥에는 아령이, 테이블 위 타자기 옆에는 손 근육을 강화하기 위해 사용하는 악력기가 보였다. 스포츠머리에 흉근과 이두근이 도드라지게 꽉 끼는 검정색 티셔츠를 입은 모습이 낙하산 부대원, 하지만 두꺼운 안경을 낀 낙하산 부대원을 연상시켰는데, 얼굴과 표정에서는 묘하게 천진난만한 어린애 같은 분위기를 풍겼다. 내가 쓴 책 소개 기사와 같이 실린 사진 속의 리모노프는 그가 프랑스에 도착할 당시에는 유행했으나 이미 한물간, 닭 벼슬 머리에 피어싱을 한 펑크 스타일이었다. 사진이 무척 거슬렸

던지, 그는 날 만나자마자 최근 사진도 있는데 왜 하필 그 사진을 실었냐는 말부터 했다.

그가 출연했던 방송에 대해서는 지금 딱히 기억나는 게 없다. 나중에 그를 다시 집으로 데려다주었지만, 같이 술이라도 한잔하자, 기회가 되면 다시 보자는 말도 없이 나는 그와 헤어졌다. 하지만, 리모노프는 이런 만남을 통해 파리에서 친구를 만들어 나갔다. 그가 사귄 친구들 상당수는 나처럼 프리랜서 자유 기고가나 자유 라디오 방송 진행자들, 병아리 편집자들이었다. 리모노프의 처녀작이 마음에 든 이 스물에서 서른 사이의 청년들은 인터뷰를 핑계 삼아 그를 만났고, 나중에는 술도 한잔하고, 같이 저녁도 먹고, 밖에서 우르르 어울리기도 하면서 친구가 되었다. 갓 도착해 아는 사람도 없고 프랑스어도 제대로 못 하던 그는 당연히 이런 식의 관계에 목말라 있었을 것이다. 그는 티에리 마리냑, 파비엔 이자텔, 도미니크 고티에와 내 친구 올리비에 루빈스타인 덕분에 베르니사주, 출판사 주최의 칵테일 파티, 팔라스에서 열리는 파티, 그리고 뱅두슈[19]에서 이어지는 뒤풀이 술자리에 끼며 폐쇄적인 멋쟁이 파리지앵 서클의 일원이 되어 갔다. 경멸하는 척했지만 사실은 주눅이 들었던 나는 이 서클에 끼지 못했다. 서글픈 얘기지만 나는 한 번도 팔라스에 가보지 못했다. 나중에 가끔, 대개 올리비에의 집에서 열린 파티에서 리모노프와 마주친 적은 있지만 애매한 인사와 함께 짧게 몇 마디 나눈 게 다였다. 그는 나에게 존재감이 큰 사람이었지만, 나는 그에게, 글쎄, 존재감이 거의 없었으리라 생각한다.

19 파리 3구에 위치한 나이트클럽 이름.

그렇기 때문에 25년의 세월이 흘러 모스크바에서 다시 만났을 때, 우리 만남의 전후 사정과 라디오 프로그램, 심지어 내 오토바이까지 완벽히 기억해 내는 그를 보면서 내가 경악을 금치 못한 것이었다. 「빨간색 혼다 125, 맞죠?」

맞다.

파리에서의 처음 몇 년이 리모노프의 일생에서 가장 행복한 시간이었으리라고 나는 생각한다. 그는 가까스로 빈곤과 무명에서 탈출하는 데 성공했다. 『러시아 시인은 덩치 큰 깜둥이를 좋아해』에 이어 『인생 낙오자의 일기』의 출간으로 자신이 좋아하는 세계, 다시 말해 진지한 출판계나 문학 전문 기자들이 아니라 유행을 선도하던 젊은이들, 그의 삐딱한 행동과 어눌한 프랑스어와 태연하면서도 도발적인 언사에 열광하던 젊은이들 사이에서 일약 스타가 되어 있었다. 솔제니친에 대한 원색적인 농담들과 스탈린을 위한 건배, 이것은 바로 정치적 열정과 바바의 어리숙함을 동시에 버리고 오로지 냉소와 환멸, 쪼잔함에 매몰됐던 그 시대의 젊은이들이 듣고 싶어 하던 얘기였다. 옷차림에서도 소련식을 추구했던 포스트 펑크족들은 폴리트뷰로 스타일의 두꺼운 뿔테 안경과 콤소몰 배지, 호네커의 입술에 키스하는 브레즈네프의 사진에 열광했다. 한 젊은 여성 디자이너가 그의 어머니가 하리코프에서 50년대 초에 신던 장화와 똑같은, 스냅 단추가 달린 고무장화를 신은 걸 보고 어이가 없던 리모노프는 이내 감격에 젖었다.

C급, D급 여자들만 자기에게 돌아온다고 불평하던 그는 이제 A급 여자들, 심지어는 A^+급 여자들한테까지 접근이 가능했다. 가령, 파리에서 명성이 자자하던 미모의 A^+급 여성 한 명을 사교계 만찬(그랬다, 그는 이제 사교계 만찬에도 초대받는 사람이 되었다)에서 만난 리모노프는 사실상 그날로 그녀를 먹었다. 그는 그녀와 함께 만찬장을 나와 이 바, 저 바를 돌다가 그녀에게 이끌려 새벽에 생제르맹데프레에 있는 그녀의 고급 아파트로 갔다. 그녀의 가슴은 그동안 만난 여자들 중 최고였는데, 이것은 그에게 찾아올 행운의 시작에 불과했다. 알고 보니 그녀는 백작 부인(진짜 백작 부인!)이었고, 파리에 모르는 사람이 없었다. 주당에 골초, 엄청나게 재밌는 성격, 게다가 당시에 독신이었다. 그녀의 단기 애인으로 등극한 에두아르드는 주변의 소수 동성애자 서클의 눈길까지 한 몸에 받으며 매력 넘치는 불한당으로서의 입지를 굳혔다. 백작 부인과의 우쭐한 관계는 몇 달간 지속됐다. 약삭빠른 라스티냐크[20] 같은 인간이었으면 이 관계를 이용하고도 남았을 텐데, 에두아르드한테 한 가지는 인정해 줘야 한다. 그는 약삭빠른 라스티냐크 같은 인간이 아니다. 설령 라스티냐크를 꿈꾼다 해도 세속적인 출세를 위해서는 하면 안 되는 일을 하는 재주가 있는 사람이 또 리모노프다. 1982년, 그는 미국 편집자(이제 그의 책을 내는 미국 편집자까지 있었다)의 초청으로 뉴욕에 갔을 때 들른 바에서 노래를 하던 스물다섯 살의 러시아 여자를 만나 파리로 데려와 살림을 차

20 발자크의 『고리오 영감』을 비롯한 여러 작품에 등장하는 인물로, 신분 상승을 꿈꾸는 남성의 상징으로 그려진다.

렸다. 결별의 상처가 컸지만 백작 부인은 티를 내지 않았다. 러시아 애인의 질투 때문에 더 이상 만나지는 못했지만, 그는 그녀와 둘도 없는 친구 사이로 남았다.

나는 리모노프 커플이 자주 드나들던 올리비에 루빈스타인의 집에서 나타샤 메드베데바를 얼핏 본 적이 있다. 늘씬하고 당당한, 망사 스타킹 속에 터질 듯 차 있는 딴딴한 엉덩이와 진한 가부키식 화장이 시선을 사로잡는, 그녀를 퍽 좋아하던 올리비에의 입에서조차 〈머리 뚜껑이 열린다〉는 말이 나오게 하던 여자였다. 에두아르드는 백작 부인 때와 달리 나타샤에게 푹 빠져 있었다. 그는 그녀에게서 백작 부인을 보았다. 거리의 여자, 무법자, 에두아르드처럼 소련의 우중충한 도시 근교에서 태어난 그녀는 요란한 미모와 콘트랄토의 목소리, 억센 악바리 근성만 믿고 넓은 세상을 정복하겠다고 나선 여자였다. 두 사람은 연인, 그것도 뜨거운 연인이었지만 동시에 오누이였다. 백작 부인을 축축이 젖게 만드는 프롤레타리아 사내의 역할도 좋지만 그것보다는 역경을 헤쳐 나가는 근친상간에 가까운 커플, 찢어지게 가난하게 출발해 생사고락을 함께하는 결연으로 악한 세상에 맞서고 있다는 환상이 에두아르드의 마음을 더 움직였으리라고 나는 생각한다. 여자를 유혹하고 싶어 안달하면서도 그는 근본적으로 일부일처주의자였다. 일생을 살면서 누구나 몇 번의 인연을 만나게 마련인데, 수가 정해져 있기 때문에 기회를 다 소진하고 나면 다시는 기회가 오지 않는다는 게 그의 신념이었다. 그는 더 나은 여자를 만나서 안나를 버렸다. 엘레나는 더 나은 남자를 찾았다고 생각해 그를 버렸을 것이다. 나타샤와 그가 어울리는 것은 둘이 동등하기 때문이었다. 첫눈에 자기 짝을 알아본 길을 잃고 헤매던 두 아이. 그들은 절대 서로를 떠나지 않을 것이었다.

에두아르드는 『현대 영웅들의 죽음』에서 그녀를 데리고 시냐프스키의 집에 갔던 일화를 소개하는데, 읽고 있노라면 잔잔한 감동이 밀려든다. 재능 있는 작가이자 1세대 반체제 인사인 안드레이 시냐프스키는 파스테르나크의 장례식에서 하관을 맡았고, 브로드스키만큼 떠들썩했던 재판을 거쳐 시베리아의 수용소에서 몇 년간 복역한 사람이었다. 이민 생활에서 러시아인들과만 어울리고 러시아어로 러시아 얘기만 하는, 턱수염을 덥수룩하게 기른 전형적인 러시아 사상가인 그는 에두아르드가 경멸하는 요소를 두루 갖춘 사람이었다. 하지만 에두아르드는 시냐프스키를 좋아해서, 퐁트네오로즈에 있는 책으로 가득한 그의 집을 가끔 찾아가곤 했다. 그의 아내와 그는 솔직담백하고 정이 가는 친절한 사람들이었는데, 나이 차이가 거의 나지 않는 두 사람을 에두아르드는 부모처럼 따랐다. 아내가 건강에 해롭다고 자꾸 남편의 술병을 빼앗았지만, 시냐프스키는 조금만 술이 올라도 장중하던 사람이 순식간에 감상적으로 변해 주변 사람을 껴안고 사랑한다고 소리치곤 했다.

에두아르드가 처음 나타샤를 데려가 소개하던 날, 그들은 일단 차를 마시고 나서 청어와 절인 오이를 안주 삼아 보드카를 마셨다. 파리 근교 한가운데 작은 러시아에라도 와 있는 듯이 정겨운 곳이었다. 사람들의 청에 따라 나타샤가 노래를 부르기 시작했다. 패전 대대들과 전사한 사병들, 이들을 기다리는 약혼녀들이 등장하는 대조국 전쟁 때 불렸던 연가와 춤곡 들이었다. 그녀의 목소리는 장엄하고 허스키하고 웅숭깊었는데, 그녀를 아는 사람들은 한결같이 노래를 부를 때 그녀의 영혼이 보인다고 말했다. 그녀의 입에서 전후 소련에서 태어난 사람이라면 남녀를 막론하고 눈물 없이는 듣지 못하는 노래, 「파란 숄」[21]이 흘러나오는 순간, 강렬한 감동에 세 청중은 차마 서로의 얼굴을 똑바로 쳐다보지 못했다. 두 사람을 배웅하러 나와서도 시냐프스키는 여전히 훌쩍거리며 붉게 충혈된 눈으로 에두아르드에게 나직이 말했다. 「대단한 아내를 뒀네, 에두아르드 베니아미노비치. 정말 대단한 여자야! 얼마나 자랑스럽겠는가!」

나타샤는 러시아 카바레 〈라스푸틴〉에 가수로 취직했다. 차례를 기다려 노래를 부르다 보니 늦게, 게다가 자주 술에 취해 귀가했다. 눈 뜨기 무섭게 술부터 찾기 시작하자 대단한 주당이라고만 여기던 리모노프도 그녀가 알코올 중독자라는 사실을 인정해야 했다. 이 구분이 결코 쉽지 않고 러시아인들의 경우는 더더욱 어렵지만, 그는 그녀 대신 판정을 내렸다. 그는 코가 삐뚤어지게 술을 마실 때가 있어도 3주동안 술 한 방울 입에 대지 않기도 했고, 정말 심하게 폭음을

21 사랑하는 여자의 파란 숄을 생각하며 전선에서 싸우는 군인을 노래하는 가사로, 2차 대전 당시 소련에서 인기가 많았으며 이후에도 수차례 리메이크되었다.

해도 다음 날 아침 7시면 어김없이 일어나 책상 앞에 앉았다. 나타샤를 악마로부터 구하기 위해 할 수 있는 건 다 해봤다는 그의 말을 나는 믿는다. 그녀를 감시하고, 술병을 감춰보기도 하고, 무엇보다 재능을 가진 사람이 재능이 훼손되게 방치하는 것은 범죄라고 세뇌시키듯 반복해서 그녀에게 말했다. 그에 대한 신뢰가 컸던 나타샤는 한동안 금주하며 레닌그라드의 빈민가에서 보낸 자신의 청소년기를 글로 썼고, 내 친구 올리비에는 〈엄마, 나 깡패를 사랑해요〉라는 제목을 붙여 책으로 출간했다. 하지만 몇 달뿐이었던 휴지기가 끝나자 그녀는 다시 술에 탐닉했다. 이번에는 술만 문제가 아니었다. 이삼일씩 실종되는 일이 생기기 시작했다. 그럴 때마다 리모노프는 애간장을 태우며 그녀를 찾아 파리를 헤맸고, 친구들과 병원, 경찰서에 전화를 걸었다. 그녀는 꾀죄죄한 몰골에 의식이 몽롱한 상태로 하이힐을 신고 비틀거리며 나타났다. 그녀가 침대에 대자로 뻗으면, 이미 시들어 축 늘어진 몸을 일으켜 옷을 벗기는 건 그의 몫이었다. 마흔여덟 시간 만에 그녀의 정신이 돌아오면, 그는 스프를 끓여 갖다주고 아픈 어린애처럼 간호했지만 추궁도 잊지 않았다. 그녀는 전혀 기억이 나지 않는다고 대답했다. 〈자포이〉.

두 사람을 다 아는 친구들이 나타샤가 길에서 정신을 잃을 정도로 술만 마시는 게 아니라 닥치는 대로, 그것도 대부분 낯선 남자들과 섹스를 하고 다닌다고 그에게 아주 조심스럽게 말을 꺼냈다. 힘들게 얘기를 꺼내는 건 위험한 상황이 발생할지 몰라서라고. 그녀는 열네 살 때부터 있어 왔던 일이라고 울면서 고백했다. 매번 지나고 나면 부끄럽고, 다시는 그러지 않으리라 다짐하지만 번번이 그렇게 된다고, 의지로 안 되는 일이라고 말했다. 예전에 리모노프는 님포마니아라고 하면 유쾌하고 정력적인 이미지들을 연상해 세상 여자들이 다 님포마니악이면 인생이 훨씬 재미있으리라고 상상했다. 그런데 현실로 닥치자 전혀 재미있지 않았다. 자신이 사랑하는 찬란하고 멋진 여자, 자신이 너무나도 긍지를 느끼는 여자, 자신이 충직하게 곁을 지키겠노라 약속한 여자가 환자 명단에 이름을 올린 것이었다. 그녀는 대성통곡했고, 그는 그녀를 위로하고 안아 주고 달래 주면서, 날 믿으라고, 내가 항상 곁에 있을 거라고, 내가 구해 주겠다고 되풀이해서 말했다. 하지만 재발했고, 그녀는 물에 빠진 사람이 구조대원을 때리며 물속으로 끌어내리려 하듯 그의 보호를 완강히 거부했다. 그들은 수없이 헤어졌다 재결합하길 반복하면서 같이도 못 살고 없이도 못 산다는 고전적인 공식을 입증해 보였다.

리모노프는 조금 알려진 작가에 만족하지 않고 정말 유명한 작가가 되겠다는 야심에 불타고 있었고, 이를 위해서는 자기 절제가 필요하다는 사실을 인지하고 있었다. 그는 취침 시간이 자정을 넘기는 적이 거의 없었고, 이른 새벽에 일어나 규칙적인 팔 굽혀 펴기와 아령 운동을 하고 나면 타자기 앞에 앉아 하루 꼬박 다섯 시간씩 일했다. 그러고 나야 밖에 나가 쏘다닐 자격이 있다고 생각했다. 그는 일부러 생제르맹데프레나 포부르생토노레 같은 근사한 동네들만 골라 다니면서도 이런 곳을 향한 자신의 증오심만은 변함이 없다, 악독하다는 것은 가축으로 길들여지지 않았다는 의미라고 생각하며 뿌듯해했다. 그는 이런 리듬을 유지하며 10년 동안, 매년 한 권씩 책을 냈다. 그의 글감은 한 가지, 토막토막 잘라 소개하는 자신의 인생밖에 없었다. 〈아메리카의 에두아르드〉 3부작(『러시아 시인은 덩치 큰 깜둥이를 좋아해』, 『인생 낙오자의 일기』, 『하인 시절의 이야기』)에 이어 그는 하리코프에서 보낸 비행 청소년 시절(『한 조폭의 청소년 시절의 초상』, 『잡놈』)과 스탈린 치하의 유년 시절(『위대한 시대』)을 책으로 엮어 냈고, 소설이라는 틀에 맞출 수 없는 것들은 재활용해 몇 권의 단편집으로 묶어 출간했다. 소박하고, 직설적이고, 생명력이 넘치는 걸작들이었다. 책을 내는 출판사들도, 책을 받아 보는 비평가들도, 나를 포함한 고정 독자들도 그의 새 책이 반가웠지만, 고정 독자층이 늘지 않아 그는 대단히 실망하고 있었다. 한 편집자가 그에게 책에 변화도 줄 겸 가능하면 상도 한번 노려 볼 겸, 〈진짜〉 소설을, 가급적이면 음탕한 소설을 한 권 써보는 게 어떠냐고 제안했다. 그는 성격대로 진지하게 집필에 착수해, 부유한 여성들에게 사도마조히즘의 세계를 맛보게 해줘 뉴욕 상류 사회 진출에 성공하는 러시아 출신 이민자의 얘기를 다룬 4백 쪽 분량의 소설을 탈고했다. 선정성을 노렸음에도 불구하고, 알몸의 두 여자가 턱시도 차림에 변태적인 분위기를 풍기는 그의 발밑에 앉아 있는 사진이 한 유행 잡지의 표지에 실렸음에도 불구하고, 『오스카와 여자들』이라는 〈진짜〉 소설은 성공을 거두지 못했다. 솔직히, 졸작이다. 『러시아 시인은 덩치 큰 깜둥이를 좋아해』가 처녀작으로는 대단한 성공을 거두며 1만 5천 부가 팔려 나가자 에두아르드는 내심 후속 작품들은 더 많이 팔리길 기대했지만 그렇지 않았다. 책 판매가 주춤하더니 그다음 작품부터는 5천 권에서 1만 권 사이에 머물렀다. 수입으로 보자면, 아무리 번역도 몇 권 하고 잘생긴 얼굴 덕에 실제 인세보다 더 많은 선인세를 받아 챙겨도 대단한 금액이 아니었다. 연소득 5~6만 프랑은 고위 간부가 받는 한 달 월급에 불과했다. 사정이 이렇다 보니 푹 끓여 놓고 한동안 먹을 수 있는 스프용 닭 한 마리, 파스타 면, 플라스틱 병에 든 와인처럼 그가 평생을 먹어 온 가난한 사람들의 식재료, 그중에서도 제일 저렴한 것들을 찾아 생폴에 있는 마트의 진열대를 뒤지는 처지가 되었고, 계산대에 섰다 2프랑이 모자라 뒤통수에 따가운 경멸의 시선을 느끼며 물건 하나를 다시 내려놓아야 했다.

글쓰기 자체가 에두아르드의 목표는 아니었다. 그것은 진정한 목표에 도달하기 위해, 즉 부자가 되고 유명해지기 위해, 무엇보다 유명해지기 위해 그가 선택할 수 있는 유일한 방법이었을 뿐인데, 파리 생활 4~5년 만에 그는 마음먹은 대로 되지 않을 수도 있다는 결론에 도달했다. 어쩌면 화끈한 명성에 만족하며 이류 작가로 늙어 갈지도, 기껏 도서 박람회장에서 〈디스트로이〉 미녀들의 시선을 끌어 동료 작가들의 시샘이나 사는 것으로 끝날지도 몰랐다. 동료들은 그의 삶이 자신들보다 훨씬 다채로우리라고 상상했을지 모르지만, 고미다락방에서 알코올 중독자 가수와 동거하면서 햄한 덩어리를 살 때도 호주머니를 탈탈 털어 계산을 맞추고, 다음 책에는 또 어떤 추억을 꺼내 그럴듯하게 가공해야 할지 불안한 마음으로 머릿속을 헤집는 게 그의 현실이었다. 그랬다. 바닥이 드러났고, 과거에서 꺼낼 수 있는 건 사실상 전부 꺼내 썼다. 남은 건 현재뿐인데, 현재라는 게, 희희낙락할 일이 없었다. 게다가 설상가상으로 브로드스키 개자식이 노벨 문학상을 받았다는 소식까지 들려오니.

4

에두아르드는 어느새 부다페스트의 세계 작가 대회에 초청받는 위치에까지 올라 있었다. 폴란드 출신의 체스와프 미워시, 남아프리카 공화국 출신의 나딘 고디머 같은 위대한 인도주의 작가들이 참가하는 행사였다. 프랑스측 참가자는 내성적이고 우아한 금발의 젊은 장 에슈노즈와 부인과 동행한 알랭 로브그리예였다. 알랭 로브그리예는 유쾌하고 짓궂은 성격에 동작이 크고 목소리가 그윽했는데, 어쩌다 한번 재밌는 농담을 해놓고 신이 난 사람마냥 자신의 세계적인 명성을 기분 좋게 즐기는 사람이었고, 질펀한 파티를 열기로 유명한 아내는 활달하고 싹싹한 성격의 아담한 여자였다. 두 사람 모두 정말 좋은 사람들이다. 이들을 제외하면 트위드 재킷, 반달형 안경, 푸른빛이 도는 파마머리, 언론사 논설 담당 땅딸보가 섞인 의례적인 배합은 소치[22]에 모여 대취한 소련 작가동맹의 대표단과 크게 다르지 않았다.

22 흑해 연안의 휴양 도시인 소치는 소련 작가들이 휴식을 취하며 작품의 영감을 얻기 위해 찾는 도시로 유명하다.

헝가리 작가들과의 을스산한 토론이 끝난 후 대회의 조직을 맡은 책임자 한 명이 이렇게 명망 있는 지식인들을 맞이하게 돼 영광이라며 인사말을 하자, 에두아르드는 자신은 지식인이 아니고 프롤레타리아다, 진보주의자도 노조원도 아닌 그저 의심 많은 프롤레타리아다, 프롤레타리아들은 늘 역사에 배신당한다는 이치를 깨달은 프롤레타리아라고 항변하듯 선포했다. 로브그리예 부부는 호쾌하게 웃었고, 에슈노즈는 딴 생각을 하듯 웃었으며, 헝가리 작가들은 얼떨떨한 표정을 지었는데, 에두아르드가 한술 더 떠 자신은 노동자 출신이지만 노동자들을 경멸한다, 자신은 예나 지금이나 가난하지만 가난한 사람들을 경멸한다, 그들에게 한 푼도 적선하지 않는다고 하자 헝가리 작가들은 사색이 되었다. 이렇게 배설하고 나더니 에두아르드는 잠잠해졌고, 주최 측에서는 다시는 그에게 발언권을 주지 않았다. 그날 저녁, 호텔 바에서 에두아르드는 낮에 소련에 대해 함부로 말했던 영국 작가의 면상에 주먹을 한 대 날렸다. 주변에서 다른 작가들이 나서서 싸움을 말렸지만 그는 물러서기는커녕 무엇에 단단히 홀린 사람처럼 주먹을 휘둘러 댔고, 바는 일시에 난투극장으로 변했다. 에슈노즈한테 들은 바에 따르면 이 난리통에 고매한 나딘 고디머가 누군가가 휘두른 의자에 맞기까지 했다는 것이다. 어쨌든, 내가 이 얘기를 하려고 했던 것은 아니다.

내가 하려던 얘기는, 다른 곳에서 원탁회의를 마친 대회 참가자들을 태우고 호텔로 돌아오던 버스 안에서 벌어진 일이었다. 신호등에 걸려 서 있던 소형 버스 옆에 군용 트럭 한 대가 와서 나란히 서자, 버스 안이 수런수런하더니 순식간에 짜릿한 공포 분위기가 조성됐다. 「적군(赤軍)이야! 적군이라고!」 극도로 흥분해 이마를 창문에 바짝 붙인 부르주아 지식인 무리의 모습은 인형극 중간에 무대 뒤에서 튀어나오는 고약한 늑대를 구경하는 어린애의 반응과 똑같았다. 그의 조국은 여전히 서방 첩쟁이들의 간담을 서늘하게 만들고 있었다. 건재했던 것이다.

솔제니친을 제외한 동시대의 러시아 이민자들은 모두 다시는 돌아갈 수 없을 거라고, 자신들이 도망쳐 나온 체제는 앞으로 몇 세기 동안, 최소한 자신들이 죽을 때까지는 존속될 거라고 확신했다. 소련에서 벌어지는 일을 에두아르드는 멀찍이서 관망했다. 그는 조국이 빙산 밑에서 동면 중이라고, 자신이야 조국을 멀리 떠나와 더 잘살고 있지만 조국 소련은 그가 늘 알던 모습 그대로 여전히 강하고 음울하다고 생각했고, 이 생각에서 위안을 얻었다. 앞가슴에 훈장을 총총히 달고 뻣뻣하게 굳은 표정으로 일렬로 서 있는 노인들 앞을 지나가는 군사 행렬 장면도 변함없이 티브이로 방송되고 있었다. 브레즈네프는 오래전부터 부축 없이는 전혀 거동이 불가능한 상태였다. 18년간의 복지부동과 마르크스·레닌주의적 통찰력에 막대한 이론적 기여를 한 공로로 레닌 훈장을 받은 그가 마침내 타계하자, 정통한 소식통들 사이에 강경파지만 명석한 두뇌의 소유자로 알려진, 체카 출신의 유리 안드로포프가 그의 자리를 승계했다. 안드로포프는, 살았으면 공산주의를 붕괴시키지 않고 개혁했을 인물로 훗날 보수주의자들의 추앙을 받았다. 15년 전에 그의 딸에게 수

작을 걸었던 일을 떠올리며 리모노프는 안드로포프의 집권을 각별히 재밌게 지켜봤다. 그러나 안드로포프가 채 1년을 못 넘기고 사망하자 약골인 노령의 체르넨코가 그 자리를 승계했다. 당시 「리베라시옹Libération」에 〈소련에서 삼가 늙은 해를 축하드립니다〉라는 제목으로 실렸던 기사가 기억난다. 나는 친구들과 깔깔거리며 웃었지만, 자신의 조국을 비하하는 걸 참지 못하는 에두아르드는 웃지 않았다. 체르넨코역시 사망하자 고르바초프가 그 자리를 승계했다.

차례로 땅에 묻힌 미라들의 행렬 끝에 등장한 고르바초프는 모두를(내 말은 〈우리 쪽〉 모두를) 매혹했다. 젊고, 혼자힘으로 걷고, 생글생글 웃는 아내가 있었으며, 명백히 서방을 좋아하는 사람이었기 때문이다. 그와는, 통할 것 같았다. 당시 크렘린 전문가들은 폴리트뷰로의 구성을 면밀히 분석해 자유주의자들과 보수주의자들, 그리고 다양한 스펙트럼의 중도파로 분류했다. 고르바초프가 야코블레프와 셰바르드나제를 참모로 기용했다는 사실은 자유주의자들이 주도권을 잡았다는 반증이었지만, 사실 급진적 성향의 자유주의자들에게서 기대할 수 있는 것도 약간의 대내외적 데탕트, 미국과의 관계 정상화, 국제회의들에서 보이는 약간의 선의, 정신병원에 감금되는 반체제 인사 수의 미미한 감소 정도가고작이었다. 고르바초프가 소련 공산당 서기장에 취임한 지6년 뒤에 이 당이, 소비에트 연방이 사라지리라는 생각은 당시에는 누구도, 20년 전에 〈적극성〉 때문에 실각한 흐루쇼프가 멈춘 바로 그 지점에서 다시 시작한다는 정도의 포부(이

것만으로도 이미 어마어마한 것이지만)를 지녔던 전형적인
〈아파라칙〉인 고르바초프 본인조차 하지 못했다.

〈페레스트로이카〉에 대한 강의를 할 생각은 없지만 한 가
지는 짚고 넘어가야겠다. 고르바초프가 집권한 6년 동안 소
련에서 일어난, 기존의 판을 완전히 뒤엎어 버린 최대의 변화
는 자유로운 역사 기술이 가능해졌다는 것이다.

나는 1986년에 『베링 해협 *Le Détroit de Behring*』이라는
짧은 수필집을 출간했는데, 책 제목은 어머니한테 들은 일화
에 착안해 붙인 것이었다. 스탈린 정권에서 NKVD의 총책
을 맡았던 베리야가 불명예 처형을 당하고 나자 『대 소비에
트 백과사전』의 구독자들은 프롤레타리아의 열렬한 친구였
던 인물에 할애된 찬양조의 지문을 오려 내고 중요도가 비슷
한 베링 해협 관련 지문을 대신 삽입하라는 지시를 받았다.
베리야, 베링. 철자의 순서는 살렸지만, 베리야는 사라지고
말았다. 그는 존재하지 않은 사람이 되어 버렸다. 마찬가지
로, 흐루쇼프 실각 이후 소련의 도서관들에서는 『노비 미르』
과월호에 실린 『이반 데니소치비의 하루』를 도려 내기 위해
가위질을 해야 했다. 성 토마스 아퀴나스가 신에게도 거부
한 특권, 일어난 일을 일어나지 않은 것으로 만드는 특권을
소비에트 권력은 휘둘렀던 것이다. 더군다나 〈진정한 볼셰비
키는 당이 요구하면 기꺼이 검정색을 흰색으로, 흰색을 검정
색으로 믿을 수 있다〉는 기막힌 말을 한 주인공은 조지 오웰
이 아니라 레닌의 동지 퍄타코프였다.

전체주의의 속성은 눈에 검정색이 보이는 사람들에게 흰

색이라고 말하게 하고, 이것을 되풀이하다 못해 종국에는 진짜로 그렇게 믿도록 강요하는 것인데, 이런 권위주의적 측면에 있어 소련은 사민주의 독일보다 훨씬 극단적인 양상을 보였다. 소련의 경험이 지니는 환상성, 끔찍하면서도 동시에 끔찍하게 희극적인 환상성은 바로 이러한 측면에 기인하는 것이며, 자먀틴의 『우리들』부터 플라토노프의 『체벤구르』, 지노비예프의 『입 벌린 고지』에 이르는 지하 문학이 조명한 것도 바로 이런 측면이었다. 필립 K. 딕이나 마틴 에이미스, 나 같은 작가들이 지난 세기 러시아에서 인류에게 벌어졌던 일을 기록한 것을 무조건 찾아 섭렵하는 것도 이런 측면에 매료되었기 때문이다. 내가 좋아하는 러시아 전공 역사학자 마틴 말리아는 이것을 다음과 같이 요약한다. 〈전체적 사회주의는 자본주의의 특정한 악습에 대한 공격이 아니라 현실에 대한 공격이다. 이것은 현실을 폐기하려는 기도이고, 이러한 기도는 장기적으로는 실패하지만 일정 기간 동안은 비효율과 결핍, 폭력을 최고의 선으로 간주하는 모순이 지배하는 초현실적 세계를 만들어 낸다.〉

현실의 폐기는 기억의 폐기를 통해 이루어진다. 토지의 집단화, 처형되거나 강제 수용된 수백만 명의 〈쿨라〉들, 스탈린이 조작한 우크라이나의 기근, 30년대에 자행된 숙청들, 순전히 임의적으로 처형되거나 강제 수용된 또 다른 수백만 명의 사람들. 이 모든 게 없었던 일이 되었다. 1937년에 열 살배기던 아들딸들이 어느 날 밤에 사람들이 들이닥쳐 아버지를 잡아간 후로 다시는 보지 못하게 됐다는 것을 모를 리 없었다. 하지만 그 일을 입에 올려서는 안 되며, 인민의 적이

된 사람의 자식으로 사는 위험을 감수하느니 차라리 없었던 일로 눈감는 게 낫다는 것 또한 모를 리 없었다. 이렇게 소련 전체가 이 모든 것을 없었던 일로 치부했고, 스탈린 동지께서 친히 수고로이 집필하신 『소련 공산당 역사 강의』로 역사를 배웠다.

진실을 입에 담는 순간, 다 와해될 것이라고 이미 솔제니친은 예고한 바 있다. 10월 혁명 70주년을 맞아 호네커, 야루젤스키, 카스트로, 차우셰스쿠, 니카라과의 다니엘 오르테가(카스트로를 제외한 전원이 이후 몇 년 안에 모두 권좌에서 내려오게 된 데는 이 기념사가 상당 부분 작용했다고 할 수 있다)를 비롯한 전 세계 공산주의 체제의 거물들을 한자리에 불러 놓고 행한 식사에서 투명함을 의미하는 〈글라스노스트〉를 외치고, 〈역사의 공백〉을 메우겠다는 의지를 피력한 고르바초프도 미처 그 정도의 파장까지는 예상 못 하고 통제 가능한 부분적인 양보라고만 생각했을 것이다. 고르바초프는 연설을 통해 스탈린 치하에서 희생된 〈수십만 명〉을 언급했다. 실제로는 수천만 명이지만, 어쨌든 숫자는 중요하지 않다. 청신호가 켜지고 판도라의 상자는 이미 열린 뒤였다.

그동안 엘리트 지식인들만 사미즈다트 형태로 혹은 해외에서 밀반입해 읽던 책들을 1988년부터 일반 대중도 읽을 수 있게 되자 소련 전역이 독서 광풍에 휩싸였다. 그동안 금서로 분류되었던 책들이 매주 새로 출간되었다. 막대한 부수를 인쇄해도 금세 동이 났다. 책을 사기 위해 사람들은 새벽부터 가판대 앞에 길게 줄을 섰고, 지하철에서, 버스에서, 심지어 길을 걸으면서도 마치 전투를 치르듯 홀린 사람처럼 책을 읽었다. 한 주는 모스크바 전체가 『닥터 지바고』만 읽고 그 얘기만 하고, 다음 주는 바실리 그로스만의 『삶과 운명』, 그 다음 주는 오웰의 『1984년』과 프롤레타리아 계급의 사기 저하를 두려워해 진실을 함구하던 서구의 모든 공산당의 길동무들로부터 CIA의 스파이라는 멸시를 받으며 60년대 초반부터 집단화와 숙청의 역사를 연구한 영국 출신의 위대한 선지자 로버트 콘퀘스트의 저술에 열광했다. 일단의 반체제 인사들은 사하로프의 후원하에 예루살렘에 있는 야드바셈[23]과 비슷한 〈메모리얼〉이라는 인권 단체를 설립하고, 「레퀴엠」에서 〈나는 당신들 모두를, 이름으로 부르고 싶어요〉라고 말한 안나 아흐마토바의 소원을 들어 주기 위한 첫 발을 내디뎠다. 단순히 처형된 것이 아니라 기억에서 지워진, 탄압의 희생자들을 명명하는 일이었다. 활동 초반에는 〈백만〉이라는 숫자를 입에 올리기 망설이던 〈메모리얼〉은 일단 문턱을 넘자 큰 소리로 외칠 날이 오기만을 기다렸던 사람들처럼 보였다. 스탈린은 종종 히틀러에 비유되었다. 인민의 아버지[24]가 공식화한 5퍼센트 이론(요약하자면, 무작위로 체포한 사람 중에 죄인이 5퍼센트만 돼도 대성공이라는 내용)이나 그의 밑에서 법무장관을 지낸 크릴렌코가 한 말, 즉 〈죄인만 처형해서는 안 된다, 무고한 자들을 처형하는 것이 훨씬 파급 효

23 홀로코스트에 희생된 유대인들을 기리는 추도관.
24 프랑스어에서 주로 제정 러시아의 차르를 지칭하는 표현으로 쓰였으며, 현재는 스탈린을 지칭하는 표현으로 확대되어 쓰이고 있음.

과가 크다〉를 인용하면 어떤 토론에서든 확실히 청중의 이목을 집중시킬 수 있었다. 고르바초프의 최측근 고문인 알렉산드르 야코블레프마저 한 연설에서 〈강제 수용소〉라는 용어를 최초로 사용한 정치인은 레닌이라고 밝혔다. 프랑스 혁명 2백 주년을 기념해, 그것도 고르바초프가 글라스노스트의 신호탄을 터뜨린 지 채 2년도 안 돼 지극히 공식적인 석상에서 행한 연설이니, 그간 벌어진 일의 내용과 속도를 가히 짐작할 수 있다. 야코블레프는 또 같은 해 한 텔레비전 프로그램에 출연해 1917년 이후 자행된 탄압의 피해자들을 전원 복권시키는 내용을 담은 법령은 당에서 주장하는 것처럼 관용의 차원이 아니라 용서를 구하는 차원의 조치라고 밝혔다. 〈우리가 그들을 용서하는 것이 아니다, 우리가 그들에게 용서를 구하는 것이다. 이 법령은 침묵하고 눈감으면서 그 범죄들의 공모자가 돼버린 우리, 우리 자신을 복권시키는 것이 목적이다.〉 한 마디로 지난 70년간 범죄 집단의 통치를 받았다는 인식이 소련 사회에 광범위하게 퍼지게 된 것이다.

역사의 해방은 동유럽 공산주의 체제의 몰락을 야기했다. 리벤트로프와 몰로토프가 1939년에 뒷돈 거래하듯 비밀리에 체결한 조약이 존재한다는 사실, 그리고 이 조약을 통해 나치 독일이 소련에 발트 해 연안 국가들의 주권을 넘겼다는 사실이 공개된 순간부터 거래의 대상이 되었던 국가들은 독립을 주장할 확실한 근거를 확보하게 된 것이었다. 〈1939년의 소련 점령은 불법이었고, 50년이 지난 지금도 여전히 불법이다. 우리 나라에서 나가라〉고 하면 그만이었다. 예전 같

266

으면 이런 주장에 소련에서 탱크를 보내 응대했겠지만, 더 이상 그런 시절이 아니었다. 이렇듯 1989년은 유럽 역사에서 기적이나 다름없는 해였다. 폴란드의 솔리다르노시치가 10년이 걸려 이룩한 것을 헝가리인들은 10개월 만에, 동독인들은 10주 만에, 체코인들은 10일 만에 쟁취했다. 루마니아를 제외하면 폭력 사태도 없었다. 벨벳 혁명을 통해 만인의 환호와 열광 속에 바클라브 하벨 같은 지성들이 권좌에 추대되었다. 사람들은 거리로 뛰쳐 나가 얼싸안았다. 논설위원들은 〈역사의 종말〉이 도래했다고 주장하는 한 미국 대학교수의 이론[25]을 진지하게 토론했다. 나를 포함한 서유럽의 프티 부르주아들은 프라하나 베를린으로 가서 새해를 맞았다.

이 환호의 물결에 휩쓸리지 않은 사람이 파리에는 둘 있었다. 우리 어머니와 리모노프. 러시아 백인의 후손으로서 소비에트 연방에 적대적이었던 데다, 본인이 예고했던 일인 만큼 어머니도 소련의 해체를 반기긴 했으나 고르바초프의 공으로 돌리는 것에는 반대했다. 어머니 생각에는(어머니가 맞는다고 나도 생각하지만, 바로 이 점 때문에 고르바초프라는 인물이 역사적인 매력을 갖는 것이다), 고르바초프와 무관하게 벌어진 일이었다. 그는 아무것도 해방시키지 않았고, 허언에 발목이 잡혀 울며 겨자 먹기로 한 일이었으며, 자신이 멋모르고 촉발한 역사적 흐름에 도리어 제동을 건 인물이라는 게 어머니의 평이었다. 선무당에 선동가, 설상가상으로 형편없는 러시아어를 구사하는, 한심하기 짝이 없는 촌놈이

25 프랜시스 후쿠시마의 저서 『역사의 종말』을 가리킴.

었던 것이다.

이런 평가에 에두아르드는 전적으로 동의했다. 미테랑이 〈통통〉[26]으로 불리듯 사람들에게 〈고르비〉라는 애칭으로 불린 고르바초프의 인기는 처음부터 리모노프의 심기를 건드렸다. 소련의 수장이라면 모름지기 멍청한 서양 기자 놈들에게 알랑거릴 게 아니라 오금을 못 펴게 만들어 놔야 하는 거 아닌가. 더러 물정 모르는 친구들이 〈정말 멋진 사람이야, 자넨 정말 좋겠어〉 하고 말할 때면, 리모노프는 가이요 주교[27]가 교황이 돼서 좋겠다고 축하 인사를 받는 보수 가톨릭 신자의 심정이었다. 그는 글라스노스트가 싫었고, 정부가 잘못을 반성하는 것도 싫었고, 무엇보다 서양에 잘 보이겠다고 2천만 소련인이 피 흘려 지킨 영토를 포기하는 게 싫었다. 벽이 하나씩 무너질 때마다 로스트로포비치가 첼로를 들고 달려가 잔해 위에서 감동에 젖어 바흐의 조곡들을 연주하는 꼴도 보기 싫었다. 잉여 군수품 매장에 나온 적군 사병의 군복 단추가 놋쇠에서 플라스틱으로 재질이 바뀐 것을 눈으로 확인하는 것도 싫었다. 비록 사소하지만 하나를 보면 열을 알 수 있다는 게 그의 생각이었다. 플라스틱 단추가 달린 군복을 입어야 하는 군인이 어떤 자의식을 갖겠는가? 어떻게 싸울 수 있겠는가? 이런 군인을 보고 공포에 떨 사람이 누가 있겠는가? 대체 어떤 놈이 빛나는 놋쇠 단추 대신 대충대충 거지 같이 찍은 단추를 달 생각을 했을까? 고위 사령부는 분명 아

26 *tonton*. 아저씨, 삼촌이라는 뜻의 프랑스어로, 프랑수아 미테랑 전 프랑스 대통령의 애칭으로 쓰였음.
27 활발한 사회 참여로 유명한 대표적인 진보적 프랑스 종교인 중 한 명.

닐 테니, 책상머리에 앉아 끙끙거리며 원가 절감을 고민하던 민간인 놈의 소행이 분명했다. 문제는, 이런 식으로 전투에 패하고, 제국은 멸망의 길을 걷게 된다는 데 있었다. 군인들이 이렇게 조악한 군복을 볼썽사납게 입고 다니는 나라의 국민은 자신감을 상실한 국민이며, 더 이상 주변의 존경도 받을 수 없는 국민인 것이다. 이미 싸움에 진 것이다.

5

파리에서 밤의 여왕으로 군림하던 에두아르드의 친구 파비엔 이자텔이 하루는 그에게 말했다. 「불같은 성미에 청개구리 같은 친구, 내가 소개해 줄 사람이 한 명 있어.」 그녀는 「리디오 엥테르나쇼날」을 막 재창간한 장에데른 알리에와의 점심 식사 자리를 브라스리 리프에서 주선했다.

「리디오」는 20년 전에 사르트르의 후원하에 창간된 바 있었다. 68년 학생 운동 세대를 대표하는 이 격렬한 논조의 신문에 함께 참여했던 편집자들은 출신이 불분명하고 분란을 조장하는 멋쟁이 모사꾼 보스가 퐁피두 경찰에 매수된 선동가일지도 모른다는 의심을 품고 있었다. 파비엔은 에두아르드가 좋아하리란 것을 예상하고, 알리에가 프랑스의 캐비어 좌파들한테서 모금한 자금을 반(反)피노체트 저항 조직에 전달하기 위해 칠레에 갔던 에피소드를 들려주었다. 저항 조직에서는 땡전 한 푼 구경도 못 했는데 장에데른은 빈손으로 돌아왔고, 돈은 증발이라도 한 듯 행방이 묘연했다고. 대작가 행세를 하던 알리에는, 함께 『텔 켈 *Tel Quel*』을 창간한 동료 필립 솔레르와 미남에다 때 이른 성공으로 질투심을 불러일으키던 후배 베르나르 앙리 레비, 이 둘 사이에서 자신만의 고유 영역을 찾기 위해 고심했다. 그도 미남이라면 미남이었고 페라리 자동차에, 보주 광장에 아파트까지 한 채 소유한 부자였지만, 그에게는 타고난 복도 걷어차 버리는 가학적이고 자기 파괴적인 어릿광대 기질이 있었다. 그는 은사인 쥘리앵 그라크 같은 은둔자를 흠모하면서도 티브이에 출연하고 싶어 안달인 사람이었다. 그를 알고 좋아하기도 했던 사람들까지도, 자애롭다가도 느닷없이 한순간 질투의 화신으로 돌변하는 그를 떠올리며 자기 얼굴에 먹칠할 인사라고 생각했다. 브로드스키한테 의견을 물었으면 알리에도 리모노프처럼 도스토예프스키보다는 추악한 주인공 스비드리가일로프를 연상시킨다고 대답했을 것이다. 그런데 알리에는 그냥 스비드리가일로프가 아니라 존경과 파산, 스캔들을 동시에 몰고 다니는, 화려한 스포트라이트를 받는 스비드리가일로프였다. 미테랑은 그의 교양과 문학적 안목을 높이 사 흔쾌히 대작가로 대접해 주었다. 알리에는 당연히 혼신을 바쳐 1981년 선거에서 그를 지지했고, 장관이나 방송국 사장 자리 같은 보상이 돌아오길 은근히 기대했지만 그런 일은 없었다. 그러자 하루아침에 신임 대통령과 철천지원수 사이로 돌변해 그에 대한 온갖 험담과 비방(그의 나치 협력자 친구들, 암 투병 사실과 사생아 딸의 존재)을 퍼뜨렸다. 이제 와서는 다들 쉽게 공공연한 비밀이었다고 말하는데, 내 생각은 다르다. 아니, 최소한, 나는 모르는 내용들이었다. 훗날, 알리에의 통화 내역과 그의 지인들의 통화 내역, 심지어 그가 단골로 드나들던 클로즈리 데 릴라 카페의 공중전화 통화 내역까지 도청하는 게 엘리제궁에 소속된 반 테러 조직의 주요 업무였다는 사실이 알려졌다. 알리에는 처음에는 〈통통과 마자린[28]〉이라는 제목으로, 나중에는 〈프랑수아 미테랑의 실추된 명예〉라고 제목을 바꿔 파리에 전단을 살포했다. 선뜻 출판하겠다고 나서는 사람이 없으니 직접 신문을 제작하는 수밖에 없었다. 이런 사연으로 두 번째 「리디오」가 창간됐다. 알리에는 일군의 명석한 시비꾼 작가들을 끌어 모아 도발성만 있으면 소재를 가리지 말고 글을 쓰라는 집필 지침을 내렸다. 모욕은 대환영, 중상은 권고 사항이었다. 소송이 터지면 보스가 나서서 처리했다. 롤랑 뒤마, 조르주 키에즈만, 프랑수아즈 지루, 베르나르 타피를 비롯한 대통령 측근들을 모두 표적으로 삼았고, 배에 기름기가 낀 좌파 거물들과 미테랑 집권 2기 7년간의 지배 이데올로기이자 이후 〈정치적 올바름〉이라는 이름표를 달게 될 모든 것들, 가령 〈SOS 라시즘〉[29]과 인권, 음악 축제를 싸잡아 맹비난했다. 선봉을 맡았던 필립 뮈레는 무수한 탄원과 자신들이 〈지식인 머슴들〉이라고 폄하한 피에르 부르디외와 자크 데리다, 고발 저격수 디디에 다에넹스[30]를 위시한 감시 위원회[31]의 공격

28 미테랑의 사생아 딸.

29 인종주의 철폐를 표방하는 프랑스의 비정부기구.

30 Didier Daeninckx(1949~). 프랑스의 좌파 작가. 사회·정치적으로 민감한 문제를 작품 속에서 많이 다루며, 알제리 전쟁 등 프랑스의 과거사 문제와 관련한 정치적 입장으로 여러 차례 논란의 대상이 되기도 했음.

대상이 되었다는 사실에 죽는 날까지 자긍심을 느꼈다. 그는 부정(否定)의 사고를 칭송하며 「리디오」의 최고 미덕은 적들을 선(善)이라는 막다른 골목으로 몰아넣는 것이라고 말했다. 청개구리식으로 행동했던 그들의 신조는 단 한 가지, 우리들은 기자가 아니라 작가이므로 사실은 관심 밖이다, 우리가 가진 견해보다는 이 견해를 표현하는 우리의 재능이 더 중요하다는 것이었다. 내용보다 문체,[32] 모리스 바레스와 루이 페르디낭 셀린으로 거슬러 올라가는 이 해묵은 타령은 〈피에르 신부[33]는 쓰레기다〉라는 제목을 끝내 관철시킨 「리디오」 최고의 문제아 마크에두아르 나브라는 이상적인 주창자를 만났다. 하지만, 뛰는 놈 위에 나는 놈 있는 법. 세르주 갱스부르에 대한 원색적인 비난 기사를 썼던 나브도 알리에가 갱스부르 사망 다음 날 자신의 허락도 없이 그 글을 다시 게재하고, 그를 〈파렴치하다〉고 평가한 것에 대해서는 극도로 불편한 심기를 드러냈다.

(나는 팔라스는 물론이고 이 북새통과도 무관하게 살았다. 쓸쓸했던 수영복 시절 이후 몇 권의 책을 냈고, P. O. L과 미뉘 출판사에서 그들과는 무척 다른 작가들과 한솥밥을 먹었다. 정치적 가치보다는 미학적 가치를 선택해 「리디오」가

31 반파시스트 지식인 감시 위원회(CVIA), 일명 감시 위원회로 불리는 이 단체는 프랑스와 유럽에 파시즘이 확산되는 것을 막기 위해 1934년 프랑스의 좌파 지식인들이 모여 설립한 단체다.
32 루이 페르디낭 셀린의 저서 제목이기도 하다.
33 레지스탕스, 빈민 활동가, 국회위원으로 활발한 사회참여 활동을 펼친 피에르 신부는 프랑스에서 가장 존경받는 인물 중 한 명이다.

간행된 5년 동안 단 한 부도 사보지 않았고, 꽥꽥이 패거리로 보이는 그들을 멀찌감치 떨어져 구경만 할 뿐 호기심조차 느끼지 않았다. 이미 그들은 패거리였고, 내가 속한 패거리는 패거리를 이루어 몰려 다니지 않는 것을 철칙으로 삼는 패거리였다. 노출과 외양에 무심한 우리는 고독과 은둔을 택했다. 우리들의 영웅은 플로베르와, 상대가 무엇을 요구해도 〈싫은데요 *I would prefer not to*〉라고 대답하는 허먼 멜빌의 바틀비,[34] 20년간 정신병원에서 침묵을 지키다 스위스의 설원에서 초현실적인 백색에 파묻혀 죽은 로버트 발저였다. 우리 중 상당수는 정신분석 치료를 받았다. 나는 에슈노즈와 그때 맺은 우정을 지금까지 이어 오고 있다. 나는 그의 작품들과 그의 흠잡을 데 없는 작가적 자세를 존경한다. 냉소가 가미된 조심스러움, 감상이 가미된 냉소. 결코 수사학적 과잉이나 형용사의 남발에 기대지 않으리라는 확신을 주는 사람이다. 우리 눈에는 「리디오」 사람들이 맥주로 인한 엔돌핀 과잉 상태에서 떼거리로 지하철에 올라 시비 상대를 찾는 파리 생제르맹 구단의 팬들과 다름없게 보였고, 그들 눈에는 우리가 분명히 매가리 없이 고상한 척이나 하는 고답파의 이단으로 보였을 것이다. 아니, 이것도 과장이다. 사실, 우리는 서로 관심이 없었다. 우리는 상대에게 존재하지도 않았다.)

리프에서의 점심 식사 얘기로 다시 돌아오자. 어수선한 분위기에 부스스한 머리, 목에 두른 흰색 머플러가 접시에 빠진 줄도 모르고 장에데른이 에두아르드에게 한쪽 눈을 실명

34 멜빌의 소설 『필경사 바틀비』의 주인공.

한 사연을 들려주었다. 종전 직전에 아버지인 알리에 장군이
복무하던 베를린에서 러시아군의 총탄에 맞았다는데, 상대
에 따라 사고 경위가 매번 달라지는 그의 얘기는 새빨간 거
짓말이다. 상대를 사로잡겠다는 나름의 전략이었는데, 어쨌
든 두 사람은 환상적으로 통했다. 상대방이 적개심을 느끼
는 대상에 대해서는 서로 무관심했지만, 에두아르드는 미테
랑이 몰염치한 인사라는 점에, 알리에는 고르바초프가 그런
인사라는 점에는 정중히 동의를 표했다.

　「자네, 그런 건 글로 써야지.」 듣던 중 반가운 말이니 번역
자를 구하는 일만 남은 셈이었다. 「번역자는 무슨 번역자. 자
네 말이 이해가 되는데 글이라고 안 될 리가 없지.」 이렇게
해서 에두아르드는 프랑스어로 글을 쓰고 보주 광장에 있는
보스의 넓은 아파트에서 열리는 「리디오」의 편집 회의에 참
석하기 시작했다. 아침 10시에 보드카로 시작하면 동이 터서
야 끝났다. 출출해지면 장에데른의 집사인 루이자가 마카로
니 요리를 만들어 내왔다. 여덟 쪽짜리 주간 「리디오」를 실
질적으로 만드는 집필진 외에도 다양한 부류의 사람들이 잠
시 들렀다 가기도 하고, 한참을 죽치고 앉았다 가기도 하고,
티격태격 싸우기도 했는데, 주인장은 싸움을 말리기는커녕
기름을 끼얹었다. 그의 기쁨이자 그의 잡지의 에너지였던 것
이다. 에두아르드가 처음으로 갔던 날, 알리에의 집에는 파
트리크 베송, 마크에두아르 나브, 필립 솔레르, 자크 베르제
스가 와 있었다. 르 펜의 출현을 기대했으나 실제로 얼굴을
내민 사람은 노동조합 운동가 앙리 크라쉬키였다. 솔레르가
피아노를 치며 「인터내셔널가」를 불렀다. 가브리엘 마츠네

프는 자신이 쓴 〈미셸 고르바체프〉(그는 고르바초프의 이름
을 굳이 이렇게 표기했다) 찬양 기사 옆에 실린 리모노프의
기사, 즉 똑같은 고르바초프를 특별 군법 회의에 부쳐 모가
지에 열두 발을 쏴서 총살시키자고 주장한 기사를 아주 재
밌게 읽었다고 말했다. 듣던 대로 마츠네프는 젊은 동료 작
가에게 프랑스어가 늘었다고 칭찬까지 해주는 고상한 품격
의 소유자였다.

알리에의 집과 가깝다 보니 에두아르드는 정기적으로 편
집 회의에 참석했고, 이따금은 나타샤도 데려갔다. 갈수록
편안하게 느껴졌다. 극좌와 극우가 어우렁더우렁 술에 취하
고, 극히 상반되는 의견들도 논쟁이라는 상스러운 형식으로
귀결되지 않고 자연스럽게 교환되었다. 사람들은 알리에한
테서 원고료를 떼이지 않는 비법(〈한 손으로 기사를 내밀면
서 다른 손으로는 지폐를 받아 쥔다〉는 솔레르식 기술)을 공
유하고, 알리에와 대판 싸우고, 사이가 틀어지고, 화해하고,
불면증 환자인 그에게서 새벽 다섯 시에 걸려 오는 전화를
자다가 일어나 받았다. 인쇄업자한테는 대금 결제를 못 하
고, 변호사한테는 수임료 지급을 못 하고, 채권자들은 장사
진을 치고, 명예 훼손 소송이 줄을 잇는 속에서 어느 누구도
다음 호의 운명을 장담할 수 없었다. 보주 광장의 풍경까지
한몫해 에두아르드는 청소년 시절에 열광했던 『삼총사』 속
으로 걸어 들어온 듯한 기분을 느꼈다. 넘침에 있어서는 포
르토스를, 모든 시도가 번번이 불발로 끝난다는 점에서는
아라미스를, 자세히 들여다보면 뿌리 깊은 멜랑콜리(이것 때
문에 사람들은 그를 용서했다)가 아토스를 닮은 이 중세적

인 천방지축 인간의 눈에 든 덕에 영광스럽게도 애주가들과
검객들 세계의 일원이 된 리모노프는 다름 아닌 펜을 든 다
르타냥이었다. 인생을 살려면 패거리가 필요해, 파리에 이보
다 더 생기 넘치는 패거리는 없지, 하고 그는 생각했다.

제5장

모스크바, 하리코프, 1989년 12월

1

    공항에서 모스크바 시내로 들어가면서 에두아르드는 이 길을 반대로 지나던 날을 떠올렸다. 그는 심한 숙취에 시달리며 엘레나의 무릎을 베고 차 뒷좌석에 누워 있었다. 그녀는 창밖으로 지나가는 군집한 건물들과 드넓은 숲을 바라보면서 그의 머리를 쓰다듬었다. 다시는 못 볼 풍경이었다. 그때가 1974년 2월, 눈이 내렸다. 1989년 12월에도 눈이 내리고 있었다. 15년의 세월이 지났고, 엘레나가 떠나 혼자 돌아왔고, 복잡한 속사정이야 있지만 어쨌든 금의환향이었다. 그는 함께 초청을 받은 두 사람과 비즈니스석을 타고 공항에서도 VIP 대접을 받았다. 동행들은 소형 버스에서 홍보를 담당한 미모의 여성과 뒷좌석에 나란히 앉았지만, 그는 조수석에 앉기를 자청해 코가 붉은 불퉁한 표정의 운전수에게 애써 말을 걸었다. 오랜 세월을 해외에서 보냈고 성공해서 돌아왔지만, 자신은 여전히 그와 똑같은 언어로 말하는 민중의 아들이라는 사실을 고국 땅을 다시 밟고 제일 먼저 상대하게 된 소련의 기층민에게 보여 주고 싶었던 것이다. 하지만 운전수는 왠지 모르게 적의를 보이며 시큰둥하니 입을 꾹 닫았고, 잠시 후 도착한 우크라이나 호텔의 직원들도 마찬가지였다.

네오고딕 양식의 은행과 비잔틴 양식의 교도소를 비롯한 스탈린 시대에 건축된 7개의 마천루가 서 있는 모스크바는 「배트맨」속 고담 시티를 연상케 한다. 이중 하나인 우크라이나 호텔은 귀빈들과 당의 거물들이 드나드는, 모스크바에서도 고급 호텔로 손꼽히는 곳이다. 젊은 언더그라운드 시인 시절에는 감히 꿈도 꾸지 못했던 곳의 문턱을 넘으며 에두아르드는 감격에 젖었다. 대성당처럼 드넓은 호텔 로비가 권력의 장소답게 엄숙하고 조용하기는커녕 장터나 경마장처럼 시끌벅적하고, 머리에 기름기가 자르르한 험상궂은 사내들이 화통 삶아 먹은 목통으로 떠들고 다니면서 테이블에 흙투성이 신발을 턱하니 올려놓기까지 하는 것 또한 진풍경이었다.

이제는 기억마저 가물가물한 예전의 기준에 비추어 볼 때 호화스러운 그의 스위트룸은 천장이 최소 4미터는 될 만큼 아주 높았는데, 낮은 와트의 전구 하나가 정육점 냉장실처럼 친근한 빛으로 실내를 밝히고 있었다. 예전 같으면 전화기와 벽 곳곳에 도청용 마이크가 수두룩이 붙어 있다고 장담할 수 있었지만 이제는 그렇다고 단언하기 불가능했다. 예전 같으면 외국에서 온 방문객이 소련 사람에게 전화를 거는 건 상대를 곤경에 빠트리는 정신 나간 짓이었겠지만, 이제 전화는 마음대로 할 수 있는 것 같았다. 에두아르드가 가진 전화번호는 딱 하나, 나타샤의 어머니 번호였다. 통화를 꼭 해야 하는데 그녀는 전화를 받지 않았다. 젊은 시절 친구들의 번호는 15년 전에 이민을 떠나면서 다시는 쓸 일이 없을 것 같아 적어 가지도 않았다. 하지만 혹시 그들이 내 귀국 사실을 알고 있지는 않을까? 여전히 스모그 그룹의 명맥을 유지하고 있는 홀린, 삽기르, 바라실로프 같은 친구들이 날 만나러 이 스마일로보로 몰려오지 않을까? 친구들을 정말 만나고 싶은지는 잘 모르겠지만, 세묘노프가 주최하는 행사인 만큼 사람들이 모를 가능성은 거의 없다고 그는 확신했다.

에두아르드는 몇 달 전 파리의 한 행사장에서 율리안 세묘노프를 만났다. 신상에 관해 전혀 아는 바가 없었지만 직설적이고 다정다감한 단신의 남자에게서는 부와 권력의 기운이 느껴졌다. 고르바초프에 대한 얘기를 나눴는데, 세묘노프는 좋아하고 에두아르드는 싫어했고, 스탈린에 대해서는 그 반대였지만, 둘 사이에는 전기가 통했다. 「러시아에서 책이 나왔어요?」 에두아르드가 작가라는 것을 알고 그가 물었다.
「아니요, 금방은 안 될 것 같습니다.」
세묘노프가 어깨를 으쓱 추어올렸다. 「뭐든 다 내요, 요즘은」
「뭐든, 낼 수 있겠죠. 하지만 저는 안 됩니다.」
에두아르드가 자랑스럽게 말했다. 「제가 워낙 도발적이라서」
「딱이네요. 내가 출판하죠.」 세묘노프가 말을 맺었다.
다음 날, 세묘노프의 수하가 에두아르드에게 전화를 걸고는 사람을 시켜 작품을 몇 권 받아 갔다. 그는 자신의 보스가 소련에서 몇 백만 부가 팔린 스파이 소설의 저자로, 페레스트로이카의 출판 붐을 타고 〈사비에르셴노 세크레트노〉, 번역하면 『톱 시크릿』이라는 주간지를 창간한 사람이라고 리모노프에게 알려 주었다. 주로 범죄 사건을 다루는 타블로이드 신문인 『톱 시크릿』이 대박을 터뜨리자 세묘노프는 자회사로 출판사를 설립해 대중소설은 물론 조지 오웰의 전집도 출간했다. 이런 인연으로 그때 막 집필이 끝난, 에두아르드의 유년기를 다룬 『위대한 시대』가 고국 소련에서 30만 부인쇄되었다. 게다가 세묘노프가 러시아 이민 사회에서 발굴한 다른 두 명의 인재, 즉 여배우 페도로바와 가수 토카레프와 함께 초청을 받아 모스크바에까지 오게 되었다.

90년대 초반에 내 책을 담당하는 편집자 폴 오차코프스키로랑과 함께 프랑스 대사관 문화과의 주관으로 러시아를 여행한 적이 있다. 그때 나는 외국에서 들어오는 것이면 무조건 열광하던, 요즘은 찾아볼 수 없는 청중을 경험했다. 나는 폴과 함께 로스토프나도누 대학의 대형 강의실에서 우리가 어떤 글을 쓰고 어떤 책을 내는 사람들인지는 모르지만 단지 프랑스인이라는 이유 때문에 눈을 반짝이며 우리 입에서 나오는 하잘것없는 말들까지 빨아들이는 5백 명의 청중 앞에서 있었다. 여하한 동기와 이득을 떠나 그 자체가 오롯한 영광이었기 때문에 우리 둘은 지금도 이따금 그때의 추억을 떠올리며 힘을 얻곤 한다. 〈로스토프 기억나?〉

경험자로서 나는 세묘노프가 이스마일로보의 문화 클럽에서 개최한 강연의 분위기와 에두아르드가 느꼈을 흥분, 그리고 어색함을 쉽게 상상할 수 있다. 그는 수천 명의 대중을 끌어모아 그들을 사로잡고 압도할 날이 오기를 꿈꿔 온 사람이다. 하지만 그 자리에 온 수천 명은 특별히 그를 보러 온 것이 아니라 서양에서 왔다면 내용과 상관없이 무조건 호기심이 발동해 모인 사람들이고, 세묘노프가 내보낸 광고들과 세묘노프라는 브랜드, 그의 스파이 소설들, 알몸의 여자들과 식인(食人) 우크라이나인들로 도배된 그의 신문 때문에 모인 사람들이라는 것을 그는 잘 알고 있었다.

연단 중앙에 자리 잡은 세묘노프. 작달막한 키에 딱 바라진 몸, 대머리에 노타이 차림. 그는 초청자들을 소개하고 나서 이분들처럼 역동적이고 창의적인 분들을, 조국의 재건을 위해 두 팔 걷어붙일 분들을 소련으로 꼭 다시 모셔 와야 한다고 말했다. 이 말에 가수 토카레프는 으스댔고, 여배우 페도로바는 눈을 깜빡였다. 사람들은 지난 2주 동안 『톱 시크릿』에서 이 신인 여배우와 무명 크루너가 마치 서양에서는 대스타라도 되는 양 떠들어 댄 것 외에, 사실상 이들에 대해 아는 게 전무했다. 허위 과장 광고였다는 것을 알고 나니 두 쪽에 걸쳐 문단의 록 스타로 소개된 사실에 우쭐하던 기분이 싹 가시고 말았다. 청중과의 질의응답 순서가 되자 그는 최선을 다해 소개된 자신의 이미지에 어울리게 답변했다. 맞습니다, 거지 생활도 했고, 미국인 억만장자의 집사 노릇도 했습니다. 아닙니다, 제 전처가 뉴욕에서 몸을 팔았다는 건 사실이 아닙니다, 현재 그녀는 이탈리아 백작과 결혼해 잘살고 있습니다(이것은 정말 사실이었고, 이탈리아 백작 얘기에 청중의 호응이 좋은 걸 보고 그는 앞으로 기회가 있을 때마다 이 부분을 언급하리라 마음먹었다). 동성애나 깜둥이들과 관련한 질문이 없는 것은 이 부분이 소개 기사에서 의도적으로 빠졌기 때문이었다. 자진해서 얘기를 꺼내 분위기에 찬물을 확 끼었을까, 생각하다가 지금 자신의 이미지, 다시 말해 별 볼 일 없는 프롤레타리아에서 출발해 모델들과 백작 부인들, 타락한 서양 사회의 유혹을 뿌리치고 꿋꿋이 제트족의 정상에 오른 인물, 배짱 두둑하고 절대 함부로 할 수 없는 사람이라는 이미지를 깨지 않는 편이 낫겠다고 판단했다.

리모노프는 자신을 마지막으로 강연이 끝난다고 믿고 있었는데, 굴라그에서 수형 생활을 했다고 세묘노프의 소개를 받은 노인이 나와 〈소련이 자행한 범죄를 낱낱이 밝혀야〉한다고 핏대를 세우며 일장 연설하기 시작했다. 연설 내용이 갈수록 귀에 거슬리던 차에, 노인이 떨리는 목소리로 숙청에서 자유로웠던 가족이 어디 있겠는가, 한밤중에 NKVD 사람들한테 잡혀가 돌아오지 않은 삼촌이나 사촌 한 명쯤 없는 사람이 어디 있겠는가, 하고 말할 때는, 끼어들어 그따위 선동질로 사람들 쑤석거리지 마라, 우리 가족 중에는 숙청당한 사람이 아무도 없다, 내가 아는 집들 대부분도 마찬가지다, 하고 외치고 싶었지만, 이 역시 참았다. 그는 짜증을 누르기 위해 청중들 쪽으로 시선을 돌렸다.

입성들이 얼마나 꾀죄죄한지! 어찌나 촌티가 흐르는지. 그런데 눈빛들은 이상하게도 어수룩하면서 경계심이 가득했다……. 군데군데 미인도 있다, 이건 인정하자. 그런데 어느 하나 낯익은 얼굴이 없었다. 옛 친구는 한 명도 없었다. 그들은 세묘노프가 발행하는 신문을 읽지 않는 게 분명했다. 아니면 슬픔과 권태를 못 이겨 죽었거나…….

강연이 끝난 뒤 몇 사람에게 사인을 해주었는데, 책을 들고 온 사람은 없었다. 30만 부를 찍었다고 세묘노프는 누차 장담했지만 아무도 책을 읽지 않은 눈치였고, 이후에 에두아르드는 이 책을 파는 곳도 본 적이 없었다. 에두아르드는 놀랐겠지만 유통 체계를 아는 나로서는 전혀 놀랍지 않다. 앞서 말했듯이 내 책이 러시아에서 출간돼 폴과 함께 러시아에 갔을 때, 러시아인 담당 편집자가 나를 창고로 데려가 옴스크로 곧 운반될 예정이라며 인쇄한 전량을 팰릿에 적재하는 모습을 보여 주었다. 옴스크의 도매상이 어쩌다가 내 책 1만 권을 모두 떠맡게 됐는지는 알 길이 없었지만 어쨌든 출판사로서는 횡재인 듯 보였다. 내가 적임자를 제대로 만났다는 듯, 편집자가 뿌듯한 표정으로 내게 성과를 자랑했다. 나는 도저히 납득이 가지 않아 아무래도 이상하다, 왜 하필 옴스크냐? 〈인쇄한 전량〉이 하필이면 왜 옴스크로 가는지 넌지시 물었다. 유명하지도 않은 프랑스 작가가 쓴 『짐니 라게르』[1]의 잠재적 독자들이 시베리아의 공업 도시 옴스크에 다 몰려 있다고 판단할 만한 근거라도 있는지 묻자 그가 눈썹을 찡긋 치켜올렸다. 대꾸할 가치도 없다는 눈치였다. 그의 눈에는 내가 신간이 나올 때마다 일일이 서점들을 돌며 책이 한 군데도 진열되지 않았더라고 전화로 불평을 늘어놓는, 편집 증세가 있는 욕심 많은 작가로 비쳤던 게 분명하다.

세묘노프가 강연회의 성공적인 개최를 축하하자며 사람들을 그루지야 식당으로 데려갔다. 에두아르드의 눈에는 나치 점령기가 배경인 프랑스 영화들에 등장하는 암시장의 식당을 연상시키는 곳이었다. 서민들이 드나드는 상점에서는

---

1 원제는 〈스키 캠프〉, 국내에는 『겨울 아이』라는 제목으로 출간됐다.

아무것도 살 수 없는데 이곳에는 음식과 술이 넘쳐 났다. 식당 손님들이나 종업원들이나 〈암흑 세계〉의 분위기를 연출하기 위해 동원된 배우들 같았다. 부자들, 창녀들, 기생충들, 덩치들, 카프카즈 조폭들, 얼큰하게 취한 외국인들. 취하고, 뒤엉켜 애무하고, 무엇보다 돈을 물 쓰듯 썼다. 이런 장소들이야 옛날에도 있었지만 가난뱅이 시인이었던 자신이 접근하지 못했던 것뿐이라는 결론에 이르려던 찰나, 아니다, 뭔가 다른 게 있다, 술자리의 일행은 다들 흥에 겨운데 자신만 역겹게 느끼는, 심히 역겨운 무언가가 있다는 생각이 들었다.

이 무언가의 정체를 감지하기까지는 다소 시간이 걸렸다. 그것은 식당에 들어서기도 전에 그에게 충격을 주었던, 인도에 서서 근무 중인 경찰의 시선이었다. 그는 식당에서 고용한 경비원이 아니라 진짜 경찰, 달리 말해 국가 권력의 대리인이었다. 예전 같았으면 국가 권력의 대리인은 아무리 하급이라도 존경의 대상이었다. 두려움의 대상이었다. 그런데, 식당 입구의 경찰은 두려움의 대상이 아니었으며, 본인도 이 사실을 인지하고 있었다. 손님들은 그의 앞을 지나가면서도 눈길조차 주지 않았다. 그들이 두려운 것은 이제 경찰이 아니었다. 그들이 두려운 것은 돈 있는 자들, 권력 있는 자들이었으며, 제복 차림으로 서 있는 한심한 작자는 이제 그들이 부리는 사람일 뿐이었다.

자리에 앉고 보니 서양에서 온 손님 세 사람 말고도 세묘노프와 같이 온 젊은이들이 십여 명이나 있었다. 집단에서 각자 맡은 역할이 무엇인지는 분명하지 않았지만 어쨌든 모두 세묘노프의 하수인들이었다. 에두아르드는 본능적으로 그들이 싫었다. 자신이 장에데른 알리에를 존경하듯이 그들도 조직의 두목인 세묘노프를 존경하겠지만, 그들이 속한 조직이라는 게 에두아르드의 눈에는 한심하게 보였다. 그는, 에두아르드라는 사람은, 매수할 수도 길들일 수도 없는 사람이다. 길에서 우연히 마주치면 기꺼이 보스와는 맞수로서 허물없이 어울릴 수 있지만, 그의 끄나풀들, 이 총잡이들, 비천한 종복들과는 섞이지 않는 산적 같은 사람이 바로 에두아르드라는 사람이다. 가령 그의 옆자리에 앉은, 보스를 따라 검은색 양복에 흰 와이셔츠의 단추를 몇 개 끌러 풀어헤친 약아빠지게 생긴 잔챙이는 그의 상대가 아니었다. 에두아르드에게 캐비어 샐러드를 푹푹 떠가라고 권하던 녀석이 윙크와 함께 한 마디 던졌다. 「마피아.」 에두아르드는 병신 새끼, 하고 속으로 생각하면서 대화를 이어갔는데, 대화 내용은 무척 교육적이었다. 자신의 입에서 나온 냉소적인 표현을 못내 흐뭇해하며, 서른도 안 된 청년이, 마피아는 민주주의를 위해 좋다, 시장을 위해서도 좋다, 앞으로 서방처럼 시장 쪽으로, 자본주의 쪽으로 나아가리라는 데 자신은 조금도 의심이 없다, 이보다 더 바람직한 게 어디 있겠느냐고 열변을 토했다. 물론 초기에는 스위스 같을 수야 없다, 서부 개척 시대와 더 비슷하지 않겠느냐고. 「피 꽤나 보는 거죠.」 사내가 신이 나서 입으로 타다다다 소리를 내면서 옆 테이블에 앉아 있는 외국인들을 향해 기관총을 갈기는 시늉을 했다. 그들 중 한 명이 뒤를 돌아보더니 반색했다. 그와 사내 사이에 막역한 공모자들 사이에 오가는 인사가 오갔다.

「마이 프렌드, 아메리칸.」 사내가 자랑하듯 말했다.

미국 친구는 기자였고, 사내는 세묘노프 조직이 고용한 경호 업체 직원이었다. 둘이 달달 외우다시피 하는 「스카페이스」의 몇 장면을 연기하기 시작했다. 과음을 한 에두아르드가 비틀거리며 지하로 내려가 다시 한 번 나타샤의 어머니에게 전화를 걸었지만 받지 않았다. 화장실을 나오는 길에 인상을 찌푸린 담므 피피[2]와 마주치자 그는 무작정 안아 주고 싶었다. 인상을 찌푸리고 있어서, 소련인답기 때문에, 몇 미터 위에서 배 터지게 먹고 마시는 약아빠진 놈들과는 다르기 때문에, 그와 함께 자란 가난하고 순진한 사람들과 비슷하기 때문에. 나라가 돌아가는 꼴을 그녀가 어떻게 생각하는지 어떻게든 말을 붙여 물어보고 싶었지만, 소형 버스의 운전사처럼 그녀도 인상을 더 찌푸렸다. 참담했다. 그가 친근하게 다가가고 싶은 소박한 사람들은 그를 외면했고, 그에게 기꺼이 다가오는 사람들은, 면상을 한 대 갈기고 싶었다. 그는 계단을 올라가다 말고 되돌아 내려와서는 잡비 용도로 받은 돈 봉투를 호주머니에서 꺼냈다. 가난한 사람들에게 절대로 적선하지 않는, 그것을 자랑으로 삼는 그가 최소한 그녀의 한 달치 월급에 해당하는 백 루블짜리 지폐 몇 장을 봉투에서 꺼내 접시에 놓으며 말했다. 「우리를 위해 기도해 주세요. 할머님, 우리를 위해 기도해 주세요.」 그녀의 시선을 외면하며 그는 계단을 뛰어 올라왔다.

그 이후의 기억은 뒤죽박죽이었다. 식당을 나오기 전에 싸움이 일어났다. 세묘노프가 식사를 하던 테이블에 늦게 한

2 공중 화장실에서 청결을 유지하고 이용자들에게 필요한 물품을 건네고 팁을 받는 여성.

사람이 합류했는데, 그가 식사대를 내겠다고 하자 세묘노프가 기분이 상한 것이다. 내 친구들이니까 내가 낸다, 밥값은 언제나 내가 낸다는 게 내 신조다, 내 앞에서는 아무도 지갑을 열지 말라는 뜻이었다. 경호를 담당한 젊은이의 얼굴에 갑자기 긴장감이 서리자 에두아르드는 취한 상태에서도 새로 등장한 사람의 지나친 인심이 도전으로 받아들여졌다는 것을 눈치챘다. 식사 중이던 사람들이 시끄럽게 의자를 뒤로 빼면서 벌떡 일어나고 덩치들이 바짝 거리를 좁히자 상황은 당장에 젊은 경호원이 명대사를 줄줄 꿰고 있는 영화들 속 한 장면으로 돌변할 것 같았다. 하지만 언성이 높아질 때처럼 순식간에 다시 조용해졌고, 사람들은 자리를 파하고 눈이 내리는 식당 밖으로 걸어 나왔다. 에두아르드는 우크라이나 호텔로 돌아와 나타샤의 어머니에게 다시 한 번 전화를 걸었지만 여전히 응답이 없었다. 기진맥진했지만 잠은 오지 않았다. 그는 자위를 하려고 애를 썼다. 나타샤를, 타타르족 특유의 광대뼈를, 반짝이는 노란색 눈동자를, 비정상적으로 넓고도 가녀린 어깨를, 닳고 닳아 탄력을 잃은 그녀의 성기를 떠올리며 발기했다. 모스크바 외곽의 누추한 아파트에서 역한 술 냄새를 풍기면서 알몸뚱이로 보지를 드러낸 채 비척거리며 몸을 팔고 있을 그녀를 상상했다. 한 놈이 한 구멍씩, 두 놈과 동시에 붙어먹는 그녀를 상상하면 오르가슴(마침내, 오르가슴에 도달해, 비워 내는)에 도달할 수 있다는 것을 경험으로 알기 때문에 온 정신을 집중했다. 그러면서 조국이 마피아 놈들한테 따먹히고 있다, 섬새끼들한테 똥구멍을 대주고 있다고 과장스럽게 뇌까렸다. 잠에서 깼을 때 그의 머리에 제일 먼저 떠오른 단어가 바로 씹새끼였다. 씹새끼들.

2

몇 년 후에는 우크라이나 호텔도 동급의 다른 호텔들처럼 신선한 오렌지 주스, 다채로운 차와 영국산 잼을 곁들인 화려한 조식을 제공하게 되지만, 이때는 아직 소련 시절이던 1989년 12월, 에두아르드는 뻘난 얼굴의 뚱뚱한 여자가 관공서 창구처럼 관리하는 소련식 뷔페 앞에 단엄한 태도의 미남 프랑스인과 같이 줄을 섰다. 그는 앙투안 비테즈, 연극 연출가라고 매우 정중하게 자신을 소개하면서 에두아르드의 책을 여러 권 재밌게 읽었다고 말했다. 두 사람은 합석해서 청어와 노른자의 색깔이 흰색에 가까운 삶은 계란을 먹었다.

비테즈는 소련에 수차례 왔다 갔고 러시아어도 조금 했다. 자신이 보기에 〈무거운〉 측면은 있어도 올 때마다 이곳이야말로 진지하고, 어른스럽고, 삶 본연의 무게를 지닌 진정한 삶이라는 생각이 든다고 말했다. 서양에는 애기 같은 얼굴들밖에 없는데, 이곳에는 주름지고 짓눌린, 진짜 얼굴들이 있다고. 서양에서는 모든 게 허용되는 대신 중요한 게 아무것도 없는데, 여긴 반대로 아무것도 허용되지 않지만 모든 게 다 중요하다고. 비테즈는 후자가 낫다고 생각하는 모양이었다. 그런 그가 보기에 현재 일어나는 변화들은 달갑지 않았다. 물론 자유를 반대할 수 없고 안락도 마찬가지지만, 나라의 혼이 사라져선 안 된다는 생각이었다. 내가 안락과 자유를

누리며 살 때는 남에게 영혼의 안위를 위해 안락과 자유를
유보하라고 말하기 쉬운 법이지, 하고 속으로 생각하면서도
에두아르드는 고르바초프에 현혹되지 않은 프랑스 지식인
을 만나서 반갑고 비테즈가 자신의 책을 안다는 사실에 우쭐
해, 무엇보다 막막한 심정에서 그에게 속사정을 털어놓았다.
　「내 여자가 모스크바를 헤매고 있소.」
　비테즈가 고개를 끄덕이며 경청했다. 파리에서, 심하게 다
투기는 했는데, 뭐 둘 사이에 흔히 있던 일이다, 그런데 그녀
가 돌연 일주일 먼저 떠나 버리더라고, 에두아르드가 말했다.
도착 당일 저녁에 술에 취한 그녀가 전화를 걸어 쉰 목소리
로 〈끔찍해, 여기, 말도 못 하게 끔찍해〉를 되풀이한 뒤로 소
식이 끊겼다고. 그로서는 그녀 어머니의 전화번호가 행방을
추적할 수 있는 유일한 열쇠인데, 전화를 받지 않는다고. 주
소도 모른다, 분명 비자가 만료됐을 텐데 나타샤는 그런 걸
신경 쓰지 않는다고. 그녀가 어디서, 뭘 하는지, 알 길이 없다
고. 알코올 중독자에다 님포마니악인 여자라고, 난감하다고.
　「그녀를 사랑해요?」 비테즈가 사제나 정신분석가를 연상
시키는 어조로 물었다. 에두아르드가 어깨를 으쓱했다. 「내
여자요.」 비테즈가 부드러운 눈길로 그를 쳐다보았다. 「난감
하네요, 하지만 부럽군요. 식사가 끝나면 나는 연극 관료들
과 지루하게 앉아 회의나 하고 있을 텐데, 당신은 시내로 진
격하겠죠. 에우리디케를 찾아나선 오르페우스처럼……」

　아침부터 로비에 떼 지어 몰려 있는 날건달들 사이를 헤치
고 밖으로 나오긴 했지만 에두아르드는 어디서부터 어떻게

찾을지 생각도 없이 무작정 걷기 시작했다. 피 재킷에 털 없는 부츠를 신고 몸을 덜덜 떨며 종종걸음을 쳤다. 넓은 대로가 나타나면 지하도로 내려갔다. 구정물이 흥건히 고인 지하도는 서양 고추냉이 화분, 양말, 반쪽짜리 양배추 등의 궁상스러운 물건을 파는 가판대들 앞에 줄을 선, 사람이 뒤따라 들어와도 문을 세게 놓아 버리는 불퉁한 사람들로 발 디딜 틈이 없었다. 그가 7년을 살 때는 이렇게 우중충하고, 우울하고, 불친절한 도시가 아니었다. 궁전을 무색케 하는 명실공히 모스크바 최고의 건축물인 지하철역들을 빠져나오면 어디 한군데 걸음을 멈추고, 숨을 돌리고, 잠시 쉬었다 갈 만한 곳이 없었다. 카페도 없었고, 있더라도 지하나 뒤뜰 깊숙이 숨어 있어 표지판이 없는 이 도시에선 모르면 찾아갈 수조차 없으며, 길 가는 행인을 잡고 물어보면 모욕이라도 당한 듯 기분 나쁘게 쳐다보았다. 러시아인들은 예나 지금이나 죽을 줄이나 알지 〈삶의 예술〉에는 젬병이라고 에두아르드는 생각했다. 그는 정처 없이 걷다가 노보제비치 공동묘지 주변과 엘레나와의 연애 시절의 추억이 깃든 장소들을 배회했다. 어느 여름날 밤에 그가 손목을 그었던 건물 앞을 지나갔다. 해빙기가 오면 곱슬곱슬한 흰 털이 시커멓게 더러워지곤 하던 엘레나의 황당한 푸들을 떠올렸다. 문득 피렌체에서 이탈리아 백작과 살고 있는 엘레나에게 전화를 걸고 싶었다. 수첩에 번호도 있고, 이따금 그녀와 통화도 하고 있었다. 하지만 막상 수화기를 들면 무슨 말을 할까? 〈밀이야, 당신 데리러 왔어, 문 열어〉 하고? 딱 이 말이 필요한데, 이미 너무 늦었다. 나머지는 다 감정 낭비일 뿐이었다.

오후에는 20년 전에 그토록 힘들게 문턱을 넘었던 작가협회에서 강연이 잡혀 있었다. 복수의 달콤한 맛을 상상하며 초청을 수락했는데, 정작 그 맛은 달콤하지 않았다. 구내식당의 냄새, 하급 관료처럼 처입은 삼류 시인들. 그나마 바를 지키는 심술궂은 여자가 제일 봐줄 만했다. 커피잔에 코냑을 따라 주는 그녀가 낯이 익은데, 그녀는 에두아르드를 알아보지 못하는 듯했다. 그녀는 아르세니 타르코프스키의 세미나 시절부터 이 바에서 일하던 여자였다.

안내를 받아 강연 장소로 들어서니 작은 방에 드문드문 사람들이 앉아 있었다. 문화계의 아파라칙들을 기대했던 에두아르드는 참석자들이 하나같이 언더그라운드의 노장들인 것을 보고 경악을 금치 못했다. 친하진 않아도 파티나 시 낭송회에서 마주쳐 안면이 있는 사람들이었다. 2인자의 얼굴들, 자기혐오에 시달리는 무기력한 얼굴들, 게다가 어찌나 폭삭 늙었는지! 창백한 얼굴, 뻘건 얼굴, 똥배가 나오고 형편없이 망가진 모습. 모든 것이 허용된 시절을 만나 세상에 얼굴을 드러낸 이들은 더 이상 〈언더〉가 아니었다. 비참한 것은, 검열과 지하 활동을 이유로 젊은 시절에는 너그럽게 가려지던 이들의 무능이 백일하에 드러났다는 사실이었다. 첫 질문자는 『위대한 시대』 30만 부 중 한 권을 용케 구해 읽은 유일한 참석자인 듯했는데, 소위 반체제주의자라는 사람이 어떻게 KGB를 옹호하는 내용을 쓸 수 있느냐고 다그치듯 물었다. 에두아르드는, 나는 반체제주의자였던 적이 없다, 그저 문제아였을 뿐이라고 잘라 말했다. 한 중년의 여자는 우수가 깃든 확신에 찬 표정으로, 젊었을 때 당신을 조금 알

던 사람이다, 뭐 당신이 기억을 못 해도 상관없다고 운을 떼
더니, 자신이 기억하는 그는 장발에 자유분방하고 시상이 가
득한 젊은 시인인데, 콤소몰 서기 같은 모습으로 다시 나타
나다니 놀라움을 감추지 못하겠다고 말했다.

무슨 대답을 할 수 있겠는가? 쇠귀에 경 읽기다. 에두아르
드가 살다 온 세계에서는 예술가가 스포츠머리에 뿔테 안경
을 쓰고 딱딱한 느낌의 검정색 옷을 입는 게 이상하지 않을
뿐더러 오히려 권장됐다. 그는 〈언더〉식 품격의 알파이자 오
메가인, 옷깃에 비듬이 소복한 재킷 밑에 후줄근한 낡은 스
웨터를 훈장처럼 받쳐 입는 게 죽기보다 싫은 사람이었다.
머리에 〈시인=낙오자〉라는 공식을 그리고 있는 그녀는 에
두아르드가 베니치카 예로페예프처럼 옷을 입기를 바랐을
것이다. 문제의 이 예로페예프의 이름은 바로 다음, 세 번째
질문자가 언급했다. 예로페예프가 옛 동지인 리모노프의 귀
국 사실을 알고 있지만 황색 신문 장사치인 율리안 세묘노프
의 후원을 받는 걸 보고 찾아와 악수를 청해도 거절하겠다
더라고 전하면서 심정이 어떠냐고 물었다. 심정이라고 얘기
할 것도 없다, 그를 찾아갈 생각도 해본 적이 없다, 우린 동지
사이가 아니었다고 에두아르드는 대답했다. 이런 분위기로
30여 분간 계속되다 강연은 끝이 났고, 에두아르드는 작가
동맹의 젊은이들(〈작가동맹의 젊은이들이라네!〉)과의 뒤풀
이를 사양하고 자리를 떴다. 오후 네 시에 벌써 어둠이 내려
있었다. 그는 「전함 포촘킨」 수병 스타일의 얄브스름한 피
재킷의 깃을 올려 세우며 밖으로 나왔다.

끔찍한 경험을 하고 나니 옛 친구들을 만나고 싶은 마음이 싹 가셨다. 15년 전에 그들한테서 도망치길 얼마나 잘했던가! 그들은 그렇게 달아난 자신을 얼마나 원망했을까! 그가 서부 전선에서 생존을 위해 분투할 때, 그들은 보잘것없는 안락에 젖은 채 도덕적 중압감을 방패 삼아 통렬한 주제 파악을 피한 자들이었다. 실패는 고결했고, 익명은 고결했으며, 육체의 쇠락마저 고결했다. 그들은 언젠가 자유롭게 되는 그날, 후세를 위해 불법으로, 지하 활동으로, 러시아 문화의 정수를 지켜 낸 영웅으로 칭송받으리라 꿈꿔 왔다. 하지만 막상 자유가 도래하자 그들에게 눈길을 주는 사람은 아무도 없었다. 그들이 알몸으로 경쟁의 칼바람을 맞으며 떠는 사이 세묘노프의 수하들, 새파란 갱 놈들은 잘 먹고 잘살았다. 언더들은 그들의 유일한 안식처인 작가동맹에 모여 예로페예프같이 딱하고 무력한 인간을 경배하고 리모노프처럼 역동적이고 생명력 넘치는 사람은 경계했던 것이다.

침통한 저녁을 보내던 리모노프는 과거에 지하 활동을 했던 예술가들의 미술 작품을 키치 오브제처럼 전시해 놓은 화랑이 눈에 띄어 안으로 들어갔다. 그는 관람 도중 낯익은 작품을 발견하고 깜짝 놀랐다. 일전에 보헤미안 친구 이고르 바라실로프가, 빨간 드레스를 입고 창문 앞에 서 있는 여자의 초상화를 그리는 걸 본 적이 있었다. 그림의 주인공인 여자는 당시 이고르의 애인이었고, 창문은 에두아르드가 한동안 이 커플과 동거했던 아파트의 창문이었다. 예뻤던 여자는 분명히 뒤룩뒤룩한 여편네로 변했을 것이었다. 이고르는, 2년 전에 사망했다고 카탈로그에 적혀 있었다.

에두아르드는 그림의 판매 가격을 물어보았다. 서푼도 안 됐다. 하긴, 더 값어치가 있는 그림도 아니라고 그는 생각했다. 삼류 예술가에 지나지 않는다는 절망감 때문에 그날 밤 자살을 기도하려 했던 이고르의 판단이 틀리지 않았던 것이다. 시장이 판단을 내린 것이다. 시장이 옳다. 시장의 냉엄한 이성은 에두아르드의 소심적 친구들의 착한 무력함을 절대 돌보지 않는다. 별안간 억누를 길 없는 슬픔이 북받쳤다. 연민에 가까운 감정이었다. 약자를 경멸한다고 자랑삼아 떠들던 그가 약자들의 연약함에 연민을 느꼈다. 이고르, 암시장 식당에서 만난 담므 피피, 모든 민중의 착한 무기력함에 연민을 느꼈다. 강하고 못된 그가, 강하고 못된 자들로부터 이고르 바라실로프와 담므 피피, 그리고 모든 민중의 착한 무기력함을 지켜 주기 위해 무슨 일이라도 하고 싶었다.

공중전화가 보일 때마다 전화를 건 끝에 드디어 기적처럼 나타샤의 어머니와 통화가 되었다. 그가 자기소개를 하고 나타샤의 행방을 묻자 그녀가 오열했다. 나타샤가 오기는 왔는데, 이틀 밤을 자고 행선지도 알려 주지 않고 떠났다고. 그녀도 속이 타들어 가고 있었다. 에두아르드는 집으로 찾아가겠다고 말했다. 집이 멀어 지하철을 탔다. 지하철을 타고 나서야 조금 진정이 되었다. 심리적 압박감이 그나마 제일 덜한 곳이었다. 흐루쇼프 시대에 지어진 공동 주택 단지 안의 눈 덮인 통행로를 한참 걸은 끝에 편집증적으로 깔끔하게 정돈된 손바닥만 한 스튜디오에 도착했다. 그의 부모처럼 그녀도 하드커버로 된 고전 전집들을 유리문 뒤에 고이 모셔 놓고 있었다. 기력이 쇠약한 단신의 노파는 애간장을 태우던 중에 그가 나타나자 경계심을 풀지 않으면서도 그에게 크게 의지했다. 그 말고 누가 딸을 찾아 줄 수 있단 말인가? 틀림없이 비자가 만료됐을 것이다, 무슨 불상사가 일어날지 모른다, 남편, 그러니까 나타샤의 아버지도 앗아간 술이 원수다. 하지만 노파는, 시나 쓰면서 몇 달을 집에 얌전히 들어앉아 있다가 예고도 없이 네댓새씩 사라져 사내놈들이랑 닥치는 대로 붙어먹어 불그죽죽하게 피투성이, 똥투성이가 된 팬티 차림으로 폐인이 되어 나타나는 딸의 이중성, 님포마니아 증세는 모르고 있었다. 에두아르드는 이 얘기는 꺼내지 않았다. 가뜩이나 바짝 좁혀 오듯 서 있는 스튜디오의 사방 벽에서 애끓는 모정이 배어 나오는 마당에 걱정을 보탤 이유가 없었다. 하지만 속으로는 나타샤를 못 찾는 게 차라리 나을지 모른다고, 그녀가 자신의 인생에서 완전히 사라지는 게 나을지도 모른다고 생각했다. 「걔를 사랑해요?」 나타샤의 어머니가 갑자기 비테즈처럼 물어 오자 에두아르드는 비테즈에게 했듯이 대답했다. 「제 여자예요. 7년 동안 그녀를 돌봐 왔어요. 이제 와서 포기하지는 않을 겁니다.」 그러자 나타샤의 어머니가 그를 와락 안으며 고맙다, 자네는 좋은 사람이라고 말했다. 이런 말을 듣는 게 익숙지 않았지만 에두아르드는 적어도 사랑에서만은 사실이라고 생각했다.

나타샤의 어머니는 혹시 아는 게 있을지 모른다며 딸과 한 반이었던 친구의 주소를 그에게 주었다. 지하철을 45분 타고, 얇은 재킷 하나만 걸치고 영하 15도에서 30분을 걸었다. 자정이 훌쩍 넘어 그는 예술가들의 불법 점유지로 보이는 곳에 도착했다. 예술가, 하다못해 디스트로이 예술가 같지도 않은, 소매치기와 마약 딜러(그의 짐작이 틀리지 않았을 것이다) 같은 사람들이 어슬렁거리고 있었다. 머리 뿌리가 검게 드러나는 금발에 흉한 몰골, 새된 목소리의 여자가 『톱 시크릿』에 실린 에두아르드의 사진을 봤고 나타샤한테 얘기도 들었다고(첫눈에 싫은 티를 확 내는 걸 보면 좋은 얘기 같지는 않았다) 말했다. 어쨌든 두 사람은 주방에 앉아 보드카를 마시기 시작했다. 나타샤가 오긴 왔었다, 사내 둘을 달고 나타나 집이 멀어서 못 가겠다면서 자고 가더라, 홀랑 벗고 실내를 돌아다니더라, 변기에 맨몸뚱이로 앉아 담배를 피우면서 한 놈한테 수음을 해주더라, 나머지 한 놈은, 자기랑 붙어먹고 싶어 죽더라면서, 여자가 고소하다는 듯이 말했다. 심보 고약한, 모든 남자를 적으로 간주해 괴롭히고 이기는 것을 철칙으로 삼는, 전형적인 나쁜 러시아 년이라고 에두아르드는 생각했다. 당장 자리를 박차고 나오고 싶었지만 밤이 늦어 지하철이 끊겼고, 택시를 잡으려면 몇 시간은 걸어야 할 것 같았고, 택시를 부르는 건 꿈도 꿀 수 없었다. 결국 일어나지 못하고 계속 술을 마시면서 다 당신 탓이다, 당신이 나타샤를 학대한다, 나타샤한테서 직접 들었다고 핏대를 올리는 여자의 얘기를 듣고 앉아 있자니 머릿속이 점점 혼곤해졌다. 그녀의 동거인들이 하나둘 테이블에 합석했다. 체첸 출신의 젤랄이라는 사내는 프랑스 사람들은 미테랑을 위시해 전부 유대인이라고 확신하는 듯, 에두아르드에게 다짜고짜 유대인인지 아닌지 확인부터 하겠다고 덤비더니, 여

298

권을 내놓으라고 갈수록 협박조로 말했다. 일촉즉발의 아슬 아슬한 순간이었지만 에두아르드는 〈쿨하게〉 행동했다, 아 니, 남들처럼 혀가 꼬이는 폭음의 비탈길을 내리 달리다 그 도 몽롱한 정신에 그럴 수 있었는지도 모르는 일이었다. 〈이 나라는 역사적인 사건들이 벌어지기에는 최고의 장소지만 절대 사람이 정상적으로 살 수 없는 곳이야. 정상적인 삶은, 우리하곤 거리가 멀어……〉 어쩌고 하면서 자신이 목청을 돋 웠던 것까지는 기억이 있었다. 그는 주방 테이블에 고개를 박고 잠이 들었다가 새벽녘에 깼다. 맨바닥 여기저기 드러누 워 자고 있는 사람들 사이를 발소리를 죽여 조심조심 지나, 여권을 도둑맞지 않았는지 확인한 다음, 러시아에서 겨울에 밖에 나갔다 들어오면 누구나 그렇게 하듯 문 앞에 벗어 놓 았던 신발을 집어 신었다. 머리는 지끈거려도 정신은 또렷한 상태에서 그는 앞으로의 계획을 세우기 시작했다. 다시 호텔 에 들러 가방부터 챙긴 다음, 세묘노프도 순회강연도 다 집 어치우고 하리코프행 첫 기차에 오를 생각이었다.

3

가난한 사람답게 습관적이고 반사적으로 열여덟 시간의 여정에 삼등칸 기차표를 끊었지만, 이모저모로 후회 없는 선 택이라고 그는 생각했다. 어차피 유명 작가의 외피를 벗고, 냄새 나는 음식과 보드카를 의자에 늘어놓는 왁살스럽고 꾀 죄죄한 러시아인들과 하나가 될 생각이었다. 군 내무반처럼

상하로 포개 놓은 간이침대들이 나란히 정렬된 칸막이가 없
는 객실에는 도적놈처럼 험상궂게 생긴 사내 몇과 얼굴만 봐
도 울고 싶은 너무도 순박하고 너무도 연약한 사람들이 타
고 있었다. 비테즈의 말이 틀리지 않았다. 진짜 얼굴들. 미국
인들의 콧잔등처럼 발그스름한 빛을 띠지 않고 시뻘건 얼굴,
잿빛 얼굴, 심지어 회녹색 얼굴도 보였다. 그는 지저분한 차
창으로 스치는 풍경을 내다보았다. 자작나무들, 흰 눈, 검은
하늘, 광활한 대지 위에 간격을 넓히며 점점이 찍힌 저수탑
과 나란히 서 있는 간이역들. 열차가 정차하면 승강장에서
펠트 장화를 신은 노파들이 오이나 월귤을 팔려고 악다구니
를 쳤다. 멀리서 와서 이런 풍경이 낯선 게 아니라, 엄밀히 말
해 에두아르드는 도시에서만 살았던 사람이었다. 이런 벽촌
에서의 삶은 어떨지 궁금해하며 그는 감상에 젖었다.

  그의 맞은편에 앉은 승객이 『톱 시크릿』을 읽고 있었다. 지
난주에 사진이 실렸던 그를 알아볼 수도 있으련만, 아니었
다. 사내가 사는 세계에서는 신문에 사진이 실리는 사람을
만날 일이 없었을 것이다. 에두아르드는 사내와 잡담을 나누
기 시작했다. 사내는 막 신문의 사회면에서 읽은 사건을 들려
주었다. 지금 그들이 기차를 타고 지나고 있는 촌락들과 비
슷한 어떤 마을에서 벌어진 일이었다. 한 여자가 영하 30도
의 날씨에 딸아이를 밖에다 묶어 놓고 벌을 세웠는데, 아이
의 몸이 꽁꽁 얼어 결국 사지를 절단했다. 다 잘리고 몸통만
남은 여자애를 다시 집 안에 들여 놓자 아이 엄마와 동거 중
이던 작자가 기다렸다는 듯이 아이를 강간했고, 여자애가 사
내아이를 낳자 그 애 역시 묶어 놨다고 했다.

이렇게 시작된 대화는 시종일관 우중충했다. 모든 게 개판이 돼서(에두아르드 같으면 이런 진단에 한 표를 던질 것이다) 이런 게 아니라 이놈의 나라는 애시당초 제대로 된 게 하나도 없었다고 에두아르드의 길동무는 진단을 내렸다. 신선한 견해였다. 옛날에는 사는 게 고생스러웠어도, 구시렁구시렁 불평은 하면서도 전반적으로 자긍심을 느꼈다. 가가린, 스푸트니크 인공위성, 강한 군대, 광활한 제국의 영토가 있다는 사실이, 서양보다 공정한 사회에서 산다는 사실이 자랑스러웠다. 그런데 〈글라스노스트〉 이후로 고삐가 풀린 표현의 자유 때문에 맞은편의 사내 같은 소박하고 순수한 사람들의 머릿속에 1917년부터 이 나라를 지배한 자들은 모두 사디스트고 살인자이며 작금의 참패를 불러 온 장본인이라는 사고가 각인되었다고 에두아르드는 판단했다. 〈사실, 우린 딱 제3 세계 국가, 핵무기를 가진 오트볼타[3] 꼴이오〉 하고 사내는 한탄했다. 어디서 한번 읽은 게 마음에 들었는지, 남자는 상대의 비위를 맞추겠다는 부담감 속에 같은 표현을 되풀이했다. 지난 70년 동안 우리가 최고라고 세뇌를 받았지만 실제로 우리는 패배자들이었다고. 〈브쇼 프라이그랄리(폭삭 망했다)〉. 70년 동안 열심히 노력하고 희생한 대가가 이것이라고, 똥통에 빠져 허우적대고 있다고.

밤이 와도 에두아르드는 잠을 이루지 못했다. 그는 오래 집을 떠나 있는 동안 부모가 그에게 보낸 몇 통의 편지를 떠올렸다. 신세 한탄, 자질구레한 얘기들, 자신들의 임종을 지

3 부르키나파소의 옛 명칭.

키지 못할지도 모르는 외아들에게 하는 하소연들. 그는 그
편지들을 건성건성 읽었고, 부모를 측은하게 여기지 않았으
며, 겁에 질려 무미건조한 삶을 사는 그들에게서 자신을 멀
리 떨어뜨려 준 신께 감사했다. 불효자라고? 그럴지도 모른
다. 하지만 똑똑한 아들이기에, 연민은 없다. 연민은 사람을
약하게 만들고, 연민은 품위를 떨어뜨린다. 그런데 끔찍하게
도 도착 이후 마음속에서 분노와 함께 연민이 이는 것을 느
꼈다. 그는 자리에서 일어나, 길을 떠나는 가난한 사람들이
궁상맞은 물건들을 한가득 싸서 끌고 다니는 보따리들 사이
를 헤치고 걸어갔다. 변소에는, 변기 밖으로 넘친 똥이 꽝꽝
얼어 있었다. 그는 자리로 돌아오기 위해 연결 통로를 지나
다 건달 두 놈에게 돌림방을 당하는 여검표원의 신음 소리를
들었다. 조국 때문에 가슴이 아픈 건 예전 같으면 상상도 못
할 일이었지만, 그는 가슴이 아팠다.

　기차는 아침 7시에 도착했고, 택시는 살토프, 그가 청소년
기를 보낸 빈민굴 같은 건물 앞에 그를 내려놓았다. 그는 세
일러 백을 어깨에 메고 교도소처럼 콘크리트가 벗겨진 계단
을 올라갔다. 문 앞에 서서 그는 망설였다. 부모님이 충격으
로 돌아가시기라도 하면 어쩌지? 두 사람에게 마음의 준비
를 시키라고 옆집에 부탁이라도 해야 하지 않을까? 하는 수
없지, 일단 누르는 수밖에. 주방 쪽에서 오는 게 분명한, 슬리
퍼 끄는 소리가 들렸다. 문이 열릴 때까지 기다리지 못하고
그가 소리쳤다. 「아빠, 엄마, 저 왔어요!」 못 들은 모양이었
다. 「누구세요?」 밖에서 오는 소식이 절대 좋을 리가 없는 걸

아는 어머니의 목소리가 의심과 불안으로 떨리고 있었다. 어머니가 현관문 구멍에 눈을 바짝 댄 모습을 그는 상상했다.

「저예요, 엄마.」 그가 한 번 더 말했다. 「저예요, 에디치카.」

그녀가 위쪽 빗장, 아래쪽 빗장, 가운데 빗장을 차례로 푼 뒤에야 모자는 대면할 수 있었다. 어머니 뒤에서 아버지가 잔걸음으로 걸어 나오고 있었다. 두 사람은 깜짝 놀라긴 했지만 신기하게도 그 이상은 아니었다. 15년 전에 집을 떠나 다시는 볼 수 없으리라 생각했던 아들과 재회한 사람들의 반응이라기보다는 불쑥 찾아온 인근 도시의 사촌을 대하는 반응이었다. 부부가 아들을 꼭 껴안고는 얼굴을 붙잡고 들여다보는 것도 잠시, 어머니가 갑자기 아들을 뒤로 밀어 세워 놓고 머리끝부터 발끝까지 찬찬히 살핀 다음, 외투는 어디 있느냐고 물었다. 외투가 없어? 이런 추위에 외투도 없이 어떻게 나다니냐, 말도 안 된다, 외투 한 벌 살 돈도 없는 거야? 「아니에요, 엄마. 진짜예요, 있을 만큼 있어요, 걱정 마세요.」 그녀는 옷장에 아버지가 입지 않는 좋은 외투가 한 벌 있다고 했다. 이렇게 해서 옷장 앞에 선 세 사람. 그가 부모의 기분을 맞추려 외투를 걸치자 부부는 외투를 입은 아들을 세워 놓고 요모조모 살폈다. 이렇게 좋은 옷들을 좀이 슬지 못하게 덮개나 씌워 놓고 있다, 그리고 이 아파트는 우리가 죽고 나면 물려줄 사람도 없다, 속상하다고 아버지가 말했다. 여기 다시 들어와 살 생각은 없니? 여기 좋아, 편안하고, 조용해. 부모의 환상을 단칼에 깨트리기 위해 에두아르드는 며칠만 있다 갈 생각이라고 말했다. 그는 자신이 모스크바에 온 이유와 VIP급 순회강연, 30만 부를 찍은 자신의 책 얘기를 꺼냈다. 부모가 아들의 성공을 알아주길, 성공한 아들을 자랑스러워하길 바랐지만, 그들은 아들의 얘기에 통 관심이 없는 것 같았다. 그들의 세계와는 너무도 먼 얘기였던 탓에 자신들한테 줄 책을 한 권 가지고 왔느냐는 질문조차 하지 않았다. 어차피 갖고 오지도 않았고, 갖고 왔다 해도 책에 묘사된 본인들의 모습이 마음에 들지 않을 테니 차라리 잘된 일이었다. 그들이 궁금한 것은 오로지 여자는 있느냐, 손주를 볼 날이 오긴 오겠느냐는 것이었다. 「여자는 있는데, (그는 더 이상의 상세한 언급은 피했다) 애는, 없어요, 아직.」

「아직? 나이 마흔여섯에?」

라이야가 낙담한 표정으로 고개를 가로저었다.

부모의 호기심은 금방 충족되었고, 집은 다시 일상의 풍경으로 돌아왔다. 영락없는 노인네인 베니아민은 가구를 짚으며 다시 방으로 걸어 들어가 누웠고, 라이야는 주방에서 차 한 잔을 앞에 놓고 아버지가 작년에 심장 발작을 일으킨 후로는 어떤 일에도 의욕이 없다고 아들에게 설명했다. 옷도 그녀가 입혔다 벗겨 주고, 아파트 밖으로 나가는 일도 거의 없다고. 그녀 자신도 장 볼 때 외에는 좀체 외출하는 일이 없다고. 딱히 갈 데도 없지 않느냐고? 도심은 무섭다고, 거기서 살지 않는 게 천만다행이라고 했다. 「여긴, 조용해.」 끈질기게 설득하다 보면 혹시 아들의 마음이 바뀌어 이 집에 들어와 살겠다고 할지도 모른다, 남편의 낡은 외투를 입다가 남편이 죽으면 새 외투와 앞 챙을 뒤집은 양털 샤프카를 물려받아 함께 살지도 모른다는 기대 속에 그녀는 같은 말을 되풀이했다. 그녀는 아들한테 궁하게 보이기 싫어 벽장 문을 열고 물자 부족에 대비해 비축해 놓은 물건들을 자랑스럽게 보여 주었다. 설탕 30킬로그램과 상급 박력분 포대들. 지하실에도 이만큼 더 있다고.

늘 켜져 있는 가스레인지 위의 파란 불꽃이 에두아르드는 눈에 거슬렸다. 불을 끄려는 아들을 어머니는 말렸다. 따뜻하고 방에 항상 누가 함께 있는 것 같아서 든든하다고 했다. 〈파리에서는 이러면 수천 프랑이 나와요〉 하고 그가 한마디 하자, 그녀는 아들의 외국 생활에 대해 들은 몇 안 되는 얘기 중에 이 사소한 내용이 단연코 가장 충격적인 듯, 눈을 동그랗게 떴다. 「그러니까 네 말은, 거기는 사람들한테 〈돈을 내고〉 가스를 쓰게 할 만큼 나라가 짜단 말이냐?」 얼떨떨한 얼굴을 하고 있던 어머니가 갑자기 아련한 표정을 지었다. 「글쎄 말이다, 고르바초프와 그 밑의 아첨꾼들이 여기서도 그렇게 할 모양이더라…….」

대도시가 아닌 곳, 식자층이 아닌 사람들 사이에서는 고르바초프만큼 만만한 얘깃거리도 드물었다. 누구나 다 싫어하니 서로 얼굴 붉힐 일이 없었다. 이 생각을 하면 에두아르드는 마음이 조금 편안해졌다.

마음 같아서는 그날 저녁으로 돌아가는 기차에 몸을 싣고 싶었지만 차마 못 할 짓 같아 포기했다. 부모님을 뵈러 오는 게 처음이자 분명 마지막일 테니, 두 사람을 위해 한 주를 바치기로, 달력에 하루하루 날짜를 지워 가는 죄수의 심정으로 일주일을 희생하기로 했다. 그는 예전에 쓰던 아령을 꺼내 아침마다 한 시간씩 근육 강화 운동을 했다. 어릴 적에 자던 침대에 엎드려 시큰둥하게 쥘 베른과 뒤마의 책들을 뒤적이고, 삼시 세 끼 기름기가 많은 음식을 먹고, 아무 말이 없는 아버지를 빼고 어머니하고만 마지못해 까슬까슬한 대화를 주고받았다. 어머니는 정신이 혼미할 정도의 세세한 묘사들과 함께 자신의 하루를 구성하는 소소한 사건들을 그에게 들려주었다. 그녀의 사전에 생략이란 단어는 없었다. 편지 한 통을 받았다는 얘기를 하기 위해 우체국으로 가는 길에 벌어졌던 일부터 시작해 창구에 줄을 서고, 창구 직원과 인사를 나누고, 버스를 타고 돌아오는 길에 일어났던 일까지 빼지 않고 묘사했다. 이렇게 살면 심심하려야 심심할 수가 없다.

그는 친구들의 안부를 물었다. 10년 강제 수용형을 선고 받았던 고양이라는 애칭의 코스챠는 석방되고 며칠 후에 쌈질을 하다 칼을 맞았다고 했다. 아들이 죽고 나서 부모도 골골하더니 따라 죽더라고. 색소폰 연주자를 꿈꾸던 댄디 카직은 여전히 피스톤 공장에 다니고 있었다. 마누라가 떠나고 본가로 들어와 어린 딸을 키우며 어머니와 같이 살았는데, 이 딸이 커서 독립을 한 뒤로도 여전히 어머니와 같이 산다고 했다. 술을 너무 마신다고. 「널 보면 반가워할 텐데.」라이야가 조심스럽게 말을 꺼냈지만 에두아르드는 거절했다.

안나는? 「안나? 세상에 어떻게 그런 일이 다 있다니? 몰랐어? 정신병원에 들락날락하면서 혼자 누추하게 살던 집에서 목매달아 죽은 걸 사람들이 발견했다는구나.」 그림을 그렸고, 살이 정말 너무 심하게 쪘었다고 했다. 어머니가 가끔 찾아가 만났는데, 하루는 파리에 있는 에두아르드의 주소를 묻더라고. 「차마 안 된다고는 못 하겠더라. 편지를 받았니?」

에두아르드는 고개를 끄덕였다. 추잡한 광기가 뚝뚝 흐르는 편지를 대여섯 통 받았지만 그는 답장을 쓰지 않았다.

텔레비전은 늘 켜져 있었다. 에두아르드가 세계에서 가장 마조히스트적이라고 평하는 소련 텔레비전에서, 염불처럼 반복되는 재난과 탄식의 뉴스들이 끊이지 않고 이어지는 흐느적거리는 음악의 파도에 씻기고 있었다. 오랫동안 에두아르드에게 눈엣가시 같은 존재이던 사하로프가 막 사망했고, 산간벽지까지 온 나라가 한마음으로 그를 애도하고 있다고 기자들은 전했다. 「저 사람들 제정신이 아니야.」 겨우 사하로프의 이름 정도만 아는 라이야가 논평했다. 「누가 보면 스탈린 장례식인 줄 알겠네.」 인터뷰에 응한 한 사람은 그를 간디에, 두 번째 사람은 아인슈타인에, 세 번째 사람은 마틴 루터 킹에, 어떤 재밌는 사람은 갈수록 고르바초프를 연상시키는 「스타워즈」 속 갈팡질팡 우유부단한 제다이의 지혜로운 멘토인 오비완 케노비에 비유했다. 〈그럼 다스 베이더 역엔 누가 어울릴까요?〉 하고 인터뷰한 기자가 물었다.

약방의 감초인 옙투셴코가 카메라 앞에 나서서 고인을 〈시대의 흔들리는 심지〉(이 은유를 같잖게 여긴 리모노프가 추후 「리디오」에 기고한 글들에서 이 표현을 비꼰 사적 농담을 몇 차례 시도했지만, 아무도 이해 못 했다)로 묘사한 시를 낭송했다. 극도의 긴장감. 과연 고르바초프는 국가 애도 기간을 선포할까? 아니었다. 그는 관례가 아니라고, 당 서기한테는 3일을, 폴리트뷰로의 정치국원한테는 하루를 선포하지만, 일개 아카데미 회원은 대상이 아니라고 이유를 밝혔다.

논평가들은 고르바초프의 이런 미온적 태도를 우경화의 신호탄으로 해석했다. 장례식 이후 벌어진 일들은 이들의 예상이 적중했다는 증거였다. 고르바초프는 밀린 숙제를 해치우듯 시신 앞에서 묵념했을 뿐, 장례 행렬의 선두를 지키지 않았다. 동원된 사람들이 아니라(소련 역사상 이례적 현상이었다) 자발적으로 모인 수십만 명이 운구 행렬을 뒤따라 모스크바를 행진했다. 에두아르드가 이미 눈여겨보고 있던 호탕하고 친근한 이미지의 우악스러운 보리스 옐친이 이 기회를 잡아 전면에 나섰다. 그는 떠들썩하게 폴리트뷰로의 정치국원직에서 물러난 후 민주주의자 계파의 수장으로서의 입지를 확고히 다지고 있던 인물이었다. 옐친은 미망인 옐레나 보네르와 나란히 사하로프의 관을 뒤따르고 있었다. 할망구는 카메라에 잡힐 때마다 담배를 피우거나, 비벼 끄거나, 새 담배에 불을 붙이는 모습이었다. 그녀와 옐친의 주변에 있는 사람들이 숫자 6 위에 엑스 자를 그은 푯말을 흔드는 모습을 지켜보던 라이야가 물었다. 「저 6들은 다 무슨 뜻이냐?」

「그건, 헌법 제6조, 유일 정당 관련 조항을 삭제하자는 뜻이에요.」 아들이 설명했다.

「그래서 대체 뭘 어쩌자는 건데?」

「그러니까, 프랑스처럼 정당을 여럿 두자는 거죠.」

라이야는 기가 차다는 듯 아들을 쳐다보았다. 여러 개의 정당, 그녀에게 이것은 돈을 내고 가스를 쓰는 것이나 다름없이 야만적으로 보였던 것이다.

제6장

부코바르, 사라예보, 1991~1992년

1

그들은 창문이 없는 벽 앞, 갈색 포마이카 테이블 두 개를 직각으로 붙여 막아 놓은 곳에 꼼짝도 못 하고 앉아 있었다. 눈에 보이는 배경은 이게 전부였다. 학교 교실 같기도, 구내 식당이나 관청 같기도 했다. 여자는 밝은 색상의 코트에 농촌 아낙들이 쓰는 숄을 둘렀고, 남자는 칙칙한 외투에 목도리를 둘렀다. 남자는 자신의 앞에 있는 테이블에 앞 챙을 뒤집은 양털 샤프카를 올려놓고 있었다. 은퇴한 노부부로 보였다. 카메라는 그들을 놓아 주지 않았고, 프레임은 특별한 이유 없이 움직였으며, 줌인과 줌아웃, 팬숏은 있었지만 리버스 앵글 숏은 없었다. 이들 앞에 앉아 있거나 서 있는 사람들의 얼굴은 카메라에 잡히지 않았다. 앵글 밖에서 노기등등한 딱딱한 목소리로, 향락과 사치에 빠져 살면서 어린아이들을 아사시키고 티미쇼아라에서 인종 학살을 자행했다고 두 노인을 성토 중인 사람의 모습도 카메라에 비치지 않았다. 한 차례씩 맹비난을 퍼붓고 나면, 보이지 않는 검사는 노인들에게 답변을 종용했다. 그럴 때마다 남자는 샤프카를 만지작거리면서 법정의 정당성을 인정하지 못하겠다고 말했다. 이따금 아내가 분을 참지 못해 반박에 나서면, 남자는 친숙하면서도 찡한 제스처로 아내의 손을 지그시 눌러 잡아 진정시키곤 했다. 그리고 이따금, 남자는 손목에 찬 시계를 내려다보았다. 그가 자신들을 구하러 올 군대의 도착을 기다리고 있었음을 유추할 수 있는 장면이다. 하지만 그가 기다리던 군대는 도착하지 않았고, 30분 만에 카메라는 꺼졌다. 생략. 다음 화면은 피를 흘리며 쓰러져 있는 두 사람의 모습이었다. 길거리인지, 뜰인지, 어딘지는 알 수 없었다.

이 장면에는 악몽과 비슷한 기묘한 점이 있다. 루마니아 방송국에서 촬영한 이 장면은 1989년 12월 26일 저녁 프랑스 방송에서 방영되었다. 나는 새해를 맞으러 프라하로 떠날 준비를 하다가 아연실색을 하며 이 장면을 접했고, 리모노프는 모스크바에서 막 돌아와서 보았을 것이다. 그는 가출 후에는 늘 그렇듯이 온순하고 얌전해진 나타샤를 데리고 돌아왔다. 그 방송을 보며 그는 둘의 관계를, 그녀와 해로하고 싶은 소망을 떠올렸을지도 모른다. 어쨌든, 방송 후에 그가 쓴 기사를 보면 부모님을 떠올렸던 것은 분명하다. 그 기사의 일부를 발췌해 싣는다. 〈루마니아 국가 원수의 사살을 정당화했어야 하는 녹화 테이프가 한 노부부의 사랑을, 지그시 눌러 잡는 손동작과 시선들로 나타나는 그들의 사랑을 눈부시고도 참혹한 방식으로 보여 주었다. 물론 그와 그녀는 죄인이었다. 한 나라의 지도자치고 죄인 아닌 사람은 없다. 아무리 무고한 지도자라도 고약한 법령 하나 정도는 서명했을 것이고, 사면 대상에서 누구누구를 빠트렸을 것이다.
지도자라는 자리가 바로 그런 자리다. 하지만 쫓기며 도망
치다 정체를 알 수 없는 방 한쪽 구석에 갇힌, 수면 부족에
시달리다 죽음을 맞는 서로를 도와주던 그들은 우리에게 아
이스킬로스나 소포클레스의 비극에 버금가는 무대를 리허
설 없이 보여 주었다. 함께, 소박하면서도 기품 넘치게, 불멸
을 향해 항해해 나간 엘레나 차우셰스쿠와 니콜라에 차우셰
스쿠는 세계 역사 속 불멸의 연인들 대열에 합류했다.〉

나라면 이렇게 감상적으로 표현하지 않았을 것이고, 극악
무도한 이 독재자 부부가 권력을 행사하는 사람으로서 필연
적으로 저지를 수밖에 없는 잘못만 저지른 죄인이라고도 나
는 생각하지 않았다. 그럼에도 나 역시 그 어설펐던 정의의
모방, 그 약식 처형, 교훈적이고자 했으나 철저히 목표를 빗
나간 그 연출 앞에서 극도의 거북함을 느꼈던 게 사실이다.
비록 흉악한 범죄자였지만 존엄은 피고들의 편에 있었기 때
문이다. 나는 훗날 은신 중인 사담 후세인을 찾아내 교수형
에 처할 때도 비슷한 감정을 느꼈다. 무혈 혁명을 통해 전 유
럽에서 바클라브 하벨류의 인본주의자들이 권력을 잡으면서
환희에 젖었던 한 해는 그렇게 씁쓸히 막을 내리고 있었다.

그 후 몇 달 동안 루마니아에서 요상한 징후들이 포착되
었다. 차우셰스쿠 일가를 무너뜨린 혁명 세력 측에서 파멸
직전의 정권이 최후의 발버둥을 하는 과정에서 수만 명을 살
해했다고 주장한 것이었다. 특히 티미쇼아라에서 발견된 살
육의 현장들은 엄청난 충격을 안겨 주었다. 대략 4천 명이

희생된 것으로 추정되었다. 「리베라시옹」에서는 4,630명이라는 정확한 숫자를 제시했고, TF1 방송은 과감히 7만 명이라는 숫자를 내놓았다. 칠면조와 푸아그라가 식탁에 오르는 시간대에, 급히 판 구덩이들에서 꺼낸, 줄무늬 파자마 차림에 뼈가 앙상한 공포에 질린 사체들의 모습이 전파를 탔다. 유럽은 경악했다. 막다른 골목에 몰린 세큐리타테, 즉 차우세스쿠의 정치 경찰 살인마들이 자행하고 있는 학살을 중단시키기 위해 다국적군을 파견한다는 얘기가 나오기도 했다. 그런데 전혀 새로운 사실들이 속속 밝혀지기 시작했다. 첫째, 기껏해야 수십 구에 이르는 사체는 한세상을 편안히 살다 티미쇼아라의 공동묘지에 영면해 있던 사람들의 것으로, 촬영을 위해 발굴했다는 사실이었다. 둘째는, 세큐리타테의 살인마들이 자멸을 초래하는 학살을 자행하기는커녕, 신임 대통령인 이온 일리에스쿠가 이끄는 구국 전선의 당 간부로 얌전히 전직했다는 사실이었다. 모든 범죄의 원흉으로 지목되어 활동이 금지되었던 공산당은 이름과 당수만 살짝 바꾼채 여전히 번성했고, 1970년 3월에 치러진 선거를 통해 다수당이 되었다. 이로써 루마니아인들은 역사상 유일하게 자유의지로 공산주의자들을 선출한 민족이라는 잔인한 평가를 받게 되었다. 이 모든 상황을 흥미진진하게 지켜보다 나는 그해 봄, 르포를 찍으러 루마니아로 떠났다.

프로이트는 〈두려운 낯설음〉이라고 번역되는 〈운하임리히〉 개념을 이론화했다. 이것은 우리가 꿈속에서, 그리고 가끔은 현실에서도 받는 느낌, 우리 앞에 있는 친숙해 보이는

것이 사실은 철저히 낯선 것이라는 느낌을 가리킨다. 영어로
는 〈에일리언*Alien*〉으로 옮길 수 있을 것이다. 혁명 이후의
루마니아는 내게 바로 〈운하임리히〉의 디즈니랜드 같은 인
상을 주었다. 정치 경찰이 하도 촘촘히 땅굴을 파놔서 지하
에 그뤼예르 치즈처럼 구멍이 뚫려 있고, 그 속으로 사람들
이 사라진다는 흉흉한 소문들이 도는 〈트와일라잇 존〉. 〈개
와 늑대 사이의 시간〉으로 고정된, 음험하고 영구한 황혼 지
대. 그리고 부쿠레슈티를 배회하는 수만 마리의 떠돌이 개
들. 늑대로 변해 버린 인간에 비하면, 이웃의 눈에 수만 명의
떠돌이 아이들과 먹이를 놓고 다투는 이 개들은 두려운 존재
도 아니었다. 독가스처럼 퍼진 증오, 의심, 비방 때문에 숨을
쉴 수가 없었다. 무수한 사례들 중에서 20년간 온갖 훈장을
받고 요직을 두루 거친 한 작가의 경우가 생각난다. 그는 혐
오스러운 정권을 향해 자신은 〈내적 저항〉을 했네 어쩌네 하
며 날 성가시게 하던 사람이었다. 내가, 물론 나는 절대 당신
에게 돌을 던지지는 않겠다, 그런 행동이 거의 불가능했으리
라는 것을 충분히 이해한다, 하지만 아무리 그래도, 당신보
다 조금 더 표면적인 저항을 펼친 사람은 없었는지, 그런 사
람의 이름을(나는 루마니아의 사하로프에 해당하는, 흠결
없는 명성을 가진 야권 인사 몇몇을 염두에 두고 있었다) 좀
대달라고 부탁했을 때, 그는 심각한 표정으로 나를 쳐다보
았다. 그러고는 조심스럽고 측은해서 말하지 않는 편이 낫겠
다, 세큐리타테가 고용하는 최고의 열성 끄나풀들이 소위 이
야권 인사들 중에 있다는 것을 모르는 사람이 없다고 대답했
다. 좋다. 여기까지는 복잡하게 꼬였다고도 할 수 없다. 나한

테서 이 대답을 전해 들은 명민한 사람들이, 물론이다, 그 사람 말이 맞다, 하는 반응에 이르면 문제는 그야말로 꼬일 대로 꼬이고 만다. 그걸 모르는 사람이 누가 있나, 누구나 안다, 주지의 사실이라고 그들은 태연하게 말하는 것이었다.

아무래도 이제 명민한 사람들 얘기를 꺼낼 때가 된 것 같다. 내가 루마니아에서 만난 이들은 공산주의 붕괴 이후 성세를 누리고 있었다. 외교관, 기자, 감독관으로 오랫동안 근무해 온 이들은 공식 담론들과 언론이 유포하는 각종 클리셰들, 그리고 판에 박힌 환상들에 반기부터 들었다. 〈정치적 올바름〉을 혐오하는 이 명민한 사람들은, 순진한 사람들이 음모와 죽음의 본원이라고 손가락질하는 KGB(혹은 세큐리타테)가 우리로 치면 사실 ENA에 해당한다, 국내의 모든 대학에서 엘레나 차우세스쿠에게 〈명예박사〉 학위를 수여한 근거가 된 과학적 업적이라는 게 사람들 말처럼 영 형편없지는 않다, 그리고 앞으로 이 책에 등장하게 될 라도반 카라지치의 시들도 영 형편없지는 않다고 주장하며 자기도취에 빠졌다. 이 명민한 사람들의 입장은 그들의 얘기에 귀를 기울인 미테랑 대통령의 외교 정책에도 반영되었다. 모든 것이 이중적이고, 변조되고, 허위였던 루마니아, 서양 사회에 분노에 찬 동정심을 불러일으켰던 학살의 현장들이 〈실제로는〉 으스스한 연출이었음이 드러난 나라. 명민한 사람들에게는 엘도라도의 완벽한 조건을 갖춘 곳이었다.

이 거짓말과 상호 비방의 늪에서 허우적대며 2주를 보낸 덕에 나는 30년간의 프랑스 망명 생활을 청산하고 얼마 전

에 귀국한 어느 나이 지긋한 루마니아인의 소회를 그나마 담
담하게 들을 수 있었다. 그는 결코 명민하지 않은, 그렇다고
정치적으로 올바르지도 않은 감상을 말했다. 「길거리에 돌
아다니는 면상들을 좀 보셨소? 그 면상들을 보셨냔 말이오?
가난, 땟국이야 그렇다 쳐도 얼굴에 서린 지독한 불신, 비루
함, 병적인 두려움을 보셨소? 우리 나라 사람들이 예전엔 이
렇지 않았어요, 장담할 수 있소. 우리 나라 사람들이 아니오.
난 어리둥절하오. 〈대체 이들은 누구란 말이오?〉」 그의 목소
리 속에서 떨리던 것은, 50년대 SF 영화 「신체 강탈자의 침
입」에서 인간이 서서히 외계인으로 대체됐고, 가까운 지인들
이 겉모습은 여전하지만 실상은 사악한 돌연변이 인간이라
는 것을 발견한 주인공이 느끼는 바로 그 공포였다.

　체류가 끝나 갈 즈음, 일리에스쿠 대통령과 페트로 로만
총리는 세큐리타테가 티미쇼아라에서 자행했다는 학살에
버금갈 만큼 가공적인 네오파시즘의 음모를 거론하며 〈민주
주의〉(여기만 강조를 했지만 사실 거의 모든 단어를 강조해
야 한다)를 수호해 줄 것을 노동자들에게 호소했다. 1990년
6월 14일, 구국 전선에서 2만 명의 광부를 부쿠레슈티로 상
경시키기 위해 특별히 임대한 전세 버스와 열차 등의 막강한
수송 편은 가공이 아니라 현실이었다. 광란적인 선동에 자극
받아 쇠막대기로 무장한 광부들이 이틀 동안 도시를 공포로
몰아넣었다. 이들은 야권 성향으로 의심되는 사람들을 일차
적으로 잡아다 패다가, 숫자가 얼마 되지 않자 무차별 구타
를 시작했다. 장난이 아니라는 엄중 경고였던 것이다. 당시

에 카르파테스 산맥의 오지에서 막바지 르포 촬영에 한창이던 나는 사태가 종료될 때에야 부쿠레슈티로 돌아왔다. 광부들은 일리에스쿠의 치하를 받으며 떠나기 시작했고, 모여든 기자들은 인터콘티넨털 호텔에 진을 쳤다. 출발을 연기한 채 호텔에 머무른 3일 동안 나는 무슨 일이 벌어지길 기다렸고, 도심에서 결집하는 듯하다 흩어지는 움직임들을 조마조마한 마음으로 주시했고, 호텔로 집중돼 쏟아지는 온갖 소문들에 귀를 세웠고, 사건을 또 한 번 놓칠지 모르지만 떠나야 하는 거 아닌가, 아니면 이러다 영영 떠날 구실을 못 찾을지 모르지만 그래도 남아 있어야 하나, 하는 고민에 빠져 있었다.

이 3일 동안 나는 한 미국 기자와 무척 많은 얘기를 나누었다. 그는 얼굴이 심하게 얻어터져 멍이 들어 있었는데, 나처럼 「신체 강탈자의 침입」류의 편집증적 SF 이야기들에 열광하는 사람이었다. 비슷한 패러다임을 가진 단편과 영화, 작가의 이름을 모조리 주워섬기다 우리는 필립 K. 딕에 이르러 의견의 일치를 보았다. 섬뜩한 정밀함으로 현실과 그 현실을 지각하는 의식들의 해체를 그려 내는 그의 소설들이야말로 루마니아라는 〈트와일라잇 존〉을 여행할 때 필요한 하나뿐인 믿을 만한 여행 안내서라는 점이었다.

필립 K. 딕의 저작 중 하나인 『끝에서 두 번째 진실*The Penultimate Truth*』은 세균 전쟁이 발발하자 지하 방공호로 대피해 그곳에서 몇 년째 끔찍한 삶을 이어 가는 인류의 이야기를 그리고 있다. 사람들은 티브이를 통해 지상은 여전히 전쟁이 맹위를 떨치고 파괴되는 도시가 갈수록 늘어 가는 살벌

한 곳이라고 알고 있다. 그러던 어느 날, 소문이 퍼지기 시작한다. 전쟁은 진즉에 끝났다는. 텔레비전 방송망을 장악한 소수 권력자들이 과다한 인구를 지하에 가둬 놓고 자기들끼리만 별이 총총한 하늘 아래서 유유자적 살겠다는 욕심에 시뮬라크르를 만들었다는 것이다. 소문은 눈덩이처럼 불어나고(끔찍하게도 이 소문은 사실이었다), 응당하고도 저열한 증오에 사로잡힌 지하 사람들은 결국 지상으로 공격을 감행한다. 이와 유사한 증오를 미국 기자와 나는 〈민주주의를 구하기〉 위해 부쿠레슈티에 집결했던 광부들의 눈에서 읽었다. 솔직히 고백하건대, 그때 우리는 인터콘티넨털 호텔 바에 앉아 이 증오가 언젠가 이것을 부채질한 자들에게 부메랑이 되어 돌아가게 해달라는 불경한 소원을 빌었다.

2

혼란스러움 속에 루마니아에서 돌아온 나는 이 심정을 표현하는 최고의 방법은 필립 K. 딕의 전기를 쓰는 것이라고 확신했다. 이 작업에 2년을 소요하는 동안 나는 세상에서, 특히 구 유고 연방이라는 이름으로 불리기 시작한 지역에서 벌어지는 상황을 멀찌감치 관망만 했다. 세르비아와 크로아티아 양자 간의 문제였던 사태 초반에는 『탱탱*Tintin*』에 나오는 실다비아와 보르두리아의 갈등과 별반 다르지 않게 보였다. 콧수염을 기르고 머리에는 두건을 쓰고 자수를 놓은 조끼를 입고 다니는 이 두 부락의 주민들이 해묵은 갈등(가령, 당사자가 아니면 도저히 이해할 수 없지만, 세르비아인들이 자신들이 참패했던 전장이기 때문에 역사적인 성지라고 하면서 소유권을 주장한 어떤 벌판의 경우처럼 말이다) 때문에 술만 들어가면 총질을 해대고 서로 죽고 죽이는 장면을 나는 머릿속에 떠올렸다. 멀리서 지켜보는 입장에서는 루마니아 못지않게 실망스러운, 1989년에 느꼈던 환희를 싹 가시게 만드는 사태였다. 하지만 분명한 입장이 없었던 나는 개입을 자제하고 관련 논의를 지켜보기만 했다.

알랭 핑켈크로트를 위시한 내 친구들 대부분은 민족 자결권을 내세워 크로아티아의 독립을 적극 지지하는 입장이었다. 나가고 싶으면 나가는 것이지, 한 나라를 억지로 다른 나라의 감옥에 가둘 수 없다는, 당시에 볼 때는 반박의 여지가 없는 듯한 논거였다. 하지만, 반박하는 사람들이 있었다. 첫째, 이런 식으로 한 번 물꼬가 트이면 코르시카, 바스크, 플랑드르, 이탈리아 북부 동맹이든 누가 됐든 무조건 요구를 들어줄 수밖에 없다, 그렇게 되면 사태가 걷잡을 수 없게 된다는 것이다. 둘째, 프랑스는 역사적으로 나치 독일에 저항했던 세르비아의 우방인데, 크로아티아는 친나치, 그것도 지독한 열혈 친나치 세력이었다는 것이다. 이런 논거를 앞세운 사람들은 쿠르치오 말라파르테의 작품 『카푸트 *Kaputt*』 속 명장면을 일부러 언급했다. 크로아티아계 지도자인 안테 파벨리치를 방문한 자리에서 말라파르테가 끈적끈적한 회색 물체가 든 바구니를 발견하고 달마시아산 굴이냐고 물었더니, 아니다, 용맹한 〈우스타셰〉(크로아티아 민병들은 이렇게, 그리고 세르비아 민병들은 〈체트니치〉라고 불렀다)들이

대장에게 세르비아 놈들의 눈알을 뽑아 바친 것으로, 20킬로그램이라는 대답이 돌아왔다.

내가 보기에 가장 설득력 있던 마지막 논거는, 독립을 바라는 크로아티아인들의 열망은 정당하지만 오래전부터 이들의 땅에서 살고 있는 세르비아인들의 앞날이 불안해진다는 것이었다. 유고슬라비아의 다수 지배 민족인 세르비아인들이 크로아티아 내에서 소수 피지배 민족으로 전락할 것이 뻔한 상황이었다. 프라뇨 투즈만이 이끄는 크로아티아 민주 세력은 정권을 잡은 뒤 제일 먼저 공공장소에서 키릴어 표기를 없애고, 관직에 있던 세르비아인들을 파면하고, 가운데 빨간 별이 있는 유고 연방 국기를 빨간색과 흰색 바둑판 무늬가 그려진, 1941년에 세워졌던 나치 괴뢰 정권인 독립 크로아티아의 국기로 교체했다. 2차 대전을 겪은 사람들에게 새 국기의 문양은 갈고리 십자가와 흡사한 연상 작용을 일으켰다. 내가 이런 내용까지 일일이 언급하는 것은, 유고 내전 발발 초기 몇 달간은 착한 쪽과 나쁜 쪽의 역할 구분이 명확하지 않았고, 다분히 선동적인 의도가 엿보이긴 하지만 크로아티아 내의 세르비아인들을 박해를 피할 수 없는 유대인과 엇비슷한 처지로 바라보는 게 영 황당무계한 소리로 들리지는 않았다는 것을 상기시키기 위해서다. 부코바르가 처참히 파괴되면서 상황이 차차 명확해졌고, 바로 여기서 우리는 리모노프를 다시 만나게 된다.

1991년 11월, 출간을 기념해 출판사의 초청으로 베오그라드에 머물고 있던 리모노프에게 제복 차림의 사내들이 다가와 세르비아슬라보니아공화국을 아느냐고 물었다. 솔직히, 별반 아는 게 없었다. 크로아티아 동단에 위치한 세르비아계 자치 영토라는 설명이 돌아왔다. 이곳에 거주하는 세르비아인들이 분리 독립하는 크로아티아를 따르기 싫어 또 분리 독립을 선언했는데, 크로아티아인들이 반대했다. 그래서 전쟁이 났는데, 전략 요충지인 부코바르가 함락됐다. 한번 가볼 의향이 있는가?

에두아르드에게는 다른 계획들이 있었고, 발칸 반도 농사꾼들의 싸움보다는 조국에서 벌어지는 일들에 훨씬 관심이 많았지만, 나이 오십을 코앞에 두고 여태 참전 경험도 없었고, 남자라면 언젠가 한 번쯤 꼭 필요한 경험이라는 생각에 좋다고 말했다. 그는 들뜬 마음에 잠을 이루지 못했다. 이튿날 새벽, 장교 두 명이 호텔로 그를 데리러 왔다. 일행은 세르비아의 수도 베오그라드와 크로아티아의 수도 자그레브를 잇는 고속도로를 탔다. 개전 이후 관광객들의 차량이 자취를 감춘 고속도로에 바리케이드와 〈체크 포인트〉들만 줄줄이 나타났다. 사병들이 여행자들을 향해 총구를 겨눈 상태에서 신분 확인이 이루어졌다. 러시아인, 따라서 친세르비아적으로 추정되는 에두아르드가 가톨릭, 따라서 친크로아티아적으로 추정되는 프랑스 여권을 소지한 것으로 확인되자 일순 긴장이 고조됐다. 하지만 투즈만과, 독립 크로아티아를 인정해 줄 것을 유럽 외무 장관들에게 호소해 베오그라드에서는 제4 제국의 이론가로 취급받는 독일 외무 장관 겐셔에 대해 시원한 상욕을 몇 마디 내뱉자 분위기는 금방 누그러졌다. 한 놈의 창자를 풀어 다른 놈의 목을 옭아매 죽이

자고 다짐하고 나서 맹세의 의미로 술잔을 돌린 다음 일행은 다시 출발했다.

전황을 듣는 에두아르드의 눈에 충분히 거슬릴 만한 게 하나 있었다. 세르비아의 대의에 동조한다는 군인들이 한결같이 유고 연방군복을 착용하고 있었던 것이다. 당시에도 여전히 존재하던 연방군은 원칙적으로는 전쟁 불개입 방침을 표방했지만, 세르비아계가 병력의 압도적 다수를 차지하다 보니 부코바르와 인근의 크로아티아 진지들에 대한 의도적 포격을 감행한 상황이었던 것이다. 이렇게 되면 앞서 내가 언급한 비교, 그리고 에두아르드를 수행하는 임무를 맡았던 장교가 어깨에 잔뜩 힘을 주고 세르비아인들의 운명이나 2차 대전 당시 유대인들의 운명이나 매한가지라고 한 말의 신빙성이 사라진다. 유대인들이 베어마흐트의 전폭적인 지원을 받아 나치의 공격을 막아 내는 게 어찌 상상이나 가능한 일이었겠는가? 하지만 에두아르드는 이런 것에 개의치 않았다. 그는 그저 무장한 군인들과 장갑차, 모래 포대, 눈을 배경으로 도드라져 보이는 회녹색 제복, 멀리서 들리기 시작하는 박격포 발사 소리가 좋을 뿐이었다. 그리고 곧 지나게 될, 여전히 연기가 피어오르는 잿더미로 변한 마을들이. 발칸 반도의 이 추운 귀퉁이에서 1991년이 아니라 1941년을 살고 있다는 최면을 걸 수 있는 것이. 전쟁, 아버지가 해보지 못한 진짜 전쟁, 그는 바로 전장에 서 있었다.

부코바르는 이틀 전에 세르비아 군대에 의해 해방을 맞은 상태였다. 주변에서 천연덕스럽게 전파(全破)를 〈해방〉이라고 지칭하는 것도 에두아르드는 거슬리지 않았다. 적군이 해방시킬 당시 베를린 역시 폐허였으므로, 한때 아름다움을 자랑했던 이 합스부르크 제국의 도시는 크기만 작을 뿐이지 에두아르드에게 1945년의 베를린을 떠올리게 하기 충분했다. 베오그라드로 돌아가서 모험담을 들려주자 한 작가가 순진하게도 어느 호텔에 묵었냐고 물었는데, 그는 상대방 같은 민간인과 전쟁을 목도한 자신 같은 사람 사이에 크나큰 괴리가 있음을 확인하고는, 이제 부코바르에 호텔 같은 건 흔적도 없다, 멀쩡히 서 있는 집도 몇 채 없다, 사람이 들어가 살 수 있는 집은 존재하지 않는다는 설명은 아예 포기했다. 불도저들이 밀어 버리기 시작한 건물 잔해들과 뒤틀린 고철들, 유리 파편만 눈에 보일 뿐이었다. 지뢰 때문에 오줌을 눌 때 한 발짝 옆으로 떼는 것도 금지하고 있었다. 하늘에는 새 한 마리 없었다. 이미 수거 작업에 들어가 길에서는 사체를 찾기 힘들었지만 안내를 받고 간 시신 신원 확인 센터에는 사체가 널려 있었다.

처형당한 시신들, 보라색으로 변한 시신들, 불에 탄 시신들. 참수당한 시신들. 부패하는 사체들이 풍기는 악취. 병사들이 트럭에서 내리고 있는, 유해가 담긴 부대들. 이 사람들 누굽니까? 세르비아인? 크로아티아인? 「당연히 세르비아인이지요.」 그를 안내하던 장교가 대답했다. 질문이 어처구니없다는 반응이었다. 장교의 눈에 전쟁의 희생자는 당연히 세르비아인이고 학살자는 크로아티아인이었던 것이다. 그의 논리는 50킬로미터 반경에서는 맞을 수도 있지만 세르비아군(결국 연방군……)의 포격에 문자 그대로 절멸한, 인구의 4분의 1이 사라진 크로아티아 도시의 근방에서는 설득력을 잃었다. 아무려면 어떤가. 에두아르드는 양 진영 모두에 자신들의 땅에서 부당하게 쫓겨난 수많은 농부들, 수많은 무고한 희생자들, 수많은 용맹한 전사들이 있다는 것을 잘 알고 있었다. 그는 한쪽 진영이 전적으로 옳고 다른 진영이 전적으로 틀렸다고 생각하지는 않았지만 중립도 믿지 않았다. 중립주의자는 겁쟁이다, 자신은 겁쟁이가 아니다, 스스로 세르비아의 편에 설 운명이라고 느꼈다.

이런 입장을 취하자 마음이 편안했다. 저녁에, 수염이 덥수룩한 사내들이 손톱이 새까맣게 변한 퉁퉁 부은 손을 내밀어 불을 쬐고 있는 화로 앞에 있으면 편안했다. 밤에, 난로의 석탄 타는 냄새, 자두주 냄새, 발 냄새가 공기 중에 탁하게 가라앉은 막사 안에 있으면 편안했다. 어릴 적 동경의 대상이었으나 운명이 그에게 허락하지 않았던 야영 생활과 전우애. 하지만 인생의 한 모퉁이에서 이번엔 또 운명이 예고도 없이 그를 마땅히 있어야 할 자리로 보내 준 것이었다. 전쟁을 하면 삶과 인생에 대해 두 시간이면 배울 것을 평화로울 때는 40년이 걸려야 배운다고 그는 생각했다. 전쟁은 추악하다. 사실이다, 전쟁은 미친 짓이다. 그래서 어쩌라고! 지나치게 무기력하고 합리적인, 본능을 억누르는 문명의 삶도 결국 미친 짓이기는 매한가지 아닌가. 전쟁이 쾌락 중에서도 최고의 쾌락이라는 것은 어느 누구도 함부로 입에 담지 못하는 진실이다. 그렇지 않다면 전쟁은 당장 없어져야 마땅하지 않겠나. 한 번 맛을 들이면 헤로인과도 같은 전쟁의 중독성을 알게 된다. 물론, 남의 땅에서 헌병 노릇은 하고 싶지만 보졸들의 귀한 목숨을 담보로 〈지상〉에서 전투를 하기는 싫어 〈외과적 타격〉을 비롯한 온갖 구저분한 짓거리를 하는 미국 놈들이 벌이는 전쟁이 아니라, 진짜 전쟁을 두고 하는 말이다. 전쟁의 맛, 진짜 전쟁의 맛은 사람한테는 평화의 맛처럼 자연스럽기 때문에, 평화는 좋고 전쟁은 나쁘다는 고매한 소리로 이 맛을 없애려고 하는 것은 어리석은 짓이다. 남녀의 존재가 그렇듯 현실에서는 〈음양〉의 이치처럼 이 둘 모두 필요하기 때문이다.

구 유고 연방에서 발발한 전쟁들의 주역은 대부분 정규군이 아닌 민병대였다. 이 부분과 관련해 나는 전장에서 몸소 전 과정을 체험하고 책으로 펴낸 두 사람, 장 롤랭과 장 아츠펠드를 증인 삼아 이야기를 펼쳐 나갈 생각이다. 롤랭은 내 친구이고 아츠펠드는 개인적으로 조금 아는 사인데, 둘 다 내가 존경하는 사람들이다. 이 둘은 각별한 사이인 데다 각자 쓴 책의 내용도 일맥상통한다. 장 롤랭의 책 제목은 『군사 작전Campagnes』, 장 아츠펠드의 책 제목은 『전운 L'Air de la guerre』이다.

『군사 작전』의 첫 페이지에 나오는 장 롤랭의 묘사를 인용해 보자. 〈소속을 구분하기 쉽지 않은 민병대의 바리케이드. 개전 초, 날씨는 화창했고, 양 진영 모두 아직 피해가 크지 않았으며, 총을 들고 무력으로 군림하고, 민간인들을 공포로 몰아넣고, 여자들을 강간하는, 한마디로 평화기에는 그토록 지난하고 값비싸던, 더군다나 일을 해야 손에 넣을 수 있던 것들을 거저 누린다는 기쁨이 새롭던 때였다.〉 꼭지가 돌도록 취해 신 나게 총을 갈기는 이 시골 젊은이들의 대열에 어느새 가지각색의 축구 팬들, 경범죄 및 중범죄 전과자들, 진짜 사이코패스들, 외국인 용병들, 그리스 정교를 사수하기 위해 달려온 러시아 친슬라브인들(세르비아의 편), 우스타셰들에게서 향수를 느끼는 신나치주의자들(크로아티아의 편), 그리고 이슬람 지하디스트들(곧 이 책에 등장할 보스니아 회교도들의 편)이 합류했다. 이들의 세계에는 독특한 군대식 문화가 존재했는데, 역시 장 롤랭이 책에서 묘사하는 그것의 특징은 다음과 같다. 〈위장용 전투복, 녹색 베레와 레이반 선글라스. 칼라시니코프[1]와 산탄총, 스티커처럼 붙는 건 죄다 잡다하게 붙여 놓은 우지 기관단총들. 중증 알코올 중독. 쾌활한 얼굴의 문신한 체트니치들이 장발과 턱수염을 바람에 날리며 비좁게 올라타 있는 번호판 없는 사륜구동 자동차들. 《전선》에서 혹은 인종 청소를 마치고 돌아오는 길에 악을 쓰면서 고함을 지르고, 스테레오가 찢어져라 볼륨을 높이고, 끼이익 끼이익 타이어 소리를 내다가, 기분 좋으면 공포를, 심사가 뒤틀리면 사람들을 향해 발포한다. 주방에서 창녀들이 깔깔깔 자지러지게 웃는 사이, 욕실에서는 용의자의 늑골을 쇠톱으로 자르느라 열심이다. 벽에는, 이런 낙서가 보인다. 《우리는 전쟁을 원한다, 평화는 죽음이다We want war, peace is death.》〉

장 아츠펠드는 세르비아 민병대 중에서도 특히 유명한

1 AK47 소총. 만든 이 미하일 칼라시니코프의 이름을 따 〈칼라시니코프〉라고도 부른다.

〈아르칸의 호랑이들〉을 상세히 묘사한다. 우두머리인 젤리코 라즈나토비치는 본래 베오그라드에서 포주업에 종사하던 자로, 아르칸이라는 이름의 전범으로 알려졌으니 출세라면 출세였다. 에두아르드가 목격했을지도 모르는 다음의 광경은 부코바르 함락 다음 날, 세르비아 민병대의 최후 총공세를 피해 지하실로 숨었다 발각된 크로아티아인 포로들을 가둬 둔 창고에서 벌어졌다. 크로아티아인 포로들은 원칙적으로 연방군의 보호를 받아야 하지만, 연방군은 아르칸 대원들이 선별 작업을 하도록 슬그머니 자리를 피했다. 세르비아계냐 크로아티아계냐가 중요하지 않았던 시절을 어제처럼 생생히 기억하는 승자들과 패자들은 서로 잘 아는 사이였기 때문에 선별은 대부분 사적인 감정에 좌우됐다. 한 마을, 한 동네에 살던 사람들이었다. 공포에 질린 잿빛의 포로들은 이들을 개머리판으로 때려 종착지를 알 수 없는 군용 트럭에 싣는 이들과 한때 이웃이었고, 함께 작업장과 술집에 드나들던 동료였다.

아츠펠드는 이 작전을 지휘한 아르칸을 람보 같은 인물로 묘사한다. 그리고 다음 날 길에서 차에 태운 그의 부하 중 한 명을 다음과 같이 묘사한다. 상냥한 성격에 운동을 좋아하는 건장한 청년은 휴가를 받아 집에 다니러 가는 길이었다. 그 청년은 수중에 들어오는 우스타셰들(즉 크로아티아인들)을 동료들과 어떤 방식으로 처리하는지 유쾌하게 설명해 주었다. 〈신고식은 무릎을 꿇은 포로의 목동맥을 천천히 끊는 것으로 대신한다. 너무 긴장하면 처음부터 다시 해야 한다, 못 하겠다는 사람은 극히 드물다, 그런 사람은 순찰대를 그만둔다고 청년은 상세한 설명을 덧붙였다. 처음에는, 물론, 기분이 묘한데, 나중에는 기분이 째진다고 청년은 말했다.〉

나는 이 증언을 꼭 먼저 인용하고 나서 에두아르드의 견해를 소개하고 싶었다. 에두아르드는 부코바르 인근의 에르두트에 꾸려진 사령부에서 만난 아르칸을 〈섬세하고 용의주도한〉 인물로 평했고, 어중이떠중이 기자들 틈에서 그의 눈에 띄어 발탁된 것을 자랑스럽게 여겼다. 에두아르드와 아르칸은 함께 슬리보비차[2]를 마시면서 모든 문제에 의견의 일치를 보았다. 고르바초프와 옐친은 투즈만, 겐셔와 함께 총살해야 마땅하고, 러시아는 혁명이 필요하며, 크로아티아를 지지하는 프랑스 지식인들은 무책임하다 등등. 에두아르드가 아르칸에게 러시아 출신 자원병을 받을 생각이 있느냐고 묻자, 그가 큰 동작을 취하면서 〈누구든 환영한다〉고 대답했다. 이날 둘 사이에 아름다운 우정이 꽃을 피운 지 몇 달 뒤, 보스니아에서 발생한 세르비아인들과 회교도들 간의 무력 충돌에서 아르칸의 민병대가 승리했다는 「르 몽드Le Monde」 기사를 읽어 내려가는 에두아르드의 눈에 눈물이 핑 돌았다. 에두아르드는 부대의 마스코트인 작은 스라소니를 데리고 아르칸과 함께 찍은 사진을 꺼내 들여다보았다. 가슴이 먹먹해지며 그리움이 북받쳤다. 「아르칸 형제여, 하루 빨리 자네 곁으로 돌아가고 싶네! 발칸 반도의 산맥으로, 전쟁터로 돌아갈 날을 손꼽아 기다린다네!」

2 자두주.

1992년 봄, 세르비아와 크로아티아 간의 전투가 일시 중단되고 전장이 보스니아로 이동하고 나서야 사람들은, 적어도 내 주변 사람들은, 사태를 보다 명확히 파악할 수 있게 되었다. 베오그라드에서는 흉악한 밀로셰비치 대통령, 현지에서는 수상쩍은 라도반 카라지치의 선동에 광분하는 세르비아인들이야말로 이들의 눈에는 명백한 악한이었고, 수려한 인본주의자의 외모를 지닌 나이 지긋한 알리야 이제트베고비치가 대표하는 보스니아의 회교도들은 추악한 침략(이 표현으로도 약해 사람들은 이내 인종 학살이라는 표현을 쓰기 시작했다)의 희생자였다. 책으로 가득한 아파트에서 고전 음악을 듣는 이 파란 눈에 금발을 한 회교도들은 우리 나라에도 갖고 싶은 이상적인 회교도의 모습이었다. 그리고 조화로운 다민족 사회를 구현해 사라예보를 우리가 늘 꿈꾸는 유럽, 이 유럽의 상징적 도시로 만든 것은 순전히 이들의 공이라고 생각했다. 내 주변의 많은 사람들은 스페인 내전의 기억을 생생히 떠올리며 이런 유럽을 수호하리라 다짐하고 포위 상태의 사라예보에 주기적으로 드나들었다. 이들은 폭격을 맞은 집에서 씻지도 못한 채 잠을 잤고, 스나이퍼[3]들의 사격을 피해 보도블록 파편이 널브러진 거리를 지그재그로 뛰어다녔고, 최후의 날을 앞두고 있을지도 모른다는 비장감 속에 술을 들이켰고, 장소가 장소이니만큼 사랑에 빠진 사람도 꽤 있었다.

3 저격수.

지금 돌이켜 보면 내가 왜 그런 낭만적이고 의미 있는 기회를 놓쳤는지 모르겠다. 장 아츠펠드가 거기서 칼라시니코프 세례를 받고 막 한쪽 다리를 절단했다는 소식을 접한 직후에 제의를 받지만 않았어도 분명히 갔을 테니 내가 간이 작은 탓도 물론 있다. 하지만 신중한 생각 끝에 내린 결정이었기 때문에 자책할 생각은 없다. 나는 예나 지금이나 〈신성한 단결〉[4]을 회의적으로 바라보는 사람이다. 나 스스로는 이유 없는 폭력을 행사할 사람이 아니라고 자신하지만, 또 한편으로는, 시대가 달랐으면 상황적 여건이나 명분을 내세워 충분히 나치에 협력하거나 스탈린주의나 문화혁명에 가담했을 수도 있다고 생각한다. 어쩌면 나는 지금 내가 사는 세계에서 당연하게 여겨지는 가치들, 내 시대, 내 나라, 내 계층의 사람들이 영구불변하고 보편적인 최고의 가치라고 확신하는 것들 중에서 세월이 지나면 기괴하고 추악할 뿐 아니라 명백히 잘못된 가치로 판명되는 것들이 있을지도 모른다고 지나치게 고민하는지도 모르겠다. 리모노프류의 상종 못 할 사람들이 오늘날의 인권이나 민주주의 같은 이데올로기는 기독교 식민주의의 변형(야만인들에게 진실과 아름다움과 행복을 가져다주겠다는 똑같이 좋은 의도, 똑같은 선의, 똑같은 절대적 확신에서 출발하는)이라고 주장할 때, 나는 물론 이런 상대주의적 논리에 동의하지 않지만 그렇다고 딱히 반론할 근거도 없다. 게다가 본래 나라는 사람이 정치 문제에 있어 워낙 귀가 얇다 보니, 관용의 전도사로 알려진 이제

<hr />

  4 *Union sacrée.* 1차 세계 대전 발발 이후 정치적 입장과 종교적 차이를 떠나 모든 프랑스인들에게 대동단결할 것을 요구한 정치적 움직임.

트베고비치가 실상은 무자히딘에 둘러싸인 회교 근본주의
자고, 사라예보에 이슬람 공화국을 수립하고 말겠다는 결의
에 차 있으며, 밀로셰비치와는 반대로 포위와 전쟁이 가능한
한 오래 지속되기를 노골적으로 바라고 있다는 명민한 사람
들의 설명에 또 귀가 솔깃했다. 역사적으로 오스만 터키로부
터 속박을 당한 세르비아 민족이 과거로 회귀하고 싶지 않은
심정은 충분히 이해가 간다고 이들은 주장했다. 또한, 자세
히 들여다보면 〈세르비아인들한테 당한〉 희생자라고 언론에
실리는 사진들 중에 반은 〈세르비아인〉 희생자의 사진이라
고 주장했다. 나는 고개를 끄덕였다. 그래, 생각보다 훨씬 복
잡해, 하면서.

나는 베르나르 앙리 레비가 이런 입장이야말로 모든 형태
의 외교적 비겁함과 포기, 망설임을 정당화하는 것 아니냐며
반대의 목소리를 높이는 것을 들었다. 밀로셰비치 일당이 자
행하는 인종 청소를 비난하는 이들에게 〈생각보다 훨씬 복잡
해〉라고 답하는 것은, 그래, 나치가 유럽의 유대인들을 절멸
한 것은 틀림없지만 자세히 들여다보면 생각보다 훨씬 복잡
해, 라고 말하는 것과 정확히 똑같다고 주장했다. 그렇지 않
다, 생각보다 훨씬 복잡하지 않다, 반대로 비극적이리만치 단
순하다고 그는 분탄했다. 나는 이 말에도 고개를 끄덕였다.

그 당시에 『세르비아인들과 함께*Avec les Serbes*』라는 모
호함이라곤 없는 제목을 단 얇은 책을 뒤적였던 기억이 난
다. 〈테러를 통한 지배를 공고히 할 목적으로 세계 질서의 재
편을 주도한 자들(그러니까 미국인들)의 희생양이 된〉 민족

에 쏟아지는 흑색선전과 비방에 맞서기 위해 베송, 마츠네프, 뒤투르 등 「리디오」의 집필진 상당수를 포함한 열 명가량의 프랑스 작가가 공동 집필한 책이었다. 특별한 감상은 없었지만, 솔직히 참여한 작가들에게 전혀 이득이 되는 일이 아니었기 때문에 용기 있는 시도라고 생각했다. 물론 이 자체가 이들의 논리에 정당성을 부여하지는 않는다는 것을 나도 안다. 부정주의자[5]라고 밝히는 게 무슨 이득이 있겠는가. 나치 점령기에 조용히 죽어지냈으니 해방을 맞아 소나기를 피할 수도 있었을 텐데, 매제인 로베르크 브라지야크가 처형당하자 굳이 자신이 파시스트라고 밝힌 모리스 바르데슈처럼 1945년에 파시스트라고 선언하는 게 무슨 이득이 있었겠는가. 이런 식의 용기는 혜안과는 거리가 먼 어리석은 행동이라고 생각하지만 어쨌든 용기는 용기다. 이 부분에 와서 글이 잘 써지지 않아 차일피일 미루면서 책을 읽고 관련 자료를 뒤지고 검색을 하던 중에 나는 결국 이 비방 팸플릿까지 다시 손에 잡게 되었는데, 읽으면서 15년 전과 똑같은 느낌을 받았다. 이 책에는 당시 미테랑 대통령의 입장이기도 했던 프랑스 특유의 친세르비아 감정이 — 장 뒤투르는 〈오랜 친구들(세르비아인)과 사이가 나빠져 가면서 우리에게 아무런 의미도 없고, 은혜도 모를 이들(보스니아인, 코소보인)을 돕는 게 프랑스한테 무슨 이득이 있단 말인가?〉 하고 묻는다 — 바탕에 깔려 있다. 미테랑 아래 세대의 논리는 또 이렇게 요약할 수 있다. 내가 베오그라드에 가봤는데, 여자들은 하나같이 미인이고, 슬리보비차는 넉넉하게 돌고, 밤늦

5 나치에 의한 유대인의 대량 학살이 날조라고 주장하는 사람.

도록 노랫소리가 끊이질 않고, 야만과는 거리가 먼 자긍심에 찬 소심한 사람들이더라. 그런데 이들이 항상 친구라고 믿어 온 프랑스인들을 위시해 모두에게 밉보였다고 괴로워하더라고 말이다. 좋다, 하지만 문제는 그게 아니라고 나는 생각했다. 어차피 갔다 오지 않은 사람으로서 〈나는 갔다 왔다〉는 말에 주눅이 드는 내 입장에서는, 같은 말이라도 한 진영의 후방에 머물다 온 사람이 아니라 두 진영 혹은 세 진영의 부대에 머물다 온 사람, 직접 전선에 다녀온 사람, 그것도 며칠이 아니라 몇 달을 지내고 온 사람의 말이 훨씬 설득력 있게 들린다. 결론적으로 내가 신뢰한 증인들, 지금 다시 읽어 봐도 여전히 신뢰하길 잘했다는 생각이 드는 증인은 두 〈장〉, 장 롤랭과 장 아츠펠드다.

이 대목에서 착한 주인공 역할을 맡게 된 걸 두 사람 모두 좋아하지는 않겠지만, 어쩔 수 없다. 나는 이들의 용기와 재능, 무엇보다 이들이 귀감으로 삼았던 조지 오웰처럼, 자신들이 원하는 진실이 아니라 진실 그 자체를 더 소중히 여겼다는 사실을 높이 사고 싶다. 리모노프와 마찬가지로 이들도 전쟁에 사람을 흥분시키는 요소가 있다는 사실, 그래서 선택권이 주어지면 사람들은 사명감 때문이 아니라 그냥 좋아서 참전을 결정한다는 사실을 외면하지 않는다. 이들은 아드레날린과 여느 전선에서나 볼 수 있는 광분한 떼거리를 좋아한다. 물론 진영을 막론하고 희생자들의 고통에 공감하지만 학살자들을 부추긴 논리에도 어느 정도 공감할 수 있는 사람들이다. 세상의 복잡다단함을 흥미롭게 관찰하는 이들은 자신들의 견해와 상반되는 사실을 발견하면 덮으려 하지 않고 오히려 부각시킨다. 가령, 기자를 한 놈 골라 혼쭐을 내주겠다고 작정한 세르비아계 스나이퍼들에 걸렸다고 으레 이원론적 결론을 내렸던 장 아츠펠드는 1년여의 입원 생활을 마치고 다시 사라예보로 돌아가 현지 조사를 벌였다. 그런데 불행히도 조사 결과 그의 한쪽 다리를 앗아간 실탄은 보스니아 민병대원들이 발사한 것으로 밝혀졌다. 명민한 사람들의 특허인 〈이래도 좋고 저래도 좋다〉식의 결론을 선택하지 않은 그의 정직함이 나는 놀라울 뿐이다. 진영을 선택해야 하는, 아니 최소한 어느 자리에서 사태를 지켜볼지 결정해야 하는 순간이 반드시 오기 때문이다. 사라예보 포위 당시, 간덩이가 큰 사람은 차를 타고 멋대로 전선을 요쪽 조쪽 오가던 개전 초기가 지나자 포위된 도시에서 사태를 지켜볼지 포위한 진지들에서 지켜볼지 선택해야 하는 순간이 도래했다. 다수인 도덕주의자들의 무리에 합류하기를 조심스러워하던 두 명의 〈장〉에게도 당연히 이런 선택의 순간이 찾아왔다. 상대적 약자와 상대적 강자가 존재할 때, 약자는 무조건 결백하고 강자는 무조건 죄인이라고 단정할 수는 없다는 사실을 애써 강조할 수는 있지만 사람들은 어쨌든 약자의 편에 서게 마련이다. 포탄을 발사하는 곳이 아니라 포탄이 떨어지는 곳으로 간다. 그리고 전세가 뒤집힐 때 장 롤랭처럼 스스로도 깜짝 놀라며 〈이번은 세르비아인들이 된통 당하는구나〉 하는 생각에 부인할 수 없는 만족감을 느끼는 순간도 있다. 하지만 조변석개하는 게 사람의 마음인지라, 이런 느낌은 오래가지 않는다. 우리는 어느새 세르비아 전범들은 끈질기게 추적하면서 똑같은 죄를 저지른 크로아티아와 보스니아 전범들은 관용을 베풀 게 뻔한 자국 사법부의 처분에 맡기는 헤이그 국제사법재판소의 편파성을 비난하며 핏대를 세운다. 혹은 코소보 자치구에 고립된 패전 세르비아인들의 참담한 상황을 다룬 르포를 제작한다. 학살자와 희생자의 역할이 뒤바뀌는 것은 거북하지만 부정할 수 없는 이치에 가깝다. 언제나 희생자의 편에 서고 싶은 사람은 상황 적응이 재빨라야 하고 쉽게 혐오감을 느껴서도 절대 안 된다.

4

이 책을 집필하는 동안 나는 비슷한 관심사가 많은 폴란드 태생의 영국 영화감독 파벨 폴리코프스키와 여러 번 노정이 교차했다. 그는 『모스크바발 페투슈키행 열차』의 저자이자 브레즈네프 시대에 언더그라운드의 영웅이었던 베네딕트 예로페예프를 다룬 감동적인 다큐멘터리를 제작했다. 알코올 중독에 빈곤, 암과 고독 속에서 임종을 몇 달 앞둔 그의 모습을 리모노프라면 냉정하게 평가했겠지만, 나는, 눈물이 핑 돌았다. 1992년, 폴리코프스키는 프랑스 못지않게 영국에서도 세르비아인들을 나치의 후손으로 취급하는 거친 수사법이 사용되는 것을 지켜보며 적이 당황스럽고 불편했다. 나의 지인들처럼 그의 기자, 작가, 영화감독 친구들도 포위된 사라예보로 달려가 야영하는 모습을 보면서 반대쪽 사람들의 생각이 궁금해졌다.

그는 병영 막사 앞에서 교현금 반주에 맞춰 터키 놈들의 집에 불을 싸지르고 지상에서의 패배와 천상에서의 승리를 노래하자는 가사의, 우리로 치면 「롤랑의 노래」[6] 만큼 거룩한 노래들을 부르는 음악가들을 카메라에 담았다. 그는 이 노래들의 메아리를 쫓아가 시골의 결혼식과 초등학생들(보통 아이들이 아니라 칼라시니코프로 무장한 아이들)의 원무를 화면에 담았다. 6백 년 전의 용맹한 기사들은 노래 속에서 라도반(카라지치)과 라트코(세르비아계 군사령관인 믈라디치) 같은 현재의 기사들로 이름이 바뀌었다. 폴리코프스키가 촬영한 라도반과 라트코는 전시 작전 회의에서 펠트펜을 들고 전선을, 심지어 인구마저도 이리저리 옮겨 가며 수없이 지도를 다시 그리고 있었다. 양보 가능한 것과 어떤 희생이 뒤따르더라도 절대 양보할 수 없는 것에 의견의 일치를 보기 위해 애쓰는 이 장면은, 내전이라는 상황만 다를 뿐 과거에 외교관 군단이 리스본에서, 제네바에서, 데이턴에서 기를 쓰며 했던 것과 대동소이해 화면에서 눈을 떼지 못하게 했다. 그는 1980년 사라예보에 동계 올림픽을 유치하기 위해 건설된 겨울 휴양지 팔레도 카메라에 담았다. 보스니아세르비아공화국의 수도 역할을 한 이 도시는 온천 대신 샬레와 봅슬레이 활주로가 있는, 발칸 반도의 비시[7]였다.

팔레의 장교 식당에서 폴리코프스키는 스포츠머리에 두꺼운 안경을 쓰고 가죽 재킷 위에 유고 연방군 외투를 걸친,

6 작자 미상의 프랑스 무훈시.
7 온천으로 유명한 프랑스 중부의 휴양 도시. 2차 대전 당시 페탱 장군이 이끈 친독 정부가 세워졌던 곳이다.

험상궂은 체트니치 무리와 막역하게 보이지만 인상이 분명히 군인은 아닌 특이한 사내를 발견했다. 폴리코프스키는 사내의 넓적다리를 툭툭 때리는 7.65밀리미터 권총을 보면서 변장용 소품 같은 느낌을 받았다. 관광객들이 타히티 섬에 도착해 비행기에서 내릴 때 환영의 의미로 받은 꽃목걸이를 자랑삼아 계속 목에 걸고 다니는 것과 같은 심리라고 생각했다.

앙텐 2[8] 촬영팀이 점심을 먹고 있었다. 프랑스어로 얘기하는 소리가 들리자 사내가 가까이 다가왔다. 사내는 전장에서 통용되는 직설 화법으로 자기소개를 했다. 에두아르드 리모노프, 작가, 지구 상의 뜨거운 현장에 관심이 많은 사람이다, 12월에 부코바르, 7월에 트란스니스트리아에 있었다고. 「BHL[9]류지만, 입장은 똑같다고 할 수 없소.」 그가 킥킥 웃으며 한마디 덧붙였다. 앙텐 2의 사람들은 처음에는 하도 기가 막혀서, 그다음에는 역겨워서 그를 뚫어져라 쳐다보았다. 〈기자라는 양반이 그렇게 총을 차고 다녀도 되는 겁니까?〉 하고 한 사람이 물었다. 또 한 사람은 아예 그를 인간 이하로 취급했다. 전혀 의외의 반응이었을 테지만 러시아 사내는 기죽지 않았다. 「당신들을 확 죽여 버릴 수도 있소.」 그가 체트니치들을 가리키며 말했다. 「입장이 곤란해지겠지만 내 친구들이 날 비호해 주리라 믿소. 이 말은 해둡시다, 난 기자가 아니오. 난 사병이오. 일단의 회교도 지식인들이 이곳에 회교 국가를 세우겠다는 야욕에 불타고 있지. 세르비아인들은 그게 싫다

8 현재는 〈프랑스 2〉로 이름을 바꾼 프랑스 공영 방송 채널.
9 베르나르 앙리 레비Bernard-Henri Lévy의 줄임말.

는 거요. 난 말요, 세르비아인들의 친구요. 비겁함이나 다를 바 없는 당신들의 그 잘난 중립, 개나 물어 가라지. 식사 맛있게들 하시오.」

이 말을 끝으로 그는 발길을 돌려 체트니치들의 테이블에 가서 앉았다. 식사 내내 무거운 침묵이 흘렀다. 식당을 나오면서 음향 엔지니어가 폴리코프스키에게 저 리모노프라는 자가 누군지 안다고 말했다. 뉴욕에서 미친 소처럼 살던 시절에 깜둥이들하고 붙어먹던 얘기를 책으로 썼는데, 제법 괜찮은 책이라고. 폴리코프스키가 폭소를 터뜨렸다. 「깜둥이들하고 붙어먹었다고? 자네 생각엔 리모노프의 체트니치 친구들이 그걸 알까?」

반대편 진영에는 외국인 작가들이 수두룩했지만 이쪽 진영엔 극히 드물었다. 다큐멘터리에 카라지치의 인터뷰를 넣고 싶었던 폴리코프스키는 리모노프의 의사를 타진해 보기로 했다. 영리한 발상 덕에 그는 게으른 다큐멘터리의 특허인 보이스 오버[10]나 마이크를 인터뷰 대상자 앞에 들이대는 방식을 피할 수 있었다. 이렇게 해서 영국 BBC에서 제작해 수많은 상을 휩쓸며 도처에서 전파를 탄 〈세르비아 서사시*Serbian Epics*〉에 〈유명 러시아 작가 에두아르드 리모노프〉와 〈정신과 의사 겸 시인인 세르비아계 보스니아 지도자 라도반 카라지치〉의 담소 장면이 삽입된 것이다. 인터뷰 장소는 세르비아 포병 부대가 사라예보(분지인 사라예보는 이런 공격을 가하기에는 최적의 지형 조건이었다)를 향해 집중 포화를 퍼

10 화면에 보이지 않는 인물의 해설이 들리는 것.

붓는 고지대. 구르릉거리는 박격포 소리가 배경 음악처럼 깔리고, 두 사람 주위를 병사들이 빙 둘러싸고 있다. 장신에 큼지막한 외투, 덥수룩한 은발이 떡갈나무 잎처럼 바람에 흩날리는 카라지치의 외모는 리모노프를 압도한다. 이렇게 말하기 미안하지만, 그의 옆에 있는 리모노프는 상대적으로 왜소한 체격에 검은 가죽 재킷 차림으로, 두목에게 잘 보이고 싶어 하는 동네의 약골 깡패처럼 보인다. 카라지치가 자신과 부하들은 침략자가 아니다, 애초부터 자신들의 소유였던 영토를 되찾으려는 것뿐이라고 설명하는 동안 리모노프는 공손하게 고개를 끄덕인다. 러시아 동포와 전 세계의 자유인들을 대신해 15개 연합국에 맞서 강단 있게 싸우는 세르비아인들의 영웅주의에 경의를 표한다는 리모노프의 말이 본심에서 우러나왔다는 것을 믿어 의심치 않지만, 왠지 두목 앞에서 알랑거리는 졸개 같은 인상은 지울 수가 없다. 잠시 후 두 시인은 화제를 시로 돌린다. 생각에 잠긴 카라지치가 20년 전에 지었다며 불타는 사라예보를 묘사한 오드의 몇 행을 암송했다. 일순간 불길한 전조처럼 신비하고 무겁게 흐르기 시작한 침묵은 대통령을 찾는 전화가 왔다는 목소리와 함께 금방 깨지고 말았다. 그의 아내였다. 그는 야전 장비가 설치돼 있는, 반쯤 불에 타 뼈대만 남은 전화 부스로 혼자 들어가 전화를 받았다. 〈알았어, 알았다고〉 하는 그의 대답에 짜증이 묻어났다. 그사이 사병 하나가 작은 개 한 마리를 데리고 장난을 치고(지금 독자 여러분에게 화면을 묘사하는 중이다), 혼자 남겨진 리모노프는 기관총에 기름칠을 하는 병사 주위를 얼쩡댄다. 리모노프가 넋을 놓고 바라보자 귀빈 대접

차원이라고 생각했을 게 분명한 병사가 한번 도전해 볼 생각이 있느냐고 묻는다. 리모노프는 어린아이처럼 얌전하게 기관총 뒤에 자리를 잡는다. 병사가 자세를 잡아 주는 대로 고분고분 따른다. 역시 어깨를 토닥이는 어른들의 격려와 웃음소리에 고무된 어린애마냥, 억눌러 오던 욕망을 분출하면서 포위 상태의 도시를 향해 타다다다 탄창을 비운다.

나는 이 다큐멘터리가 프랑스에서 방영될 때 보지 못했는데, 리모노프가 사라예보 거리의 행인들을 사살하는 장면이 나왔다는 소문이 삽시간에 퍼졌다. 15년이 지나고 나서 질문을 받은 리모노프는 어깨를 으쓱 추어올리면서 행인들은 아니다, 도시를 향해 총을 발사한 것은 맞지만 총구가 허공 또는 하늘을 향해 있었다고 말했다.

화면을 자세히 들여다보면 그의 말이 맞는 것 같다. 시퀀스의 시작 부분, 롱 숏에 잡히는 배경은 고도가 상당한 고지대로, 아래쪽의 건물들을 향해 박격포 공격이 이루어지는 이곳은 스나이퍼들이 행인들을 조준 사격하는 좀 더 아래쪽과는 거리가 있다. 그런데 기관총 앞에서 신이 난 리모노프가 등장하는 장면에 이어 별안간 사라예보를 아주 가깝게 클로즈업해 잡은 장면이 나온다. 축척의 변화를 마치 리버스 앵글 숏처럼 화면에서 보여 준 것은 다분히 불순한 의도가 깔려 있다고 할 수 있다. 사람을 향해 총구를 겨누면서 정말 양심에 찔렸는지, 그리고 다른 상황에서 리모노프가 정말 사람을 쐈는지 아닌지는 알 수 없는 일이다. 하지만 분명한 것은, 이와 관련해 온갖 소문이 떠돌면서 리모노프의 위상이 매력적인 모험가에서 전범과 다름없는 인간으로 전락했다는 사실이다. 또 한 가지 분명한 것은, 내가 파벨 폴리코프스키한테 직접 부탁해 받은 〈세르비아 서사시〉 DVD를 보고 나서 소름이 끼친 나머지 1년이 넘게 집필을 중단했다는 사실이다. 내 책의 주인공이 범죄를 저지르는 장면을 봐서라기보다는(흔히 볼 수 없는 장면인 것은 사실이다) 리모노프가 한심해 보였기 때문이다. 그는 영락없이 푸아르 뒤 트롱[11]에서 센척 거들먹거리는 어린 소년이었다. 전쟁에 광분한 인간들을 유형별로 분류한 장 아츠펠드가 〈미키〉라는 이름을 붙인, 바로 그 인간형이었다.

리모노프의 사라예보 체류를 두고 떠도는 꺼림칙한 이야기가 하나 더 있다. 〈콘티키〉라는 팔레의 한 식당에서 벌어진 장교들의 연회에 참석한 그는 함께 술을 마시고 미하일 레르몬토프[12]의 기병들처럼 건배를 했다. 무대에서 바이올린을 연주해 주흥을 돋우는 남자는 회교도 포로였다. 흥에 젖은 세르비아 장교들이 폴리코프스키의 다큐멘터리에도 나오는, 터키인들의 집에 불을 싸지른다는 내용을 담은 체트니치 노래의 반주를 포로에게 억지로 시키면서 재밌어 했다. 그다지 신사적인 행동이 아니라고 판단한 (이건 전적으로 그의 입에서 나온 얘기다) 리모노프는 위로를 건넬 생각으로 연주자에게 다가가 싸구려 독주인 라키야를 한 잔 권했

11 파리에 있는 놀이공원.
12 Lermontov(1814~1841). 군인으로 복무하기도 했던 러시아의 위대한 시인.

다. 연주자는 자신의 종교에서는 술을 금한다고 리모노프에게 쏘아붙였다. 서투른 처신을 하고는 몸 둘 바를 몰라 상황을 모면하고 싶은 리모노프와 달리 대화를 옆에서 듣고 있던 세르비아 장교는 한술 더 떴다. 「내 러시아 친구가 시키는 대로 해! 마셔! 마시란 말이야, 버러지 같은 터키 놈아.」

이 장면이 머릿속에 그려진다. 끔찍하다.

이후로 저녁 내내 리모노프는 회교도 포로의 독기 서린 시선을 의식했다. 상대는 선의에서 비롯된 그의 실수를 모욕을 주기 위한 고의적인 행동으로 해석했고, 자신의 적인 세르비아인들이 저지른 짓이라면, 반대 입장이라면 자신도 똑같이 잔인하게 나갔을 테니 극단적으로 이해해 볼 수 있겠지만, 외국인으로부터 이런 대접을 받고 나니 도저히 용서할 수가 없었던 것이다. 마음이 극도로 불편했던 에두아르드는 나중에 해명도 할 겸 자기 정당화도 할 겸 다시 포로에게 다가갔지만 그는 여전히 냉담한 반응을 보였다. 「난 당신을 증오해. 알겠어? 당신을 증오한다고.」 그러자 에두아르드가 대답했다. 「오케이. 당신은 포로고, 난 자유의 몸이야. 당신과 싸울 수 없으니 내가 감내할 수밖에. 당신이 이겼어.」

이 이야기를 어떻게 바라볼 것인가? 일단은 사실인 것 같다. 물어보지도 않았는데 리모노프가 자진해서 얘기를 꺼낸 걸 보면 그의 말을 곧이곧대로 믿어야 할 것 같다. 하지만 여기에는 조금 더 복잡한 내막이 있다. 사실 이 얘기를 제일 먼저 공개한 사람은 현장을 목격한 헝가리 출신 사진작가로, 그는 리모노프라는 인간이 지닌 저열한 잔인성의 일례로 이 에피소드를 공개했다. 그의 입을 떠나 돌고 돌던 얘기는 이제 구글에서 〈리모노프〉를 치면 검색되기에 이르렀다. 이렇다 보니 리모노프는 자신의 입장을 밝히지 않을 수 없는 처지가 되었고, 체트니치들 사이에서 분위기에 휩쓸려 스스로도 응당 부끄럽게 여기는 비열하기 짝이 없는 짓을 저질러 놓고는, 물론 실수가 있었지만 설상가상으로 어처구니없는 오해까지 겹치는 바람에 일이 그렇게 꼬여 버렸다고 그럴듯하게 둘러대 사건을 무마할 생각을 했는지도 모른다. 에두아르드가 저열한 인간도 거짓말쟁이도 아니라고 믿기 때문에 개인적으로는 그렇다고 생각하지 않는다. 하지만 사람 속을 누가 알겠는가?

제7장

모스크바, 파리, 크라이나세르비아공화국, 1990~1993년

1

생을 마감하기 몇 달 전, 기력이 쇠잔한 사하로프가 고르바초프를 끈질기게 설득했다. 「선택은 간단하네, 미하일 세르게예비치. 민주주의자들과 손을 잡거나, 이들이 옳다는 걸 자넨 알지 않나, 보수주의자들과 손을 잡거나, 이들이 틀리기도 틀렸지만 자네를 배신할 사람들이라는 걸 자넨 알 거야. 시간을 끌어 봤자 득 될 게 하나도 없네.」「예, 예. 안드레이 디미트리예비치. 다 지당하신 말씀이지만, 단기적으로는 당을 개혁하는 게 급선무입니다.」 여론 조사에서 늘 사하로프의 인기가 가장 높게 나온다는 사실에 심사가 뒤틀린 고르바초프가 한숨을 내쉬었다. 「절대 그렇지 않네. 당을 개혁하는 게 문제가 아니라 청산하는 게 문제란 말일세. 그게 바로 정상적인 정치를 하기 위한 선결 과제란 말이네.」

이런 얘기가 나오기 시작하면 고르바초프는 전혀 이해를 못 했다. 아무리 그래도 어떻게 당을……. 그는 모든 사람의 입맛을 맞추려는 정치인 특유의 약삭빠른 셈법으로 하루는 교황이, 하루는 루터가 되기를 거듭한 끝에 민주주의자 진영과 보수주의자 진영 양쪽의 지탄을 받게 되었다.

좌파와 우파의 구분이 대단한 의미를 갖지 않는 러시아에 우리 사회에서 통용되는 정치 문법을 그대로 적용시키기는 어렵지만, 그렇다고 또 이 단어들이 아주 부적절해 보이지는 않는다. 어찌 됐건 민주주의자들은 민주주의를 요구하고, 보수주의자들은 권력을 지키려고 한다. 도시에 거주하며 상대적으로 젊고 학력이 높은 민주주의자들은 집권 초기에 고르바초프에 열광했지만, 더 이상 진취적인 모습을 보이지 않자 실망을 드러냈다. 1990년 5월 1일, 붉은 광장에서 열린 노동절 기념 행진에서 이들은 대놓고 고르바초프를 야유했다. 그래도 아무렇지 않은 시절이었던 것이다. 결과야 어찌 됐든 그들을 위해 빗장을 풀어 준 고르바초프를 향해 예전에 브레즈네프 일당에게는 차마 속 시원히 하지 못한 욕을 퍼붓는다는 사실이, 〈당을 휴지통에, 고르바초프도 같이 휴지통에!〉하고 외치는 상황이 되었다는 게 생각할수록 가슴 아프다.

그런데 이런 불만 세력보다 훨씬 위협적인 세력이 존재했다. 사하로프의 장례식에서 고인을 오비완 케노비에, 고르바초프를 어리숙한 제다이 기사에 비유한 젊은이에게 기자가 다스 베이더 역에는 누가 어울리겠느냐고 물었을 때, 그는 불행히도 후보가 한둘이 아니라고 대답했다. 사실, 폴리트뷰로와 군산 복합체의 구성을 들여다보면 앵글로색슨인들이 정말로 비타협적인 보수주의자들을 지칭할 때 사용하는 〈하드 라이너〉[1]로 분류할 수 있는 인물들이 널려 있었다. 그러나 소련이라는 나라의 정치인들이 전통적으로 그렇듯 이들 역

1 강경파.

348

시 술꾼에다 카리스마라고는 없는 인물들이었다. 이런 상황에서, 지금은 사람들의 기억에서 잊혔지만 빅토르 알크스니스 대령 같은 행동대장이 언론의 집중적인 주목을 받았다.

에두아르드는 짧은 모스크바 체류 기간 동안 텔레비전 방송에 출연한 자리에서 그를 만난 적이 있다. 방송국에서 민주주의자 진영을 대표하는 옛 반체제 인사들과 메모리얼 관계자들을 불러 놓고, 이들과 대립각을 세울 토론자로 두 사람을 섭외해 편의상 반고르바초프주의자 역할을 맡긴 것이었다. 검정색 가죽 옷을 입고 험상궂게 입을 실쭉실쭉하는 알크스니스는 적들을 악어의 먹이로 던져 주는 악역을 맡기 위해 오디션에 응모한, 천부적인 재능은 없지만 악착같은 근성이 돋보이는 배우 같은 인상을 주었다. 의회에서 라트비아 주둔 소련군의 이해를 대변하면서 그는 발트 해 연안 국가들의 독립을 주장하는 분리주의자들을 맹비난했고, 계엄령 선포를 주장했으며, 조국을 사랑하지 않고 외세의 속국으로 만들려는 자들의 연방 해체 기도에 맞서 〈마르크스·레닌주의자, 스탈린주의자, 네오 파시스트, 정교도, 군주제 주창자, 이교도 들〉의 신성한 단결을 호소했다. 이제 어느 정도 우리 주인공의 정치적 성향이 파악된 상황에서 그가 알크스니스와 죽이 척척 맞았다는 사실이 새삼스럽지는 않다. 일명 〈검은 대령〉은 방송이 끝나자 에두아르드를 자신의 동지들에게 소개했는데, 여기서 일일이 이름을 밝히진 않겠지만 군인과 체카 요원들로 구성된 이 독특한 패거리는 『나의 투쟁』[2]과 『시온 장로들의 프로토콜』을 즐겨 읽었고, 민주주의자들은

2 히틀러의 옥중 저서.

〈군 사령부의 꾀꼬리〉라고 폄하했지만 스스로는 〈정신적 야당의 기관지〉로 자부한 「지옌Dién」(에두아르드는 이 신문을 통해 러시아에서 기자로 데뷔했다)을 비롯한 국수주의적 성격의 유인물들을 제작, 배포하고 있었다. 파리로 돌아온 뒤에도 그는 전화와 팩스를 통해 알크스니스와 연락을 계속하면서 임박한 듯 보이는 쿠데타에 대한 환상을 키워 갔다.

　궁지에 몰리면 몰릴수록 고르바초프는 그야말로 더욱더 맹목적으로 대응했다. 1991년 1월, 전 세계가 텔레비전 화면을 통해 제1차 걸프전을 지켜보는 사이, 러시아의 탱크 부대가 빌뉴스[3]에 진입했다 저항에 부딪히자 열댓 명의 사망자를 남기고 퇴각했다. 이 〈검은 일요일〉을 기점으로 민주주의자들은 고르바초프에 대한 신뢰를 완전히 상실했다. 이런 일을 겪고도 인간의 얼굴을 한 사회주의라는 구호에 귀를 기울일 사람이 어디 있겠는가? 그런 기도를 했다는 사실 때문에, 더군다나 그것이 실패로 끝나면서 망신을 톡톡히 당한 고르바초프가 국면을 전환하기 위해 자신은 모르는 사실이었다고 발뺌하는 모습을 지켜보면서 사람들은 그가 거짓말쟁이인게 문제인지, 돌아가는 사정에 무지한 게 문제인지 알 길이 없었다. 군이 그에게는 통보도 없이 병력을 이동시키거나 국경 지대에서 충돌을 일으키는 일이 갈수록 잦아졌고, 그것도 고르바초프가 애지중지하는 서방 여론 앞에서 쩔쩔매는 꼴을 보기 위해 일부러 외국 정상들과의 회담 기간을 골라 일을 벌였지만, 신기하게도 고르바초프는 쩔쩔매기는커녕 카

　3 리투아니아 공화국의 수도.

메라 앞에서 더없이 환하게 웃으며 포즈를 취했다. 전적으로 당에서 권한을 위임받은 당 서기의 자격으로 그는 보통 선거를 통해 막 대통령으로 선출된 〈자칭 민주주의자〉인 보리스 옐친을 얕잡아 보았다. 선거에 의해 선출됐다는 사실이 옐친의 위상을 더더욱 높이고 있다는 사실을 고르바초프는 감지하지 못하는 듯했다. 고르바초프를 충직하게 보좌하던 셰바르드나제가 외무 장관직을 사임하면서 독재가 횡행하고 있다고 공개적으로 비난했지만, 고르바초프는 그의 경고를 무시했다. 고르바초프의 최측근인 야코블레프는 사임은 하지 않았지만 기자들과 만났다 헤어질 때마다 〈또 봅시다. 그러니까, 내가 시베리아에 가 있지 않으면 말이오〉라고 말하곤 했다. 지푸라기라도 잡는 심정으로 그가 갈수록 노골적인 양상을 띠는 폴리트뷰로의 분열을 예의주시하라고 보스에게 조언했지만, 고르바초프는 어깨를 으쓱하면서 〈괜찮아, 자넨 늘 그렇게 침소봉대한다니까. 그자들은 내가 잘 알아. 고집이 좀 세서 그렇지, 좋은 사람들이야. 다 이 손바닥 위에 있네〉라고 했다.

그는 이렇게 자신만만하게 크림 반도에 지어 놓은 으리으리한 별장으로 응당한 휴가를 떠났다. 그런데 휴가지에서 돌연 전화가 끊기며 고립되었고, 주변도 봉쇄되었다. 이 사이 장군 4인방(사정이야 어찌 됐든 역사의 일부이므로 이번에는 이름을 밝히고자 한다. 크류츠코프, 야조프, 푸고, 야나예프)은 비상사태를 선포하지만 이내 갈팡질팡 어쩔 줄을 모르다가 넷 중 제일 한심한 부통령 야나예프에게 지휘권을 맡겼다. 이 불쌍한 인사는 이후 나흘을 공황 상태에서 집무실에 숨어 있다 결국 마지못해 끌려 나와 기자회견을 열었다. 옛날식으로 제아무리 언론을 통제하려 해도 덜덜 떨리는 손과 초점을 잃은 그의 시선은 고스란히 방송 카메라에 노출되어, 승자로 소개되는 순간 이미 패자로 전락한 인상을 주었다. 1991년 8월에 발발한 쿠데타의 불가사의는 바로 무능한 술독인 쿠데타 공모자들의 개성이 빚어내는 희극적 분위기에 있다. 이들은 눈 깜짝할 사이에 취했다. 권력이 아니라 술에, 만취했다. 만땅으로 취했다. 꼭지가 돌아갔다. 그러다 이내 기분이 착 가라앉은 순간, 안 되겠다, 일생일대의 바보짓을 하고 말았구나, 하지만 이젠 돌이킬 수도 없다는 생각이 든 것이었다. 군은 비상경계 태세에 돌입하고 모스크바 시내로 탱크들이 진입하기 시작한 이상 계속 밀고 나가야 하지만 마음은 이미 떠나 있었다. 그저 절인 오이나 한 통 먹고 아스피린 한 알 입에 털어 넣은 다음, 담요를 뒤집어쓰고 잠 잠해질 때까지 자고 싶다는 생각밖에 없었다.

   그러나 당시 민주주의자들의 상황 인식은 달랐다. 지난 몇 년간 생각지 않았던 것을 떠올리자 정신이 번쩍 들었다. 2차 해빙기가 끝나고 다시 빙산이 만들어지고 있다. 믿음을 버리지 못해 도망칠 수 있을 때 도망치지 않은 것은 미친 짓이었다고 생각했다. 쿠데타는 충분히 성공할 수 있었다. 전적으로 군에 달린 일이었다. 모스크바 시내로 진입하라는 명령을 받은 젊은 병사들은 1968년 프라하에서처럼 아버지 세대의 전철을 밟을지도 모른다는 공포에 시달렸고, 그들의 상관이 아닌 법과 국가의 편에 서줄 것을 촉구하는 옐친의 지시를 따르기 위해서는 용기가 필요했다.

엘친은 모스크바에서 화이트 하우스라 불리는 의회 내에서 포위 상태로 항거를 이끌어 대단한 상징성을 보여 주었고, 이 역사적인 며칠 동안 워싱턴의 화이트 하우스[4]가 아닌 또 다른 화이트 하우스의 존재가 전 세계에 알려졌다. 1991년 8월, 「죄드폼 선서」[5]나 「아르콜 다리 위의 보나파르트」[6] 못지않은 찬란한 장면들이 있었다. 화이트 하우스 앞에서 탱크에 올라선 엘친의 모습. 화이트 하우스에 있는 엘친의 집무실 앞에서 보초를 서겠다고 달려온 로스트로포비치의 모습. 화이트 하우스를 사수하기 위해 모여들어 바리케이드를 치고 온몸으로 자유를 지키던 모스크바 군중의 모습. 뒷걸음질하던 탱크들의 모습, 병사들에게 키스를 하며 총구에 꽃을 꽂아 넣던 아가씨들의 모습. 포위 나흘째 되던 날, 악몽이 악몽에 그치고 이전처럼 자유를 누리며 살 수 있게 된 사람들이 크게 내쉬던 안도의 한숨.

자국의 상황을 「스타워즈」를 빌어 설명하던 도시의 젊은 이들은 20년이 지난 뒤 1991년 8월을 삶의 가장 강렬했던 순간으로, 열광 속에 막을 내린 한 편의 무시무시한 공포 영화로 기억하고 있다. 소련의 부활, 깜짝 반전. 소련의 우스꽝스러운 붕괴, 깜짝 재미. 70년 억압의 세월을 계승한 자들이 바그너의 「신들의 황혼」[7] 속으로 멋지게 사라지지 못하고 우

4 백악관.
5 프랑스 혁명사에서 제3 신분이 정국의 주도권을 쥐게 된 결정적 계기가 된 사건을 그린 자크루이 다비드의 작품.
6 앙투안장 그로의 작품.
7 바그너의 오페라.

스쾅스러운 꼴로 줄행랑을 치는 모습은 보는 재미를 선사하기도 했지만 인과응보였다. 이제 다시는 공포를 조성할 수 없게 된 인형극 속의 인형들. 전 세계를 통틀어 죽은 시인의 사회에서 유일하게 살아남은 카스트로, 카다피, 그리고 사담 후세인 말고는 어느 누구의 지지도 받지 못한 사람들. 하지만 명민한 사람들의 대표격인 미테랑의 지지를 받은 사람들. 마키아벨리즘의 어리석은 극단을 보여 준 미테랑 대통령은 이들이 소련의 새 주인이라고 판단해 지나치게 성급한 축하를 건넸다가 비난에 직면하자 행동으로 이들을 판단해야 한다고 거만하게 대답했다. 마치 쿠데타는 행동이, 그것도 아주 중요한, 그런 행동이 아니기라도 한 것처럼.

그리고, 무슨 일이 벌어졌는지는 깜깜하게 모른 채 석유 부호의 별장을 연상시키는 호화 별장에서 가족과 함께 고립돼 지내는 동안 느낀 불편함만 떠올리며 크림 반도에서 돌아온, 어이없이 그을린 고르바초프의 모습. 또, 스스로 목숨을 끊은 쿠데타 주동자 세 명. 이들의 죽음을 애도하는 리모노프라도 있었으니 그나마 다행이었다. 리모노프가 한 선택들에 대한 평가야 사람마다 다르겠지만, 최소한 그가 신의가 있고 패자들에게 경의를 표할 줄 아는 사람이라는 것만은 인정해 줘야 한다. 또 하나, 8월 23일 텔레비전을 통해 전 세계에 중계된 연극의 한 장면 같은 경이로운 순간. 개회 중인 의사당에서 자신이 직접 임명한 각료들에게 배반당한 증거인 각료회의 의사록을 마지못해 불안한 목소리로 읽어 내려가는 고르바초프에게 능글능글한 얼굴의 옐친이 바싹 다가들며 말했다.

「참, 그리고, 내가 깜빡했네. 서명할 법령이 있는 걸……」

「법령?」고르바초프가 얼떨떨한 표정으로 쳐다보았다.

「그렇네, 러시아 공산당의 활동을 중단시키는.」

「뭐라고? 뭐라고? 그건 나와 있지 않던데……. 우리가 논의한 내용도 아니고……」고르바초프가 웅얼웅얼했다.

「상관없네, 미하일 세르게예비치. 그냥 서명하게.」

옐친이 재촉했다.

그러자 고르바초프는 서명했다.

얼마 후 KGB 본부가 있는 루비앙카 광장에서 제르진스키의 동상이 철거됐다. 붉은 깃발은 1917년 임시 정부의 삼색기로 바뀌었다. 이로부터 몇 달 뒤, 벨로비예쥬스카야 국립공원의 사냥터 오두막에서 이루어진 극비 회동에서 러시아 대통령 옐친과 우크라이나 대통령 크라프추크, 벨라루스 대통령 슈슈케비치가 또 한 번 만취한 역사적 사건이 있었다. 옐친은 고르바초프에게 귀띔조차 하지 않고 모스크바를 떠나 왔고, 즉석에서 모든 결정이 이루어졌으며, 공모자들 중 연방 국가와 국가 연합에 대해 조금이라도 아는 사람은 한 명도 없었다. 그들이 사우나탕에 들어앉아 보드카를 털어 넣으며 주저리주저리 되풀이한 얘기의 내용인즉, 우리 세 공화국이 모여 1922년에 소비에트 연방을 만들었으니 그걸 해체할 권리도 있다는 것이었다. 곤죽이 된 옐친을 두 사람이 들어다 방에 누여 놓자 옐친이 (아버지)조지 부시에게 전화를 걸어 〈조지, 친구들하고 합의를 봤소. 소비에트 연방은 이제 없어졌소〉 하고 제일 먼저 소식을 알리고는 곯아떨어졌다. 고르바초프를 얼마나 우습게 여겼으면 트로이카 중 비중이 제일 낮은 슈슈케비치가 결정 사항을 통보했을까. 얘기를 들은 고르바초프가 얼이 빠져 〈그럼 나는 어떻게 되는 건가? 거기서, 나는 뭘 하지?〉 하고 말하더라고 슈슈케비치는 전했다.

고르바초프는 어떻게 되었을까? 그는 다차와 재단을 소유하고 죽을 때까지 고액 강연을 할 수 있는 권리를 누리면서 부유한 은퇴자의 삶을 살았다. 중세부터 내려온 러시아의 관습을 고려하면, 폐위된 차르인 그에게 이것은 지극히 예외적인 관대한 처분이었다.

2

고르바초프와 옐친의 장중한 대결에서 프랑스는 시종일관 전자의 편을 들었는데, 프랑스인들이 이렇게 끝까지 감정적으로 고르바초프의 편을 들었다는 사실이 나는 놀랍기까지 하다. 그들의 눈에 옐친은 난폭하고 촌티가 흐르는 검투사로 비쳤고, 옐친이 집권하는 동안에도 이런 인상은 달라지지 않았다. 더군다나 1991년 8월 쿠데타 이후 옐친의 행보는 석연치 않아 보였다. 사악한 무리들이 우리의 영웅인 고르바초프를 축출하려는 것 같았다. 고르바초프의 실각을 막아 주긴 했으나, 이후 계속 그를 끌어내리려는 행태를 지켜보며 프랑스인들은 옐친의 정체성에 의문을 품었다. 옐친의 입에서 나오는 얘기들은 포퓰리즘의 경계를 넘나들었고, 일각에서는 그에게서 독재자의 징후를 포착하기도 했다.

고르바초프를 자의와 무관하게 도저한 흐름의 촉매제 역할을 맡았다가 결국 그 소용돌이에 휩쓸리고 만 〈아파라칙〉으로, 옐친을 민주주의를 향한 민중의 열망을 체현한 인물로 평가하는 사람이 러시아 내에는 대다수였지만 프랑스에는 우리 어머니 혼자였다. 공산주의 체제하에서 성장했지만 과감하게 공산주의와 절연한 용기 있는 인물이 바로 옐친이었다. 그는 사하로프의 장례식 운구 행렬에서 옐레나 보네르의 곁을 지킨 사람이었다. 그는 러시아 역사상 최초로 선거를 통해 선출된 대통령이었다. 라파예트가 바스티유를 접수했듯 그는 화이트 하우스를 수호했고, 사람들의 의식을 옥죄던 당의 존재가 위법이라고 선포했으며, 소속 국가들을 옭아매던 연방을 해체했다. 2년 만에 그는, 한마디로 위대한 역사적 인물로 등극했다. 그가 이 여세를 몰아 민주주의와 시장 경제를 수립하고 그동안 후진성과 불행을 면하지 못하던 나라에 새로운 사회의 싹을 틔울 수 있을까?

경제 문제에 대한 자신의 무지를 자각한 옐친은 러시아의 오동통한 자크 아탈리[8]라고 할 수 있는 젊은 천재 예고르 가이다르를 전격 발탁했다. 고위 노멘클라투라 출신의 공산주의자인 가이다르는 자유주의의 절대적 신봉자로, 지금까지 어떤 시카고학파의 경제학자도, 로널드 레이건이나 마거릿 대처의 경제 자문을 맡았던 어떤 전문가도 그만큼 시장의 미

8 EBRD(유럽 부흥 개발 은행)의 총재를 지낸 프랑스의 저명 경제학자.

덕을 열렬히 믿은 사람은 없었다. 어떤 형태로든 단 한 번도 시장 체제를 경험해 보지 못한 러시아는 심대한 도전에 직면했다. 옐친과 가이다르는 표트르 대제 이래 역사상 모든 소련 개혁가들의 발목을 잡았던 반동적 움직임을 원천봉쇄하기 위해서는 신속히, 아주 신속히 행동에 나서야 할 뿐 아니라 강압적인 방법을 동원할 수밖에 없다는 판단을 내렸다. 이를 위해 내린 극약 처방을 이들은 〈충격 요법〉이라고 명명했는데, 그 표현이 전혀 무색하지 않은 충격적인 조치였다.

제일 먼저 가격 자유화가 실시되었다. 하지만 인플레율이 2,600퍼센트까지 치솟았고, 가격 자유화와 동시에 단행된 〈채권 발행을 통한 사유화〉 조치도 실패로 끝났다. 1992년 9월 1일, 정부는 만 1세 이상의 전 국민에게 각자 국가 경제에서 가지는 지분을 돈으로 환산해 1만 루블짜리 채권을 우편으로 발송했다. 지난 70년 동안 원칙적으로 개인이 아니라 오로지 집단을 위해서 일해야 했던 사람들에게 일에 대한 동기를 유발해 기업과 사유 재산, 한마디로 말해 시장을 활성화하겠다는 것이 이 조치의 의도였다. 그러나 발송된 채권을 수신인이 받았을 때는 이미 인플레이션 때문에 휴지 조각이나 다름없었다. 채권의 가치가 고작 보드카 한 병이라는 사실을 안 수혜자들은 결국 한 병 반 값을 쳐주겠다고 흥정을 걸어 오는 약삭빠른 자들에게 무더기로 되팔았다.

몇 달 만에 석유 부호로 등극한 이 약삭빠른 자들은 보리스 베레조프스키와 블라디미르 구신스키, 그리고 미하일 코도르코프스키다. 이 사람들이 다가 아니지만 독자들이 고생스럽게 일일이 다 기억할 필요는 없다. 단, 베레조프스키, 구신스키, 코도르코프스키, 이 세 사람만은 기억해 주면 좋겠다. 배우 수보다 배분해야 하는 배역이 더 많은 가난한 극단에서처럼, 이 셋은 앞으로 이 책에서 올리가르히라는 세력을 대표해 아기 돼지 삼형제의 첫째, 둘째, 셋째처럼 쓰이게 될 것이다. 젊고 똑똑하고 정력적인 이 사업가들은 타고나기를 부정직한 사람들은 아니었다. 사업에 천부적 감각을 지녔으나 사업을 금지하는 환경에서 자란 이들에게 규칙도 법도 은행 시스템도 세제(稅制)도 전혀 없는 상태에서 하루아침에 〈해봐〉라는 허락이 떨어진 것이었다. 율리안 세묘노프의 행동대원인 청년이 감격에 젖어 말했듯, 서부 개척시대와 다름없었다.

리모노프가 두세 달에 한 번씩 짧게 발칸 반도에 다녀오는 사이 모스크바는 얼떨떨하리만치 변해 있었다. 영원하리라 믿었던 소비에트 시절의 우중충한 분위기는 사라지고, 위대한 볼셰비키들의 이름을 내던지고 혁명 전 이름을 되찾은 거리들에는 번쩍거리는 간판들이 라스베가스처럼 빼곡히 아래위로 들어찼다. 교통 체증이 생기고, 낡은 지굴리 자동차들 옆을 선팅한 검정색 벤츠들이 달렸다. 예전에 외국 방문객들이 러시아 친구들을 위해 가방 한 가득 선물로 챙겨 왔던 청바지와 음악 시디, 화장품, 휴지 같은 물건을 어렵지 않게 구할 수 있게 되었다. 푸쉬킨 광장에 맥도널드가 등장했다는 소식을 소화하기 무섭게 바로 옆에 최신 나이트클럽이 문을 열었다. 예전에는 식당들이 휑뎅그렁하고 어두침침했다. 부루퉁한 매표원 같은 표정을 한 헤드웨이터들이 장장

열다섯 쪽짜리 메뉴판을 내밀었지만 어떤 음식을 골라도 번번이 떨어졌다는 대답이 돌아왔고, 딱 한 가지 주문 가능한 음식은 대개 맛이 형편없었다. 이제는 은은한 조명 속에서 생글생글 웃는 예쁘장한 용모의 웨이트리스들이 서빙을 했고, 고베산 쇠고기와 키브롱에서 당일 직배송된 굴을 주문할 수 있었다. 지폐를 포대로 들고 다니면서 늘씬한 미녀들을 정부로 거느리는 포악하고 상스러운 〈신러시아인〉이라는 인물 유형이 현대적 신화로 등장했다. 당시에 인구에 회자되던 재밌는 얘기가 하나 있다. 두 젊은 사업가가 똑같은 양복을 입고 한자리에 나타났다. 한 사람이 〈내 양복은 몽테뉴 대로에서 5천 달러를 주고 산 걸세〉 하자, 다른 사람이 의기양양하게 〈아, 그런가? 나는 1만 달러를 주고 샀는데〉 하며 되받아쳤다.

수완 좋은 1백만 명이 〈충격 요법〉 덕에 벼락부자가 되는 사이 나머지 1억 5천만 명의 꼴찌들은 빈곤에 시달렸다. 물가는 지속적으로 올랐지만 임금은 물가 상승을 따라가지 못했다. 리모노프의 아버지 같은 KGB 장교 출신의 은퇴자들이 연금을 털어 살 수 있는 물건이라야 기껏 소시지 1킬로그램이 전부였다. 드레스덴에 파견돼 첩보 분야에서 경력을 쌓은 고위직 KGB 장교도 동독이 사라진 후 긴급 귀국 명령을 받고 돌아와서는 직업도 관사도 없이 고향인 레닌그라드에서 리모노프처럼 〈신러시아인들〉을 저주하며 무허가 택시 영업으로 생계를 유지하는 처지가 되었다. 이 장교는 통계에 등장하는 추상적 개념이 아니었다. 그의 이름은 블라디미르 푸틴, 나이 40세, 리모노프처럼 소비에트 제국의 해체야말로 20세기 최대의 참극이라고 믿는 그는 이 책의 말미에서도 상당히 비중 있는 역할을 맡게 된다.

1987년 기준으로 65세였던 러시아 남성의 평균 수명이 1993년에는 58세로 줄어들었다. 텅 빈 상점들 앞에 우울하게 늘어선 긴 줄, 소련 시절의 이 익숙한 풍경은 추위 속 지하도에서 발을 동동 구르며 보잘것없는 재산을 내다 파는 노인들의 행렬로 바뀌었다. 살기 위해 팔 수 있는 것은 죄다 팔았다. 가난한 퇴직자들은 절인 오이 일 킬로그램, 티코지[9] 한 장, 누렇게 빛이 바랜 애처롭기 짝이 없는 브레즈네프 시대의 〈풍자〉 신문 「크라카질」 몇 부를 펼쳐 놓았고, 버젓이 사기업을 설립하고 군 장비를 팔아 이익을 챙기는 비양심적인 장군들 중에는 탱크와 비행기를 거래하는 자들도 있었다. 판사는 판결을, 경찰은 관용을, 공무원은 직인을, 아프카니스탄 참전 용사는 살인 기술을 팔았다. 살인 청부는 건당 1만 달러에서 1만 5천 달러 사이에서 거래가 이루어졌다. 1994년, 모스크바에서 암살된 은행가만 50명에 이르렀다. 무자비한 세묘노프 일당은 겨우 절반만이 목숨을 보존했고, 세묘노프 자신도 땅 속에 묻히는 신세가 됐다.

내 사촌인 폴 흘레브니코프는 이 시기에 모스크바에 도착했다. 그의 조부모도 우리 조부모처럼 1917년 혁명을 피해 탈출했지만 미국에 정착해, 내가 프랑스인인 것처럼 그는 미국인이 되었다. 하지만 그는 나보다 러시아어를 훨씬 잘했

9 찻주전자의 온도를 유지하기 위한 보온 덮개.

다. 우리는 같은 또래였고, 대서양을 사이에 두고 떨어져 살았지만 어려서부터 친하게 지냈다. 나는 그가 참 좋았다. 내아들들에게 그는 흠모의 대상이었다. 그는 어린 소년들이 훌륭한 리포터를 생각할 때 떠오르는 이미지이자 이상형이었다. 미남에 건장한 체격, 서글서글한 미소, 힘 있는 악수. 영락없는 「가장 위험한 해」 속의 멜 깁슨. 『포브스 Forbes』 기자였던 그는 1994년, 경제 범죄 관련 취재를 위해 모스크바에 파견되었다. 도착해서 수첩에 빽빽이 적어 놓은 취재 대상의 상당수가 만나기도 전에 암살되는 상황에 강한 호기심을 느낀 그는 모스크바에 남았다. 『포브스』의 모스크바 특파원이 된 그는 뛰어난 탐사 보도 전문 기자답게 취재를 계속해 나갔다. 그는 취재한 내용을 엮어 출간한 책에서 보리스 베레조프스키의 사례를 들어 옐친 집권하에서 러시아 거부들이 탄생한 배경을 상세히 설명했다. 그러다 그 또한 안나 폴리코프스카야처럼 자기 집 앞에서 기관총 세례를 받고 사망했다. 폴리코프스카야처럼 그의 암살 사건에 대한 수사도 여태껏 아무것도 밝혀 내지 못했다.

거물들은 콤비나트나 천연자원 매장지를 놓고, 피라미들은 가판대나 시장 좌판을 놓고 서로 혈투를 벌였는데, 손바닥만 한 가판대든 손바닥만 한 시장 좌판이든 무조건 〈지붕〉이 필요했다. 이것은 난립 중이던 경호업체들에 붙여진 이름으로, 서비스 제의를 마다하면 총질부터 하는 자들이라는 점에서 갈취를 일삼는 강도 집단과 하등의 차이가 없었다. 구신스키나 베레조프스키 같은 올리가르히 소유의 〈지주 회사〉들은 자신들의 재능을 활용해 돈벌이에 나선 고위 KGB 장교들이 지휘하는, 정규 부대나 다름없는 경호 인력을 고용했다. 조금 더 소박한 수준에서 지붕이 필요한 사람들은 그루지야나 체첸, 아제르바이잔 출신의 마피아 절반, 마피아 등으로 전직한 경찰 출신 절반으로 경호 인력을 충당했다.

이와 관련해 흥미로운 얘기가 하나 있다. 얘기의 주인공은 내 친구 장미셸. 프랑스인인 이 친구는 1995년에 TWA 여객기 추락 사고로 아내를 잃고 외인부대에 자원하는 심정으로 새 삶을 살아 보겠다며 모스크바로 떠났다. 그가 모스크바에서 연 식당과 바, 나이트클럽은 사실상 신러시아인들과 부유한 재러 프랑스인들이 드나드는 윤락 업소였다. 도덕적 잣대로 그를 재단하는 사람도 있겠지만, 예, 아니오, 한 마디에 따라 목숨이 왔다 갔다 하던 시절에 러시아어도 거의 못 하는 사람이 맨손으로 그런 제국을 일군 것을 보면 칭찬에 박한 우리의 에두아르드도 부러워할 만한 강심장이 분명하다. 마틴 스콜세지 감독 정도는 돼야 그가 보낸 곡절의 세월을 표현할 수 있을 테니 감히 그럴 생각은 없고, 에피소드 하나만 독자들에게 들려주고 싶다. 어느 날 저녁, 복면을 쓴 전투복 차림의 정예 부대 요원들이 장미셸 소유의 나이트클럽 한곳에 들이닥쳐 아가씨들과 종업원, 손님들을 바닥에 엎드리게 한 뒤 칼라시니코프를 겨누며 위협했다. 공포 분위기가 조성되자 두목이 복면을 벗더니 의자에 앉아 술을 한 잔 시켜 마셨다. 그리고 장미셸에게 지금 쓰고 있는 지붕이 믿음직하지 못하니 바꾸는 게 좋겠다고 차분히 설명했다. 앞으로는 경찰(이 특공대원들은 다름 아닌 경찰이었다)에서 다 알아서 처리해 주겠다고. 비용은 조금 더 들어도 확실할 것이며, 인수인계 절차도 고통 없이 진행될 것이라고. 그는 자신이 직접 기존 경호업체에게 상황을 설명하겠으며 일이 꼬이지 않게 확실히 조처하겠다고 자신 있게 말했다. 장미셸에게 자신의 수하 몇 명이 결성한 록그룹의 연주를 녹음한 거라며 시디를 한 장 건넨 뒤 그는 자리에서 일어났다. 모든 것은 두목의 약속대로 이행되었다. 장미셸은 새 지붕을 아주 흡족하게 여겼고, 친구들에게 재미삼아 그때 받은 시디를 들려주곤 했다. 장미셸은 운이 좋은 경우에 해당한다. 이런 사건은 〈발렌타인데이의 대학살〉[10]처럼 끝나는 경우가 대부분이었기 때문이다.

그다지 오래전의 일이 아닌데, 총리를 지낸 예고르 가이다르가 죽기 전에 한 기자를 만난 자리에서 이런 소회를 밝힌 적이 있다. 「이것 하나는 꼭 알아주었으면 하오. 시장 경제로 나아가는 과정에서 우리는 이상적인 이행과 범죄적 이행 사이에서 선택할 수 있는 처지가 아니었소. 범죄적 이행이냐 내전이냐, 둘 중 하나였으니까.」

10 1929년, 시카고에서 두 갱단의 충돌로 수많은 사상자를 냈던 참극.

3

생산 수단의 집단화와 기근, 숙청, 그리고 〈인민의 적〉은 바로 인민 자신이라는 통념을 정당화하기 위해 볼셰비키들은 달걀을 깨야 오믈렛을 만들 수 있다는 우리 속담에 해당하는, 나무를 베면 대팻밥이 날리게 마련이라는 러시아 속담을 즐겨 인용했다. 시장이 찬란한 미래를 약속하며 프롤레타리아 독재를 대체한 뒤에도 〈충격 요법〉의 입안자들과 제 몫의 오믈렛을 챙길 수 있을 만큼 권력과 가까운 자들에게는 이 속담이 여전히 유용했다. 볼셰비키 시절과 다른 점이 있다면, 깨진 달걀 처지가 된 사람들이 더 이상 시베리아행을 걱정하지 않고 목소리를 내게 되었다는 사실이다. 거지로 전락한 은퇴자들, 월급이 끊긴 군인들, 제국의 해체에 눈이 뒤집힌 민족주의자들, 평등하게 가난했던 시절을 그리워하는 공산주의자들, 눈앞에 펼쳐지는 역사를 더 이상 이해하지 못하고 삶의 좌표를 잃어버린 사람들(예전과 똑같이 매년 혁명 기념일을 축하하면서도 이 혁명이 범죄이자 참극이라는데, 무엇이 선이고 무엇이 악인지, 누가 영웅이고 누가 배신자인지 어떻게 구분할 수 있단 말인가?), 이런 각양각색의 집단이 모스크바 거리를 행진했다.

모스크바에 머물 때 에두아르드는 이런 시위에 빠지지 않고 참석했다. 「지옌」에 실린 기사를 읽어 얼굴을 기억하는 사람들이 그에게 다가와 칭찬과 덕담을 건네고 그를 포옹했다. 에두아르드 같은 사람이 있는 한, 러시아에는 희망이 있다고 하면서. 한번은 동료인 알크스니스의 권유로 여러 야권 연사의 뒤를 이어 연단에 올라 메가폰을 잡기도 했다. 그는 자칭 〈민주주의자들〉은 대(大)조국 전쟁에서 아버지들이 흘린 피를 배반하는 기회주의자들이라고 목청을 높였다. 소위 〈민주주의〉를 실시한 1년 동안 민중은 공산주의가 집권한 70년 동안보다 훨씬 고통을 겪었다고 주장했다. 분노가 들끓고 있으며, 내전 발발이 코앞에 닥쳤다고. 그의 연설은 다른 연사들과 내용 면에서 큰 차이가 없었지만, 군중은, 거대한 군중은 그가 한 마디 한 마디 내뱉을 때마다 박수갈채를 보냈다. 만인의 심정을 표현하는 말들이 그의 입에서 자연스럽게 쏟아져 나왔다. 청중의 뜨거운 동조와 감사, 애정이 그를 향해 물결쳐 밀려왔다. 뉴욕 엠버시 호텔에서 가난과 절망적인 고독 속에서 꿨던 꿈, 그 꿈이 현실이 되고 있었다. 발칸 반도의 전장에서처럼 마음이 편안했다. 동지들의 지원 속에 제자리를 찾은 느낌이었다. 차분하면서도 강한 그 본연의 모습을.

〈함께 어울릴 무리를 찾습니다.〉 에두아르드가 썼던 어느 기사의 제목이다. 그는 당장에 자신을 중심으로 무리를 만들기보다는 기존의 무리들을 기웃거리며 거기에 섞이려고 애를 쓰고 있었다. 블라디미르 지리노프스키라는 이름이 프랑스 독자들에게 아주 생소하지는 않을 것으로 생각한다. 과거나 지금이나(현존하는 인물이기 때문에) 그는 러시아의 르 펜으로 소개되고 있는데, 틀린 말이 아니다. 그는 르 펜처럼 청산유수의 달변에다 거침없이 행동하고 직설화법을 구사하는 사람이다. 확실히 르 펜을 능가하는 미치광이가 맞긴

맞는데, 그가 러시아 사람이라는 것도 감안해 줘야 한다. 독특한 2인자적 면모를 풍기는 알크스니스에 대해서는 내가 이미 짧게 언급한 바 있다. 이밖에 쥬가노프, 안필로프, 마하초프, 프로하노프 등의 인물은 이 책을 쓰면서 당시를 되짚어 보는 나 말고는 솔직히 아는 사람이 없을 것이다. 이들의 굴곡진 역정과 단순한 생각들, 모호한 노선들, 일시적 연합과 추잡한 분열들에 대해 적어 놓은 메모를 꺼내 다시 읽고 있자니 마치 내가 프랑스의 극우파 롤랑 고셰와 브뤼노 매그레의 차이를 러시아인들에게 설명하기 위해 애를 쓰는 러시아 역사학자라도 된 듯한 느낌이다. 리모노프는, 이런 식의 강의를 결코 마다하지 않는 사람이었다. 러시아의 산골 오지에서 읽힐 기사에 그가 장에데른 알리에, 파트릭 베송, 알랭 드 누아, 『르 카나르 앙셰네 *Le Canard Enchaîné*』[11]에 관한 상세한 설명을 곁들인 걸 읽으면서 웃었던 적이 한두 번이 아니다. 어쨌든 그는 모스크바에서 향수에 젖은 공산주의자들과 분노에 찬 민족주의자들 집단과 교류하면서 그들에게 나라를 위한 힘찬 생명력이 숨어 있다고 애써 믿었다. 그러다 「지엔」의 편집장이던 프로하노프 장군이 주최한 연회에서 알렉산드르 두긴을 만났다.

그날 저녁, 에두아르드는 슬펐다. 슬프다는 말로는 모자랐을 것이다. 자동차 트렁크에서 톱으로 잘린 친구의 몸통과 함께 반쯤 불에 탄 머리가 발견됐다는 소식을 막 접한 참이었다. 고인인 코스텐코 대대장은 그가 「지엔」에 실을 르포

11 프랑스의 유명 풍자 주간지.

의 취재차 트란스니스트리아를 방문했을 때 만나 친구가 된 사람이었다.

몰도바트란스니스트리아공화국에 대해 아주 짧게만 언급하고 넘어가자. 이곳 역시 구 유고 연방 소속의 여러 세르비아계 공화국들과 같은 사연을 가지고 있다. 루마니아 동단에 위치한 작은 땅인 몰도바는 소련에 병합되었다. 오죽 몰도바인들이 자신들의 처지를 비통히 여겼으면 다시 루마니아인이 될 날만 손꼽아 기다렸을까. 소련이 붕괴하자 이들은 독립을 선언했는데, 이 땅에 정착해 살던 러시아인들에게는 청천벽력 같은 소식이었다. 일종의 식민 지배자 신분으로서 사회 지도층을 형성하며 살던 러시아인들은 하루아침에 루마니아계가 다수를 차지하는 신생 국가 내에서 핍박과 복수의 대상이 되었다. 그러자 이번엔 이들이 자치 국가(즉, 트란스니스트리아)를 선언하고 주권을 수호하기 위해 총을 들었다. 이들의 주장에 전적으로 동조했고, 제국의 폐허 위에서 발발하는 전쟁은 하나도 놓치고 싶지 않았던 에두아르드는 기꺼이 전장으로 달려갔다. 그는 루마니아인들을 공격하는 보복성 기습에 참여했고, 스나이퍼들의 총탄을 피해 잿더미로 변한 주택가를 지나갔고, 지뢰가 무수히 깔린 들판 위를 달렸다. 이 체류의 백미는 단연 대대장 코스텐코와의 만남이었다. 리모노프가 알렉산드르 두긴이라고 소개받은 턱수염을 기른 옆자리의 남자에게 들려주는 얘기는 바로 이 코스텐코에 관한 것이었다.

낙하산 부대의 지휘관으로 아프간 전쟁에 참전했다 귀국해 몰도바에서 정비소를 운영하던 코스텐코는 혼란한 정세

속에서 전쟁의 사령관이자 소도시의 절대 군주로 군림하고
있었다. 에두아르드처럼 우크라이나 출신이지만 아버지의
주둔지였던 극동 지방에서 출생한 탓에 중국인 같은 용모에
아시아인 특유의 잔혹성을 가진 인물로 유명했다. 그의 주변
에는 공포 분위기가 서려 있었다. 그는 자신이 운영하는 정
비소에서, 미니스커트에 검정 선글라스를 쓴 금발 여자와 중
무장한 경호원들에 둘러싸여 재판을 진행했다. 에두아르드
는 루마니아인들에게 매수된 반역자라는 의심을 받던, 진땀
을 삐질삐질 흘리는 뚱뚱한 사내에게 코스텐코가 사형을 선
고하는 장면을 직접 목격했다. 그는 코스텐코의 단호한 태
도를 높이 샀고, 그의 얘기를 전해 듣는 두긴 역시 마찬가지
였다.

　코스텐코와 에두아르드는 며칠 밤에 걸쳐 얘기를 나누었
다. 대대장 코스텐코는 에두아르드에게 파란만장했던 지난
날을 들려주며 임박한 최후를 예견했다. 적들의 손에 잡히는
날이 올 것이다, 도망갈 곳도 없다, 도망친다 한들 뭐하겠는
가? 한 도시를 지배해 본 사람이 자동차 정비공으로 되돌아
갈 수야 없지 않은가. 두긴은 이야기가 파국으로 치달을수
록 더욱더 흥미를 보였다. 「그가 죽음을 예상했기 때문에 당
신한테 속내를 털어놓았던 거요.」 두긴이 에두아르드에게 말
했다. 「요동쳤던 자신의 보잘것없는 인생이 어떤 흔적이라도
남겼으면 해서.」 에두아르드는, 그렇다, 나는 변경의 체 게바
라와 마주한 레지스 드브레[12]의 심정이었다고 대답했다. 그

　12 Régis Debray(1940~　). 체 게바라와 함께 혁명 운동을 했던 프랑스 철
학자.

는 두긴이 레지스 드브레를 알고 있다는 사실에 다소 놀랐다.

전반적으로 두긴은 모르는 게 없는 사람처럼 보였다. 겨우 서른다섯의 나이에 벌써 대여섯 권의 책을 집필한 철학자인 그와 얘기를 나누는 일은 엄청난 즐거움이었다. 에두아르드와 두긴은 척하면 상대방이 무슨 말을 할지 알 정도로 서로 통했다. 그들은 엄숙하게, 코스텐코를 애도하며 건배했고, 잔이 비자 이번에는 두긴이 폰 운게른 슈테른베르크 남작을 위해 건배하자고 제안했다. 마다할 이유는 전혀 없었지만, 에두아르드는 그 남작이 누군지 몰랐다. 「그가 누군지 모른단 말이오?」 두긴은 놀라는 시늉을 했지만 『전쟁과 평화』를 읽지 않은 사람을 상대할 때처럼 내심 흐뭇했다. 또한, 자신이 얘기할 차례인 만큼, 코스텐코도 좋지만 코스텐코는 상대가 안 되는 코스텐코의 할아비 격인 인물, 리모노프를 사로잡을 비장의 무기가 있다는 사실이 흐뭇했다.

1918년, 라트비아 귀족 출신으로 열혈 반볼셰비키주의자였던 폰 운게른 슈테른베르크 남작은 휘하의 사단 병력을 이끌고 몽골까지 가서 전쟁 중인 백군을 지원했다. 그는 뛰어난 통솔력과 용맹성, 잔혹함으로 이름을 떨쳤다. 불교 신자를 자처하는 그가 믿는 불교는 정교한 고문 기술까지 포함하는 종교였다. 그는 강마른 얼굴에 가느다란 콧수염을 길게 기른 창백한 눈빛의 소유자였다. 몽골의 기사들은 그를 초인으로 여겼고, 동맹 관계인 백군들조차 그를 경외시했다. 남작은 본대에서 떨어져 나와 휘하의 중대를 끌고 스텝 깊숙이 들어갔고, 부하들은 외부와 단절된 상태에서 그의 법을 천명으로 따르는 신비주의 교파를 형성했다. 권력과 폭력에

도취됐던 그는 결국 적군에 생포돼 교수형에 처해졌다. 나는 요약해 얘기했지만, 두긴은 요약하지 않았다. 베르너 헤어조크 영화의 주인공 아귀레나, 조지프 콘래드의 소설 『암흑의 핵심』의 주인공 커츠에 비견할 만한 이 인물을 두긴은 예술적으로 생생하게 되살려 냈다. 그의 영웅적인 일화를 소개하면서 두긴은 섬세하게 표현을 저울질했고, 첼로 같은 목소리가 빚어내는 어감들을 만끽하며 천천히 음미하듯 말을 풀어놓았다. 학자이자 문인이고 애서가이자 이론가였던 그는 동시에 듣는 이를 홀리는 동양의 이야기꾼이었다. 평소에 지식인들을 노골적으로 경멸하던 에두아르드도 그런 그에게 홀리고 말았다. 에두아르드는 자신의 삶도 언젠가 누구의 입을 통해 그렇게 이야기되어지기를 소망했다.

이후 며칠 동안 두 사람은 떨어지지 않고 입에서 단내가 나도록 얘기했다. 두긴은 거리낌 없이 파시스트를 자처했는데, 에두아르드가 여태껏 한 번도 만나 본 적이 없는 새로운 유형의 파시스트였다. 그가 그동안 만났던 파시스트의 범주에 속하는 사람들은 드리외라로셸[13]의 책을 조금 접했고, 파시스트가 멋있고 데카당하다고 생각하는 파리의 댄디, 아니면 이번 파티를 주최한 프로하노프 장군처럼 웬만큼 마음을 굳게 먹지 않으면 피해망상적 내용에 반유대인적 농담 일색인 얘기를 도저히 들어주기 힘든 무식한 부류였다. 에두아르드는 가식적인 돌대가리들과 흉포한 돌대가리들이 아닌 제3의 부

13 Pierre Drieu la Rochelle(1893~1945). 파시스트이자 친나치 성향으로 유명했던 프랑스 작가.

류가 있다는 사실을, 내가 젊었을 때 교류했던 몇몇 인사들처럼 색다른 변종 파시스트 그룹이 존재한다는 사실을 몰랐던 것이다. 내가 만난 파시스트 청년 지식인들은 대부분 파리한 얼굴을 하고 열뜬 상태로 존재론적 고민에 시달리던 녀석들로, 커다란 가방을 메고 난해한 전문 서적을 파는 서점에 드나들면서 성당 기사단과 유라시아, 장미 십자회에 대해 모호한 이론을 역설하곤 했다. 개중에는 이슬람으로 개종한 녀석들도 꽤 있었다. 두긴이 바로 이런 변종에 속하는데, 한 가지 다른 점이라면 그는 병약하지도 존재론적 고통에 시달리지도 않는 괴물이었다. 거구에 덥수룩한 장발, 턱수염을 기른 그는 무용가의 걸음걸이로 사뿐사뿐 걸었고, 다른 발을 뒤로 살짝 들어 올려 한 발로 무게 중심을 잡는 특이한 자세를 취했다. 열다섯 개 언어를 구사하고 독서광에다 주당인 그는 지식과 매력의 총체였다. 에두아르드가 쉽게 사람을 흠모하지 않는다는 건 하늘도 아는 사실인데, 그런 그가 자신보다 열다섯 살 아래인 두긴을 흠모하고 추종하기에 이른 것이다.

에두아르드의 정치관은 혼란스럽고 피상적이었다. 두긴의 영향을 받으면서 혼란은 더해졌지만 피상적인 면은 줄어들고 인용은 풍부해졌다. 두긴은 파시즘과 공산주의를 대립적으로 바라보지 않고 똑같이 숭배했다. 그가 숭배하는 위인 목록에는 레닌, 무솔리니, 히틀러, 레니 리펜슈탈, 마야코프스키, 율리우스 에볼라, 융, 미시마 유키오, 게오르그 그로덱, 에른스트 윙거, 마이스터 에크하르트, 안드레아스 바더, 바그너, 노자, 체 게바라, 스리 오로빈도, 로자 룩셈부르크,

조르주 뒤메질, 기 드보르가 뒤죽박죽 올라 있었다. 한계를
시험할 심산으로 에두아르드가 찰스 맨슨도 추가하면 어떻
겠느냐고 제안하면 옆으로 조금씩 밀어 자리를 내줄 것 같았
다. 친구의 친구도 친구니까. 빨간색이나 흰색이나 갈색이나
매한가지니까. 중요한 것은 니체의 지적처럼 오로지 엘랑 비
탈이므로. 에두아르드와 두긴은 자신들의 동지인 야권 인사
들이 큰 인물들이 아니라는 데 금방 의견의 일치를 보았다.
알크스니스는 너그럽게 봐준다 치더라도 나머지는……. 무
엇보다 둘은 상대방에게서 상호보완적인 부분을 발견했다.
이론가와 실천가. 현자와 전사. 마법사 멀린과 아서 왕. 힘을
합치면 큰일을 도모할 수 있을 것 같았다.

민족볼셰비키당이라는 이름을 지은 사람은 둘 중 누구였
을까? 훗날, 결별할 때 이들은 서로 자신이 작명자라고 우긴
다. 더 훗날, 두 사람 모두 이미지 세탁을 위해 애쓸 때는 서
로 상대에게 떠넘긴다. 그러나 이 당시에는, 두 사람은 당명
을 대단히 흡족하게 생각했다. 에두아르드(여기엔 전혀 이론
의 여지가 없다)가 장차 발행할 당 기관지에 붙인 〈리몬카〉,
즉 수류탄이라는 이름도 두 사람은 아주 흡족했다. 마지막
으로, 움브리아와 토스카나의 풍경화를 주로 그리는 양처럼
순한 화가 친구가 식탁 위에서 그려 준 당기도 아주 흡족했
다. 빨간 바탕에 흰색 원이 그려진 이 당기는, 흰색 원 안에
검정색으로 꺾인 십자 대신 낫과 망치를 그려 넣었을 뿐이
지, 영락없는 나치 깃발이었다.

4

당기와 기관지 명, 당명이 정해졌다. 당원도 한 명 받았다. 우크라이나 출신의 타라스 라브코라는 대학생이었다. 이제 시작이었다. 그들이 모델로 삼는 볼셰비키와 파시스트, 나치들이 밟아 온 권력을 향한 도정 역시 출발은 미미하지 않았던가. 부족한 것은 자금이었다. 에두아르드는 자금을 조달할 수 있으리라는 희망을 안고 파리로 돌아왔다.

그는 1993년 여름 내내 파리에 머물렀는데, 아주 기이한 체류였다. 모스크바에서 정치 활동을 하는 사이사이 전쟁터마다 달려갔던 2년에 가까운 세월 동안 파리의 집은 중간 기착지 같은 곳으로 변해 있었다. 나타샤와 같이 사는 스튜디오에서 그는 이방인이라는 느낌에 시달렸다. 그가 어색해진 사이 그녀는 혼자 지내는, 당연히 다른 사내와 동침하는 습관이 생겼다. 좁은 파리 바닥에서 친하게 지냈던 파리지엥 친구들은 보스니아에서 그가 보인 행동들로 인해 차갑게 등을 돌렸다. 때마침 극우와 극좌의 결탁을 비난하는 언론 캠페인이 한창이었는데, 그가 바로 〈갈적색주의자〉[14]라는 이름으로 불리기 시작한 인물 유형의 전형에 해당했던 것이다. 인기는 바닥으로 추락했고 평소에 함께 일하던 편집자들은 전화도 받지 않았지만 그는 개의치 않았다. 이제부터 문인이 아닌 전사이자 직업 혁명가를 자처하는 마당에 냉담한 프티부르주아들에게 천대당한다고 해서 마음 상할 이유가 없었

14 갈색은 극우 민족주의자, 대표적으로 나치를 상징하고 적색은 공산주의를 가리키는 색이다. 히틀러를 위시한 나치는 갈색 제복을 입었다.

374

던 것이다. 하지만 문학 말고는 다른 수입원이 없고, 세르비아 출신의 애국주의자가 사장으로 있는 〈라주 돔므〉라는 출판사에 간신히 전쟁 르포를 판 것 외에는 전혀 자금을 모금하지 못한 것은 문제였다. 유럽 전역에 흩어져 있는 극우 세력에 인맥이 닿았던 두긴은 에두아르드에게 만남을 주선해 주면서 자신만만해했다. 하지만 비대중적인 잡지사들과 컴컴한 골방에 차려진 출판사들을 돌면서 구멍가게 수준의 사무실을 운영하기에도 벅찬 소심한 홀로코스트 부정론자들에게서 에두아르드가 들은 것은 격려성 덕담뿐이었다. 이번엔 그의 인맥 쪽. 모두가 무관심해도 언제든 두 팔 벌려 그를 맞이할 사람, 어떤 일에도 동요하지 않을 사람, 아무리 나쁜 평판을 들어도 눈도 꿈쩍하지 않을 사람이 한 사람 있었다. 그러나 아쉽게도 장에데른 알리에는 더 이상 보주 광장에 살지 않았다. 베르나르 타피의 부정직성을 고발하는 기사를 썼다가 4백만 프랑의 손해 배상금을 지급하라는 판결을 받는 바람에 결국 「리디오」의 편집 회의를 하던 큰 아파트까지 들어먹은 것이다. 자잘한 소송들이 줄을 잇고 부채에 시달리는 상태에서 신문마저 폐간 위기에 놓인 장에데른은 당연히 에두아르드를 한 푼도 도와줄 수 없었다. 대신 그는 에두아르드를 브르타뉴에 있는 자신의 성으로 초대했다.

보통 사람들이 휴가라고 부르는 것을 벌써 몇 년째 꿈도 꾸지 못하는 처지였던 에두아르드는 나타샤를 데리고 그의 성을 방문했다. 저택의 퇴락한 웅장함과 불편함에 그들은 압도당했다. 방마다 비가 새고 주인장 역시 상태가 그다지 좋지 않았다. 실명에 가까워 돋보기 없이는 전화 다이얼도 돌리지 못하는 사람이 핸드 브레이크도 풀지 않은 낡은 폭스바겐 골프의 액셀을 밟으며 좁은 지방도를 질주했다. 첫날, 이웃에 사는 르 펜이 저녁을 먹으러 오기로 했다면서 그가 함께 장을 보러 나가자고 했다. 장에데른 알리에는 르 펜이 저녁 식사에 동석하기로 했다는 말로 주변 사람들을 수시로 놀래 주곤 했는데, 이미 한번 당한 적이 있는 에두아르드는 전혀 놀라지 않았고, 이번 역시 주인공은 끝내 모습을 드러내지 않았다. 양식장에서 어부들을 위한 지정 주차 구역에 차를 대려다 제지당하자 장에데른이 한바탕 소란을 일으켰다. 그는 손짓 발짓을 해가며 당신들이 프랑스 문학을, 공화국을, 빅토르 위고를 모욕하고 있는 것이라고 바락바락 악을 썼다. 이름값을 하려고 몸부림치는 것 같아 애처롭게 보였다. 장에데른은 한순간이라도 괴짜 짓을 하지 않으면 죽고 마는 사람이었다. 하지만 저녁 식사 자리에서는 번뜩이는 재치를 발휘하며 〈3천만 명의 친구들〉[15]에 출연했던 일화를 들려주어 슈셴[16]을 마시고 곤드레만드레한 서부 브르타뉴의 좌중을 자지러지게 만들었다. 개를 한 마리 키우고 있는데 이 개를 정말로 사랑한다, 내가 집필하는 동안 개는 항상 내 발치에 누워 있었다고 말해 그 동물 프로그램에 출연할 수 있었다는 것이다. 이 말은 사실이 아니었고 그는 개를 키워 본 적도 없었지만, 방송에 출연하겠다는 일념으로 개를 한

15 반려동물을 소재로 하는 프랑스의 인기 장수 텔레비전 프로그램.
16 꿀을 물에 타서 발효시킨 알코올 음료. 프랑스 브르타뉴 지방에서 즐겨 마신다.

마리 빌려 데리고 나갔다. 그가 개를 무릎에 올려놓고 쓰다듬으면서 다정한 주인 행세를 하자 그와 초면이었던 개는 당황했고, 그가 네 발 달린 충직한 반려자 운운하며 감상에 젖은 사이 버둥거리며 으르렁대던 개는 결국 그의 품에서 빠져나와 그를 콱 물었다. 장에데른은 일인이역을 하면서 난장판이 됐던 상황을 재현했다. 완성도 높은 한 편의 연극이었다.

다음 날, 날이 반짝 개자 그들은 해변으로 나갔다. 에두아르드는 수영을 했다. 심한 약시인 장에데른이 나타샤에게 한마디 했다. 「정말이지, 당신 서방, 몸매 하나는 죽여주오.」 그리고 에두아르드가 물 밖으로 걸어 나오자 물었다. 「자네 대체 뭘 하나, 러시아에서?」

「러시아에서요?」 에두아르드가 수건에 잔뜩 묻은 모래를 털어 내며 대답했다.

「집권 준비를 하고 있습니다. 지금이 적기라고 생각합니다.」

5

이제는 모스크바에 없는 게 없다고들 하지만 실상은 달랐다. 푸아그라야 얼마든지 있고, 푸아그라를 안주 삼아 마실 샤토 디켐도 있었다. 그러나, 신러시아인들이야 찾지 않지만 에두아르드의 식단에서는 빼놓을 수 없는 퀴브 스프[17]와 저렴한 일반 초콜릿을 수입하는 업자는 아무도 없었다. 프랑

17 정사각형 모양으로 생긴 고형 조미료로, 요리할 때 국물 맛을 내기 위해 넣는다.

스에 한 번씩 다녀올 때마다 에두아르드는 이 두 가지를 가방 가득 담아 돌아왔다. 1993년 9월 어느 날, 옐친이 심각한 표정으로 두마를 해산하고 조기 선거를 실시하겠다고 대국민 성명을 발표하는 모습이 티브이에 나올 때도 그는 퀴브 오르 스프를 먹고 있었다.

충분히 예견됐던 일이었다. 당시처럼 의회가 대통령에게 적대적인 경우라면 해산이라는, 정치에서는 지극히 고전적인 강수를 두는 수밖에 없다. 모 아니면 도다. 도가 나오면 땅을 칠 노릇이지만 민주주의에서는 단념하는 수밖에 없다. 그런데, 민주주의자 옐친이 이런 관점을 가지고 있었는지, 선거를 다시 해서 이전보다 고분고분한 의회가 구성되지 않을 경우 과연 단념할 것인지는 미지수였다. 옐친의 말이 채 끝나기도 전에 에두아르드가 얹혀살던 친구의 집에 전화벨이 울렸다. 분위기가 달아오르고 있다는 〈검은 대령〉 알크스니스의 목소리였다. 애국자들이 화이트 하우스로 집결하고 있다고. 에두아르드는 급히 스프 그릇을 비우고 집을 나섰다.

2년 전, 전 세계에 옐친과 〈민주주의자들〉의 승리의 상징이었던 화이트 하우스 앞에 이미 수천 명의 애국자들이 운집해 있었다. 〈애국자들〉이란 대체 누굴 말하는 것인가? 이들은 대략 몇 쪽 앞에 나온, 모스크바 거리로 뛰쳐나와 분노를 표출하던 사람들을 가리킨다. 전부는 아니지만 어쨌든 이들 중 일부는 소위 파시스트로 분류되는 사람들이었다. 그런데, 당시에는, 헌정 질서의 수호자임을 자임하면서 어느 누구도 원하지 않는 민주주의를 지킨다는 명목하에 독재를 자행하고 있다고 민주주의자들을 비난하는 이 파시스트들이 틀렸다고 말할 수도 없는 상황이었다. 더욱 기가 막힌 것은, 반(反)옐친 세력의 선봉에 선 두 인물이 2년 전에 똑같은 장소에서 옐친의 곁을 지키던 사람들이라는 점이었다. 체첸 출신의 두마 의장 카스불라토프와 아프간 참전 용사 출신의 부통령 루츠코이 장군. 루츠코이는 같은 내각의 일원인 〈분홍색 반바지를 입은 꼴불견〉(경솔하게 이런 옷차림으로 골프를 치다 사진기자의 카메라에 잡힌 가이다르 총리를 그는 이렇게 지칭했다)을 틈만 나면 공격하고 있었다.

루츠코이와 카스불라토프는 당장 그날 저녁으로 해산된 의회의 임시 회의를 소집했는데, 이 의회는 첫째, 해산 자체를 위헌으로 선포하고, 둘째, 옐친을 해임하고, 셋째, 루츠코이를 대신 대통령에 임명하고, 넷째, 국민의 뜻에 따라 화이트 하우스의 점거를 결정하며 무력으로 강제 해산하지 않는 한 결코 농성을 풀지 않겠다고 선포했다. 건물 안에는 반란을 주도한 의원들 외에 화이트 하우스를 지키겠다는 결의에 찬 일단의 애국자들이 있었는데, 이중 한 사람이었던 에두아르드는 숭어가 뛰니까 망둥이도 뛰듯 밤새도록 담배 연기 자욱한 회의실들을 흥분 상태로 기웃거렸다. 격론이 오가고, 서로 비난을 퍼붓고, 술을 마시고, 성명서의 문안을 작성하고, 새 내각을 구성했다. 길고 지리멸렬한 토의들을 지켜보자니 에두아르드는 속이 탔다. 조각할 시간이야 앞으로도 얼마든지 있을 것 아닌가. 임박한 포위 상황에 대비부터 하는 게 급선무가 아니겠는가.

그는 건물의 맨 꼭대기 층, 루츠코이가 틀어박혀 있는 사무실로 올라갔다. 문 앞에서 군인들이 보초를 서고 있었지만 끈질기게 요청하자 결국 접견을 허용했다. 위장복 차림으로 그를 맞은 장군은 열뜬 표정이었다. 방문객이 어떤 사람인지 잘 몰라도 새벽 세 시라는 시간도 시간이려니와 극심한 심리적 압박감에 시달리던 터라 누가 말을 걸어와도 응할 태세였다. 더군다나 상대가 다짜고짜 〈대통령 동무〉라고 부르는 게 어색하긴 해도 싫지 않은 모습이었다.

대통령 동무는 초저녁부터 내내 러시아 전역의 군 기지들에 전화를 걸어 분위기를 파악 중이라고 했다. 「그래, 형세가 어떻습니까?」 에두아르드가 불안한 목소리로 물었다. 장군이 입을 삐죽 내밀었다. 「노르말노」. 〈아주 좋소〉부터 〈그저 그렇소〉까지 폭넓은 의미로 쓰이는 단어였다. 작금의 힘겨루기에서는 군의 선택이 성패의 관건이었다. 2년 전처럼 군이 법의 편에 선다고 가정하자. 그런데, 법의 편이라는 게 대체 무슨 뜻인가? 누가 적법한 대통령인가? 옐친인가 루츠코이인가? 미국과 영국, 독일, 프랑스 정부가 신(新)쿠데타 세력에 맞서 옐친 대통령을 지지한다고 막 공표한 사실이 장군에게 감정의 동요를 일으킨 듯 보였다.

그의 사기를 진작하기 위해 에두아르드는 서방 국가들의 태도가 전혀 놀랍지 않다는 점을 강조했다. 「그자들이 바라는 것은 오직 한 가지, 러시아의 무릎을 꿇리는 것이죠. 그렇기 때문에 항상 고르바초프나 옐친 같은 배신자들을 지지할 겁니다. 하지만 지금 벌어지고 있는 상황은 쿠데타가 아니죠. 민주적으로 선출된 의회가 독재를 거부하겠다는 것이니,

서방은 자신들의 가치에 따라 이를 수용해야 합니다.」

「그건, 맞는 말이오.」

미처 생각지 못한 논지였는데 기억했다 나중에 연설에 써먹겠다는 생각을 하는 듯, 그가 미간을 찡그리며 동의했다.

「중요한 건,」 기세를 몰아 에두아르드가 말을 이어갔다. 「각국 대사관의 반응이 아닙니다. 병영들의 반응도 중요하지 않습니다. 이곳, 화이트 하우스가 중요하죠. 지난번에 바로 이곳에서 역사가 만들어지지 않았습니까. 이번에도 여기서 역사가 만들어질 겁니다. 옐친은 물러서지 않겠지만 우리 역시 마찬가지죠. 일어나 싸워야 합니다. 무기는 확보하셨습니까?」

「그렇소.」 장군이 최면에 걸린 사람처럼 대답했다.

「충분합니까?」

「그렇소, 충분하오.」

「좋습니다. 나눠 주시지 않고 뭘 망설이십니까?」

「아직은 아니오. 시기상조요.」

에두아르드가 눈썹을 찡그렸다. 「시기상조라 하셨습니까? 1917년에 사민주의자들도 그렇게 말했죠. 혁명의 분위기가 무르익지 않았네, 러시아에는 노동 계급이 없네 어쩌네 하면서 말이죠……. 다행히 레닌이 정반대의 생각을 했죠. 위인은 적기를 감지할 줄 아는 사람입니다. 그리스인들이 〈카이로스〉(두긴한테 들은 이 표현을 에두아르드는 즐겨 써먹었다)라고 말한 바로 그 시점 말이죠. 지금이 바로 그때입니다. 러시아에서 제일 용감한 사람들이 투쟁의 결의를 가지고 여기에 모여 있습니다. 대통령 동무, 이제 선택하십시오. 역사에 위대한 인물로 남으시겠습니까, 비겁자로 남으시겠습니까?」

에두아르드가 선을 넘어 버리자 루츠코이가 짜증을 냈다. 「당신, 대체 뭐하는 사람이오? 작가라고 했소? 그럼 지식인 이잖소? 군사적인 결정은 전문가들한테 맡기시오.」

에두아르드는 숨이 턱 막혔다. 날더러, 지식인이라고? 루츠코이가 넌더리를 내며 그를 밖으로 내쫓았다.

다음 날, 에두아르드는 큰 실수를 범했다. 밖으로 나와 버린 것이다. 화이트 하우스의 출입이 비교적 자유로운 상황이었기 때문에 그는 빨리 나갔다 들어오겠다는 생각으로 친구 집에 들러 샤워를 하고 옷을 갈아입은 다음, 두긴을 찾아가 애국자들의 대열에 동참할 것을 촉구했다. 하지만 티브이로 상황을 지켜보는 쪽을 택하는 두긴을 보면서 에두아르드는 처음으로 그가 간이 조막만 한 인간일지도 모른다고 생각했다. 현장에 다시 돌아왔을 때는 이미 포위가 시작된 뒤였다. 옐친의 지시로 전기와 전화가 끊기고 오몬 병력이 배치된 상태였기 때문에 당연히 출입도 불가능했다. 군용 트럭들과 허리에 기관총을 찬 사병들 사이를 요리조리 돌아다니면서 그는 나치 점령기의 레지스탕스가 된 듯한 기분에 빠졌다. 반란 세력을 향한 정부의 투항 권고가 확성기를 통해 쉬지 않고 쏟아졌다. 유령 같은 불빛들과 그림자들이 창문에 비쳐 너울거리는 모습이 보였다. 안에서는, 이제 초를 켜서 불을 밝히고 있었다.

열흘간 지속됐던 포위는 에두아르드의 인생에 가장 잔인

했던 순간으로 기록될 것이었다. 건물을 나오는 우를 범하기 이전으로 시간을 되돌릴 수 있다면, 조만간 장렬한 최후를 맞게 될 용자(勇者)들과 저 안에 같이 있을 수 있다면, 10년 일찍 죽어도 좋고 한쪽 팔을 떼줘도 좋았다. 무슨 짓이라도 할 수 있다고 그는 생각했다. 어떤 선택이 최선일까? 돌파구가 뚫릴 때에 대비해 경찰 바리케이드 뒤쪽에서 서성거리며 틈을 엿보는 쪽이 나을까, 아니면 집에 돌아가서 뉴스를 보는 게 나을까? 어디에 있어도 자신이 있어야 할 자리가 아니기 때문에 괴로운 건 매한가지였다. 티브이로 지켜보자니 부아가 치밀어 돌아 버릴 것 같았다. 옐친 집권 이후 언론의 자유가 보장되고 있다는 것은 삼척동자도 아는 사실이지만 포위라는 비상 시국인 만큼 절대 호락호락하지 않았다. 스물네 시간 철야로 교대를 해가며 마이크를 잡는 기자들과 논평가들은 〈헌정 수호자〉를 자처하는 반란 세력을 파시스트들, 미치광이들로 소개했다. 붉은 광장에서 벌어지는 옐친 지지 시위와 약방의 감초 로스트로포비치가 지휘봉을 잡은 옐친 지지 콘서트 장면이 방송에 연이어 나왔지만 포위된 화이트하우스 내부에서는 무슨 일이 벌어지고 있는지 전혀 알 길이 없었다. 건물 내부에 카메라가 없으니 상상에 의존할 수밖에 없었다.

안에 있다 살아 나온 사람들은 모두가 당시를 〈타이타닉호〉에 비유했다. 불이 나가고 전화와 물이 끊기고 난방도 되지 않았다. 사람들은 추위에 떨었고, 몸에서는 악취가 났고, 그나마 있던 카페테리아의 음식도 서서히 바닥났다. 사람들은 사무실 집기를 끌어내 군데군데 화톳불을 피워 놓고 둘러앉아 정교회 성가와 대조국 전쟁 시절의 노래를 합창하며 서로 용기를 북돋우고 숭고한 희생을 약속했다. 여기서 〈사람들〉은 긴 콧수염을 기른 카자크 기병들, 스탈린주의자 노인들, 신나치주의자 젊은이들, 율법주의자 의원들, 턱수염이 덥수룩한 사제들을 가리킨다. 긴박한 상황인 만큼 사제들은 분주했다. 고해실과 세례당으로 변신한 의원들의 접견실 앞에 사람들이 길게 늘어섰다. 얼마 남지 않은 물은 성수로 사용됐고, 성모 마리아의 성화 포스터들이 레닌과 니콜라이 2세의 초상화 옆에 나란히 놓였고, 꺾인 십자가가 찍힌 완장들과 적기들이 한데 뒤섞였다. 휴대폰이 등장하기 전이라 외부와의 유일한 소통 수단은 한 영국 기자가 가지고 있던 무선전화기였는데, 어마어마하게 큰 가방에 든 모양이 마치 전시에 사용하는 통신 장비를 연상시켰다. 옐친을 지지했다는 이유로 미국 의회에서 클린턴을 체포했네, 어쩌네 하는 황당무계한 소문과 군의 진압 작전이 임박했다는 흉흉하지만 충분히 개연성 있는 소문이 동시에 돌기 시작했다. 군이 곧 진압에 나설 것이며 항복하지 않는 한 이번 사태는 결국 유혈 참극으로 막을 내리리라는 것을 누구나 알고 있었지만, 아드레날린이 급상승하는 상태에서 어느 누구도 항복을 원하지 않았다. 위장복 차림의 루츠코이와 검은 셔츠에 방탄조끼를 걸친 카스불라토프, 이 두 지도자가 집단 자살이라는 말을 입에 올리기 시작했다. 아무도 잠들지 못했다.

이걸 놓친 에두아르드는 분통이 치밀어 올랐다. 하지만

10월 3일, 화이트 하우스 앞에서 열린 대규모 집회만은 놓치지 않았다. 반란자들을 지지하는 수십만 명의 군중이 적기를 흔들며 모여들었다. 에두아르드는 자신과 두긴에 이어 민족 볼셰비키당의 세 번째 당원인 우크라이나 출신 대학생 라브코와 함께 시위에 참석했다. 〈소비에트 〈연방〉! 소비에트 〈연방〉! 옐친, 파시스트!〉 하는 구호가 들리는가 하면 〈유대인들에게 죽음을! 흑궁둥이들에게 죽음을!〉(흑궁둥이는 캅카스인을 가리킨다) 같은 구호를 선창하는 소리도 터져 나왔는데, 에두아르드는 나중 구호가 영 탐탁지 않았다. 내용 자체도 한심하거니와 서양 언론에서 집중 부각시킬 게 뻔하기 때문이었다. 사람들이 오몬을 자극했다. 저들이 과연 러시아 민중을 향해 발포할 것인가? 발포했다. 피가 흐르고, 부상자가 발생했다. 분노에 찬 군중이 아우성을 쳤고, 저항했고, 저지선 한 곳을 뚫었다. 당황한 오몬들이 시위대를 향해 벌집 사격을 가하면서 시위자들을 트럭으로 끌고 들어가 패기 시작했다. 에두아르드를 알아본 청년 몇이 그를 에워싸 오몬들의 발길질을 막아 주었다. 루츠코이가 화이트 하우스의 발코니에 나와서 메가폰을 잡고 군중을 향해 격정적인 연설을 했다. 우리는 나아갈 것입니다! 크렘린을 향해 행진할 것입니다! 옐친을 체포할 것입니다! 오스탄키노를 접수할 것입니다!

텔레비전 전파 송출탑인 오스탄키노 타워는 시위대에게는 사활이 걸린 곳이었다. 반란 세력이 방송을 장악하면 상황은 급변할 것이고, 샤브롤 요새[18]는 바스티유 함락으로 바뀔 수도 있었다. 무장한 시위대가 버스와 차들에 가득 나눠 타고 외치기 시작했다. 「오스탄키노로! 오스탄키노로!」에두아르드와 라브코도 버스 한 대에 승차했다. 시위대를 실은 차들이 텅 빈 시내를 가로질렀다. 시민들은 집 밖으로 나오지 못하고 있었다. 드물게 나와 있던 구경꾼들이 지나가는 차량 행렬을 향해 승리의 브이 자를 그려 보였다. 버스에서 에두아르드는 한 아일랜드 기자의 인터뷰 요청에 응했다. 승리하지는 않았지만 민중이 고개를 빳빳이 들었다고, 그는 기자에게 말했다.

「내전이라는 단어, 좋아하시오?」 그가 15년 전에 『인생 낙오자의 일기』에 썼던 말이다. 「난, 아주 좋아하오.」

화이트 하우스를 출발할 때 몇 백 명에 불과하던 시위대는 오스탄키노에 도착하자 수천 명으로 불어나 있었다. 하지만 기껏 열에 한 명만 총을 든 시위대를 기다리는 것은 결사 투쟁의 대오로 서 있는 오몬 부대였다. 오몬들은 버스들이 도착하기 무섭게 발포했고, 곤봉을 휘두르며 돌격해 왔다. 곤봉으로 시위자들을 가격하고 총을 난사하면서 전진해 왔다. 살육이었다. 요행으로 오몬들의 진로에서 살짝 옆으로 비켜나 있던 에두아르드가 바닥에 넘어졌다. 누군가 그의 몸을 덮치며 쓰러졌다. 아일랜드 기자였다. 그는 미동도 없었다. 그의 입에서 핏줄기가 흘러나왔다. 에두아르드는 그의

18 1899년 프랑스 정부가 반유대주의자와 극우 민족주의자 몇몇에 대한 체포 영장을 발부하자 당사자 중 한 명인 쥘 게랭이 파리의 샤브롤 거리에 위치한 자신의 사무실에서 체포를 거부하고 항거했던 사태. 주동자들은 포위 상태에서 한 달이 넘게 경찰 병력과 대치하다 결국 투항했다.

몸 여기저기를 건드려 보고, 탁해진 그의 동공을 들여다보았다. 맥을 짚어 보니 숨이 끊어진 상태였다. 그가 마지막으로 촬영한 사람이 나였어, 누군가, 언젠가, 이 테이프를 볼 날이 올까? 하는 생각이 순간 그의 머리를 스쳤다.

타다다다다, 기관총들이 그의 주위에서 불꽃을 일으켰다. 몸을 일으키다 총탄의 충격에 휘청하며 그가 어깨에 손을 가져갔다. 라브코는 공원의 나무 밑으로 안전하게 에두아르드를 피신시킨 다음, 자신의 셔츠를 찢어 에두아르드의 상처를 감았다. 출혈은 심했지만 상처는 깊지 않았고, 더군다나 어깨라는 자리가 딱이었다. 영화 속 주인공은 모두 어깨에 부상을 입지 않던가. 몇 백 미터 떨어진 곳에서는 전투가 계속됐고, 기관총이 난사됐고, 비명이 하늘을 찔렀다. 그러다 조용해졌다. 땅거미가 내렸다. 오몬들이 공원으로 몸을 피한 시위대를 잡아다 우악스럽게 차에 실었지만 에두아르드와 라브코는 발각되지 않았다. 출입구마다 오몬들이 지키고 있었기 때문에 두 사람은 덤불에 숨어 추위에 떨며 밤을 지새웠다. 에두아르드는 다음에는 자신을 지식인 취급하는 말만 번지르르한 소심한 장군들 말고 꼭 직접 지휘권을 쥐리라고 속으로 수없이 되뇌었다.

라브코와 에두아르드는 동틀 녘에 아슬아슬하게 공원을 빠져나와 지하철역에 도착해서 장갑차들이 화이트 하우스를 포위했다는 소식을 들었다. 몇 시간 전만 해도 승리가 목전에 와 있는 것 같았는데, 이제 물 건너간 게 확실해졌다. 진입 작전이 개시되자 정교회식 기도와 애국가들이 한층 가열하게 울려 퍼졌다. 루츠코이는 벙커 안의 히틀러가 그랬듯 자살 의지를 누차 천명했지만, 실제로는, 그것도 오후가 되어서야, 투항했다. 그가 용자 행세를 하면서 시간을 끌지만 않았어도 오백 명의 사람들은 살육당하지 않고 살아 있을 것이었다. 총격은 종일 계속됐다. 어중이떠중이 수천 명이 모여 마치 스포츠 경기를 관람하듯 진압 작전을 구경하던 화이트 하우스 앞에서. 오몬들이 진입에 성공하기 무섭게 복도와 사무실, 화장실로 뒤쫓아 가서 반란자들을 체포했던 건물 내부에서. 그나마 운이 좋은 사람들은 죽사발이 되도록 맞았고, 운이 나쁜 사람들은 목숨을 잃었다. 진압 현장은 피바다를 이루었다. 공식적으로 집계된 수백 명의 사망자와 수천 명의 부상자 중에는 반란자들 외에도 광신도들과 행인들, 노인들, 호기심 넘치는 소년들, 그것도 상당수의 소년들이 포함돼 있었다. 에두아르드와 라브코는 민족주의 진영에 검거 선풍이 불어닥칠 것을 예상해 잠수를 타기로 결정했다.

두 사람은 모스크바에서 3백 킬로미터 떨어진 트베리행 기차에 올랐다. 그들은 라브코의 어머니가 살고 있는 작은 아파트에 2주간 은신하며 텔레비전으로 사태의 추이를 지켜보았다. 비상시국 동안 언론에서 보도 지침에 따라 내보냈던 공식 보도의 실상이 드러나고 있었다. 민주주의를 수호했을지는 모르나 이제 민주주의를 입에 담을 때마다 사람들은 머릿속에서 의문 부호를 지울 수가 없었다. 일각에서는 이 사태를 파리 코뮌에 비유했는데, 파시스트들이 코뮌 가담자들의 역할을, 민주주의자들이 정부군의 역할을 맡았다는 게 차이점이었다. 사람들의 인식 속에서 선인과 악인, 진보 세력과 반동 수구 세력의 구분이 모호해졌다. 이 당시, 나타샤의 「파란 숄」을 들으며 눈시울을 적셨다고 앞서 내가 소개한 바 있는 지식인 이민자 안드레이 시냐프스키의 퐁트네오로즈의 집으로 기자가 찾아가 인터뷰를 했다. 유명 반체제주의자이자 뼛속 깊이 민주주의자인 시냐프스키, 강직한 그가 이번에도 울음을 주체하지 못했다. 분노와 절망의 눈물이었다. 그가 말했다. 「지금은, 내가 그동안 적으로 여겨 왔던 자들이 진실의 편에 있는 것 같으니 참담하기 그지없는 일이죠.」

6

두마가 해산과 동시에 피로 물들자 선거가 불가피하게 되었고, 에두아르드는 출마를 결심했다. 그는 법학도인 라브코의 도움을 받아 트베리 지구에 후보 등록을 마쳤다. 간단했다. 옐친의 집권기는 혼돈의 시대였지만 동시에 자유의 시대였던 것이다. 누구나 어떤 자리든 입후보할 수 있고 자유로운 의사 표현이 가능했던 이 시절을 사람들은 금방 그리워하게 될 것이었다. 두긴이 입으로는 지원을 약속하면서도 따뜻하게 덥혀진 모스크바의 사무실을 떠나지 않았기 때문에 선거 운동에 뛰어든 민족볼셰비키당 당원은 에두아르드와 충직한 라브코뿐이었다. 두 사람은 장교인 친구한테서 빌린 몰도바 번호판이 달린 똥차를 몰고, 친구가 차를 돌려받아 간 뒤로는 닥치는 대로 버스와 기차(물론 삼등칸)를 타고 12월 내내 선거구를 누볐다.

대도시에서 태어나 오랫동안 해외에서 생활한 에두아르
드는 안타깝게도 〈글루빈카〉, 즉 러시아의 두메산골에 대해
아는 게 많지 않았다. 르제프, 스타리차, 네미도보를 비롯한
무수한 벽촌의 존재를 그는 이때 처음 알게 되었다. 신에게
외면당하고 〈충격 요법〉으로 피폐해진 촌락들. 이 현대적 불
행만 한 껍질 살짝 벗겨 내면 마을들은 체호프의 작품 속에
등장하는 우울한 묘사들과 조금도 달라지지 않은 모습이었
다. 코텔니치라는 비슷한 벽촌을 잘 알기 때문에 나는 에두
아르드가 방문했던 마을들의 풍경을 어렵지 않게 머릿속에
그릴 수 있다. 수도관이 동파되어 따뜻한 물이 나오지 않는,
마을에 하나밖에 없는 허름한 호텔, 불결한 구내식당들, 폐
업한 소규모 공장들, 레닌의 흉상이 덩그러니 서 있는 썰렁
한 광장. 벽보를 제작할 돈이 없었기 때문에 라브코가 장날
에 호객 행위를 하는 광대처럼 지나가는 행인들을 붙잡고 일
일이 에두아르드의 유세장에 와달라고 부탁했다. 선거구의
총유권자 70만 명 중에서 에두아르드는 주로 노인들과 가난
하고 겁 많은 은퇴자들을 열댓 명 내지 스무 명 단위의 소그
룹으로 만났다. 그들은 러시아 민족주의의 교본이나 다름없
는 에두아르드의 말을 고개를 끄덕이며 경청하다가 끝에 가
서는 꼭 이렇게 물었다. 「그런데, 선생은 누구 쪽이오? 옐친
이요, 지리노프스키요?」

　맥이 탁 풀린 에두아르드가 한숨을 내쉬었다. 단연코 옐친
은 아니라고 그는 대답했다. 「그놈의 밉상 가이다르가 만든
정당 광고를 티브이에서 보셨소?」 이 광고가, 가히 걸작이었
다. 러시아 어디에도 존재하지 않는, 미국 드라마에나 나올

법한 도시 근교의 단독 주택에 사는 유복한 가정, 그리고 꼬마 녀석과 개 한 마리가 나오는 광고였다. 만면에 웃음을 띤 부모가 투표소로 향한다. 부모가 투표소 밖으로 나오자 아들 녀석이 윙크를 하며 말한다. 〈우리도 투표할 수 있으면 좋을 텐데. 그렇지, 강아지야?〉 순전히 가상의 중산층을 겨냥한 이 선동적인 광고는 99퍼센트의 러시아인들에겐 모욕이라고 에두아르드는 핏대를 세웠다. 청중들도 고개를 끄덕였지만, 투표권이 주어지면 응당 집권당에 표를 주는 게 러시아 유권자들이라는 사실을 감안하면, 어차피 집권당에 투표할 사람들이었다.

드물게 이 통념을 깨는 유권자들이 바로 지리노프스키의 지지층이었다. 독자들이 앞서 사라예보에서 이미 만난 적이 있는 다큐멘터리 감독 파벨 폴리코프스키는 BBC의 요청으로 지리노프스키의 선거 캠페인 과정을 다큐멘터리로 제작했다. 화면 속의 입심 좋은 지리노프스키는 개혁의 열외자들에게 보드카를 무상으로 제공하겠다, 제국의 부활을 추진하겠다, 세르비아를 긴급 지원하겠다, 독일과 일본, 미국 땅에 폭탄을 투하하겠다, 굴라그를 다시 열어 신러시아인들과 메모리얼 관계자들, CIA에 매수된 자들을 모조리 수용해 버리겠다며 열변을 토했다. 그의 공약이 자신의 것과 내용이 많이 다르지 않았기 때문에 에두아르드는 자신의 차별성을 설명하느라 진땀을 뺐다. 에두아르드가 무소속이라고 밝히자 청중들은 고개를 갸웃했다.

비록 선거에서는 옐친과 가이다르에 패했지만 지리노프스키는 25퍼센트의 득표율을 올렸다. 그의 명단에 이름을 올렸더라면 에두아르드는 분명히 당선이 되었을 것이다. 지리노프스키 쪽에서 적극적인 영입 의사를 보였기 때문에 충분히 가능한 일이었지만 에두아르드는 이번 역시 평소와 똑같은 이유로 마다했다. 그는 몇 백만 명을 끌어 모으는 사람 밑에서 충복 노릇을 하기보다 당원 세 명인 당에서 당수를 하고 싶은 사람이었다. 에두아르드는 명약관화한 개표 결과를 기다리지 않고 굴욕감과 분노를 삭이며 파리로 돌아왔다.

나타샤한테 간다고 미리 알리려고 했는데, 그녀가 전화를 받지 않았다. 예정보다 빨리 도착해 노크를 하고 1분을 기다렸다가(그는 나름 가정 교육을 잘 받은 사람이다), 가지고 있던 열쇠로 문을 열었다. 그녀는 침대에 가로로 널브러져 있었고, 바닥에는 꽁초가 수북한 재떨이들과 빈 술병들이 나뒹굴고 있었다. 여러 날 환기를 시키지 않은 탓인지 방에서 악취가 났다. 그는 가방을 내려놓고 조용히 집을 치우기 시작했다. 나타샤가 한쪽 눈을 뜨고 팔을 괴고 옆으로 누워 그가 움직이는 모습을 지켜보았다. 그녀가 혀 꼬부라진 소리로 말했다. 「욕은 이따 하고 일단 섹스부터 해줘.」 그는 침대로 올라가 그녀의 안으로 파고들었다. 둘은 난파된 사람들처럼 서로에게 간절히 매달렸다. 성교를 끝낸 그녀가 3일 동안 집 밖에 나가지도 않고 낯선 놈 둘과 빠구리를 했다, 조금 일찍 왔으면 사내들 얼굴도 보고 같이 카드도 칠 수 있었을 것이라고 말했다. 그녀가 까르륵, 찢어지게 웃었다. 그는 대꾸도 하지 않고 벗어 놓았던 옷을 다시 걸친 다음, 가방을 챙겨 들고 조용히 문을 닫고 건물 밖으로 나왔다. 지하철을 타고 다시 RER선으로 갈아탄 다음 루아시 공항에 도착해 부다페스트행 항공권을 샀다.

7

부다페스트를 출발한 고속버스는 텅 비다시피 한 상태로 밤새 달려 베오그라드에 도착했다. 베오그라드로 갈 수 있는 교통수단은 이제 버스밖에 없었다. 엠바고가 선포된 후로 세르비아의 수도인 베오그라드로의 항공기 운항이 중단된 상태였다. 공항은 폐쇄되었다. 유럽에서 내쫓긴 세르비아는 점점 고립과 편집증적 상태로 빠져들고 있었다. 세르비아의 합리주의자들은 밀로셰비치가 이끄는 광란의 선전 선동을 안타깝게 지켜보면서 집단 최면에 걸리지 않으려고 애를 쓰고 있었지만, 이 같은 세르비아 합리주의자들의 존재를 에두아르드는 알지도 못했고 알고 싶지도 않았다. 그가 바라는 것은 오로지 전쟁이었다. 그는 전쟁에 몸을 던져야 했다. 몸을 불사를 태워썼다. 그의 인생에서 전쟁만이 구원이던 시기였다. 그는 향후 계획을 머릿속에 그렸다. 예전에 투숙한 적이 있는 머제스틱 호텔에 여장을 풀고 크라이나세르비아공화국의 대표부를 찾아갈 생각이었다.

세르비아와 보스니아 간의 공방전이 여전히 치열한 가운데 아드리아 해 인근에 위치한 또 다른 세르비아계 자치 영토인 크라이나를 차지하기 위해 세르비아와 크로아티아가 다시 전쟁을 시작했다. 중재 세력들을 뺀 전쟁의 직접 당사자만

셋이 되어 버린 이 상황은 철천지원수가 적의 적이라는 이유 때문에 한순간에 동맹 관계가 될 수 있다는 점에서 30년 전쟁을 방불케 했다. 외교관들과 기자들은 머리를 쥐어뜯었다. 에두아르드는 이번에는 기자가 아닌 군인으로 참전하길 원했다. 그렇습니다, 일반 사병으로. 그는 베오그라드 소재 크라이나세르비아공화국(당연히 세르비아에서만 인정하는 자치체였다) 대표부에 가서 말했다. 외국인 자원병이 많지 않던 상황에서 에두아르드의 행보는 다소 놀랍게 받아들여졌다. 그는 가는 길이 험난하다, 기다려라, 기별하겠다는 말만 듣고 머제스틱 호텔로 돌아왔다.

에두아르드의 묘사를 읽으면서 나는 나치 점령기, 파리의 뤼테시아 호텔[19]과 비슷한 이미지로 머제스틱 호텔을 떠올린다. 피아노 바, 외환 암거래상들, 창녀들, 갱들, 부패한 기자들, 경쟁적으로 강경 민족주의자를 자처하는 정치가들. 보이슬라브 세셸리[20]처럼 〈칼이 아니라 녹슨 포크로 크로아티아 놈들과 회교도 놈들의 목을 따자〉고 하던 이들 대부분이 조만간 참혹한 죽음을 맞거나 전범으로 재판에 회부되는 운명에 처해진다. 에두아르드는 호텔의 분위기가 마음에 들었다. 열일곱 먹은 소녀 하나가 그에게 다가왔다. 상당한 미인. 창녀가 아니라 그를 흠모하는 소녀였다. 그의 저작들과 세르비아 신문에 실린 그의 기사들을 모조리 찾아 읽었다고,

19 나치 점령기에 나치 장교들을 위한 숙소이자 공연장으로 쓰이던 곳.
20 Vojislav Šešelj(1954~). 러시아 급진당 당수로, 현재 전범으로 국제 사법 재판소에서 재판 중인 인물.

자기 어머니 역시 마찬가지라고. 두 〈열성 팬〉의 출현에 우쭐한 기분을 맛본 그는 소녀의 어머니에게 저서 몇 권을 헌정했고, 그녀가 기분 좋게 눈감아 주는 가운데 딸과 잠자리를 가졌다. 지금까지 아주 어린 여자와 경험이 없었던 그는 자신이 이것을 즐긴다는 사실을 깨닫게 되었다. 더군다나 진지하게 목숨을 버릴 각오를 다지던 참에, 이번 성교가 마지막이 될 수도 있다는 비장감이 온몸의 감각을 일깨웠다. 그는 쉬지 않고 사정했다. 이렇게 3일을 보낸 후, 바에 앉아 술을 마시는 에두아르드에게 바텐더가 보드카를 따라 주며 그가 왔다는 소식을 듣고 아르칸이 기다리고 있다고 귀띔해 주었다. 아르칸! 그의 사랑하는 친구 아르칸이! 사령관을 접견하는 사람들에게만 출입이 허용되는 꼭대기 층으로 올라가는 엘리베이터. 몸수색, 근육질의 사내들. 드디어 스위트 룸. 카키색 제복과 초록색 베레 차림의 아르칸이 부하들과 한 상 떡 벌어지게 받는 중이었다.

「그래, 리모노프 자네, 러시아에서 혁명을 한다더니, 아직인가?」

급소를 찌른 질문에 에두아르드는 시도는 했다고 웅얼웅얼했다. 옐친의 전차 부대에 맞서 화이트 하우스를 수호한 영웅들 속에 자신도 있었다고. 오스탄키노 접수를 기도하다 부상까지 입었다고. 앞으로의 계획은, 크라이나에 가서 참전하는 것이라고. 쉽지 않을 텐데, 하고 아르칸이 어려운 상황을 확인시켜 주었다. 베오그라드 쪽 접근로를 하루는 크로아티아, 다음 날은 회교도들, 심지어는 유엔 보호군까지 번갈아 수시로 봉쇄하고 있는 상황이라고. 그런데, 이튿날 출발편이 있다고 말했다. 「갈 생각 있나?」

「물론이오!」

새벽 다섯 시. 차창에 김이 부옇게 서린 소형 버스 한 대가 호텔 앞 눈 덮인 공터에 서 있었다. 차에 오를 때는 에두아르드가 유일한 승객이었다. 차가 느릿느릿 스쿨버스처럼 마을들을 돌며 농부로 보이는 잠이 덜 깬 사내들을 하나 둘 태웠다. 동틀 무렵, 버스는 베오그라드를 떠났다. 사내들이 보온병에 든 커피를 마시고 슬리보비차를 병째 목으로 털어 넣는 사이 버스는 시커멓게 그을린 뼈대를 드러낸 마을들과 트럭들을 지나쳐 달렸다. 차창 밖으로 바람이 거센 바위투성이 고원에 자리 잡은 불모의 땅, 많은 〈스파게티 웨스턴〉[21]의 무대가 된 헤르체고비나가 펼쳐졌다. 돌과 뱀, 우스타셰만 자라난다는 땅이었다. 이론상으로야 세르비아와 보스니아, 크로아티아의 영토 경계가 확실하지만 막상 발을 디뎌 보니 생각보다 훨씬 복잡했다. 마을 한가운데에 전선이 그어져 있었고, 같은 도로에서도 어느새 문자와 공식 언어, 통화, 종교, 광신적 추종의 대상이 달라졌다. 코앞에 다다라 확인하지 않는 이상 세르비아 민병대가 친 바리케이드인지, 크로아티아 혹은 보스니아 민병대의 바리케이드인지 알아내는 것 또한 어려웠다. 하지만 신기하게도, 버스는 바리케이드들을 문제 없이 통과했다. 내가 신기하다고 한 것은, 가축 시장에 가는 농부로 변장을 하고 에두아르드와 동승했던 남자들이 실은 베오그라드에 휴가를 나갔다가 전선으로 복귀하는 아르

21 미국을 배경으로 하는 기존의 정형화된 서부극과 다른 유럽식 서부극.

칸의 민병대원들이었고, 버스 트렁크에는 무기가 가득 실려 있었기 때문이다.

노정의 4분의 3을 지났을 때 걱정스러운 뉴스가 흘러나왔다. 밤사이 크라이나세르비아공화국에서 일종의 쿠데타가 발발했고, 아르칸이 에두아르드의 기용을 부탁한 국방 장관이 이 과정에서 투옥된 듯했다. 조금 더 가자, 이제 막 나무에 붙인 듯한 수배 전단에 찍힌 아르칸의 얼굴 사진이 현상금과 함께 눈에 들어왔다. 흡사 알카자르와 타피오카가 끊임없이 상대를 축출하고 축출당하는 『탱탱』 속의 산테오도로스공화국 같은 상황이었다. 한 미국 외교관이 〈브롱크스에서 마약 밀거래를 하다 싫증을 느끼자 마이애미에서 카지노 사업이나 벌여 볼까 구상 중이던 마피아 두목〉이라고 묘사한 밀로셰비치가 협상을 염두에 두고 패를 만지작거리기 시작했을 것이라는 당시 에두아르드의 짐작은 훗날 정확했던 것으로 판명이 났다. 원수였던 투즈만과 손을 잡은 밀로셰비치는 보스니아 내 세르비아 영토에 대한 소유권과 엠바고 해제를 보장받는 조건으로 크라이나를 크로아티아에 넘겨줄 생각을 하고 있었던 것이다. 이런 새로운 국면에서는 결사 항전을 외치는 아르칸 같은 거추장스러운 인물은 제거 대상이었을 터, 덜커덩거리는 소형 버스에 몸을 실은 열둘 남짓의 용병은 제 발로 함정을 찾아가는 꼴이었다. 논리적으로는 이게 지당한 귀결일 텐데, 발칸 반도의 논리라는 게 또 참으로 묘했다. 계통이 무시되고 통신 지연 사태가 벌어진 탓에 버스에 동승했던 사람들이 다 떠나고 혼자 시내에 남겨져 당국과 알아서 교섭해야 했던 에두아르드가 특별히 푸대접을 받는 일은 일어나지 않았다. 단지 이 부서 저 부서를 오간 끝에 엄폐 지형이 아닌 평지에 세워진 병영 한 곳에 배속됐다.

에두아르드에게는 군복(제각각인 천 조각을 붙여 만들어서 소속을 분간하기조차 힘들었다) 한 벌과 대위 계급장, 그리고 독방이 지급되었다. 계급은 방에 따라갔다. 전에 방을 쓰던 사람의 계급이 대위였는데 그만 지뢰를 밟았다, 그러면 그의 방을 받아 쓰는 사람도 대위 계급을 단다. 아주 단순한 규칙이었다. 아침에 칼라시니코프 한 자루와 불퉁하고 난폭한 세르비아계 장교 한 명을 수호천사로 배정받는 것으로 그는 무장을 끝냈다. 그런데 이 장교란 자가 부하의 집에 가서 크로아티아인인 부하의 아내에게 다짜고짜 폭언을 퍼붓는 게 아닌가. 어리둥절한 에두아르드에게 사람들이 장교의 심정을 이해해야 한다, 작년에 가족이 크로아티아인들의 손에 살해됐다고 귀띔해 주었다. 며칠 뒤, 이번에는 문제의 장교가 부하의 손에 처참하게 살해됐다.

그야말로 전쟁의 막다른 골목이었다. 들어가는 사람도, 나오는 사람도, 누가 누구를 상대로 싸우고 있는지 아는 사람도 없었다. 양측 모두 막대한 피해를 입었는데, 특히 세르비아 농민들은 모두에게, 서방뿐만 아니라 언제 자신들을 버릴지 모르는 모국에게조차 배신당했다는 생각에 불신에 차 있었다. 실제로 1년 뒤, 크라이나세르비아공화국은 자취를 감추었다. 주민들은 죽거나 투옥됐고, 운이 좋은 사람들은 세르비아로 이주했다.

에두아르드는 이 척박한 산악 지대에 두 달을 머물렀다.

그는 민가 기습, 매복, 소규모 교전 등 수차례 게릴라전에 참가했다(그의 입으로 한 말을, 나는 믿는다). 죽을 고비도 겪었다. 이 책을 쓰면서 나는 문득문득 그가 사람을 죽였는지 궁금해졌다. 오랫동안 물어보지 못하다가 결국 큰마음을 먹고 말을 꺼냈을 때, 그는 어깨를 으쓱하며 민간인이냐 하는 질문이라고 말했다. 「총은 수시로 쐈소. 사람이 죽는 것도 목격했소. 내가 쏜 총에 맞아서 죽었나? 그건 단정하기 힘들어요. 전쟁이라는 게, 원체 혼란스러우니까.」 나는 그가 거짓말을 한다고 의심한 적이 거의 없는데, 이번만은 조금 달랐다. 내가 자신을 소재로 도덕성을 중시하고 쉽게 불끈하는 프랑스 독자들을 위해 책을 집필 중이라는 사실을 의식해서, 속으로는 분명히 좋은 경험이라고 생각하면서 굳이 입 밖으로 내지 않았을 수도 있다고 생각한다. 백병전에서 사람을 죽이는 것은 그의 세계관으로 볼 때는 항문 성교와 유사한, 꼭 한번 해볼 만한 경험이라는 게 내 생각이다. 그가 정말 사람을 죽였는지는 나로서는 알 길이 없지만, 만약 그랬다면 크라이나에서 보낸 이 두 달, 사실상 목격자가 없는 이 기간이었을 가능성이 높다.

결국 그는 한 일본인 기자의 차를 얻어 타고 베오그라드로 돌아왔다. 바리케이드가 나타날 때마다 무기를 소지하지 않았다고 맹세했지만 사실은 발칸 반도에서의 무모한 모험을 추억하는 의미에서 7.65밀리미터 구경 권총을 간직하고 있었다. 이런 모험은 이번으로 끝이라고 그는 생각했다. 발칸 반도에 머무는 내내 그는 아르칸의 호통을 속으로 되씹었다. 〈그래, 리모노프 자네, 러시아에서 혁명을 한다더니, 아직인가?〉그는 더 이상 주변부에서 투쟁을 벌일 때가 아니라는 판단에 도달했다. 진짜 전선에서 싸울 시간이 왔다. 모스크바로 돌아가서, 그곳에서 사생결단으로 싸울 시간이.

제8장

모스크바, 알타이, 1994~2001년

1

비슷한 궤적을 그린 두 유명 인사의 삶, 그 뒷이야기. 에두
아르드와 솔제니친은 1974년 봄, 같은 시기에 고국을 떠나,
정확히 20년 뒤, 같은 시기에 귀국했다. 호기심 어린 시선을
피해 철조망을 두른 버몬트 주의 집에 칩거하면서 서방 세계
를 규탄할 때만 모습을 드러내 까탈스러운 인물로 정평이
났던 솔제니친은 20년의 세월 동안, 1년에 365일, 하루 열여
섯 시간씩, 1917년 혁명의 기원을 다룬 연작 소설을 집필했
다. 이에 비하면 『전쟁과 평화』는 『아돌프*Adolphe*』[1] 류의 말
랑한 심리 소설 정도라고밖에 할 수 없는, 그야말로 대작이
었다. 그는 언젠가, 살아서 조국에 돌아가리라는, 그때 조국
은 새 세상이 되어 있으리라는 믿음을 한순간도 버린 적이
없었다. 그런데 소련이 사라졌고, 그는 『붉은 수레바퀴』를
탈고했다. 때가 온 것이었다.

자신의 귀국에 역사적인 의미를 부여했던 솔제니친은 여
느 이민자처럼 평범하게 귀국할 생각이 없었다. 그럴 수는

1 프랑스 작가 벵자맹 콩스탕(1767~1830)의 소설.

없었다. 그는 항공편으로 블라디보스토크에 도착한 다음, 거기서 열차를 타고 모스크바로 이동했다. 특별 열차, 한 달간의 여정, 기차가 마을에 정차할 때마다 민중들의 하소연을 듣는 이 전 과정을 BBC에서 촬영했다. 게르네지 섬[2]에서 귀환하는 빅토르 위고의 위용. 하지만, 〈냉동 인간〉[3]의 모습이었다는 사실 또한 지적하지 않을 수 없다. 그의 화려한 귀환이 모스크바에 불러일으킨 반응은 무관심과 냉소였다. 천재를 대하는 범인들의 변하지 않는 의례적 냉소, 그리고 솔제니친이라는 인물이 상징하게 된 아나크로니즘을 대하는 새 시대의 냉소. 5년 전이라면 군중이 머리를 조아렸을 것이다. 막 출간된 『수용소 군도』를 읽을 수 있다는 사실에 그들은 감격했으니까. 그러나 몇 년의 독서 광풍이 지나가고 나서 솔제니친이 돌아온 곳은 문학은, 특히 그의 문학은 외면당하는 세상이었다. 사람들은 강제 수용소 얘기에 신물을 냈고, 서점에서는 세계적인 베스트셀러들과 어떻게 하면 살을 뺄 수 있는지, 부자가 될 수 있는지, 자기 계발을 할 수 있는지 하는 영미권에서 소위 〈실용서〉로 불리는 책들만 팔리고 있었다. 주방에서 벌이던 열띤 토론들, 시인들에 대한 흠모, 양심적 병역 거부에 부여되던 영예 같은 것들은 옛이야기가 되었다. 솔제니친은 그 숫자를 짐작도 못 했겠지만, 공산주의를 그리워하는 수많은 사람들의 눈에 그는 범죄자였고, 민주

2 나폴레옹 3세 제정 시대 때 빅토르 위고가 망명 생활을 했던 도버 해협의 섬.

3 에두아르드 몰리나로 감독의 1969년 작 영화 제목. 탐사 중 실종돼 북극의 얼음 속에 65년 동안 완벽한 냉동 상태로 묻혀 있다 해동된 한 남자가, 바뀐 시대를 인식하지 못해 벌어지는 좌충우돌을 그린 영화.

주의자들의 눈에는 아야톨라였으며, 『붉은 수레바퀴』를 언급하는 문학 애호가들(이들은 책을 읽지도 않았다. 아무도 이 책을 읽지 않았다) 사이에서는 조롱의 대상이었고, 젊은 이들에게는 땅 속에 묻혀 있는 소련의 아이콘 브레즈네프와 헷갈리는 인물이었다.

솔제니친이 조롱거리가 될수록 에두아르드는 빛을 발했다. 이제 젊은 시절에 그를 괴롭혔던 레비틴 대위들은 모두 링 밖으로 사라지고 없었다. 수염 달린 인사는 훈계 좋아하다 제 무덤을 판 꼴이 되었고, 브로드스키는 교수 사회의 추앙을 받으며 베네치아에 바치는 송가나 흥얼거리고 있었다. 애처로울 정도였다. 베네치아가 뭐야! 뒷방 늙은이같이! 두 사람의 전성기는 끝났다. 자신의 전성기는 이제 시작이라고 에두아르드는 생각했다. 사실, 프랑스 생활을 접고 영구 귀국해 모스크바에 정착했을 때 그는 이미 유명 인사였다. 세묘노프가 『위대한 시대』를 출간한 이후 『러시아 시인은 덩치 큰 깜둥이를 좋아해』, 『하인 시절의 이야기』, 『인생 낙오자의 일기』 같은 논란성 작품들이 연이어 출간된 덕분이었다. 탁월한 선택이었다. 러시아에서는 지금까지 볼 수 없었던 작품들이었다. 책은 수십만 부씩 팔려 나갔다. 과감한 기획이라는 자족감에 사로잡힌 언론사들에서 앞다투어 그에 대한 르포를 제작했고, 리모노프는 이들의 기대를 저버리지 않았다. 당시 그는 나타샤와 함께 공용 공간에 불이 들어오지 않고 계단에 난간도 없는, 철거를 기다리는 빈 건물을 무단 점유해 살고 있었다. 검정색 안경, 검정색 가죽 재킷을 입은 리모노프 커플이 이 〈디스트로이적〉 공간에서 포즈를 취하면 사진작가들은 넋을 잃었다. 프랑스라면 이러한 록 스타적 지위와 극우 민족주의 선동가라는 지위가 양립하기 힘들겠지만 러시아는 다르다. 『시온 장로들의 프로토콜』의 문구들을 우려먹으며 신문에 기고하는 사람이 젊은이들의 우상이 될 수 있는 나라가 러시아다. 러시아가 프랑스와 다른 점 또 한 가지는, 책이 이삼십만 부씩 팔려도 작가는 여전히 빈곤을 면치 못한다는 사실이다. 〈충격 요법〉과 도서 유통 체계의 무질서로 인해 인세 수입이 최저 생계비 수준으로 줄었지만 에두아르드는 개의치 않았다. 돈과 명예 중에서 그는 명예를 택했고, 더 젊었을 때는 둘 다 거머쥐겠다는 꿈도 꾸었지만 이제 그것은 자신의 운명이 아니라는 것을 알고 있었다. 검소와 절제가 몸에 밴 그는 자신을 평생 그림자처럼 따라다닌 가난을 부끄러워하기는커녕 고결한 긍지를 느꼈다. 그는 별도의 후원금 없이 보잘것없는 자신의 인세 수입만으로 그동안 꿈꿔 왔던 신문의 창간호를 내기에 이르렀다.

몇 년 뒤, 과대망상의 결정판이라고 할 수 있는 글에서, 그는 미래의 역사학자들이 1994년 가을, 러시아 역사에 한 획을 그은 「리몬카Limonka」의 창간을 어떻게 평가할지 다음과 같이 전망하고 있다. 누구나 이 대사건의 주역을 꿈꾸었겠지만, 「소비에츠카야 러시아」 신문사 내, 두긴의 비좁은 사무실에 있었던 사람은, 〈20세기 후반 러시아 최고의 작가와 러시아 최고의 철학자〉, 마고 퓌레[4]라는 필명으로 글을

4 〈총통〉이라는 뜻을 지닌 아돌프 히틀러의 칭호.

쓰던 나타샤, 시베리아 출신의 펑크족 몇 명, 술에 취해 정교회에 대해 주저리주저리 떠드는 두긴의 대학생 추종자 몇명, 그리고 살림을 맡은 충직한 라브코가 전부였다고 그는 회고한다. 인쇄는 라브코의 고향 트베리에 있는 인쇄업자에게 맡겼다. 에두아르드와 라브코는 몰도바 번호판이 달린 중고차를 끌고 트베리까지 가서 창간호 5천 부를 싣고 돌아와 주먹구구식 배포에 나섰다. 말이 배포지, 무단 판매와 모스크바의 역들을 돌면서 지방 대도시로 출발하는 열차에 몇부씩 던져 넣는 것을 의미했다. 사람들이 신문을 사서 읽길 기대했다기보다 바다에 떠다니는 병을 건져, 안에 든 편지를 꺼내 읽는 심정으로 몇 사람이라도 신문을 펼쳐 주길 기대했다. 에두아르드는 「리몬카」의 창간과 민족볼셰비키당의 출범 과정을 가슴 뛰는 한 편의 서사시처럼 들려주고 있는데, 이들이 「소비에츠카야 러시아」에서 쫓겨난 뒤 구한 불결한 지하 공간을 새 보금자리로 개조해 나가는 과정은 이 서사시의 2막에 해당했다. 이들(〈이들〉은, 평소와 똑같이 격려나 하고 작업이 다 끝나면 와서 검사나 하는 두긴을 뺀, 역사적인 창립 멤버 대여섯 명을 지칭한다)은 팔 걷어붙이고 달려들어 산더미처럼 나오는 공사 쓰레기를 치우고, 회반죽을 개고, 새는 곳을 찾아 메웠다. 아무리 손을 봐도 여전히 축축하고 쥐가 들끓는 곳이었지만, 그들에게는 〈벙커〉라는 이름으로 불린 당사가 마련된 셈이었다.

벙커, 마고 퓌레…… 이쯤 되니 네오파시스트 저질 신문과 정당의 출범 과정을 가슴 뛰는 서사시마냥 묘사하는 얘기를 독자들이 정말 듣고 싶어 할지, 확신이 없다. 나 역시, 그 얘기를 꼭 하고 싶은지 아닌지 확신이 없다.

하지만 생각보다 훨씬 복잡하다.

독자들에게는 미안하게 생각한다. 이 말을 나는 좋아하지 않는다. 명민한 사람들이 이 말을 쓰는 방식도 나는 좋아하지 않는다. 하지만 안타깝게도 종종 이 말이 진리일 때가 있다. 지금의 경우가 그렇다. 생각보다 훨씬 복잡하다.

2

자하르 프리레핀은 사십 줄에 들어서고 있다. 그는 니즈니 노브고로드에서 안나 폴리코프스카야가 기자로 활동했던 독립 신문 「노바야 가제타」의 지역판 편집장으로 일하면서 아내, 아이들과 함께 살고 있다. 세 권의 소설을 집필한 작가이기도 한 그는 국내외적으로 신예 작가에서 확실한 가치를 지닌 위치로 부상하고 있는 중이다. 그의 첫 소설은 작가 자신이 직접 전쟁을 경험한 체첸을 다루고 있고, 두 번째 소설은 출구가 없는 인생을 살다가 〈나츠볼〉, 즉 민족볼셰비키당의 열혈 당원이 되고 나서 의미를 찾았다고 믿는 한 지방 청년의 불안과 방황을 그리고 있다. 작가 자신이 15년 넘게 신념에 찬 나츠볼로 활동 중이라는 점에서, 이 책은 그와 또래 친구들의 실제 경험에 기반을 두었다고 말할 수 있다. 우람한 체격에 빡빡머리, 검정색 옷, 발에는 닥터마틴 군화를 신은 폼부터가 전형적인 나츠볼인 그는 타고난 심성이 고운 사람이다. 속단은 금물이라는 것을 내가 왜 모르겠나. 하지만 몇 시간 같이 얘기해 본바, 정말 괜찮은 사람이라고 자신 있게 말할 수 있다. 정직하고 용기 있고 관대한, 상대의 눈을 응시하듯 인생을 바라보는 사람. 그것도 맞서기 위해서가 아니라 이해하기 위해서, 가급적이면 사랑하기 위해서 인생을 바라보는 사람이다. 무지막지한 파시스트와 정반대, 나치나 스탈린의 이미지를 섹시하다고 여기는 데카당한 댄디와도 정반대인 사람. 나는 번역돼 나온 그의 소설들을 독자들에게 강력히 추천하고 싶다. 이 책들에서 그는 러시아 지방에서의 일상을, 변변찮은 벌이들을, 친구 놈들과의 폭음을, 그가 사랑하는 여자의 가슴을, 자식을 향한 조마조마하고도 경이로운 사랑을 말한다. 그는 시절의 잔혹성을, 하지만 동시에 우리가 세심하게 눈과 귀를 열 때 찾아오는 일상의 온전한 축복의 순간들을 얘기한다. 진지하면서도 다정다감한 이 뛰어난 작가와 비슷한 작가로 신인 시절의 필립 지앙(전쟁을 경험한 필립 지앙이어야 한다)을 꼽을 수 있을 것이다.

그런데, 이 자하르 프리레핀이 이런 얘기를 들려준다.

스무 살, 랴잔 지방의 소도시에서 방바닥이나 긁고 있던 그에게 친구 녀석이 모스크바발 기차에 실려 왔다면서 이상한 신문을 한 부 내밀었다. 자하르나 그의 친구들에게나 아주 생소한 내용이었다. 러시아에 「리디오 엥테르나쇼날」, 『악튀엘*Actuel*』,[5] 『아라키리*Hara-Kiri*』[6]나 미국의 언더그라운드 언론 매체(에두아르드는 이것들이 모두 합쳐져 「리몬

409

카」의 색깔을 만들었다고 주장한다)를 아는 사람이 있을 리 만무했던 데다, 신문의 요란한 조판과 혐오스러운 삽화, 도발적인 제목까지, 모든 것이 보는 사람을 경악케 했다. 당기관지였지만 「리몬카」는 정치보다는 로큰롤과 문학, 무엇보다 스타일을 다루었다. 스타일이라면? 〈엿 먹어〉, 〈개소리〉, 주먹 감자 먹이는 스타일. 펑크의 완결판.

「이렇게 배경 설명을 했으니, (자하르 프리레펜이 말했다) 러시아의 지방 도시가 어떤 곳인지부터 아셔야 합니다. 그곳에 사는 청년들의 따분한 삶, 전망 없는 미래, 조금이라도 감수성과 열망이 있는 청년이라면 당연히 느낄 절망감을 말이죠.」 이런 도시에서 기타 줄을 튕기며 애지중지하는 그룹 더 큐어와 체 게바라의 포스터 밑에서 맥주나 홀짝이던 우울한 표정의 문신한 백수 청년들의 수중에 떨어진 「리몬카」는 단 한 부로도 일파만파를 일으키기에 충분했다. 순식간에 열, 스물……로 불어났다. 찢어진 검정색 청바지를 입고 파리한 얼굴로 광장을 어슬렁거리던 무서운 무용지물들, 경찰서를 제 집 삼아 드나들던 〈유주얼 서스펙트〉들. 그들에게 새로운 코드가 생겼고, 그들은 「리몬카」를 돌려 읽었다. 자신들의 목소리, 자신들의 얘기였다. 그리고 모든 기사 뒤에 리모노프라는 인물이 있었다. 자하르와 친구들은 그의 책들을 탐독하기 시작했고, 리모노프는 그들이 선호하는 작가이자 삶의 영웅이 되었다. 나이로는 아버지뻘이지만 리모노프는 그들의 아

---

5 1960년대 후반에 언더그라운드 잡지로 출발해 대중 잡지로 변모한 후 1990년대 중반까지 발행됐던 프랑스 월간지.

6 1960년대 중후반에 프랑스에서 발행됐던 풍자 전문 월간지.

버지와 비슷한 구석이라곤 없었다. 두려운 게 아무것도 없는, 스무 살 청년들의 심장을 뛰게 하는 역동적인 삶을 살아온 그가 그들에게 말했다. 리모노프의 말을 인용한다. 〈자넨 젊어. 이런 개떡같은 나라에서 사는 게 싫지. 흔한 러시아인이 되기는 싫고, 그렇다고 돈만 밝히는 잡놈이나 체카 요원이 되는 것도 싫어. 반항적 기질이 있어. 짐 모리슨, 레닌, 미시마, 바더[7]가 자네의 영웅이지. 그럼 자넨 이미 나츠볼이야.〉

「한 가지 아셔야 하는 게, (자하르 프리레핀이 계속 말했다) 〈리몬카〉와 나츠볼, 이것들은 러시아의 저항 문화였어요, 유일한. 나머지 것들, 사조직, 회사, 이런 것들은 다 쓰레기죠.」 물론 개중에는 군대라는 말만 나와도 엔돌핀이 돌고, 〈프릴리츠니(점잖은 사람)〉들을 언짢게 하려고 히틀러식 경례를 하고, 늑대개를 끌고 다니는 스킨헤드들도 있었다. 그러나 궁벽한 러시아 소도시들에 사는 독학한 만화가, 함께 그룹을 결성할 마음 맞는 멤버들을 찾는 로큰롤에 심취한 콘트라베이스 연주자, 아마추어 비디오 제작자, 남 몰래 시를 쓰고 비현실적인 미녀들을 머릿속에 그리면서 몸이 달고 미국에서 하듯 학교에 가서 확 다 긁어 버리고 나서 자폭해 버리겠다는 염세적 상상을 하는 소심한 녀석들도 있었다. 이르쿠츠크의 악마 숭배자들, 뱟카의 헬스 앤젤스, 마가단의 산디니스타들. 〈제 친구들이죠〉 하는 자하르 프리레핀의 애틋한 목소리에서 세상의 성공을 다 거머쥐고, 문학상에, 번역 계약에, 미국 순회를 하게 되더라도 그에게 가장 소중한 것은 여전히

7 독일 적군파의 리더 중 한 명인 안드레아 바더(1943~1977).

그의 친구들인 가난한 러시아 촌놈들과의 우정임을 느낄 수 있었다.

이 청년들(초기에는 사내들만 있었다)은 가난했다. 일을 한다고 해봤자 고작 짐을 싣거나 부리는 일, 마당 청소나 회반죽 개기 같은 잡일, 이들의 어머니가 받는 월급으로는 반세기를 모아야 살 수 있는 사륜구동 차들이 눈 진흙탕을 튀기며 들어오는 주차장에서 경비를 서는 일이었다. 기껏해야 자신들보다 한두 살 위지만 훨씬 약아빠진 놈들이 휴대폰을 들고 꽥꽥거리며 고급 차에서 내리는 모습을 이들은 경멸하듯 아니꼽게 쳐다보았다. 자하르와 그의 친구들이 열대여섯 살 정도 먹었을 때 공산주의가 무너졌다. 소련 체제하에서 그들이 보낸 유년기는 청소년기나 청년기보다 행복했다. 모든 것에 의미가 있었고, 돈은 많이 없었지만 돈을 주고 살 것 역시 많이 없었고, 집 안은 말끔했고, 어린 소년이 콜호스[8] 전체에서 제일 트랙터를 잘 모는 할아버지를 우러러봤던 시절을 떠올리며 그들은 흐뭇한 향수에 젖곤 했다. 그들은 평범하지만 자긍심이 넘치던 부모들의 좌절과 수모를 곁에서 지켜보았다. 가난에 쪼들리는, 무엇보다 자긍심을 잃어버린 부모를. 나는 그들이 무엇보다 참기 힘들었던 것이 바로 이것이었으리라 짐작한다.

곧 크라스노야르스크, 우파, 니즈니노브고로드에 민족볼셰비키당 지구당이 생겨났다. 어느 날, 리모노프가 당원 서너 명을 대동하고 내려왔다. 그들은 떼거리로 역에 마중을

8 소련의 집단 농장.

나갔다. 이 집 저 집을 돌며 숙박을 해결했고, 밤을 지새우며 얘기를 했고, 무엇보다 리모노프의 말을 경청했다. 그는 쉽고 비유적으로 말했지만 상대방이 말을 끊지 못하리라는 것을 의식하는 사람 특유의 권위가 느껴졌다. 그는 특히 〈대단하다〉와 〈끔찍하다〉는 두 단어를 즐겨 썼다. 무조건 대단하거나 끔찍하거나 둘 중 하나지, 중간은 없는 사람이었다. 리모노프를 처음으로 만나고 나서 자하르는 생각했다. 〈끔찍한 일을 저지를 수 있는 대단한 사람〉이라고.

자하르는 리모노프가 쓴 글을 모조리, 심지어 유소년의 상큼하고 설익은 세계관이 드러나 있다고 그 스스로 평가하는, 리모노프가 젊은 시절에 쓴 시들까지 찾아 읽었다. 이제 리모노프에게는 더 이상 유소년의 흔적이 남아 있지 않았고, 세계를 떠돈 긴 세월 동안 과거에 품었던 환상은 다 깨지고 말았다. 〈타인의 적대성을 전제로 삶의 전략을 수립해야 한다〉고 리모노프는 말했다. 이야말로 유일하게 현실적인 세계관이며, 타인의 적대성으로부터 스스로를 지키기 위해서는 여차하면 죽이겠다는 각오로 경계심을 늦추지 않고 용감해지는 것이 최선의 방법이라고. 그와 단 몇 분만 같이 있어도 날을 세운 단단한 근육질의 몸이 뿜어내는 기운이 느껴졌고, 그가 이런 덕목을 모두 지닌 사람이라는 것을 확신할 수 있었다. 하지만 그에게서 선량함의 흔적은 발견할 수가 없었다. 타인에 대한 관심은 있는 사람이다. 언제나 호기심이 살아 있는 사람이다. 하지만 선량함, 부드러움, 무방비 상태, 이런 것은 없다. 때문에 리모노프를 존경하고 그의 측근이라는 자리를 세상 무엇과도 바꾸고 싶지 않은 자하르였지만 정작 리모노프와 함께 있을 때는 불편했다. 그러나 다른 나츠볼들과 있으면 마음이 편안했다. 그들을 절대적으로 신뢰할 수 있었다. 네거티브, 여자 샤먼, 용접쇠, 우주 비행사 등의 별명을 가진 녀석들은 후안무치하고 난폭해도 의리에 살고 의리에 죽는 충직한 놈들, 최고로 멋진 놈들이었다. 친구를 살리기 위해 제 목숨을 내놓을 수 있고 신념을 지키기 위해서라면 기꺼이 감옥에도 갈 수 있는. 그들의 도덕관념은 그들을 둘러싼 세상의 도덕관념, 유년 시절의 소련을 대체한 좌표를 상실한 썩은 세상의 도덕관념과는 정반대였다. 자하르는 이 친구들을 알고 나서 몇 년을 이들과만 어울렸다. 다른 사람들은 그의 눈에 좀스럽고 따분하게 비쳤다.

〈난 운이 좋았어. 함께 죽는 것도 영광인 사람들을 만났으니. 평생 못 만날 수도 있었는데, 만났지. 행운이야〉 하고 그는 생각했다.

자하르는 실상 니즈니노브고로드에서 4백 킬로미터 거리밖에 안 되는 모스크바에 드나들기 시작했다. 처음 몇 번은 아무 일 없이 다녀왔지만 시간이 갈수록 탄압이 심해져 매표소에서 신분증을 제시해야 했다. 자칫 FSB(지금의 KGB)의 데이터베이스에 오를 가능성이 있으므로 지방의 나츠볼들은 급행열차를 피하라는 지시가 당에서 내려왔다. 교외선 완행열차를 이용하고 여정을 몇 개 구간으로 끊어 여러 도시를 거쳐 가는 방법이 검문을 피할 수 있는 길이었다. 취하도록 술을 마시고 잠을 자다 보면 모스크바까지 이틀이 걸렸다. 멀겋게 뜬 우둘투둘한 얼굴, 벌그스름한 손, 검정색 청바지와 점퍼, 챙 없는 검정색 모자를 쓴 청년들은 서넛씩 짝을 지어 기차에 올랐다. 자꾸 흘끔흘끔 쳐다보는 사람들의 시선이 느껴졌다. 모스크바에 내리면 겁부터 났다. 가난한 촌놈 같아서 주눅이 들었다. 지하철에서 경찰의 검문을 받을까 봐 겁이 났고, 쪽 빼입은 미녀들한테는 겁이 나서 다가가지도 못했다. 이들은 부리나케 기차역을 빠져나와 지하철을 타고 벙커가 있는 프루젠스카야 역으로 갔다. 특수부대 요원들이 한 번씩 용접기로 문을 뜯고 진입해 사무실을 털고 안에 있던 사람들을 무자비하게 연행해 갈 때마다 교체해야 했던, 방탄 장치를 한 출입문의 벨을 눌렀다. 안에서 문을 열어 주면 지하로 통하는 계단을 내려갔다. 그제야 겨우 안도의 한숨이 나왔다. 집이었다.

자하르는 예술인 무리가 무단 점유한 아틀리에와 젊은 깡패들을 모아 놓은 기숙학교, 무도장(武道場), 록 페스티벌의 관객용 임시 숙소를 합쳐 놓은 분위기였다고 벙커를 묘사했다. 곰팡이가 핀 벽을 스탈린, 팡토마스,[9] 브루스 리, 니코,[10] 벨벳언더그라운드, 적군 장교복 차림의 리모노프의 포스터와 그림들이 뒤덮고 있었다. 「리몬카」를 조판하는 식탁 겸용 큰 테이블 하나, 콘서트용 음향 설비, 바닥에는 시골에서 상경한 청년들이 해진 카펫들 위에 펼쳐 놓고 뒤섞여 잠을 자

9 *Fantômas*. 20세기 초 마르셀 알랭과 피에르 수베스트르가 공동집필해 출간한 추리 소설의 제목이자 주인공인 도둑의 이름. 우리에게 잘 알려진 뤼팽과 비슷한 캐릭터로, 귀족들에게는 악하지만 헐벗고 굶주린 서민들에게는 도움을 주는 영웅이다.
10 독일 출신의 가수이자 패션 모델, 영화배우.

는 침낭들이 있었다. 시큼한 체취와 개 냄새가 코를 찌르는 가운데 침낭 사이사이에서 꽁초가 수북한 재떨이들과 빈 술병들이 보였다. 시간이 가면서 여자들도 하나둘 나타났는데, 자하르의 관찰에 따르면 미녀나 추녀, 둘 중 하나였다. 여자들은 대부분 펑크나 고딕 스타일이었다. 사내놈들은 빡빡머리가 대세였지만 장발이나 구레나룻을 기른 녀석들, 심지어는 전자제품 판매원처럼 매끈하게 홈 잡을 데 없는 머리 스타일을 한 놈들도 있었다. 어떤 외모의 소유자가 출현해도 놀랍지 않았다. 다들 생긴 그대로 받아들여지고 인정되었다.

넓은 홀 한쪽 구석에 사무실이 두 개 있었다. 하루에 고작 몇 시간쯤 들렀다 가는 두긴의 편안한 사무실에는 전기 히터와 천장까지 닿는 책장들에 책이 가득했고, 카펫, 심지어 사모바르까지 있었다. 반대로 에두아르드가 집처럼 머물 때가 많은 그의 사무실은 훨씬 소박하게 꾸며져 있었다. 모스크바와 상트페테르부르크에서 유행을 선도하는 계층에서 우상으로 여겨지던 유명 작가 리모노프는 예술가들과 패션계 유명 인사들과도 친분이 두터웠다. 이들은 뉴요커들이 앤디 워홀의 팩토리를 방문하듯 벙커를 찾아왔다. 평당원들은 바닥에 늘어놓은 침낭들과 늑대개들을 요리조리 피해 큰 테이블을 향해 걸어가는 록 스타들과 여가수들, 모델들을 보며 움찔움찔 놀랐다. 편집자인 내 친구 사샤 이바노프는 이 테이블에서 벌인 파티들이야말로 지난 10년 동안 자신이 가본 파티들 중 최고였다고 당시를 회상했다. 다른 자리에서는 절대 만날 수 없는 사람들을 만날 수 있었다고. 독창적이지만 결코 냉소적이지 않은, 열정으로 눈이 반짝이는 젊은이들을 만났다고. 살아 꿈틀대는 어떤 것이 있었다고.

큼직한 가방을 든 파시스트 대학생들과 반유대주의 정교회 사제들이 주를 이뤘던 두긴의 추종자들은 리모노프의 손님들과는 상대도 안 됐다. 하지만 〈20세기 후반 러시아 최고의 철학자〉가 이따금 청중의 시선을 의식해 한 번씩 발동이 걸리면 슬쩍 리모노프 쪽으로 합류해서는, 가미카제의 영웅적 희생이나 미시마의 자살, 폰 운게른 슈테른베르크 남작이 몽골에 비정규군을 모아 세운 불교 사교 집단 같은 흥미진진한 레퍼토리로 유명 예술인들과 투박한 시골 청년들을 사로잡았다. 거무튀튀한 턱수염에 북슬북슬한 눈썹, 격정적인 목소리의 그는 한때 에두아르드가 반했던 끼 넘치는 이야기꾼으로 되돌아와 있었다. 말을 할 때는 이렇게 청중을 휘어잡는 그의 매력이 안타깝게도 글에서는 반감됐다. 사실상 혼자 「리몬카」를 제작하고 있던 에두아르드는 공동 창립자이자 당의 두뇌인 두긴이 성배라도 되는 양 매달 엄숙하게 던져주는 딱딱하고 추상적이며 따분하기까지 한 원고들을 차마 거절하지는 못했다. 두긴은 자신이 제시하는 이 같은 체계적인 강령이야말로 「리몬카」의 얼굴이며 독자들이 신문에 열광하는 이유라고 진심으로 믿는 것 같았다. 그는 「리몬카」의 논조와 구성을 탐탁지 않게 여겼다. 마음 같아서는 자신이 구독하는 유럽 극우 세력의 교구 회보들처럼 고리타분하고 사적인 신문으로 만들고 싶었을 것이다.

시간이 갈수록 두 사무실 계파 간의 간극이 벌어졌다. 브라만 승려들이 파리아들을 천시하듯 두긴의 제자들은 로큰롤에 열광하고 쌈질이나 일삼는, 영광스러운 파시즘의 역사

와 무관하다 못해 파시즘을 불편하게 여기고 예민하게 반응
하기까지 하는, 에두아르드가 모집한 프롤레타리아 패거리
를 천시했다. 이 예민한 당원 중 하나였던 자하르는 프라이
코어[11]나 SA[12]를 비유에 끌어들이는 것을 극도로 싫어했고,
에두아르드가 농담 삼아 두긴을 〈괴벨스 박사〉[13]라는 애칭
으로 부르는 것도 용인할 수 없었다. 양 세력 간의 반목은 갈
수록 심화됐고, 결국 두긴이 탈당해 오늘날 크렘린의 지원을
받으며 번창하고 있는 전략 지정학 연구소를 만들기에 이르
자 자하르는 도리어 안도했다. 브라만들은 사라지고 파리아
들끼리 남았다. 자하르는 이 상태가 훨씬 좋았다.

3

　나츠볼을 소재로 자하르가 쓴 소설 『산카*Sankia*』에 보면,
주인공과 그를 무척 아끼고 이해하기 위해 애쓰는 대학 은사
가 주고받는 대화가 나온다. 이 교수는 「리몬카」 몇 부를 흥
미롭게 읽었다고 말한다. 당명, 당기, 표어 같은 것들이야 거
슬리지만 그가 숭상하는 프랑스 초현실주의자들의 계보를
따르는 도발이라고 생각해 너그럽게 봐주기로 했다고. 기차
에 낙서를 하거나 올라가기 힘든 건축물들의 박공에 현수막

　11 1차 세계 대전 종전 후 퇴역 군인 및 우익 장교들이 조직한 독일의 극
우 의용병 단체.
　12 나치 돌격대.
　13 파울 요제프 괴벨스(1897~1945)는 나치 독일에서 공보 장관을 지낸
인물이다.

을 걸어 내려뜨리거나, 공식 행사장에서 주지사의 재킷에 토마토를 투척하는 따위의 열혈 당원들의 행동은 유치하지만 유쾌하고 호기롭게 보인다고. 호기롭기 때문에 유쾌하다고. 물정 모르는 이 친구들이 사는 곳이 공권력을 만만히 봤다간 큰 코 다치는 나라, 서유럽 같으면 벌금형에 그쳤을 이 시위 주동에 실형이 선고되는 나라, 러시아이기 때문이라고. 물론 이 친구들은 자랑스럽게 형을 산다. 소설의 주인공(10년 전 자하르 본인의 모습이었으리라고 나는 짐작한다)이 뜨겁고 격정에 찬 목소리로 노호하듯 장엄하게 조국과 조국의 고통을, 조국의 정수를 들먹이자 듣고 있는 교수는 걱정스럽고 불안하다. 러시아인들이 조국이라는 환상에 목을 매고, 제국의 광대함과 자신들에게 주어진 사명의 신성함을, 그리고 〈러시아는, 이해의 대상이 아니라 믿음의 대상이다〉 따위의 말을 입에 올리는 순간부터 문제는 꼬인다고 그는 말한다. 〈러시아인들이 단 한 번만이라도 정상적인 삶을 살 수 있게, 그런 삶을 살기 위해 노력이라도 하게 내버려 두는 게 훨씬 잘하는 일일세. 지금이야 힘들어도 그런 날이 올 걸세. 지금은 부자가 소수고 가난한 사람이 다수지만, 역사의 소용돌이에서 벗어나기를 꿈꾸며 안락만을 추구하는 중산층이 늘어날 걸세. 앞으로 이 나라엔 이게 최선이야.〉

아니다, 주인공은 이게 최선이라고 생각하지 않는다. 그는 더 많은 것을, 다른 것을 원한다. 〈대체 뭘 말인가? 뭘 더 많이 말이야?〉 교수가 언성을 높인다. 〈더 많은 질서? 더 많은 무질서? 자네들의 신문을 읽다 보면 그게 뭔지 도무지 아리송하네. 소련! 소련! 하고 자네들은 꽥꽥거리지. 자네들이 원

하는 게 정말 그건가? 옛날로 돌아가는 거? 공산주의로 돌아가는 거?〉

　교수의 이 질문은 단순한 수사에 그치지 않고 1996년 대통령 선거의 쟁점으로 등장했다. 선거 판세가 옐친과 민주주의자들에게 불리하게 돌아가고 있었다는 것은 완곡한 표현이다. 〈충격 요법〉과 제1차 사유화 열풍의 부작용으로 나라는 혼란에 빠졌고, 국민 대다수가 1989년 이후 벌어진 사태는 역사적 파국이라는 절대적인 확신을 가지고 있었다. 크나큰 기대를 한 몸에 받았던 옐친은 정국 장악력을 완전히 상실했다. 그는 가족과 러시아판 〈통통 마쿠트〉[14]에 해당하는 경호팀을 이끌던 경호실장 코르자코프를 제외한 외부와의 접촉을 일체 끊고 크렘린에 칩거하면서 자가 진단한 비관적 심리 상태, 객관적으로는 명백한 중증 우울증을 과도한 알코올로 자가 치료하고 있었다. 아무리 술에 관대한 러시아인들의 눈에도 대통령이라는 자가 자신들을 대표해 외국 정상들과 회담을 하면서 번번이 만취해 널브러지는 꼴이 곱게 보일리 없었다. 그들은 베를린에서 개최된 2차 대전 승전 기념식에서 연단에 앉아 머리를 까닥까닥 움직이던 대통령이 갈수록 신이 나서 박자를 맞추기 시작하더니 급기야는 뒤뚱하며 자리에서 일어나 다른 정상들이 경악한 표정으로 쳐다보는 앞에서 군악대를 지휘하는 시늉을 할 때는 쥐구멍에라도 숨고 싶은 심정이었다. 이렇게 극심한 우울증과 술기운을 빌린

　14 Tonton Macoute. 아이티의 독재자 프랑수아 뒤발리에(1907~1971)가 창설한 사병 집단.

조증이 번갈아 나타나다 보니 해독 선장의 경우처럼 툭하면 호전적 기질이 발동했고, 군 참모부의 강경파가 매수한 코르자코프를 통해 옐친의 심리 상태를 읽고 있다 때를 맞춰 〈까만 궁둥이들〉을 상대로 신속하게 소전(小戰)을 일으키면 민족주의자들의 싹을 잘라 버리고 사라진 인기도 되찾을 수 있을 것이라고 옐친을 설득하는 일은 과히 어렵지 않았다.

이렇게 강경파들이 전면에 나선 이유에 대해 내 사촌 폴 흘레브니코프는(그가 절대 음모론 신봉자가 아닌 건 내가 장담한다) 암살되기 전에 다음과 같은 가설을 제기한 바 있다. 1991년에 독립한 체첸은 조직범죄의 자유 지역이자 마약과 위폐 밀거래의 중심지로, 서둘러 이슬람교로 개종한 구소련의 아파라칙 출신이 정권을 잡고 있었다. 파이는 작아졌지만 여전히 수지 타산이 맞았기 때문에 러시아의 입장에서는 시급히 개입할 이유가 전혀 없었다. 그런데 시급한 사람들이 있었다. 군 고위층은 자신들의 막대한 부패를 시급히 은폐할 필요가 있었다. 대량의 무기와 탄약, 특히 장갑차를 암시장에 내다판 장군들로서는 어디서든 대규모 전쟁을 일으켜 이 증발한 군수 장비가 공식적으로 파괴된 것으로 집계되게 만들어야 했다.

폴의 생각만큼 이 요인이 결정적이었는지는 알 길이 없지만 어쨌든 러시아군은 통 크게 나왔다. 사라예보의 포위가 절정에 달했을 때 하루에 포탄 3천5백 발이 발사됐는데, 그로즈니 포위가 시작된 1994년 12월에 이미 시간당 포탄 4천 발이 발사되고 있었다. 그로즈니는 부코바르처럼 완파됐다. 2백 년 전부터 러시아 문학에 용맹하고 잔인하게 묘사돼 온 명성답게 체첸인들은 무자비한 게릴라전으로 응수했고, 러시아 병사들을 탱크에 탄 채 불태워 죽였고, 러시아 국내로 테러를 수입하기 시작했다. 자하르처럼 징집된 러시아 청년들은 전격전을 승리로 이끌고 금의환향하게 될 것이라는 장담만 믿고 참전했다가 결국 아프가니스탄에 갔던 아버지와 형들의 전철을 밟으며 수렁에 빠지는 꼴이 되고 말았다. 고르바초프가 1988년에 군대를 철수시켰으니, 추잡한 두 차례 전쟁 사이의 평화기는 고작 6년이었던 셈이다. 종전 후 그나마 살아서 돌아온 러시아 청년들도 불구의 몸으로 고국에서 수모를 겪고 환각에 시달렸다. 취임 초반에 열렬한 지지를 받았던 옐친은 이제 국민들로부터 전임자보다 더 미움을 받았고, 선거 판세가 불리하게 돌아간다고 판단되자 진지하게 선거 취소까지 고려했다. 「보리스 니콜라예비치, 민주주의, 좋죠. 하지만 선거가 없으면, 훨씬 확실하겠죠.」 코르자코프가 사우나에서 그에게 거듭 이렇게 주지시켰듯이 말이다.

이번에는, 지리노프스키 같은 어릿광대가 아니라 공산주의자들이 진짜 대안이었다. 공산당은 5년 전에 옐친으로부터 불법이라는 선고를 받은 바 있었다. 인간을 대상으로 소련에서 행해진 끔찍하고도 대대적인 실험이 종결됐다고 누구나 믿고 있었다. 그런데, 5년간의 짧은 민주주의 실험 끝에 나온 여론 조사 결과들은 민주주의와 시장, 그리고 시장에 동반하는 불공정성에 염증을 느낀 사람들이 대거 공산당에 표를 던질 태세라는 당혹스러운 현실을 한목소리로 지적했다.

공산당 지도자인 쥬가노프는 굴라그를 다시 열자거나 베를린 장벽을 재건하자는 주장을 하는 게 아니었다. 〈공산주의자〉라는 이름표를 단 이 평범한 두뇌에 신중한 성격의 정치인이 외친 것은 프롤레타리아 독재가 아니라 부패 척결과 민족적 자긍심의 회복, 새로운 세계 질서 속에서 정교회 전통의 러시아에게 맡겨진 정신적 사명이었다. 그는 최초의 공산주의자는 예수였다고 말했다. 그는 자신을 지지하면 부자들은 조금 덜 부자가 되고, 가난한 사람들은 조금 덜 가난해질 것이라고 약속했는데, 최소한 이 뒷부분에 대해서는 아무도 이견이 없어야 하지 않겠는가. 노인들이 배고픔과 추위로 죽는 꼴을 보고 싶은 사람이 어디 있겠는가?

하지만, 자신들을 조금 덜 부자로 만들려고 한다는 것 때문에 올리가르히들은 간이 줄어들었다. 더 부자가 되려고 기막힌 술책을 고안해 막 옐친에게 팔아넘긴 시점이었기 때문에 더더욱 조마조마했다. 〈주식 담보 대출〉. 원리는 단순했다. 올리가르히들 소유의 은행에서 국고가 바닥난 정부에 돈을 빌려주면서 아직 사유화 전인 러시아 경제의 알짜배기, 즉 가스나 석유 같은 자원을 담보로 잡는다는 것이다. 만약 1년 후에 정부에서 빌린 돈을 상환하지 못하면 곳간을 따고 들어가 알아서 처리하겠다는 것. 이 기한이 바로 대통령 선거 직후였기 때문에, 올리가르히들은 인기를 의식해 이 밀약을 공개 규탄할지도 모르는 쥬가노프가 아니라, 옐친을 그때까지 대통령 자리에 앉혀 놓는 데 사활을 걸었다.

이와 관련된 일화가 하나 있다. 올리가르히들이 문제의 심각성을 깨달은 것은 세계 최고의 부자들과 최고의 권력자들이 모이는 다보스 포럼에서였다. 1995년, 그들의 눈에 별 볼 일 없는 한심한 정치인으로 보이던 쥬가노프가 간 크게 다보스에 모습을 나타내자 기자들과 각국 대통령들의 고문들이 벌 떼처럼 모여들어 장차 러시아의 새 주인을 대하듯 정중한 예를 갖추며 상당히 온건하기까지 한 그의 견해를 경청했다. 〈빌어먹을〉, 올리가르히들의 상징적인 인물이자 천재적인 두뇌를 소유한 유대인, 게다가 양심까지 없는 인간으로 만인의 증오를 한 몸에 받던 베레조프스키는 기분이 상했다. 그는 러시아에 온갖 재단을 설립하고 각종 자선 사업을 펼치던 미국 금융계의 큰손인 조지 소로스를 만나 함께 술을 마셨다. 「그런데 말이오, 당신들이 미처 나눠 먹지도 못한 파이를 저쪽에서 도로 가져갈 태세라는 얘기가 들립디다.」

「그렇게 됐습니다.」 베레조프스키가 한숨을 내쉬었다.

「당신을 시베리아로 보내 버릴지도 모른다는 얘기까지 돌던데.」 소로스가 달착지근한 목소리로 덧붙였다. 「나라면, 내가 당신들 입장이라면, 일단 확 저질러 버리겠는데.」

이 말에 정신이 번쩍 든 베레조프스키는 당장에 러시아의 가장 유력한 나머지 여섯 올리가르히들에게 전화를 걸었다. 자신들 간의 반목(베레조프스키와 구신스키는 양측 사병들 간에 대규모 살상이 자행될 정도로 대립이 극심했다)은 잠시 잊고 늙은 차르의 재선을 위해 힘을 모으자고 제안했다. 이들 일곱은 자신들의 경제적, 미디어적 역량(이들의 미디어적 역량이라는 것은 사실상 〈모든〉 미디어를 뜻했다)을 총동원해 선거 운동을 지원했다. 모든 신문, 모든 라디오, 모든 텔레비전 채널이 똑같은 메시지를 귀가 따갑도록 쏟아 냈다.

옐친이냐, 혼란이냐. 옐친이냐, 과거로의 대대적인 회귀냐. 공산주의의 과거를 잊지도 이상화하지도 말라는 의미에서 하루 스물네 시간 동안 굴라그와 스탈린이 조작한 우크라이나 기근, 카틴 숲 대학살 사건을 다룬 참혹한 다큐멘터리들을 방송했다. 니키타 미할코프 감독의 「위선의 태양」처럼 숙청을 소재로 한 낭만적인 대작 영화들의 제작에도 자본을 댔다. 나는 무척 좋아하는 영화지만 리모노프가 봤으면 분해서 펄펄 뛰었을 광경이 눈에 선하다. 문화계의 유명 노멘클라투라 가문 출신으로, 본인에게 해가 되지 않는 선에서 반체제 인사들과 친교를 맺었고, 모든 정권의 비호를 받았고, 당연한 귀결로 반혁명의 공식 기수가 된 미할코프에게 리모노프는 늘 악감정을 품고 있었다. 여름의 태양이 내리쬐는 다차들, 평화로운 일상을 보내는 행복한 대가족들, 그리고 질투와 광기에 사로잡혀 이들의 행복을 산산조각으로 깨버리는 간교한 정치 경찰. 이 영화는 스탈린주의의 반대편에 서 있는데, 에두아르드는 이왕이면 스탈린주의적 영화를 선호하는 사람이다. 덜 영악하고, 어린 시절에 그가 본 것들을 사실 그대로 담아내기 때문이었다.

자하르 또래의 나츠볼들 역시 그동안 사랑하라고 배운 모든 것을 부정하고, 그들의 부모가 나치와 맞싸워서 지킨 이상을 폐기해 버리는 선동의 바람이 역겨웠다. 이 역겨움을 어떻게 할 것인가, 이걸 어떻게 정치적으로 승화시킬 것인가? 그들은 보스가 길을 제시해 주기를 간절히 바랐지만, 옐친이나 쥬가노프나 도토리 키 재기라고 생각한 에두아르드는 보다 급진적 성향의 소수 그룹인 〈스탈린주의자 블록〉과 손을 잡는 것이 최선이라고 판단했다. 리모노프는 결국 콧수염을 기르고 파이프를 문 모습이 스탈린과 판박이인 스탈린의 종손자 빅토르 주가시빌리에게 이 한심한 연합의 단일 후보 자리마저 빼앗겼다.

2차 결선 투표(그 사이에 옐친이 심근경색으로 쓰러진 사실은 측근에 의해 최대한 비밀에 부쳐졌다)가 다가오자 나츠볼들에게 투표 지침을 내려야 했다. 리모노프는 혼란이 가중될수록 혁명에는 유리하다, 따라서 옐친에 투표해야 한다는 논리를 제시해 주변을 당혹하게 만들었다. 에두아르드의 이런 명민함에 비난이 쏟아졌고, 선동가를 가장하지만 실제로는 크렘린에 매수돼 활동하는 정보 요원이라는 소문이 퍼지기도 했다. 에두아르드는 이 사건을 통해 정치에서는 역설을 경계해야 한다는 교훈을 얻었다. 대중은 전혀 이해하지 못한다. 이 점은 『나의 투쟁』이 명쾌하게 얘기하고 있다.

당시에 주변 사람들은 그가 위태위태하다는 인상을 받았는데, 이것은 사실이었다. 그는 위태위태했다. 나탸사가 그를 떠난 직후였던 것이다.

나는 그녀가 그를 떠난 이유나 정황에 대해 딱히 아는 바가 없고, 그 시기에 그가 쓴 글들에도 젊은 시절에 비해 사적인 내용이 많이 줄었지만, 그의 반응이 과거에 엘레나가 떠났을 때처럼 격렬했던 것만은 분명해 보인다. 직후에 횡설수설 써 내려간 글에서 그는 그녀와 함께한 13년의 세월이 끝난 것에 대해 그때까지만 해도 한 배를 타고 있던 두긴의 영

향이 다분히 느껴지는 〈철학적이고 신비주의적인〉 해석을
내놓고 있다. 그는 불길한 우연의 일치들, 전조처럼 꾼 꿈들,
환각 상태 속에 길을 헤매던 얘기를 들려준다.『거장과 마르
가리타』에 야박한 평가를 내리는 철저한 현실주의자 에두아
르드가 모스크바 거리에서 악마를 만났다는 설득력 없는 얘
기까지 하고 있다. 그는 점쟁이를 찾아갔다가 전생에 자신은
튜턴 기사단의 기사였고 나타샤는 자신이 보호했던 창녀라
는 얘기를 들었다. 이 설명에 눈이 번쩍 뜨였다. 그래, 난 용
맹한 기사처럼 그녀를 보호했지. 그는 엘레나에게 그랬듯이
나타샤에게도 충실했는데, 그녀는 엘레나가 그랬듯이 그를
배신했다. 나타샤는 자신의 여자가 될 자격이 없다고 애써
자위도 해보았지만 찜통 같은 무더위 속에 쓰러질 때까지 걷
다 보면 어느새 자신도 모르게 기도문처럼 그녀의 몸이 머릿
속에 떠올랐다. 유연하다 못해 흐느적거리는 그녀의 커다란
손, 살짝 꺼진 그녀의 가슴, 항상 그의 자지를 기다리던, 불
행히도 다른 사내들의 자지도 기다리던 그녀의 축축한 보지.
엘레나를 제외하고 여태껏 나타샤처럼 그를 서게 만드는 여
자는 만나 보지 못했다. 함께 살았던 튀렌느 거리의 스튜디
오에서 그녀가 알몸으로 화장실 변기에 앉아 줄담배를 피우
며 몽롱한 얼굴로 자위하던 모습이 눈에 어른거렸다. 그는
매트리스에 편안하게 누워 문틈으로 그녀를 구경했었다. 선
거가 참담하게 끝나고 집으로 돌아갔던 날, 침대에 가로로
널브러져 있던 그녀가 그의 존재를 감지하고 했던 말이 떠올
랐다. 〈욕은 나중에 하고 섹스부터 해줘.〉 이런 상황에서 식
자 친구들이 즐겨 쓰는 〈나를 죽이지 못하는 고통은 나를 더

427

강하게 만든다〉는 니체의 문구를 두건이 격언처럼 되풀이했지만 소용이 없었고, 그는 지옥의 고통을 겪었다. 실패한 천재 여가수, 알코올 중독자, 님포마니악, 구렁에 빠진 무절제한 피조물의 배 속에 한 번만 더 몸을 박아 넣을 수 있다면 죽어도 여한이 없을 것 같았다. 에두아르드 리모노프의 여자로 사는 대단한 행운을 누렸던 그녀, 더 이상 그의 여자로 살지 않겠다고 더 대단한 배짱을 부린 그녀, 에두아르드는 그녀를 생각했다.

정신 착란에 가까웠던 이 상태는 옐친이 대대적인 부정을 저지르면서 대통령 선거에서 승리한 직후 사라졌다. 어느 날 저녁, 집으로 가기 위해 혼자 인적 없는 골목을 지나던 에두아르드에게 사내 셋이 달려들었다. 놈들은 그를 땅에 메다꽂고 옆구리와 얼굴을 무차별 가격하기 시작했다. 죽일 의도는 없었지만(죽일 생각이었다면 충분히 가능했다), 경고는 엄중했다. 자칫하면 한쪽 눈을 실명할 뻔했던 그는 일주일간 병원에서 입원 치료를 받았다.

에두아르드는 경고의 당사자가 누군지, 경고의 메시지가 무엇인지, 수차례 곱씹어 생각했다. 그때마다 끈질기게 의심이 가는 인물이 레베드 장군이었다. 살집만 없으면 영락없는 아널드 슈워제네거인 레베드는 아프가니스탄에 낙하산 부대 소속으로 참전한 전쟁 영웅 출신으로, 괄괄하고 솔직한 성격으로 유명했다. 러시아 내에서뿐만 아니라 서방에서도 시베리아의 드골로 인식되던 그는 선거 득표에서 3위를 차지했다. 알랭 들롱이 러시아 내정에 뜻밖의 관심을 보이며

『파리 마치』를 통해 그에 대한 지지를 표명한 바 있었다. 반면 에두아르드는 그를 몹시 미워했다. 에두아르드는 본디 당연한 적보다 동일 영역에서 자신보다 훨씬 잘나가는 사람들(더군다나 〈사나이, 진정한 사나이〉로 분류되는 사람들. 그런데 레베드가 딱 거기에 해당했다)을 더 미워하는 데다, 장군 신분인 레베드가 용감하게 체첸전에 반대 의사를 밝히고 원만한 타결을 위해 노력하고 있다는 점도 마음에 들지 않았던 것이다. 「리몬카」의 지면을 통해 레베드에게 맹공을 퍼부었으니, 아무리 지방 펑크족이나 읽는 발행 부수 5천 부짜리 아마추어 신문이라고 해도 점잖은 장군이나 그의 측근 중 누군가가 불편한 심기를 드러냈을 가능성이 없지 않았다. 이 나라에서는 고상한 계층에서조차 통상 있는 일이었다.

어쨌든, 이날 이후 에두아르드는 밖에 나갈 때마다 위압적으로 어깨가 바라진 나츠볼 세 명을 꼭 대동했다. 리모노프가 예외가 아니라 사실 러시아에서는 경호원을 데리고 다니는 사람이 한둘이 아니다. 내가 한번 모스크바에서 어떤 여자한테 작업을 걸 때의 일이었다. 나는 식당에 앉아 알랑거리면서 그녀의 어깨 너머로 경호원을 흘끔거렸다. 그는 우리 옆 테이블에서 완벽한 무표정으로 식사를 했다. 밤이 늦어서도 그는 문 밖에서 경호를 계속하고 있었다. 처음에는 거북하지만, 시간이 지나면 적응된다.

4

　성공을 위해 러시아로 온 외국인 사업가들, 기자들, 풍운아들은 옐친의 두 번째 집권기를 입에 올릴 때마다 향수에 젖는다. 1996년부터 2000년까지. 그들 인생에서 가장 로큰롤적이었던 시절. 그때 모스크바는 세계의 중심이었다. 어딜 가도 그런 환락의 밤, 아름다운 여자들, 비싼 계산서는 구경할 수 없었다. 물론, 살 돈이 있는 사람들에게만 해당하는 얘기였다. 그런데 돈이 없는 사람들의 얘기는 들리지 않았다. 1998년, 증시가 10년 만에 두 번째로 폭락하는 바람에 알량한 예금이 휴지 조각으로 변했을 때도 그들은 거리로 뛰쳐나오지 않았다. 어리벙벙한 표정으로 구저분한 술집의 구석 자리에 앉아 최면에 걸린 듯이 티브이 화면에 시선을 고정하고 있었을 뿐이다. 화면 속에는 대도시 부자들의 동화 같은 세상, 태연히 골드 카드를 내밀어 초등학교 여교사의 1년치 월급에 해당하는 스시 한 접시 값을 계산하는 젊은 미녀들, 이어폰을 낀 경호부대의 호위 속에 전용기를 타고 쿠르슈벨로 날아가 뵈브 클리코 샴페인을 가득 채운 자쿠지에 몸을 담그는 오만한 젊은 청년들만이 등장했다. 〈주식 담보 대출〉이라는 무장 강도 행각은 기대 이상의 성공을 거두었다. 가령, 호도르코프스키는 연 수익 30억 달러를 올리는 석유 회사 유코스를 1억 6천8백만 달러에 수중에 넣었다. 올리가르히들은 이제 모두 다, 완벽히 소유하게 됐다. 기술이 아닌 천연자원에 기반한 막대한 부, 공공의 부를 창출하는 게 아니라 파두츠나 케이맨 제도에 위치한 정체불명의 역외 회사 네트

워크 속으로 슬그머니 사라지는 부. 충격적인 일이지만 우리 어머니처럼 말하는 사람도 있다. 「강도들인 건 확실해. 하지만 러시아 자본주의 1세대 아니니. 미국도 처음에는 똑같았어. 올리가르히들은 정직하지 않지만 자식들은 스위스의 좋은 학교에 보내 공부시키고 있으니, 애들은 정직이라는 호사를 부릴 수 있을 거야. 두고 봐라. 한 세대만 기다려.」

정치 역시 사유화되었다. 용감한 내 사촌 폴 흘레브니코프가 베레조프스키를 연구하고 쓴 책이 『크렘린의 대부 *Godfather of the Kremlin*』인데, 딱 들어맞는 제목이다. 베레조프스키는 은근히 승리를 즐기는 타입이 아니었다. 그는 러시아의 권력은 바로 자기 자신이며 늙은 차르가 아직 옥좌에 앉아 있는 것은 순전히 자신의 덕이라는 사실을 수시로 상기시켰고, 옐친은 그의 변덕을 다 받아 주었다. 야권은 사분오열되고 민중은 정신분열 상태였으며, 에두아르드는 분출하는 에너지의 사용처를 찾지 못한 채 펄펄 뛰며 안절부절 못했다. 폭행 사건 이후에도 전혀 자중하지 않았다. 나타샤의 빈자리는 그를 열렬히 사랑하는, 영화 「니키타」의 여주인공 안느 파릴로를 닮은 스물두 살의 늘씬한 펑크족 미인이 채웠다. 하지만 다시 찾은 사랑도, 언더그라운드 신문사의 운영도, 문학도, 그가 꿈꾸는 인생을 온전히 실현해 줄 수는 없었다. 〈정당이나 종교처럼 자기 자신보다 고양된 어떤 것을 찾아 헌신해야 한다는 진리를 제때 깨닫지 못한 예술가를 기다리는 것은 술독에 빠진 한심한 삶, 티브이 쇼 출연, 시시한 험담과 자잘한 경쟁, 그리고 그 끝은 심근경색이나 전립선암

이다〉 하고 리모노프는 썼다. 종교는, 훗날을 기약해 남겨
둔 상태였다. 정당은, 하나 있는데, 확실한 용처에 대해 생각
해 본 적은 없지만 어쨌든 세력은 세력이었다. 이 세력의 규
모를 파악하기 위해 에두아르드는 전당대회를 개최하기로
결정했다.

그들이 왔다, 모두 모였다. 러시아 전역에 당원이 7천 명이
니 전부라고는 할 수 없었지만, 수백 명이 마치 록 페스티벌
참가자들처럼 도처에서 모여들었다. 성질 급한 몇몇 대표단
은 며칠 일찍 도착해 벙커에 짐을 풀었고, 나머지 참가자들
은 노동자들의 가정에 숙소가 마련되었다. 숙소도 숙소였지
만 전당대회 장소를 대여하는 일도 쉽지는 않았다. 처음에는
수락했던 건물주가 이튿날 찾아와 곰곰이 다시 생각해 보니
안 되겠다고 말을 뒤집기 일쑤였다. 그사이 경찰이 만류한
게 분명했다. 마지막 순간까지 최악의 사태를 걱정해야 했
다. 폭탄 테러 경고, 도발, 집회 원천 금지. 하지만 최악의 사
태는 벌어지지 않았고, 전당대회는 개최되었다. 에두아르드
는 팡토마스의 초대형 포스터가 걸린 연단에 섰다. 그는 빛
났다. 3년간 몇 명을 데리고 악착같이 기차역으로 신문을 날
라다 두메산골로 실어 보낸 게 결실을 보고 있었다. 눈앞의
실물들, 형제들.
두긴이 꿈꿨던 지크프리트[15]가 아니라, 열을 지어 걸어가
다가 큰마음 먹고 카페에 들어가서는 겸연스레 수중의 돈을
세고, 투박한 군화로 시선을 떨구면서 네 명이 음료 한 잔을

15 북유럽 신화에 등장하는 영웅.

주문하는, 반점이 울긋불긋한 부스럼투성이 얼굴에 창백한 표정의 시골 청년들, 가난한 손님들, 남들이 업신여길까 봐 이빨부터 드러내는 나츠볼들이었다. 에두아르드를 만나지 못했으면 알코올 중독자나 깡패로 살았을 것이었다. 자신들의 인생에 의미와 개성, 이상을 부여한 에두아르드를 위해서라면 죽을 각오도 돼 있었다. 에두아르드는 이들이 자랑스러웠고, 자하르 프리레핀이 지적하듯 미녀 아니면 추녀지 중간은 없는 여자 당원들이 생긴 것도 자랑스러웠다. 못생긴 여자도 환영이었다. 그녀들 중 단연 돋보이는 미녀, 여자들의 경모를 한 몸에 받으며 말을 하고 또 하는 에두아르드를 사랑스럽게 쳐다보는 늘씬한 빡빡머리 리자는 그의 여자였다.

늙은이들, 부자들, 부패한 인간들이 러시아를 통치하고 있지만 러시아의 미래는 바로 당신들이라고, 그는 당원들을 향해 외쳤다. 늘 하던 타령이었다. 그런데 이번에는 오랜 숙고 끝에 정치적 상황이 무르익지 않았다는 판단을 내린 그가 새로운 내용을 덧붙였다. 화이트 하우스 포위 당시 아둔한 루츠코이 장군에게 그가 쇠귀에 경 읽듯이 수차 했던 말, 위인은 모름지기 정치적 상황이 무르익는 시점을 감지할 줄 아는 사람이라고 그는 말했다. 그가 판단하기에 지금은 아니다, 때가 아니라고 목소리를 높였다. 정교회의 반유대주의자들과 스탈린의 종손자와 어리석게 손을 잡았던 일은 이제 잊자고. 지금부터, 나츠볼들은 러시아 내에서의 권력 쟁취는 잊는다. 언젠가는, 할 것이다. 그렇다고 「리몬카」를 읽고 방구석에서 기타나 뜯으면서 기다리자는 얘기가 아니다. 할 일이 있다. 이 나라 안이 아니라 주변부에서, 배신자 고르바초프가 포기한 땅들에서 할 일이 있다. 땅을 버리면서 고르바초프는 소련의 근간이었던 2천5백만 러시아인들을, 소련이 사라진 뒤 존재의 가치를 상실한 이들을 함께 버렸다. 문명을 들여온 그들이 지금 이슬람에, 혹은 이슬람보다 나을 것 없는 민주주의 이데올로기에 포위되어 있다. 자신들이 지배했던 나라들에서, 처음부터 끝까지 자신들이 일군 나라들에서 그들이 따돌림당하고 배척받고 있다. 구 유고 연방의 세르비아인들과 정확히 똑같이. 세르비아인들을 돕지 않은 배신자 옐친이 라트비아에 있는 90만 명의 러시아인들, 우크라이나에 있는 천백만 명의 러시아인들, 카자흐스탄에 있는 5백만 명의 러시아인들을 도울 리 없다. 따라서 새로운 투쟁의 내용은 이 땅들에서 반란의 불씨를 당기고 분리주의자들의 공화국을 건설하기 위한 토대를 마련하는 게 될 것이다. 목표 두 곳은 발트 해 연안과 중앙아시아다. 발트 해 연안에는 이미 당의 세력이 뻗어 있고, 리가에는 나츠볼이 족히 백여 명은 된다. 중앙아시아는, 에두아르드가 직접 순회 답사를 떠날 예정이라고 밝혔다. 조만간 출발할 예정이며, 용감한 당원 열 명가량이 자신을 수행해 주길 기대한다고. 누구든 자진해 주길 바란다고.

백 개의 손이 올라왔다. 우레와 같은 박수, 뜨거운 호응. 가장 진취적인 나츠볼들에게 새로운 지평이 열리고 있었다. 역사적인 순간이었다. 가브리엘 단눈치오가 피우메를 탈환하기 위해 용사들을 소집해 대대를 편성하던 순간이나 다름없다고 생각하면서 에두아르는 마음을 다졌다. 리자가 연단 뒤에서 그를 향해 손으로 입맞춤을 날렸다.

민족볼셰비키당 당원들의 카자흐스탄, 투르크메니스탄, 타지키스탄, 우즈베키스탄 순회는 두 달이 걸렸다. 각국에 주둔한 러시아군의 지휘관들과 탱크 앞에 나란히 서서 포즈를 취한 『영웅의 해부』 속 사진들을 보면, 보스를 수행한 여덟 사내는 모두 낙하산 부대원 같은 풍모다. 하룻저녁에 내가 술이 얼큰히 취해 이 사진들을 보여 주자 친구 놈이 숨이 넘어가도록 웃었다. 「됐어, 그냥 호모 패거리구먼. 조용히 똥구멍에 좆방망이질이나 하고 싶어 떠난 놈들을 가지고 괜히.」 나 역시 웃었다. 미처 그 생각은 해보지 않았다. 솔직히 말이 안 된다고 생각하지만, 사람 일을 어찌 알겠는가?

　　어쨌든, 리자와 다른 당원들의 여자들도 다 얌전히 집에 남아 있었던 것만은 분명하다. 사실, 에두아르드가 함께 오지 못해 섭섭해한 사람은 애인이 아니라 파리에서 약간의 친분을 쌓은 후 이번 일에 끌어들이려고 공을 들였던 밥 드나르였다. 아프리카에서 쿠데타를 기획한 경험이 있고 불발로 끝난 몇 건의 음모를 배후 조종한 노련한 전문가인 그를 데려 왔더라면 정국 교란의 가능성을 타진할 때 귀한 조언을 들을 수 있었을 것이다. 또 한 가지 분명한 것은, 정국 교란에 있어서는 별다른 성과가 없었지만 에두아르드가 가슴으로 이 나라들을 발견하게 되었다는 사실이다. 에두아르드는 중앙아시아에 열광했다. 애초에 마음이 갔던 중앙아시아의 러시아인들이 아니라 우즈베키스탄인들, 카자흐스탄인들, 타지키스탄인들, 투르크메니스탄인들을 솔직히 더 좋아해, 이들에 대해 상투적이지만 내가 보기에 사실적인 묘사들을 늘어놓는다. 자존심 세고, 예민하고, 가난하고, 손님을 환대하는 민족. 에두아르드가 좋아하는 폭력과 복수의 전통. 가브리엘 단눈치오의 위용으로 길을 떠났던 에두아르드는 아라비아의 로런스가 되어, 러시아 촌놈들의 해방자가 아니라 지역 독재자들에게 똑같이 원한이 쌓인 우즈베키스탄과 카자흐스탄 산악 민족들의 해방자를 자처하며 돌아왔다. 세르비아인 친구들의 영향을 받아 이슬람을 그토록 증오했던 그가 돌아올 때는 이슬람교도들에게 완전히 매료되었고, 이런 급작스러운 열광의 대상은 체첸인들로까지 확대되어 어느새 그는 체첸인들의 검박함과 천재적인 게릴라 전술, 잔혹함 뒤에 숨어 있는 우아함을 칭송하게 되었다. 에두아르드라는 파시스트한테 한 가지는 인정해 줘야 한다. 그는 과거나 지금이나 항상 소수의 편에 서 있다. 뚱뚱한 사람들보다는 마른 사람들, 부자들보다는 가난한 사람들, 수두룩하게 있는 착한 사람들보다는 당당한 개차반들의 편이다. 갈팡질팡하는 듯 보이는 인생 역정이지만 그는 언제나, 정말로 언제나, 그들의 편에 서는 일관성을 보여 주었다.

5

옐친의 두 번째 임기가 끝나 가자 올리가르히들은 전임자만큼 만만한 후계자를 물색했고, 교활한 베레조프스키는 대중에 전혀 알려지지 않은 체카 요원 출신의 블라디미르 푸틴을 점찍어 두었다. 동독에서 첩보 장교로 활동했던 그는 베를린 장벽 붕괴 후 한동안 심각한 공황 상태를 겪다 FSB로 복귀해 1년째 별다른 활약 없이 조직을 이끌고 있었다. 여러 직책을 거치는 동안 그는 상관들에 대한 절대적인 충성심을 보여 주었는데, 베레조프스키는 동료 올리가르히들에게 이 귀한 자질을 부각시켰다. 「두뇌 회전이 빠른 놈은 아니지만 우리를 하늘처럼 떠받들 거야.」 갱으로부터 권한을 위임 받은 베레조프스키는 전용기를 타고 푸틴이 중급 호텔에 묵으며 아내, 아이들과 함께 휴가를 보내던 비아리츠의 공항에 내렸다. 그가 직책을 제안하자 푸틴은 겸손하게 자신이 그릇이 되는지 모르겠다고 말했다.

「뭘 그러시오, 블라디미르 블라디미로비치, 뜻이 있는 곳에 길이 있는 법 아니겠소. 그리고 걱정할 필요 없소. 우리가 옆에서 도와줄 테니까.」

훗날 벌어지는 일을 미리 요약하자면 이렇다. 자신의 약삭빠른 계산속을 뿌듯하게 생각한 베레조프스키는 결론적으로 인생 최대의 악수를 둔 꼴이 되었다. 맨케비츠의 영화에서처럼, 별 볼 일 없고 비굴하던 장교의 실체는 무자비한 전쟁 병기였음이 드러났고, 자신을 권좌에 앉힌 사람들을 차례로 제거해 나갔다. 비아리츠 회동이 있은 지 3년 후, 베레조프스키와 구신스키는 강제 망명길에 올랐다. 본인 소유의 석유 제국에 도덕적인 경영 방식을 도입함으로써 유일하게 개전의 정을 보였던 코도르코프스키는 체포되어 떠들썩한 재판을 거친 후 고릿적처럼 시베리아 유형을 떠났고, 내가 이 책을 쓰는 지금도 여전히 거기서 썩고 있다. 나머지 사람들은 조심조심 살얼음판을 걷고 있다. 누가 보스인지 깨달은 것이다.

　그러나 일단은, 순박하고 겸손한 블라디미르 블라디미로 비치는 대통령 선거를 6개월 앞두고 옐친에 의해 후계자로 지정되어 국민들 앞에 소개됐다. 선거는 단순히 요식 절차에 불과해 보였지만, 새 인물이 구세주 이미지로 등장하기 위해 서는 전쟁만 한 게 없었다. 이번 역시 체첸이 무대가 되었던 전쟁의 빌미를 제공한 것은 1999년 가을, 모스크바 근교에 서 3백 명 이상의 민간인 사상자를 낸 연쇄 테러 사건이었다. 전혀 물증이 없는 상태에서 체첸 테러범들의 소행으로 간주 되었던 이 테러 사건들이 실상은 FSB의 자작극이었다는 설 이 나돌았다. 레베드 장군과 아르툠 바라비크 기자, 기관 장 교 출신인 알렉산드르 리트비넨코, 내 사촌 폴 홀레브니코프 가 공개적으로 이런 의혹을 제기했었다. 그리고 이 네 사람 은 모두 참혹한 죽음을 맞았다. 레베드와 바라비크는 의문 사했고, 리트비넨코는 폴로늄으로 독살됐고, 폴은 칼라시니 코프 소총으로 암살됐다. 이 테러 사건들을 둘러싼 편집증적 이지만 충분히 개연성 있는 가설이 광범위하게 퍼진 상황에 서 러시아 국민들이 환멸을 느끼지 않았다는 사실이 놀랍다. 푸틴이 사건의 배후에 있다고 생각하면서도, 최소한 그런 짓 을 충분히 저지르고도 남을 인물이라고 판단하면서도 한 번 도 아니고 두 번이나 그를 압도적으로 지지했다는 것은 참 으로 이상야릇한 일이다.

　어쨌든 몇 달 승승장구하고 나더니 푸틴은 더 이상 예전의 순박하고 겸손한 모습이 아니었다. 화제를 낳았던 니콜라 사르코지의 〈저리 꺼져, 등신아 *Casse-toi, pauvre con*〉[16]처럼,

그는 〈테러리스트들을 변소까지 몰아붙이겠다〉는 표현을 통해 떠들썩하게 집권 방향을 제시했다. 나츠볼들은 툭하면 푸틴의 표현을 빌려 농담을 하곤 했다. 〈야, 보드카 돌려. 확 변소까지 몰아붙이기 전에.〉 베레조프스키가 그랬듯, 리모노프와 당원들도 장차 무슨 일이 닥쳐 올지 꿈에도 모르고 있었다.

일사천리였다. 미처 대통령 선거를 치르기도 전에 법무부 장관이 용어에 대한 분명한 정의도 내리지 않고 극단주의와 파시즘을 금지하겠다는 내용의 법안을 통과시키더니, 민족 볼셰비키당에 직접적으로 해당되는 법이라고 통보해 왔다. 에두아르드는 장관에게 직접 면담을 요청했고, 면담을 얻어 내자 양복에 넥타이를 갖춰 매고 자신의 입장을 밝혔다. 극단주의자요, 제가 말입니까? 파시스트요? 천부당만부당한 말씀입니다. 그의 얘기에 귀를 기울이고 그의 재능을 높이 산다는 말까지 하는 걸로 봐서 생각이 트인 사람이 분명하다고 생각했다. 그런데 세 달 뒤, 전면 금지 시한을 넘기자 최후통첩이 날아왔다. 불가하다고. 불가하다, 민족볼셰비키당은 더 이상 존립할 수 없다고. 경악을 금치 못한 에두아르드는 다시 면담을 요청했고, 뜻밖에 다시 면담을 얻어 내자, 다시 양복에 넥타이를 갖춰 맸다. 이번에는 단도직입적으로 말했다. 러시아 내에 허가를 받고 공식 등록된 정당이 130개인데, 이중 상당수가 당원이 없는 유령 정당이다. 당원이 7천

16 2008년 프랑스 농업 전시회를 방문한 사르코지는 자신의 악수를 거절하며 〈날 더럽히지 마라〉라고 하는 시민에게 이렇게 응수했다.

명에 이르는 그의 정당은 이 경우에 해당하지 않는다. 방법은 아주 간단하다. 허가를 못 하겠다면 민족볼셰비키당은 지하 결사체로 활동할 수밖에 없고, 나라의 미래를 걱정하는 젊은이들이 극단주의와 테러리즘으로 치닫더라도 자신은 어떻게 할 도리가 없다고 말했다. 장관이 눈썹을 찡긋거렸다. 「그러니까 당신 말은, 당신 당에 허가를 내주지 않으면 폭탄을 설치하겠다, 이거요?」

「제 말은, 합법적인 길을 막으면 우린 다른 길을 가겠다는 겁니다.」

이로부터 얼마 후, 에두아르드는 루비앙카로 소환돼 그와 민족볼셰비키당의 담당자라고 대놓고 밝히는 한 장교를 만났다. 장교는 교양 있는 사람은 아니었지만 그렇다고 상대방에게 불쾌감을 주는 타입도 아니어서, 역시 체카 요원이 민간인 공무원보다 낫다는 생각을 에두아르드는 또 한 번 확고히 굳혔다. 「이 수류탄은, 뭐요?」 그가 「리몬카」의 로고를 가리키며 물었다. 「살인 교사요?」 에두아르드는 그 수류탄은 러시아 군수 공장에서 생산 중인 모델이며, 그 이미지를 차용하는 것은 불법이 아닌 걸로 알고 있다고 대답했다. 장교는 사람 좋은 너털웃음을 터뜨리더니 휴대폰 번호를 알려 주면서 주변에 있는 청년들 중에 테러리즘에 경도되는 분자들이 눈에 띄면 연락하라고 말했다.

「꼭 그렇게 하죠.」 에두아르드가 정중히 말했다.

테러리즘과 관련해 민족볼셰비키당은 합법, 불법 정당으

로서의 역사를 통틀어 평화적인 활동만 추구했던 것으로 보인다. 나츠볼들과 에두아르드도 그렇게 주장했지만, 가이다르 전 총리가 참석한 회동에 나타나 〈스탈린! 베리야! 굴라그!〉 하면서 구호를 외쳤고, 꽃다발(꽃에 가시는 없었다고 에두아르드는 분명히 말했다)로 고르바초프의 따귀를 후려쳤고, 니키타 미할코프 감독의 영화 「러브 오브 시베리아」의 공식 시사회에서 나오는 사람들에게 〈우리 친구 학살자〉라는 제목의 전단을 배포했다는 등의 가벼운 죄목으로 이들을 기소 수감했던 정부에서조차 인정하는 부분이다. 비난의 표적이 되었던 학살자는 영화의 후원자이기도 했던 카자흐스탄 대통령 누르술탄 나자르바예프였는데, 카자흐스탄 내 야권 세력이 처한 부조리한 상황을 고발하는 전단의 배포는 파시스트적 활동이라기보다는 인도주의적 차원의 활동이었다. 인도주의 단체들이라면 당연히 미할코프처럼 만인의 존경을 받는 절대 권력자, 러시아 영화계의 푸틴이라 할 수 있는 〈하지아인〉, 즉 보스와 맞서는 행동은 자제하는 신중함을 보였겠지만 말이다. 시위가 끝나기 무섭게 반격이 들어왔다. 오몬 부대가 벙커에 최루탄을 쏘며 진입해 압수 수색을 벌였고, 현장에 있던 나츠볼들을 무자비하게 구타한 후 체포해 수감했다. 이 모든 조치가 미할코프의 요청에 따른 것이라고 리모노프는 확신했다. 나츠볼 둘이 또 다른 상영 장소에 나타나 복수 차원에서 감독의 얼굴에 썩은 계란을 던졌다가 현장에서 체포돼 각기 징역 6개월을 선고받았다.

6개월, 썩은 계란 몇 개 던진 것 치고는 너무 과한 벌로 보인다. 하지만, 앞서 보았듯이 에두아르드가 우선 활동 지역으로 분류한 발트 해 연안국들에서 내려지는 형에 비하면 아무것도 아니었다. 민족볼셰비키당의 라트비아 내 활동은 공산주의 붕괴 후의 복잡다단한 모순들을 집약적으로 드러내므로 아무래도 자세한 설명이 필요할 듯하다. 소련의 위성국이었다가 독립해 민주 국가가 된 라트비아의 검찰에서 대조국 전쟁의 영웅이자, 베를린 장벽의 붕괴 이전까지 냉혈 체카 요원으로 이름을 드날렸던 늙은 친소련계 인사를 기소해 실형을 선고한 게 사건의 시발점이었다. 우리 쪽에서 보면, 다시 말해 「르 몽드」나 「리베라시옹」의 입장에서 보면, 이 사건은 기억의 의무라는 차원에서 사회가 학살자들에게 책임을 묻는, 건강한 역사적 치유의 일환이다. 그러나 나츠볼들의 입장에서 보면 이것은 2천만 명의 전사자들과 공산주의를 믿었던 수억 명의 사람들에 대한 모독이요, 저열한 짓이다. 이 낭만주의자 청년들의 눈에는 KGB의 능구렁이 노인이 영웅이자 순교자로 비쳤던 것이다. 그에 대한 지지를 표명하기 위해 청년 셋이 리가의 생피에르 성당을 점거한 후 가짜 수류탄을 투척해 지나가는 관광객들을 위협하고 종탑에 올라가 바리케이드를 치고 전단을 살포했다. 물론 그들은 사태가 어떻게 전개될지 예상하고 있었다. 구름떼처럼 몰려온 경찰이 메가폰을 잡고 내보내는 투항 권유 방송, 협상, 수용 가능성이 전혀 없는 요구 사항들(연로한 체카 요원을 석방하고, 라트비아는 나토NATO 가입 기도를 중단하라), 그리고 조금 더 현실적인 요구 사항들(농성을 풀 때 현장에 러시아 대사가 와 있도록 해 달라). 결국 세 명은 농성을 풀었고, 현장에 도착해 있던 대사는 나츠볼들을 보호하기 위한 조처를 전혀 취하지 않았다. 경찰에서는 세 사람이 군중에 발포라도 한 듯 무자비하게 체포했고, 러시아 정부의 용인하에 훌리거니즘이 아니라 말 그대로 테러 혐의를 적용해 재판에서 징역 15년을 구형했다.

15년, 맞다. 이 사건의 결말이 상식적인 차원에서 이해가 안 되는 것은, 나츠볼들과 대립각을 세우는 러시아 정부 역시 조국의 영광스러운 과거를 모욕하는 짓은 용인할 수 없다는 태도를 보인다는 사실이다. 가령, 에스토니아에서 적군 기념 조형물을 철거하려 하자 푸틴은 전쟁도 불사하겠다는 태도를 보였다. 원칙에 있어서는 나츠볼들과 푸틴이 다르지 않다(물론 나츠볼들은 이 사실을 인정하느니 집단 자살을 택하겠지만). 하지만 〈테러와의 전쟁〉에 있어서는, 무해한 수준의 테러 위험이라 할지라도 러시아 체카 요원들은 라트비아 정보기관들과의 긴밀한 협력을 통해 대응하고 있고, 그런 차원에서 핍박받는 늙은 동지들을 지키겠다는 결의에 찬 낭만주의자 젊은이들을 인정사정없이 몰아붙이고 있는 것이다.

너무 복잡하게 얽힌 문제라는 걸 나도 안다. 내가 책을 쓰는 것도 이렇듯 얽힌 실타래를 풀어 보고 싶은 마음에서다. 우리가 익히 알 듯이 오리무중 상태에 이골이 난 에두아르드도 슬슬 지쳐 갔고, 맑은 공기와 넓은 대지가 그리워졌다. 모스크바는 황량했고, 그는 중앙아시아에 가서 지내고 싶다는 생각을 했다. 그는 카자흐스탄의 정국 불안 가능성을 타진

하는 동시에 알타이 산맥에서 람보식 생존 훈련을 한다는 구
실을 만들어 또 한 번 답사 여행을 꾸렸다. 평생을 휴가 없이
살아온 에두아르드가 기껏 휴가라고 생각해 낸 걸 보니 아브
카지아에서 휴가를 보내던 스탈린을 찍은 사진들이 머릿속
에 떠오른다. 군화에 군복 차림을 한 스탈린이, 긴 의자와 해
수욕 생각이 간절하지만 용케 감추고 서 있는, 그와 똑같은
차림에 콧수염을 기른 사내들에 둘러싸인 사진들뿐이었다.

지도를 한번 들여다보자. 카자흐스탄과 맞닿아 있는 (하
지만 면적은 카자흐스탄의 다섯 배로 프랑스와 같은) 알타
이 공화국은 대서양과 태평양, 인도양, 북해로부터 똑같이
멀리 떨어져 있는, 세계에서 가장 대륙적인 나라다. 폰 운게
른 슈테른베르크 남작이 불교도 용병단을 이끌고 교단을 세
웠던 몽골처럼 이 땅도 숨이 멎을 듯한 풍광(하늘로 치솟은
고원들, 바람에 쏠리는 높은 풀들)과 낮은 인구 밀도로 유명
하다. 대지, 하늘, 하늘 아래 아무도 없는 곳. 2000년 여름이
끝나 갈 무렵, 울퉁불퉁한 길을 요동치며 달리는 비좁은 지
프차에 부하 네 명과 끼어 앉은 에두아르드는 이 추상에 가
까운 태초의 세계를 향해 돌진하고 있었다. 무표정한 얼굴에
과묵한 성격의 졸로타레프라는 길잡이가 남쪽 산지에서 그
들이 찾는 용도에 맞는, 접근이 힘들고 주변에 사람이 없어
훈련 캠프로도 사용이 가능한 은둔처를 한곳 찾아냈다. 민
족볼셰비키당에서 훈련 캠프는 신화적 영역에 속했다. 많은
나츠볼들이 에두아르드가 파키스탄 지하디스트들의 캠프를
본떠 도처에 극비리에 훈련 캠프를 마련해 놓았다고 굳게 믿
었고 에두아르드 본인도 연막을 치고 있었지만, 사실이 아니

었다. 당시까지 훈련 캠프는 존재하지 않았다.

　마지막 민가를 지나 한 시간 가까이 10킬로미터를 달리자 지붕이 절반가량 주저앉았고 창문은 비닐로 가린 오두막 한 채가 눈앞에 나타났다. 방 두 개, 침대 네 개, 멀쩡해 보이는 난로 하나. 일행은 장비와 침낭, 비상식량을 꺼내 놓고 야영에 들어갔다. 별빛이 쏟아지는 한데서 저녁 시간을 보냈다. 마법이 시작되고 있었다.

　나는 범신론적 자연을 서정적으로 묘사할 재주는 없는 사람이다. 산경(山景)은 즐기지만, 장작불과 급류, 오만 가지 풀과 버섯, 야생 동물의 흔적 같은 것은 실감나게 표현할 자신이 없기 때문에 로빈슨 크루소식 묘사는 생략하고 넘어가야겠다. 에두아르드와 같이 지낸 3개월 동안 청년들은 사냥과 채집 외에도 사격 연습과 백병전 훈련에 몰두했다. 거치적거리는 사람이 없었다. 콘크리트 속에서 자란 에두아르드는 새로운 세계에 눈을 떴고, 물 만난 고기 같은 길잡이 졸로타레프의 매력도 새롭게 발견했다. 도시에서 만났을 때는 지저분한 머리에 반다나를 두르고, 벙어리와도 같은 사람이 〈에너지〉, 〈카르마〉 같은 단어가 수시로 등장하는 뉴에이지적인 실없는 소리나 이따금 툭툭 던지는 게, 영락없는 늙은 시골 히피라고 생각했다. 산에 올라와 처음 맞는 새벽, 오두막에서 나오다 떠오르는 해를 마주하고 가부좌를 틀고 앉아 명상을 하는 그를 발견하고 에두아르드는 피식 웃었다. 하지만 3일이 지나자 그의 몸에서 발산되는 차분하고 긍정적인 파동이 실제로 느껴졌다. 졸로타레프는 급류가 흐르는 물가로 에두아르드를 데려가 함께 낚시를 했고, 물고기에서 아가미를 떼어 불에 굽는 법, 채취해서 몸에 지니고 다니면 유용하게 쓸 수 있는 풀과 열매를 구별하는 방법도 가르쳐 주었다. 졸로타레프는 어느 누구보다 자연을 잘 아는 사람이었다. 아니, 아는 것 이상이었다. 그는 자연의 일부였고, 자연은 그의 앞마당이었다. 에두아르드는 두려움마저 느꼈다. 졸로타레프 앞에서는 예전에 정말 재밌게 봤던 구로사와 감독의 영화에 등장하는 몽골인 모피 사냥꾼 데르수 우잘라[17] 앞에 선, 지나치게 문명화된 여행자가 된 기분이었다. 졸로타레프는 모피 사냥꾼의 작달막한 체구와 찢어진 눈, 과묵한 성격을 빼닮았다. 처음에는 그가 지닌 기운과 영민함이 보이지 않지만 한 번 알고 나면 그것만 눈에 들어온다. 대단한 사람을 모르고 지나칠 뻔했다는 것을 깨닫는다. 그 나름으로 달인이다.

오두막 옆에 러시아 시골집에서 흔히 욕실 역할을 하는 〈바냐〉, 즉 약식 사우나 시설이 붙어 있었다. 이끼가 파랗게 긴 통나무 사우나에 들어가 난로 위에서 뜨겁게 달구어진 돌에 중간중간 찬물을 한 바가지씩 끼얹어 수증기가 피어오르게 해놓고 앉아 땀을 흘렸다. 에두아르드는 바냐를 그다지 즐기는 사람이 아니었다. 튼튼한 심장을 타고 난 덕에 사우나에서 오래 버틸 수 있었고, 이따금 밖으로 나와 알몸으로 눈밭을 뒹굴 자신도 있었지만, 아무것도 하지 않고 가만히 앉아있다 보면 금세 지루해져 시간 낭비라는 느낌이 들었다. 반대로 졸로타레프에게는 바냐가 종교 의식에 가까웠는데, 그

17 1975년 개봉한 영화 「데르수 우잘라」의 주인공으로, 실존 인물이다.

는 결국 성질 급한 에두아르드를 바냐에 입문시키는 위업을 달성하고야 말았다. 일행은 바람을 가르며 온몸이 나른해지 도록 하루 종일 산속을 뛰어다니다가 저녁이 오면 자신만만 하고 편안한 자세로 자욱한 수증기 속에 앉아 말 없이 보드 카를 마시며 근육의 긴장을 풀었고, 졸로타레프는 에두아르 드가 좋아하는 노자의 아리송한 문장을 아득한 목소리로 신 탁처럼 중얼거렸다. 「아는 자는 말하지 않고 말하는 자는 알 지 못한다.」 에두아르드는 이제 이런 말이 가소롭게 들리지 않았다. 그도 동의했다. 늙은 히피는 말은 없지만 알고 있다. 그는 그를 초월하는 더 큰 무엇에 조화롭게 닿아 있었고, 그 와 함께 있으면 에두아르드 역시 그런 기분을 느꼈다.

9월 초부터 추워지기 시작했다. 새벽에는 계곡에서 차가 운 안개가 올라왔다. 나무를 베어 겨울 땔감을 준비했다. 눈 으로 길이 끊겨 세상과 고립된 상태에서 나츠볼 세 명에게 월동 경험을 시키는 게 애당초 이번 일정의 목표였던 것이 다. 엄혹하지만 가슴 뛰는 시간이 되리라고 에두아르드는 상 상했다. 나츠볼들이 부러웠다. 모스크바에 가서 당을 챙겨 야 하지만 않으면 기꺼이 남고 싶었다. 하지만 그는 4월에 눈이 녹으면 그들을 데리러 오기로 돼 있었다. 떠나기 전에 자연에서는 구할 수 없는 생필품이 충분히 있는지 확인했다. 설탕, 양초, 정향⋯⋯. 에두아르드와 내가 어릴 적 쥘 베른의 소설에서 읽어 내려가며 가슴이 두근두근했던 세 쪽짜리 목 록과 같은. 힘찬 포옹 후에 에두아르드와 다른 두 사람은 알 타이의 수도 바르나울로 돌아왔고, 이곳이 집인 졸로타레프 와도 애틋한 이별을 나누었다. 에두아르드는 졸로타레프에게, 처음 만났을 때는 강렬한 인상을 못 받았다, 하지만 이제 당신이 어떤 사람인지 알게 되었고, 친구라는 사실이 자랑스럽다고 말했다. 모피 사냥꾼은 무표정이었고, 찢어진 두 눈은 흔들림이 없었다. 「자넬 줄곧 관찰했지. 자넨 영혼이 있는 사람이야. 정치적으로 하는 말이 아닌데, 자네 사람들도 나는 마음에 드네.」그가 에두아르드에게 말했다.

「원하시면 다시 올 때 당원증을 갖다 드리겠습니다. 꼭 그렇게 하고 싶습니다.」

6

10월부터 4월까지, 겨울 내내 에두아르드는 알타이를 그리워했다. 모스크바의 겨울은 혹독했다. 라트비아 특공대가 유죄를 선고받자 벙커의 분위기는 착잡하게 가라앉았다. 모스크바 출신 나츠볼 몇이 위험을 무릅쓰고 가미카제의 심정으로 리가행을 시도하다 역에서 검거되었다. 경찰에서는 이들이 체포 당시 마약을 소지하고 있었다고 발표했고, 결국 실형이 선고됐다. 자식들이 이렇게 된 게 에두아르드의 탓이라고 생각한 부모들이 벙커를 찾아와 욕설을 퍼붓고 소송을 걸겠다고 위협했다. 창당 초기부터 활동한 당원이자 중앙아시아 대순례를 함께한 여덟 명 중 한 나츠볼이 모스크바 인근에서 구타로 사망하는 사건도 일어났다. 경찰은 수사를 통해 취객끼리 싸우는 과정에서 벌어진 사고라는 결론을 지었는데, 사실인지는 알 길이 없었다. 하루는 당의 세 번째 역사적 멤버이자 충성 당원인 타라스 라브코가 울면서 에두아르드를 찾아와 탈당 의사를 밝혔다. 할 수 있는 한 버텼는데, 가족도 생각해야 하고 법관으로서의 커리어도 생각해야 하고…… 더 이상은 불가능하다고. 젊은 사람들이 주축이 되는 당의 속성이 본디 이렇다. 인생에서 뭔가를 도모하기 시작하는 순간 그들은 떠나 버린다. 「니키타」의 안느 파릴로를 닮은 리자 역시 에두아르드를 떠난 뒤 동년배의 컴퓨터 엔지니어를 만나 가정을 꾸리고 자식을 낳았다. 그녀의 빈자리는 그녀보다 훨씬 어린 나스치아가 채웠다. 미성년자 애인이 있다는 사실에 우쭐하면서도 에두아르드는 한편으로는 피해망상에 시달렸다.

나스치아는 가출해 에두아르드와 함께 살고 있었다. 어느 날 저녁, 늦게 귀가하던 두 사람은 창밖으로 불빛이 새어 나오는 것을 보았다. 살금살금 계단을 올라가 현관문을 열어젖히자 불은 꺼져 있었다. 모든 것이 제자리에 있는 걸 확인하고 나니 더더욱 불안해졌다. 에두아르드는 물건을 집어 가는 도둑보다 물건을 두고 가는 방문객이 더 두려웠다. 두 사람은 구석구석 뒤지기 시작했다. 이렇게 작은 아파트에 무기를 숨겨 두고 갔으면 눈에 띄지 않을 리 없었다. 하긴 헤로인 1그램도 작기는 마찬가지였다. 일단 책임부터 피하고 보자는 생각에 에두아르드는 일전에 휴대폰 번호를 받아 놓은 담당 FSB 장교에게 먼저 연락을 취했다. 장교는 에두아르드와 두 번 만난 적이 있는 자신의 루비앙카 사무실이 아니라 이번에는 공모자들마냥 지하철 승강장에서 만나자고 했다. 앞서 밝혔듯이 에두아르드는 그에게 혐오감 같은 것은 느끼지 않았고, 그래서 솔직히 털어놓았다. 그의 집에 다녀간 야밤의 불청객, 그에게 걸려 오는 익명의 전화들, 다시 그의 숨통을 조여 오는 느낌. 장교는 익히 사정을 알고 있다는 것도 같고, 이번 일은 그의 소관이 아니라 그와 관계가 틀어진 다른 부서의 소관이라는 것을 암시하는 듯도 한 어두운 표정으로 고개를 끄덕였다. 「솔직히, 이번 리가 사건을 선생 개인적으로는 어떻게 보십니까? 러시아가 자국민들을 그렇게 버리는 게 정상입니까?」 에두아르드의 저돌적인 질문에 장교가 한숨을 내쉬었다. 「나도 당신과 생각이 같소. 하지만 그건 당신이나 내가 결정할 사안이 아니오. 국가의 권한이지.」

「엄밀히 말하면, 바로 당신들이 해야 할 일을 우리가 하고 있는 겁니다. 우리를 탄압할 생각을 하지 말고 이용하세요. 당신들은 할 수 없는 일을 우리가 하게 놔두라는 겁니다.」

에두아르드의 이 말은 진심이었다. 그는 기관에 전혀 억하심정이 없는 사람이었다. 도리어 그 반대였다. 봅 드나르, 그리고 그가 이끄는 용병 군단과 프랑사프리크[18] 관료들의 관계처럼 자신과 자신이 이끄는 당도 기관과 충분히 공생 관계를 유지할 수 있다고 그는 자신했다. 그러나 장교는 즉답을 피한 뒤 시계를 내려다보면서 자리를 떴다.

18 *Françafrique.* 프랑스와 아프리카를 합친 말로, 프랑스가 과거 식민지였던 아프리카 국가들과 맺는 신식민지주의적 관계를 비판하는 의미로 쓰임.

에두아르드는 알타이에 가서 숨을 쉬고 싶었다. 숨을 쉴 수가 없었던 것이다. 이동 내내(평소처럼 삼등칸을 타고 모스크바에서 노보시비르스크까지 삼일, 그리고 노보시비르스크에서 바르나울까지 하루) 그는 관찰, 감시당하고 있다고 느꼈다. 노이로제에 걸리지 말자고 만트라처럼 주문을 외면서도 〈공연한〉 노이로제는 없다는 생각에서 쉽게 벗어나지 못했다. 이 부분에 있어서는 모피 사냥꾼 졸로타레프의 영향으로 애독자가 된 노자의 〈중도〉를 따르기가 쉽지 않다. 도착하면 나아지리라 기대했다. 바르나울에서 졸로타레프를 다시 만나 함께 길을 떠날 생각에 가슴이 부풀었다. 참혹한 겨울 동안 에두아르드는 수시로 그를 떠올렸는데, 그때마다 노자를 읽는 것처럼 마음이 차분해졌다. 고요한 침묵의 떨림, 격랑과 소음과 세상의 노호 속에서도 명상이 가능하다는 약속.

일행은 졸로타레프의 집에 도착해서 그의 장례를 치른 지 하루가 됐다는 소식을 들었다. 어떤 여자가 새벽에 개를 산책시키다가 그가 사는 아파트 앞에서 시신을 발견했다고 했다. 4층에 있는 그의 아파트 창문이 열려 있었다고. 자살? 사고? 타살? 죽기 전날 저녁에 그와 같이 있었던 나츠볼들은 그가 우울해 보이지 않았고, 헤어질 때 취한 상태도 아니었다고 자신 있게 말했다.

에두아르드는 주머니에 들어 있던 민족볼셰비키 당원증

을 꽉 구겨 버렸다. 졸로타레프에게 선물로 가지고 온 것이었다. 그는 위태로이 흔들리고 있었다.

다음 날 밤, 기이한 일이 벌어졌다. 에두아르드는 사건의 충격으로 자신처럼 입을 굳게 닫고 있는 나츠볼 둘과 함께 예정대로 길에 오른 상태였다. 우울한 생각들에 빠져 지난번에는 그토록 경이롭게만 보이던 모든 것들에 전혀 눈이 가지 않았다. 무한한 하늘, 이 무한한 하늘 아래 펼쳐진 단순화된 풍경들, 이것들이 빚어내는 아주 태초적인 표현들, 차를 마시며 잠시 쉬어 가는 카라반사라이,[19] 그들을 환대하는 산악민들의 금욕적이고 고결한 얼굴들, 이 어느 것에도. 일행은 지난번에 묵었던 곳에서 또 하룻밤을 묵기로 했다. 마을이라는 이름을 붙이기도 민망한, 유르트 몇 채와 통나무 오두막 한 채가 서 있는 곳이었다. 에두아르드는 도착하자마자 저녁도 거르고 바로 오두막으로 들어가 누웠다. 다행히 나츠볼들은 따로 텐트가 있어서 혼자만의 시간을 가질 수 있었다.

그는 야전 침대에 누워 죽은 사람들을 떠올렸다. 그가 살면서 만났던, 이제는 이승을 떠난 사람들을. 숫자가 금세 늘어났다. 작정하고 세어 보면 죽은 사람이 살아 있는 사람보다 많을지도 모른다는 생각이 들었지만 차마 세어 볼 용기는 나지 않았다. 잠을 청할 생각도 없었고, 그저 가만히, 움직이지 않고 누워 있고 싶었다. 자신 또한 결국 죽을 것이라는 생각을 하면서, 이상하게도 생전 처음 해보는 생각 같다는 느낌이 들었다. 그는 수시로 자신이 원하는 죽음의 형태

19 실크 로드를 오간 상인들이 묵었던 숙소.

에 대해 생각해 보곤 했다. 전사, 총살형이 집행되는 최후의 순간까지 독재자에게 맞서다 맞이하는 죽음. 이런 온갖 상상들이 지금 자신을 옥죄어 오는 확신, 자신은 결국 죽을 것이라는 확신과는 다르다는 것을 그는 이제야 깨달았다.

그는 자신의 삶을, 살토프에서 보낸 유년기부터 환갑을 바라보는 나이에 오늘 밤 알타이의 이 오두막에 누워 있기까지의 인생 역정을 되짚어 보았다. 함정투성이의 긴 여정에도 그는 굴복하지 않았다. 그는 영웅의 인생을 꿈꿨고, 영웅의 인생을 살았으며, 그에 따르는 대가를 기꺼이 치렀다.

그는 모피 사냥꾼이 지난가을 자신에게 했던 말을 떠올렸다. 여기는, 불교 전통에 따르면 세상의 중심이며, 산 자들의 세계와 죽은 자들의 세계가 조우하는 곳이라고 그는 말했었다. 폰 운게른 슈테른베르크 남작이 찾았던 곳, 그가 지금 그곳에 있다.

창문 밖에 컴컴한 언덕들을 배경으로 달이 솟아 있었다. 보름달. 그리고, 처음에는 멀리서, 그러다 점점 가까이서 음악 소리가 들리기 시작했다. 징, 나팔, 웅숭깊은 노랫소리. 두긴을 통해 접한 『바르도 퇴돌(티베트 사자의 서)』의 독경 소리 같았다. 두긴 자식, 에두아르드는 흐뭇하게 그를 떠올렸다. 어쨌든 전사들의 천국에서 다시 만나게 된다면 반가울 것 같았다(그 겁보를 받아 줄지는 모르겠지만……).

잠으로 빠져들고 있는지 죽음으로 빠져들고 있는지 분간이 되지 않았다. 밖에서, 바로 지척에서, 어떤 의식을 행하는 중이라고 그는 느꼈다. 내림굿일지도 몰랐다. 평상시 같으면 당연히 호기심을 갖고 참여했겠지만, 주인들에 대한 예의가 아니라고 생각했고 무엇보다 몸을 꼼짝하기가 싫었다. 그는 자신의 몸에서 나는 소리, 자신의 심장이 펌프질을 해서 정맥을 통해 순환시키는 피가 관자놀이에서 팔딱거리는 소리에 섞여 드는 저승의 음악에 혼곤히 취해 누워 있었다. 죽은 것 같기도 하고 새로운 형태의 생명을 얻은 것 같기도 했다.

다음 날 아침, 그는 나츠볼들에게 의식에 참가했는지 물었다. 어떤 의식 말씀이세요? 아무 일도 없었다고, 축제도 음악회도 굿도 없었다고, 저녁 식사 후에 모두 잠자리에 들었다는 대답이 돌아왔다. 〈밤 문화〉를 즐기려면 알타이 말고 다른 데로 가야죠, 하며 낄낄거렸다.

에두아르드는 재차 캐묻지 않았다. 다시 길에 오른 후로도 그 생각이 머리에서 떠나지 않았지만 전날처럼 짓눌린 기분은 아니었다. 그는 그 천상의 음악, 그 저승의 경험이 모피 사냥꾼의 선물이며, 자신에게 무언가를 암시하고 있다고 생각했다. 어쩌면 그가 산중 은신처에서 한 줌의 나츠볼을 이끌고 유라시아 정복에 성공해 권좌에 오를 것이라는, 폰 운게른 슈테른베르크가 실패했던 곳에서 그는 성공할 수 있다는 암시일지도 모른다고. 아니면 임박한 발할라[20] 입궁, 다시 말해 죽음의 암시일지도 모른다고. 하지만 그는 죽음이 두렵지 않았고, 앞으로도 결코 두렵지 않을 것이었다. 그는 이미 저 세계에 있었기 때문이다.

산에 남았던 세 나츠볼이 에두아르드 일행을 반겼다. 혈색

20 북유럽 신화에서 오딘을 위해 싸우다 죽은 전사들이 머무는 궁전.

이 좋았다. 그을린 고행자의 얼굴이 승병을 연상시켰다. 몸 가짐과 목소리에서도 한결 성숙한 티가 느껴졌다. 졸로타레 프의 그림자가 어른거린 밤은 심각하지만 유쾌한, 무장 해제 의 시간이었다. 청년들이 겨울을 난 얘기를 들려주었다. 우 울의 순간들, 열광의 순간들, 한 사람이 곰과 마주쳤던 일화. 양고기를 긴 나무 꼬챙이에 끼워 불에 굽는, 카프카즈와 중 앙아시아 지역 요리인 샤슐릭을 먹었다. 바르나울에서 궤짝 에 넣어 운반해 온 포도주가 돌았지만 아무도 취하지 않았 다. 세심하고 정감이 넘치는 분위기였다. 석유 등잔불 아래 서 일곱 사람은 행복했다. 감상과는 거리가 먼 에두아르드는 불쑥 아들뻘되는 청년들에게 자네들이야말로 세상에서 가 장 고결하고 용기 있는 사람들이네, 하고 말해 주고 싶어졌 다. 그는 아주 멀면서도 아주 가까이 있다고 느꼈다. 그가 이 렇게 따뜻한 사람이었던 적이 없었다. 에두아르드는 그때를 회상하면서 최후의 만찬이 바로 그런 모습이었을 거라는 생 각이 들었다.

새벽, 에두아르드는 개 짖는 소리에 잠이 깼다. 개가 없는 데, 하고 의아해할 시간조차 없었다. 순식간에 벌어진 일이 었다. 특수 부대 요원들이 오두막을 급습해 침낭에서 자던 사람들을 밖으로 끌어낸 뒤, 고도가 높아서 아침까지 잔설 이 남아 있는 땅에 무릎을 꿇렸다. 복면을 쓰고 허리에는 기 관총을 차고 컹컹대며 짖는 늑대개들을 붙잡고 서 있는 요원 들이 족히 서른 명은 됐다. 난리통에 안경을 잃어버린 에두 아르드는 대충 감으로 주변을 식별했다. 그는 맨발에 양모 팬티만 걸치고 있었다. 보스에 대한 예우 차원에서 에두아르드에게 먼저 들어가 옷을 입고 나오라고 했다. 감시하러 오두막 안으로 그를 따라 들어온 군인이 이 틈을 타 에두아르드에게 〈선생님 책을 정말 잘 읽었습니다. 제 손으로 체포하게 되어 자랑스럽습니다〉 하고 나지막이 한마디 했다. 전혀 비아냥거리는 게 아닌 뿌듯하고 유쾌한 말투였다. 당장 사인이라도 부탁할 태세였다.

이제부터 진지한 본론. 「무기는 어디 있습니까?」

「무슨 무기 말이오?」

「어리숙한 척하지 마세요.」

개들과 금속 탐지기를 동원해 꼼꼼한 수색을 펼쳤지만 엽총 두 자루를 제외한 다른 무기는 발견되지 않았다. 솔직히 고백하자면, 나는 좀 놀랐다. 무기 몇 자루 갖다 놓는 거야 일도 아니었을 테니 말이다. 다 FSB의 준법정신 덕이 아니겠는가.

나츠볼 여섯은 손을 머리에 올린 채 무지막지하게 군용 트럭에 태워졌다. 에두아르드는, 레이밴 미러 선글라스를 절대 벗지 않는 거구의 쿠즈네초프 대령이 타고 온 편안한 승용차에 동승했다. 쑥대밭을 만들어 놓은 은신처가 백미러에서 사라지자 대령이 작은 냉장고에서 보드카와 자쿠스키를 꺼냈다. 죄수들을 수송할 특별기가 대기하고 있는 고르노알타이스크의 FSB 기지까지 차로 여덟 시간 거리니, 이제 편안히 긴장을 풀어도 됐다. 「VIP 대접이오.」 대령이 한마디 던졌다. 그는 작전을 성공리에 완수해 기쁜 나머지 자작으로 거

푸 몇 잔을 마시고 나서 에두아르드에게도 강권하다시피 했다(에두아르드는 대령보다는 훨씬 조금 마셨다). 두 번째 병을 따고 나서는, 담당자로서 나츠볼들이 가족처럼 느껴지는 면이 있다고 하면서 과도한 친근감을 표시했다. 담당 장교를 다른 사람으로 알고 있던 에두아르드는 무척 놀랐다. 「아니오, (대령이 말했다) 그 친구는 사람이 물러 터져서, 이 일에서 손 뗀 지 2년 됐소. 미할코프 사건 때부터.」 미할코프 감독의 요청에 따라 화끈하게 몰아붙인 장본인이 바로 자신, 쿠즈네초프라고, 두 달 전에 리가로 향하는 나츠볼들을 막다른 골목으로 몰아넣은 것도 자신이라고 말했다.

「도발이오, (에두아르드가 말했다) 그들은 마약을 소지하고 있지 않았소.」

대령이 이심전심이라는 듯 호탕하게 껄껄 웃었다. 「암, 없었고말고. 장난 좀 쳤소!」

이 대목에서 에두아르드는 냉정을 잃었다. 냉정을 잃으면 그는 목소리부터 뚝뚝 끊어지고 갈라지는 사람이다. 「당신들과 한편인 사람을 감옥에서 꺼내 보겠다고 동분서주하는 청년들을 함정에 빠트려 놓고 양심의 가책도 없었소? 당신네 조직의 창립자 펠릭스 제르진스키가 당신들 하는 꼴을 보면 지하에서 아주 대경실색하겠소. 그분, 정말 위대한 분이셨는데, 당신들은, 어떤지 알고 있소? 체카 요원의 고결한 이름에 먹칠이나 하는 쓰레기요.」

모욕을 당한 데다 충분히 힘으로 에두아르드를 누를 수 있는 위치인데도 대령은 안절부절 어쩔 줄을 몰랐다. 눈물이라도 폭 쏟을 분위기였다.

「왜 우릴 싫어하오, 베니아미노비치?」 그가 한숨을 내쉬었다. 「당신 같은 사람이 왜 우리와 한편이 되지 않는 거요? 함께 큰일을 도모할 수 있을 텐데…….」

「날 스카우트하는 겁니까?」

대령이 에두아르드에게 손을 내밀었다. 술은 들어갔지만 진심인 듯했다. 에두아르드가 어깨를 으쓱했다.

「개수작 떨지 마시오.」

제9장

레포르토보, 사라토프, 엥겔스, 2001~2003년

1

에두아르드가 평생을 꿈꿔 오던 것이었다. 어릴 때 『몬테
크리스토 백작』을 읽으면서. 간수 아버지가 어머니에게 들
려주던 용감하고 침착하고 주체적인 사형수의 얘기를 엿듣
고는 그를 청소년기의 우상으로 삼으면서. 소설의 주인공을
자처하는 사람에게 감옥은 놓쳐서는 안 되는 인생의 한 장
(章)이었고, 에두아르드는 괴로워하기는커녕 순간순간을,
그러니까 내 말은 우리가 영화 속에서 이미 수없이 본 장면
들 모두를 즐겼으리라고 나는 확신한다. 입고 있던 사복과
시계, 열쇠, 지갑 등 몇 가지 소지품을 물품 보관소에 맡기고
파자마 비슷한 수의를 받아 입는다. 직장 촉진을 포함한 신
체검사. 옆에서 그를 에워싸는 교도관 두 명과 함께 미로처
럼 끝없이 이어지는 복도를 지난다. 철책과 문들이 잇달아
나타난다. 드디어, 육중한 철문이 열리고 뒤에서 다시 닫히
면, 종착지. 몇 달 또는 몇 년을 살면서 전시(戰時)처럼 그의
진면목을 보여 주게 될 8평방미터 크기의 감방들.

역시 대접이 시시하지는 않았다. 그는 국가를 위협하는 고위험군 죄인들이 수감되는 레포르토보로 보내졌다. 소련, 뒤이어 러시아의 유명 정치범들과 거물급 테러리스트들이 빠짐없이 거쳐 간 곳이니 리모노프 스스로 철가면[1]이라는 생각을 한 것도 무리는 아니다. 모스크바 인근에 위치한 이 KGB의 철옹성은 지금도 지도에 표기가 돼 있지 않고 극도의 보안이 유지되는 탓에 에두아르드도 처음에는 동료 수감자들과 자신의 죄목조차 몰랐다. 변호사 접견이나 면회도 불가능했다. 심리는 언제 시작되는지, 그의 체포에 대한 바깥의 여론은 어떤지, 여론이 관심은 기울이는지, 가족들이 자신의 체포 사실을 알고 있는지조차 알 수 없었다.

대부분의 러시아 내 수형 시설들과 달리 레포르토보는 불결하거나 과밀하지도, 강간이나 구타가 일상화되지도 않았지만, 철저한 격리 수용이 이루어지고 있었다. 의무적으로 노동을 할 필요도 없었고, 설령 하고 싶어도 할 수 없었다. 벽을 하얗게 칠한 살균된 독방들마다 텔레비전이 있어 수감자들이 아침부터 밤까지 자유롭게 시청할 수 있었는데, 이런 나른한 중독 상태가 중장기적으로 무기력증과 우울증을 초래했다. 매일 새벽 교도소 옥상에서 진행하는 아침 산책 시간이 있었다. 수감자들은 철책을 둘러친 몇 평방미터 면적의 지정 공간에서 운동을 했는데, 대화가 오가지 못하게 확성기에서 고막을 찢을 듯한 시끄러운 음악이 계속 흘러나와서 악을 쓰고 소리를 질러도 제 목소리조차 들리지 않았다. 게

[1] 프랑스 바스티유 감옥에서 철가면을 쓰고 수감 생활을 했다고 알려진 전설적인 실존 인물.

다가 이 알량한 아침 산책조차 의무 사항이 아니었던 탓에 재소자 대부분이 불참했다. 침대에 누워 벽만 바라보다 보면 바깥공기를 쐴 기회는 완전히 사라졌다. 겨울에 밖이 아직 컴컴하고 한파까지 찾아오면 아무도 밖으로 나오는 사람이 없어서 기상 사이렌이 울린 뒤 안으로 다시 들어와 조용히 차를 마시는 데 익숙해져 있던 교도관들은, 죄수 리모노프가 재소자들의 권리라며 아침 산책을 요구하자 적잖이 당황했다. 「지금 기온이 영하 25도야.」 교도관들이 싫은 티를 낸다고 물러설 리모노프가 아니었다. 레포르토보에서 형을 사는 동안 에두아르드는 단 하루도 거르지 않고 옥상으로 나갔다. 30분 동안 손바닥만 한 콘크리트 바닥을 다람쥐처럼 이리저리 뛰어다니고, 팔 굽혀 펴기와 윗몸 일으키기를 하고, 차가운 허공을 향해 주먹을 날렸다. 교도관들은 딱 한 사람 때문에 따뜻하게 덥혀진 구내식당 밖으로 나와야 하는 게 짜증스러우면서도 한편으로는 놀라워했다. 더군다나 그는 예의바르고 감정의 기복이 없는, 배운 사람이었다. 얼마 지나지 않아 에두아르드는 교도관들 사이에서 〈교수님〉으로 불렸다.

이 세상에서 에두아르드가 가장 혐오하는 게 시간 낭비다. 그런데 감옥이라는 장소가 속성상 형태도 방향도 없이 흘러가는 시간을 낭비하기에 딱 좋은 곳인 데다, 수감자들에게 재량권이 주어지는 레포르토보는 특히나 더 그랬다. 다들 늦잠을 자도 리모노프는 새벽 다섯 시에 일어나 잠자리에 들 때까지 매 순간을 최대한 활용했다. 텔레비전으로는 뉴스만

보았고, 폐인이 되는 길이라고 생각해 영화나 쇼 프로그램은
보지 않는다는 생활 수칙을 세웠다. 도서관에서는 소위 〈시
간 때우기〉용 가벼운 소설들은 거들떠보지도 않았고, 레닌
의 딱딱한 서한집을 한 권씩 순서대로 빌려 와 탁자 앞에 허
리를 꼿꼿이 세우고 앉아 공책에 메모를 해가며 읽었다. 그
를 존경하게 된 교도관들은 기껏 탁자 하나, 불이 들어오는
램프 하나, 공책을 달라고 하는 부탁을 기꺼이 들어주었다.
이런 리듬을 유지한 덕에 그는 정치인의 입장에서 쓴 자서전
한 권, 그리고 장르가 애매하지만 역작 『인생 낙오자의 일
기』 이후 내가 개인적으로 최고의 작품으로 손꼽는 『물의
책』을 포함해 일 년 만에 네 권의 책을 집필했다.

　전해 여름, 그는 알타이로 떠나기 전에 급전이 필요해서
『현대 영웅들의 죽음』을 한 달 만에 속전속결로 끝낸 경험이
있었다. 그가 살면서 만난, 이미 이승을 떠난, 유명하거나, 혹
은 무명인 사람들과의 추억을 떠오르는 대로 기술한 이 책을
나도 많이 참조했다. 기한에 맞추려면 하루에 반드시 스무
쪽 이상을 써야 한다는 제약이 있었지만, 그런 훈련을 무척
즐겼던 에두아르드는 감옥에서도 유사한 시도를 해보겠다
는 욕심을 냈다. 조르주 페렉처럼 여태까지 자본 침대의 리
스트를 만들 수도, 동 쥐앙처럼 같이 자본 여자들의 리스트
를 만들 수도, 댄디답게 자신의 옷 중에서 몇 벌을 골라 글을
써볼 수도 있었지만 그는 물을 선택했다. 바다, 대양, 강, 호
수, 못, 수영장. 직접 들어가 헤엄을 쳐본 곳만 고르지는 않
았다(물론 그는 수영을 할 줄 알면서부터 인간적으로 수영

이 가능한 조건이면 반드시 물에 들어간다는 철칙을 지켜 왔고, 우리가 파악한 리모노프는 추위나 오물, 파고, 물살의 변덕 따위에 쉽게 좌절할 사람이 아니지만 말이다). 책은 수영하는 나타샤를 바라보던 코트다쥐르의 해변에서 지리노프스키와 함께 헤엄을 치던 쿠반 강으로 넘어가는 식으로, 시공간적 배열을 따르지 않고 작가의 기분에 따라 쓰였다. 그는 파리에 살던 시절에 센 강변을 따라 산책하던 일, 억만장자 스티븐의 집 창문으로 내다보이던 허드슨 강을 지나가던 배들의 고동 소리, 술에 취해 헤엄을 치다 콘택트렌즈를 잃어버렸던 뉴욕의 연못, 장에데른 알리에와 갔던 브르타뉴 지방의 해변, 파솔리니 암살 몇 달 전에 엘레나와 갔던 로마 인근의 오스티아 해변, 트란스니스트리아 전쟁 중에 찾았던 흑해, 모피 사냥꾼 졸로타레프한테서 낚시질을 배운 알타이의 급류, 파리 체류 초반에 배를 곯다 못해 잉어를 잡아먹어야겠다고 생각했던 룩셈부르크 공원의 연못. 이처럼 세밀하고 통찰력이 돋보이는 40여 개의 짧은 장으로 짜인 책은 장소와 시간들이 겹쳐 산만한 느낌을 주면서도 그의 여자들을 중심으로 기술되어 통일성을 갖는다.

안나, 엘레나, 나타샤, 우리가 이미 알고 있는 여자들이다. 에두아르드가 이 세 여자를 어떻게 사랑했는지, 자신이 어떻게 한 여자를 버렸고, 두 여자는 어떻게 자신을 버렸는지, 그로 인해 자신이 얼마나 감당하기 힘든 실연의 고통을 겪었는지, 그리고 비록 순전히 그의 관점이긴 하지만, 남다른 삶을 살 수 있는 기회, 그라는 기회를 버린 두 여자가 얼마나 뼈저리게 후회했는지 상세히 기술한 바 있기 때문이다. 이들과 달리 리자, 그리고 뒤이어 나스치아는 잠시 등장했을 뿐이다. 육감적 대상에 끌리는 중년 사내들의 취향을 세상이 얼마나 따가운 시선으로 바라보는지 나는 안다. 나 역시, 솔직히 말하면, 예순을 먹은 남자가 점점 더 어린 여자를 찾아 성관계를 맺는 게 측은해 보이지만, 어쩌랴. 그가 그런 사람인 것을. 『물의 책』은 에두아르드가 어린 나스치아에게 바치는 찬가다. 처음 만났을 때 열두 살 어린아이같이 보이던 열여섯의 그녀에게 에두아르드는 아이스크림을 사주고, 숙제를 봐주었다. 둘이 손을 잡고 상트페테르부르크의 네바 강변, 크라스보이아르스크의 예니세이 강변을 산책하고 있으면 부녀 사이라고 생각해 이상하게 보는 사람이 없었다. 엘레나나 나타샤, 리자처럼 뛰어난 미인이 아니라 키 1미터 58센티미터의 아담한 체구였던 펑크족 소녀 나스치아는 소심하고 자폐증에 가까울 정도로 내성적인 성격이었다. 그녀는 문제적 로커 마릴린 맨슨과 연쇄 살인범 안드레이 치카틸로(우크라이나의 한니발 렉터에 해당하는 인물)와 함께 문제적 작가 리모노프를 탈규범적 신인(神人)으로 받들며 숭배했고, 리모노프 역시 옥살이 동안 그녀를 숭배하기 시작했다. 책에서 그는 마치 보석을 다듬듯 그녀와 함께한 2년의 추억을 갈무리하고 있다. 이제 그녀의 나이 열아홉 살, 그는 밖에 있는 그녀가 어떻게 변했는지, 자신을 잊지는 않았는지, 자신을 배신하지는 않았는지, 좌불안석이었다. 그는 스스로 냉철한 현실주의자라는 자긍심이 있는 사람이다. 자신은, 지조를 지킬 수 있다고 자신하지만 남에 대해서는 손톱만큼도 환상을 품지 않는다. 엘레나, 나타샤, 리자가 이런 상황에서 그를 기다려 주었으리라는 상상을 그는 한순간도 해보지 않았다. 하지만 나스치아, 그녀는 다를 것이었다. 나스치아, 그녀는 자신을 기다려 주기를 바랐다. 그녀는 기다려 줄 것이라고 믿었다. 그녀가 기다려 주지 않는다면 절망할 것이었다.

그렇지만 언제까지? 스무 살 때와 비교해 단 1그램도 불지 않은 쉰여덟의 몸으로 원숙함과 매력의 절정에서 교도소 문턱을 넘었지만 언제 나가게 될지, 제아무리 의지와 뚝심으로 버틴다고 해도 대다수의 수형자들처럼 폐인이 되지 않으리라는 보장이 없었다.

레포르토보에서는 면도와 이발이 의무가 아니었기 때문에 에두아르드는 새로운 시도를 하는 차원에서 털을 깎지 않았다. 앉아서 글을 쓰고 있으면 털이 테이블 상판을 쓸고 지나갔다. 계속 내버려 두면 땅바닥을 쓸고 말리라. 그는 이제 『몬테크리스토 백작』 속 에드몽 단테스가 아니라 이프 섬에 같이 있던 그의 연로한 친구 파리아 신부의 모습을 하고 있었다.

2

에두아르드는 레포르토보의 엄격한 격리 수용 체제에서 15개월을 복역했다. 그러고 나서 마치 카를로스나, 혼자였지만 독일 적군파와 비슷한 대접을 받으며 정부의 안토노프 수송기를 타고 대대적인 경찰의 호위 속에 재판이 열릴 예정인 볼가 강 유역의 사라토프로 이송되었다. 하필이면 왜 사라토프였을까? 그가 기소를 당한 카자흐스탄과 지리적으로 가장 가까운 러시아 사법 관할권이 거기였던 것이다. 그럼 기소 내용은 정확히 무엇이었을까? 사라토프로 이감된 후로는 수시로 성명(성, 이름, 부칭[2])을 대고 범법 조항들을 열거해야 했기 때문에 모르려야 모를 수가 없었다. 「사벤코, 에두아르드 베니아미노비치, 205조, 208조, 222조 8항, 280조!」이감 직후부터 에두아르드는 이 말을 만트라마냥 속사포처럼 내뱉게 되었고, 지금도 자다가 벌떡 일어나서 좔좔 읊을 수 있을 정도다.

자세히 살펴보자. 205조는 테러리즘. 208조는 무장 단체 결성 및 가입. 222조 8항은 총기의 불법 취득과 운반, 판매 및 저장. 그리고 280조는 극단주의 활동의 선동.

1차 심리를 맡은 예심 판사가 공소 항목들을 알려 주면서 중형이 구형될 것이라고 말하자, 에두아르드는 대단한 죄목으로 기소됐다는 사실에 자긍심을 느끼면서도 한편으로는 혐의를 벗어야 한다는 절박감을 느꼈다. 카자흐스탄 국경에서 백 킬로미터 떨어진 알타이의 오두막에서 무기라고 해봤자 달랑 엽총 몇 자루 가지고 은신한 백수건달 대여섯이 카자흐스탄의 정국 혼란을 초래할 가능성은, 그들이 쑥덕쑥덕해 핵전쟁을 일으킬 가능성만큼 희박하다는 사실을 인정하면 속이 쓰릴 것이었다. 하지만 테러리스트로 빵에 들어가 20년을 썩을 생각이 아니라면 과대망상 환자 행세를 하는 수밖

2 자식의 이름과 성 사이에 붙이는 이름으로, 아버지의 이름을 따 짓는다.

에 없었다. 그러나 판사는 그의 주장을 귀 기울여 들을 의향이 없어 보였고, 그와 나머지 공범 여섯이 국가 안보에 심각한 위협이 된다는 FSB의 주장에서 조금도 물러서지 않았다.

설상가상으로 에두아르드의 사라토프 이감 직후 러시아 제1 채널에서 방영한 영화가 예심 판사의 논리를 뒷받침해 주었다. 에두아르드가 체포되고 나서 911 사태가 발발했으니 영화의 줄거리는 뻔했다. 영화 속에서 민족볼셰비키당은 알카에다의 하부 조직으로, 알타이의 이즈바는 수백 명의 극렬 전투 요원이 집결하는 비밀 훈련 캠프(이 모두가 에두아르드가 실제로 꿈꿔 왔던 것이지만, 현실은 전혀 달랐다)로 소개되었다. 재소자들은 누구나 「유령 사냥」(그 영화의 제목이다)을 시청했고, 에두아르드가 영화의 주인공이라는 것을 누구나 알고 있었으며, 누구나 그를 〈빈 라덴〉이라는 별명으로 부르기 시작했다. 으쓱할 일이지만 한편으로는 위험천만했다.

사라토프는, 레포르토보와 반대로 격리가 아니라 과밀이 문제였다. 4인용 감방에 일고여덟 명까지 몰아넣어 수감하는 경우가 허다했다. 처음으로 배치받은 방에 들어갔을 때, 침대가 다 차 있는 것을 본 에두아르드는 신참으로서 불편을 감수하는 것은 당연하다고 여겨 군말 없이 바닥에 매트를 폈다. 그는 이감 전부터 이미 명성이 자자한 사람이었다. 지식인에 정치범, 게다가 유명 인사. 잘난 척하는 재수 없는 놈으로 찍힐 세 가지 이유, 호된 옥살이를 할 세 가지 이유를 골고루 갖추고 있었다. 그러나 이내 예상을 뒤엎고 소탈하고 솔직한 성격의 소유자, 물의를 일으키지도 물의에 휩쓸리지도, 곤경에 빠질 일을 하지도 누구를 곤경에 빠트릴 일을 하지도 않는 〈시지에츠 스파코이노〉, 즉 그저 조용히 소일하길 바라는 사람으로 밝혀졌다. 이런 노련한 재소자로서의 지혜를 높이 산 동료 재소자들은 겉으로는 온화한 표정을 하고 있는 그가 사실은 무서운 깡다구를 가진 사람이라는 것을 직감으로 느꼈다. 에두아르드는 누가 목공 일을 하거나 군것질거리를 만들고 있으면 눈치 없이 〈도와줄까요?〉 하고 물어보는 사람이 아니라 눈치껏 할 일을 찾아 하는 사람이었다. 불필요한 언행을 삼가고, 힘든 일도 마다하지 않고, 영치품을 받으면 나눠 쓰고, 굳이 설명해 주지 않아도 수형 생활의 불문율을 지키는 사람. 요란스럽지 않고 차분하고 권위 있게 자신의 세계관과 삶의 방식을 주변에 각인시키는 사람이었다. 시간 낭비라고 생각하는 카드놀이나 체스를 같이 하지 않고 그 시간에 자신의 간이침대에서 책을 읽고 글을 쓰는 에두아르드의 행동이 동료들은 처음에는 생경했지만, 속물근성 때문이 아니라는 것을 금방 이해하게 되었다. 그렇게 타고난 사람, 그 이상도 그 이하도 아니라고. 그러다가도 애인에게 연애편지를 쓰거나 하다못해 가로세로 낱말 퀴즈를 풀다가 도와 달라고 하는 사람이 있으면 언제라도 기꺼이 시간을 내주는 사람이었다. 이감 일주일 만에 다들 입을 모았다. 참 괜찮은 사람이라고.

이 책을 쓰는 동안 리모노프를 미워하면서 그의 인생을 들려주다가 내가 길을 잃게 될지도 모른다는 두려움에 시달리던 시기들이 있었다. 한번은 딱 그런 시기에 샌프란시스코에 머물다가 톰 루디라는 친구에게 내 작업에 대해 얘기한 적이 있었다. 상대가 어떤 고민을 말해도 고급 정보를 알려 주거나 도움이 될 만한 사람과의 만남을 주선해 줄 수 있는, 가히 연결 짓기의 달인인 톰이 대뜸 말했다. 「리모노프? 친구 중에 그를 아주 잘 아는 사람이 한 명 있어. 원하면 내일 그 친구랑 같이 저녁이나 먹자.」 이렇게 해서 나는 리모노프가 미국에 체류할 때 그를 알게 된, 버클리 대학에서 러시아 문학을 강의하는 예순 살가량의 러시아계 백인 여성 올가 마티츠를 만났다. 『나, 에디치카』가 출간되자 슬라브 학자들은 미국, 프랑스 할 것 없이 당혹스러워하며 저자에 대한 입장을 정립하지 못해 우왕좌왕하다가 이내 일제히 반감을 표출했다. 올가는 예외적으로 에두아르드와 절연하지 않았고, 지금도 강의에서 그의 작품들을 다루며, 모스크바에 가면 그를 만나고 오는 등 30년 동안 그에 대한 애정과 존경에 변함이 없다. 그녀가 예외라는 사실이 중요한 이유는 그녀가 교양과 지성미를 풍길 뿐 아니라 참으로 선한 여성이라는 느낌을 주었기 때문이다. 단순히 느낌일 수 있다는 거, 안다. 하지만 자하르 프리레핀이 그랬던 것처럼 나는 내 느낌을 믿는다.

그런 그녀가 내게 이렇게 말했다. 「작가라는 사람들, 참 많이 만나 봤어요, 특히 러시아 작가들은요. 그 사람들 다 겪어 봤는데, 참 괜찮은, 딱 한 사람이 바로 리모노프였어요. 정말이지, 내가 여태껏 만난 사람들 중에 점잖은 걸로 손에 꼽을 수 있는 사람이죠.」

그녀의 입에서 나온 〈점잖은 decent〉이라는 단어를 나는 조지 오웰이 말한 〈인격common decency〉과 같은 의미로 이해했다. 정직과 상식, 허황한 말들에 대한 경계, 약속 이행, 현실에 대한 현실주의적 인식, 타인에 대한 관심을 두루 포함하는 고귀한 미덕, 상층보다 민중에게 흔히 보이며 지식인한테서는 극히 발견하기 힘들다고 조지 오웰이 말한 바로 그것 말이다. 이제, 분명해진다. 아무리 올가를 믿어도 사라예보를 향해 총을 쏘고 알크스니스 대령처럼 음흉하고 골 빈 놈들과 어울리는 에두아르드의 얼굴에서 그런 분위기를 발견하기는 솔직히 쉽지 않다(이 부분에 있어선 올가도 같은 의견이니 독자들은 안심하시라). 그런데, 그렇게 느껴질 때가 있다, 그녀의 말이 무슨 말인지 알 것 같은 때가 있다. 리모노프가 감옥에 있을 때가 바로 그런 때다. 리모노프 인생의 절정기였을지도 모르는, 바로 그때. 그가 늘, 용기 있게, 어린애처럼 고집스럽게 되고자 했던 영웅, 진정으로 위대한 인간에 가장 근접했던 때.

리모노프의 동료 재소자들은 중죄를 저지르고 중형을 선고받은 일반범들로, 대부분 형법 162조, 즉 살인죄에 가중 처벌을 적용받고 복역 중이었다. 항상 조직 폭력 집단을 선망했던 에두아르드는 이들의 존경을 획득해 냈다는 사실이 자랑스러웠다. 이들이 자신의 정당을 젊은 이상주의자 패거리가 아닌 갱으로(〈애들이 7천 명이야? 씨발, 죽이네!〉) 여긴다는 사실이 자랑스러웠고, 〈빈 라덴〉과 번갈아 〈보스 리몬〉으로 불리는 것도 자랑스러웠고, 특히 보스 한 명이 다가와, 생각만 있으면 아카데미프랑세즈의 회원으로 받아 주겠다는 제안을 하듯, 청소년기에 그가 우상으로 삼았던 조폭계의 귀족 집단 보르이브 자코네에 입회할 의사가 있는지 은근히 물어 오는 게 자랑스러웠다. 인상적이지만 내겐 전혀 놀라운 얘기로 들리지 않는다. 지극히 에두아르드답다고 생각한다. 오히려 나는 수형 생활을 상세히 기술한 세 권의 책에서 리모노프가 자신보다 남 얘기를 더 많이 한다는 사실이 놀랍다. 그리고 이 점에서는 올가의 말이 옳다. 나르시시스트에 에고이스트인 그가, 자기를 앞세우지 않고 허세도 부리지 않았으며, 동료들을 감옥에 오게 만든 사건들에 진심으로 관심을 가졌던 것이다.

몇 사람이 그에게 말했다. 「자넨 작가니까, 내 얘기를 글로 써야지.」 그러면, 상대가 애걸복걸하지 않아도 에두아르드는 그의 얘기를 글로 썼고, 이렇게 수십 편의 미니 소설이 탄생했다. 가령 공업 도시 엥겔스에서 갈취를 일삼다 경쟁 조직과 경찰에 시원스럽게 총질을 해대고 나서 최소 징역 22년에서 최장 무기징역까지 선고받은 엥겔스 갱단의 전설적인 스토리도 이런 과정으로 활자화됐다. 교도소 문을 나서는 순간부터 약혼녀와의 재회 장소에 도착하기까지의 여정을 상상하며 하나하나 시시콜콜 들려주어 몇 주 동안 동료들을 성가시게 했던, 출소가 임박한 어느 재소자를 덮친 가슴 아픈, 너무나도 가슴 아픈 불행도 에두아르드는 글로 썼다. 이 재소자는 대망의 날을 하루 앞두고 딴 남자와 살림을 차렸다고 고백하는 여자 친구의 편지를 받았다. 불쌍한 동료를 진심으로 위로해 주면서 에두아르드는 당연히 나스치아를 떠올렸다. 열한 살짜리 소녀를 강간 살해하고 들어온 사촌

지간인 두 재소자의 사연도 암담했다. 에두아르드와 가깝게 지낸 시골 출신의 이 두 소년 중 한 녀석은 지적 장애를 앓고 있었다. 가난과, 성범죄자들에게 꼬리표처럼 붙는 수치심이 그들을 짓누르고 있었다. 에두아르드는 이들의 인생에 매료되어 〈외로운 두 사내 녀석이 여리고 사랑스러운 인형을 다룰 줄 몰라 결국 깨트리고 만〉 이야기를 글로 재구성했다. 엄혹한 수용소에서 괴롭힘을 당하며 남은 생을 살아갈 두 소년 중 한 녀석이 사라토프를 떠나는 에두아르드에게 말했다. 「행운을 빌어요, 에딕.」 에두아르드는 머릿속이 아득했다. 가슴이 찡했다. 그 행운, 고맙게 잘 받으마.

〈나는 살인을 저지른 죄로 국가로부터 고문을 당하는 거칠고 나쁜 자들과 많이 마주쳤다. 감옥의 고약한 바람에 휩쓸려 떠도는 나는 그들의 형제요, 그들과 다름없는 기층민이다. 당신들의 부탁을 받고 나는, 친구들, 지하 감옥의 주인인 당신들을 위해 글을 쓴다. 나는 당신들을 판단하지 않는다. 나는 당신들의 일원일 뿐이다〉라고 그는 쓰고 있다.

사실이다. 에두아르드는 판단하지 않는다. 그는 환상이나 연민이 없다. 그저 세심하게 관심을 기울이다, 더러 손을 잡아 줄 뿐이다. 심신을 다해, 온전히. 판사 친구인 에티엔 리갈이 떠오른다. 누구에게 자기 자리를 아는 사람이라고 평가하는 건 그로서는 최고의 칭찬이다. 내 입에서 이런 칭찬이 나오리라고는 꿈에도 생각지 못했던 한 사람, 자신의 용기와 필사적 에너지를 대부분 엉뚱한 방향으로 발산하는 것처럼 보이는 사람이 바로 리모노프다. 하지만 감옥에서만은, 그렇지 않았다. 감옥에서는, 엉뚱한 방향으로 향하지 않았다. 그는 자기 자리를 잘 알고 있었다.

그의 글 중에 내가 참 좋아하는 구절이 있다. 〈나는 어디서도 길을 헤매지 않는 사람이다. 내가 타인들을 향해 가고, 타인들이 나를 향해 온다. 자연스럽게 맺어진다.〉

그와 아주 잘 통하는 파샤 리브킨이라는 재소자가 있었다. 나이 서른에 이미 10년을 복역한, 이 장골에 빡빡머리는 제 입으로 근사하게 표현하듯 〈산중에서 사람들이 나무에 둘러싸여 살 듯 범죄에 둘러싸여 살아왔다〉. 하지만 러시아판 〈성스러운 바보〉[3]와 동양의 고행자를 합쳐 놓은 듯한 차분한 성격에 항상 밝은 얼굴이었다. 여름이나 겨울이나, 감방의 온도계가 영하로 떨어져도 반바지에 샌들 차림으로 지냈고, 육식을 하지 않았고, 차 대신 따뜻한 물을 마셨고, 요가를 아주 많이 했다. 아는 사람이 별로 없지만, 러시아에는 요가를 하는 사람이 정말 많은데, 캘리포니아보다 요가 인구가 많고, 게다가 모든 계층에 고루 분포해 있다. 파샤는, 금방, 〈에두아르드 베니아미노비치〉한테서 도인의 면모를 발견했다. 「당신 같은 사람, 요즘은 없어요. 어쨌든 난 못 만나 봤어요.」 그는 장담했다. 그가 에두아르드에게 명상법을 가르쳐 주었다.

한 번도 해보지 않은 사람은 어렵게 생각하지만, 요가는 실은 아주 간단하기 때문에 5분이면 배울 수 있다. 가부좌를

3 종교적 이상을 추구하기 위해 물질적 풍요를 버리고 사회적 통념에 반해 살아가는 사람.

틀고, 몸을 최대한 곧게 한 다음, 꼬리뼈부터 후두부까지 척추를 늘이듯 편 자세에서 눈을 감고 호흡에 집중한다. 숨을 들이쉬고, 내쉰다. 이게 다다. 이게 다기 때문에 어렵다. 이걸로 끝이기 때문에 어렵다. 초보 때는, 열성을 보이면서 생각을 쫓으려고 애를 쓴다. 하지만 그렇게 해서는 생각을 쫓을 수 없다는 것을 금방 깨닫고 나면, 생각의 바퀴가 도는 것을 그저 관찰하게 되고, 갈수록 그것에 휘둘리는 일이 적어진다. 서서히, 호흡이 차분해진다. 바꾸려 하지 않고 호흡을 그저 관찰한다. 이마저도 불가능에 가까울 정도로 지극히 어렵지만 훈련을 통해 조금씩 나아지는데, 조금조금이라도 이미 대단한 것이다. 이 순간 고요한 내면과 살짝 스친다. 이런저런 이유 때문에 마음이 고요하지 않아도, 생각이 요동쳐도 괜찮다. 그 요동침, 괴로움, 분연함을 관찰한다. 거리를 두고 관찰하면 얽매임이 줄어든다. 마음의 평정이니 젠 스타일이니 하는 요가의 뉴에이지적 측면이 껄끄럽게 느껴져서 주위에 말을 안 했을 뿐이지 사실 나는 꽤 오래전부터 명상 수련을 하고 있다. 이렇게 유익하고 좋은 명상을 왜 모두가 하지 않는지 솔직히 이해가 안 간다. 얼마 전에 만난 한 친구가, 데이비드 린치 감독이 내내 명상 얘기만 하면서 정부를 설득해 초등학교부터 교과 과정에 넣으면 좋겠다고 하더라, 완전히 또라이더라고 나한테 말한 적이 있다. 친구 앞에서 차마 말은 못 했지만 진짜 또라이는 내 친구다. 나는 린치의 말에 전적으로 동감한다.

어쨌든, 선하고 지혜로운 조폭 파샤로부터 설명을 들은 날로 에두아르드는 실용주의자답게 명상의 유익함을 깨달았다. 그리고 빡빡한 일과에 명상 시간을 끼워 넣었다. 처음에는 침대 프레임에 올라앉아 눈을 감고 가부좌를 틀어 명상 자세를 잡았지만, 익숙해지면서 탄산수 회사, 보험 회사 할 것 없이 마구잡이로 광고에 써먹는 다분히 과시적인 이 자세를 굳이 취하지 않아도 어디서나, 조용히, 명상이 가능하다는 것을 알게 되었다. 그의 감방에서 예심 판사의 사무실로 가는 길에 등장하는 여러 개의 보안문들, 철창들, 닭장차 안, 늑대개들이 컹컹거리는 소리와 숨 막히는 지린내, 아침 댓바람부터 호송 경찰들이 퍼붓는 욕지거리 속에서도 안으로 몰입해, 침범 불가능한 고요한 내면에 도달하는 방법을 터득했다. 이것 역시 마찬가지로, 명상 훈련에 열중하리라고 내가 꿈에도 생각지 못한 사람이 바로 리모노프다. 그가 교도소에서 놀라우리만치 마음의 평정을 유지할 수 있었던 것은 상당 부분 명상 덕이라고 나는 생각한다. 졸로타레프를 만나고, 그의 부고를 접한 뒤 알타이에서 기이한 체험을 한 것도 결국 다 이 선물을 받아들이기 위한 준비 과정이었다고 나는 생각한다. 모피 사냥꾼이 자신이 가 있는 곳에서 에두아르드에게 보낸 선물이라 해도 과언이 아닐 것이다.

3

2002년 10월 23일 저녁, 동료 재소자들이 한창 평소 즐겨 보던 수사물을 시청하는 중이었다. 극에서 경찰은 영웅으로, 범죄자는 괴물로 묘사하는 것은 결국 그들을 모욕하는 것이나 다름없다고 에두아르드가 설명을 해봤자 소용이 없었다. 텔레비전 속 묘사가 사실과 다르다는 걸 뻔히 알면서도 그들은 개의치 않았고, 질리지도 않았다. 별안간 방송이 중단되면서 비장한 음악과 함께 모스크바의 한 극장에서 배우들과 관객들이 체첸 테러리스트 특공대에게 인질로 잡혔다는 뉴스가 흘러나왔다. 현실은 뒷전이고 한심한 허구의 세계에만 끌리는 동료들이 뉴스를 듣는 둥 마는 둥 텔레비전을 꺼버리려고 하자 에두아르드가 극구 말렸다. 그는 이때부터 26일 새벽 테러리스트와 인질을 포함해 극장 안에 있던 8백명을 향해 가스를 분사하며 진압 작전이 개시되기까지 57시간 동안 벌어진 상황을 하나도 빠짐없이 뉴스로 지켜보았다.

에두아르드가 이토록 지대한 관심을 갖고 사건을 걱정스럽게 주시한 것은 당연히 테러 혐의로 기소된 자신의 재판을 앞둔 상황에서 온 나라가 테러 노이로제에 걸리는 게 유리하지 않으리라는 판단에서였다. 하지만 다른 한편으로는 특수부대가 가스를 분사하는 바람에 산더미처럼 생긴 시체와 비교하면 동료 재소자들이 저지른 범죄는 아무리 중죄라도 싱거운 수준이라고 생각했기 때문이었다. 이후로 그는 순간적인 감정 고조 상태에서 술기운으로 범죄를 저지른 다음, 평생 대가를 치러야 하는 죄인들과 훈장이 수여되는 국가 범죄를 수시로 비교해 언급했다. 무엇보다 놀라운 사실은, 두브로프카 극장에서 비극이 벌어지는 사이 그가 그날그날 했던 메모에 나온 사건 관련 분석, 텔레비전 방송 외에 전혀 다른 정보가 없는 상태에서 그가 즉석에서 했던 분석이 그가 몰랐던, 알았으면 분명히 싫어했을 여성, 그보다 훨씬 가까이서 사태의 추이를 지켜봤던 안나 폴리코프스카야의 분석과 정확하게 일치한다는 점이다. 그녀처럼 에두아르드도 사건 발발 초기부터 유혈 참사를 우려했다. 유혈 참사가 현실로 나타나자, 사라토프 교도소의 감방 구석에서 그도 그녀처럼, 관리들이 거짓말을 하고 있다, 그들이 밝힌 것보다 희생자가 훨씬 많을 것이다, 희생자들을 살리기 위한 노력이 전무했을 것이라고 생각했다. 푸틴이 턱에 힘을 꽉 주면서 〈테러 위협에 맞서 어떠한 희생도 감수해야 한다, 우리는 좌시하지 않을 것이다, 이의는 있을 수 없다〉고 선언하는 장면에서 에두아르드도 그녀처럼 1999년에 발생했던 참혹한 테러 사건이 체첸인들의 소행이 아니라 대통령의 승인하에 이루어진 FSB의 작품이라는 집요한 소문을 떠올렸고, 결국 그녀처럼 푸틴을 〈파시스트〉로 규정했다. 내가 아는 한 리모노프가 이 단어를 나쁜 뜻으로 사용한 것은 처음이다.

모스크바에서 나스치아가 면회를 왔다. 유리창을 사이에 둔 30분의 시간. 그녀는 스무 살, 까만 머리를 길게 땋아 내리고 중국풍 재킷을 걸친 모습이 귀여웠다. 그녀는 대학 입학 후 신문방송학을 전공으로 택한 얘기, 학비를 벌기 위해 아르바이트로 아이스크림을 팔고 개 사육장에서 개를 돌보는 얘기를 들려주었다. 집에서 핏불을 한 마리 키워도 되느냐고 그녀가 물었다. 〈나야 남자보다는 개를 데려오는 게 좋지〉 하고 리모노프는 웃으면서 허락했다.

이렇게 답할 권리가 과연 자신에게 있는가, 하는 의문이 그를 괴롭혔다. 이따금은 〈날 기다리지 마. 나한테서 벗어나

렴. 네 인생을 살아, 그 인생에서 나는 빼렴. 우린 나이 차가
마흔 살이나 나는 데다 내가 언제 여기서 나갈지 아무도 모
르지 않니. 또래 남자를 만나렴. 나는 가끔 생각이나 해주고.
네 행복을 빌어 주마〉 하고 말하는 것이 지혜롭고 품위 있는
처신이 아닐지 고민도 했다. 하지만 차마 말이 입에서 떨어
지지 않았다. 그녀에 대한 애착도 애착이지만, 이 세상 어느
교도소에서 복역 중인 재소자라도 여자의 사랑을 거부할 사
람은 없을 테니까. 그리고 무엇보다, 이건 그의 생각이지만,
이 말을 입에 담는 것은 그녀에 대한 모욕일 테니까. 필사적
으로 특별한 사람이, 영웅이 되고자 하는 그녀, 에두아르드
라는 이름의 영웅에 어울리는 단 한 명의 여자가 되길 원하
는 그녀, 어떤 역경에도 꿋꿋이 버티고, 다른 여자들은 다 그
를 배반해도 자신만은 지조를 지키는 유일한 사람으로 남길
원하는 당찬 그녀를, 세속의 이치에 순응하는 평범한 사람으
로 취급하는 게 될 테니까.

　「그런데요, 선지자 마호메트의 제일 어린 아내는 그분을
만났을 때 인형을 가지고 놀던 어린아이였대요.」

　그녀가 말했다.

　「인형을? 정말? 말해 보렴. 앞으로도 날 오래 기다릴 생각
이니?」

　그녀가 눈을 동그랗게 뜨고 순진한 표정으로 그를 쳐다보
았다. 여태껏 그를 이렇게 쳐다본 사람은 없었다. 여태껏 그
를 이렇게 사랑한 사람은 없었다.

　「영원히 기다릴 거예요.」

2003년 1월 31일, 흡사 절단기를 똑바로 세워 놓은 모습이라고 에두아르드가 묘사한, 베르빈이라는 이름의 러시아 연방 고등 법원 검사는 피고인 사벤코에게 형법 205조에 의거해 징역 10년, 208조에 의거해 징역 4년, 222조 8항에 의거해 징역 8년, 280조에 의거해 징역 3년, 도합 징역 25년을 구형해야 마땅하나, 관용의 차원에서 14년으로 감형해 구형했다. 선고 공판 내내 무죄를 주장했던 피고 사벤코는 검사의 논고를 애써 의연하게 듣는 척했지만 속으로는 억장이 무너졌다. 형기를 채 2년도 못 채운 상황에서 재판부가 검찰의 구형량을 고스란히 받아들이기라도 하면 일흔다섯이 돼야 출소한다는 계산이 나왔다. 용기와 의지가 다 무슨 소용이란 말인가. 러시아의 빵에서 14년을 썩고 일흔다섯에 밖으로 나오는 사람이 과연 어떻겠는가. 산송장과 무엇이 다르겠는가.

3일 후, 또 다른 비보가 날아들었다. NTV 뉴스에서 에두아르드 리모노프의 전처이자 얼터너티브 록의 상징인 가수 나타샤 메드베데바의 사망 소식을 전했다. 기자는 그녀를 〈러시아의 니코〉로 설명했다. 사인이 약물 과다 복용인지는 명확히 알려지지 않았으나 정황상 그렇게 추측되고 있었다. 오래전, 아직 둘이 같이 살 때, 에두아르드와 그녀는 여러 가지 자살 방법을 비교해 본 뒤 헤로인이 제일 낫다는 합의를 본 적이 있었다. 멋진 환각 상태, 그리고 마침내 찾아오는 평화. 안나에 이어 나타샤까지……. 그가 비극적 운명이 예정된 여자들만 골라 사랑했던 것일까, 아니면 그녀들이 그를 만나서 사랑하다, 그를 잃었기 때문에 비극적인 운명을 맞이하게 된 것일까? 안나와, 이제는 이탈리아 백작의 귀부인이 된 엘레나가 그랬듯 그를 향한 사랑이 한 번도 식은 적이 없었던 나타샤가, 그에게 어마어마한 형량이 선고됐다는 소식을 접하고 스스로 목숨을 끊은 것일지도 모른다고 그는 생각했다. 그는 그녀의 육체를, 그녀의 벌린 두 다리를, 근친상간에 가까웠던 거친 성교의 추억을 떠올렸다. 그는 다시는 섹스를 못 할지도 모른다는 생각을 하면서 명상 자세가 아니라 태아처럼 몸을 웅크려 만 자세로 침대에 엎드려, 막 작시를 끝낸 발라드 한 편을 나지막이 읊조리며 고통을 달랬다.

어디선가 나의 나타셴카
미지근한 가랑비 속을
이제는 맨발로 거닐고 있네.
저 높이, 구름 위,
대단한 신께서 식칼을 휘두르니
그녀의 얼굴에 빛이 반사되네.
바-다-다-다! 붐-붐-붐-붐!
알몸의 나타샤가 노래하네.
그녀가 두툼한 입술을 내미네,
그녀가 큼직한 죽은 양손을 흔들어 대네,
그녀가 길쭉한 죽은 두 다리를 벌리네,
그녀가 천국을 향해 종종걸음을 치네,
흥건히 젖은 알몸으로.

4

철책 대신 화사한 색깔의 페인트를 칠한 담장, 장미 넝쿨, 필립 스탁의 디자인을 모방한 세면대를 설치한 엥겔스 제13 교도소는 내가 책 서두에서 언급했듯, 러시아의 수형 조건이 개선되었다는 확신을 심어 주기 위해 인권 활동가들에게 일부러 개방하는 강제 노동 수용소다. 유사한 예로 농민들이 자식을 죽일 수밖에 없을 만큼 기근이 극심했던 1932년, H. G. 웰스는 키예프에서 성찬을 대접받고는, 세상에, 우크라이나인들은 잘 먹고 잘살고 있다는 결론을 내린 적이 있다. 러시아 재소자들 사이에 엥겔스는 실제로 악명이 높아 기결수들 가운데는 어떻게든 엥겔스를 피하기 위해 스스로 사지를 절단하는 사람도 있었다. 이래도 에두아르드가 천만다행이라고 생각한 것은 큰 화를 면했다는 판단 때문이었다. 베르빈 검사가 징역 14년을 구형하고 두 달 뒤에 재판부에서 징역 4년을 선고했을 때, 그는 이미 형기의 절반을 채운 상태였던 것이다. 12년을 예상하던 사람에게 2년은 기적에 가까웠으므로 신중하게 처신해 그가 유명 인사라는 사실 때문에 비위가 상할지도 모르는 장교와 간수들에게 절대 빌미를 주지 않으리라 결심했다. 언제 어떻게 심사가 뒤틀린 놈한테 잘못 걸릴지 모르는 일이었고, 그랬다간 일주일간 독방 신세는 기본이고 더한 일도 일어날 수 있었다. 엥겔스에 떠도는 괴소문 중에 석방을 하루 앞두고 재수 없게 술에 취한 부사관과 맞닥뜨려 화를 당했다는 재소자의 일화가 있었다. 술에 취한 부사관은 재소자의 면도 상태가 불량하다며 본때를 보여 준

답시고 1년을 가형했다. 그냥 그렇게, 순전히 자의적으로,
수용소의 내부 절차에 따라 조치가 내려졌다. 물론 이 조치
와 관련해 법에 호소는 할 수 있지만, 판사가 수용소 측의 결
정을 파기하기도 전에 얼마든지 10년이 더 가형될 수도 있는
노릇이다. 이 때문에 에두아르드가 엥겔스에서 가급적이면
존재를 드러내지 않기 위해 기를 썼던 것이고, 어떠한 상황
에 처해도 긍정적으로 활용하는 뛰어난 삶의 능력을 가진 에
두아르드답게 이조차도 흥미진진하다고 여겼다.

레포르토보와 사라토프를 거치면서 감옥 전문가가 된 리
모노프지만 강제 수용소에서는 신참이나 다름없었는데, 그
는 제크의 수형 여건이 솔제니친의 묘사와 하나도 달라지지
않았다는 사실을 발견했다. 이반 데니소비치의 하루처럼 에
두아르드 베니아미노비치의 하루도 다섯 시 삼십 분, 기상
사이렌과 함께 시작되었다. 다섯 시부터 혼자 깨 있었으니
사실 그의 하루는 조금 일찍 시작된 셈이었다. 막사 안에서
다들 세상모르고 코를 골 때 그는 혼자, 담요 밑에 횡와상처
럼 누워 호흡을 관찰하고 있었다. 온전히 자신의 것인 이 순
간을 그는 좋아했고, 즐겼다. 손목시계는 없었지만 굳이 시
간을 보지 않아도 북새통을 칠 때까지 얼마가 남았는지 완
벽에 가까우리만치 정확히 알았다. 시간이 다가오면 그는 스
스로 시동이 걸리길 기다리는 엔진처럼 느꼈다. 드디어, 사
이렌이 악을 썼고, 간수들이 악을 썼고, 욕지거리를 해댔고,
침대 위층을 차지한 사람들이 밑에서 자던 사람들 위로 굴러
떨어졌고, 악다구니를 썼고, 하루가 시작됐다.

제일 먼저, 막사 전체가 우르르 화장실로 몰려가다가 운동
장에서 멈춰 담배를 한 대씩 태웠다. 극히 드물게 비흡연자
였던 에두아르드는 이 틈에 재빨리 먼저 똥을 누러 갈 수 있
었다. 출석은 완벽히 규칙적이었지만 밖에 있을 때보다, 다
른 감옥에 있을 때보다도 똥에서 훨씬 지독한 냄새가 난다는
사실을 그는 발견했다. 그리고 제크들 똥에서는 심한 악취가
나는데 쓰레기에서는 전혀 냄새가 나지 않는다는 사실도 발
견했다. 담배꽁초 말고는 쓰레기 속에 유기물이라고는 없었
는데, 유기물이라는 건 어쨌든 먹을 수 있다는 뜻이었고, 먹
을 수 있는 건 일단 먹고 본다는 수용소 생활의 철칙 때문에
빚어진 현상이었다.

여섯 시 삼십 분, 중앙 공터에서 행하는 첫 번째 점호. 성,
이름, 부칭, 양형 근거 조항. 점호는 하루에 세 차례 있었고,
재소자가 8백 명이다 보니 한 번에 족히 한 시간은 걸렸다.
여름은 선탠하는 셈치고 그럭저럭 참는다고 해도 겨울은 훨
씬 힘들었다. 5월에 엥겔스 수용소에 온 덕에 그나마 시간을
두고 서서히 적응할 수 있어서 에두아르드는 다행이라고 생
각했다. 점호 후 〈자랴드카〉, 즉 삼십 분간의 아침 체조가 끝
나면 드디어! 아침 식사 시간. 머리를 빡빡 민 제크 8백 명이
떼를 지어 드넓은 식당 안으로 연이어 들어온다. 숟가락 달
그락거리는 소리, 핥는 소리, 옥신각신하다 이내 잦아드는
소리, 그리고 이것들을 다 덮어 버리는 하드 록과 교향곡 메
들리의 중간인 정체불명의 음악. 폭동을 일으켜 다 깨부수
고, 창을 들고 머리통을 찌르라고 선동하는 호전적인 멜로디
로 에두아르드에게는 들렸지만, 무반응이었다. 제크들은 몸

을 오그리고 일용할 양식을 누가 채가기라도 할까 양팔로 양은 공기를 감싼 채 카샤와 멀건 스프, 약간의 호밀빵을 묵묵히 입에 처넣느라 정신이 없었다. 비타민이 부족한 음식 때문에 재소자들의 얼굴색이 서무튀튀하고 에두아르드가 발견한 것처럼 똥에서는 악취가 났던 것이다. 아사할 정도는 아니지만 에너지가 생길 수 없었다. 분명히 의도적이었다.

에두아르드가 그동안 거친 감옥들과 달리 엥겔스는 강제 노동 수용소, 그것도 노동을 통한 갱생 수용소다 보니 아침 식사를 끝내면 의무적으로 노동을 해야 했다. 그런데 이 노동이라는 게 대부분 하등 쓸모가 없었다. 에두아르드의 이감 직후 큰비가 몇 차례 내리는 바람에 수용소에는 항상 물이 차 있었다. 수용소 행정국에서는 하루 세 차례 점호 시에는 땅이 말라 있어야 한다, 그렇지 않으면 텔레비전 시청을 금지하겠다고 엄포를 놓았다. 에두아르드야 콧방귀를 뀌었지만 다른 재소자들에게는 하늘이 무너질 일이었다. 그러자 한 편의 벌레스크 영화가 연출되었다. 재소자들이 줄지어 늘어서서 아침부터 저녁까지 끝없이 차오르는 웅덩이의 물을 유리컵으로 떠냈다. 벽돌 공사를 해서 배수 시설을 개선하는 쪽이 훨씬 합리적이라고 처음부터 판단한 에두아르드가 제안 직전까지 갔다가 교도 행정 기구에서 합리적인 고용주의 입장에서 조치하지 않는 데는 이유가 있다는 것을, 시지프스식 노동이야말로 강제 수용소의 오랜 전통이라는 사실을 때맞춰 깨달아 생각을 접은 것은 천만다행한 일이었다. 굴라그의 베테랑 수형자들이 한결같이 지적했듯이 쓸모없고 불합리한 일에 죽어라 매달리는 것만큼 맥 빠지는 일은 없다. 가령 구덩이를 하나 파고, 거기서 나온 흙을 넣을 구덩이를 하나 더 파고, 또 파고 하는 식의. 훌륭한 제크는 활력을 잃은 무기력한 제크다. 이 또한 의도적이다.

나이 예순의 에두아르드는 퇴직자로 간주돼 강제 노동에서 제외되었으나 그렇다고 레포르토보와 사라토프에서처럼 그 시간에 책을 읽거나 글을 쓰거나 명상을 하는 것은 허용되지 않았다. 저녁 전에는 막사로 돌아가 책이나 공책을 펼 수 없었고, 그 시간 동안 그는 불합리하기는 마찬가지인 청소에 매달려야 했다. 나란히 늘어선 변소 몇 칸을 빡빡 문질러 정말 윤이 나게 닦으려면 최대 한 시간이 걸렸다. 청소할 변소가 네 개 주어졌다. 좋다. 네 시간짜리 일이다. 일취월장. 세상 어딜 가도 이렇게 반짝반짝하는 변기는 찾을 수 없으리라. 그는 단 1분도 넋 놓고 멍하니 있는 법이 없었다.

겉모습만 열심인 게 아니었다. 속에서도, 그는 부지런히 움직였다. 따분하고 반복적인 일을 하다보면 몽상에 빠지기 십상이었지만 에두아르드는 사라토프에서 만난 요가 수행자 성(聖) 파샤 리브킨이 몽상은 명상의 정반대라고 했던 경고를 되새겼다. 그는 상당수의 사람들이 의식조차 못 하지만, 내면의 소음이야말로 최대의 시간 낭비이자 에너지 낭비라고 말했다. 여기서 벗어나기 위해 에두아르드는 호흡을 헤아리고, 호흡을 늘리고, 콧구멍에서 출발해서 아랫배에 도착하는, 그리고 그 반대 방향으로 이동하는 공기의 흐름에 집중하거나 기억나는 시들을 한 줄 한 줄 암송하기도 했지만, 대부분은 글을 썼다. 물론, 머릿속으로, 50년 앞서 솔제니친이 했듯이. 한 문장 한 문장, 한 문단 한 문단, 한 장 한 장씩 써내려가면서 암기했다. 그러잖아도 이미 대단한 수준이었던 하드 디스크의 성능은 이를 통해 나날이 향상되었다.

수용소 내규에 글쓰기가 금지 대상은 아니었지만 저녁에 주어지는 고작 한 시간의 자유 시간은 낮에 썼던 글을 저장하기에도 빠듯했고, 자칫 간수들의 호기심을 자극할 수 있다는 위험 또한 있었다. 게다가 이 호기심은 이전의 감옥들에서 간수들이 보였던 존경 어린 호기심과는 성질이 달랐다. 한번은, 이 불퉁스럽고 의심 많은 간수들 중 하나가 에두아르드에게 공책을 내놓으라고 하더니, 위협적으로 입을 굳게 다문 채 공책을 뒤적이고 나서 물었다. 「이 안에, 내 얘기야?」 이날 뜨끔한 이후로 에두아르드는 외교적인 윤색을 거친 내용들만 공책에 기록했다. 출소 후 기억을 더듬어 다시 보완해 쓸 작정이었다.

천만다행이었다. 석방을 앞두고 공책들이 쥐도 새도 모르게 사라지는 바람에 그는 결국 엥겔스 수용소에서 집필한 책을 메모 한 장 없는 상태에서 처음부터 끝까지 다시 써야만 했다. 책이 훨씬 나아졌지, 하고 에두아르드는 자평했다.

5

지금부터 할 얘기를 어떤 식으로 해야 할까? 말로 할 수 있는 얘기가 아니다. 마땅히 표현할 방법이 없다. 체험하지 않은 사람은 상상조차 할 수 없는데, 나는 체험하지 못했다. 에두아르드 말고 이것을 체험한 사람을 나는 한 명 더 안다. 내 절친한 친구 에르베 클레르. 그는 불교에 대한 자신의 생각을 쓴 『사물 본연의 모습 *Les choses comme elles sont*』이라는 책에서 이 체험을 언급하고 있다. 에두아르드의 설명보다 그의 설명이 더 마음에 들긴 하지만 내가 여기서 어떤 식으로든 얘기해야 하는 것은 에두아르드의 체험이다. 한번 해보자.

에두아르드는 직전의 순간을 아주 또렷이 기억하고 있었다. 평범한 시간을 구성하는 수많은 순간들 중 하나인, 평범한 순간. 그는 상급 장교의 사무실에서 수족관을 청소하는 중이었다. 교도 행정을 담당하는 상급 장교들의 사무실에는 영락없이 수족관이 하나씩 있었다. 장교들이 물고기를 좋아해서일까? 물고기가 싫으면 수족관을 없애 달라는 요청을 할 수 있을까? 아마 그러지는 못할 것이었다. 어쨌든 에두아르드는 변소보다 덜 더럽고 재미는 더 있는 수족관 청소를 즐겁게 했다. 뜰채로 물고기를 떠서 수통으로 옮긴 다음, 안에 있는 물을 양동이로 여러 번 퍼내 수족관을 비우고, 스펀지로 안쪽 벽을 박박 닦았다. 열심히 청소를 하면서 그는 호흡 훈련을 했다. 그는 고요했고, 정신을 집중했고, 자신이 하는 것과 자신이 느끼는 것을 의식하고 있었다.

그러다 느닷없이 모든 것이 정지했다. 시간, 공간. 하지만 죽음은 아니었다. 그를 둘러싸고 있는 것은 하나도 바뀌지 않았다. 수족관도, 수통도, 장교의 사무실도, 장교의 사무실 창밖으로 보이는 하늘도. 그런데 한낱 꿈에 불과하던 이 모든 것이 한순간에 절대적인 현실성을 획득한 듯했다. 표면으

로 떠올라, 드러나고, 그러면서 동시에 사라진. 그는 세상의
그 어떤 충만한 것보다 더 충만한 공허 속으로, 세상을 존재
로 가득 채우는 그 어떤 것보다 더 존재감 있는 부재 속으로
빨려 들어갔다. 그는 어디에도 없었으나 오롯이 〈거기에〉 있
었다. 그는 이제 존재하지 않았으나 어느 때보다 더 살아 있
었다. 아무것도 없었고, 모든 것이 다 있었다.

트랜스, 엑스터시, 신비주의적 경험이라 부를 수 있는 것.
랩트*rapt*지, 하고 내 친구 에르베는 말했다.

더 길고, 더 자세하게, 더 설득력 있게 설명하고 싶은 마음
이야 굴뚝같지만 모순 어법의 나열에 그칠 게 뻔하다. 어두
운 빛, 공허의 충만함, 부동의 떨림, 이런 식으로 계속해 봤자
독자들에게도 나에게도 전혀 도움이 되지 않을 것이다. 나는
두 사람의 경험과 묘사를 나란히 놓고 보면서 에두아르드와
에르베가, 한 사람은 30년 전 파리의 아파트에서, 다른 사람
은 엥겔스 제13 교도소에서 수족관을 청소하던 장교의 사무
실에서, 불교도들이 〈니르바나〉라고 지칭하는 상태를 경험
했다는 사실을 말하고 싶을 뿐이다. 여과 없는, 순수한 현실.
이렇게 얘기하면, 이런 반박이 나올지도 모른다. 그렇다 치
자, 그런데 그게 환각이 아니었다는 것을, 환상이 아니었다
는 것을, 위조가 아니었다는 것을 무엇으로 증명할 수 있느
냐고. 없다. 경험한 사람은 이것이 사실이라는 것을, 그 절멸
과 그 광명은 모방할 수 없다는 것을, 이것만이 본질이라는
것을 안다.

두 사람은 한 가지 더 얘기한다. 낚아채이고, 휩쓸려, 거기

까지 솟구쳐 올려지면, 물론 느낌의 주체인 누군가가 있다는 전제하에, 깊은 안도감 비슷한 것을 느낀다. 인간 삶의 바탕을 이루는 욕망과 불안은 자리를 잃는다. 힌두교도들이 한 세기에 한 명 나온다고 말하는 해탈자가 아닌 이상, 당연히, 제자리로 돌아온다. 그 상태에 머무를 수는 없다. 하지만 욕망과 불안이 없는 삶을 맛본 사람은 〈벗어났다〉는 게 어떤 것인지 몸으로 깨달은 것이다.

다음은 내려올 차례. 찰나에 세상의 영속과 절멸을 경험하고 다시 시간 속으로 돌아온다. 욕망과 불안, 이 오랜 얽매임과 다시 조우한다. 스스로에게 묻는다. 〈지금 무슨 일이 일어난 거지?〉 에르베는 이후 30년의 세월 동안 이 특별한 경험을 되씹으면서 이해하려고 애썼다. 반면 에두아르드는 막사로 돌아와 침대에 누워 공책에 이렇게 적었다.

〈나 스스로에게 기대하던 일이 벌어졌다. 어떤 징벌로도 나를 해하지 못한다. 나는 그것을 축복으로 만들어 버릴 수 있기 때문이다. 나는 죽음에서조차 기쁨을 이끌어 낼 수 있는 사람이다. 나는 평범한 인간이 느끼는 감정들로 회귀하지 않을 것이다.〉

나는 일 년에 두 번, 스위스 발레에 있는 에르베의 산장에서 그를 만나 함께 알프스 산맥에 오르는데, 이 복잡 미묘한 내용은 그의 산장에 머물 때 쓴 것이다. 에르베의 서재에서 나는 율리우스 에볼라에 대한 논문집을 한 권 발견했다. 간략히 소개하자면, 에볼라는 니체주의자이자 불교도인 이탈리아 출신의 파시스트로, 폭넓은 학식 때문에 두긴 같은 교양 높은 파시스트들이 우상으로 떠받드는 사람이다. 전통주의 성향의 박식한 논문들이 마구 뒤섞여 실린 이 논문집에서 유독 마그리트 유스나르의 명문이 내 눈길을 끌었다. 인상 깊은 구절을 메모해 놓았는데, 에두아르드한테도 전해 주지 않을 수 없는 내용이었다.

〈정신적 훈련을 통해 획득한 힘들을 탐욕과 오만, 권력에의 의지를 목적으로 오용한다고 해서 이 힘들이 사라지는 것은 아니다. 다만 모든 행위가 연관되어 있고 모든 힘의 과잉이 힘의 소유자에게로 부메랑이 되어 돌아오는 세계로 다시 추락할 뿐이다. (……) 위대한 탄트라 수행에 정통했던 율리우스 에볼라 남작이 티베트 라마들의 비밀 무기인 《자아를 죽이는 단도》를 지닐 생각은 한 번도 하지 않았던 게 분명하다.〉

6

에두아르드는 수용소장의 집무실로 소환되었다. 제크의 입장에서 이런 소환은 무조건 불길한 징조였다. 솔직히 에두아르드는 이감하던 날 딱 한 번 얼굴을 본 소장과 더 이상의 만남은 사양하고 싶었다. 차갑기로 소문난 소장이 이번에는 그를 정중하게 맞더니, 자신이 꼭 한번 수용소를 보여 주고 싶은 대표단의 방문 일정이 잡혔다고 말했다. 대표단의 일원인 프리스타브킨 〈대통령 인권 자문위원〉이 재소자 사벤코를 만나고 싶다는 의향을 알려 왔는데, 재소자 사벤코의 뜻은 어떠냐고.

재소자 사벤코는 얼떨떨했다. 일단 제크는 의향이 있든 없든 그저 잔말 말고 시키는 대로 하는 사람인데 의견을 물어오니 얼떨떨했고, 프리스타브킨이 자신에게 관심을 갖는다는 사실도 얼떨떨했다. 프리스타브킨은 확고한 고르바초프 계파에 속하는 문화계 아파라칙으로, 공산주의 시절에 자행된 범죄를 주제로 열린 한 토론회에서 에두아르드와 격돌한 적이 있었다. 토론회장에서 격렬히 맞붙은 후로 에두아르드는 프리스타브킨을 배신자에 변절자로 취급했고, 상대는 기회가 있을 때마다 에두아르드를 파시스트라고 공격하더니 종국에는 「리체라투르나야 가제타Literaturnaya Gazeta」에 〈계속 감옥에 있으라 해라, 그곳이 그에겐 제격이다〉라고 썼다.

그러니 당연히 에두아르드는 그자가 의심스러웠고, 이렇게 낙점을 받았다는 사실이 주변에 나쁜 인상을 줄 것 같아 걱정스러웠다. 그럼에도 에두아르드는 제의를 받아들였고, 한눈에 봐도 대표단을 의식해 엄선했다는 것을 알 수 있는 말쑥한 모습의 재소자 열댓 명과 함께 예정된 날에 소장의 집무실과 맞붙은 대기실에 앉아 있었다. 그 자리에 있다는 사실이 당혹스러웠던 재소자들은 차마 서로 눈도 맞추지 못한 채 굳게 입을 다물고 있었다. 드디어 대표단이 도착했다. 점심때 반주가 과했는지 얼굴이 불쾌하게 물들어 있었다. 이들은 삼십 분가량 재소자들에게 지내기는 어떠냐, 대접은 괜찮느냐(이 말에 에두아르드는 속으로 코웃음을 쳤다. 저 멍청한 자들은 방문객들이 등을 돌리기 무섭게 어떤 일이 벌어질지 뻔히 아는 제크가 감히 교도소장의 면전에서 나쁘다,

못 살겠다, 말할 수 있으리라고 생각한단 말인가?)고 물었
다. 지금, 대접이 나쁘냐고 물었어? 에두아르드는 곁눈질로
프리스타브킨을 관찰했고, 그 역시 곁눈질로 에두아르드를
관찰했다. 프리스타브킨은 지난번에 만났을 때보다 머리가
듬성듬성하고 몸은 많이 불었으며 얼굴에는 홍조가 생겨 있
었다. 풍운아 인생이 아파라칙 인생보다 몸에는 좋네, 날렵
한 에두아르드는 위안을 느꼈다. 드디어 프리스타브킨이 수
용소장에게, 다른 사람들에게도 다 들릴 만큼 꽤 큰 소리로,
재소자 리모노프와 단독 면담을 할 수 있는지 물었다.

「사벤코입니다.」당사자가 정정했다.

「물론입니다. 제 방으로 가시죠.」소장이 호들갑스럽게 말
했다.

두 사람은 다른 재소자들이 어리둥절해서 지켜보는 가운
데 소장의 방으로 들어갔다. 잠시 데면데면한 순간. 어디 앉
지? 에두아르드는 마음 같아서는 상대를 소장의 의자에 앉
히고 자신은 서 있고 싶었지만(이게 그들의 현실적인 처지였
고, 그는 처지를 바꾸고 싶은 마음도 전혀 없었다) 프리스타
브킨이 그의 팔을 잡아당겼고, 결국 둘은 오랜 친구들처럼
티테이블을 앞에 두고 긴 의자에 나란히 앉았다.

「시가?」프리스타브킨이 시가를 권했다. 에두아르드가 담
배를 피우지 않는다고 대답했다.「그렇군.」말을 받는 프리
스타브킨의 입김에서 코냑 냄새가 훅 끼쳤다.「이 코미디, 할
만큼 했어. 에두아르드 베니아미노비치, 자넨 러시아의 대문
호일세. 자네 작품『물의 책』은 걸작이지. 아니, 아니, 말은

바로 해야지, 걸작 맞네. 전문가들도 알아보지 않나. 자네가 부커상 최종 후보 명단에 올랐다는 건 알지? 국제 펜클럽이 자네 신변을 걱정하고 있네. 물론, 기관에서 절대 공식적으로 인정할 리 없겠지만, 테러리즘이라는 기소 사유가 어디 말이 되나. 시대가 변하는데, 표적을 오인해선 안 되는데 말이야. 오늘날은, 경제 사범이 진짜 범죄자라는 말일세. 미하일 코도르코프스키처럼 수십억 달러를 횡령하는 인간들, 그래, 그런 놈들이 범죄자지. 감옥에 처넣어 마땅한 악질이야. 그런데도 에두아르드 베니아미노비치, 자네같은 예술가, 러시아 산문의 대가를 말이야⋯⋯. 자넨 살인자들과 함께 있을 사람이 아니란 말일세.」

「개중에는 아주 좋은 사람들도 있네.」

에두아르드가 말했다.

「아, 그런가? 살인자들이 아주 좋은 사람이라고 자넨 생각하나?」

프리스타브킨이 호탕하게 껄껄 웃었다.

「작가다운 생각이군. 도스토예프스키도 그렇게 말했지⋯⋯. 어쨌든, 그동안 자네한테 너무 가혹하게 대했네. 하지만 이제 염려 말게, 에두아르드 베니아미노비치. 내가 조치할 테니까.」

「나도 싫다고는 안 하겠네.」

에두아르드가 조심스럽게 말했다.

「그럼! 싫어할 사람이 누가 있겠나? 다만, 일이 쉽게 풀리려면 자네가 유죄를 인정해 줘야겠네. 그런 얼굴로 보지 말게. 재판에서 자네가 그걸 거부했다는 건 나도 알고 있어. 하지만 내 말 한번 들어 보게. 순전히 형식적인 것이란 말일세.

우리 FSB 친구들 체면도 살려 줘야 하니까 말이야. 그 친구
들이 여간 예민해야지. 어차피 아무도 모를 거야. 자네 서류
에만 남고 끝이니까. 자네가 인정을 하면, 한 달, 아니 길어
도 두 달 후면, 자넨 자유의 몸이 될 걸세.」

에두아르드는 함정은 아닌지, 그를 빤히 쳐다보며 표정을
읽으려고 애를 썼다. 그러고 나서는 고개를 가로저었다. 자
유도 좋지만 깡다구 있는 싸움꾼의 명성을 고수하고 싶었다.

「잘 생각해 보게.」 프리스타브킨이 말했다.

프리스타브킨이 다녀간 후 그의 앞날은 불확실해졌고, 고
위층의 손에 달렸다는 사실 때문에 수용소에서 그는 졸지에
묘한 입장에 놓이게 되었다. 존경과 질투, 상대해 봤자 덕 볼
게 없는 인사라는 냉담한 평까지 엇갈린 반응이 나왔다. 상
대가 먼저 얘기를 꺼내면 에두아르드는 별일 아니라고 말했
다. 프리스타브킨이 술이 왕창 들어갔던 모양이다, 후일을
기약한 것도 아니라고.

에두아르드의 오판이었다. 면회를 하러 모스크바에서 내
려온 그의 변호사가 사실을 확인해 주었다. 여론이 그에게
우호적으로 돌아섰다고 변호사는 전했다. 이제 에두아르드
는 테러리스트가 아니라고. 그렇다, 도스토예프스키 같은
작가라고, 지하 구석에서 대작을 집필하는 작가로[4] 추앙받
고 있다고, 기회주의자 프리스타브킨이 자유주의자 행세를
할 절호의 기회라고 판단한 게 분명하다고. 하지만 에두아
르드는 프리스타브킨의 조건을 끝까지 거절했다. 명예를 택

4 도스토예프스키의 소설 『지하로부터의 수기』를 연상시키는 표현임.

할 생각이었다. 그러자 변호사가 유죄 여부에 대한 언급은 하지 않는 대신 절대 판결에 불복한 적이 없다는 점을 강조하자는 궤변적인 타협안을 제시했다.

그거라면, 좋소, 에두아르드는 동의했다.

이때부터 일이 급속히 진행됐다. 지나치게 급속히. 에두아르드는 장기수의 복역 리듬에 적응해 자신의 생각과 계획, 신진대사까지 맞춰 살고 있었는데, 난데없이 열흘, 여드레, 사흘 있으면 끝이다, 세트를 접고, 단역들을 해고하고, 새로운 영화를 찍는다는 통보를 받은 꼴이었다. 수용소장이 집무실로 그를 소환, 아니 〈모시더니〉, VIP 대접을 했다. 마치 지난 일은 장난이었다는 듯, 역할극이 끝나고 나서 점잖은 사람들끼리 모여 앉아 논평을 주고받는 자리처럼. 소장은 준비해 온 『물의 책』에 사인부터 받았다. 그는 저명인사가 자기 시설에 대해 나쁜 기억을 갖고 출소할까 봐 전전긍긍했다. 「친구들한테 적극 추천하겠습니다.」 소장이 에두아르드의 재치 있는 답변에 호들갑스럽게 반응했다. 「친구들한테 추천하겠다니! 저런, 저런! 익살이 보통이 아니시오, 에두아르드 베니아미노비치!」

조기 석방은 엥겔스에서는 극히 드문 일인 데다 이 경우는 뒤를 봐주는 사람이 있다는 냄새까지 강하게 풍겼으니, 에두아르드의 입장에서 동료 재소자들을 대하기가 여간 거북한 게 아니었다. 자신도 감옥의 고약한 바람에 휩쓸리는, 그들과 똑같은 기층민이라는 것을 보여 주기 위해 진심을 다해 노력했다고 생각했는데, 이제 와서 보니 결국 르포를 찍는 동안은 노숙자, 빵잡이 행세를 하다가 활극이 끝나기 무섭게 짐을 챙겨 〈잘 지내세요, 여러분, 그동안 정말 즐거웠어요, 많이 생각날 거예요, 크리스마스 선물로 푸아그라를 보내 드릴게요〉(이 약속도 보통은 싹 잊어버리고 마는) 하고 자리를 뜨는 기자 놈들이나 자신이나 동료들의 눈에는 별반 다를 것 같지 않았다. 에두아르드라면 그런 역겨운 인간들을 경멸했을 것이다. 그런데 엥겔스에서는 아무도 자신을 원망하지 않을뿐더러 자신의 명성이 급속도로 높아지기까지 한다는 사실에 그는 놀라움과 함께 안도감을 느꼈다. 동료들은 최고위층의 막후 거래를 통해 운명이 결정되는 중요한 인물을 한 사람 알게 되었고, 그런 사람과 알고 지냈다고 떠벌리며 자랑할 수 있다는 사실이 뿌듯한 눈치였다. 이런 순진무구함을 조금은 역겹게 느낀 것은 오히려 에두아르드 쪽이었다.

석방 전날, 에두아르드는 허가를 받고 물품 보관소에 가서 입소할 때 맡긴 여행 가방을 찾아왔다. 그에게는 부적이나 다름없는 가방이었다. 뉴욕을 떠나 파리로 가면서 스티븐한테서 슬쩍한 이 가방은 전쟁터, 알타이, 그리고 감옥을 옮길 때마다 그림자처럼 그를 따라다녔다. 안에는 검정색과 흰색, 두 장의 셔츠가 들어 있었다. 그날 저녁, 막사에서는 송별회가 열렸고, 서로 포옹을 하고 등을 두드려 주었다. 그리고 그가 출소할 때 입을 셔츠를 놓고 장시간 토론이 벌어졌다. 출소 장면을 방송국에서 와서 촬영할 예정이었기 때문에 토론은 더더욱 열띤 양상을 띠었다. 방송국에서 촬영 요청을 받고 에두아르드는 망설였지만 교도소장의 강력한 권유로

촬영은 결국 성사되었다. 재소자들도 서커스 공연에 데려간
다는 약속을 받아 놓은 어린애들마냥 촬영을 앞두고 한껏
들떠 있었다.

「당연히 흰색을 입어야지, 더 멋지잖아.」 살인죄에 야만 행
위에 대한 가중죄까지 적용돼 징역 30년을 선고받고 복역
중인 안톤이 말했다.

「그런데, 안톤, 난 감옥에 있다 나가는 거지 나이트클럽에
있다 나가는 게 아니야.」

에두아르드가 이견을 내놓았다.

「어쨌거나 멋있고 봐야지, 자넨 유명 작간데.」

「유명 작가는 여기 없어, 다 체크들이지.」 미처 문장을 끝
내기도 전에 에두아르드는 자신의 거짓과 위선에 얼굴이 화
끈거렸다. 물론 그는 유명 작가였다. 물론 그의 운명은 안톤
의 그것과는 전혀 다를 것이었다.

방송국 촬영팀 때문에 수용소는 기상 시간부터 발칵 뒤집
혔다. 기자와 촬영 감독, 촬영 기사, 녹음 기사, 조수들, 이렇
게 대여섯 중에 셋이 여자였다. 여름철이라 미니스커트와 몸
에 착 붙는 탱크톱을 입은 젊은 아가씨들, 향수 냄새와 그 밑
에 감춰진 여자, 겨드랑이, 보지 냄새를 풍기는 아가씨들, 아
침 점호 장면을 촬영할 중앙 공터에서 체크들의 위치를 잡아
주면서 혼을 쏙 빼놓는 아가씨들. 아침 점호는 진즉 끝났지
만, 촬영팀이 일찍 때맞춰 오지 못하는 바람에 실제 점호 장
면을 놓쳤고, 감독은 또 나름대로 실제 장면은 이래야 한다
는 생각을 머릿속에 갖고 있었던 것이다. 교도소장은 대표단

방문 때 자신이 시켰듯 이번에도 멀끔한 재소자들을 앞줄에 세우게 되기를 기대했는데, 촬영이 진행될수록 감독의 의도가 영 자신과 다르다는 것을 알게 되었다. 감독이 시설의 매력과 입주자들의 혈색 좋은 얼굴에 초점을 맞추기보다 파란만장한 삶을 산 작가 리모노프가 지옥에서 나온다는 사실을 부각시키려 한다는 게 분명해졌다. 예쁘장한 조수 아가씨들이 소장의 항의에도 불구하고 흉악망측하게 생긴 재소자들만 골라 줄을 세웠고, 카메라맨들은 전반적으로 관리 상태가 좋은 수용소의 입장에서도 보여 주기 곤란한 건물의 균열, 진흙 웅덩이, 쓰레기 더미를 브리징 숏으로 촬영했다. 나는 촬영팀에 차마 돌을 던지지는 못하겠다. 다큐멘터리 촬영차 코텔니치의 소년원을 방문했을 때, 단테적인 광경을 기대하다 막상 예상과 다른 모습이 눈앞에 펼쳐지자 나도 도저히 인정하지 못하고 똑같은 방법을 썼기 때문이다.

북새통에도 에두아르드는 자신이 주문받은 역할을 의식하며 열심히 촬영에 임했다. 그는 자신이 맡은 배역을 연기했다. 점호 장면에서 그는 이상적으로 흉악한 외모를 지닌 두 조연 사이에서 자신의 성과 이름, 부칭, 양형 근거 조항들을 우렁차게 외쳤다. 그가 수용소에서 하는 마지막 점호였는데, 똑같은 장면을 세 번 찍고 나서야 감독은 겨우 만족했다. 다음은 구내식당. 그는 다른 사람들과 〈자연스러운〉 대화를 나누며 그릇에 묻은 소스를 빵으로 닦아 먹었다. 〈여러분, 우리가 여기 없다고 생각해요, 그냥 평소에 하듯이 하세요〉하고 감독은 누누이 당부했다.

모두 축제 분위기에 젖은 재소자들이 주인공 옆에서 카메라에 잡히려고 주변 사람을 밀치며 야단법석을 떨었다. 「거기, 나 나와요? 나 나와요?」 이 와중에도 에두아르드는 그들과 짐짓 자연스럽고, 짐짓 평범한 대화를 계속 나누었다. 그러나 어차피 소형 마이크를 옷에 꽂은 사람은 그 혼자였기 때문에 그가 하는 말만 녹음될 것이었다. 에두아르드는 애초부터 방송 출연 같은 코미디에 응한 게 한심한 짓이라고 생각했다. 이런 식으로 출소하는 게 아쉽다고 생각했다. 출소 자체가 아쉽다는 생각을 하고 있었는지도 모른다. 물론, 미치도록 자유가, 나스치아와 당원들이 그리웠다. 하지만 앞으로 다시는 여기서 살았던 것처럼 살 수 없을 것이었다. 수용소, 지옥 같은 곳이다. 하지만 그는 정신의 힘만으로 지옥을 천국으로 만들 수 있었다. 수도사에게 수도원이 그렇듯 그에게 수용소는 어느새 편안한 공간이 되어 있었다. 하루 세 차례 점호는 그의 미사였고, 명상은 그의 기도였으며, 하늘은 여기서 딱 한 번 그를 위해 열렸다. 밤마다 막사에서 코고는 소리에 둘러싸여 남몰래 자신의 힘에, 자신의 초인적 영혼의 강건함에 취했다. 자신의 영혼에서 진행 중인 신비한 과정, 알타이에서 모피 사냥꾼 졸로타레프를 만나면서부터 시작된 이 과정이 완성을 앞두고 있었다. 진정한 자유, 영원한 자유. 그는 자신에게 주어질 일시적인 자유가 혹여 이 자유를 빼앗아 갈지도 모른다는 생각에 불현듯 두려워졌다. 현실에 최대한 깊숙이 발을 담그는 것이 자신의 사명이라고 늘 생각해 왔는데, 바로 여기가, 현실이 아니었던가. 이제, 끝났다. 그의 인생 최고의 장이 막 넘어갔다.

에필로그

모스크바, 2009년 12월

1

다시 책의 시작으로 돌아왔다. 내가 리모노프에 대한 르포 기사를 쓸 때는 그가 출소하고 4년이 흐른 뒤였다. 지금까지 책에 쓴 내용을 그때는 전혀 몰랐고 지금만큼 알기까지 4년 가까이 걸렸지만, 나는 막연히 뭔가 잘못 돼가고 있다고 느꼈다. 그는 여전히 소형 마이크를 옷에 꽂고 있는 사람처럼 보였고, 여전히 리얼리티 프로그램의 카메라 앞에서 자신의 배역을 연기하는 사람처럼 보였다. 그는 조국에서 자신이 그토록 꿈꾸던 스타가 되어 있었다. 사랑받는 작가, 세속의 게릴라, 대중 잡지 섭외 대상 영순위. 그는 출옥하기 무섭게 씩씩한 나스치아를 차버리고 나서, 살면서 한 번도 유혹을 못 뿌리친 소위 A급 여자, 「턱시도를 입은 KGB」라는 드라마로 유명해진 미모의 여배우에게 저돌적인 애정 공세를 펼쳤다. 수감 생활 덕분에 그는 젊은이들의 우상이 되었고, 카스파로프와의 연합으로 정상적인 정치인이 되었다. 나는 바클라브 하벨이 그랬듯 그가 〈정말로〉 벨벳 혁명을 통해 권좌에 오르고 싶다는 야심을 갖고 있었을 가능성을 배제하고 싶

505

지 않다.

독자들이 기억하는 것처럼 2008년 대통령 선거는 결국 내가 리모노프-카스파로프 팀의 기자회견장에서 만난 영국 기자의 예측대로 끝이 났다. 헌법을 준수해 푸틴이 3선을 노리지는 않았으나 보조 브레이크가 장착된 운전학원의 연습용 차량을 연상시키는 교묘한 시스템을 만들었다. 신임 대통령 메드베데프는 학생 자리에, 총리인 푸틴은 운전 교관의 자리에 앉는다. 푸틴은 학생에게 운전대를 맡긴다. 학생이 운전을 배워야 하므로 당연한 일이다. 메드베데프가 잘하면 푸틴은 아버지처럼 자상하게 고개를 끄덕이며 그를 칭찬한다. 곤란한 상황에 처할 때 노련한 사람이 옆에 있다는 걸 알면 든든한 법이다. 하지만, 누구나 궁금해하는 게 두 가지 있다. 2012년에는 과연 푸틴이 다시 핸들을 잡을까?[1] 헌법에서 금지하는 것은 〈연속〉 3선이지, 아예 핸들을 못 잡게 하는 건 아니니까. 또 한 가지, 유순한 메드베데프도 권력의 맛을 한 번 보면 멘토와 맞짱을 뜨려 하지 않을까? 자신을 왕좌에 앉힌 사람들을 짓밟은 푸틴의 전철을 밟아 그도 푸틴을 짓밟으려 들지 않을까?

푸틴. 책을 마무리하면서 그를 많이 떠올린다. 생각을 하면 할수록 에두아르드의 비극은, 그의 젊은 시절을 괴롭혔던 레비틴 대위들에게서 벗어나 앞길이 확 트였다고 믿는 순간, 말년에 느닷없이 또 한 사람의 막강한 레비틴 대위, 블라디미르 블라디미로비치 대령을 만난 것이었다.

1 이 책은 2011년에 프랑스에서 출간되었다.

2000년 대통령 선거 운동 당시, 푸틴을 인터뷰한 내용을 책으로 엮은 『일인칭*Ot Pervogo Litsa*』이라는 제목의 대담집이 출판되었다. 홍보 전문가가 골랐을 텐데, 책 제목을 정말 잘 골랐다는 생각이 든다. 이 제목은 리모노프의 전 작품과 내 작품 일부에도 해당될 수 있다. 푸틴한테도 결코 억지스럽게 느껴지지 않는다. 푸틴은 세간에 요령부득한 장광설을 구사하는 사람이라고 알려져 있지만 사실이 아니다. 그는 말한 대로 하고, 한 대로 말하는 사람이며, 거짓말을 할 때도 누구나 뻔히 거짓말이라고 알 만큼 노골적으로 한다. 그의 인생 이력을 살펴보면 에두아르드의 분신을 보는 것 같아 정신이 아찔할 정도다. 푸틴은, 에두아르드보다 10년 늦게, 비슷한 가정 환경에서 태어났다. 하급 장교인 아버지, 전업주부인 어머니, 모든 식구가 코뮤날카의 단칸방에서 살았다. 허약하고 내성적이던 어린 소년은 조국과 대조국 전쟁, KGB, 서방의 겁쟁이들을 벌벌 떨게 만드는 KGB의 위용을 숭배하며 자랐다. 청소년기에는, 본인의 표현을 빌자면, 개망나니였다. 조폭이 되지 않은 것은 순전히 그가 미쳐 있던 유도 덕인데, 동료들은 지금도 일요일에 혼자 체육관에 나와 훈련을 하던 푸틴의 포효 같은 기합 소리가 밖으로 새어 나오던 것을 기억하고 있다. 푸틴은 조국을 지키기 위해 엘리트들이 모인 곳이기 때문에, 그리고 그런 사람들에게 낙점 받았다는 자긍심 때문에 낭만주의적 생각으로 기관에 들어갔다. 그는 페레스트로이카를 믿지 않았고, 마조히스트들과 CIA 요원들이 굴라그와 스탈린 시대에 자행된 범죄들을 들먹이며 호들갑을 떠는 게 질색이었고, 소련 제국의 종말이 20세기 최대의 참사라고 생각했으며, 지금도 거리낌 없이 이런 견해를 밝힌다. 그는 90년대 초반의 혼란기에 된통 뒤통수를 맞고 인생 낙오자로 전락해 택시를 운전했다. 권좌에 오른 뒤 그는 에두아르드처럼 즐겨 근육질의 웃통을 드러내고 전투복 바지 허리춤에 유격용 단검을 찬 채 카메라 앞에서 포즈를 취하곤 했다. 역시 에두아르드처럼 냉정하고 머리가 기민한 그는, 인간은 서로에게 늑대 같은 존재라는 사실을 알고, 약육강식의 법칙과 가치의 절대적 상대주의를 철저히 신봉하며, 겁을 먹기보다 겁을 주길 좋아한다. 에두아르드처럼 그도 인간의 생명이 신성하다고 징징대는 인간들을 경멸한다. 쿠르스크 핵잠수함에 탑승한 승무원들이 바렌츠 해저에서 일주일에 걸쳐 서서히 질식사하는 사이, 특수 부대가 두브로프카 극장 안에 있던 인질 150명에게 가스를 분사하고 베슬란의 학교에서 350명의 어린이가 학살되는 사이, 블라디미르 블라디미로비치는 국민들 앞에서 천연덕스럽게 반려견의 출산 소식을 전했다. 새끼들 모두 건강하고 젖도 잘 빤다. 긍정적 사고를 견지해야 하지 않겠느냐.

에두아르드와 다른 점은, 그는 성공했다는 사실이다. 그는 보스다. 스탈린의 과오를 지적한 내용을 교과서에서 삭제하라고 명령할 수 있고, NGO들과 고결한 야권 자유주의자들을 탄압할 수 있다. 형식상 사하로프의 무덤 앞에서 묵념은 하지만 책상 위에 보란 듯이 제르진스키의 흉상을 올려놓고 있다. 유럽에서 코소보의 독립을 인정해 심기를 건드리면 그는 말한다. 「그거야 당신들 마음이지만, 그렇다면 남오세티야와 아브카지아도 독립할 수 있는 거 아니겠소. 조지아에 탱크를 보내지. 그리고 우리한테 말을 곱게 안 하면 가스관을 끊어 버리는 수가 있어.」

에두아르드가 푸틴에 우호적인 사람이면 이런 저돌적인 대응에 혀를 내두르며 감탄했을 것이다. 하지만 그는 안나 폴리코프스카야처럼, 푸틴은 독재자다, 그것도 분에 넘치는 자리를 차지한 시시하고 평범한 독재자라는 비방글을 팸플릿에 썼다. 나는 푸틴이 그릇이 큰 국가 지도자라고 생각하며, 그의 인기가 단순히 관영 언론 매체를 통한 세뇌 덕이라고만은 생각지 않는다. 다른 뭔가가 있다. 푸틴은 러시아인들이 꼭 듣고 싶어 하는, 아래처럼 요약할 수 있는 내용의 말을 다양한 방식으로 누차 해온 사람이다. 〈1억 5천만 명에게 그들이 살아온, 그들의 부모, 또 그들의 조부모가 살아온 60년의 세월, 그들이 지키기 위해 투쟁하고 희생해 왔던 것, 그들이 숨 쉬던 공기나 다름없던 것, 이게 전부 쓰레기라고 말할 권리는 우리한테 없다. 공산주의가 끔찍한 짓도 했다. 동의한다. 하지만 나치즘과는 달랐다. 서방 지식인들이 이제 아주 당연하게 두 가지를 동일시하는 것은 모욕이다. 공산주의는 위대하고 영웅적이며 아름다운 어떤 것, 인간을 신뢰하고 인간에게 신뢰를 준 어떤 것이었다. 그 속에는 순결함이 있었다. 그래서 뒤를 이은 야멸찬 세상에서 누구나 그 시절을 생각할 때마다 어렴풋이 자신의 유년기를, 불현듯 가슴이 북받치며 눈물이 쏟아지는 유년의 기억을 떠올린다.〉

그의 책에서 발췌한 이 문장이 나는 푸틴의 진심에서 우러나온 말이라고 확신한다. 이 말이 그의 가슴 밑바닥에서(누구나 가슴은 다 하나씩 있지 않은가) 나왔으리라고 나는 확신한다. 이 말은, 리모노프를 위시한 모든 러시아인들의 가슴을 향해 하는 말이다. 푸틴의 자리에 있으면 틀림없이 푸틴과 똑같이 말하고 행동하겠지만 리모노프는 그 자리에 있지 않다. 그에게 남은 자리는 그가 늘 경멸해 마지않던 모든 것을 체화한 점잖은 사람들과 함께 그가 믿지 않는 가치들 (민주주의이니 인권이니 하는 쓸데없는 소리들)을 수호하기 위해 싸우는 고매한 야권 인사라는, 그에겐 어색한 자리뿐이다. 진퇴유곡의 처지까지는 아니지만 어쨌든 자기 자리를 찾기 힘든 상황이다.

2

나를 데리러 온 나츠볼이 둘이 아니라 하나였고, 차로 데리러 오지 않고 지하철역 출구에서 만나자고 한 걸 빼면 의전은 지난번과 다르지 않았다. 약속 장소에 나타난 사람은 미챠라는, 내가 얼굴을 기억하는 나츠볼이었다. 2년 전에도 만난 적이 있는데, 그 역시 나를 기억하고 있었다. 우리는 에두아르드가 새로 옮겨 머물고 있는 아파트까지 걸어가는 15분가량 잡담을 나누었다. 아주 어리지는 않고 서른쯤으로 보인 이 친구는 내가 그동안 만난 당원들이 다 그렇듯 인상이 좋았다. 진솔하고 똑똑하고 친절한 느낌. 검정색이지만 청바지와 점퍼 차림이 아니라 헤링본 재킷 위에 라인이 매끈한 외투를 걸친 품새가 생활도 넉넉한 듯했다. 기혼에 딸 하나, 아무리 들어도 나는 잘 모르지만 벌이가 꽤 괜찮은 인터넷 관련 일을 하고 있다고 그는 말했다. 절대 대박이 나지 않을 줄 알지만 그저 친구들끼리 모이는 재미에 아마추어 록 그룹 활동을 계속하는 사람처럼, 에두아르드 리모노프의 경호를 위해 일주일에 몇 시간씩 시간을 내는 것은 젊은 시절의 이상을 지켜 나가는 그 나름의 방식인 듯 보였다. 사업은 어떠냐, 정치는 어떻게 돌아가냐, 하며 이런저런 근황을 물어보자 그가 싱긋 웃으며 대답했다. 「노르말노.」〈요즘은 한가하죠, 뭐〉 하는 식당 주인의 어투였다.

엘리베이터가 고장이 나서 우리는 소박한 건물의 9층까지 걸어 올라갔다. 미챠는 평소 습관대로 주변을 경계하면서 여전히 검정색 청바지와 스웨터 차림에, 여전히 날렵한 몸매를 자랑하고, 여전히 턱수염을 기른 에두아르드가 기다리는 방한 칸짜리 작은 아파트로 나를 안내했다. 벗은 외투를 내려놓을 만한 곳을 찾아 두리번거리다 보니 테이블 하나, 의자하나, 일인용 침대 하나가 전부인 방의 풍경이 눈에 들어왔다. 한 인터뷰에서 모스크바의 판사들은 루즈코프 시장의 충복이나 다름없다는 공공연한 비밀을 말했다가 50만 루블의 벌금형을 선고받았다고 그는 내게 설명했다. 재산 중에 압류할 만한 것은 다 가져 갔는데도 벌금액의 10분의 1밖에 되지 않아 앞으로 나머지를 내야 한다고.

방에 단 하나뿐인 의자에 앉아 미챠가 신문을 읽는 사이, 우리는 의자가 두 개 있는 주방으로 나왔다. 에두아르드가 커피를 끓이는 사이 나는 공책을 폈다. 메일을 통해 미리 이번에는 르포가 아니라 아예 그에 관한 책을 한 권 쓰고 싶다는 의사를 전했을 때 그는, 당신 생각이 그렇다면 돕겠다, 라는 적극적이지도 소극적이지도 않은 의례적인 답장을 보내온 바 있었다. 자료 조사도 상당히 이루어진 데다 초고에 가까운 원고도 이미 나온 상태에서 나는, 그와 머리를 맞대고 앉아 긴 인터뷰를 할 필요를 느끼고 있었다. 몇 시간, 아니 며칠짜리 인터뷰면 더 좋지 않을까? 하지만 가능하리라는 확신도 없었고 조심스럽기도 해서 차마 얘기를 꺼내지 못하는 상황이었다.

「그래, 지난 2년 동안 어떤 일이 일어났습니까?」
일단, 아내인 미모의 여배우가 그를 떠난 것이 최대의 사건이었다. 아직도 이유를 모르겠다고 그는 말했다. 30년이라는 나이 차이, 그리고 빡빡머리 경호원 둘을 대동하지 않고는 꼼짝할 수 없다는 사실(처음에는 낭만적이지만 나중에는 분명 압박감을 느꼈을 것이다)이 이유일 수도 있다는 생각을 그는 해보지 않았다. 몇 달간은 괴롭더라, 그런데 생각해 보니 냉정하고 거짓말쟁이에 사랑이 없는 여자였더라, 그녀에게 실망했다고 그는 말했다. 내가 자신을 걱정할까 봐 리모노프는, 아주 어린 애인이 여러 명 있다, 허구한 날 옆방에 있는 일인용 침대에서 혼자 자지는 않는다고 의기양양하게 말했다. 애들 얼굴은 계속 본다, 그러면 된 거 아니냐고. 그렇다, 〈애들〉이라고 했다. 그사이 알렉산드라라는 딸아이를 얻은 것이다. 아들 이름은 자신의 세르비아 시절을 추억하는 의미에서 보그단이라고 지었다고 그는 설명했다. 아이한테는 천만다행이라고 나는 속으로 생각했다. 하마터면 라도반이나 라트코로 불릴 뻔했으니 말이다. 사생활은 이것으로 끝.

다음은, 공적 생활. 본인 입으로 말은 하지 않았지만 에두
아르드는 참담한 처지에 놓인 게 분명했다. 역사적인 기회
(정말 그런 기회가 있었다는 가정하에)는 지나갔다. 숱한 고
초를 겪고 나서 카스파로프가 입후보조차 하지 않았으니 엄
밀히 말해 패배라는 표현도 맞지 않지만, 어쨌든 대통령 선거
패배 이후 드루가야 러시아 연합은 사라졌다. 하지만 에두아
르드는 포기하지 않고 집회의 자유를 보장하는 헌법 31조를
상기시키는 〈전략 31〉이라는 이름의 새로운 단체를 결성했
다. 집회의 자유를 누린다는 취지에서 이 단체는 31일까지
있는 달마다 31일에 만나 집회를 열고 있다. 통상 백여 명 내
외가 참가하는 이 집회에 참가자의 다섯 배가 넘는 경찰 병
력이 출동해 매번 수십 명씩 연행해 간다. 그렇다 보니 에두
아르드도 주기적으로 며칠씩 구류를 살다 나온다. 이밖에도
그는 〈전국 야권 연합〉의 결성을 주도하겠다는 구상을 밝혀
몇몇 연로한 민주주의자들과 인권주의자들의 열렬한 환영
을 받고 있는데, 카스파로프 또한 독자적인 정강을 발표하
면서 열심히 그를 견제하고 있다. 두 사람은 이제 경쟁적 관
계로 돌아섰는데, 이들 간의 소위 경쟁이라는 게 내 눈에는
다소 무기력하게 보인다. 에두아르드는 자신의 인터넷 사이
트를 찾는 방문자 수가 카스파로프보다 많은 게 그저 좋을
뿐이다.

뭐가 또 있을까? 창작 얘기로 넘어가자. 그는 지난번 만남
이후 시집과 잡문집, 세르비아 전쟁 회고록, 이렇게 세 권을
출간했다. 그런데 글쓰기는 이제 그의 주된 관심사가 아니었

다. 많아야 5~6천 부 가량 찍는데, 2쇄를 찍는 일이 전무하기 때문에 요즘은 수입이 정말 얼마 안 된다고 했다. 『브아시 *Voici*』나 러시아어판 『지큐*GQ*』 같은 잡지들에 기고해 받는 원고료로 근근이 생계를 유지한다고.

자, 이것으로 질의응답은 끝. 오후 네 시, 밖에는 땅거미가 내렸고, 윙윙거리는 냉장고 소리가 귓전을 때렸다. 에두아르드는 손가락에 낀 반지들을 내려다보며 염소수염을, 이제 『20년 후』가 아닌 『브라즐론 자작 *Le Vicomte de Bragelonne*』[2] 속 총사의 그것을 매만지고 있었다. 내가 준비해 간 질문은 동이 났는데, 그는 전혀 나한테 질문할 눈치가 아니었다. 질문이라면, 그러니까 가령 내 신상에 대한, 당신은 어떤 사람이냐, 뭘 하면서 사냐, 결혼은 했냐, 자식은 있냐 등등의 질문 말이다. 더운 나라가 좋냐, 추운 나라가 좋냐. 스탕달이 좋냐, 플로베르가 좋냐. 플레인 요구르트가 좋냐, 과일 요구르트가 좋냐. 직업이 작가라면서, 어떤 책을 쓰냐. 타인에 대한 관심이 인생 목표에 들어 있다고 공언하는 사람이니 내가 잔혹한 범죄를 저지르고 감옥에서 복역 중에 만났으면 분명히 관심을 보였겠지만, 상황은 그렇지 않았다. 나는 그의 전기 작가다. 내가 질문하면, 그는 대답했고, 대답이 끝나면 그는 말 없이 손에 낀 반지들을 내려다보면서 다음 질문을 기다렸다. 고역 같은 인터뷰를 몇 시간 더 계속하는 것은 도저히 불가능할 것 같았고, 이미 인터뷰한 내용으로도 마무리가 가능할 것 같다는 판단이 들었다. 나는 커피 잘 마셨다, 시간 내줘

2 『삼총사』의 마지막 후속편.

서 고맙다는 인사를 하고 자리에서 일어났다. 내가 현관에 나와서야 드디어 그가 질문을 던졌다.

「아무리 생각해도 이상해. 굳이 나에 대한 책을 쓰고 싶은 이유가 뭡니까?」

당혹스러웠지만 나는 진심을 얘기했다. 당신이 흥미진진한 인생을 살고 있기, 또는 살았기 때문이라고. 어떤 시제(時制)를 썼는지는 기억이 나지 않는다. 소설 같은, 아슬아슬한 인생, 역사 속으로 몸을 던지는 위험을 택한 인생.

그러자 그의 입에서 나를 경악케 만든 한마디가 튀어나왔다. 그는 내 얼굴을 쳐다보지도 않은 채 피식 메마른 웃음을 흘렸다.

「개떡 같은 인생이지, 한마디로.」

3

나는 이 결말이 마음에 들지 않고, 리모노프도 같은 심정이리라 생각한다. 나는 또한, 타인의 카르마, 심지어는 자기 자신의 카르마를 판단할 때조차 오판의 가능성을 염두에 둬야 한다고 생각한다. 내가 느끼는 이런 불안감을 어느 날 저녁에 큰아들 가브리엘에게 솔직히 털어놓았다. 영화 편집자인 가브리엘과 나는 티브이 방송용 시나리오 두 편의 공동 집필을 막 마친 상태였다. 이 장면은 납득이 가는데, 이 장면은 아니다, 하는 식으로 아들과 동료 시나리오 작가로서 토론을 벌일 때가 나는 참 좋다.

「결론적으로, 아빠는 그 사람을 〈루저〉로 비치게 하는 게 찜찜한 거예요.」

가브리엘이 말했다.

나도 동의했다.

「그런데 그게 왜 찜찜하죠? 그에게 상처를 줄까 봐 겁이 나요?」

「꼭 그런 건 아니야. 아니 맞아, 그런 면도 없지 않은데, 만족스러운 결말이 아니라는 게 제일 크지. 독자들 입장에서 실망스러운 결말이라는 거지.」

「그건, 다른 문제죠.」

가브리엘은 이렇게 지적하고 나서 주인공의 말로를 비참하게 그린 수많은 대작 소설과 영화의 예를 일일이 열거했다. 가령 「분노의 주먹」만 봐도 마지막 장면에 완전히 추락해 쪽박을 찬 주인공 권투 선수를 연기하는 로버트 드 니로가 등장하지 않느냐고. 여자도, 친구도, 집도, 아무것도 없이 자포자기에 빠져 살이 뒤룩뒤룩한 그는 허름한 나이트클럽에서 스탠딩 코미디를 하며 생계를 잇고 있다. 그가 대기실에 있는 거울 앞에 앉아 무대에 올라오라고 호명되기를 기다리고 있다. 그를 부르는 소리가 들린다. 그가 둔하게 의자에서 몸을 뺀다. 화면에서 사라지기 직전, 그가 거울을 들여다보고, 건들건들 몸을 흔들고, 툭툭 주먹을 날리는 시늉을 한다. 그리고 그리 크지 않게, 혼잣말처럼, 웅얼거린다. 〈아임 더 보스. 아임 더 보스. 아임 더 보스.〉

안쓰럽다, 멋있다.

「그가 승자로 연단에 오르는 것보다 백배 나아요.」 가브리엘이 말했다. 「아니, 정말로, 파란만장한 삶을 살아온 리모노프가 카스파로프보다 페이스북 친구가 더 많은지 세고 있는 걸로 끝난다, 충분히 먹힐 수 있는 결말이에요.」

맞는 말이다. 그럼에도 여전히 뭔가 꺼림칙하다.

「좋아요. 그럼 다른 각도에서 이 문제를 생각해 봐요. 아빠가 생각하는 이상적인 결말은 어떤 건데요? 그러니까 제 말은, 아빠 마음대로 정할 수 있다면 말이죠. 그가 권력을 잡는 거요?」

나는 고개를 가로저었다. 개연성이 너무 없었다. 이것 말고, 그의 인생 계획 중에 아직 실행에 옮기지 않은 종교 창립 같은 건 어떨까. 솔직히 희망이 보이지 않는 정치에서 이만 손을 떼고 알타이로 돌아가 폰 운게른 슈테른베르크 남작처럼 열혈 추종자들을 이끄는 구루가 되는 게 좋지 않을까. 아니, 진정한 현자가 되면 더 좋겠지. 그야말로 성인(聖人)이 되는 거지. 그가 가야 할 길은 이런 게 아닐까.

이번엔 가브리엘이 탐탁지 않은 모양이었다.

「아빠 마음에 드는 결말이 어떤 건지 알 것 같아요.」 가브리엘이 말했다. 「암살당하는 거죠. 그에게는, 지금까지의 인생과 완벽하게 맞아떨어지는 영웅적 결말이죠. 남들처럼 전립선암으로 죽지 않아도 될 테니까. 아빠는, 책이 열 배는 더 팔리겠죠. 리트비넨코처럼 폴로늄으로 독살되면 열 배가 뭐야, 전 세계적으로 백배는 더 팔리겠죠. 푸틴에게 한 번 얘기해 보라고 할머니한테 말씀하시지 그래요.」

당사자인 리모노프, 그의 생각은 과연 어떨까?

2007년 9월의 어느 날, 그와 함께 시골에 갔던 적이 있다. 회합 자리인 줄 알고 따라나섰는데, 알고 보니 당시의 아내였던 미모의 여배우가 모스크바에서 두 시간 걸리는 거리에 막 구입한 다차를 답사하러 나선 길이었다. 사실, 그 집은 다차라기보다는 러시아어로 〈우사드바〉, 즉 영지라는 표현이 더 적합했다. 연못과 드넓은 풀밭들, 그리고 자작나무 숲. 폐가로 방치돼 흉물스레 변한 낡은 목조 주택은 거대했다. 복원만 하면 과거의 장엄한 위용을 되찾을 수 있을 것 같아 보였다. 리모노프가 온 것은 이 일 때문이었다. 현장에 도착하자마자 그는 지역 건축업자와 복원 문제를 상의하기 시작했다. 손일을 해본 경험자답게 절대 눈 뜨고 코 베이는 일은 없을 사람처럼 능수능란하게 대화를 풀어 나갔다. 나는 얘기 중인 두 사람을 뒤로 하고 키 높은 잡초에 뒤덮인 넓은 뜰로 나와 천천히 거닐다가 승마용 길로 들어섰다. 길 초입에서 멀리 검정색 옷을 입은 그의 조그만 실루엣이 다시 시야에 들어왔다. 턱수염이 덥수룩한 얼굴로 햇살 속에 위엄 넘치게 우뚝 선 모습을 보며 나는 생각했다. 나이 예순다섯, 그리고 사랑스러운 아내와 생후 8개월된 아기. 어쩌면 그는 전쟁과 야영, 장화에 꽂고 다니는 단도, 새벽부터 들이닥쳐 대문을 주먹으로 두들기는 경찰들, 감옥의 침대가 지긋지긋할지도 모르겠다. 이제 정착을 소망하고 있을지도 모르겠다. 여기, 시골에, 이 아름다운 저택에, 구체제의 지주처럼 뿌리를 내리고 싶을지도 모르겠다. 그의 입장이라면 나는 그러고 싶을 것 같다. 아니, 〈그러고 싶다〉. 엘렌과 나, 우리 둘을 생각하며 내가 꿈꾸는 노년이 바로 그런 모습이다. 커다란 책장들

과 푹신한 카우치들이 있고, 밖에서는 왁자지껄 손자들 소리
가 들리고, 베리 잼과 긴 의자들에 앉아 나누는 긴 대화들이
있는. 그림자들은 길어지고, 죽음은 순하게 다가온다. 서로
사랑했기에 행복한 인생이었다. 이렇게 끝나지 않을지도 모
르지만, 내가 정할 수 있다면, 이렇게 끝나면 좋겠다.

　다시 돌아와 내가 그에게 물었다. 「이 집에서 늙어 가는 상
상을 해보나요, 에두아르드? 투르게네프의 주인공처럼 생을
마감하는?」
　이 말에 그가 웃었다. 이번은 피식하는 메마른 웃음이 아
니라 진심에서 우러나오는 웃음이었다. 아니, 상상이 안 된
다고 했다. 정말로 안 된다고. 은퇴, 평온한 삶, 이런 것은 자
신과 맞지 않는다고. 노년을 생각하면 다른 그림이 떠오른
다고.
　「중앙아시아를 아시오?」
　아니, 나는 모른다. 한 번도 가본 적이 없다. 하지만 아주
어릴 때, 사진으로는 봤다. 아버지가 미숙한 손길로 나를 돌
보는 동안(당시의 아버지들은 어린 자식을 돌보는 일에 서툴
렀다) 긴 여행을 떠나 있던 어머니가 찍어서 보내 주었던 사
진들. 그 사진들은 나를 짓눌렀으며, 나를 꿈꾸게 했다. 그것
들은 내게 절대적 먼 곳의 상징이었다.
　중앙아시아에 가면 세상에서 제일 편안하다고, 에두아르
드가 말을 이어 갔다. 사마르칸트나 바르나울 같은 도시들
에, 태양이 작열하고 먼지가 자욱한, 느리고 격렬한 도시들
에, 그곳, 총안이 뚫린 사원들의 높은 담장 밑 그늘에, 걸인들

이 있다. 몇 무더기의 거지들이. 이가 빠지고 상당수는 눈도 없는, 그을린 얼굴의 앙상한 노인들. 이들은 때가 까맣게 묻은 튜닉과 터번을 두르고 앞에 벨벳 조각을 펼쳐 놓고 동전을 던져 주길 기다리며 앉아 있는데, 막상 던져 줘도 고맙다는 인사 한 마디 없다. 이들이 살아온 삶은 알 길이 없지만, 무연고자 공동묘지가 종착역인 것은 분명하다. 나이도, 혹 있었다손 치더라도 이젠 재산도 없으며, 여태 이름이 있는지도 알 길이 없다. 모두 다 내려놓은 사람들이다. 넝마를 걸친 걸인들이다. 왕들이다.

이건, 좋다. 마음에 든다.

옮긴이의 말

이제껏 번역을 하면서 이렇게 많은 인명이 나오는 작품은 처음이다. 아마 앞으로도 다시 만나기는 힘들 것 같다. 레닌, 스탈린, 트로츠키에서 시작해 옐친, 고르바초프, 푸틴에 이르기까지 1917년 혁명 이후 러시아 현대사 주역들의 이름이 페이지를 넘길 때마다 줄줄이 등장한다. 이뿐이 아니다. 노벨 문학상 수상자인 파스테르나크, 솔제니친, 브로드스키를 비롯해 나보코프, 불가코프 같은 러시아 문학의 대가들이 비중 있는 조연으로, 대부분은 하찮은 단역으로 잠시 얼굴을 비친다. 엠마뉘엘 카레르의 2011년 르노도상 수상작 『리모노프』의 주인공은 이런 쟁쟁한 인물들이 아니라 바로 에두아르드 리모노프라는, 내게 그랬듯 독자 모두에게 무척이나 생소할 인물이기 때문이다.

에두아르드 리모노프, 본명은 에두아르드 베니아미노비치 사벤코. 그는 독일군이 스탈린그라드에서 물러나던 1943년 2월, 우크라이나에서 NKVD 하급 장교의 아들로 태어났다.

어른들은 그를 〈승리의 아이〉라고 불렀다. 하리코프의 날건달 청년 에두아르드는 브레즈네프 치하의 모스크바로 이주해 가난한 언더그라운드 시인의 삶을 살아간다. 1974년, 기대에 부풀어 미국 이민 길에 오르지만 솔제니친이나 브로드스키와는 달리 그를 기다리는 것은 빈곤과 무명의 절망감뿐이다. 그러다 1980년, 『러시아 시인은 덩치 큰 깜둥이를 좋아해』의 출간과 함께 화려하게 파리에 입성한다. 소련의 잭 런던이라는 평가를 받으며 인기를 한 몸에 받던 그는 보스니아 내전이 발발하자 세르비아군에 자원입대해 〈인종 청소〉의 주범인 라도반 카라지치 옆에서 총을 든다. 이후 영구 귀국해 러시아에서 민족볼셰비키당이라는 극우 민족주의 정당을 창당해 활동하던 그는 푸틴 집권 후 테러리즘 및 카자흐스탄 내 쿠데타 기도 혐의로 체포돼 재판을 받고 2년간 복역한다.

작가 자신이 〈상종 못 할 사람〉이라고 언급한 인물을 소재로 장장 5백 쪽이 넘는 작품을 집필한 이유는 무엇일까? 출발점은 아마도 저명 사학자인 러시아계 어머니와 비극적인 가족사(그의 외할아버지는 2차 대전 당시 나치에 협력했다는 이유로 처형당한 것으로 알려져 있다)일 것이다. 이미 『러시아 소설 Un roman russe』이라는 한 편의 우울한 고해성사 같은 작품을 통해 개인적인 차원에서 자신의 뿌리를 이해하고 그것과 화해하기 위한 시도를 한 바 있는 작가는, 이번 작품에서 리모노프라는 인물이 포스트소비에트 시대를 살아가는 우리에게 시사하는 바가 무엇인지 찾아보자고 한다.

〈그의 파란만장하고 위험천만한 인생이 어떤 메시지를 던지고 있다는 생각이 들었다. 리모노프, 그 자신과 러시아에 대해서만이 아니라 2차 세계 대전 종전 이후 우리 모두의 역사에 대해서 말이다〉라고 그는 말한다.

이런 질문에 답하기 위해 카레르가 선택한 방식은 『적』과 『나 아닌 다른 삶』 같은 전작들에서와 같은 팩션 *faction*의 형식이다. 리모노프와 두 번의 인터뷰를 하긴 했지만 대부분의 정보는 그가 쓴 자서전들과 회고록들에 의존했다. 게다가 보통의 전기와는 달리 비슷한 시대를, 하지만 서양의 부르주아 가정에서 태어나 자란 자신의 이야기를 회고록 형식으로 추가했다. 결국 우리는 리모노프 본인과 카레르라는 이중 렌즈를 통해 그를 만나게 되는 셈이다. 독자의 눈에 리모노프는 어떻게 비칠까? 영웅주의에 빠진 몽상가? 극단적인 파시스트? 극우 정치 선동가? 〈스스로는 영웅이라고 자부하지만, 남들 눈에는 인종지말로 비칠 수도 있다. 이 점에 대해 나는 판단을 유보하고 싶다〉라고 작가는 밝힌다. 도리어 복역 중인 리모노프에 대해서는 〈자기 자리를 아는 사람〉이라는 『나 아닌 다른 삶』의 주인공 에티엔 리갈의 평가가 어울린다고 하면서, 〈내 입에서 이런 칭찬이 나오리라고는 꿈에도 생각지 못했던 한 사람〉이라고 덧붙인다.

리모노프라는 인물을 알아가면서 그에게 참으로 복잡 미묘한 감정을 느꼈다. 백혈병에 걸린 어린아이를 향해 죽으라는 저주를 퍼붓고 포위 상태의 사라예보를 향해 총을 쏘는 그를 볼 때는 욕지기가 솟다가도, 엥겔스 수용소에서 잡범들의 연애편지를 대필해 주고 그들의 굴곡진 인생을 받아 적는 작가 리모노프에게서는 순한 인간미를 느꼈다. 카자흐스탄의 정국 불안 가능성을 타진한다며 알타이 산맥에서 아들뻘인 당원들과 생존 훈련을 벌이는 리모노프는 내게 초현실적이다 못해 비현실적으로 다가왔다. 〈인생 최고의 장이 막 넘어갔다〉며 아쉬움에 차 감옥을 나서는 그에게서는 얼핏 (내가 상상하는) 영웅의 면모를 본 것도 같았다. 그러다 인터넷 사이트 방문자 수가 카스파로프보다 더 많은 것에 만족해하는 장면에서는 직업 혁명가, 장갑차에 올라탄 레닌을 꿈꾸던 리모노프는 사라지고 영락없는 이웃집 노인의 뒷모습만 남았다. 카레르가 그렇듯 나 역시 그에 대한 판단을 내리지 못하겠다. 하지만 좋고 싫고를 떠나, 여하한 가치 판단을 떠나 리모노프라는 인물이 매력적이라는 사실 하나만은 분명하다. 러시아 젊은이들이 그에게 그토록 열광하는 이유다. 그는 스타다.

카레르의 시선에도 때때로 그런 부분이 없지 않지만 리모노프를 바라보는 러시아인들의 시각은 다분히 낭만적이다. 안나 폴리코프스카야와 사하로프의 미망인 옐레나 보네르의 평가가 그렇고, 작가가 르포 취재차 모스크바에서 만나 의견을 물어본 서른 명이 넘는 보통 사람들의 반응이 그렇다. 제2회 박경리 문학상의 수상 작가이자 국내에도 이미 번역 소개된 러시아의 저명 여성 작가 류드밀라 울리츠카야는 프랑스에서 출간된 리모노프의 『나의 감옥들』의 서문에서 그를 〈하리코프의 피터팬〉, 〈러시아 소도시의 체 게바라〉로 묘사한다. 우리는 살갗에 소름부터 돋는 〈파시즘〉이나 〈파시스트〉 같은 단어는 어디에서도 들리지 않는다. 왜 그럴까?

리모노프는 러시아라는 나라와 떼어서는 생각할 수 없는, 공산주의 시절의 강대국 소련에 대한 혐오와 향수를 동시에 지닌 러시아인들을 모르면 이해할 수 없는 인물인 것 같다. 리모노프를 알고 나니 푸틴의 〈독재〉를 비판하는 대표적인 야당 인사인 그가 크림 반도 합병을 지지하는 것으로 모자라 더 공격적으로 추진했어야 한다고 핏대를 세우는 게 놀랍지 않다. 페레스트로이카의 주역인 〈민주주의자〉 고르바초프가 독일 통일 25주년 기념식에서 공개적으로 푸틴의 크림 반도 합병을 지지하는 것도 놀랍지 않다. 올리가르히들의 낙점을 받아 옐친의 후계자로 2000년 대통령 선거에 출마한 후보 푸틴은 자신의 대담집 『일인칭』에서 국민들에게 이렇게 말한다. 〈공산주의가 끔찍한 짓도 했다. 동의한다. 하지만 나치즘과는 달랐다. 서방 지식인들이 이제 아주 당연하게 두 가지를 동일시하는 것은 모욕이다. 공산주의는 위대하고 영웅적이며 아름다운 어떤 것, 인간을 신뢰하고 인간에게 신뢰를 준 어떤 것이었다. 그 속에는 순결함이 있었다.〉 그렇다. 러시아인들이 목말라하던 얘기였다. 그리고, 바로 이런 러시아적 맥락에서 『리모노프』의 주인공인 리모노프를 이해해야 한다.

누구도 쉽게 영웅이라는 단어를 입에 올리지도, 차마 영웅을 꿈꾸지도 않는 시대이기에 영웅을 꿈꾼(꿈꾸는) 이 사내의 이야기가 더욱 특별하게 다가오는 것 같다. 〈소설 같은 아슬아슬한 인생, 역사 속으로 몸을 던지는 위험을 택한 인생〉을 산 리모노프의 이야기에 독자들도 분명 나처럼 빠져들리라 생각한다.

전미연

옮긴이 **전미연** 서울대학교 불어불문학과와 한국외국어대학교 통번역대학원 한불과를 졸업했다. 파리 제3대학 통번역대학원(ESIT) 번역 과정과 오타와 통번역대학(STI) 박사 과정을 마쳤다. 현재 전문 번역가로 활동 중이다. 옮긴 책으로는 베르나르 베르베르의 『제3인류』(공역), 『파피용』, 엠마뉘엘 카레르의 『겨울 아이』, 『콧수염』, 『나 아닌 다른 삶』, 아멜리 노통브의 『두려움과 떨림』, 『배고픔의 자서전』, 『이토록 아름다운 세 살』, 기욤 뮈소의 『당신 거기 있어 줄래요?』, 『사랑하기 때문에』, 『그 후에』, 『종이 여자』, 『천사의 부름』, 발렝탕 뮈소의 『완벽한 계획』, 로맹 사르두의 『최후의 알리바이』, 『크리스마스 1초 전』, 『크리스마스를 구해 줘』, 폴 콕스의 『예술의 역사』, 알렉시 제니 외의 『22세기 세계』 등이 있다. 「작은 철학자」 시리즈를 비롯해 어린이 책도 여러 권 우리말로 옮겼다.

리모노프

발행일	2015년 1월 15일 초판 1쇄
	2016년 12월 25일 초판 2쇄
지은이	엠마뉘엘 카레르
옮긴이	전미연
발행인	홍지웅·홍예빈
발행처	주식회사 열린책들

경기도 파주시 문발로 253 파주출판도시
전화 031-955-4000 팩스 031-955-4004
www.openbooks.co.kr

Copyright (C) 주식회사 열린책들, 2015, *Printed in Korea.*
ISBN 978-89-329-1689-7 03860

이 도서의 국립중앙도서관 출판예정도서목록(CIP)은 서지정보유통지원시스템 홈페이지(http://seoji.nl.go.kr)와 국가자료공동목록시스템(http://www.nl.go.kr/kolisnet)에서 이용하실 수 있습니다.(CIP제어번호:CIP2014035037)